本书系国家社科基金重大课题
"中国上古知识、观念与文献体系的生成与发展研究"
（11&ZD103）成果

国家出版基金项目
NATIONAL PUBLICATION FOUNDATION

"十四五"
国家重点出版物
出版规划项目

01

殷商西周卷

过常宝 主编

早期中国知识观念与文献的生成

林甸甸 著

北京师范大学出版集团
BEIJING NORMAL UNIVERSITY PUBLISHING GROUP
北京师范大学出版社

总　序

过常宝

　　从西周初期的"制礼作乐"到西汉中期的"独尊儒术"，中国传统文化的基本形态得以建立，文献在这其中起着关键性的作用，意识形态话语体系主要基于文献得以建立。战国以前，文献形成于特定的职事，话语也主要是职事行为；春秋时期，职事文献被经典化，成为一个可以依据的传统，为社会性话语提供合法性，话语则面向当下的文化建设，使得经典具有合理性。职事以及与职事关联的某种方式是制度性因素，它们与文献、话语方式一起大体能勾勒出中国早期文化构成方式和发展路径。就历史文化而言，最为突出的还是知识形态和思想观念体系。知识观念是时代理性和精神的显现，受多方面因素的影响，在中国上古时期，它与文献活动的关系更为紧密。所以，在制度、文献、话语基础上将研究扩展到知识观念的维度，也就是从结构分析、功能分析扩展到内容和意义分析，可以使上古文献文化研究的内涵更加丰富。基于以上构想，笔者于2011年申请了国家社科基金重大项目"中国上古知识、观念与文献体系的生成与发展研究"，并组织了学术团队，在诸多师友的鼓励和学生们的努力下顺利结项。本书即是在项目成果的基础上修改、补充完成的，下面简单介绍本书的研究思路和大致内容。

一

　　先秦文献和文化关系研究的制度之维，是说春秋之前的文献文体的形成并不是文学史意义上的"继承和创新"，而取决于文献背后的职事制度、职事权利和职事行为方式。战国诸子文献虽然不是职事文献，但起始于对职事文化传统的认同和对职事文献的模拟，并以此获得话语权，形成特定的价值导向和形式特征。也就是说，在上古时代，以职事传承为基础的包括价值、权利、表达方式等在内的文化传统，是影响文献"意义和方式"的制度性因素。

比如《春秋》这种"断烂朝报"式的叙事体例，刘知几认为是出于对文章风格的追求，所谓"叙事之工者，以简要为主"（《史通·叙事》），但这显然不能服人。从职事文献这一理念出发，《左传·隐公十一年》所谓"凡诸侯有命，告则书，不然则否"这一记载有着特别重要的意义。所谓"告"就是西周到春秋时期普遍行之的告庙仪式。诸侯国何事需要告庙？为何要到鲁国告庙？来告的诸侯国史官和鲁国史官在告庙中的权利和义务是什么？这一仪式的著录规则是怎样的？这些问题，对告庙文献的形成、形态和意义都有着重要的影响。鲁国宗庙周期性的集中呈告制度，导致了这些告庙文献的季节性排序。这就是《春秋》的原始状态，但事情并不如此简单，春秋时期的礼崩乐坏同样也会影响告庙制度。史官们借告庙载录宣示自己对一些人物或事件的价值判断，这就形成了独特的"春秋笔法"。"春秋笔法"借助巫史传统和仪式所赋予的神圣权利表达符合时代发展的思想，从而使得《春秋》成为一部过渡性的文献，其神圣性保证了它的合法有效，因此它才能成为意识形态的经典。史书的这种神圣性质和书法原则的制度基础，正是史职的宗教性质、史家传承方式和告庙载录制度。

再比如《老子》，被认为是一部个人创作的哲理类文献。通过对《老子》各章结构的大致分析可以看出，《老子》在"章"的结构上是由三个层次的文本构成的：格言类的"语"文本、阐释性文本、指导"圣人"（或"侯王"）的应用型文本。因此，可以判断《老子》是一种职事文献，或由职事文献演化而来。能够训诫、指导"侯王"的职事，在春秋之前应该是太祝。现存《逸周书·周祝解》在文本结构和训诫功能上与《老子》相同，则《老子》是祝官文献。从禽簋铭文可推知，周代最早的太祝应该是周公。周公摄政称王，对成王和所分封诸侯都有训诫之辞，见诸《尚书》诸诰。《大戴礼记·公符》记载了周公命祝雍祝王，祝雍之辞为"使王近于民，远于佞，啬于时，惠于财，亲贤使能"，这是一则典型的训诚之辞。成王在周公死后一再申述"周公之训，惟民其乂"，并要求能"弘周公丕训"（《尚书·君陈》），即认同训诫制度是一种值得继承的职事权利。《周礼·大祝》记大祝掌"事鬼神示，祈福祥，求永贞"的"六祝之辞"，此为祭祀鬼神所用；又掌"通上下亲疏远近"的"六辞"，其中的"命""诰""会"等则是"以生人通辞为文"（孙诒让《周礼正义》），实际上是在宗教背景下的训诫之辞。春秋时期，祝史地位下降，加上"立言不朽"文化的浸染，祝官采用汇集"语"的形式延续自己的训诫使命，这才有了《周祝解》《老子》这样的文献。

战国诸子文献虽然是个人或集体的创作，但其合法性和文本形式在相当程度上仍然依赖过去的职事文献或者受其影响。如《孟子》主要为问对体，其内容和体制都与上古咨议—谏诫的政治传统相关。《尚书·虞夏书》中的《尧典》《皋陶谟》等，都有君臣问对的记载，以大臣为主体，往往有对君王的训诫之辞。周代的此类文献，则见于《逸周书》中的《酆保解》《大开武解》《小开武解》《寤儆解》《大聚解》《大戒解》《本典解》《官人解》《祭公解》等，除了最后一篇为祭公对周穆王之问外，其余皆为周公对周文王、周武王、周成王之问，也都包含有训诫意味。以上文献不尽是实录，可能出自后人的整理、增饰，但关于周公训政的史实应该有其根据，对于孟子来说则是一个切实可据的传统。孟子也正是依据这个传统，以周公为榜样开展自己的游说—劝诫活动，并形成了包括"问、答、谢"三个部分的问对体文本。

可以说，中国最初的文献是职事的产物，文献的内容、风格、形态受到职事方式的制约，紧接着职事文献之后出现了模拟职事文献。因此，对职事制度的研究是我们理解中国早期文献生成及其形态的关键所在。

二

先秦文献和文化关系研究的话语之维，是我们理解文献文化功能、文化价值的关键所在。职事文献所体现的是该种职事的性质和功能，而我们更关心的是它谋划或反映现实的权利和方法。《春秋》是春秋史官的告祭载录，但却能体现春秋史官以其职事为依据裁决社会的权利和方法。也就是说，职事文献往往包含着纯粹的职事行为，以及以此为根据的溢出职事之外的社会话语权。这种现象普遍存在于各种专业性职事之中，甚至工匠、优人也有权利以自己的方式发表政见。由宗教向世俗化发展的过程中，士大夫必将取代神职人群的文化地位，但新的话语权必须假借早先的职事传统才能被社会接受。首先是对观念和内容的假借，这当然是有选择的，或者是经过了重新阐释的；其次是对文献形态或话语形式的假借，包括征引、模仿等，这就形成了不同的话语方式，形成了多种形态的文本。

宗教时代的话语权来自神灵信仰。商王盘庚可能是因为自然灾害而计划迁殷，但遭到普遍的反对。于是他召集臣民，云："兹予大享于先王，尔祖其从与享之。作福作灾，予亦不敢动用非德。"又云："古我先后，既劳乃祖乃父，汝共作我畜民。汝有戕，则在乃心。我先后绥乃祖乃父，乃祖乃父乃断弃汝，不救乃死。"（《尚书·盘庚》）从这段话中可以看出，盘庚作为王并不能直接惩罚臣民，但他却可以在祭祀自己的祖先时同时祭祀臣民们的祖先，并在祭祀过程中汇报他们的子孙的作为，从而通过他们的祖先对他们施加严厉的惩罚。宗教盛行的殷商时代，最为直接的关系是天人关系，君臣之间的政治关系是以神灵为中介的。彼时，诸侯或归附方国将自己祖先的祭祀权交给商王，陪祀商人先祖，而商王亦凭此祭祀权来控制诸侯或方国，由此标志着现实政治关系的成立。所以，作为商王的盘庚对臣民的惩罚也是假借祖先神灵来实现的。祭祀权意味着话语权，假借神灵则是宗教文化最为典型的话语方式。

这一话语方式在西周礼乐文化中得到延续和变革。周初，周公在改革殷商宗教礼仪、创建周代礼乐制度的同时提出了一系列新的宗教思想、政治思想，使得中华文明走出蒙昧，理性内涵大大增强。周公的思想观点主要见于《尚书》诸诰。"诰"由"告"衍变而来。"告"即告祭或告庙礼，它是一种单独的仪式，但也存在于各种祭祀仪式之中，从殷商一直延续到周朝。周公之"诰"乃是假借神的权威来训诫君臣子弟。诰辞的一个标志性的用语是"王若曰"，白川静认为甲骨文"若"像一个长发者仰天而跪，双手举起作舞蹈状，那么"诰"就是在仪式状态中假借神灵的名义进行的，它是周公制礼作乐而形成的新的礼仪或仪节。所以，周公的话语权仍来自仪式，是一种职事行为。到了春秋时期，巫史祝官地位下降，也就丧失了诰教王臣的权利，转而采取"微言大义"的方式，在职事载录规范下隐晦地表达自己的观点，这就是《春秋》。在周公礼乐思想的影响下，周代形成的多种宗教或仪式文献，《诗》《书》《易》以及礼乐文献等都具有相当程度的理性精神，这为理性文化和世俗话语的发展奠定了基础。

春秋时期礼崩乐坏，宗教职事及人员的话语能力大多丧失，世俗士大夫成为文化主角，他们对话语权有着迫切的需求，于是提出了"三不朽"的理论，其目的在于为"立言"张本。那么，世俗阶层如何取得话语权呢？春秋士大夫提出了"信而有征"的话语方式，也就是通过征引《诗》《书》《易》以及礼乐将自己的言论与传统职事关联在一起，从而获得话语的合法性，取信于社会。这在春秋战国时期是一种通用的方式，它也解决了意识形态话语权由神圣职事向世俗士大夫过渡的问题。春秋时期的"立言"主要见于《左传》《国语》以及出土文献《春秋事语》等，"立言"风气导致了记言文体的繁荣，"信而有征"的话语方式将神圣职事文献转变为世俗经典文献，于是另外一种话语方式——经典阐释也就应运而生。《史记·孔子世家》说孔子晚年"序象、系、象、说卦、文言"，此外，孔子的教学活动还涉及《诗经》《春秋》《尚书》等，都会形成一些阐释性文献。"征引"和"传释"实际都是将自己的话语权追溯到职事文献。"征引"是"立言"者自立己意，"传释"则强调一切思想来自经典，虽各有偏重，但都有着意识形态创新功能，因此成为中国传统文化中两种重要的话语方式。

从"立言不朽"到"百家争鸣"，世俗理性全面取代了宗教信仰，士人成为话语的主体。孔子立于这一文化转折的关键点上，他所开创的课徒、游说君王、著述等方式成为战国诸子的新职事。诸子为了适应和缔造新的政治关系和文化形态，创建了不同的思想体系，历史进入到一个新的"立言"时代。但诸子仍必须要解决话语权和话语方式问题，按照中国上古文化思维的逻辑，它们的合法性和权威性仍然需要从传统中获取。儒家和墨家是最早出现的两个学派，都受宗教祭祀传统的影响。儒家着眼于宗庙祭祀，从这一职事中汲取了"亲亲""里仁""孝""崇礼"等明显具有宗法特征的价值观念；而墨家则着眼于郊祀仪式，讲"天鬼""大同""朴素"等。儒家和墨家因踵武两种不同类型的祭礼，而形成了两套差异极大的价值观和思想体系。《庄子》一直被认为是个性化的思想创造，但《逍遥游》开宗明义地列举《齐谐》和其中的鲲鹏故事，又在《寓言》中说"卮言日出，和以天倪，因以曼衍，所以穷年。不言则齐，齐与言不齐，言与齐不齐也，故曰无言。言无言，终身言，未尝言；终身不言，未尝不言"，则《庄子》依古优传统立言，所谓"卮言"（酒边之语）即优语。《庄子》文章排列汗漫无稽之故事，立论常在有无虚实之间，重启发而非说服，由此形成了独特的话语方式，皆与优语传统有关。诸子文献显示了逐渐远离传统而自铸伟辞的发展过程，后期的《荀子》《韩非子》等可能较多地依赖学术或著述传统，而非职事传统。

早期职事文献的合法性及其文化功能，都源于宗教和礼仪；诸子及其他世俗文献以职事文献为经典，通过征引、模仿、阐释等方式间接获得合法性。不同职事的文献形态实际上也就是其话语方式的体现，文献的合法性、结构性特征也就是话语权和话语方式。

三

以上研究方法，形成一个"职事—话语—文献"的研究模式。在我们过去的研究中，曾以这一模式对先秦各种文献形态诸如彝器铭文、诅盟辞及《周易》《尚书》《春秋》《左传》《国语》《老子》《论语》《墨子》《庄子》《荀子》《战国策》《山海经》《史记》等作出了新的阐释，揭示了这些文献赖以形成的文化动力、传统以及文体形态、文化功能等，并重新阐释了与职事、话语、文献相关的一些历史或文献现象诸如周公称王、经典化、乐教与诗教、实录与虚饰、春秋赋诗等。由于比较关注文献在意识形态建设中的功用，所以也涉及一些学术史、思想史等问题。如春秋中晚期，以贵族大夫为主体的"君子"成为文化舞台的主角，他们以"信而有征"的话语方式借原史经典为现世立法；孔子承前启后，通过删述《春秋》假借史官的话语权来评判历史、垂法后世，以师道、学统的构建替代了史官的职事传统。这种自觉的传道意识，在孟子那里发展出"五百年必有王者兴"的道统谱系，并在后世引发了司马迁"本诗书礼乐之际"而当仁不让的著述姿态。显然，道统观念以及上古各流派思想都与某种文献、话语方式、文化实践有关。所以，深入探讨上古知识体系和思想观念的形成也是丰富"职事—话语—文献"模式的题中应有之义。

比起当代从学科范畴着眼的研究，从"职事—话语—文献"模式出发的观念研究更贴近历史事实。比如，"诗言志"一向被认为是古人对诗歌本质或功能的表述，但这个观念在其早期只是一个话语命题。由"诗言志"衍变而成的"赋诗言志""信而有征""诗亡隐志""以意逆志""知人论世""在心为志，发言为诗"等系列观念，是早期儒家话语体系建构的产物。"诗言志"的原初含义就是在宗教仪式中通过"诗"沟通天人，传达特定的宗教意愿，并由此形成了一个独特而有魅力的表意传统，启发了春秋时期的"赋诗言志"和"引诗言志"，使得"诗"由礼乐文献变成世俗话语的经典，士大夫借"诗"以言己"志"。在以上观念中，"诗"和"志"不具有直接对应关系。《孔子诗论》所谓"诗亡隐志，乐亡隐情，文亡隐言"立足于教诗实践，将"诗"从礼仪乐舞中独立出来，将"志"从情志合一的宗教意愿中分离出来，并将"志"完全赋予"诗"。"诗亡隐志"确定了教"诗"、论"诗"的合法性和可行性，使得"诗"阐释成为意识形态建设的重要方式。孟子认为，完全依靠"诗"来构建整套价值观念体系有其自身的局限性。所谓"不以文害辞，不以辞害志"，就是希望破除对"诗"文本的迷信，更好地发挥"说诗者"的主观能动性。"以意逆志"即"意"在"志"先，以"意"会"志"。"以意逆志"表明"说诗者"之"意"与古诗人之"志"地位相当，因此此处的"说诗者"只能是今之圣人。孟子自认为是仅次于"王者"的"名世者"（《孟子·公孙丑下》），所以他说"圣人先得我心之所同然耳"（《孟子·告子上》）。孟子的"诗言志"，就是先圣后圣凭借"诗"而相互印证。"以意逆志"赋予"说诗者"更大的话语权。汉代《毛诗序》借鉴了荀子的"乐教"理论，认为"诗"发自古圣人的情志，能向下感染民众的情志，这就是教化；诗人的情志亦可能由现实触动，"伤人伦之废，哀刑政之苛"，由此而形成了向上的感染，这就是谏戒。由于《毛诗序》从创作论角度论述"诗言志"，认可以诗抒情作为一种政治方式，因此也就鼓舞了后人"作诗言志"，开启了中国政治抒情诗的门径。以上系列观念都源自"诗言志"，它们是大夫君子意识形态创新和话语自觉的体现。

如福柯所言，知识、观念是由话语所构建的（《知识考古学》）。所以，在"职事—话语—文献"模式中加入"知识观念"这一环节有其逻辑的必然。不过，要在理论层面明确"知识观念"所扮演的角色，还需要对其总量、类型、功能等有更全面的分析，然后才能搭建一个"知识观念—制度—文献"的三维文化模型。在这个文化模型中，"知识观念"是"文献"生成和发展的基础，"文献"产生于"知识观念"生成、发展、传播的过程之中。随着"文献"的阐释和经典化，它又为新兴"知识观念"的发展提供了资源和合法性依据。当然，"知识观念"并不直接凝结为"文献"，知识主体在相应"制度"（包括宗教信仰、职事传统、接受传统等）规约下发出的寄寓其理想要求的"话语"是将两者绾合起来的关键因素。

四

基于以上的设想，本书由三个层次构成：一是对特定时代知识、观念和文献三方面整体状况的描述；二是在制度性背景下对特定时代知识、观念和文献之间的影响关系进行研究，从而探讨上古文献生成、内外结构形态及文化功能，并进而构建出"知识观念—制度—文献"三维结构的文化模型；三是描述这一文化形态从商周到西汉时期的历史演变过程。本书分四个历史阶段对以上内容进行了论述。

殷商行巫政，关于宗教和祭祀的知识观念是这一文化的主要内容，甲骨卜辞则是这一文化的典型文献。对甲骨上的"记事刻辞"以及卜辞各部分的行款、性质、功能和互文关系作出更加深入的探讨，揭示了中古早期文献在其形成阶段的意义和方式。西周建立后，周公制礼作乐，开展了一场文化革新运动，引导宗教文化向理性文化转变。"神道设教"是其最重要的话语方式，新的知识和观念体系由此得以建立，知识类型和观念形态也都发生了变化。具体来说，彝器铭文因器物、宗庙和宗法的制度性变革而有所创新；天学知识、星占和物候占知识被赋予新的内涵，其中的时序意识对史官文献和阴阳家月令文献有着重要的影响；礼教文献开始出现，通过对"命""诰"以及《颂》《雅》中的知识观念和文本形态进行分析，可以考求"书"和"诗"的仪式性来源，探索它们"神道设教"的具体模式和独特的话语功能，并对它们的演变机制作出细致的描述；两周之际占卜礼俗和观念的改易，使得筮法文献、"梦书"以及祝告辞等都有了新的形态和意义，它们与诗、书、铭文等有了更多的互动。可以说，西周文化在革新殷商文化的基础上开启了中国文献文化的新传统，"神道设教"作为一种新型的话语方式，为这一新文化的知识类型、观念体系和文献形态奠定了基础。

春秋时期，天学知识的发展导致"天命"观念发生变化，地球"暖期"的到来和生产工具的进步使得关于土地的知识和意义更加丰富，咨询制度、讽谏制度、议政制度离仪式越来越远。《春秋》和《左传》是史职的两种形态：前者保持了仪式用辞的规范，却发展出微言大义的讽谏方式；后者以因果关系构建政治伦理，却离不开对礼仪背后的宗教精神的依赖。春秋史官将载录由宗教行为改造为见证和褒贬现实社会的方式，使文献成为引导社会、介入政治的一种有效手段。"君子"开始从巫史手里接过话语权，但话语资源仍然来自前代文献，这就是"君子立言"中的"信而有征"。他们从古事、古训、古制和古礼中寻求话语资源，通过歌唱、赋诵、解说、征引等方式将《诗》《书》等经典化。"君子"的"立言"兴趣使得"语"作为一种文献样式在春秋晚期得到较快的发展，产生了如《老子》《国语》等经典文献。此外，兵法和法典类实用性文体的出现显示春秋时期经验性知识开始独自发展。春秋是史官和君子的时代，也是传统巫史文献第一次经典化的时代。

战国时期，礼乐文化在社会制度层面彻底崩坏，缺乏主流意识形态和制度制约的各类知识和观念系统都失去了确定性。宗教、礼乐、历史知识仍然是思想的起点，但经过儒、墨、道等不同学派的解释，被改造成新的不同的知识类型。在此基础上又创建了形态各异的观念体系，新的文献大量产生，文献传播空前活跃。《左传》《国语》《系年》《春秋事语》等文献的书写或编订，显示了史官文献已经在社会上广泛传播，并出现了私家著述，历史叙事由此走向新变。在礼乐秩序的重建中，早期儒家学者通过阐释既有宗庙祭祀制度凝练"仁"的价值。与热心于礼乐价值的儒家相比，道家学者更强调对超越之"道"的追寻。他们致力于将自然与社会融为一体，把"道"提升为宇宙的本体。阴阳五行的知识体系逐渐由封闭走向开放，被不断引申、阐释、丰富，形成了新的知识体系，并对其他学派产生或多或少的影响。战国时期的"百家之学"在文化的不同方面或不同层次上有所分工，形成事实上的协作关系，并构成文献体系。战国时期出现了跨学派、跨体系的知识、观念反思和总结性著述，如《庄子·天下》《荀子·非十二子》《韩非子·显学》等。反思和总结再次促使着具有近似知识形态和趋同价值观念的文献的汇集、整合，以至形成其后秦汉社会认同的文献体系分类。战国诸子在话语方式上作出了多种尝试，大大开拓了文化发展的路径和方式。

秦汉时期，大一统政治引导着文化建构的方向。秦汉士人一方面延续了战国士人的文化理想，另一方面又积极整理、融汇着各种知识观念，使得知识观念和文献再经典化，形成大一统的知识和观念模式。这一特点体现在《吕氏春秋》《淮南子》中。汉初士人以"过秦论"为中介，开展了道术与帝制的初步互动，最终使得儒家经学成为国家话语形态；董仲舒的《春秋》阐释学以"大一统"为旨归，通过"辞指论"等特殊方法形成了新的知识和观念体系；"春秋决狱"这一个案突出地显示了公羊学家的理想和局限，也充分展示了儒家经学阐释学的方法和特征；谶纬是公羊学发展的另一个极端，它以天人相感为逻辑始点，通过灾异和祥瑞彰显天人相感的各种具象以及阴阳五行观念的转接和深化，五德终始与帝王谱系的构拟和神性化共同构成了一个神秘主义知识体系。司马迁以一己之力熔铸史官传统和诸子传统，并以世系、谱系、统系的建构回应了"五百年必有王者兴"的道统和"大一统"政治的诉求，唤醒了一个遥远而有力的话语传统。对画像石的研究提示了与文字文献相并的另一个表意传统，在汉代，它更能体现民间社会文化的内涵和形态。大一统的政治背景、先秦文献的经典化，使汉儒有条件创造出新的意识形态和知识类型，体系更为精密、宏大，充满了理想色彩。

五

清理各历史阶段知识观念和文献状况，在此基础上进一步研究上古时代的知识结构、思维方式、文献经典化、表述方式、影响和接受等，并通过类型和个案研究方法分析知识观念、制度、文献三者的影响关系，构建出不同时代的"知识观念—制度—文献"三维结构的文化模型，揭示出不同文化因素在一个相对完整的文化结构中的作用，以及它们发生作用的条件和方式，这是一种新型的文献研究方法。虽然本书并不着重讨论话语，但话语一直是一种结构性的力量，也只有付诸话语，才能理解知识观念、文献的生成机制和文化功能。

在这个文化模型中，文献的经典性有着举足轻重的作用，文献经典化有赖于其所蕴含的知识和观念的原创性、有效性、开放性。殷商到西汉中期是中国文化由宗教文化向理性文化转型的时期，新的知识和观念不断涌现。但大多数新知识、新观念都是对传统的继承和改造，体现出延续性特征。西周初期，在"神道设教"的口号下，前代宗教信仰和祭祀、占卜仪式等都得到一定程度的传承，但其内容和功用却发生了重大的变化。战国诸子也都有前代的知识和观念的依据，即使是标榜自然的道家和实用主义的法家也不例外。西汉公羊学也是利用前代知识、观念和文献完成了新的政治和伦理体系的构建，此即儒家强调"君子立言"需"信而有征"的意义。文献的传承性特征除了表现在知识和观念上，也表现在话语方式、文体、风格等方面。这些文献特征不能仅仅被解释为创作论意义上的影响，它体现了话语的内在合法性的要求，是一种文化建构意义上的特质。

以往的文化研究往往以"事实—思想—价值（规律）"的模式来进行，虽然能够指出传统文化的价值内涵，但在文化功能、成长模式及合理性方面则有所不足。"知识观念—制度—文献"这一理论方式包括了自直观反映到理论反思、自社会大众到文化精英、自职事行为到学术方式、自历史存在到合法性存在等多个层面，能够典型地体现上古文化的发展，尤其是意识形态的建构过程。这一模型是一个动态的结构，它既有共时性关系的描述，也有历时性发展的展示。本书关注这一模型中各文化因素的独特功能，意在揭示上古文化的成长机制和调整机制。文化现象是复杂的，有相当一部分文化因素如民间习俗、审美观念、物质发明与形态、政治体制等，由于研究者的学识、研究框架不够完备、著述体例等制约，都还难以完全纳入这个体系中。此外，本书所涉及的文献文化现象众多，又是假众手完成的，在具体个案方面的研究用心较多，而在体系化、整体结构等方面还不够均衡、严整，有时甚至显得有些琐碎，颇有不足之处。要更加全面而生动地展示中国传统文化的早期形态，还需要在今后的研究中不断深化和修正，使其逐渐完善。

本课题从立项至今，已经超过十个年头，学术界关于上古文献文化的研究已经有了很大的改观，学者们的理论视角远较过去开阔，尤其是一些借助各类出土文献的研究，使得先秦文化、文献研究呈现出更加丰富、更加细致、更加凿实的面貌，这是值得我们学习和借鉴的。但由于本书完成较早，而没能下决心作较大的增改，甚至未能包含作者们自己的最新成果。这是一大缺憾，也只能寄希望于将来了。

目　录

第一章　文化学视野下的殷商西周文献 ………………………… 1

　　第一节　早期中国的文献类型与文学史意义 ………………… 1

　　第二节　"知识—制度—文献"模型与话语分析法的引入 ……… 3

第二章　甲骨刻辞：占卜制度中的话语实践 …………………… 8

　　第一节　占卜知识与"帝"观念 ……………………………… 8

　　第二节　从贡物到档案："记事刻辞"的历时演化 ………… 16

　　第三节　以陈述求检验：命辞的写作姿态 ………………… 24

　　第四节　从监督到褒美：占验辞中的修辞性记录 ………… 36

第三章　彝器铭文：从"记名"到"称功" ……………………… 70

　　第一节　铭文的制作背景与文化功能 ……………………… 71

　　第二节　殷商铭文的功能变迁 ……………………………… 76

　　第三节　西周铭文话语形式的突破 ……………………… 100

　　第四节　宗法观念中的铭文演变 ………………………… 135

第四章　月令传统：天学知识与时序政治 …………………… 147

　　第一节　时序价值的建立与史官文献的生成 …………… 148

　　第二节　告朔制度的兴废与月令文体的生成 …………… 211

第五章　"书"类文献：文书稽古与道德垂范 ……………… 235

　　第一节　从"命"的形态看"书"的文本层次 …………… 244

　　第二节　"诰"的口头与书面传统 ……………………… 248

　　第三节　从"帝令"到"天命"：周初八诰的天命建构 … 266

第六章 "诗"的创制：神道设教与话语建构 …………… 288

第一节 从庙堂到"平门"：谏诫传统的兴衰 …………… 290

第二节 周族史诗：族群整合与历史叙事 …………… 320

第三节 礼乐知识视野下的"风雅正变" …………… 341

第七章 易占文献：职事传统中的占卜知识 …………… 351

第一节 符号象征观念与《易》的生成 …………… 352

第二节 "梦"观念的变化与梦书的制作 …………… 382

第八章 祝告话语：口头传统与书面文献的互渗 …………… 424

第一节 祝告话语的历史起源与形式特征 …………… 424

第二节 告、祷、詛：先秦祝告话语的结构要素 …………… 434

第三节 《诗》对祝告话语的吸纳 …………… 444

第四节 "诅"与"盟"：祝告话语的另一面 …………… 459

结 语 …………… 477

参考文献 …………… 481

第一章　文化学视野下的殷商西周文献

第一节　早期中国的文献类型与文学史意义

今人行文中的"文献"，已较古典文献学定义有所不同。广义而言，凡是记录有知识的载体，无论其采用何种表现形式，附着于何种媒介，都可被视作文献。这一语境中的"文献"，其实已偏近"资料"。而当具体讨论"殷商文献""西周文献"时，就需要更清晰地厘定"文献"的内涵。

在近代以来众多学人的努力下，有关殷商时期的考古发现不断被揭示，其与传世文献的对读，为古史研究提供了更确凿的资料。在学术体系未臻完备的初期，针对殷商文化乃至夏王朝文化遗存的考古研究，必然也只能以传世文献作为循证的线索，而考古学科发展到今天，已成为一门具有独特研究范式和证据链的独立学科。传世文献与出土材料之间既已不再是简单的互证关系，那么对于文献和文学研究者而言，也有必要重新思考"二重证据法"的适用范围，进而重估研究本身的价值取向。

王国维时代的文史研究，自有其重整民族史与文献传统的历史文化语境，故真与伪，信与疑，成为其时最重要的价值判断；"证"和"辨"也因此成为最核心的研究取向。而今学科分类趋细，文献、历史、考古、文学各成径流，虽带来"再无通才"之讥，但各学科却因之获得更扎实的学术立场与不同的核心议题。以文学为例，"以文证史"或"以史证文"这类带有"印证"期望，且容易流于证据间简单比较的研究命题，很难再产生较历史和考古专业更具实证价值的成果。但同时，出土文字材料带来的全新文学文化议题，却是值得为之雀跃的。其中最突出的一点，就是殷商甲骨卜辞与金器铭文这类文字材料，为我们研究文学的起源提供了宝贵线索。卜辞字句缀连成文，虽多为断章，却蕴含了句法、章法的最初形貌。据此，有研究者提出，应当依据这些材料，将"殷商文学史"的写作纳入文学研究的范畴中来。但是随之而来的另一个疑问是：卜辞、铭文是否属于文学？正如我们难以为"殷商文献"下一个符合传统文献学意义的定义一样，对卜辞和铭文下达文学定义，也必然会与后世"文学"范畴有所偏离。但卜辞现世既晚，自在古典文献学"辨章学术、考镜源流"的研究范畴之外，难以且无必要归于其中。而就殷人自身处理甲骨材料的方式来看，坑穴掩藏很难说是一种"档案存储"的形式，因此也无法认定卜辞对殷人具有文献和档案意义。① 因此，当我们称卜辞和铭文材料为"文献"时，既不是就古典文献学意义而言，也非指代其在殷商时期的本质属性，而是强调其作为研究对象的文学史价值。

针对"殷商文学史"的提法，以及殷商西周的卜辞、金文材料文学性的相关议题，在此主要的几个立场是：

第一，对待传世文献中的"殷商西周文学"，包括《诗经》《尚书》中的部分篇目，需要在理解其建构性或文本流动性的基础上，寻找其中可能存在的历史文化记忆伏脉，亦即知识、制度层面的稳定性。对此，可参考历史学界对疑古派过度使用"默证法"的批判。其在文学研究层面的启示，是应当重视特定文献乃至文体成形之前的文本形态，借助多种材料及文化逻辑推演其形式的来源。这也是我们选择"知识""观念"作为研究线索，以"制度"寻找文献生成关键节点的原因。但要指出的是，这种来源并不指向唯一或特定的某个原型，它同样可能意味着以多种形态、多种面貌存在的相近文本的集合体。现有的文献系统，是殷商西周文献及文本演化的"结果"，不能用于指称这一时期文本的实际情况。这也是本书以"'书'类文献""易占文献"的表述替代具体文

---

① 《尚书·多士》谓殷人"有典有册"，其典、册二字，从字形而言似非甲骨卜辞形态，殷人或于甲骨、彝器之外别有用于储存的文献形态。

献的原因之一。

第二，对于甲骨卜辞和金器铭文中的文字文本材料，我们的研究大多建立于古文字学者的既有成果之上，因而有幸进行释读之外的文学层面考察。但卜辞与铭文虽为文本遗存，却常常欠缺审美意义上的"文学性"，也很难说卜辞作者在主观上具有修辞和叙事层面的文学追求。但是，作为具有明确功能性的文本，卜辞与铭文所承载的宗教色彩、文化功能又是"文学文本"所难望其项背的。因此，使用文学研究专擅的话语分析方法，对卜辞铭文文本进行精读和细读，有助于深入理解殷商西周文本文献对文学史而言的起源性意义，并揭示前文学时代的文化、思想线索。关乎历史而无关历史真实，关乎修辞而无关修辞审美，尽量在现存文本材料的基础上，探索上古文献体系的生成过程和文化机制，这是我们对"殷商西周文学研究"基本的价值取向。

第三，研究殷商西周文学史，在广泛考察出土材料与传世文献的基础上，不能忽视其口述传统。口传文学广泛存在于各大文明的初始和萌芽阶段，具体到殷商西周时期，最显著的特点是其与仪式、祭祀的同构。部分祭祀以其口头内容为名，如"告""命"；而相应的仪式言辞又因垂范、记事等种种需要，被写定为同名文本。在上古巫史同源的职事背景下，仪式文献在保藏和传承的过程中，不断接受"传"与"释"，其叙事性、书面性由是层累而成。为此，我们需要借助对祭祀仪式的理解，分解传世文献的文本层次，寻找作为其"凝结核"的核心文本。这也有助于剥离中古文体观的定见，超越现有的"文学史"叙事。

第二节　"知识—制度—文献"模型与话语分析法的引入

殷商西周时期的社会图景，长期以来作为春秋战国诸种学说的论述背景而存在。正如李春青指出：春秋时期的士人阶层因社会秩序的崩坏而生，同时又恐惧于社会的动荡与无序；他们继承着前人的文化文本，却又为自身的主体性感到困惑，这种种的焦虑，最终体现于他们取向各异的话语建构之中。① 在这样一种语境中，西周的礼乐昌明作为士人对"黄金时代"的追忆和想象，被用于对照"王纲解纽，礼崩乐坏"的社会现实。我们今天对西周文化形态的理解，多从这一历史叙事中来。而随着近年殷商、战国时期文字材料的不断出土，我们得以对西周文化、制度建设的历史意义作出更客观的认识。

王国维谓"中国政治与文化之变革，莫剧于殷、周之际"②。西周时期制度仪式的变革，文化话语的创新，相对于殷商时期，确实可视为凿破鸿蒙的知识生产活动。这一新变在经典历史叙事中称为"制礼作乐"，并被归功于周公有意识的政治文化改革，其起始时间在后儒推算下，被精确到周公摄政六年或七年。③《尚书大传》总结的"一年救乱，二年克殷，三年践奄，四年建侯卫，五年营成周，六年制礼作乐，七年致政成王"④，将周公的政治成就分割为七个具体事件，并以时间为线索依序排列，构成了一组先行后续，互无交点的历史叙事。然而殷周之际的制度鼎革，如王国维所言，起初"为道德而设"，继而涉及继承、宗法、服术等多种制度，而典礼与文献又由此生，其规模之深广，与思想文化关联之密切，足以显示其中任何一个方面都非一代之功。周公作为一系列重大诰令的发布者，部分诗篇的创作者，乃至周初政治的实际领导核心，对这一系列制度变革当然有着重要的先导意义。但当本书指称"制礼作乐"时，并非特指周公在摄政六年或七年的政治文化活动，更多地是将它视作西周早中期一系列制度、文化革新的历

---

① 参见李春青：《在文本与历史之间——中国古代诗学意义生成模式探微》，39 页，北京，北京大学出版社，2005。

② 参见王国维：《殷周制度论》，见《观堂集林》卷十，451 页，北京，中华书局，1959。

③ "正义曰：知'周公摄政七年之三月'者，以《洛诰》即七年反政而言新邑营之事，与《召诰》参同，俱为七年，此亦言作新邑，又同《召诰》，故知七年三月也。若然，《书传》云四年建卫侯而封康叔，五年营成洛邑，六年制礼作乐。《明堂位》云'昔者周公朝诸侯于明堂之位'，即云'颁度量，而天下大服'，又云'年制礼作乐'，是六年已有明堂在洛邑而朝诸侯。言六年已作洛邑而有明堂者，《礼记》后儒所录，《书传》伏生所造，皆孔所不用。"见（清）阮元校刻：《十三经注疏（清嘉庆刊本）》，《尚书正义》卷十四，430 页，北京，中华书局，2009。

④ （清）皮锡瑞撰，吴仰湘点校：《尚书大传疏证》卷五，262 页，北京，中华书局，2022。

史过程。这一革新，具体而言即是对"殷礼"，或说巫史传统的改造。

在巫政合一的殷商时代，一些政治权力是通过祭祀、占卜等原始礼仪行为来表达的。商人以复杂的祭祀体系，确立了以祖先崇拜为中心的国族意识形态，并以此绾合、统筹与远近诸族的关系。而占卜制度则为重大政治决策赋以神圣性和合法性，其占验过程实质上又是以商王、方国首领为主的贞人集团行使咨议政治的一种形式。由于政治决策高度依赖原始礼仪，以商王等上层贵族为中心形成的巫史阶层，通过垄断包括祭祀、占卜、文字等在内的原始礼仪知识，维系着上下有别的王权制度，乃至亲疏各异的方国体系。

及至"小邦周"克"大邑商"之后，周人对曾为宗主国的殷商之制度、文化，抱有敬奉和学习的态度，其中最重要的表现之一，就是将部分殷商贵族纳入官僚体系，以其专业知识服务于西周王廷。胡新生通过研究西周金文，曾提出"周王朝中存在一个庞大的史官系统，其中包括以太史为首的'大史寮'，和以内史尹为首的作册内史等许多官职，主要负责保存典籍、制作历法、策命诸臣、备王顾问等与文化密切相关的事宜。值得注意的是，周王朝史官就其渊源看大多出于异姓"①。《史记》等传世文献中亦有殷商巫觋职官奔周的记载，如"太师疵、少师强抱其乐器而奔周"②等。在西周职事制度官僚化的发展过程中，这些源于殷商的原始礼仪知识被不断细化和区分，成为不同职事分支的专业知识，生成相应的话语方式，并最终凝结为口传书写并行的文献系统。

依附于西周宗法礼仪的铭文、颂诗、雅诗乃至《书》类诸篇，正是这一政治-文化制度建构过程中的文本结晶；而其整理、保管和传播，亦即凝结为广义文献的过程，与知识观念的增长、职官系统的建构、文献制度的产生密切相关。从结果来看，西周时期以上述文献形式为代表的思想资源、话语方式，在东周以后作为公共知识进入士人阶层的言说场域，并通过更进一步的编纂、阐释而成为经典。

---

① 胡新生：《异姓史官与周代文化》，载《历史研究》，1994(3)。

② (汉)司马迁撰，(南朝宋)裴骃集解，(唐)司马贞索隐，(唐)张守节正义：《史记》卷四，121页，北京，中华书局，1982。

有关知识的记述和言说，实质是人类对自身经验、常识、技术的认知和总结，而知识本质上又是一种社会的意义建构，是在人类社会范畴内通过认知主体的相互作用建构而成的。一个时代的知识不但包括时人对客观世界的理解和定义，更暗合着当时的制度、文化、观念背景；每一种知识不独在于个体内在的积累与建构，更是在社会互动、交往中形成的。中国上古时代的知识与观念之间，正存在着这样一种极为深刻的关联。"一开始，关于宇宙空间的知识和历史时间的知识，就是古代思想的基础。"①正如葛兆光在《中国思想史》中所提到的，古代中国的天文学知识，以象征和暗示建构出一种"正确"的空间格局和秩序感，使人们保持观念与思想的统一与连续；而历史经验与历史想象，为古代中国人提供了来自遥远古代的神圣证据，使人们相信合理性起源于时间这一古老的连续体中。上古的知识与观念之间并不存在判然的边界，有关知识的言说也往往游走于象征和譬喻的丛林。为此，我们需要借助社会思想史的研究方法及立足点，关注思想、知识和文化的公共属性，以期把握社会秩序的建构过程，重返上古知识话语的语境。

在西周时期，来源驳杂、性质殊异的知识，第一次被系统性地整合、分类，这是西周职事制度的建构所带来的效应。班固在《汉书·艺文志》中提出，战国诸子的思想线索与话语资源都渊源于古老的上古职官知识体系，并为九流十家分别作出了清晰的界定与分类。这一判断对此后的学术研究有着深远的影响，但又正如我们今日从金文材料所知，西周时期的职官制度，与班固的描述并不全然弥合。班固以时存的文献作为推论上古知识图景的出发点，一方面忽略了西周政府结构从中央至地方的立体性和复杂性，另一方面预设了文献门类与知识系统的一一对应关系。事实上，在西周礼乐建制的历史背景中，知识观念被写定为职业文献，其内在机制是职官制度或职事传统下，特定话语方式的成立和传递。

话语方式的差异，有别于文献或文本的差异，它不但存在于语言

---

① 葛兆光：《中国思想史·导论·思想史的写法》，26 页，上海，复旦大学出版社，2001。

的表象之中，更存在于话语实践的过程中。也就是说，职事传统下的话语方式差异，并非始终以"文献"为单位。以西周时期常见的职事话语为例，"命"既存于铭文，也见于《书》类诸篇；"祝"既载于《书》，也见于《诗》。知识话语诞生于特定的权力语境，其结构要素源于仪式活动，而作为文献被写定则有赖于职官系统以及之后的经典化过程。因此，仪式本身的播迁、职官制度的变革以及经典化的需要，决定性地影响着先秦文献的文体表征和编制逻辑。从已经过多次编纂整合的经典文献中，根据职事传统和仪式性质，析出相应的话语方式，正是本书引入话语分析方法的目标所在。

福柯提出的话语分析模式，要求研究者不但应当关注话语的结构与功能，更要理解知识话语的生产、传播及实践的策略。与文本分析相比，话语分析更关注语言深层的问题，希望在语言的表象之外，探讨话语实践如何参与知识的建构，将知识转化为权力，而这种权力又如何隐秘地支配着人的行为方式。

先秦文献既是知识观念的载体，也是知识观念的结晶；其内容源自知识观念的公共资源，其话语方式又取决于知识传承的需要。文献的经典化过程又会反作用于知识观念本身，影响其发展和接受。上古的知识资源往往具有浓厚的观念色彩，强烈的社会功能需求，同时又有着自成一脉的职事传统，对先秦文献的表现形态具有重大影响。这类文献的经典化，又为后世的相关观念提供了合法性的根据，成为重要的话语资源。当研究者将文献置入知识考古学的视野后，研究对象就不再限于文本自身，而是扩大到文本、创作主体与文化背景之间的复杂生成关系，即"话语实践"。

将殷商西周时期的话语生成和传播过程视为一种话语实践，有助于拆解传世文献中来源不同，功能各异的话语要素，还原其作为仪式文本或职事文献的本质，因此本书并不以单一的文献作为研究对象，而以知识观念、仪式活动作为缀连的线索，围绕殷商西周文献的生成背景展开研究，将文献置于历史文化研究的视域中进行考察，从而辨析商周文献的性质和形态特征。

第二章　甲骨刻辞：
占卜制度中的话语实践

如果将甲骨卜辞视作一种产生于甲骨占卜过程中的文本，那么占卜和刻写活动也可被看作一种早期的文献活动。在此基础上，占卜刻写的程式规范可视为一种原始的文献制度；而卜辞话语的创造者与书写者，自然就是文献的生产主体。在这样的观照下，卜辞创作主体在有商一代的分化和演变，在话语实践过程中具有重大的转折意义。从中我们可以发现，西周早中期以王官为中心，以神道设教、制礼作乐等方式开展的一系列文献活动，早在商代中后期就已经拥有了观念土壤和话语资源。

在甲骨卜辞中，占验辞的话语形式反映出殷商贞人表达褒贬的努力，话语主体的变迁体现出殷商王权与神权的进退；贞人身份从方国首领到王廷职官的转换，影响了卜辞的文本结构与占卜内容，并使占验辞渐趋程式化。将甲骨卜辞文本纳入文学研究视野，应当注意对其仪式语境的考量，充分重视文本的刻写位置、行款连续性，命辞、占辞、验辞的互文关系，将它们视作文本的构成要素乃至修辞手段。以下我们将以卜辞铭文材料等切入殷商文献系统的研究，考察其文本功能、基本形态与生成机制，并依据传世文献推想其他可能的文献介质与文本内容。

第一节　占卜知识与"帝"观念

不同于后世以《易》为代表的占卜文献，甲骨刻辞并非对占卜知识的技术性载录或理论阐释，而是占卜现场所留下的文本遗迹。从作者或话语主体的角度来看，卜辞制作者是以商王为首的贞人集团，他们掌握着原始巫术及礼仪的相关知识，通过垄断占卜、祭祀的权力，行使政治决策，主导意识形态，维系方国同盟。这部分殷商贵族，在西周以后进入官僚系统，以祝、宗、巫、史的身份参与王朝礼仪活动，其话语方式流入《诗》《书》等文献系统，其知识资源影响着西周以后的国家意识形态建构——从这层意义而言，巫史传统正是西周礼乐知识之伏脉，而殷人对先祖、神灵的认知，既是周初礼乐建制所依傍的观念基础，也是其意图革新的对象。

在春秋以后的历史叙述中，殷文化以"率民以事神，先鬼而后礼"，区别于夏、周文化的"事鬼敬神而远之"①，此即《礼记·表记》所谓"夏道尊命""殷人尊神""周人尊礼"②。但至于何谓"尊神"，从卜辞来看，其实与原始文化的多神信仰相去甚远。殷人之"尊神"，所尊实为两端，一者是较为亲近、可作祝求的祖先神，一者是无法求取，仅能占视的"帝"。

殷商占卜文化的性质，其实更接近于原始宗教，而非原始巫术。宗教与巫术的分别，在于是否相信自己的行为能直接左右自然界的现象。最早的巫师单纯地相信着自己对万事万物的影响力，而当他们随着经验的累积，逐渐观察到了一个令其动摇的事实，即巫术有时确实是无效的。这种认知的变化，促使原始巫术开始向原始宗教演化。弗雷泽在《金枝》中富于表现力地描述了这一历史性变化的发生：

> 较为精明的人们到一定时候就觉察出了：巫术的仪式和咒语并不能真正获得如他们所希望产生的结果……这个发现的意义是：人们第一次认识到了他们是无力随意左右某些自然力的。而迄今为止他们曾相信这些自然力完全处在他们的控制之中。这是一种对人类的无知和无力的反思。人们看到了他原来以为是动因的东

---

① （清）阮元校刻：《十三经注疏（清嘉庆刊本）》，《礼记正义》卷五十四，3564 页，北京，中华书局，2009。

② （清）阮元校刻：《十三经注疏（清嘉庆刊本）》，《礼记正义》卷五十四，3563～3564 页，北京，中华书局，2009。

西实际却不是动因，而他凭借这些动力所作的一切努力都是徒然；他的痛苦的辛劳已被虚耗；他的惊人的智巧也已被无目的地浪费；他曾经使劲地提拉过没有系住任何东西的绳索；他曾以为他正向着自己的目标前进，而实际上只是在一个狭小的圆圈里打转转；并非他努力制造的效果不再继续显现出来；它们仍被制造出来，不过那并不是他制造出来的；雨仍然落在干渴的土地上，太阳仍然继续着它的日出日落，而月亮继续着它的横贯天空的夜游，四季的更替也继续在大堤上无声地进行着，在光亮和阴影之中、在乌云和阳光之下。人们仍然降生在这个世界上，辛勤劳作，经受痛苦，仍然在世上短暂寄居之后又聚集到父辈居住的坟墓里。尽管一切都确实在照旧进行，然而由于过去的障眼荫翳已经剥落，因此一切在他看来却不同了。他已不再可能沉缅于他的愉快的幻想中。①

巫术的存在价值由此受到撼动，人们被启发而去相信存在着某种高于人类的意志，是这种意志左右着宇宙万物的生长流行，人类不过是命运轮回中的一个小小环节。人的意愿假如能成真，那并不是因为人对雨、风和收获的祈祷直接被万物所知晓，而是借由更高级的意志为媒介，以其至高的支配力去决定祈祷的结果。那份至高意志有别于泛灵观念的最重要的一点就在于，它缺少具象的化身，因而难以观测，难以理解，难以预见。可以理解的是，由于诞生于巫术的失败经验，这种至高意志显得冷漠而疏离。它并无怜悯苍生的责任，也不会听取人们的哀求，只是依据着自己的固有轨道运行着，老子所谓"天地不仁，以万物为刍狗"，正是对其绝对性的最佳注脚。②

在卜辞中可以发现，从原始巫术到原始宗教的这一转化，早在殷

---

① 〔英〕J. G. 弗雷泽：《金枝》，汪培基、徐育新、张泽石译，101～102 页，北京，商务印书馆，2013。

② 《老子》作为一部集成上古政治箴言的"语"类汇编文献，所传递的思想往往来自更为古老的观念传统。相关论述参见过常宝：《先秦文体与话语方式研究》，191 页，北京，中华书局，2016。

商时期就业已完成。在西周时期广泛流行的"天命"思想，究其前身，即来源于殷商时人对"帝"的理解。晁福林在《天命与彝伦：先秦社会思想探研》一书中指出，"殷代'天'的概念实际上是以帝来表达的"①，而在殷人的神灵系统中，"帝"与祖先神不同，它更为高远而疏离。晁福林分析了卜辞中的祭祀记录，发现殷人并不向"帝"供奉祭品，寻求佑护，而是多以卜问为主，并不干涉"帝"的意志，也从不试图取悦"帝"。卜辞中记载"帝"向殷人降祸远多于赐福，相比之下，反而是祖先神与殷人更为亲近，不但能攘除灾厄，降赐福祉；更能享用殷人的祭品，听取殷人的诉求。

殷商卜辞中广泛存在的祭祀记录，本质并非实录，它们主要是以占卜的形式存在的。例如卜测以何种种类，何种数量的祭品祭祀先祖。以一场对王亥的告祭为例，卜辞如下：

贞：告于王亥。

贞：燎九牛。

贞：登王亥羌。

贞：九羌、卯九牛。

贞：十羌，卯十牛。（《合集》00358＋00349）②

卜辞所占的，是对王亥告祭的具体举行方式，占卜本身并不带有"告王亥"的蕴意。从文本上来看，"王亥"作为受告祭的对象在卜辞中反复出现，与贞人之间并不存在对话关系。那么卜辞本身所占测的吉凶，又是由谁来左右的呢？理解了占卜的原理之后，可以认为，"帝"才是祭祀成败的决定者。殷商祭祖类的卜辞中少见或不见"帝"，有理由相信，贞人是向广义上的"天"，亦即自然意志发问。只有当占卜这份自然意志是否要施使某种行为时，自然意志就会以具象化、拟人化的"帝"显现，如"帝令雨""帝弗左若""帝肇王疾"等。因此，大部分卜

---

① 晁福林：《天命与彝伦：先秦社会思想探研》，36 页，北京，北京师范大学出版社，2012。

② 胡厚宣主编：《甲骨文合集释文》第一册，25～26 页，北京，中国社会科学出版社，2009。本书甲骨文刻辞释文，标注《合集》者，均出自《甲骨文合集释文》。

辞虽未言"帝",但占卜行为本身即是对"天意"或"天命"的检验和确认。而"帝"是少数卜辞为了表达上的便利,将天意拟人化的结果。总之,言"帝"与否,实取决于修辞需要。

对祭祀的形式加以占卜,实际上是承认祭祀仪式并不总能达到想要的效果。通过占卜来确定祭品和祭法,旨在保障祭祀的成功。但是,与祭祀不同,占卜的验否是可为族人或贞人所知的,因此占卜者往往需要背负更为重大的责任。殷人向先祖山川求年、求雨,假设失败,可以认为是"帝"降下了灾祸。只要归因于"帝"的意志,祭司与巫师的责任就可以稍稍减弱。相比之下,占卜却是直接观测"帝"的意志,其结果再无其他因素的影响,其"验"与"不验"全取决于"王"是否能正确沟通上天。换言之,占卜行为是对君王合法性的直接检验。

基于以上因素,我们可以将殷人的"帝"视作一种神圣而不可逆的宇宙意志。它并不一定以人格化的形象被称述,但在殷人心目中,这种宇宙意志对气象、年成等自然现象有着绝对的支配力,更左右着战争、筑城等人类的命运。这一支配与决定的权力是先在的,殷人认为它超越了人类理性所能认识的极限。因此,既无必要询问"帝"所示意志的理由,更无资格对"帝"的决定进行申辩,唯一可能的沟通方法,只是通过占卜来领受"帝"的意旨。卜辞以大量陈述句对贞进行检验,透露出殷人对这种意志所抱有的谨慎和疏离。"帝"的意志无法被人类所影响,"帝"的决断也无法被直接问视。这样的认识,正来自原始巫术的失败经验给人类带来的挫败感。殷人眼中的"帝",是对人事中一切无力与失败,自然界的一切无情与灾厄的最终解释。即使它偶尔向人类的命运展露笑颜,那也并非人力所致。

"帝"既然象征着无可逆转的某种至高意志,那么可以理解为,殷人所祭祀卜问的一些"自然神"也带有"帝"的某种品格。更进一步地说,许多惯常被理解为"自然神崇拜"的卜辞,实际上仍是对"帝"这类至高意志的贞卜。以卜问风的这两则卜辞为例:

[1]贞：翌癸卯帝其令风。翌癸卯帝不令风，夕雾。(《合集》00672)①

[2]翌日壬王其田，不风。(《合集》28553)②

在以往的研究中，容易因为对早期人类多神教信仰的先入之见，凭借卜辞文本，认为殷人是在向某位司掌风的神灵贞卜，从而推导出殷人心目中"风神"的存在。因此在面对同样占卜风，却出现"帝"的卜辞时，就只能解释为"帝"与"风神"同时承担司风的职能："刮不刮风是由上帝来决定的，使臣风神的行动是由上帝来指挥的。"③然而在"不风""令雨"等表述中，风、雨、雾等自然现象是作为动词出现的，因此当视作"帝"或某种绝对力量所行使的动作。既然在卜辞中从未出现过"风神""雨神""云神"这种神祇形象的专名，理应暂且排除多神教信仰的预设，直接将"帝"与风、雨、云等种种自然现象相关联，从而将"帝"视为这些自然之力的集合体，是殷人自然崇拜的一种抽象。

"帝"虽拥有对自然与命运的号令之力，却不具有被了解、被取悦的可能，唯一的沟通方式是借助甲骨，占卜其意志。甲骨占卜反映出殷人对祭祀失败的焦虑，而后者虽未直接留下文字记录，但"国之大事，在祀与戎"，祭祀显然是殷商时期社会政治活动的核心。与占卜活动相比，祭祀、祈祷、祝禳等仪式活动，才是严格意义上的巫术行为，且可能拥有更为悠久的历史。

殷人的祭祀可依据对象分为两种，一是对祖先神的祭祀，一是对自然神的祭祀。殷人神灵系统中的祖先神，占据着极高的祭祀地位，享用丰厚的祭祀牺牲。其原因在于，殷人相信祖先神能响应人的祈求，干涉现实祸福。对希望得到庇佑的商王而言，逝去不久的先王面貌可亲，血系遥远的先祖巍然可敬；祖母与母亲慈深威重，王族父系显赫

---

① 胡厚宣主编：《甲骨文合集释文》第一册，51 页，北京，中国社会科学出版社，2009。

② 胡厚宣主编：《甲骨文合集释文》第三册，1415 页，北京，中国社会科学出版社，2009。

③ 常玉芝：《商代宗教祭祀》，70 页，北京，中国社会科学出版社，2010。

庄严。一任任祖先的面貌在循环往复的祭祀中越来越清晰，与山川河岳，帝廷诸臣相比，祖先神灵对殷人的福祸安危肩负着尤为特殊的义务，对祭祀与祈愿更能有求必应。因此，在殷人的祭祀传统中，祖先神相较于自然神，乃至"帝"，有着更多的亲近感，是可以取悦和祈求的对象。另外，为了祈年、求雨，殷人还时常对山川河岳进行祭祀。巫师与统治者相信，通过直接祭祀自然事物，可以取悦自然之灵，让风雨时至，年成来到。

殷人重视祖先神过于自然神，其中有着实用理性的背景。从殷至周，生活在亚热带季风带的先民所习惯的"常"，是四季有序的轮转，大地恒常的温暖，对天灾的畏惧只存在于发生的当下，而非始终抱持于心。在这样的前提下，他们的祭祀并非出于卑微的恐惧之心，或抱着安抚神祇的希望，而是以有序的礼俗仪轨，呼唤着常规的自然秩序。因此，对"帝"这一自然规律的象征，殷人并没有举办基于恐惧和安抚的常规祭祀，而是将主要资源集中于祈求先祖的庇佑。祖先崇拜同时也是用于缩合方国联盟的意识形态，周祭等祭祀形式本身也是组织社会生活的重要制度。在这样的仪式制度下，形象和能力比较模糊的"帝"并不具备"主神"的地位，也缺乏发展为宗教信仰的土壤。

祭祀所表现的巫术理念，意味着人可以沟通万灵，可以通过自身的努力去调和自然；而占卜所示的宗教理念，却暗示着人无力改变天意，只能被动接受命运。这两种理念显然是矛盾的，结合人类学家对巫术-宗教演化的研究来看，可以推测，祭祀活动与上古巫术传统有着更密切的关联，而对"帝"的认识则更可能是后起的，用于解释巫术成败的原因，并在有商一代不断丰富和深化。晁福林指出，卜辞中的"帝"，在殷商前期多为动词，指禘祭；指代天神的"帝"字与之字形相异。到了殷代中期，开始产生了"帝廷"的概念，"帝"也展现出向人间下降的趋势。[①] 而人们也开始向"帝臣""帝史""帝工"等"帝廷"诸臣祭祀祈祷，希望他们满足自己的某些愿望。从"禘"到"帝"，"帝"的人格

---

① 晁福林：《天命与彝伦：先秦社会思想探研》，33～34页，北京，北京师范大学出版社，2012。

化开始凸显，而"帝廷""帝臣"的出现，显然源于中晚商王廷组织结构的投射。在"帝"作为人格神或商王神圣投影的面貌逐渐清晰的同时，"帝"作为自然灵的抽象意义就必然开始淡化。

借由卜问的对象"帝"这一绝对性的存在，占卜为商王与贞人们划定了是与非，正与误的绝对坐标。这一坐标的成立，使得商王的权力被置于民众和贵族的凝视之中，神权与王权的存在与否，自此有了客观而具象的评价标准。对于商王而言，那些记录着其占断失误的卜辞，是对权威的巨大挑战；而对占卜结果的阐释权为方伯所共有，更有掣肘之忧。因此，随着殷商政权在长期统治之下的巩固和集中，商王开始逐步收回占断与议事权力，贞人集团被分化削弱，一部分成为王权之下的巫史之官。从此，商王的神权与王权达到了独一无二的至高地位。与垄断"帝"之意旨这一过程相应的是，商王坦然地开始借用"帝"的尊号①，同时流于形式、回避验证的"卜旬"也成为最主要的占卜内容。

据此可以推测，"帝"这一左右风雨年成、人间福祸的至高意志，之所以与王权产生关联，并在后世化生出天命话语，恐怕不仅仅在于王权向神权的取象拟态，更源于象征着天命的"帝"借由殷商占卜仪式道成肉身，显现为王权的存在，解释着王权的传承。而当商王专断了对"帝"的解释权力之后，王权就得以凌驾于神权。文献所载武乙"射天"②，帝辛"慢于鬼神"③，正是殷商晚期神权旁落的写照。

从周公用占卜佐证天命依归、择"中"作邑来看，西周初期的执政者，对殷商的巫术文化传统抱有敬信、畏惧的态度。这与周人长期作为商文化的输入方有关——他们真诚地相信占卜的神秘性，确实地将其视为与神灵沟通的手段，以致晚商"卜以决疑"的实用主义价值观未能在西周凝结为决策制度。随着西周官僚体系的建立，巫术占卜的政

---

① 晁福林认为，商王称帝的变化始自廪辛、康丁时代，三期有"帝甲"之谓，五期称文丁为"文武武帝"。参见晁福林：《天命与彝伦：先秦社会思想探研》，34 页，北京，北京师范大学出版社，2012。

② （汉）司马迁撰，（南朝宋）裴骃集解，（唐）司马贞索隐，（唐）张守节正义：《史记》卷三，104 页，北京，中华书局，1982。

③ （汉）司马迁撰，（南朝宋）裴骃集解，（唐）司马贞索隐，（唐）张守节正义：《史记》卷三，105 页，北京，中华书局，1982。

治咨议功能进一步被边缘化；宗法礼制的完善，为祖先崇拜这一主流意识形态赋予了制度理性。甲骨占卜所依托的神灵观念、制度基础都不复流行，占卜知识与政教礼乐相揖别，最终以技术性知识而非观念性知识的形态流入占兆类文献，由专门的巫卜职官执掌和保管，直至春秋儒家对《易》的再发现。关于这部分文献在西周时期的流变，本书将于第七章专门论述。

第二节　从贡物到档案："记事刻辞"的历时演化

一、"记事刻辞"的提出

研究者习惯将甲骨刻辞依文本性质分为占卜刻辞、记事刻辞两类。① 1933 年，董作宾在《商代龟卜之推测》中最早提出殷墟甲骨文字中记事文字的存在。之后胡厚宣于 1944 年《武丁时五种记事刻辞考》中首先提出"记事刻辞"的概念，并作分类，影响深远。

"记事"作为一种文本的功能属性，是现代人基于现代文学常识而下达的判定。然而对于写作目的与程式极为复杂，且并不真正具备"文学自觉"的甲骨刻辞而言，"记事"可能并不是一种能从本质上区别不同刻辞文句的定义。也正因如此，后来陈梦家、张秉权、柳东春、王宇信等学者虽不断对概念作出更清晰的界定，更细致的分类，但仍未臻定论。② 以传统文学研究的方法，将刻辞中具有记事效果的文字抽取出来，进行修辞与审美的考察，自是最为便易的方式，也能建立起有关"先秦文学史"的叙事；然而对文本的生成演变研究，则更注重文本

---

① 以"卜辞"统称甲骨文字固无不当，但为了更好地辨析不同文本的功能与性质，在此通称以"刻辞"，并以"占卜刻辞""记事刻辞"略以区分。

② 参见陈梦家：《殷虚卜辞综述》(43～44 页，北京，中华书局，1988)，张秉权：《甲骨文与甲骨学》(188～189 页，台北，"国立"编译馆，1988)，柳东春：《殷墟甲骨文记事刻辞研究》(硕士学位论文，台湾大学，1989)，王宇信、杨升南主编：《甲骨学一百年》(243～253 页，北京，社会科学文献出版社，1999)等论著。

的语境。与其寻摘刻辞中具有"文学性"的断章残句，毋宁将刻辞及其物质载体视作一种仪式文献的整体，以求还原刻辞作为仪式文本的原初属性。因此，传统认知中的五种记事刻辞，即甲桥、甲尾、背甲、骨臼、骨面刻辞，在文本生成的视野中，应当作为占卜刻辞的附件而存在。如此，真正区别于占卜功能的记事刻辞就只余一些以非占卜甲骨为载体的刻辞了。近年来甲骨学家对记事刻辞的分类，也无限接近我们的这一认识。2006 年，宋镇豪、刘源《甲骨学殷商史研究》对记事文字的分类就体现出以物质载体为区分的倾向。在卜骨、卜甲的传统记事刻辞以外，还分为具纪念意义的人头骨、虎骨、兕骨、兕头骨、鹿头骨刻辞，以及骨符、鹿角器、骨器刻辞等。① 而它们通常被用来记述商王捕获猎物的功绩，如：

> [1]辛酉，王田于鸡麓，获大霍虎，在十月惟王三祀劦日。②
> [2]壬午，王田于麦麓，获商戠兕，王锡宰丰寝小䵼兄。在五月，唯王六祀，肜日。③

这类卜辞一般镌刻于所获猎物的腿骨与头骨之上，常伴随雕花、镶嵌等工艺，可以推测其器物具有装饰及收藏功能，其上的刻辞则以记事称功为目的。器物与刻辞互为注脚，共同构成一件具有纪念意义的商王收藏品，这一性质就迥异于被窖藏掩埋的卜骨与卜甲，反而更近似奉于宗庙以为纪念的青铜彝器。再从文本功能来看，这类刻辞虽与占卜刻辞同以动物骨骼为载体，但究其写作目的在于"记事称功"，因此其功能较之卜辞，也更接近晚商青铜器的记事铭文。最后从文本形态来看，"干支＋王行某事＋在某月某日"的句式，以及"王田于某地获某物"的连动句法，也都与记事铭文相类。

同理，一些被刻于骨器与鹿角器上的文字，通常为其所有者的氏族名号，其"记名"之用也更接近于早期铜器的记名铭文，不当被视作

---

① 宋镇豪、刘源：《甲骨学殷商史研究》，10～14 页，福州，福建人民出版社，2006。
② 陈年福：《殷墟甲骨文摹释全编》第十卷，5579 页，北京，线装书局，2010。
③ 陈年福：《殷墟甲骨文摹释全编》第八卷，4474 页，北京，线装书局，2010。

记事刻辞。

除占卜刻辞、记事刻辞之外，还有一种表谱刻辞，主要有干支表、祀谱、家谱等。表谱刻辞是刻工为练习刻写技术所作，表现在以下几个方面，第一，刻写位置相对偏僻，有时见于废弃甲骨或未经使用的甲骨上；第二，书体工拙不一，常见行款散乱、字体歪斜的刻辞，有时同一片甲骨上存在范本和习刻的两种书体；第三，其刻写内容常常不完整或存在重复，显示出反复练习的痕迹。① 刻写技术的练习，是占卜传统下技术传承、训练的一环。

综上所述，以龟甲、牛胛骨为载体的甲骨刻辞中，是否存在独立于占卜刻辞，单独具有"记事""叙事"功能的刻辞，是值得重新反思的。在此，我们仍以占卜刻辞为核心，试着将传统观点中被认为是"占卜叙事"的刻辞，亦即广义上、传统上的"记事刻辞"纳入对卜辞整体的研讨中，以期寻找卜辞文本生成机制背后的观念语境与制度背景。

二、文献制度的彰显

甲骨学者对甲骨占卜制度已经作出了非常详细而周密的考证。陈梦家"取材—锯削—刮磨—钻凿—灼兆—刻辞"的六阶段论②，传统认知中的五种记事刻辞，亦即甲桥、甲尾、背甲、骨臼、骨面刻辞，基本上都是对"取材"过程的记录，依取用形态不同，分别作于自取材至整治的各个阶段③。根据宋镇豪《商代社会生活与礼俗》④、柳东春《殷墟甲骨文记事刻辞研究》⑤、方稚松《殷墟甲骨文五种记事刻辞研究》⑥的整理研究，对传统意义上"记事刻辞"的特征略作总结如下：

1. 甲尾刻辞：常见于龟尾甲右侧，主要有"某人""某人＋入/来

① 宋镇豪、刘源：《甲骨学殷商史研究》，15～17 页，福州，福建人民出版社，2006。

② 参见陈梦家：《殷虚卜辞综述》，10～13 页，北京，中华书局，1988。

③ 也有学者根据钻凿痕迹判断其刻作当在卜龟整治之前，参见宋镇豪：《商代社会生活与礼俗》，615 页，北京，中国社会科学出版社，2010。

④ 宋镇豪：《商代社会生活与礼俗》，613～620 页，北京，中国社会科学出版社，2010。

⑤ 柳东春：《殷墟甲骨文记事刻辞研究》，硕士学位论文，台湾大学，1989。

⑥ 方稚松：《殷墟甲骨文五种记事刻辞研究》，博士学位论文，首都师范大学，2007。

（＋数量）"等辞例。相对甲桥刻辞而言较为简略，是对龟甲来源的简单标记。

2. 甲桥刻辞：常于右甲桥刻"入""来""以""乞"等辞，在左甲桥刻"示"等词，大部分属于宾组刻辞。常见句例有"某人＋入/来/以＋数量""（某人＋）乞（自）＋数量""妇某＋示＋数量"等，其后偶尔以干支记录日期。"入"指入贡，"来"指来贡及征取，"以"指致送，"乞"指求取，"示"指奉致。其特征是句式及表意较为完整，形成记事逻辑。

3. 背甲刻辞：常见于龟背甲锯缝边缘，作单行直书。常见句例有"某人＋入/来＋数量""某人＋乞自某＋数量""妇某＋示＋数量"。其中更有一种特别的量词"屯"，指束在一起的一对卜骨或一副背甲。

4. 骨臼刻辞：常见于牛胛骨骨臼，大部分属于典宾类，句式常为"（干支）＋某人＋入＋数量""（干支）＋（某）示＋数量""（干支）＋乞自某＋数量"，与背甲同样以"屯"为单位，句子较为完整，有相对固定的格式。

5. 骨面刻辞：见于胛骨正面，广泛见于各组刻辞，因此辞例形式多样，既有符号性的三五字句，也有较长的完整叙事语句，句例涵括"来""出""乞（自）""示"等前述诸种，每组皆有各自特点。

以此可见，这五种刻辞，均为对甲骨占卜材料来源的记载。其句式及动词的更迭，反映出甲骨占卜制度不断规范的过程。方稚松在论文中指出，武丁早中期的记事刻辞以"入""来"为主，主要记录龟甲的贡入者，因此都以三五字的简略形态记于甲尾。到武丁中期，在贡入数量之外又常记有经手的史官[1]之名，长度增加，故常记于甲桥位置。到武丁晚期至祖庚时期，在甲桥刻辞之外，又增加了背甲、骨臼、骨面等多种刻辞方式，内容也更为详细，包括了甲骨材料的收付日期、经手人员、交付数量等。为记录交付者名称，动词从最初与入贡兼用的"来"发展到后来专门用以表示这一含义的"示"。由于当时妇女常为甲骨整治工作的负责人，因而"妇某示"的文例最多。到了祖甲以后，记事内容又趋于简化，更强调史官名与贡纳日期，甲尾刻辞因而再度

---

① 可视作甲骨材料的保管者，后文将进一步说明。

流行。①

卜骨与卜甲上的这类"记事刻辞"，既可据其字面文义，以"记事"名之，也可视作占卜制度中，收纳贮藏环节的书面记录。据张秉权、柳东春等几位学者考证，同一批入库的甲骨材料中，会有若干片甲骨对入库信息作出重复记载。② 一次贡纳的甲骨有时数以千百计，有时寥寥数十件。在一次性大量入库的材料中，每多少件记一次入库信息，应当与整治前后叠放或堆垛的输送、贮存方式有关，因此写有记事刻辞的甲骨，可能是分堆存放的同批次甲骨中的第一件，用以区别材料的不同来源。

这类"记事刻辞"的存在，向我们提出两个层面的问题，第一是针对甲骨占卜制度而言，入库和贡纳过程具有何种特殊意义，以至于拥有被刻记的重要性；第二是从文献制度层面来看，入库和贡纳何以成为文字记载的内容。后一个问题又可进一步分为两个方向，首先是"贡纳""保管"这一系列的行为主体，与刻辞写作主体有何关联；其次是刻辞内容从武丁早中期至祖甲时期的变化，与文献制度的演变是否相关。后两个问题为我们寻求"史官"的原初形态，以及文献制度的产生提供了珍贵线索。

首先来看入库和贡纳这一环节对于甲骨占卜制度的意义。"记事刻辞"表明甲骨从取材环节开始，就已被有意识地纳入管理规范。考察其初始形态，以"某人""某来"等记录贡入者的甲尾刻辞为主，也就是说对甲骨材料作出分类及索引的依据，只在于贡入者的区别。而对贡入者的记录，显然并非甲骨占卜制度的内在需求，而是贡纳制度的要求。商代的贡纳活动已有较高的组织水平，也形成了比较成熟的制度规范。贡品不但按贡入方分类登记，更有对贡入地点的记录，以及对输送并

①　参见方稚松：《殷墟甲骨文五种记事刻辞研究》，132～133 页，博士学位论文，首都师范大学，2007。

②　"贡纳之数量愈多，同一内容的刻辞出现次数愈多；贡纳之数量愈少，同一内容的刻辞出现次数亦愈少。"见柳东春：《殷墟甲骨文记事刻辞研究》，108 页，硕士学位论文，台湾大学，1989。

分配贡物的占卜决策。① 从商代宗族分立的国家体制来看，贡纳制度
体现的是商王与各宗族之间的权力关系，贡物即为国家秩序的物质纽
带。记事刻辞既是收纳分藏甲骨材料的依据，更是方国履行义务的证
明。察其"入"和"来"的表述②，自是以商王朝为视角，故当为收纳贡
品时，殷商执事官员所作的登记，也因此具有检定、考核的意味。

在贡纳制度的制约下，殷商时期的其他贡物也存在入贡信息的记
录，例如妇好墓曾出土玉戈一件，上有六字铭文，谓"卢方皆入戈
五"③，这就与甲桥刻辞对贡纳者信息的记录较为相似。然而不同于其
他贡物，甲骨材料用于占卜的神圣性使其最终超越了单纯的贡品。这
期间最显见的变化，在于武丁中期甲桥刻辞的兴起。前文引前人研究
论及，"记事刻辞"由甲尾而转至甲桥，原因在于记事内容扩大，超出
甲尾部位的书写空间。那么推动刻辞向甲桥发展的根本驱动力，应当
就在于增加的这部分记事内容——它们在甲骨占卜的整套程序中地位
抬升，使得刻辞既具有现实的必要性，又具有价值上的正当性。检点
甲桥刻辞与甲尾刻辞的信息含量，增加的这类记事内容十分明晰，即
龟甲数量与签署者之名。宋镇豪将甲桥刻辞的内容分布划为三种情况，
分别是：

A. 右桥记某人贡入若干龟，左桥则记签署者或地名。

B. 右桥记某人贡入若干龟，左桥无刻辞。

C. 左右两桥均有刻辞，其中"凡右桥刻辞或左右二桥均有刻辞
的，若附记地名的，常记在右桥下端，而签署者则常签在左桥下端，
且大都是贞人名"。④

常见于左桥刻辞的这种"签署者"，董作宾、胡厚宣等学者多解释
为"史官签名"，李学勤称为"卜人署名"，宋镇豪称为"贞人署名"；方
稚松引林澐、朱桢等学者"卜辞的契刻者并非贞人"的论述，认为记事

---

①　沈建华：《卜辞所见商代的封疆与纳贡》，载《中国史研究》，2004(4)。

②　于省吾谓："自我叫作取，自下而上叫作贡，自外叫作入，自远叫作来，送致叫作
氏。"参见于省吾：《从甲骨文看商代社会性质》，载《东北人民大学人文科学学报》，1957(Z1)。

③　郑振香、陈志达：《安阳殷墟五号墓的发掘》，载《考古学报》，1977(2)。

④　宋镇豪：《商代社会生活与礼俗》，615页，北京，中国社会科学出版社，2010。

刻辞中的人名也非实际的刻写者，因此不应将此视作"署名"。① 方稚松还进一步提出，由于同一批贡纳物可以分署不同的"史官"名，并且记事刻辞中的"史官"名与同版卜辞的贞人名并不时常一致，因此当被视作甲骨的收存保管者。② 李学勤在一系列关于"同版异组"现象的论述中，指出"署辞与卜辞同版，是一组卜人准备的甲骨，偶然交由另一组卜人使用"③。方稚松考察了记事刻辞中"史官"身份后发现，其中有相当一部分为异组的贞人。④ 可见保管收藏的"史官"与主持占卜的"贞人"，其职能仍是相互重叠的。

结合宋镇豪提出的，右桥多以"入""来""乞""取"记述贡入行为；左桥多以臣、子、妇等称谓冠记人名以及贞人名，其行为以"示"最多，可以得出结论：左桥所记的，兽骨龟甲贡入后的整治者与保管者，正是甲桥刻辞较甲尾刻辞而言所增加的最重要的信息。记事刻辞中的"示"者，绝大部分为贵族妇女，偶有"小臣"及其他贞人名。"示"反映的是甲骨材料的整治信息，人名当为整治工作的责任人。如果说右桥的入贡信息反映了入贡方与商王朝之间的权利义务，那么左桥刻辞则体现了王庭卜事中的职事责任。

以《合集》9012记事刻辞为例，右桥谓"我以千"，左桥谓"妇井示百。殼。"右桥是入贡时的记录，左桥为整治后的记录，二者可能先后刻写于取材与入库两个时期，因此前者以入贡方为单位统计入贡数量，后者则以整治工作为单位统计入库数量。可以想见，同一批入贡的甲骨⑤，可能分批分次交付整治，这就决定了整治后的数量登记并不总

---

① 参见方稚松：《殷墟甲骨文五种记事刻辞研究》，147～151页，博士学位论文，首都师范大学，2007。

② 方稚松：《殷墟甲骨文五种记事刻辞研究》，152～153页，博士学位论文，首都师范大学，2007。

③ 参见李学勤：《甲骨文中的同版异组现象》，洛阳文物二队编：《夏商文明研究》，152页，郑州，中州古籍出版社，1995。

④ 方稚松：《殷墟甲骨文五种记事刻辞研究》，151页，博士学位论文，首都师范大学，2007。

⑤ 依堆垛形式而存在重复记事刻辞，例如入贡两百片，以二十片为一个堆垛，于每堆第一片刻记来源，于是共有十片存在记事刻辞。

是恰好与入贡时的登记在同一版上，这是一个简单的除法问题，也因此进一步解释了左右甲桥刻辞时常单独存在的现象。而最末的贞人名字，则可能是整治工作的验收者、甲骨材料的保管者。

总而言之，甲桥记事刻辞突出了"整治""保管"这一程序，不再是对入贡信息的单一记录，因此得以将甲骨材料与其他入贡物品相区分，刻辞的卜事属性也因而凸显。骨臼刻辞也相同，据方稚松表格统计，记事刻辞中的"示"者绝大多数都被刻记于骨臼、甲桥位置。较之甲桥刻辞，骨臼刻辞在格式上还更为统一，多以干支日期起领，"某日＋某人＋示/乞自某＋数量＋屯"，并续以贞人名，如："甲午妇井示三屯。岳"（《合集》17492）①，"辛丑妇喜示四屯"（《合集》17517）②，"乞自喦二十屯，小臣中示。𢎦"（《合集》05574）③等等。就整治、收藏的功能而言，记载干支日的仪式性大于实用性，其少见于甲桥刻辞即为旁证。在殷商卜辞、铭文的一般语境中，为某一事件和行为赋予时间标志，具有深刻的价值内蕴，因此不妨将之视作史官、贞人对卜事行为的自我强调和自我凸显。

在这一过程中，引起我们注意的还有"贞人"或"史官"在刻辞中的正式登场。这是此前自宾间、自小字、自历间诸组甲尾刻辞中均未出现的信息。甲桥与骨臼刻辞中的贞人、史官名，与"示者"联系起来，构成完整的记事信息与规范的叙事表述，凸显了甲骨整治这一卜事程序，并突出了相关职事人员在卜事中的地位。这一发展以武丁中晚期以来商王朝国力增强为背景，以占卜职事的分化和独立、贞人与史官的地位上升为表征，重新定义了记事刻辞的功能和性质，也因此对后世的记事刻辞产生了决定性的影响。祖甲之后，记录贡纳、整治信息的"记事刻辞"虽又再度简省，但"这时记录的已与开始不同，强调的是

---

① 胡厚宣主编：《甲骨文合集释文》第二册，898 页，北京，中国社会科学出版社，2009。

② 胡厚宣主编：《甲骨文合集释文》第二册，900 页，北京，中国社会科学出版社，2009。

③ 胡厚宣主编：《甲骨文合集释文》第一册，306 页，北京，中国社会科学出版社，2009。

'史官'名和贡纳日期了"①。简省之后的记事刻辞，复古般地又流行起了甲尾刻辞，但也正如我们历史中的每一次复古那样，以形式回归的名义删削现实的枝蔓，最终呈现出的内核虽然简单，却完全异质。龟甲兽骨的贡物性质，渐为占卜材料的档案性质所取代；"记事刻辞"作为贡纳制度的登记，因文献意识的出现、史官职事的专业化，而转变为文献制度的一部分。

第三节　以陈述求检验：命辞的写作姿态

占卜刻辞被分为叙辞、命辞、占辞和验辞，各自具备形式规范和文法特征。文辞形式的分化，源自占卜各环节的不同需求，因此对于卜辞文本性质的探究，很大程度上左右了对占卜程序，甚至殷人宗教观念的判断。其中最典型的一例就是近几十年来围绕着命辞产生的一系列讨论。"命辞是不是问句"，很难想象这样一个关于语气的探讨，困扰着海内外学界长达四十年，至今余音未歇。正如李学勤于20世纪80年代所言，"卜辞是否问句……涉及对所有卜辞的理解"②，这从根本上影响着对殷人占卜观念的认知。在现代汉语的语境中，将命辞视作疑问句，将"卜"与"问"相提并论，自有一种语感上的理所当然。这也就难怪"命辞非问句"的新说，最先来自海外学者的视角。③ 李学勤、裘锡圭等学者从文字学的角度，对命辞进行反复检证，最终倾向于认为只有带有句末疑问语气词"抑""执"的部分命辞能被确定为问句，此外的大部分命辞可以看作陈述句，也可以看作是非问句④，遂成折中

① 方稚松：《殷墟甲骨文五种记事刻辞研究》，133页，博士学位论文，首都师范大学，2007。

② 李学勤：《续论西周甲骨》，载《人文杂志》，1986(1)。

③ 据裘锡圭：《关于殷墟卜辞的命辞是否问句的考察》[载《中国语文》，1988(1)]，最先提出怀疑的是吉德炜(David N. Keightley)1972年所作的《释贞——商代贞卜本质的新假设》(美国加利福尼亚蒙特雷太平洋海岸亚洲学会讨论会论文，1972)。

④ 参见裘锡圭：《关于殷墟卜辞的命辞是否问句的考察》，载《中国语文》，1988(1)。

之论。近年来，持"命辞为疑问句"观点的学者，与持"命辞为陈述句"观点的学者仍时有交锋，难臻一是。

造成这种分歧的原因，很大程度上是既可以读成是非疑问句，也可以读成陈述句，而这本质上又缘于汉语的是非疑问句与陈述句之间除了个别并非必需的语助词之外，不存在句式、语序上的显著差别，只存在语气上的差异。这也是为什么直至 20 世纪 40 年代以后，随着语法研究体系的构建，"疑问句"才成为一种语法上的存在。而问号这种语气标点的通行，又使现代人更习惯于强烈的疑问语气，这对于理解上古时期，尤其是疑问语助词尚未成熟的殷商文句，存在很大干扰作用。

上古时期的是非疑问句与陈述句既然只有语气上的差别，那么针对书面文本，这种语气信息是否有被如实记录的必要性呢？回到在殷商西周以甲金典册为主的书面传统语境，我们其实很难找到记录语气的内在理由——对语气的记录，必然出于"记言"的需求，而这种需求一定更为注重"言语"的口头性而非内容本身。后世以"语"类文献为代表的记言文本，重在记录经验、知识等实在内容，对语气的表现较为单薄；而史传文献中那些带有强烈语气和情感的口头语言，往往承担着特别的叙事责任，与话语的发出者、发言的语境共同构成完整的叙事功能。

作为占卜时提出命题的话语，可以将命辞看成是一种带有记言性质的文本，但较之后世的"语"类文献和史传文献，命辞又归根结底是一种仪式文本，"语气"作为文本内容的重要性，取决于它在仪式中扮演的角色。换句话说，卜辞命辞的相关讨论，不应当是一个语气问题，而应是一个关于占卜程序和宗教观念的问题。海外学者对命辞性质的探讨，表面是对疑问句与陈述句的判断之别，本质上却是对占卜机制的重新审视。例如白川静认为卜辞有修祓祝祷之功能，因而不能将命辞看作疑问句；吉德炜认为卜辞语言是一种预言和宣示，命辞之"正"

与"反"代表肯定与否定，因此不是疑问句。①

卜辞话语作为一种尚处于生成和组织时期的语言，其语法问题通常不仅是语言学问题，更是文化学乃至人类学的问题。反过来说，正是其仪式程序的某些特征，制造出了"是非问句与陈述句边界模糊"这样的问题。因此真正的问题应当是：殷人在"命龟"之时，是以问询的态度贞卜，还是以检验的态度贞卜；而检验与问询之间又有何种形式上的相关性，以致命辞这种正反对贞的占卜形式最终发展出是非问句，并进一步影响了汉语传统中，是非疑问句与陈述句的相似性。

传统意见所说的正反对贞，即是同时以肯定形式与否定形式陈述一个事件，并分别寻求卜兆。在具体形式上，常见于龟腹甲，也见于背甲、胛骨。龟腹甲相对其他两种材料，在形态上更对称，以千里路（龟甲中缝）为轴，在左右两侧各作贞卜刻辞。② 这种便于比较的对称性，可能就是龟腹甲成为正反对贞主要材料的原因之一。而对卜兆、前辞的研究，又可以进一步判定卜辞的刻写是先右后左，而贞卜次序也是一样。最初的研究者通常将肯定句式称为"正贞"，将带有"不""弗""勿""毋"等否定副词的称为"反贞"。这种分类基于语言和语法的考量，在卜辞研究的早期具有开拓之功，但却忽视了卜辞作为一种话语实践，其本质并非语法性的，而是仪式性的。正因如此，当早期甲骨学者试图将"肯定句""否定句"分别与"左""右"联系起来，进而得出"正贞在右""反贞在左"的结论时，就遇到了一些无法解释的反例。据曹兆兰统计，890 例对贞卜辞中，在龟甲反面，以左正贞，右反贞为常，于 66 例中占 63 例；在龟甲正面，以右正贞，左反贞为常，于 806 例中占 718 例；在上下对贞中，以上正贞，下反贞为常，于 16 例中占 15 例。③ 可见正反贞的辞序并不能一概而论。符合"正贞在右""反贞在左"这一一般论断的命辞占据 89.6%，而占据 10.4% 的反例，似乎并不能简单地用"不常"的偶然性加以解释。例如曹兆兰也发现，"在这一

①　参见吉德炜：《释贞——商代贞卜本质的新假设》，美国加利福尼亚蒙特雷太平洋海岸亚洲学会讨论会论文，1972。

②　其中也有为数较少的上下对贞。

③　参见曹兆兰：《殷墟龟甲占卜的某些步骤试探》，载《考古与文物》，2004(3)。

成的用例中，有一些是须具体分析的。其中带有不吉意义词语的达 40 多例"，而在这类"不吉"的命辞中，常见"反卜详，正卜略"的表述①，可见问卜的"期望"与卜辞的书写次序及形式存在显性关联②。

其实早在 20 世纪 50 年代，甲骨学界就已有学者突破了语法上"正贞""反贞"的思维限制。张秉权认为，所谓正反不在于有无否定语词，而在于贞人持何种占卜意图："他们所希望的答案是肯定的，则其卜辞便属正面，而刻在龟腹甲的右边。他们所希望的答案是否定的，则其卜辞便属反面，而刻在龟腹甲的左边。"③吉德炜也持相同的意见，指出："当一种答案是他偏好的时候，希望的一项，不管它是肯定的还是否定的，要放在右边，不希望的一项放在左边。"从这一点出发，更进一步提出，命辞"乃是一有关未来的陈述命题，是宣示某种'意图'或'预见'，释'贞'为正，即正之"④。吉德炜的观点，即是说殷人将占卜作为一种检验和预判的手段，而非人对神意的直接问询。2005 年，沈培在《殷墟卜辞正反对贞的语用学考察》一文中，提出了"先设"这一概念，认为占卜往往是有倾向性的，"在正反对贞中，先卜问的一方代表着占卜主体当时的先设。人们在正常情况下，先设总是倾向于好的一面，因此先卜问的一般都是好的一面。但是，当人们真的处于不好的境地时，也不能无视这一事实。这时候，贞人把实际的情况先提出来进行贞问，也是很正常的"⑤。

"先设"这一提法，其实已经间接解决了"命辞是否疑问句"的问题。

---

① 针对对贞卜辞的详略，据曹兆兰计，在 890 例对贞卜辞中，有 41% 存在详略之分，其中九成为正卜详，反卜略；一成为反卜详，正卜略，而在这一成之中，明显具有不吉意味的又占近八成。

② 曹兆兰同时还提出，今人对龟甲正反面的认知，可能与殷商时期并不相同，"今人将见兆辞多之面称之为'正'，是由于今人重视卜辞文字之故；今人将钻凿燋灼之面称之为'反'，是由于今人不重视钻凿燋灼之故"。这一洞见的价值在于破除了以文本为中心的一般观念。见曹兆兰：《殷墟龟甲占卜的某些步骤试探》，载《考古与文物》，2004(3)。

③ 张秉权：《甲骨文与甲骨学》，171 页，台北，"国立"编译馆，1988。

④ 参见吉德炜：《释贞——商代贞卜本质的新假设》，美国加利福尼亚蒙特雷太平洋海岸亚洲学会讨论会论文，1972。

⑤ 沈培：《殷墟卜辞正反对贞的语用学考察》，丁邦新、余霭芹主编：《汉语史研究：纪念李方桂百年冥诞论文集》，218 页，台北，"中研院"语言学研究所，2005。

正如沈培所言，在一例先正后反的命辞中，正贞的功能是向祖先或鬼神提供新的资讯，以求对某种行为的判断或许可，在功能上是对这种行为的叙述和提出，也就是"预先假设"。而反贞则是对这一"预先假设"的否认或反驳，用以提出"不采取这一行动"的动议。那么在接下来的占卜过程中，先后对左右两侧烧灼视兆，检视何种叙述获得更多的吉兆，就是一种检验式的贞卜姿态了。近年来，孙亚冰对花园庄东地甲骨中对贞卜辞的研究也进一步印证了这一点，据统计，55 组正反对贞卜辞的次序都以"先右后左"为主，正面内容共计 19 组，其中 14 组为"右正左反"；另 28 组是涉及死亡、疾病、忧患、做梦的负面内容，其中 22 组为"右反左正"。① 对花东卜辞的统计分类，完全印证了此前学者对于"先设"和"预见"的猜想。这促使我们改进此前基于语法判断而提出的"正贞""反贞"概念，从占卜的内容以及殷人对待占卜的态度，对卜辞作出重新分类。这样的新分类虽在内容上也构成"正贞—反贞"，但为作区分，或可根据"先设"，称其为"吉贞凶贞"。正面内容的"吉贞"既包括对一般事务的肯定陈述，也包括对不祥之事的否定陈述，往往先作贞卜；负面内容的"凶贞"既包括对一般事务的否定陈述，也包括对不祥之事的肯定陈述，往往后作贞卜。这一规律是否能更广泛地见于所有时代和组类的卜辞，还有待研究者进一步整理和归纳。但该判断对我们探讨文本生成的意义而言，足以理解贞人的占卜姿态，理解"命辞"作为陈述语句的本质，乃至"陈述—检验"这一宗教行为对早期语言形式的影响。

沈培提出，即使是句末有"执""抑"的句子，也属于"有疑无问"，是疑问程度较低的疑问句。② 至此，我们希望能淡化"命辞是疑问句""占卜是问卜"的先入之见。所谓"卜以决疑"，"疑"并非必然导向"问"。"决"本身即指向一种检验和判断的手段，具体到在甲骨占卜中，即为视兆占断。

---

① 参见孙亚冰：《殷墟花园庄东地甲骨文例研究》，166～167 页，上海，上海古籍出版社，2014。

② 参见沈培：《殷墟卜辞正反对贞的语用学考察》，丁邦新、余霭芹主编：《汉语史研究：纪念李方桂百年冥诞论文集》，台北，"中研院"语言学研究所，2005。

从陈述到检验，这一占卜过程中不存在问答关系。"问""答"在上古的宗教巫术仪式中具有较为特殊的意义和表现形式，其中最典型的例子就是"祝—嘏"关系，这种问答形式可以说奠定了先秦祭祀仪式主要内容的基础，本书将于第八章专题论及。"祝"中的问答关系主要体现为：主人及祝官需要称诵神名，陈述愿景，而"尸"代替被祝告的对象，对主人进行称名和回应，并对告的内容作出回复。"问""答"一体两面，是在宗教巫术仪式中凝练而成的具有口头色彩的话语方式。卜辞中自有对"祝"式的记录，但甲骨卜辞是否也以"问""答"为基本属性，则值得存疑。"问"作为一种话语方式，必然有主有客，有发问者，也有被问的对象。而在龟卜中，我们看不到被问者的存在。甲骨占卜以泛灵论为其观念背景，不存在对至上神、唯一神的称名。像"帝令雨"中的"帝"，更接近于"王往出"的"王"，是行为的主体而非贞人发问的对象。《史记·龟策列传》所述的龟卜之法，以灵龟本身为祝祷对象，且不存在问答关系：

> 灵龟卜祝曰："假之灵龟，五巫五灵，不如神龟之灵，知人死，知人生。某身良贞，某欲求某物。即得也，头见足发，内外相应；即不得也，头仰足肣，内外自垂。可得占。"（《史记·龟策列传》）①

这里的龟卜，就涉及"祝"的仪式，卜者口诵灵龟之名，念动褒美之辞，将兆象与意义各作对应，以此请求兆示。兆纹"头见足发，内外相应"表示"得"，而"头仰足肣，内外自垂"表示"不得"。我们可将"掷币决疑"这类行为与之作比较，整个过程中最重要的环节，就是先口头设辞："如果是正面，表示何种情况；如果是反面，表示何种情况。"这种辞令，就是对硬币的"命"了。甲骨卜辞中"命辞"的机制也当如此，即是以龟甲兽骨的左右（有时为上下）为界，设定一正一反两种条件，分别为左右两侧"赋值"，于是左右两侧烧灼而成的"兆象"就能分别检

---

① （汉）司马迁撰，（南朝宋）裴骃集解，（唐）司马贞索隐，（唐）张守节正义：《史记》卷一百二十八，3240～3241 页，北京，中华书局，1982。

验、判断两侧陈述语句的正误，是"有祐"或"无祐"①，"亡祸"或"有祸"。在对贞形式中，很容易看出命辞作为"命"的本质，而那些非对贞的单条卜辞，则存在两种情况。一是当贞卜内容为简单的是非判断时，则可视为对贞形式的简省版，即只凭借单方面的陈述语句来判定吉凶。二是当贞卜内容存在多种情况时，不得已设立多项条件逐条贞卜，例如在何地举行何种祭祀，用什么方式奉献何种数目的何种牺牲。

前一种情形在卜辞中语例甚多，但缺乏占卜的具体语境，因而难以得出"贞卜决疑的本质在于检验"这一结论。在此不妨参考《仪礼·士丧礼》中对使用龟卜之法贞求葬日的记载。《仪礼》成书虽晚，但礼仪活动的传承却早在文本之前即已出现。其具体环节虽不能套用在殷商时代，但考其大概，却足以呈现出占卜观念整体上的连续性。我们将士丧礼中的龟卜仪式大致分解为以下几个环节：

(一)奠龟

卜日，既朝哭，皆复外位。卜人先奠龟于西塾上，南首有席。楚焞置于燋，在龟东。

族长莅卜，及宗人吉服立于门西，东面南上。占者三人在其南，北上。卜人及执燋席者在塾西。阖东扉，主妇立于其内，席于阈西阈外。宗人告事具。主人北面，免绖，左拥之。莅卜即位于门东，西面。

卜人抱龟燋，先奠龟，西首，燋在北。

(二)命龟

宗人受卜人龟，示高。莅卜受视，反之。宗人还，少退，受命。命曰："哀子某，来日某，卜葬其父某甫。考降，无有近悔。"许诺，不述命；还即席，西面坐；命龟，兴；授卜人龟，负东扉。

---

① 卜辞中"右""祐"同形，"祐"示福祐之义，或从"右"为"先设"而来。

（三）作龟

卜人坐，作龟，兴。宗人受龟，示莅卜。莅卜受视，反之。

（四）旅占

宗人退，东面。乃旅占，卒，不释龟，告于莅卜与主人："占曰：'某日。'"从。授卜人龟，告于主妇。主妇哭。告于异爵者。使人告于众宾。

（五）彻龟

卜人彻龟。宗人告事毕。主人绖，入，哭，如筮宅。宾出，拜送。

（六）习卜

若不从，卜宅如初仪。①

从上可以看出，整个仪式以"龟"为中心组织，以"奠龟"始，以"彻龟"终，又以"命龟""作龟""旅占"为核心环节。

先看占卜各主体与"灵龟"之间的关系，从中寻找"命"作为一种话语方式的实质。"命龟"的过程非常复杂，卜龟由卜人传至宗人而至族长，检视后再逐层返还，既而作命。率先作命者是担任"莅卜"之职的族长，但他并不直接告于灵龟，而是要通过宗人转述。这其间存在一个类似于"授权"的关系，即族长作命辞的责任，源于其在宗族内部的权力地位；而通过宗人②这一宗族内部神职者的中转，这份世俗权力就被转化为神圣权力（在政教分离的两周时期，周王或诸侯与卜官之间也存在这种关系）。接下来，宗人直接对灵龟设命，这应当是口头上的陈辞，而不似商人此时应已进行刻写。卜人灼龟现兆，由宗人、族长

① （清）阮元校刻：《十三经注疏（清嘉庆刊本）》，《仪礼注疏》卷三十七，2476～2477页，北京，中华书局，2009。

② 《周礼》有都宗人、家宗人，分别掌管都城与家族之祭祀。

分别验视后，再交付占者三人。这个小型的"贞人集团"在经过商讨后，得出统一的结论，再捧龟告于主人占辞所示之象，继而还龟于卜人，卜人收好龟甲，仪式结束。如果兆象不佳，则会另择日而卜，即所谓"习卜"，与殷人占卜制度相似。从整个仪式来看，族长作为命者，不直接与龟存在关联；宗人从族长领受"命"，再"命"于龟，其身份是宗族与神灵的中介者；而卜人只司燋燎，占者另有分工。一个仪式中存在四种职阶身份，可见龟卜程序的每一个环节都有严格的权力限定。殷商时期的占卜仪式分工或不至如此精细，但我们可以从中窥见"命"的本质：族长命宗人，宗人命龟，话语依次传递，并不因所示对象不同而存异。因此，"命"这一行为正如其字义所示，即为"发语""指示"，绝非"问"。

再看这场仪式中"命辞"的性质。"哀子某，来日某，卜葬其父某甫。考降，无有近悔。"这段命辞从语气来说，与殷商时期常见的命辞并无二致，既可读为陈述句，也可读为非疑问句。"命"由族长下达，其具体句式也被赋予了固定规范。有趣的是，这段命辞传达的正是一种用否定词表示的"吉贞"，即"无有近悔"。《仪礼》未记对贞，这里可能只是一次性的单条贞卜，因此表述极详，并以"无有近悔"的吉贞为先设。在这种一次性占卜中，兆象之"肯定"即为"吉"，其"否定"即为"凶"。假使以"有近悔"为先设，一方面不符合人们贞求吉日的心理预期，另一方面此时兆象之"肯定"就对应"凶"①，在形式上亦难称完满。此外，值得注意的是《仪礼》还规定了三位占者得出解释后的表述形式："占曰'某日'。"不妨将这句话还原到仪式场景中：占者持龟，面对主人与族长，用"占曰"发语，说明结果来自"占"，以示其话语来自职业身份，而非代替神圣意志直接宣示结果。接下来最重要的结论，也就是"占辞"，其表述形式是"某日"。我们还记得命辞末句是谓"无有近悔"，而"某日"这一表述，并非对"有否近悔"的"回答"，而是针对命辞中"来日某"的肯定和重复。命辞提出陈述，通过卜兆验证陈述，并通过占卜者转码为占辞话语。在殷商卜辞中，多数占辞的形式也被固定，如

---

① 相对地，"无有近悔"的肯定则对应着吉兆。

"吉""不吉""用""不用"等，但有时兆象较为暧昧，就以"惟……惟……"表达几种不同的可能性；用"其……"表达一种意外性和不确定性。这里的"某日"并非吉凶判断，而是直接给出行为指导，与殷商命辞有所不同，但更凸显出占卜作为"检验"的本质。

分析第二种情形，亦即甲骨学者常说的"一事多卜"情况，我们以本章最初所引用的这则告祭王亥的卜辞为例，如图2-1所示：

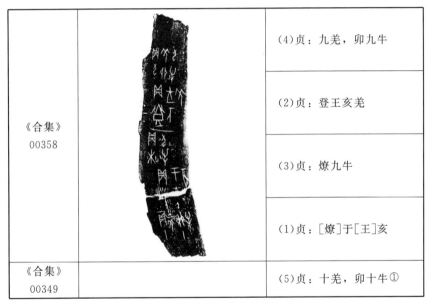

《合集》00358		(4)贞：九羌，卯九牛
		(2)贞：登王亥羌
		(3)贞：燎九牛
		(1)贞：[燎]于[王]亥
《合集》00349		(5)贞：十羌，卯十牛①

图 2-1　告祭王亥的龟甲及卜辞

根据《释文》的顺序，（1）（2）两条命辞字形较大，可以看出贞人首先设命："对王亥举行燎祭。"得到了肯定的兆示之后，继而开始贞问祭品的种类和用法，是否要"登羌"。根据（4）的内容可以得知，"登羌"应当得到了肯定的兆示，于是贞人接着贞卜是否需要"燎九牛"。根据（4）谓"卯九牛"可知，（3）处得到的卜兆是否定的。贞人因此再进一步设

卜，看是否祭法出了问题。（4）于是结合（2）对"登羌"的肯定，并将（3）中的"燎"修正为"卯"，再作贞卜。根据（5）来看，（4）所得的卜兆也仍是否定的。贞人认为是祭品的数量出现了问题，于是修改数字，贞是否当为"登十羌，卯十牛"。由于卜骨残损，我们不知道贞人最后得出了怎样的结论。从今天的眼光来看，这一贞卜流程由于未采用二分法收敛占卜次数，每次占卜只询问一个数字，因而得出正解结果的效率并不算高。

类似这种设定多项条件逐一占卜的"同事异问"，也是非对贞单条卜辞的常见形式。一直以来，研究者总是觉得殷人"反复贞卜"，进而推论他们对待贞卜的态度过分谨慎。但原因其实在于：命辞的本质在于"命"，即陈述一种做法，依卜兆检验正误。贞人与灵龟之间不存在对话关系、问答关系，因此即便有疑，他们也无法直接设问祭品的数量、种类，只能在"陈述—检验"这一程式的限制下，尽可能穷举一切陈述条件，以期获得卜兆的授意。尽管"求取检验的陈述"从形式而言确实接近于汉语的"是非疑问句"；"检验陈述的兆示"在结果和功能上也接近于"对是非疑问句的回答"，但其生成的机制，却应当是从程式而至语法的。

正如命辞有疑无问，不属于"是非疑问句"那样，兆象也不是针对命辞的"回答"。"兆"的字义即如其象形所示，仅是烧灼之纹，既非灵龟答语，也未被贞人转化为解释性，或答复性的话语。即使在宗教世俗化程度较高的西汉时期，神名普及，仪式神圣性下降，但《龟策列传》中体现的占卜观念，也仍然不见问答，只见以"祝"的名义出现的"命"。

神圣意志体现为并仅表现为"兆纹"这样一种图像信息，它仅有的转码即为占辞，而占辞的发出者是贞人或商王，作为神圣信息的解码者，他们必须承担"验"与"不验"的责任。因此，占卜结果即使失准，过错也会被归于解码者的能力不足，其"检验"和"解读"的能力出现偏差。至于作为加密信息（而非直接回答）的"兆纹"以及占卜仪式本身并不会受到质疑。明确的回答总是危险的，将神圣性置于被叩问，被考验的境地，不如增强它的复杂性、多义性，并让解释者代替神意接受检验，这也是许多巫术行为总是得以自洽的奥秘所在。我们将在下一节讨论验辞与殷代神权、王权之间的关联。

　　回到命辞的刻作现场，我们发现贞人与占卜活动之间并不存在问答关系，更进一步地说，在整个贞卜的仪式中，我们应当尽力区分开每个主体的不同身份。正如《仪礼·士丧礼》中所示的那样，提出占卜意愿的人、刻凿燋灼者、视兆释象者、刻写卜辞者，可能各不相同，也可能时有重合。《周礼·春官》谓："凡卜筮，君占体，大夫占色，史占墨，卜人占坼。"[1]一次占卜，可能牵及从商王到小臣的各个阶层，关涉从仓储到书写的各种职能。以常见的为商王占梦为例，针对如此隐私的事件，占卜的要求必然来自商王本人。例如以下这则正反对贞（图2-2）：

　　　　丙申卜，争贞：王梦，惟囚。
　　　　丙申卜，争贞：王梦，不惟囚。（《合集》10345）[2]

图 2-2　占卜龟甲[3]

　　① （清）阮元校刻：《十三经注疏（清嘉庆刊本）》，《周礼注疏》卷二十四，1738 页，北京，中华书局，2009。

　　② 释文参见胡厚宣主编：《甲骨文合集释文》第二册，3555 页，北京，中国社会科学出版社，2009。

　　③ 图版参见郭沫若主编：《甲骨文合集》第四册，1523～1524 页，北京，中华书局，1999。

商王有梦，以为不吉，于是贞人"争"为之占。"惟囚""不惟囚"两句命辞一吉一凶，分别作于甲片左右，等候烧灼现兆，贞人从而得以凭借兆纹的形态，比较并判断两个陈述各自的吉凶。而当结果相近，或存在矛盾时，则再三贞卜，以求得更准确的示兆。

"命辞就是不带任何条件地向神陈述一个或者几个可能性，然后等待神的判断，而不要求任何解释……将某种可能性呈告给神灵，并不表达自己的愿望，然后由神灵决定此一呈告的吉和凶，这就是决疑。"①过常宝在论著中指出，这种呈告方式归因于原始宗教观念，人并没有向神灵提问和对话的权力，而神也没有对人作出回答和解释的义务。人只能将心中的疑问转化为一种可能性陈述出来，等待神的吉凶判断。这种呈告事实、期待判决的观念传统，对早期史官文献有着直接的影响。

对命辞的研究，也启发我们将卜辞文本放回其仪式语境，理解物质载体与文本之间的互文性。"命龟"的本质是对卜甲设立条件，这种"命"包括了话语和仪式（刻写）的两方面内容：话语层面的内容是，将所欲贞卜的事项，从正反两方面分别进行陈述；仪式（刻写）层面的内容是，通过将正贞和反贞分别刻写在龟甲的不同位置，为对应的凿孔（或说卜兆即将出现的位置）下达定义、设立价值。对这种互文性的认识，可以启发我们更深入地理解占验辞作为话语所存在的一些问题。

第四节　从监督到褒美：占验辞中的修辞性记录

正如世界上众多早期文明一样，商王的王权，是其权力具现而成的"结果"；而神权，或说其在巫术仪式、宗教祭祀中的神圣地位，才是其权力的"起源"。同理，商王所主持、参与的祝祷贞卜等巫术仪式，既是商王政治意图的重要载体，又是其政治活动的组成部分。而在甲骨占卜这样一种具有宗教—政治双重属性的活动中，卜辞的存在，确

---

① 过常宝：《先秦文体与话语方式研究》，14～15 页，北京，中华书局，2016。

乎为话语实践研究提供了不可多得的可能性。

从早商而至晚商，五百余年的商代史绝非对某种规则、范式的反复阐释和循环重塑，它具体投影着一个早期文明在通往帝国之路上对制度、权力最初的探索。今天的我们过分熟悉它最终呈现出的，关于帝国、王权的叙事系统和观念版图；但殷商史的迷人之处就在于，历史的叙事尚未成立，合法性的论证尚未开始，我们能听见文明最初的心音，一切可能性的胎动。

殷商时期，王权与神权密不可分，商王同时兼为世俗政治领袖和巫觋集团核心。《礼记·表记》所描述的"率民以事神"①，就概括了商王"对臣民的权力""对神灵的义务"两个侧面。又《尚书大传》云："汤伐桀之后，大旱七年，史卜曰：'当以人为祷。'汤乃剪发断爪，自以为牲，而祷于桑林之社，而雨大至，方数千里。"②提示了商王作为"大巫"所需承担的祭祀责任。出土甲骨刻辞中大量存在"王占曰"的表述，说明商王在占卜活动中具有视兆作占的权能。正如陈梦家所言："殷代的社会，王与巫史既操政治的大权，又兼为占卜的主持者。"③

但是，这种神权与王权的连结也有不稳定的一面，这归结于在殷商特殊的方国体系下，商王在大多数情况下并不具备压倒性的支配力。晁福林在《试论殷代的王权与神权》中指出："殷王朝是以子姓为核心的许多部族的联合体，贞人则是诸部族势力在王朝中的代表之一"，方国首领来殷王朝担任贞人之职，实质是"力图通过神权左右殷王朝的军政大事"。④ 李雪山考察了卜辞中出现的十二位贞人，进一步证明了这些贞人或享有封地，或代表国族，或负有贡纳和军事同盟的义务，其身份确为来朝担任贞人的方国首领。⑤ 贞人集团以商王为中心，以方国首领为主要成员，他们共同讨论卜兆，下达判断的过程，实际上就是

① （清）阮元校刻：《十三经注疏（清嘉庆刊本）》，《礼记正义》卷五十四，3563页，北京，中华书局，2009。

② （清）皮锡瑞撰，吴仰湘点校：《尚书大传疏证》，130页，北京，中华书局，2022。

③ 陈梦家：《殷虚卜辞综述》，517页，北京，中华书局，1988。

④ 晁福林：《试论殷代的王权与神权》，载《社会科学战线》，1984（4）。

⑤ 李雪山：《贞人为封国首领来朝职掌占卜祭祀之官》，见王宇信、宋镇豪、孟宪武主编：《2004年安阳殷商文明国际学术研讨会论文集》，北京，社会科学文献出版社，2004。

一种原始的咨议政治。作为基础组织单元的方国部族，与本质也是一个部族的商王朝之间，关系相对平等，各部族与商王朝的关系既有臣属、敌对，也有融合、分离等多种关系。基于不同的立场，贞人集团内部也必然存在利益博弈和话语权力角逐的现象。《尚书·洪范》借箕子之口，描绘了这样一幅理想的社会图景：当占卜知识被奉为真理，并在此基础上成为一种制度规范之后，就足以用来消弭国内矛盾，统合各方意志；当王、卿士与庶民的意见不统一时，占卜就具有"稽疑"这一决定性的作用。① 而在殷商的政治语境中，"稽疑"的功能就是为占卜主体及利益相关者给出确定的方向，平息诸方争议。在以商王为占卜主体的王卜辞中②，这种决策承担着较非王卜辞更多的政治功能，卜辞也呈现出更多的修辞意图，因此本节将以王卜辞为主要考察对象。

甲骨占卜以其宗教神圣性，为政治咨议提供了"稽疑"的制度秩序。然而，在整个殷商时期，神权与王权的关系并非始终如一。《史记·殷本纪》中记载了伊尹、伊陟、巫咸等拥有较高地位的神职者干涉政治的故事，其中伊尹"立太甲"又"放之于桐宫"，而复"迎太甲而授之政"的事迹③体现出神权对王权的教化和规训，为儒家学者所称重。但在武丁及以后，王权不断强化，最终凌驾于神权之上。晁福林提出，殷代王权是在与神权的斗争中发展起来的，殷代后期，随着商王对族权的打击，诸部族的影响受到削弱，贞人地位从而下降，主要即体现为贞人署名减少，贞卜内容为商王个人服务等。④ 与之对应的，正是方国地位从早商至晚商的下降：方国首领接受商王的使令和支配，商王朝与方国联盟之间的经济关系从早期的平等互利，转为单方面的朝贡和

---

① 这一政治传统至少到西周初期还留有痕迹，据《尚书·周书·大诰》的叙述，周公在东征之前，曾以"宁王所遗大宝龟"作卜，并将占兆结果诰布天下，向诸侯证明征伐的合理性，以及天命之所归。

② 占卜主体为商王的卜辞称为王卜辞，其余归为非王卜辞。参见黄天树：《关于非王卜辞的一些问题》，载《陕西师大学报（哲学社会科学版）》，1995(4)。

③ （汉）司马迁撰，（南朝宋）裴骃集解，（唐）司马贞索隐，（唐）张守节正义：《史记》卷三，99页，北京，中华书局，1982。

④ 参见晁福林：《试论殷代的王权与神权》，载《社会科学战线》，1984(4)。

征调。①

在政治语境的变化下，占卜制度作为咨议政治的功能是不断衰退的，这一点也反映在卜辞之中。目前所见的甲骨刻辞上迄武丁，下至帝辛，其话语方式总体上呈现出王权强化的趋势。贯穿这一时期的卜辞写作，作为一种政治性的话语实践，承载着商王与贞人在话语权力上的共谋、角力与融合。其具体表现形式体现在以下两个方面：一是在贞人集团的讨论中形成一个能够被各方接受的有关卜兆的阐释，并最终体现为占辞；二是借由占卜结果的验否对占者话语权力的合法性作出判断，最终体现为验辞。

一、吉辞：占验的知识背景

一个显而易见的事实是，虽然并非每一件卜甲或卜骨上都记有卜辞，然而凡是存在卜辞的，通常都有命辞乃至叙辞，但却并不一定记有占辞和验辞。甲骨占卜仪式以"设命"为贞卜的主要形式，以兆坼为显现结果，因此命辞和兆纹就足以构成一次占卜的全部内容。从多数甲骨不记占辞可以看出，"占"作为对兆坼结果的阐释，不具备成文和被刻写的必然性。但甲骨贞卜又确乎以得到占断为目的。另外，兆纹作为占卜的结果，仍需要被贞人转译为可被接受的言语。最早的"占"是写在兆旁的刻辞，也被称为"兆序辞"。这类刻辞最初被用于标记卜兆出现的顺序②，常见"一""二""三"直至"十"以上的数字，也有"一告""二告""三告""小告"等附加单位的序数。一些序号实际上被刻于不同兆枝之旁，因此有可能表示一次烧灼中兆纹崩坼的顺序，而带有"告"字样的则更可能是一事多卜中的区分标志。

以《合集》07942这片卜甲为例，共存在三组共六例对贞卜辞及相

---

① 参见晁福林：《从方国联盟的发展看殷都屡迁原因》，载《北京师范大学学报（社会科学版）》，1985(1)。

② 张秉权："序数字的契刻时间，据我们的推测，当在灼兆以后，刻卜辞以前，大概每灼以兆，便刻一序数字，以标明这是第几次占卜的卜兆，而卜辞的契刻时间，当在这一事件的占卜完成之后。"参见张秉权：《卜龟腹甲的序数》，见《中央研究院历史语言研究所集刊》第28本上册，230页，台北，"中研院"历史语言研究所，1957。

应兆序，我们以表格形式还原其文字排列（图 2-3、表 2-1）：

图 2-3　占卜龟甲①

表 2-1　对贞卜辞及相应兆序

序号	释文	兆序辞		兆序辞		释文	序号
(2)	贞：王勿出于敦	（二）	（一）	一	二	丁巳卜，宁贞：王出于敦	(1)
		三		三	四		
		五	四	五	六		
		七	二告　六	七	八		
(4)	贞：勿隹今丁巳出	二	一	一	二	贞：王今丁巳出	(3)
		四	三	三	四		
(6)	勿于庚申出	二	一		二	贞：于庚申出于敦	(5)
		四	三	三	四		

这例卜辞试图占断王应在何日去往敦地。第一组对贞先设立了一条"王出于敦"的概括性陈述，应当是取得了吉兆，因而第二组继续贞问是否当在丁巳日也就是当天出行。这一次当为凶兆，于是贞人再作第三组

　　① 　图版参见郭沫若主编：《甲骨文合集》第四册，1201 页，北京，中华书局，1999。释文参见胡厚宣主编：《甲骨文合集释文》第一册，438 页，北京，中国社会科学出版社，2009。

贞卜，改为庚申日出行。

卜甲虽稍有残缺，但很清晰地显示出兆序辞与兆纹、卜问次数的关系。我们可以看到，以龟腹甲中缝为轴线，中线至甲桥位置被分为两栏进行钻凿，每条命辞对应两栏兆象。针对每例设命，卜人由内而外，由上而下，对凿孔进行燋灼，得出兆纹后于其附近刻写序号，是为兆序辞。

既然每条设命都对应着双栏若干凿孔，那么在一次正反对贞中，对正贞与反贞各作四次乃至八次燋燎，应当是一种惯例，而非"反复贞卜"。三组对贞在内容上的递进关系，也展现出殷人在整个贞卜过程中存在的逻辑理性。也因此，兆象应当是需要以若干条兆纹为一组，综合取象才能确定的。从贞人取右上、左中两例为"是"来看，恐怕与兆纹的分叉、抑扬都有关系。

这例卜辞中，比较特别的是左上角第一组对贞中的反贞，除缺损的第一、二条兆序辞外，第三条兆序辞被刻记到了两栏兆纹中的外侧一栏，与奇数在内，偶数在外的惯例相反。而也正是在这一条命辞下，出现了"小告"。

"二告""小告"的刻辞通常见于两栏兆纹之间。检"先秦甲骨金文简牍资料库"，"一告"10例，"三告"16例，"小告"476例，"二告"2192例，复检于《合集》，其中"一告""三告"的实际数量更少，且皆为残片。"三告"更多见于牛胛骨，稀见于龟腹甲。总之，"二告"与"小告"在卜甲中占据了压倒性的数量[①]，这是十分奇特的。

孙诒让、张秉权认为，"告"为"吉"字之省，因此"二告"指上吉，"小告"指小吉；黄锡全认为，一告、二告、三告、小告的时期、特征及其性质，和吉、大吉、引吉不同，后者是兆辞，而"二告""小告"有可能类似于"不玄冥"，指兆象在形态上的一些特征。[②] 张世超、沈培

---

① 据黄锡全统计董作宾编撰的《殷墟文字乙编》上辑，"二告"780例，"小告"87例，"一告"2例，"三告"1例，比例亦为悬殊。参见黄锡全：《告、吉辨——甲骨文中一告、二告、三告、小告与吉、大吉、引吉的比较研究》，见《古文字与古货币文集》，17页，北京，文物出版社，2009。

② 参见黄锡全：《告、吉辨——甲骨文中一告、二告、三告、小告与吉、大吉、引吉的比较研究》，见《古文字与古货币文集》，9～14页，北京，文物出版社，2009。

认为，甲骨文中的"告"有着统一性，命辞中的"告"多指告祭，据此理解，"二告"当为"二告卜"，"小告"当为"小告卜"，或泛指"龟告卜兆"。①

根据现有的甲骨材料，仍很难判断"二告""小告"的真正含义。"二告"与"大吉"也有出现在同版卜辞中的情况②，因此两者并不相当，"告"更可能只作"告"来解。从广泛存在的"告于先祖某"的卜辞来看，"告"作为一种话语方式，应当是由下及上的。在《士丧礼》的记载中可以明确看出，当一个陈述从主人传达到贞人，再传达到灵龟时，这一由上及下的话语活动被称为"命"；而当兆象显陈之后，由占者向主人自下而上的陈辞，就称为"告"。以此推论，灵龟向占者显示兆象，也是一种由下而上的"告"。据此推论，"二告""小告"存有两种可能，一是龟告兆象，二是贞人告王。"二告"暗示了"一告"存在的可能，而其数量远多于"一告"，又说明"一告"为常规，所以少记或不记，"二告"为偶然情况。"二告""小告"常出现于兆纹之间，说明它们不是对特定某条兆纹的解释，不同于占辞，是对某次灼兆活动中重复告卜的标记，对于判断整体兆象有一定参考价值。但它们主要流行于早期卜辞之中，到了四期以后，就极少出现"二告""小告"的刻记了。

根据胡厚宣的分类，"一""二""三"是"序辞"，相当于我们前文所说的"兆序辞"；"二告""小告"为"兆辞"；而"吉""大吉""引吉"被称为"吉辞"。③陈梦家则将兆纹旁的刻记分为"兆序""兆记"和"简化了的占辞"三种④。后世研究者亦有将三者统称而论的，当然都是基于特定的研究角度——"分类"本质上是研究的手段而非研究的目的，在人文科学研究中往往并不是一种坚硬的事实判断。因此，胡、陈两家将"兆序辞""兆辞"与"吉辞"区分开来的分类方法，更有助于我们理解"占辞"的最初来源。

---

① 参见沈培：《殷卜辞中跟卜兆有关的"见"和"告"》，见中国古文字研究会、吉林大学古文字研究室编：《古文字研究》第二十七辑，北京，中华书局，2008。

② 例如《合集》22067(胡厚宣主编：《甲骨文合集释文》第三册，1097页，北京，中国社会科学出版社，2009)等。

③ 参见胡厚宣：《甲骨学绪论》，见《甲骨学商史论丛二集》下册，成都，齐鲁大学国学研究所，1945。

④ 陈梦家：《殷虚卜辞综述》，43页，北京，中华书局，1988。

　　"吉""大吉""引吉"这一类标记，一般被刻写在兆纹边上（图2-4）。它们在形式上接近于兆序和兆记，与其说是文辞，不如说是"标记"或"符号"。但是从内容上来看，它们除了对占卜事实的"标记"之外，还承担了对占卜结论，或兆象价值的初步判断。这也进一步佐证了，在一场甲骨占卜仪式中，贞人以口头或刻写形式"命"龟，兆纹呈现出某种吉凶之象，"告"于贞人，人与神灵之间的信息交换在这一"命"一"告"之间就已完整达成。至于其他文本，例如以"占曰"起领的占辞，以及"不用""兹孚"一类的孚辞或用辞，乃至我们习见的验辞，都并非"占卜"仪式必然承载的内容。

 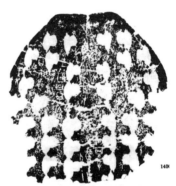

刻于兆纹一旁的"大吉"　　　　刻于龟腹甲反面的"引吉""不吉"

（《合集》28995）①　　　　　　（《合集》14002）②

图 2-4　占卜龟甲及卜辞

　　我们将"吉""大吉""引吉"从兆序辞、兆辞等其他符号性刻辞中剔取出来的原因，在于它们从一开始纯粹功能化的标记，最终成为"占辞"这种非仪式必需的政治话语的主要来源。

　　在占辞由简至繁再至简的演变过程中，最初最常见的占断话语，就是与吉辞相似的"吉""不吉""引吉"。它们不被刻写在兆枝旁侧，而

---

　　① 图版参见郭沫若主编：《甲骨文合集》第九册，3560 页，北京，中华书局，1999。释文参见胡厚宣主编：《甲骨文合集释文》第三册，1435 页，北京，中国社会科学出版社，2009。

　　② 图版参见郭沫若主编：《甲骨文合集》第五册，1983 页，北京，中华书局，1999。释文参见胡厚宣主编：《甲骨文合集释文》第二册，731 页，北京，中国社会科学出版社，2009。

是写入卜辞之中，以"某占曰"或"某曰"为标志，而与晚期占辞只言"吉""引吉"的极简相比，早期的占辞中，"吉"的判断通常后缀于对日期、天气等更具体的占验判断（图2-5）。

与最早直接为兆纹作注的吉辞有所不同的是，早期的大部分占辞被刻写于龟腹甲反面，以千里路为中轴，与正面的命辞互为呼应，这应当体现了仪式中先命后占的严格秩序。但也有部分占辞与命辞语势连贯，行款一气呵成，当为占卜结束后同时补刻，有时会一并记于腹甲正面。后一种占辞与命辞实际上脱离了仪式的情境，既不反映对贞的左右秩序，也不体现与兆象的阐释关系，其性质并非仪式中自然产生的文本，而是出于一定意图，并沿用仪式文本之惯例，所作出的一种追记和补叙。

王占曰："其唯丁夲，吉。"
"其唯甲，引吉，若。"
（《合集》00500 反）①

丙申卜，殻贞：来乙巳酚下乙。王占曰："酚，惟有祟，其有凿。"乙巳酚，明雨。伐既雨。咸伐，亦雨。改卯鸟星。（《合集》11497 正）②

图2-5　占卜龟甲及卜辞

这种追记既非产生于仪式之中，那么它的刻写一定具备某种宗教观念或政治上的意义。上图所选取的这则正面卜辞即为一例，它包含了完整的命辞、占辞以及验辞，连贯地表达了一件事：在占卜某次酚

---

① 图版参见郭沫若主编：《甲骨文合集》第一册，18页，北京，中华书局，1999。释文参见胡厚宣主编：《甲骨文合集释文》第一册，37页，北京，中国社会科学出版社，2009。

② 图版参见郭沫若主编：《甲骨文合集》第五册，1649页，北京，中华书局，1999。释文参见胡厚宣主编：《甲骨文合集释文》第二册，608页，北京，中国社会科学出版社，2009。

祭之吉凶时，王给出了"凶"的判断。酚祭后的次日果然下起了雨，即使殷人连续举行两次"伐"祭，也未能阻止雨势，直到一场卯祭之后，方才复晴。酚祭后这连绵几日的雨势，让人们回想起最初占卜时商王给出的占断，可见此次酚祭确实"有祟"，王的占断正确无误。于是贞人在当时所用的两片卜甲（《合集》11497、11498）上分别补记此事，并以大量篇幅描述了"验"的情形。如此看来，在这段文本中出现的"王占曰"占辞，完全不是占卜仪式的原生文本，而是为记"验"的价值而写作的。

另外，虽然无法看到当时占卜材料的完整原貌，但殷人无视占卜结果而举行酚祭的行为，说明他们一开始对这次"王占"的结论并不重视，有可能正是因为占卜结果与愿望相左，才未能留下占辞。而占卜的意外灵验，使得殷人必须重新检视这场占卜的价值。因此他们在腹甲正面，以"前辞、命辞、占辞、验辞"这一原本来自仪轨记录的文本格式，以"追加记录"的形式，肯定商王占断的价值。

总之，占辞以"吉""大吉""引吉"这类吉辞话语作为最初的话语资源，它们通常在占者给出占断后，被刻写在卜甲背面，用以总结正面命辞的对贞兆象，以为后续事件求验。但也有相当一部分占辞存在于"追加记录"的文本之中，这类文本借用了源自占卜仪轨的文本格式，却以价值判断和叙事作为写作的功能与目的。因此，占辞的刻写位置，往往能体现出特别的文本功能。

二、占辞：话语主体的移位

命辞本身并非问句，同理占辞也非对命辞的直接回答。设命者有时为王，有时为贞人；而作占者也同样没有固定的身份。可以理解，在神灵的意志面前，无论王还是贞人，在占卜之前对未来同样一无所知，没有任何一方天然是神意的代言人。因此设命者与作占者之间，并不像后来的"祝"和"神尸"那样，存在对话和问答的关系。但是以卜甲、卜骨为媒介，他们得以给出自己的解释。不妨认为，在这形式上的对话之间，其实存在着未被书写的第三方，那就是被刻写上文辞的物质载体本身。卜甲卜骨接受了设命者之命，呈现卜兆，再受到作占者的检视，其兆象又被转化为占辞。设命者与作占者之间的关系，就是这样被牢固地束缚于占卜仪式之中，并不存在抽象意义上的主客问答。但是，"某人曰"这类具有口头话语色彩的引语形式，却广泛存在于命辞和占辞之中。如何理解卜辞不同构件中的"某人曰"，不但关系到对命辞、占辞结构和功能的理解，更是正确判读一些复杂卜辞的必要条件，并由此准确理解占卜仪式中不同主体之间的相互关联。

"王占曰"或"某人占曰"可以说是最为典型的占辞句式，正是因为它们的普遍存在，才使我们能够更轻松地判断和分析卜辞结构。这类句式有时甚至省略"占"字，直谓"某人曰"。"某人曰"和"某人占曰"的形式，不但以引语形式直接传达了占辞内容，更交代了作占者的主体身份，并强调了作占的口头话语形式。如今出土的大量只记命辞而未记占辞的甲骨材料，就说明"占"可以仅作为口头话语存在，不一定需要通过刻写才能行使占断的功能。

但是，一些虽经钻灼却不见刻辞的卜骨卜甲，同样显示出"设命"却仅仅作为一种口头行为的可能性；此外，在命辞中，也时有出现"某人曰"的口头话语表述。那么，命辞中的"某人曰"是否是对仪式中命龟之辞的直接引用呢？

如前所述，大多数命辞与仪式有着较强的关联，其中相当一部分是直接对甲骨设命，直接体现为"（某人）贞"之后的陈述句，只有少数用"曰"强调了口头色彩，例如：

[1]戊戌卜，設贞：王曰："侯豹毋归。"

[2]戊戌卜，設贞：王曰："侯豹往，余不束其合，以乃使归。"

[3]己亥卜，贞：王曰："侯豹，余其得汝使，劦。"

[4]贞：王曰："侯豹，得汝使，劦。"（《合集》03297 正）①

这段卜辞一般被认为是贞人代王贞卜是否该在命龟时说某句话。

---

① 胡厚宣主编：《甲骨文合集释文》第一册，202 页，北京，中国社会科学出版社，2009。

也就是说，王要求贞人占卜，自己接下来命龟时，要以何种形式陈述命辞。"王曰"的部分应当为后续所作卜辞的命辞内容。这也进一步说明，命辞的本质是王或某位贞人的口头设命。在王与贞人集团看来，这种口头言辞本身即具有某种话语魔力，为了获得准确的占卜结果，必须用得体的语言设命，为此他们会预先卜求命辞的合宜与否。在这片卜骨中，可以看出商王内心想让侯豹回来，但在直接下令之前，按照某种政治惯例，他必须先占卜侯豹回来是吉是凶，才能为这份王令赋予合法性。为了得出更切近自身想法的占卜结果，他要谨慎地考虑如何设命，使自己的意图更容易被神灵领受。为此他贞卜了数种表达方式的合宜与否，其中包括"侯豹毋归"的直接设命，还有自陈胸臆的"余不束其合"（我不想让他们会合），以及不直接命归，只作暗示的"余其得汝使，刕"。除此片之外，后续又有三片卜骨，所问略似，但由于文本残缺，很难判断王最终选取的设命之法。总而言之，这一类命辞是对未来的命辞设命，因此其口头属性属于未来的命辞，而在当下的命辞中，"王曰"或"某人曰"才是一条是非判断的陈述核心。"曰"或"不曰"，如同其他的所有命辞一样，属于虚设的陈述。

也有研究者发现，一些命辞是以占辞设命的，用以占卜某一则占辞的准确与否①，此时命辞中也会出现"某人曰""某人占曰"的表述。例如：

> [1]辛丑卜，殻贞：妇好有子。二月。
> [2]辛丑卜，亘贞：王占曰："好其有子"，孚。
> [3]王占曰："吉。"孚。（《合集》00094 正、反）②

这组同版卜辞事实上包含了两次占断，[1]是第一次贞卜，贞人"殻"贞问妇好是否有子，而王占断出"有子"的结论。于是贞人"亘"又作了第二次贞卜，问："王占得的'妇好有子'会应验吧？"[3]是针对第二次贞卜的占辞，同为王占。王判断兆象为吉，认为[2]所问的，也就

---

① 参见韩胜伟：《甲骨卜辞占辞研究》，19～24页，硕士学位论文，西南大学，2015。
② 胡厚宣主编：《甲骨文合集释文》第一册，6页，北京，中国社会科学出版社，2009。

是[1]中所得到的"好其有子"这条占断能够应验。①

[1]□亥卜，师贞：王曰："有孕。"嘉。扶曰："嘉。"（《合集》21071）②

这例卜辞的结构也大致相同，但不一样的是占辞直接书写在命辞之后，形成"某曰……某曰……"这种宛如对话的结构。这例卜辞的实质与上一例相同，贞人"师"贞问："王上次作的'有孕'占辞是正确的吗？"贞人"扶"占卜道："是正确的。"

命辞本身虽为对口头话语的记录，但是当命辞中出现"曰"时，通常标志着对某人口头话语的转引，其引文或为过去之"占"，或为将来之"命"，并非当下所作的命辞内容。

相比之下，"占"与"某人曰"之间具有更高的相关性。这主要体现为当"某人曰"不以"贞"为前提而独立出现时，有更大的概率是占辞。据此我们可作进一步的推测，"占"在多数情况下是以口头言语的形式存在的，贞人视兆毕，口头表述占断结论，至此一个占卜仪式即可告终结。卜辞中存在大量"占曰"的表述，这也可以印证我们对"占断"之口头性的认识。而在明确这一点后，"占辞"的被刻写，就成为一种特例。也就是说，当一则卜辞特地记录了"占辞"时，一定存在某种政治上或宗教上的目的。而对验辞的记载，作为对占辞准确性的判决，更是对作占者之神圣地位的臧否。可以认为，占辞、验辞的存在，目的不在于服务占卜，而是一种政治性的话语实践。

占辞中"王占曰""某人占曰"的表述，揭示出殷商时期的作占主体可以是商王，也可以是贞人。从武丁早期至帝辛时期，"王占曰"之文的分布并不均匀，吴其昌最早提出："凡此'王占曰……'之文，其时代皆在殷末叶帝辛之世。"③梅军对"王占曰"之文整理研究后进一步发现，其"主要见于宾组、历组、出组、黄类王卜辞，尤以典宾类、黄类卜辞

---

① 韩胜伟：《甲骨卜辞占辞研究》，19～24页，硕士学位论文，西南大学，2015。

② 胡厚宣主编：《甲骨文合集释文》第三册，1049页，北京，中国社会科学出版社，2009。

③ 吴其昌：《殷虚书契解诂》，249～251页，武汉，武汉大学出版社，2008。

为多"①。典宾类所在的第一期，黄类所在的第五期，分别是"王占曰"集中出现的两个重要时期，换言之，"王占曰"在一至五期卜辞中的数量变化带有显著的历时特征，它盛行于武丁中后期，渐衰于祖庚、祖甲时期，此后消逝无声，直至帝乙、帝辛时期再次复兴。

至于占辞署名的贞人，除王以外，还有王臣（典宾）、余（师小字）、由（师小字）、左卜（历类）等人，在花东卜辞中，则常见"子"。② 李学勤、彭裕商在论著中提出，集中于武丁早期的小字类卜辞没有"王占曰"，只有卜人的占辞，是由于武丁年少，"还没有据兆以推断吉凶的能力"③。占卜的知识经验固然是其中一个方面，但在占卜本质是一种政治行为、议政模式的情况下，如果商王无法对征伐、祭祀作出自己的占断，就相当于将决策权拱手于贞人集团。占卜所需的知识技术和实践经验成为年轻的商王践行王权的壁垒，贞人集团通过命辞设置议题，通过占辞导出决策，此时商王的意志常常是不在场的：

[1] 丙寅卜，由：王告取儿。由占曰："若，往。"（《合集》20534）④

[2] 癸酉卜，贞：方其征，今二月印，不执。余曰："不其征。"允不。（《合集》20411）⑤

以这两则武丁时期的卜辞为例，[1]中的命辞省略了"贞"字，但可看出正是贞人"由"作出设命，问王是否应当前去举行告祭。接下来作出占断的仍然是"由"，判断王应当出行。虽然是贞问王的行动，但是从议题的选取到占断的解读，整个过程中"王"只是作为客体而存在的。[2]原片是龟腹甲的左侧残片，应当属于正反对贞中"后设"的一例反

---

① 梅军：《殷商西周散文文体研究》，31页，北京，科学出版社，2016。

② 参见韩胜伟：《甲骨卜辞占辞研究》，26页，硕士学位论文，西南大学，2015。

③ 李学勤、彭裕商：《殷墟甲骨分期研究》，86页，上海，上海古籍出版社，1996。

④ 胡厚宣主编：《甲骨文合集释文》第二册，1024页，北京，中国社会科学出版社，2009。

⑤ 胡厚宣主编：《甲骨文合集释文》第二册，1019页，北京，中国社会科学出版社，2009。

贞，是仪式过程中产生的文本。然而"余"的占辞却不根据仪式过程刻写于腹甲反面，而是直接续刻于原命辞之后，并后继以"允不"的验辞。"余"这位贞人通常以"余曰"代替"余占"，且常附有验辞。《合集》20965、20969两则卜辞中，"余"成功预测了下雨，在刻写上也同样将占辞续于左侧"凶贞"命辞之后，并附以验辞。这种特殊的刻辞形式意在强调占卜的准确性，也充分体现出这位贞人的强势地位。吉德炜提出过"炫耀性卜辞"的概念，其刻写目的通常是为了证明占卜的准确性，"其特征包括(1)大而夸张的书法，(2)占辞和验辞连写为一句，通常就写在命辞旁边，(3)验辞(往往十分详细)证实了占辞的准确"①。炫耀性卜辞"这一提法的价值在于提出了卜辞的字形、句法等书写形态与书写者主观意图的关联，并从中发现了"修辞"的存在；其局限性则是仅关注到贞人与商王在权力上的合作关系，未能考虑到贞人在商代中晚期政治身份的变化，可能影响到他们在卜辞写作中的主体性和独立性。一个例证就是在上述两例贞人占辞中，也存在吉氏所概括出的"炫耀特征"。可见，这类具有修辞意图的书写形态，并非仅限于对王权的褒美，它所反映的只是占卜本身的成功，像"余"这样兼能设命作占、地位强势的贞人，也同样能用特定的书写形态来展示自己占卜的准确性。

传世文献记载了武丁初即位时在政治上的不作为："帝武丁即位，思复兴殷，而未得其佐。三年不言，政事决定于冢宰，以观国风。"②可资比较的是，武丁早期的占辞，以贞人占辞为主，不见王占辞。直到武丁中晚期后，方能看到商王所作占辞。李学勤、彭裕商最早注意到这一现象，并推断这是由于武丁年少，"还没有据兆以推断吉凶的能力"③。换言之，武丁的"三年不言"很可能并非自发的选择，而是为占

---

① 参见吉德炜：《中国正史之渊源：商王占卜是否一贯正确？》，见中国古文字研究会、陕西省考古研究所、中华书局编辑部编：《古文字研究》第十三辑，北京，中华书局，1986年。

② (汉)司马迁撰，(南朝宋)裴骃集解，(唐)司马贞索隐，(唐)张守节正义：《史记》卷三，102页，北京，中华书局，1982。

③ 李学勤、彭裕商：《殷墟甲骨分期研究》，86页，上海，上海古籍出版社，1996。

卜咨议制度所限制。

随着商王取回占卜权力，相同的炫耀特征也出现在王占辞之中。以"王占曰"为标志的王占辞最早出现于师宾间类卜辞，其时约在武丁中期。在传世文献中，武丁从胥靡之中拔擢了傅说，以其为相而使天下治，所描述的也与武丁取回政治权力有关。陈梦家在《殷虚卜辞综述》中曾提及从武丁至帝辛时期贞人署名频次的变化，即"武丁到廪辛的卜辞记卜人名的最多；廪辛以后卜人不记名，到了乙、辛又出现了少数记名的"①。贞人记名，于王卜辞中多见于叙辞的"某某贞"，并用于起领命辞，少量见于占辞。武丁至廪辛时期，贞人活动相对活跃，常以设命、检验的方式参与占卜；康丁至文丁时期，占卜权力集中于商王一身，贞人的主体性受到削弱；至于帝乙、帝辛之时，贞人多代王作占，其身份是服务于商王的占卜职官。而占验辞在话语形态上的历时变化，也体现出商王与贞人之间权力关系的消长。

贞人地位的进退，与商代的政治制度与统治形式存在着密不可分的联系。在方国体系下，各部族与商王朝的关系既有臣属、敌对，也有融合、分离等多种关系。而这些关系总是处于脆弱的平衡之中，也有相互转化的可能。今天我们很难准确地判断商王作为方国共主或领袖的合法性由何而来——军事力量的强盛固然是维系统治的重要条件，但它总有地理空间上的极限。周王朝以同心圆的形式划分权力范围，即为注脚。而空间距离作为军事屏障的意义，又足以保护一些较弱小的部族与商王朝分庭抗礼。更进一步说，即使有跨越空间进行掠夺的能力，也并不代表就能建立并维系膺服王权的政治秩序。方国联盟的政治结构，是在长期多方僵持的部族冲突中逐渐形成的最优解。在这种体系下，各方国之间的政治经济地位相对平等，并依靠相似的意识形态绾合在一起。这种意识形态来源于祖先崇拜，同样也是商王朝作为同盟共主的地位来源，它意味着商王朝的统治，不但具有血缘上的合法性，也具有宗教上的合法性——即便来自有意识的建构。

曾经有研究者提出，商王世系，尤其是早期的商王谱系，可能存

---

① 陈梦家：《殷虚卜辞综述》，173 页，北京，中华书局，1988。

在将早期一些同盟部族首领编入其中的情况。通过共享先祖，共同祭祀，这些部族很快融入了商部族，成为商王朝早期发展的重要助力。从更保守的角度看，至少《殷本纪》中早期商王世系的兄终弟及现象，确实是有利于收束部族力量，扩大自身优势的一种选择。祖先崇拜及相关祭祀制度是为当时社会共同接受的基本法则，而对"祖先"的认同，事实上又可以通过联姻、征服等方式，加以重塑。殷人将"远古先祖、女性先祖，一些异姓部族的先祖都和列祖列宗一起网罗祀典，尽量扩大祖先崇拜的范围"并以周祭等形式遍行祭祀①，这种求全求广的祖先崇拜，在宗教信仰的属性之外，更是组织社会生活的依据，维系方国同盟的纽带。当时其他部族的先祖与殷人常有重合，有时商王会占卜"是否前往某地祭祀某人"，可能就是当某个部族祭祀共同祖先时，商王有义务前去参与，甚至主持。通过祭祀被反复强调的祖先认同，正是部族之间的共识基础。

在这个基础上，方国部族作为最基础的组织单元，与本质也是一个部族的商王朝之间，关系相对平等，体现出一种原始的民主；而其运作方式之一，就是以占卜为主要形式的咨议政治。许多贞人名与地名、族名存在一致性②，因此卜辞中的贞人名应当来源于其所属部族的名称，而贞人也至少应当是本部族内具有宗教地位的上层贵族。从商部族的神权、王权皆集中于商王一人的情况来看，这些贞人同时身为部族首领的可能性非常高。这一结论同时也解释了商代贞人"异代同名"的现象。此外，据晁福林考证，贞人部族中的一些贵族妇女，通过联姻来到了殷王室，记事刻辞显示，她们有时也参与整治龟甲等占卜相关工作③。

商王与来到王庭的各部贞人，通过占卜作出政治决策，这使得占

---

① 晁福林：《天命与彝伦：先秦社会思想探研》，24 页，北京，北京师范大学出版社，2012。

② 参见晁福林：《试论殷代的王权与神权》[载《社会科学战线》，1984(4)]、李雪山：《贞人为封国首领来朝职掌占卜祭祀之官》(王宇信、宋镇豪、孟宪武主编：《2004 年安阳殷商文明国际学术研讨会论文集》，北京，社会科学文献出版社，2004)等文。

③ 例如卜辞中大量的"妇某示某屯"。

卜制度天然带有咨议政治的色彩，而卜辞的写作就成为最早的政治话语实践。因此，话语实践主体的改变，为我们解读卜辞提供了深刻的历史文化语境。而"王占曰"的盛衰，正折射出神权与王权的角力。武丁初期，强势的贞人集团不但能够选定议题，还能下达占断，左右王庭的决策；其后商王虽夺回占断的话语权力，但却将占卜的验否与王位的合法性一起置于被检验的风险之中。当王权极盛之时，神的权威不断受到挑战，根据祖先崇拜这一基本共识建构而成的、体现着原始平等的国族秩序，必须作出调整，以适应商族独大的全新平衡。由是，咨议政治的基础受到动摇，占卜制度对王权的约束力走向松弛，卜辞的话语实践性质发生变化，写作主体的话语权力在商王与贞人集团之间摆荡。到了殷商晚期，一些王室成员和商王的亲信大臣被选派为贞人，他们以"王臣"身份参与占卜活动，以商王的立场为立场，不再是诸族利益的代言者。占卜成为一家之事，一姓之事，占卜的内容也趋向僵化沉闷。殷商晚期开始出现大量格式固定的卜旬之辞，话语主体的立场重叠，使殷商晚期的占辞与验辞之间，失去了曾经的张力。

三、验辞：话语策略的消隐

最早尝试以话语分析的方式解读卜辞言说策略的，应当是吉德炜于 1986 年发表的《中国正史之渊源：商王占卜是否一贯正确？》[①]。论文以武丁时期的卜辞为研究对象，发现了占辞与验辞之间的诸种关联，并探讨了这些关联背后的权力语境。除了不记占辞或验辞，以及验辞证实占辞这两种常规情况之外，吉氏还分析了"验辞既不证实也不否定占辞""不记占辞，但验辞使人对预测的准确性发生怀疑""验辞几乎与占辞矛盾"这三种特殊情况。吉氏认为，武丁时的贞人更倾向于印证占卜的准确性，意在维护商王权威，这三种情况体现出贞人调和事实与占卜的努力。论文的话语分析方法非常值得学习，但需要指出的是，这一结论是将贞人视作"史官"而下达的，因此基本方向虽然正确，但

---

① 中国古文字研究会、陕西省考古研究所、中华书局编辑部编：《古文字研究》第十三辑，北京，中华书局，1986。

贞人究竟是意在使占卜结果向王权靠拢，还是在王权之下试图保持占断结果的独立性，恐怕还需要作进一步的分析。

在贞人确实是服务于商王的职官这一假设下，吉德炜所作出的推断无疑是成立的，殷商晚期的"王占曰"有占皆吉，有验皆允，即为证明。但是，当我们将殷商时期神权与王权的力量消长过程纳入研究视野时，就很容易发现武丁时期这类"占而不验"的记录存在相对的特殊性。进一步说，此时的话语主体——贞人，尚具有较为独立的政治立场和话语权力。当王权真正控制了占卜制度以后，体现出来的是殷商晚期的"王不自占"，乃至殷商末年的"王占皆吉""王占皆验"。吉氏所考察的武丁期占验辞，多数出自身兼部族首领的贞人之手，他们一方面不直陈商王的误占，而是以委婉的表述维护着占卜制度的固有威严；另一方面又不刻意迎合商王的占断，以真实的记录呈现商王能力的局限。与之相承袭的，或正是春秋史官的实录精神，只不过与后世以职守立身的史官相比，武丁时的贞人作为与商王地位对等的部族首领，更多一份理所当然的议政立场。

作为历史上最早拥有话语权力的言说者之一，贞人的主体性主要体现于贞人命辞、贞人占辞以及对王占所作的验辞。其中，命辞反映的是贞人集团选定命题、设置议程的权力，在缺乏更进一步信息的情况下，很难判断商王与贞人之间在其中所承担的角色。但占辞、验辞则不然，在占与验的环节、正与误的判断之间，存在着阐释与角力的空间。作为最早能见到的卜辞，武丁时期的占验辞对贞人的主体性有着最为充分的体现。

在上一节讨论早期贞人身份的同时，我们也对武丁早期贞人占辞作了简单的考察，认为这一时期的贞人兼有设命与作占的资格，有时也以"炫耀性卜辞"展示占卜的准确性。据此，我们将吉德炜对"王占辞"的话语批判扩展到贞人群体的话语结构之中，并得以为早期贞人的较高政治地位作出注脚。

接下来需要考察的第二阶段占验辞，就是吉氏在论文中作出集中论述的部分。由于我们对贞人的地位与之存在不同看法（即贞人并不总是无条件支持商王的权威），所以也需要对文章论断作出一定程度的重估。能达到共识的一点是，王占辞中的相当一部分，完全符合"炫耀性卜辞"这一定义。王占辞最早出现于师宾间类卜辞时，其格式已固定为"王占曰"。当它涉及气象等一些较易作出事实判断的事情时，常常附有验辞。以两例过渡期的宾一类卜辞为例，可以看出这类"炫耀性卜辞"的功能其实已脱离了占卜的仪式语境（图 2-6）。

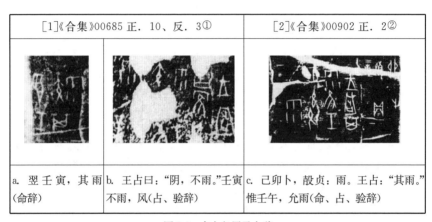

[1]《合集》00685 正．10、反．3①		[2]《合集》00902 正．2②
a. 翌壬寅，其雨（命辞）	b. 王占曰："阴，不雨。"壬寅不雨，风（占、验辞）	c. 己卯卜，㱿贞：雨。王占："其雨。"惟壬午，允雨（命、占、验辞）

图 2-6　占卜龟甲及卜辞

同为占断天气的卜辞，这两则在形态上微有差异。[1]的命辞与占辞分别作于龟腹甲的正反面，验辞在反面占辞之后刻写，基本符合仪式规范。[2]的占辞则刻写在正面，另起一行作于命辞之下，验辞亦紧承占辞。占验辞不但处于正面，且采用了较大的字形，具有明确的炫耀、展示意图。

从中我们可以得出这样的结论：假如验辞在行款上与占辞紧密相连，那么占辞一定是在占卜应验后与验辞一并刻写的。其意义必然在于彰显占卜的准确性。无论作占主体是商王或贞人，这样的刻写形式都是对其占卜能力的夸耀。

---

① 图版参见郭沫若主编：《甲骨文合集》第一册，168～169 页，北京，中华书局，1999。释文参见胡厚宣主编：《甲骨文合集释文》第一册，52～53 页，北京，中国社会科学出版社，2009。

② 图版参见郭沫若主编：《甲骨文合集》第一册，241 页，北京，中华书局，1999。释文参见胡厚宣主编：《甲骨文合集释文》第一册，73 页，北京，中国社会科学出版社，2009。

在所有占卜内容中，气象变化是最容易被观测并被验证的客观事象之一。吉德炜指出，在这类占断的验辞中存在"补充修正"的情况，即王占某日下雨，验辞记载雨在"夕"，或"雨小"，并推论"它或者希望勉强证实将雨的预测，或者希望使不雨的预测不至于错得太离谱"。但我们知道，占卜所贞求的是"是非判断"，验辞的"允"即是对占断的肯定。如果当日确实下雨，证明商王占断正确，贞人只须记录"允雨"即可，何必附以"雨小"或"在夕"的说明；假如当日未曾下雨，那么就说明贞人在以"夕雨""小雨"来伪造占卜应验的事实，那么我们不禁要问，这种伪造所预设的读者是谁？其目的是为了取悦商王，还是瞒骗神灵或其他贞人？在这种元老院式的封闭咨议环境中，伪造占验记录的必要性是值得怀疑的。

从大量笼统的命辞反而获得详细占断的情况来看，殷人对待占卜的态度十分严苛，他们希望占卜者在对设命主题的是非判断之外，凭借自己的知识经验，给出尽可能丰富的细节信息。比如一则作出"其雨"笼统判断的占辞，显然不如"易日；其明雨，不其夕，唯小"（《合集》06037）[1]、"辛雨，庚亦雨"（《合集》02002）[2]这样的判断更能显示占卜者的预测能力。因此我们不妨假设存在着这样一种可能：一部分验辞中"补充修正"的情况，反映出贞人相对中立的身份立场。例如"允雨"是为维护王权或客观事实所下达的事实判断，而"在夕""雨小"是贞人为表达某种褒贬或立场所保留的价值判断。也就是说，尽管王对"是否下雨"这种二选一的占断侥幸应验，贞人仍会苛求这份占断的准确性，例如未预测到雨量的大小，以及更精确的时间。

在神权占据主导地位的时代，商王的占断很容易成为经验丰富的贞人集团所挑剔的对象，我们很容易从一些验辞中读出贞人对商王占断的褒贬意图。这种意图主要呈现为事实陈述与占断假设的碰撞，而没有直接的否定言辞，以《合集》12487这套完整的龟腹甲正反对贞及

---

① 胡厚宣主编：《甲骨文合集释文》第一册，330页，北京，中国社会科学出版社，2009。

② 胡厚宣主编：《甲骨文合集释文》第一册，139页，北京，中国社会科学出版社，2009。

其占验辞为例(图 2-7)：①

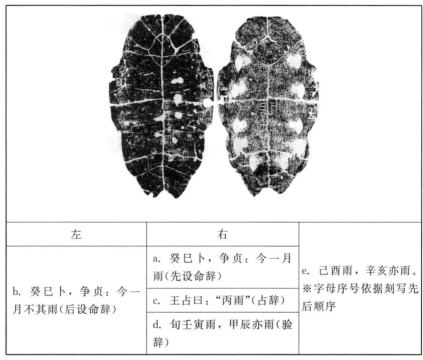

左	右	
b. 癸巳卜，争贞：今一月不其雨(后设命辞)	a. 癸巳卜，争贞：今一月雨(先设命辞)	e. 己酉雨，辛亥亦雨。※字母序号依据刻写先后顺序
	c. 王占曰："丙雨"(占辞)	
	d. 旬壬寅雨，甲辰亦雨(验辞)	

图 2-7　占卜龟甲及卜辞

吉德炜对这例卜辞作出了非常详细的文本分析，但其不足正在于未能考虑到这一时期贞人相对于王权的独立性。熟悉《春秋》三传中史官以事实陈述隐寓价值判断手法的读者，可能会对这例卜辞的修辞手段产生更深刻的共鸣。

考察卜辞所载事件，从癸巳日到最后的辛亥日，相隔两旬，其间共有四日下雨，而王所占的丙日却无雨。从龟腹甲的结构来看，右贞为先设之吉贞；左贞为后设之凶贞，贞问的基本内容是一月会否有雨。王的"丙雨"作为对右侧吉贞的肯定，被刻记在右侧命辞一旁的甲桥位

---

① 图版参见郭沫若主编：《甲骨文合集》第五册，第 1767 页，北京，中华书局，1999；释文参见胡厚宣主编：《甲骨文合集释文》第二册，第 655 页，北京，中国社会科学出版社，2009。

置上。从后续的事件发展也可以看出，一月确实下雨了。但是，王在占卜时没有笼统地占断"其雨"，而是给出了"丙"这个确切的日期。鉴于命辞中并未要求王给出降雨日期，因此王过于具体的占断可能是出于对其占卜能力的自信，或是占卜制度下对占断细节的普遍要求。然而后续接踵而至的问题，即缘于这四次降雨皆不在丙日。

这次占卜作于癸巳日，其后的第一个丙日是丙申，而验辞中的壬寅正好已经接近这一旬的最后一天。这个壬日以及下一旬的甲日俱有降雨，可以想见贞人一直待至第二旬的丙午日，发现仍然无雨，于是在正面千里路右侧记下"旬壬寅雨，甲辰亦雨"①。因为确实是一月下雨，符合右侧的命辞，所以同样记在右侧；但由于降雨不在丙日，故只记壬、甲两日。对商王而言更不幸的是，这个丙日三天后的己日，以及再两天后的辛日俱有雨，两旬已过，其中两个丙日尽皆无雨，贞人又翻出这片卜甲，正面已经没有刻记的空间，于是在反面的千里路两旁（也是仪式性验辞一般刻写的位置）补充追记："己酉雨，辛亥亦雨。"这个"亦"字，充分表现了雨日之多，从而暗示出商王占断之谬，这多少已经显露出了后世史官春秋笔法的锋芒。

占一月有无降雨而王谓有雨，结果一月确实有雨，只是不在丙日，总体上结论无误，两则验辞俱刻于占辞一侧也可为之证。但贞人并没有因此掩饰王在具体日期上的占断失误，而且以涂朱等形式对占断之不验作出了强调。针对王超出命辞范围所作的自信占断，贞人以事实陈述完成了价值判断。

这则案例充分证明了贞人能够针对占卜验否行使独立判断，也证明这个时期的王权仍处于神权政治的秩序之下。据此我们可以对吉氏所提出的"验辞既不证实也不否定占辞"等情况作出更明晰的定论，例如《合集》14002 这片占断妇好生产情况的卜甲（图 2-8）。②

① "旬壬寅雨"自上及下刻写，"甲辰亦雨"中，"辰"字可能因漏记或为补充而后刻，两句应当是连贯的，也被涂朱。如果贞人没有待至丙日发现无雨，则不会刻写这两句。

② 图版参见郭沫若主编：《甲骨文合集》第五册，北京，中华书局，1999，第 1983 页；释文参见胡厚宣主编：《甲骨文合集释文》第二册，731 页，北京，中国社会科学出版社，2009。

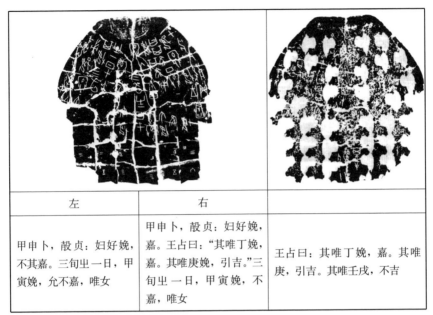

左	右
甲申卜，殻贞：妇好娩，不其嘉。三旬业一日，甲寅娩，允不嘉，唯女	甲申卜，殻贞：妇好娩，嘉。王占曰："其唯丁娩，嘉。其唯庚娩，引吉。"三旬业一日，甲寅娩，不嘉，唯女	王占曰：其唯丁娩，嘉。其唯庚，引吉。其唯壬戌，不吉

图 2-8　占卜龟甲及卜辞

这则卜辞的一个突出特征是：占辞、验辞在卜甲正面以连贯的行款刻写，且同时刻于对贞命辞的两个半片，因此可能不作于仪式之中。反而是卜甲背面左侧刻有王占辞，对应正面右侧的设命，应当是仪式中真正的王占辞记录。其文字与正面补记的王占辞大致内容相似，主要就是贞断妇好生产的吉凶和日期。命辞的刻写方向符合仪式的一般规范，右侧为先设之吉贞，左侧为后设之凶贞。商王的占断以"嘉"为主，故记于吉贞反面。此处"嘉"原字形为"幼"，张秉权认为专指生子。[1]

据此推论，在仪式现场，商王占断生产日期存在"丁""庚""壬戌"三种可能，其中两日为吉，一日不吉。但是在三旬之后的甲寅日里，妇好娩而"不嘉"，产而得女。这一事实被贞人以验辞的形式记于卜甲上，用以显示王占的两处错误：一是日期占卜错误，二是对新生儿性别的预判错误。其中，日期的错误不但包括实际产期在"甲"，与商王

---

① 参见于省吾主编：《甲骨文字诂林》第一册，474 页，北京，中华书局，1996。

占断不符；此外验辞中贞人两次强调"三旬又一日"，还暗示着商王对分娩时间的判断过早——背面王占辞仅言天干，可能是将预产期定在本旬之内；而实际分娩日却在三旬又一日之后的甲寅。对于性别的占断错误，验辞不但言"不嘉"，更进一步地说"唯女"，也是对王占错误的突出强调。

从行款的连续性来看，包括命辞、占辞在内的整篇卜辞，都有可能是在妇好分娩后刻写的。① 这样一来，整篇卜辞的刻写目的只有一个，那就是显示王占的错误。在形式上，它甚至采用了极为罕见的重复刻写验辞的手法，不但在右半片的王占之下记录验辞，还在左半片的命辞之下重复刻写，并用"允不嘉"强调了左半片凶贞的应验。此外，背面的王占辞中还有"其唯壬戌，不吉"的占断，说明王占并非一味谓吉，也作出过不吉的判断。但因为王占的"不吉"在壬戌，而实际上的"不吉"发生在甲寅，于是贞人不予采纳，在正面的刻辞中有意不记这句占断，以显示商王预测的全盘失败。

因此，这类卜辞并非如吉德炜所言，"既不证实也不否定占辞"。当事实与王的预测相左时，贞人对事实的直笔记录，即构成对商王占断的否定，这与后世史官的春秋笔法颇有相近之处。上古时期的语言形式相对简单，因而存在多种解读的可能性，但是理解卜辞则必须将其放回仪式语境，充分重视话语主体，考察卜辞正反左右位置和行款连续性，并探讨同版甲骨上占辞、命辞、验辞的互文关系。对上述问题的综合考察，印证了我们对贞人地位的判断，同时也符合对这一时期神权与王权关系的考察。

至于吉氏所提出的最后一种情况，即"不记占辞，但验辞使人对预测的准确性发生怀疑"，以上述方法而言是无法进行话语分析的。因为不记占辞，则不知道作占者是商王还是贞人，那么用以判断占辞正误的验辞就失去了权力的语境。

最早的师组卜辞中存在贞人占辞，而宾组三类卜辞中不见王占辞，

---

① 其中右半片空间不足，最后一行刻辞由原来的从右往左书写，改为从左往右书写，以求将内容完全呈现于一段卜辞之中。

只有验辞，李学勤认为"可能与商王（武丁）年岁已老有关"①，黄天树将宾组三类定为祖庚时期，因此商王的年岁可能并不是影响王占辞的唯一原因②。祖庚、祖甲时期的出组卜辞复见王占辞，与此同时的历组卜辞中也存在一些贞人占辞。结合此时期叙辞中广泛存在的贞人署名，可以将武丁至廪辛视为贞人较活跃的一个时期。此时的贞人兼有设命与作占的资格，能通过特殊形式的刻写展示占卜的准确性，并对商王的占验行为作出指导和检验。

然而从整体上来看，此时已步入殷商晚期，神权政治的秩序正处于一个逐渐瓦解的状态。晁福林指出："随着经济力量的增长，殷王逐渐冲破神权的桎梏。殷王选派王室人员担任贞人，以打破各部族代表的垄断局面。……除此之外，殷王还派亲信大臣直接去占卜。"③对殷墟小屯的考古发现，随着商王室各支系的发展，子姓贵族不但拥有属地，甚至成为独立的政治、经济、军事实体，并拥有"尹""射""史""小臣"等家臣。④ 在内外服的政治体系下，这些以家族为核心发展而成的政权，不但是王权的可靠后盾，更是在各方面抗衡外服部族的坚实盟友。在这一历史语境下，贞人集团对商王的影响力开始下降，这一方面体现为贞人主体的变迁，另一方面体现为占卜行为性质的变化。在历组卜辞中，已出现了贞人职官化的倾向：

[1]……入商。左卜占曰："勿入商。"甲申秋，夕至，宁，用三大宰。⑤

所谓"左卜"，并非特定的贞人之名，宋镇豪认为是殷商"三卜制"中所设的一个贞人职位，与"元卜""右卜"相配合，设命占兆。"三卜制"的历史虽然悠久，但以前发布占辞的多为担任"元卜"的商王。占辞

---

① 李学勤、彭裕商：《殷墟甲骨分期研究》，上海，上海古籍出版社，1996。
② 黄天树：《宾组卜辞的分类与断代》，见《黄天树古文字论集》，北京，学苑出版社，2006。
③ 晁福林：《试论殷代的王权与神权》，载《社会科学战线》，1984(4)。
④ 参见谢乃和：《从非王卜辞看殷商时期的家臣制》，载《古代文明（中英文）》，2016(1)。
⑤ 陈年福：《殷墟甲骨文摹释全编》第九卷，4915 页，北京，线装书局，2010。

以职官名而非氏族名、国名称呼贞人，这反映出已有一部分贞人以职官和臣属的身份服务于商王或殷商贵族，而这些贞人的独立性和主体性应当是更弱的。这位"左卜"虽然仍有下达占断的权力，但作为职官很可能无法自设命题。

在祖庚、祖甲时期的出组卜辞中，除了"王亡灾""王亡忧""王疾首，亡延"等专为商王个人服务的卜辞之外，还出现了两种特殊情况：一是贞人为商王检验其他方国首领的占辞，二是对气象类王占辞的模糊处理，这说明祖庚、祖甲时期已存在王权上升，神权下降的迹象：

[1]丁酉卜，吴贞：多君曰："来弟以觱。"王曰："余其廪王。"十月。(《合集》24134)①

[2]丁未卜，王贞："今夕雨。"吉，告。之夕允雨，至于戊申雨。在二月。(《合集》24773)②

例[1]是一例对"多君"所作占辞的贞卜，这种设命形式在此前也曾出现过。"多君"也作"多尹"，在出组卜辞中总共出现过四次，根据张政烺、朱凤瀚解释，当指各族族长③。在卜辞中，子姓部族的族长被称为"多子"，那么"多尹"就显然指代非子姓部族的族长们了。"多君"与曾经的来朝担任贞人族长一样，仍然具有贞卜、祭祀的宗教职能，这从商王占断他们的占辞，以及邀请他们参加祭祀都可以看出。但是在出组卜辞的时代，他们显然成为王卜辞的对象，而不再是话语的主体或参与者。商王不但贞卜"多君"的占辞以决正误，还会占卜自己是否应当向"多君"告知自己的占卜结果④。由此可知，这些占卜是商王与属下贞人内部的封闭仪式，"多君"是不在场的。一种有别于咨议政治的言说场域已被构建起来，它以职官化的贞人为主要参与者，面向

---

① 胡厚宣主编：《甲骨文合集释文》第三册，1208 页，北京，中国社会科学出版社，2009。

② 胡厚宣主编：《甲骨文合集释文》第三册，1238 页，北京，中国社会科学出版社，2009。

③ 参见朱凤瀚：《商周家族形态研究》，181 页，天津，天津古籍出版社，1990。

④ 辛未，王卜，曰："余告多君曰：'朕卜有咎。'"(《合集》24135)见胡厚宣主编：《甲骨文合集释文》第三册，1208 页，北京，中国社会科学出版社，2009。

商王，背向其他部族及领袖，其占卜结果被隐于商王朝内部，也因此逃避了被多部族贞人集团检验的处境，是一个有利于王权建构的、内向封闭的话语系统。

[2]中不见以"占曰"形式表达的占辞，但是出现了"吉，告"这类近似于占辞的表述，这为后来占辞形式的演变开辟了先声。这类占辞以"吉"为主要形式，可以说是退行到了最早"兆辞"的形态。但其中相当一部分并非刻在兆纹旁，而是融合于卜辞之中，代替了曾经风行的"某人占曰"的占辞结构。这种形式来源于兆辞的另一个特点是，其后所跟随的"告"，同样来自过去曾刻记在兆纹旁的占卜用语"一告""二告"。"吉"与"告"从符号标记正式进入卜辞文本的结构，对后来的占辞形态产生了决定性的影响。

此外，这两列出组卜辞末尾还出现了标记月名的现象，可见商人开始有意识地将从占到验作为一个行为整体与时间节点相关联。最早的占卜行为以天干计日，体现出旬制对基本时间单位的影响。而月名的加入，则将卜辞从以旬为期、具有即时性的仪式文本，转变为在较长时段中都具备记录意义的历史文本，其间可见历史意识或文献意识微小的萌芽。

廪辛至文丁之间的卜辞，主要是何组与无名组。前者叙辞中尚有贞人署名，而后者不见，这也是贞人地位下降的一个表现。从占卜的内容来看，这一时期的卜辞也更多与商王个人的福祸有关，其政治咨议的功能被进一步削弱。同时占辞中越来越少见"某人占曰"的标识，这意味着"占辞"在文体形态上发生了突变，它们不再以"某人占曰"的口头形态被刻记，更没有预测的具体细节。从何组开始，占辞更以"吉""大吉""引吉"为主要形式，这折射出占卜者某种拒绝接受检验的姿态。具体来说，"某人占曰"这类复杂占辞一度出现在卜辞中，应合着命辞的设问，显陈着验辞的判断，历经数代商王与贞人，已经成为卜辞结构中不可缺少的存在。但是"占＋验"这一行为所发展出的"占辞＋验辞"这一文本结构，一直以来是经验丰富、地位超然的贞人炫耀预测能力，质疑并考验商王神圣性的话语方式，在王权炽盛的时代，对它进行改造是理所当然的。"某人占曰"这类复杂占辞于是消失，它在卜辞结构中留下的空洞，被源于兆辞的"吉""大吉""引吉"取代。与"某人占曰"中通常富于细节的事实性占断不同，这类占辞属于价值判断，是难以被检验的。它们往往被刻记在卜辞末尾，并且没有验辞。例如：

> [1]壬辰卜，何贞：王燕惠。吉。（《合集》27830，何组）①
> [2]贞：惠小宰。吉。（《合集》29669，何组）②

这两例卜辞被用来占卜祭祀的吉凶。在更早期的类似内容卜辞中，贞人通常会设立多种条件，对祭祀的地点、牺牲逐一问卜，直到不存在任何否定与疑虑为止。这两例卜辞虽因甲片残缺而难以判断当时的占卜情况，但至少贞人将"吉"作为占辞而写入卜辞文本这一点，并作为唯一结论，这与过往情形存在显著的不同。研究者同时指出，殷墟后期的"吉"系列占辞也存在着历时变化。其中最早出现的是"吉""大吉"，此后占辞中慢慢出现"引吉"，并有取代"大吉"的趋势。③"引吉"作为"吉"系列占辞的最高级，似乎与"吉"构成了一对递进关系，"有占皆吉""有验皆允"成为通行的现象。我们知道，早期的"占曰"占辞，作为政治指导，具有相当的实用性，因此占断务求细节丰富，能成为评判商王与贞人占卜能力的证据。为此，气象、生育等较易被验证的主题，成为发布占验的重要内容。而在"有占皆吉"的时代，占卜的实用性完全丧失，它只是作为一种仪式上的惯例而刻板地存在着。也正因如此，卜旬，尤其是贞问商王个人的吉凶祸福，成为最主要的贞卜内容。我们不能确定商王是像他的先祖那样真心地寻求占卜的指引与帮助，还是仅仅通过例行公事的占卜获取一种"有常"的安心感。但是就贞人集团从部族领袖到王庭职官的变迁，就足以昭示此时的占卜再无能与王权角力的资格。

---

① 胡厚宣主编：《甲骨文合集释文》第三册，1382页，北京，中国社会科学出版社，2009。

② 胡厚宣主编：《甲骨文合集释文》第三册，1465页，北京，中国社会科学出版社，2009。

③ 李学勤、彭裕商：《殷墟甲骨分期研究》，302页，上海，上海古籍出版社，1996。

与《龟策列传》中分门别类、极尽详细的占卜指南对比，"吉"系列占辞对兆象的解读不但粗疏和缺乏针对性，更通过"吉"与"大吉"或"引吉"的划分，极大地简化了占卜的意义，占辞从一种阐述性的话语变成了判断性的话语。而在以往的"占—验"结构中，验辞才是具有判断功能的话语，占辞则是接受判断的内容。占辞的含混虽然减免了占卜者受到质疑的风险，却也使正确的卜辞不再具有可炫耀的资本。整饬的行款、单调的格式，晚期的卜辞显得中规中矩，再也看不到因占断应验而被夸张书写的喜悦，或者失验后贞人秉笔直书的自信。

到了黄类卜辞出现的时代，亦即帝乙、帝辛之时，"王占曰"重新回到占辞话语体系之中。从占辞的历时演变来说，"王占曰"的回归可以说是一种形式上的复古，但其所"曰"却仍然是"吉""大吉""引吉"等无法被检验和质疑的占辞内容。"王"作为发布占断的主体，再次君临于占卜活动的现场，但这一次不是作为"群巫之长"，而是唯一专断的话语权威。贞人将商王的占断视作"历史事件"而虔敬地记录下时间信息：

> [1]癸未王卜，贞：旬亡忧。王占曰："吉。"在十月又一。甲申翌日大甲。唯王祀。（《合集》35525）①
>
> [2]甲午王卜，贞：作余彫朕辇，彫余步从侯喜，征人方，二敔示受余有佑，不蠿，戈囚，告于大邑商，亡害在忧。王占曰："吉。"在九月。遘上甲，唯十祀。（《合集》36482）②
>
> [3]戊寅卜，贞：王迍于召，来亡灾。王占曰："引吉。"唯王二祀彡日，唯……（《合集》36734）③

以上三例卜辞体现出这一时期卜辞的典型形态。其中，[1][2]叙

---

① 胡厚宣主编：《甲骨文合集释文》第四册，1748 页，北京，中国社会科学出版社，2009。

② 胡厚宣主编：《甲骨文合集释文》第四册，1801 页，北京，中国社会科学出版社，2009。

③ 胡厚宣主编：《甲骨文合集释文》第四册，1817 页，北京，中国社会科学出版社，2009。

辞明确是"王卜",也就是说,商王在占卜中不但是占断的主体,同时也是命题的选择者,命辞的发布者。[2]中命辞采用了第一人称,行文亦展现出商王的个人视角。命辞涉及内容包括了卜旬、征伐、往来,但所有内容最终都收束并落实为"亡忧""亡害""亡灾"这一类吉凶判断,本质上局限了占辞内容的发挥。三例占辞均为"王占曰"格式,内容为"吉"或"引吉",作为对"亡忧""亡灾"的回应。这种对吉与凶的二元表述,很可能是从前期卜辞正反对贞的形式发展而来的。至少从前期卜辞丰富多彩的命题来看,当时尚不存在如此刻板的吉凶观念,自然也就没有以吉辞为占辞的文化土壤。

此外,这三例卜辞还出现了一种新的文本构件,即记于最末的年月时间。"在某月某日""唯(王)某祀"这类纪时用语,在铭文中仅见于四期以后的长篇铭文,在卜辞中仅见于黄类,虽在西周以后十分常见,但在商代却是晚商至商末特有的用法。我们将在下一章讨论晚商记事铭文时对此再作论述,总而言之,这类纪时语言体现出较为鲜明的记事意识,或说历史叙事的自觉。而放在甲骨占卜的语境中,这种"纪时"并没有实在意义,它不会影响命辞的写作、卜兆的阐释、占辞的判断,虽然被置于卜辞最末,却并未承担验辞的臧否功能。但它作为一种常例而被刻写,却又必然是具有意义的,那么在实用性之外,有且只有一种意义可能成立,那就是仪式性,或说象征意义。具体说来,这份意义即存在于"记录商王占断的具体时间"这一行为本身。"王占曰"被定位于某年某月某日,这使得它不再是发生于某一旬并仅作用于这一旬的一次仪式行为,而是具有超越一旬、一月之纪念意义的。本章第一节曾经讲到,真正的记事性刻辞是记于猎物骨殖上的刻辞,它们的刻记仅出于记录商王功勋的目的:

> [1]辛酉,王田于鸡麓,获大霍虎,在十月惟王三祀叒日。①
> [2]壬午,王田于麦麓,获商戠兕,王锡宰丰寝小楷贶。在五月,住王六祀,肜日。②

① 陈年福:《殷墟甲骨文摹释全编》第十卷,5579页,北京,线装书局,2010。
② 陈年福:《殷墟甲骨文摹释全编》第八卷,4474页,北京,线装书局,2010。

这类记事性刻辞，也采用了"在某月""唯王某祀"的纪时用语，当非偶然。从文本功能来看，这类刻辞虽与占卜刻辞同以动物骨骼为载体，但究其写作目的在于"记事称功"，因此其功能较之卜辞，也更接近晚商青铜器的记事铭文。最后从文本形态来看，"干支＋王行某事＋在某月某日"的句式，以及"王田于某地获某物"的连动句法，也都与记事铭文相类。

由此可见，当卜辞记录王的贞卜与占断，并单独纪以年月的时候，即是将王的占卜行为视作一个值得记录的事件。其所重视的并非占卜行为本身，而是"王在占卜"所体现的权力姿态。在这样的语境下，王的占断是否正确，显然是一个不成问题的问题。王已经不再需要依赖占卜的准确性来炫耀权力的合法性，因为"王在占卜"本身已成为话语权力的自我宣扬和自我褒美。

在甲骨占卜这样一种具有宗教—政治双重属性的活动中，卜辞的存在，为话语实践的研究提供了新的可能范式。甲骨占卜制度借助神圣意志为现实行动提供依据，构筑出一种接近于神权政治的统治模式。但在殷商时期，一方面"国家"方具雏形，商人还在探索与诸部族之间的权力关系，商王在"松散的方国联盟"体系中并不具备压倒性的支配力；另一方面，此时的"宗教"尚缺乏观念和组织上的稳定性，既不存在具有清晰面目的"神"，也因而不存在"先知"和"代言人"这样明确受权于"神"的宗教领袖。因此，虽然与西周及以后的君主相比拥有更为显著的宗教、巫术职权，但商王的身份又有别于后世一些神权政治国家中的首脑。占卜活动的主体除商王之外，尚有为数庞大的"贞人集团"，他们的身份、职能存在着历时性的变迁，与王权的进退又有着千丝万缕的关联，以至于贞人集团最初在咨议政治中相对独立的地位，通过"巫史"这一职业传统，为春秋史官提供了独立的、批判性的话语权力，并最终构建起有关士人品格与"道统"的叙述，这是潜藏在原史文本之下，一条隐秘的历史线索。

殷商时期的贞人，一方面掌握占卜和祭祀的口头话语，一方面又有进行书面记录，并加以保管的职能，近于"史"。学者论及"巫史传统"，关注的实际上就是上古礼仪知识及相应话语权力、话语方式的传承。殷商时期，贵族"率民"的权力地位，与他们"事神"的宗教地位互为表里。姬周代商以后，一部分殷商贵族进入周王廷担任职务，成为王朝官僚制度的成员。《尚书·周书·多方》："我有周惟其大介赉尔，迪简在王庭，尚尔事，有服在大僚。"①《史墙盘》铭文："静幽高祖，在微灵处。越武王既伐殷，微史烈祖，乃来见武王"②，都显示了殷商贵族可能是西周史官的重要来源。

从贞人占验辞中"记录"的逻辑中，我们可以进一步探寻《春秋》记事原则的本质。有别于今天所说的"记录"，巫史传统中的"记录"本身是一种批判性、比较性的话语方式，即"常事不书"的反面。它以固定的仪式规范、生活秩序作为参照系，预先设定了一种"常"的价值。在此框架下，一切不符合"常"的事件或行为都需要作为"不常"而被记录。在共享仪式语境的春秋时期，这样的褒贬可通过记录行为直接彰显；而在语境失落以后，就只能通过传文的"此何以书"获得解释。可以说，战国以前的"记录"是在特定语境下的一种话语实践，它只负责揭示一部分被史官检选出来的，不符合价值标准的事实，因此其写作本质上是一种选择和判断，而无意建构一种连贯的、完整的历史叙事。这种介于宗教载录与历史叙事之间的文本，即为过常宝所谈及的"原史"传统之体现。③ 这类记录虽包含价值判断，但是却并非个人情绪的体现，传文"书不时""书不时告"的中立语气，也体现了这种记录行为的客观性。而此后的经典阐释中逐渐出现了"讥""刺"等更具主观色彩的表述，以及"微而显，志而晦，婉而成章，尽而不污"④等对审美价值的阐发，都体现出后世个体写作经验对经典阐释话语的渗透。

① （清）阮元校刻：《十三经注疏（清嘉庆刊本）》，《尚书正义》卷十七，489 页，北京，中华书局，2009。

② 中国社会科学院考古研究所编：《殷周金文集成释文》第六卷，133 页，香港，香港中文大学中国文化研究所，2001。

③ 参见过常宝：《原史文化及文献研究》，1～8 页，北京，北京大学出版社，2008。

④ （清）阮元校刻：《十三经注疏（清嘉庆刊本）》，《春秋左传正义》卷一，3702～3703页，北京，中华书局，2009。

"春秋笔法"的修辞性并不直接体现为语气色彩，这是因为与古希腊诞生于公开辩论的修辞术不同，先秦原史传统产生于封闭的、内向的、精英化的书面环境，写作者与阅读者拥有相近的立场与共识（例如时序价值），因此其修辞不以"说服"为目标，不追求情感上的煽动和渲染，而是在维护共识（即常规礼仪秩序）的语境下，对少数非常规的行为加以载录，以此达成对行为主体的价值判断。在这种传统下，"记录"本身即构成修辞，《春秋》中的"常事不书""隐而不书"，都间接地构成对价值的叙述。

对占验辞的研究，揭示出这种具有话语实践色彩的记录行为，可以远溯到殷商贞人集团，这与我们对"巫史传统"的讨论不谋而合。最早的贞人作为方国部族首领，不但拥有与商王平等议政的资格，有时甚至能凭借知识和经验获得更强势的谈判地位。在话语层面，主要体现为贞人集团对话语权力的掌控，如通过占验辞炫耀自身占卜的准确性，揭示商王占断的失误等。在这一传统下，春秋史官相对独立于王权的现象也可获得一定程度的解释。

由于占验辞的记录并非仪式之必需，因此贞人的话语权力体现在最根本的，对"是否进行记录"的决定权上。这种决定权，本质就是基于某种价值观念的选择。而在记事语言、价值语言尚未发展成熟的殷商时代，贞人通过反常规的刻写方式，昭显部分占验辞所承载的价值判断。这其中就包括刻写于正面、重复刻写、涂朱、放大字体等形式；还有一些接近现代定义的修辞方式，如反复、强调（使用虚词"允"）、递进（使用虚词"亦"）等。这些辞格的出现，除语法学的意义之外，更揭示了中国修辞术传统在起源时刻的某种指向性特征，即通过"记录"这一手段，形成具有宗教神圣性的书面话语，用以评判、制约王政。在这一过程中所形成的文本，其预期的读者并非社会大众，而是在一个更封闭的语境中，面向君主贵族等政治精英，甚或祖先神祇等"受告"的对象。这应当就是春秋史官写作语境乃至职业传统的一个起源。

第三章 彝器铭文：从"记名"到"称功"

从殷商至西周，彝器铭文的文体形态和话语方式都产生了根本性的变化。由于"彝器"这一文本载体的制约，铭文体式深受器物文化功能的左右，而后者在整个殷商西周时期宗法制建构的背景下，又一直处于宗庙祭祀制度和宗法意识的影响下。因此，殷商西周的铭文研究需要更多地关注话语活动、仪式行为在文本生成过程中的影响，重视彝器制度、宗法观念与铭文话语的关联。

之所以将铭文视作话语而非文体，是为了更系统地理解铭文及其背后的知识观念、制度文化背景。此外另一个重要的原因是，提出"铭文话语"这一概念，可将其区别于传统文论中"四科八体"中的"铭"体。不同于"命""诰"，"铭"作为一种文章体式，在后世仍有着活跃的生命力，持续地发展演化着。从《文心雕龙·铭箴》中论述的铭体起源，可以看出后世文论对"铭"的定义与商周铭文的实际情况存在一定出入：

> 昔帝轩刻舆几以弼违，大禹勒笋簨而招谏；成汤盘盂，著日新之规，武王户席，题必戒之训；周公慎言于金人，仲尼革容于欹器：则先圣鉴戒，其来久矣。故铭者，名也，观器必也正名，审用贵乎盛德。盖臧武仲之论铭也，曰：天子令德，诸侯计功，大夫称伐。夏铸九牧之金鼎，周勒肃慎之楛矢，令德之事也；吕望铭功于昆吾，仲山镂绩于庸器，计功之义也；魏颗纪勋于景钟，孔悝表勤于卫鼎，称伐之类也。若乃飞廉有石椁之锡，灵公有蒿里之谥，铭发幽石，吁可怪矣。赵灵勒迹于番吾，秦昭刻博于华

山，夸诞示后，吁可笑也。详观众例，铭义见矣。①

《文心雕龙》所定义的"铭"，其特征体现为两点，一是必须以镌刻的形式依附于岩石、金属等物质实体；二是拥有鉴戒、纪功等功能。这两点都不属于文体内部的形式特征，而是对物质载体和文本功能的表述。此前曹丕所说的"铭诔尚实"，针对的是文体的批评标准，同样无法构成对"铭"的定义。后世的铭体文中，有相当一部分也脱离了上述两个特征。比如南北朝时期的一些器物铭，本质是以"铭"的名义进行咏物，而不一定刻于器物。这就提示我们，古典文论中对文体的定义，作为一种对既往现象的分类和总结，本身即包含了"文体史"的叙事，因而只能反映当时当地的文章观念。例如《礼记·祭统》："夫鼎有铭，铭者，自名也。自名以称扬其先祖之美，而明著之后世者也。为先祖者，莫不有美焉，莫不有恶焉，铭之义，称美而不称恶，此孝子孝孙之心也。唯贤者能之。"②这段解释就是借用汉语中"名"的多义性，将"记名"和"扬名"概括为一，使记名铭文与记事铭文这两种功能、性质迥异的文本，获得某种能够自洽的同一性。这正是孔子后学为建构出一种统一的、连贯的上古仪式传统所作出的文化解释。而我们必须将相应文体概念成立的瞬间视作文体发展的"结果"，方可从中逐项逆推其观念的历史来源。商周铭文是否遵循"令德""计功""称伐"的书写规则，其文体是否源于特定的价值表达形式，这需要从彝器铭文的制作背景和文化功能入手，并对文本现象进行历时性的梳理分析。

第一节 铭文的制作背景与文化功能

回到青铜器制作的最初语境，一个显而易见的前提是，当早期人

---

① （梁）刘勰著，黄叔琳注，李详补注，杨明照校注拾遗：《增订文心雕龙校注》卷三，139 页，北京，中华书局，2012。

② （清）阮元校刻：《十三经注疏（清嘉庆刊本）》，《礼记正义》卷四十九，3486 页，北京，中华书局，2009。

类发明并利用青铜合金时，首要的诉求不是承载文字，保存历史记忆。这一前提似乎不证自明，但在对商周铭文进行研究时，有必要谨记这一点，方能理解铭文所承载的文化观念在世界早期文明中的独特性，从而比较铭文从起源到兴盛的功能演化，从简易到繁复的形态变迁。从先商时期文化遗址的考古发现可知，当时青铜器不但数量较少，且多为小型手工工具与生活用具；而在二里头遗址三、四期地层中，则出土了多种青铜兵器与青铜容器。大量被随葬的青铜酒器表明，此时的青铜器已具有礼仪属性，成为贵族权力和地位的象征，这不但是中国青铜文明有别于世界上其他早期文明的一大特征，同时也解释了后来周人对铭文表现出的强烈热情。

在传世文献的描述中，青铜器自诞生以来就是政治权力的象征。阮元谓："三代时，鼎钟为最重之器，故有立国以鼎彝为分器者：武王有分器之篇，鲁公有彝器之分是也；有诸侯大夫朝享而赐以重器者：周王予虢公以爵，晋侯赐子产以鼎是也；有以小事大而赂以重器者：齐侯赂晋地而先以纪甗，鲁公赂晋卿以寿梦之鼎，郑赂晋以襄钟，齐人赂晋以宗器，陈侯赂郑以宗器，燕人赂齐以斝耳，徐人赂齐以甲父鼎，郑伯纳晋以钟镈是也；有以大伐小而取为重器者：鲁取郜钟以为公盘，齐攻鲁以求岑鼎是也……且有王纲废坠之时，以天子之社稷而与鼎器共存亡轻重者：武王迁商九鼎于雒，楚子问鼎于周，秦兴师临周求九鼎是也。"[1]古人以夏禹之铸鼎象物为彝器制度之始，并相信它是一种在政权之间能被传递，在阶层之间能被赐赠，在国家之间能被夺取的合法性表征。器物因之成为价值和礼仪的物质载体，正如《左传·成公二年》："唯器与名，不可以假人，君之所司也，名以出信，信以守器，器以藏礼。"[2]

然而所有这些关于器物意义的描述，都无法遮蔽一个显而易见的

---

[1] （清）阮元：《商周铜器说 下》，见《揅经室集》下，633～634 页，北京，中华书局，1993。

[2] （清）阮元校刻：《十三经注疏（清嘉庆刊本）》，《春秋左传正义》卷二十五，4111 页，北京，中华书局，2009。

事实，即无论一件礼器的制作者多么显赫，纹饰与工艺何等精美，它根本上仍是以食器、酒器、水器这类生活用器的形式存在着的。早在新石器时代，就已出现了陶质的鼎、鬲、簋等器形，它们完全是日常实用的食器。在此基础上发展而来的青铜食器，在殷商时期也具备一定实用性，殷墟出土的一些青铜器尚存盛放、炊煮的痕迹。① 到了战国时期，轻便耐腐的漆器作为日常实用器物广泛流行，青铜器的功能至此完全集中于"礼器"。杨宽更是将青铜器的礼仪化进程追溯到西周时期，认为目前所见的西周青铜器"都不是实用品，而是作为世袭权力和地位凭证的礼器"②。

实际上，青铜器作为礼器的性质，与作为日用器皿的性质并不冲突，到了冶铸、采矿技艺更加发达的西周，青铜器完全可以像殷商时期那样同时用于祭祀与日用。因此，青铜器在日常饮食生活中的消隐，一定具有功能上的解释。张光直在《中国青铜时代》中指出，商、周两族人群的饮食习惯影响了对铜器、陶器的选择。他以《大雅·生民》与《礼记·礼运》为例，论证周代分别存在对"谷物"和"肉食"两种祭祀源流的叙述，因此商人、周人可能基于不同的饮食传统，对饮食器皿的材质抱持不同偏好。③ 石璋如曾说："兹检查殷代的铜质的容器，大都宜于盛流质的物品，不宜于放置固体的物品。"④周人不尚饮酒，酒器种类和数量都较商人为少，畜牧业较不发达，肉食只流行于上层阶级与祭祀仪式中。另外，周人在烹调方法上较商人有所进步，这也影响到日常食器的形式。以肉类为例，商代贵族墓葬中发现的肉类往往是

---

① "考古发现商代陶鼎或铜鼎，有的底下留有烟炱痕，是为炊器；但有的没有，是作食器或盛器用的。殷墟西区1713号墓出铜鼎4件，里面都有动物骨头。郭家庄西发掘的160号中型墓，所出的1件带提梁四足方鼎，尚留有未完全腐烂的肉食。殷墟还出过一件铜鼎，里面盛有已炭化的梅核。"见宋镇豪：《商代社会生活与礼俗》，164页，北京，中国社会科学出版社，2010。

② 杨宽：《西周史》，491页，上海，上海人民出版社，2016。

③ 参见张光直：《中国青铜时代》，359~363页，北京，生活·读书·新知三联书店，2013。

④ 石璋如：《殷代的豆》，见《中央研究院历史语言研究所集刊》第39本上册，79页，台北，"中研院"历史语言研究所，1969。

牛、羊、猪的整块腿肉，常搭配匕、枏等餐具切割取食。而周人对肉类的烹调过程更为复杂，据《礼记·内则》，肉食最终可呈现为脍、醢、羹等精加工形式。"取牛肉，必新杀者，薄切之，必绝其理。""糁取牛、羊、豕之肉，三如一，小切之。"①诸如此类"脍不厌细"的要求，并非出于对美食的执着，而是在分食制下对卫生和仪节的尊奉。为此周人在食器上做出了更多创造，不但发明了盂、盆、簠、盨等新的器型，还推广使用了更轻便的陶、木、角、漆等材质的食器。至于炊器，殷商习见的鼎、鬲也逐渐被釜、鏊、炉取代。

器物的分化与专门化，使青铜器的功能向礼仪祭祀集中。自殷商以降，祭祀仪式上的献祭就以牺牲为主，而食器正是盛放供品的器具，所谓"三牲之俎，八簋之实"，这应当就是食器之所以能成为礼器的本源所在。周代的祭品种类更为丰富，《礼记·曲礼》："凡祭宗庙之礼，牛曰一元大武，豕曰刚鬣，豚曰腯肥，羊曰柔毛，鸡曰翰音，犬曰羹献，雉曰疏趾，兔曰明视，脯曰尹祭，槁鱼曰商祭，鲜鱼曰脡祭。水曰清涤，酒曰清酌，黍曰芗合，梁曰芗萁，稷曰明粢，稻曰嘉蔬，韭曰丰本，盐曰咸鹾。"②而不同阶层的祭祀仪式，所需的祭品也不相同，《王制》云："天子社稷皆大牢，诸侯社稷皆少牢。大夫、士宗庙之祭，有田则祭，无田则荐。庶人春荐韭，夏荐麦，秋荐黍，冬荐稻。韭以卵，麦以鱼，黍以豚，稻以雁。"③与之相应，盛放祭品的器物也必不相同。如周人习用的簠、盨等盛放谷类的器皿，在西周晚期后也成为用作祭祀的重器。礼器的材质、种类、组合的阶层之别，正是源于祭品种类的差异，而祭品种类的差异，又与器主的身份有关。郑注："庶人无常牲，取与新物相宜而已。"等级森严的彝器制度，其出发点其实

---

① （清）阮元校刻：《十三经注疏（清嘉庆刊本）》，《礼记正义》卷二十八，3160 页，北京，中华书局，2009。

② （清）阮元校刻：《十三经注疏（清嘉庆刊本）》，《礼记正义》卷五，2747 页，北京，中华书局，2009。

③ （清）阮元校刻：《十三经注疏（清嘉庆刊本）》，《礼记正义》卷十二，2894 页，北京，中华书局，2009。

是彻底的实用主义。

青铜材质的食器、酒器在日常生活中实用性的下降，使它们能更好地履行作为礼器的职能。事实上，具备更高礼仪地位的器物，其器型一般离日常化更远。例如用料与容量看起来比较不经济的方形器，在地位上往往比同类圆形器更高。器物的神圣性和仪式感，往往来自日常感的疏离。

对青铜器仪式感的追求，深刻影响了铭文的形式。其中最直观的一点，就在于铭文的刻铸位置和刻铸方式发生了改变。郭宝均指出，晚商中后期的铭文"在铸器者视之，是此器物使用的暗记，不能与器形花纹等量齐观，不应居显著地位，如爵、斝的鋬阴，觚、尊的外底，鼎的内壁，盉、卣的盖底等，都是骤视不能见，细察之始能见的地方，他们决不使铭字外露，有伤纹饰的华美，或器形的外观"①。纹饰对铜器的重要性远超过铭文文字。西周时期，一些铭文出现在器物的外侧，如爵的耳部，鬲的口沿，觚的足部等。至于战国末年，冶铁技术的进步使工匠可以用铁制工具在铜器上刻画铭文，"凡这些铭文一般都在器壁外，为人目能见，人手能接触到的地方"②。铭文重要性在两周时期的抬升不言而喻。具体在西周时期，由于接收了殷商的铸铜工匠，铜器工艺基本沿袭了晚商的风格。但周人对待铭文的态度从一开始就与殷商人截然不同。西周早期就已出现了长篇铭文，当时其物质载体主要还是鼎、簋一类的"重器"，到了西周中晚期，口径更宽广的盘、盨、簠、匜等器型地位上升，成为长篇铭文的重要载体。敞口器皿客观上达成了"铭文外露"的效果，铭文的功用超越了纹饰、器形，为器物赋予了超乎人伦日用之上的仪式感，并支撑起"传遗后世子孙"的宗法神圣性。

---

① 郭宝均：《商周铜器群综合研究》，158 页，北京，文物出版社，1981。
② 郭宝均：《商周铜器群综合研究》，160 页，北京，文物出版社，1981。

第二节　殷商铭文的功能变迁

一、铭文的记名传统

在前辈学者对殷商青铜器铭文的断代研究基础上，我们得以比照同时期其他文字材料的话语形态，深入探讨殷商铭文语言创新与话语功能之间的关联。根据 1985 年郑振香、陈志达《殷墟青铜器的分期与年代》、2004 年岳洪彬《殷墟青铜容器分期研究》、2014 年严志斌《商代青铜器铭文分期断代研究》，可以清晰地看到，殷墟阶段的各期铜器铭文经历了从无到有、由简至繁的发展历程。基于内容和结构差异，我们可以将其分为"记名"与"记事"两类。

严志斌《商代青铜器铭文分期断代研究》一文认为，记名铭文始终存在于二至四期的青铜器上，学者据此推测在一期青铜器上也应当存在记名铭文。察其形式，当由最早的族徽符号图像发展而来①，最初以私名和族名为主，如"眉"（眉鼎，一期）、"贾"（贾铙，二期），还有结合父母二族的复合氏族名，如"宁亯"（宁亯甗，二期）。到了武丁以后，记名铭文就出现了带有职官、亲缘和日干的名称，如"射妇桑"（射妇桑鼎，二期）、"亚鱼父丁"（亚鱼父丁爵，四期）。当然，仅记有单字铭文的器物晚至四期仍然存在，如"孠"（孠鼎，四期）、"天"（天簋，四期），可见晚商时人仍有记名的需求。

至于记事铭文，有学者以商代中期的祖戊瓹铭文为最早，其器出于山东桓台，圈足内铸铭文八字，曰"戍宁无寿作祖戊彝"②。简报、《近出殷周金文集录》将之判定为商代晚期，近年有学者将其时段上推至殷墟文化一期，该结论仍存在较大争议，仍有学者判断其为殷墟三、

---

① 亦有研究指出一些族徽符号或纹饰有被误认为铭文的可能。

② 释文参考王宇信《山东桓台史家戍宁瓹的再认识及其启示》、何洪源等《桓台史家出土祖戊瓹的再认识及其探讨》，见陆现柱、杨文学、李正堂主编：《夏商周文明研究——'97山东桓台中国殷商文明国际学术研讨会论文集》，15~40 页，北京，中国文联出版社，1999。

四期时器。因此一个较为保守的判断是，记事铭文最早当出现于殷墟三期，亦即廪辛、康丁、武乙、文丁时期，其记事篇幅短小，数量极稀。具代表性的还有"亚羃作仲子辛彝"①。这两例早期记事铭文的共通点在于"某人作某器"这一句式的相似性。前人对前一则铭文的讨论较为充分，一般认为"戍"为国族名或职官名，"无寿"或为作器者私名②，"祖戊"为其先祖之名。后一则铭文的结构大抵相似，"亚羃"为作器者，"仲子辛"为器主之名。在殷墟四期青铜器铭文中，"某人作某器"这一句式广泛出现在各类器物上，成为这一时期铭文的典型范式。

就结构而言，之所以将"某人作某器"的句式归于记事铭文，在于其语法特征的新变。最初的记名铭文，仅交代作器对象或说受器者的名称，昭示器物所属；而"某作某器"的表述，传达的则是"作器"这一行为事件。

但从内容来看，这类记事铭文之所以选用"某作某器"的句式，在于传达较记名铭文更丰富的信息，那就是"作器者名"。为了凸显作器者的身份指向，铭文用"乍"或"作"这一动词勾连器主与作器者之名，再以"彝"等器名为宾语。于是铭文的存在状态发生了根本性的改变：被制作的器物，最初以刻铸记名铭文的形态，成为某人的专属物件，铭文文本与器物实体因其不可分割而具有了专指性，共同构成"某人之物"这一物质存在。而在记事铭文中，器与铭被分割，铭文用"彝"或"某彝"③这一疏离的称号，指代其所寄身的器物实体。以祖戊瓿为例，当器身仅铭刻"祖戊"二字时，"祖戊"与器身共同构成"祖戊瓿"这一物质存在；而当铭文因记事需求而铺演"某人作祖戊瓿"时，铭文与器物之间的关系就发生了改变。它不再是标识性的、与器物同构的意义

---

① 中国社会科学院考古研究所编：《殷周金文集成释文》第五卷，362页，香港，香港中文大学中国文化研究所，2001。

② 一说"无寿"通"舞畴"，为戍官祈雨之祭。然从语法发展角度而言，此时记事铭文初见，发展出双谓语的可能性较小。

③ 赵平安指出，"某作某器"中的第二个"某"，"既是宾语又是定语，是一种特殊的兼语形式。"参见赵平安：《论铭文中的一种特殊句型——"某作某器"句式的启示》，载《古汉语研究》，1991(4)。

组件，而是超越于"祖戊觚"之上的，对其来历的书写。铭文在此与器物正式分割，这正是后世长篇记事铭文的写作基础。根据赵平安考证，"某作某器"这一句式到西周初期演化出"某人自作器"的表意分支，在春秋时期又演变出"某人为某人作器"及其他更为复杂准确的分说形式，至秦以后再不见"某人作某器"的表述。①

那么究竟是何种契机引发了意义与器物的第一次分离？回顾记名铭文，其中不少也在器主之外，暗含着作器者的身份信息，如"父某""妇某""母某"等带有亲属称谓的多字铭文，显然足够呈现作器者与受器者的身份关联。不同于一些只带有族名的器物，这类器物可能并非用于祭祀族群的共同祖先，而是针对特定人物所作。因此带有亲属称谓的记名铭文，实际上已包含了作器者的一般身份，故其铭可视作器主的子辈或孙辈之联署。那么接下来就可以推断，当作器者的身份被以专名突出强调时，其地位必不同于其他同辈亲属，具有较高的祭祀地位或权力等级。

对作器者身份的强调，可能源于祭祀仪式的变化，如参祭者、主祭者在仪式中的地位提升——而这又必然指向社会组织形态和思想层面的改易。在部族的祭祀仪式中，主角逐渐从接受祭拜的先祖变成了主导祭祀的首领与显贵，他们将自己的名号以作器者的名义镌刻于器物之上，既是对祭祀权力的夸耀，也是对宗族内部地位的展示。在漫长的历史中，族群自有盛衰兴绝，也不难理解一些宗族的先祖在某个历史时刻融入器名，成为其孙辈煊赫名号及现实权力的宾语。

据此可知，"某人作某器"这一记事体例，揭示出殷商晚期铭文在从记名转向记事的过程中，其内在观念基础所发生的变化，那就是在对逝者的顶礼之外，逐渐开始重视夸耀当下生者的事功。结合这一时期"武乙射天"的传说，可以推想此时宗教约束力的松弛，以及与其相表里的晚商贵族之傲慢。

---

① 赵平安：《论铭文中的一种特殊句型——"某作某器"句式的启示》，载《古汉语研究》，1991(4)。

二、记事铭文的定型

更进一步的变化，见于四期及以后长篇记事铭文的发展。此时的铭文在"某人作某器"的固定格式之外，出现了更多记事形态。在句式和结构的更新之外，值得注意的是一种新增加的记事内容，即对"赏赐"的强调。以下检取晚商记事铭文，剔除"某作某器"的格式外，可发现一种更新颖的记事铭文格式①（表3-1）：

表 3-1　晚商长篇铭文

出处	干支日名	赏赐事由	作器	时间	地点	族徽
小臣邑斝，四期，《集成》09249②	癸巳	王赐小臣邑贝十朋	用作母癸尊彝	唯王六祀，肜日，在四月		亚吴
宰楄角，四期，《集成》09105③	庚申	王在阑，王格，宰楄从，赐贝五朋	用作父丁尊彝	在六月，唯王廿祀，翌又五	（在商）	庸册
葡亚嚣角，四期，《集成》09102④	丙申	王赐葡亚唬奚贝	用作父癸彝。		在鼻	
戴作父癸角，晚商，《集成》09100⑤	甲寅	子赐奄坎贝	用作父癸尊彝			（盖铭）亚鱼

---

① 由于本小节不涉及古文字释读相关问题，故尽量简化字形，采用宽式处理。

② 中国社会科学院考古研究所编：《殷周金文集成释文》第五卷，328 页，香港，香港中文大学中国文化研究所，2001。本书标注《集成》者，均指《殷周金文集成释文》一书。

③ 中国社会科学院考古研究所编：《殷周金文集成释文》第五卷，305 页，香港，香港中文大学中国文化研究所，2001。

④ 中国社会科学院考古研究所编：《殷周金文集成释文》第五卷，304 页，香港，香港中文大学中国文化研究所，2001。

⑤ 中国社会科学院考古研究所编：《殷周金文集成释文》第五卷，304 页，香港，香港中文大学中国文化研究所，2001。

续表

出处	干支日名	赏赐事由	作器	时间	地点	族徽
寝鱼爵，四期，《集成》09101①	辛卯	王赐寝鱼贝	用作父丁彝			
妣刂爵，四期，《集成》09098②	乙未	王赏妣刂	用作尊彝		在寝	
䴕妇瓢，四期，《集成》07312③	甲午	䴕妇赐贝于钒	用作辟日乙尊彝			[镂]臤
鼻妇瓢，四期，《集成》07311④		鼻妇赐赏贝于妇	用作乙父彝。			
小臣艅犀尊，四期，《集成》05990⑤	丁巳	王省夔仓，王赐小臣俞夔贝，唯王来征人方		唯王十祀又五肜日		
小子夫尊，四期，《集成》05967⑥		钒赏小子夫贝二朋	用作父己尊彝			堲
𣄗作父辛尊，四期，《集成》05965⑦		子光赏子𣄗启贝	用作文父辛尊彝			𣄗

① 中国社会科学院考古研究所编：《殷周金文集成释文》第五卷，304 页，香港，香港中文大学中国文化研究所，2001。

② 中国社会科学院考古研究所编：《殷周金文集成释文》第五卷，304 页，香港，香港中文大学中国文化研究所，2001。

③ 中国社会科学院考古研究所编：《殷周金文集成释文》第四卷，470 页，香港，香港中文大学中国文化研究所，2001。

④ 中国社会科学院考古研究所编：《殷周金文集成释文》第四卷，470 页，香港，香港中文大学中国文化研究所，2001。

⑤ 中国社会科学院考古研究所编：《殷周金文集成释文》第四卷，263 页，香港，香港中文大学中国文化研究所，2001。

⑥ 中国社会科学院考古研究所编：《殷周金文集成释文》第四卷，255 页，香港，香港中文大学中国文化研究所，2001。

⑦ 中国社会科学院考古研究所编：《殷周金文集成释文》第四卷，255 页，香港，香港中文大学中国文化研究所，2001。

续表

出处	干支日名	赏赐事由	作器	时间	地点	族徽
小子𪻐卣，四期，《集成》05417①	乙巳	子令小子𪻐先以人于堇，子光赏𪻐贝二朋，子曰：贝唯丁蔑汝历	𪻐用作母辛彝	在十月，月唯，子曰：令望人方罟		（器铭）𪻐母辛
四祀𭓷其卣，四期，《集成》05413②	乙巳	王曰：尊文武帝乙，宜在召大厅，遘乙，翌日丙午，鲁。丁未，煮。己酉，王在梌，𭓷其赐贝		在四月，唯王四祀，翌日	（王在梌）	（底铭）亚𰠫父丁
二祀𭓷其卣，四期，《集成》05412③	丙辰	王令𭓷其贶丽殷于辇田渴，宾贝五朋		在正月，遘于妣丙，肜日，大乙爽。唯王二祀。既㽅于上下帝		（内底铭）亚𰠫父丁
六祀𭓷其卣，四期，《集成》05414④	乙亥	𭓷其赐作册只子圭珏一	用作祖癸尊彝	在六月，唯王六祀，翌日		亚𰠫
禤命作兄癸卣，四期，《集成》05397⑤	丁巳	王赐禤命贝，在寝	用作兄癸彝	在九月，唯王九祀，𢖍日		🀆

① 中国社会科学院考古研究所编：《殷周金文集成释文》第四卷，161页，香港，香港中文大学中国文化研究所，2001。

② 中国社会科学院考古研究所编：《殷周金文集成释文》第四卷，157页，香港，香港中文大学中国文化研究所，2001。

③ 中国社会科学院考古研究所编：《殷周金文集成释文》第四卷，156页，香港，香港中文大学中国文化研究所，2001。

④ 中国社会科学院考古研究所编：《殷周金文集成释文》第四卷，158页，香港，香港中文大学中国文化研究所，2001。

⑤ 中国社会科学院考古研究所编：《殷周金文集成释文》第四卷，146页，香港，香港中文大学中国文化研究所，2001。

续表

出处	干支日名	赏赐事由	作器	时间	地点	族徽
宰甫卣，四期《集成》05395①		王来兽自豆麓，在礽帅，王鄉酒，王光宰甫贝五朋	用作宝鼎			
小子省卣，四期，《集成》05394②	甲寅	子赏小子省贝五朋，省扬君商赏	用作父己宝彝			𝍀
馭卣，晚商，《集成》05380③	辛子	王赐御八贝一具	用作父己尊彝			酨
小臣疐卣，四期，《集成》05378④		王锡小臣疐，赐在	用作祖乙尊			爻敢
叔霝卣，四期，《集成》05373⑤		子锡叔霝玕一	叔霝用作丁師彝			
奻作母乙卣，四期，《集成》05367⑥	丙寅	王锡奻贝朋	用作母乙彝			
舫卣，四期，《集成》05447⑦		王由攸田舫	舫作父丁尊			溴

① 中国社会科学院考古研究所编：《殷周金文集成释文》第四卷，146 页，香港，香港中文大学中国文化研究所，2001。
② 中国社会科学院考古研究所编：《殷周金文集成释文》第四卷，145 页，香港，香港中文大学中国文化研究所，2001。
③ 中国社会科学院考古研究所编：《殷周金文集成释文》第四卷，141 页，香港，香港中文大学中国文化研究所，2001。
④ 中国社会科学院考古研究所编：《殷周金文集成释文》第四卷，140 页，香港，香港中文大学中国文化研究所，2001。
⑤ 中国社会科学院考古研究所编：《殷周金文集成释文》第四卷，139 页，香港，香港中文大学中国文化研究所，2001。
⑥ 中国社会科学院考古研究所编：《殷周金文集成释文》第四卷，137 页，香港，香港中文大学中国文化研究所，2001。
⑦ 中国社会科学院考古研究所编：《殷周金文集成释文》第四卷，177 页，香港，香港中文大学中国文化研究所，2001。

续表

出处	干支日名	赏赐事由	作器	时间	地点	族徽
緯作父乙簋，四期，《集成》04144①	戊辰	弜师赐緯事户囊贝	用作父乙宝彝	在十月一，唯王廿祀，劦日，遘于妣戊、武乙爽，豕一		旅
小子蟊簋，四期，《集成》04138②	癸巳	朏赏小子蟊贝十朋，在上鲁，唯朏令伐人方，蟊宾贝	用作文父丁尊彝	在十月四		𤰇
逦簋，四期，《集成》03975③	辛巳	王饮多亚。听享京。逦赐贝二朋	用作太子丁			耶须
襦繺簋，晚商，《集成》03940④	己亥	王赐襦繺玉十丰、璋	用作祖丁彝			亚舟
作父己簋，四期，《集成》03861⑤	己亥	王赐贝，在阑	用作父己尊彝		(在离)	亚古
帚鱼簋，四期，《新收》141⑥	辛卯	王赐帚鱼贝	用作父丁彝			
作册般甗，四期，《集成》00944⑦		王宜人方，无戕，咸，王赏作册般贝	用作父己尊			来册

① 中国社会科学院考古研究所编：《殷周金文集成释文》第三卷，294页，香港，香港中文大学中国文化研究所，2001。
② 中国社会科学院考古研究所编：《殷周金文集成释文》第三卷，291页，香港，香港中文大学中国文化研究所，2001。
③ 中国社会科学院考古研究所编：《殷周金文集成释文》第三卷，218页，香港，香港中文大学中国文化研究所，2001。
④ 中国社会科学院考古研究所编：《殷周金文集成释文》第三卷，205页，香港，香港中文大学中国文化研究所，2001。
⑤ 中国社会科学院考古研究所编：《殷周金文集成释文》第三卷，180页，香港，香港中文大学中国文化研究所，2001。
⑥ 钟柏生等编：《新收殷周青铜器铭文暨器影汇编(一)》，104页，台北，艺文印书馆，2006。本书标注《新收》者，均指《新收殷周青铜器铭文暨器影汇编》一书。
⑦ 中国社会科学院考古研究所编：《殷周金文集成释文》第一卷，593页，香港，香港中文大学中国文化研究所，2001。

续表

出处	干支日名	赏赐事由	作器	时间	地点	族徽
帚 孳 鼎，四期，《新收》924①	甲子	王赐帚孳赏	用作父辛尊彝	在十月又二，遘祖甲蚤日，唯王廿祀		冊佣
作册豊鼎，四期，《集成》02711②	癸亥	王述于作册殷新宗，王赏作册豊贝，大子赐东大贝	用作父己宝尊			羊册
帚 蔑 鼎，四期，《集成》02710③	庚午	王令帚蔑省北田四品，在二月，作册友史赐曬贝	用作父乙尊	（在二月）		羊册
逦方鼎，四期，《集成》02709④	乙亥	王归，在夒师，王饟酒，尹光逦，唯格，赏贝	用作父丁彝	唯王征邢方	（在夒次）	冋
戍甬鼎，四期，《集成》02708⑤	丙午	王赏戍甬贝廿朋，在阑宗	用作父癸宝餗	唯王飨阑大室，在九月	（在阑宗）	犬鱼
戍圅鼎，四期，《集成》02694⑥	丁卯	王令宜子会西方于省，唯返，王赏戍圅贝二朋	用作父乙齎			亚印

---

① 钟柏生等编：《新收殷周青铜器铭文暨器影汇编（二）》，671页，台北，艺文印书馆，2006。

② 中国社会科学院考古研究所编：《殷周金文集成释文》第二卷，324页，香港，香港中文大学中国文化研究所，2001。

③ 中国社会科学院考古研究所编：《殷周金文集成释文》第二卷，324页，香港，香港中文大学中国文化研究所，2001。

④ 中国社会科学院考古研究所编：《殷周金文集成释文》第二卷，323页，香港，香港中文大学中国文化研究所，2001。

⑤ 中国社会科学院考古研究所编：《殷周金文集成释文》第二卷，323页，香港，香港中文大学中国文化研究所，2001。

⑥ 中国社会科学院考古研究所编：《殷周金文集成释文》第二卷，316页，香港，香港中文大学中国文化研究所，2001。

续表

出处	干支日名	赏赐事由	作器	时间	地点	族徽
小臣缶方鼎，四期，《集成》02653①		王赐小臣缶湡积五年	缶用作享大子乙家祀尊			🜔父乙
亚鱼鼎，四期，《新收》140②	壬申	王赐亚鱼贝	用作兄癸尊	在六月，唯王十祀翌日		
小子𣄴鼎，晚商，《集成》02648③	乙亥	子赐小子𣄴王赏贝	𣄴用作父己宝尊		在🜔𠂤次	🜔
戊寅作父丁方鼎，晚商，《集成》02594④	戊寅	王曰：馘隐马，彭，赐贝	用作父丁尊彝			亚受

整理以上铭文，可以总结出三种现象：

第一，在 40 则器铭中，缺记干支日号者仅占 9 则，缺记作器信息者 3 则。据此可以判断这类铭文的内容主体为干支日号＋赏赐事由＋作器信息，其中刻记赏赐事由的权重略高于对作器信息的记录。在获赏作器的语境中，获赏者亦即作器者的身份是铭文叙事的核心。

第二，家族徽号可出现于铭文首尾，多数情况下与铭文主体分离，单独刻铸于器物的其他位置。在形式上，多以合文、图画为主，是早期记名铭文的延续，体现出专有器物的宗族属性，也继承了殷商彝器铭文最初所承载的功能。在器物同时刻有记事铭文的情况下，器主信

① 中国社会科学院考古研究所编：《殷周金文集成释文》第二卷，303 页，香港，香港中文大学中国文化研究所，2001。

② 钟柏生等编：《新收殷周青铜器铭文暨器影汇编（一）》，104 页，台北，艺文印书馆，2006。

③ 中国社会科学院考古研究所编：《殷周金文集成释文》第二卷，301 页，香港，香港中文大学中国文化研究所，2001。

④ 中国社会科学院考古研究所编：《殷周金文集成释文》第二卷，280 页，香港，香港中文大学中国文化研究所，2001。

息有时会向记事功能让步。例如"二祀卬其卣""四祀卬其卣",铭文对赏赐事由及日期的记述不厌其详,却唯独不记作器对象,于是族徽"亚獏"、器主"父丁"之名被单独镌于盖与器内底以示标识,这就是长篇铭文叙事功能对记名功能的侵夺。如是,可推测未记器主名称的"小臣艅尊"所缺失的盖内亦当有记名铭文;而"妣㇉爵""宰甫卣"等既无作器对象,又未见宗族徽记的器物则可视为铭文"记事称功"功能的完全独立。

第三,记事铭文中的时间信息往往独立于作器信息之外,而地点信息既有单独记述者,又有夹于赏赐事由之行文中者,总体而言相比年月信息更缺少独立性。这也就突出了年月信息在记事铭文中的独特地位。从结构而言,时间信息被分为干支日名与年月信息两个部分,其中干支日名全部被置于记事铭文篇首,而年月信息则往往置于作器信息之后,以"在某月""唯王某祀""某日"等形式出现,且顺序不固定唯一。这与晚期卜辞中的记时方式有相似之处,即篇首记述干支日号,篇末以"某月""唯王某祀"的形式补充所在年月。

从"某作某器"演化到"王锡(赐)某人某物用作某器",伴随着主语和句式的改变,在语法上是一种飞跃式的演进。[1] 在现有的金文资料中,并不存在介于两种表述之间的过渡时期,因此后一种记事铭文并非是前一种历时发展、自然演化的成果,它的出现必然肇因于文化功能的突变,而其之所以呈现为这种特定的话语形态,则又必然来源于金文之外的语言实践经验。

"王锡(赐)某人某物用作某器"是典型的连动句式。而在具体铭文语例中,这类句子实际上是以更复杂的形式存在的。试从形式上将晚商长篇铭文分为以下几组:

第一组:某日,某人赐某人某物,用作某器。

[1]丙午,王赏戍嗣贝廿朋,在阑宗,用作父癸宝㝵,唯王饔

---

① 由于"某人"既为"赏"的宾语,又为"用作某器"的主语,因此也可视为兼语句。

闑大室，在九月，犬鱼。（戍嗣鼎，四期，《集成》02708）①

[2]癸巳，妍赏小子𫞩贝十朋，在上𩰚，唯妍令伐人方，𫞩宾贝，用作文父丁尊彝，在十月四，𫞩。（小子𫞩簋，四期，《集成》04138）②

这两篇铭文在格式上相对简单，内容上都符合"某人赐某人某物，用作某器"的格式，并在作器信息之前插入地点与事由。在语法上，"某人赐（赏）某人某物"构成标准的双宾语句，"在某地"为介宾结构的补语。"用作某器"在语法上较为特殊，其中"用"处于从动词向介词的转化过程中，词性尚不明确③，也可视作表因果关系的连词。"赏""在""作"同属于"王"发出的一系统动作，因此可以将这类金文文句视作较为标准的单一主语并连用动词结构的连动句式。④

第二组：某日，王行某事，某人行某事，赐某物，作某器。

[1]庚申，王在闑，王格，宰槻从，赐贝五朋，用作父丁尊彝，在六月，唯王廿祀，翌又五，膚册。（宰槻角，四期，《集成》09105）⑤

[2]辛巳，王饮多亚。听享京。逦赐贝二朋，用作太子丁，聑须。（逦簋，四期，《集成》03975）⑥

[3]乙亥，王归，在𣂪𠂤，王飨酒，尹光邇，唯格，赏贝，用

①　中国社会科学院考古研究所编：《殷周金文集成释文》第二卷，323页，香港，香港中文大学中国文化研究所，2001。

②　中国社会科学院考古研究所编：《殷周金文集成释文》第三卷，291页，香港，香港中文大学中国文化研究所，2001。

③　参见赵诚：《甲骨文至战国金文"用"的演化》，载《语言研究》，1993(2)。

④　参见张景霓：《西周金文的连动式和兼语式》，载《广西民族学院学报（哲学社会科学版）》，1999(3)。

⑤　中国社会科学院考古研究所编：《殷周金文集成释文》第五卷，305页，香港，香港中文大学中国文化研究所，2001。

⑥　中国社会科学院考古研究所编：《殷周金文集成释文》第三卷，218页，香港，香港中文大学中国文化研究所，2001。

作父丁彝，唯王征邢方，囟。（洇方鼎，四期，《集成》02709）①

[4]王来兽自豆麓，在礮師，王飨酒，王光宰甫贝五朋，用作宝彝。（宰甫卣，四期，《集成》05395）②

[5]癸亥，王述于作册般新宗，王赏作册豐贝，大子赐东大贝，用作父己宝彝。（作册豐鼎，四期，《集成》02711）③

以上五篇铭文较之前一组的特别之处，在于主语的转换和叙事重心的变化。"王饮""王享酒""王在某地"成为事件的起因，被置于铭文篇首，接着主语一转，带出作器者的功绩："宰橇从""听享京""尹光洇"。继而又以前述之"王"为主语，接连"赏作器者某物用作某器"的连动句。与第一组相比，这组的特别之处在于用更多篇幅叙写赏赐事由。如果说二、三期的"某人作某器"还只是简易的陈述语句，那么这组铭文显然已具有成熟的叙事意识。"宰橇""听""尹光"这些人物在此完全独立于器物，他们不再是凭借着与器物的赞助关系才有幸被镌刻姓名，分享宗庙荣光的"作器者"，而是成为器物存在的基础，铭文书写的目的。作器对象亦即受器者的名号身份，在强势的叙事冲动中退隐为一个形式上的惯例。

第三组：某日，王令某人行某事，赐某物，作某器/某日，王曰：某人，赐某物，作某器。

[1]亚印，丁卯，王令宜子会西方于省，唯返，王赏戍圂贝二朋，用作父乙彝。（戍圂鼎，四期，《集成》02694）④

[2]庚午，王令鼏麇省北田四品，在二月，作册友史赐朦贝，

---

① 中国社会科学院考古研究所编：《殷周金文集成释文》第二卷，323页，香港，香港中文大学中国文化研究所，2001。

② 中国社会科学院考古研究所编：《殷周金文集成释文》第四卷，146页，香港，香港中文大学中国文化研究所，2001。

③ 中国社会科学院考古研究所编：《殷周金文集成释文》第二卷，324页，香港，香港中文大学中国文化研究所，2001。

④ 中国社会科学院考古研究所编：《殷周金文集成释文》第二卷，316页，香港，香港中文大学中国文化研究所，2001。

用作父乙尊，羊册。（帚蔑鼎，四期，《集成》02710）①

[3]戊寅，王曰：斁隐马，彭，赐贝，用作父丁尊彝，亚受。（戊寅作父丁方鼎，晚商，《集成》02594）②

[4]乙巳，子令小子蠢先以人于董，子光赏蠢贝二朋，子曰：贝唯丁蔑汝历，蠢用作母辛彝。在十月，月唯，子曰：令望人方再。（小子蠢卣，四期，《集成》05417）③

这四篇铭文比第二组体现出更鲜明的叙事取向，主要表现为记言形式的出现。这类记言形式分为间接的"王令"和直接的"王曰"两种。"王令"之下作器者的活动，相较于第二组主动语态的"从""享""遹"，是以被动形式存在的，这就使得全篇铭文的主语具有更强的一致性和连贯性，呈现为更加成熟的叙事语言。而以"王曰"起领的两则铭文，则将整个赏赐过程用直接引语的形式表达了出来。考察直接引语的起止，戊寅作父丁方鼎（或称亚受鼎）"斁隐马"疑为人名，不可解；小子蠢卣铭文中的"蔑汝历"句带有第二人称代词，因而必然为引语的内容，也就是说铭文中的直接引语至少包含了"赏赐事由"这一信息。而"用作母辛彝"这一作器过程是否同样包含在内，结合戊寅作父丁方鼎铭文，"用作父丁酉彝"前有"赐贝"，是一则以"王"为主语的连动句式，恐为叙事语言。据此可以谨慎地判断，记事铭文中的记言语句，记述的很有可能是"王"或"子"在赏赐或勉励仪式上的发言。

西周及以后的铭文中，"王曰"的句式就不再少见，有趣的是在之后的直接引语中，常见"令汝……"的王命之辞。以此推断，殷商铭文中"王曰"与"王令"的内容应当指向同一种仪式语言，只是在引语形态上有所区别。那么导致这种差异的主要原因，应当出于铭文制作者观念或语境的差异。以记言代替一般叙事，以"王令"作为赏赐事

① 中国社会科学院考古研究所编：《殷周金文集成释文》第二卷，324 页，香港，香港中文大学中国文化研究所，2001。

② 中国社会科学院考古研究所编：《殷周金文集成释文》第二卷，280 页，香港，香港中文大学中国文化研究所，2001。

③ 中国社会科学院考古研究所编：《殷周金文集成释文》第四卷，161 页，香港，香港中文大学中国文化研究所，2001。

件的起因，体现出作器者对王权的尊奉乃至崇拜。此时的铭文，比起最早只记器主之名的记名铭文，在功能与性质上均发生了本质上的改变。

从现存的殷商长篇铭文材料中，我们看不到某种循序渐进的变化。首先，从记名到记事功能的转变，虽然在时代上略有早晚之分，但缺乏过渡的中间环节。其次，记事铭文的语法结构变化，体现出跳跃式的发展特点。从"某人作某器"到"王赐（赏）某人某物用作某器"，再到对事件前因后果的叙述，乃至记言形式的出现，从铭文数量上来看很难说是一个必然的发展倾向，更接近于因某种政治或礼仪需求而产生的形式突变。从语法结构来说，也欠缺演化的连续性。我们当然可以将这种不自然的断裂归因于铭文材料的不足，但是也不妨依托"文学"这一更广阔的社会文化图景，思考这一时期影响铭文写作的其他可能性。那就是，铭文在文本形态上的一些变化，是否受到同时期其他写作方式的影响，例如卜辞。

这一比较，立足于对铭文和卜辞文本功能的基本判断。也就是说，与其从特定的文本形态中去寻找"叙事""记言"等"特征"或"传统"，不如更切实地从这些在功能、语境、属性上具有鲜明差异的文本中寻找一种互渗、互动的间性。

如前所述，铭文的基本功能就是标识器主，以后的作器者身份、受赏信息等都是由这一基本功能衍生而来的。如直到记事铭文充分发展并产生固定范式的殷墟三、四期时，只记器主之名的铭文仍占据压倒性的数量，可见记名功能仍为铭文的根本。学术史上对"铭"这一体式本质属性的追溯，直到汉代还强调"记名"的一面。《释名》："铭，名也。"[①]《礼记·祭统》："铭者，自名也。"[②]而此后"铭"体功能向实录的

---

① （汉）刘熙撰，（清）毕沅疏证，（清）王先谦补：《释名疏证补》卷六，92 页，北京，中华书局，2008。

② （清）阮元校刻：《十三经注疏（清嘉庆刊本）》，《礼记正义》卷四十九，3486 页，北京，中华书局，2009。

靠拢，则从晚商至周的记事铭文发展而来，《礼记·檀弓》："铭，明旌也。"①《典论·论文》："铭诔尚实。"②叙事需求并不天然地存在于铭的文本属性之中，它是在文本繁化、信息过载的过程中，被引入、嫁接到铭文体式中来的——这就是叙事铭文中语法结构跳跃性发展的本质所在。

虽然不能肯定卜辞是叙事铭文所效法的唯一对象，但殷商卜辞确实具备更为成熟的叙事技巧，更为完善的语法结构，比起脱胎于"记名"的铭文而言，也更早具有强烈的叙事动机。如前所述，在一般概念上的"记事刻辞"之外，殷商时也不乏用来记载商王田猎收获的记事性刻辞，而即使在占据绝对数量的占卜刻辞中，也已出现技法纯熟的叙事文句。铭文中的一些叙事变体，都可以在卜辞中找到先例。我们不妨择取卜辞中几种记事语句与铭文语言作一些对比。

1. "王在某地""于某地"

[1] 贞：勿省，在南酉。(《合集》05708 正)③

[2] 甲子卜，王在十一月。(《合集》23810)④

[3] 戊戌卜，王在一月，在自羌。(《合集》24281)⑤

[4] 壬子卜，贞：在六月，王在乎。(《合集》19946 反))⑥

[5] 癸酉卜，王在叔。(《合集》24350)⑦

①　(清)阮元校刻：《十三经注疏(清嘉庆刊本)》，《礼记正义》卷九，2817 页，北京，中华书局，2009。

②　夏佳木、唐绍忠：《曹丕集校注》，240 页，郑州，中州古籍出版社，1992。

③　胡厚宣主编：《甲骨文合集释文》第一册，313 页，北京，中国社会科学出版社，2009。

④　胡厚宣主编：《甲骨文合集释文》第三册，1189 页，北京，中国社会科学出版社，2009。

⑤　胡厚宣主编：《甲骨文合集释文》第三册，1215 页，北京，中国社会科学出版社，2009。

⑥　胡厚宣主编：《甲骨文合集释文》第二册，999 页，北京，中国社会科学出版社，2009。

⑦　胡厚宣主编：《甲骨文合集释文》第三册，1219 页，北京，中国社会科学出版社，2009。

[6] 癸亥卜，在□𠻸，贞：王在韋，妹……其𠻸往……正，王〔受又又〕。（《合集》35982）①

[7] 丁巳卜，㱿贞：王学众伐于㞢方，受㞢又。（《合集》00032 正）②

"王在某地"是甲骨卜辞中频繁出现的一种表述。卜辞既为对占卜过程的实录，地点信息对占断来说原非必要，因此卜辞对"王在某地"的记录，应当与"某日卜"的干支记载有着同样的功能，即对占卜活动的标识和区分。但是，同其他表达形式一样，"王在某地"的卜辞文本也存在可见的演进脉络。检点卜辞记录，并非所有地点信息都是修饰"王在"，事实上卜辞中如[1]这类"在某地"的表述更为通行。一个合理的解释是，当设占者即为王，或当不存在"王—贞人"的主客体之分③时，"在某地"对地点信息的表述就已足够完整了。而当卜辞出现"王在某地"时，"王"就被对象化了，那么记录者显然就是当时的贞人。

"王在"这一语式在引出地点信息之外，其实有着更早的来源。卜辞记录中的"王在"句，更多接续的是"某月"，如[2]。"干支＋卜＋王在某月"实际上是更为通行的一种记录范式，在此基础上发展而来的应当就是[3]这样的"干支＋卜＋王在某月＋在某地"，其中的"在某地"从前省略主语"王"④；进而又有[4]这样的"干支＋卜＋在某月＋王在某地"。于是在一些缺记月名的情况下（殷人记录的信息在完整性上通常有限，可能缘于他们未曾将卜辞视作具有固定范式的纯粹仪式语言），发展出[5]这类"干支＋卜＋王在某地"的形式就是顺理成章的了。

[6]这例卜辞出现两次"在"，是否在叙事上具有连续性呢？察其文本，"在𠻸"可能表达了贞问时的地点信息，如此，贞问内容中的"王在韋"就具有两种可能：一是共时异地，贞人在 A 地主动卜问王此时在 B

---

① 胡厚宣主编：《甲骨文合集释文》第四册，1773 页，北京，中国社会科学出版社，2009。

② 胡厚宣主编：《甲骨文合集释文》第一册，3 页，北京，中国社会科学出版社，2009。

③ 指贞人或记录者的自觉，是将自身视作"王"的代言人，还是对"王"之言行的记录者，后者是为主体的自觉。

④ 《戍嗣鼎》《小子𫗧簋》《尹光鼎》《宰甫卣》等铭文中的"在某地"也属于从前省略。

地的信息；二是同地异时，王与贞人同在 A 地，卜问将来在 B 地时可能发生的事件。鉴于这例卜辞属于殷商晚期，当时的占卜活动通常出于王的授意，作为职官的贞人并不具备设定议题的话语权力，因此第二种情况的可能性较大，总之两处"在某地"不具有叙事上的连续性。

占卜地点与所占之事的地点相分离，在[7]中"于某地"的表述中也有体现。"于"在卜辞中既可用作时间介词：

[1]贞：其于六月娩。(《合集》00116 正)①
[2]于乙酌，又雨。②

又可用作表示地点的介词：

[1]贞：乍大邑于唐土。③
[2]王于祖乙宗彝。(《合集》32360)④

与"在"不同，"于"带有一定的运动方向，并可作兼语。甲骨文中的"于"字作为介词，是由"去到"义动词虚化而成的。⑤ 而"在"则是谓语性的，[1]至[6]中的"在"，均可视作动词。⑥ "王在某地"作为完整的动词谓语句，表达了一种坚实的、静止的存在。这一特性被带入殷商彝器铭文，本节所整理的 40 则长篇铭文中，"在"有且仅有作谓语的一种用法。铭文引入地点处所时，用"在"而非"于"，本质是取其静止性而非运动性。在殷商铭文中，"在某地"全部以王或行赏者为主语，而"于"表示处所时，主语往往为受赏者而非王⑦。作为谓语的"在"，

①　胡厚宣主编：《甲骨文合集释文》第一册，8 页，北京，中国社会科学出版社，2009。
②　陈年福：《殷墟甲骨文摹释全编》第九卷，5019 页，北京，线装书局，2010。
③　陈年福：《殷墟甲骨文摹释全编》第九卷，5310 页，北京，线装书局，2010。
④　胡厚宣主编：《甲骨文合集释文》第四册，1585 页，北京，中国社会科学出版社，2009。
⑤　参见郭锡良：《介词"于"的起源和发展》，见《汉语史论集》(增补本)，218～223 页，商务印书馆，2005。
⑥　此外亦有作介词用的"在"，一般用以引入动作对象，与"于"相似，如"其求在父甲"等。参见姚振武：《上古汉语语法史》，281 页，上海，上海古籍出版社，2015。
⑦　唯一例外为《作册般鼎》铭文，"王述于作册般新宗"，"述"一般解为停留或巡省，"于"作兼语。

为"在某地""在某月"赋予恒定的静止状态，"王在某地"因而成为进行占卜、封赏、作器等重大事件的空间坐标，正如"在某月"成为这些事件的时间坐标那样。

从甲骨卜辞中，可以看到"在某地"向"王在某地"的发展，而殷商铭文中的"王在某地"始终作为定式存在，这体现出铭文向卜辞叙事语法的取径。"王在某地"作为空间坐标的价值，赋予其一种稳定的仪式感，因而也广泛存在于西周金文乃至周以后的传世文献中，并因文献性质和成书方式不同而取舍各殊。如：

[1]唯王廿又三年九月，王在宗周。王命膳夫克舍命于成周。（小克鼎，《集成》02798）①

[2]唯三年五月，既死霸甲戌，王在周康邵宫。旦，王格大室。（颂鼎，《集成》02829）②

[3]唯廿又八年，五月既望庚寅，王在周康穆宫。旦，王格大室。（裘盘，《集成》10172）③

[4]唯王元年正月，王在吴，格吴太庙。（师酉簋，《集成》04288）④

[5]维二十三祀庚子朔……王在酆。（《逸周书·酆保》）⑤

[6]维王三祀二月丙辰朔，王在鄗。（《逸周书·宝典》）⑥

[7]惟十有三祀，王在管。（《逸周书·大匡》）⑦

---

① 中国社会科学院考古研究所编：《殷周金文集成释文》第二卷，368页，香港，香港中文大学中国文化研究所，2001。

② 中国社会科学院考古研究所编：《殷周金文集成释文》第二卷，396页，香港，香港中文大学中国文化研究所，2001。

③ 中国社会科学院考古研究所编：《殷周金文集成释文》第六卷，129页，香港，香港中文大学中国文化研究所，2001。

④ 中国社会科学院考古研究所编：《殷周金文集成释文》第三卷，408页，香港，香港中文大学中国文化研究所，2001。

⑤ 黄怀信：《逸周书校补注译》（修订本），89页，西安，三秦出版社，2006。

⑥ 黄怀信：《逸周书校补注译》（修订本），137页，西安，三秦出版社，2006。

⑦ 黄怀信：《逸周书校补注译》（修订本），171页，西安，三秦出版社，2006。

[8]维四月既生魄，王在东宫。(《逸周书·本典》)①

[9]维正月，王在成周。(《逸周书·史记解》)②

[10]成王在丰，欲宅洛邑。(《周书·召诰》)③

[11]戊辰，王在新邑，烝。(《周书·洛诰》)④

[12]春王正月，公在楚。(《春秋·襄公二十九年》)⑤

[13]春王正月，公在乾侯。(《春秋·昭公三十年》《昭公三十一年》《昭公三十二年》)⑥

上述四种材料中的"在某地"，共通之处是均将"在"作为谓语，与卜辞、铭文传统一致。其中区别在于，西周彝器铭文习于篇首叙明年月信息后，引入"王在某地"，而其中的地点信息多数与后文有相对明确的逻辑关联，如王在某地某宫而格其庙室，王在宗周而遣令官员前往成周等。《逸周书》继承了这种结构形式，同样将时间地点信息置于篇首。但考察其叙事意图，并非全然与所述地点相关，其中相当一部分只是召集臣属，发布言告。换言之，《逸周书》"在某地"的表述，在结构上与金文最为相似，但形式大于内容，仅作为套语而存在。

与之相对的是《周书》《春秋》对"王在某地"的灵活化用。《周书》点名"成王"而非泛称"王"，自是追叙而非即时实录之体现，而其对地点的记录也并非必要，只是服务于叙事的需要，因此可能是对原始材料作出取舍和修改所得。至于《春秋》，则创造性地发明了"公在某地"的用法。"公在某地"显然是对"王在某地"的效法，也可能存在于《春秋》的原始材料中。但《春秋》的"公在某地"，不依赖上下文的关照，其语

---

① 黄怀信：《逸周书校补注译》(修订本)，300页，西安，三秦出版社，2006。

② 黄怀信：《逸周书校补注译》(修订本)，344页，西安，三秦出版社，2006。

③ (清)阮元校刻：《十三经注疏(清嘉庆刊本)》，《尚书正义》卷十五，448页，北京，中华书局，2009。

④ (清)阮元校刻：《十三经注疏(清嘉庆刊本)》，《尚书正义》卷十五，461页，北京，中华书局，2009。

⑤ (清)阮元校刻：《十三经注疏(清嘉庆刊本)》，《春秋左传正义》卷三十九，4351页，北京，中华书局，2009。

⑥ (清)阮元校刻：《十三经注疏(清嘉庆刊本)》，《春秋左传正义》卷五十三，4615、4617、4619页，北京，中华书局，2009。

句本身即具有深刻的叙事意图。《左传》："公在楚，释不朝正于庙也。"①《公羊传》云："公在楚，正月以存君也。"②《穀梁传》："公在楚，闵公也。"③鲁襄公久滞晋楚，又被楚人羞辱，《春秋》故记"公在楚"，醒示国君缺位之事。更有名的"公在乾侯"，从昭公三十年至昭公三十二年间，连续三年的"春王正月"下都记有这一笔，影射昭公连年流亡，客居晋地，蒙垢受耻。《公羊传》注云："闵公运溃，无尺土之居，远在乾侯，故以存君，书明臣子，当忧纳之。"④记于"春王正月"之下，自是对全年昭公缺位的提示，借用静态的谓语句式和书篇的时间结构⑤，构成丈量政治规范的价值尺度。总之，《春秋》这两例"公在某地"，表面上是对西周"王在某地"叙事形式的延续，实质却是对"公不在庙"的反面书写，用以揭示"失礼""失政"的政治现实。"在某地"因而在叙事之外，产生了更深刻的价值判断功能。

总而言之，甲骨刻辞的"在某地"发展为"王在某地"，是占卜行为自然演化的结果，而商周金文的"王在某地"大多是响应作器者叙述受赏缘由的叙事意识而出现的，具有明确的叙事目的。传世文献中，书类文献继承了金文的这种叙事传统，但在具体表现形式上有所不同。至于《春秋》，继承卜辞验辞中寓褒贬于直录的做法，用"公在某地"来表达"公不在庙"的失政之事，上下文的隐没使"公在某地"的谓语性质空前凸显，一并承担了叙事与赋值的两方面功能。

---

① （清）阮元校刻：《十三经注疏（清嘉庆刊本）》，《春秋左传正义》卷三十九，4352 页，北京，中华书局，2009。

② （清）阮元校刻：《十三经注疏（清嘉庆刊本）》，《春秋公羊传注疏》卷二十一，5022 页，北京，中华书局，2009。

③ （清）阮元校刻：《十三经注疏（清嘉庆刊本）》，《春秋穀梁传注疏》卷十七，5289 页，北京，中华书局，2009。

④ （清）阮元校刻：《十三经注疏（清嘉庆刊本）》，《春秋公羊传注疏》卷二十四，5063 页，北京，中华书局，2009。

⑤ 指《春秋》"春王正月""夏六月""秋九月""冬十月"的时间框架。

2."王令""王曰""巫曰"

[1]丁巳卜，贞：王令毕伐于东邦。(《合集》33068)①

[2]癸亥，贞：王令多尹望田于西受禾。(《合集》33209)②

[3]戊戌卜，設贞：王曰："侯豹茞，余不棘其合，以乃使归。"(《合集》03297 正)③

[4]戊子卜，矣贞：王曰："余其曰：'多尹其令二侯上丝众倉侯其□周。'"(《合集》23560)④

[5]丙戌卜，□贞：巫曰："禨贝于帚用"，若。(《合集》5648)⑤

甲骨卜辞中，也存在"王令"起始的间接叙述，以及以"王曰"起始的直接引语。"令"与"命"相通，常见于"帝令"的表述，如"帝令雨""帝不令风"等，主体通常是"帝""王"等权力者。除了"令"之外，还有一些其他的使令动词构成兼语句式，如"呼""使"等。"令"常接续征伐等大事，而"呼"常用于来、往等日常使令。古汉语研究者比较其异同发现：在"令""呼"同时出现时，"令"具有更高的优先级，如"贞：王其令呼射鹿？"⑥此外，不同于"呼"字句常省略主语和兼语，"令"字句通常不省略。⑦ 本书第五章将重点分析"令"的神圣性来源，简单地说，在殷商巫政合一的体系下，"王令"作为"帝令"的降格，是一种具有神圣性的

① 胡厚宣主编：《甲骨文合集释文》第四册，1621 页，北京，中国社会科学出版社，2009。

② 胡厚宣主编：《甲骨文合集释文》第四册，1629 页，北京，中国社会科学出版社，2009。

③ 胡厚宣主编：《甲骨文合集释文》第一册，202 页，北京，中国社会科学出版社，2009。

④ 胡厚宣主编：《甲骨文合集释文》第三册，1178 页，北京，中国社会科学出版社，2009。

⑤ 胡厚宣主编：《甲骨文合集释文》第一册，310 页，北京，中国社会科学出版社，2009。

⑥ 胡厚宣主编：《甲骨文合集释文》第三册，1339 页，北京，中国社会科学出版社，2009。

⑦ 参见张玉金：《甲骨文语法学》，252～253 页，上海，学林出版社，2001。

口头话语。卜辞以兼语形式记载"王令"时，常常意在贞问受令对象的允当与否，如[1]中的"毕"，[2]中的"多尹皇"，都应为当时商王拟下令的对象。以此比较铭文中的"王令"句，作为对赏赐事由的追述，记录的当为正式的口头诏命。更明确地说，作器所纪并非"伐夷方"（小子䚤簋），"会西方于省"（成卣鼎），"省北田四品"（𩰪𪏽鼎）的事件，而是领受王令的虔敬以及达成王令的成就。作器者虽为事件的主角，但作器的光荣（以及财资）却来自"王"或"子"的赏赐——一如铭文体式所呈现的那样，作器者永远是"王"的宾语，也因作为王的宾语而荣耀。

接下来，将王行赏的口头话语纳入叙事内容，也就是顺理成章的了。铭文中的记言体式，在卜辞中同样有着更广泛的数量与成熟的形式。卜辞记言文本中的"王占曰""某人占曰"都是典型的记言语体。此外，命辞也是记言文本的一大来源，也具有鲜明的口头色彩。在占卜仪式中，口头设命是其中一大重要环节，也是"命辞"文本的主要来源。虽然占卜只在于检验是非判断，命辞并不一定带有疑问色彩，也不具备显著的口语特征；但不少以"王曰"形式刻记的命辞，证明了命辞即使不是对口头设命的直接记载，至少也来源于仪式中的口头设命环节。

根据问卜者的不同，卜辞中有"王曰""巫曰"，甚至还有[4]中这种相互嵌套的引语，如陈年福的分析："（卜辞）可能是在命龟时，王在场说了'余其曰'及其后面的话，意为：王说的话是：我要说'多尹要命令二位侯即上丝侯和雷侯去打击周方?'这句话吗？为要不要在命龟时说这句话进行占卜。"[①]从以上可以看出，商人对占卜时所下达的命辞是极为谨慎的，认为不恰当的设命可能会招致不理想的结果。相信仪式话语具有某种魔力，这正是贞人记录问卜言辞的初衷。贞人"扶"代王设命，并将王嘱托的口头命辞全部如实转述。按一般占卜中以陈述求检验的姿态，更通常的设命应当是"戾贞：王曰：'多尹其令二侯上丝众龠侯其□周。'"然而这位"扶"却直接记录了王求卜时的原句，并如实保留了王所贞求的"余其曰"这一疑问语气。以前的命辞并不完全忠实

---

① 参见陈年福：《甲骨文动词词汇研究》，279 页，成都，巴蜀书社，2001。

于命龟时的口头发言，贞人可能对口语进行了转码，将之转化为符合一般仪式用语的命辞，因此不能视为完全的记言文本；而在这例卜辞中，贞人对疑问语气的保留，就展现出了确凿无疑的"记言"意图。

总之，目前能发现的"记言"文本，最早出现于卜辞之中。由于商人除了问卜之外尚可能存在其他的记言需求，因此我们很难说命辞文本是商人记言意识的唯一或根本的起源。但与铭文比较而得出的事实是，甲骨卜辞中的记言文句不但出现更早，而且数量更大，形式也更为丰富。据此可以推断，当记事铭文产生记言需求时，写作者取径于其他文体，借用"王曰"等成型的引语形式，表达铭文中的册赏之命。卜辞文本虽有记事之实效，却无记事之主观目的，而后者恰与铭文相反。铭文以记事称功为主要目的，因此融入记事铭文中的记言文本，较之卜辞记言文本，具有更深刻的叙事效用。

综上所述，我们通过文本细读发现，铭文的文体功能在不同的用器制度中呈现出两种走向。其一是作为日常用度和随葬需要而被镌刻的器主之名，其功能为"标识"；其二是作为宗庙礼器而被刻写的王命叙事，其功能为"记录"。前者作为一种符号性的标记，在形式上就此止步，不再有更多的发展；而后者出于宗族内部自我褒美的需要，其叙事结构被不断地完善和繁化。随着世俗权力的抬升，宗族意识的高涨，"叙事"的需求超出了铭文文体内部的话语资源和写作经验，于是商人取径于卜辞等同时期的其他文本形式，最终呈现为格式相对固定的长篇记事铭文。比较卜辞与记事铭文中的连动句式、谓语性的"王在"以及直接或间接的"记言"形式，可以窥见实录性的卜辞话语对记事铭文写作的影响；而铭文因"称功"而产生的"在某月，唯王某祀"这类记时后缀，则为原本只生效于一句的卜辞提供了可效法的时间标尺。最终，记事铭文在殷商晚期发展出一种具有稳定性的结构样式：

> 某干支，王在某，赐某人某物，用作某器，在某月，唯王某祀，某日。族徽。

这一句式，可以说是殷商铭文记事形式在复杂性、完整性上所能达致的顶峰。绝大多数殷商记事铭文对表述的时间、地点、信息或有简省，但"王赐某人某物，用作某器"却是始终不变的叙事核心。除此之外的记名铭文，则完全是用以标识器主所作的符号了。

第三节　西周铭文话语形式的突破

到了西周时期，记名铭文仍然为数众多，但记事铭文的比例增加，篇幅渐长，结构更繁。殷商时期最长的戍嗣子鼎铭文不过三十字，而西周时期的长篇记事铭文动辄百字甚至数百字。那么，西周铭文相对于殷商时期增加了哪些信息呢？考察文本可以发现，其中一个非常突出的特征就是"记言"形式的出现。以长达五百字的毛公鼎铭文为例：

王若曰：父厝，丕显文武，皇天引厌厥德，配我有周，膺受大命，率怀不延方，亡不闲于文武耿光，唯天将集厥命，亦唯先正叚辥厥辟，勋勤大命，肆皇天亡斁，临保我有周，丕巩先王配命，旻天疾威，司余小子弗及，邦将曷吉，翻翻四方，大纵不靖，呜呼，趯余小子圂湛于艰，永巩先王。

王曰：父厝，今余唯肇经先王命，命汝辥我邦、我家外内，憃于小大政，屏朕位，虩许上下若否于四方，死毋动余一人在位，引唯乃智，余非庸又昏，汝毋敢荒宁，虔夙夕惠我一人，雍我邦小大猷，毋折缄，告余先王若德，用仰昭皇天，申恪大命，康能四国，欲我弗作先王忧。

王曰：父厝，雫之庶出入事于外，敷命敷政，艺小大楚赋，无唯正昏，引其唯王智，乃唯是丧我国，历自今，出入敷命于外，厥非先告父厝，父厝舍命，毋有敢蠹敷命于外。

王曰：父厝，今余唯申先王命，命汝极一方，宏我邦、我家，汝顲于政，勿壅律庶人贾，毋敢龏橐，乃侮鳏寡，善效乃友正，毋敢湎于酒，汝毋坠在乃服，恪夙夕，敬念王威不易，汝毋弗帅用先王作明型，欲汝弗以乃辟陷于艰。

王曰：父厝，已曰，及兹卿事寮、大史寮于父即尹，命汝𫗴

嗣公族，与三有司、小子、师氏、虎臣，与朕亵事，以乃族扞敌
王身，取征卅锊，赐汝秬鬯一卣，裸圭瓒宝，朱市、葱衡、玉环、
玉瑹、金车、綦幭较、朱虦靯靳、虎幂、熏里、右轭、画轉、画
鞴、金甬、错衡、金踵、金豪、约軧、金簟笰、鱼箙、马四匹，
銮勒、金台、金膺、朱旂二铃，赐汝兹关，用岁用征。

　　毛公膺对扬天子皇休，用作尊鼎，子子孙孙永宝用。（《集成》
02841）①

　　这篇作于西周晚期的铭文，其体式结构的改变已非常明显。"王
曰"也就是王的册命、告诫内容，在整篇铭文中占据较大比重，殷商时
期确立的记事铭文范式中"在某地""唯某年"等时间、地点信息，在此
全部不复存在。在文体上唯一留存的关键结构，是篇尾的"作某器"。
而由于篇章结构的复杂化，"作"的主语也发生了变化，成为"毛公膺"
这位受器者，不再存有"王赐某人某物作某器"这一双宾连动结构。全
篇铭文以"王曰"为主体，更近于《尚书》中的一些诰、命体文献。因此
与其说它是殷商铭文在西周的新变，不如说是诰、命、誓等书类文献
对铭文的嫁接作用。

　　在此进一步的质问就是，回到本章开头，《文心雕龙》所叙述的"铭
文传统"究竟是否存在？或者，"铭"这样一个由物质载体而非文本自身
特征所定义的"文体"概念，是否真的存在过一个发生、发展的连续过
程呢？

　　从殷商到西周，册命仪式的本质并没有太大变化，始终是君主赐
物，臣属作器。为礼器刻铸铭文，本质是在宗族意识下的纪功行为，
这一传统在西周三百年间也并无断裂。那么何以到了西周晚期，铭文
结构发生了如此明显的转变，本节试图探讨这个问题，因而有必要将
铭文视作"话语"，放回铭文的仪式背景、彝器制度等语境中去。

---

　　①　中国社会科学院考古研究所编：《殷周金文集成释文》第二卷，433 页，香港，香港
中文大学中国文化研究所，2001。

一、核心构件的松动

研读西周时期的铜器铭文，并与殷商铜器铭文作比较，可以得出的结论是，在西周铭文中，有一部分继承了殷商铭文的核心文本，而另一部分铭文则是取径于诰、誓、命等记言文本，自行发展出的另一个文本系统。

根据西周早期铭文的特点，我们将其形式突破总结为三点。其一是"王赐某人某物用作某器"这一核心构件的松动；其二是叙事形式的繁化；其三是记言形式的中心化。对于这三点，我们拣选西周时期具有代表性的几件器物铭文进行分析。

所谓殷商铭文的核心文本，就是"王赐某人某物作某器"。这一表述在西周早期仍有留存，如：

[1]康侯在枏师，赐作册夨贝，用作宝彝。（作册夨鼎，西周早期，《集成》02504）①

[2]唯八月初吉，辰在乙卯，公赐旅仆，旅用作文父日乙宝尊彝，冀。（旅鼎，西周早期，《集成》02670）②

[3]珷征商，唯甲子朝，岁鼎，克昏，夙有商。辛未，王在闌师，赐右史利金，用作檀公宝尊彝。（利簋，西周早期，《集成》04131）③

[4]唯成王大奉在宗周，赏献侯顈贝，用作丁侯尊彝。（献侯鼎，西周早期，《集成》02626）④

[5]公束铸武王、成王异鼎，唯四月既生霸己丑，赏作册大白

① 中国社会科学院考古研究所编：《殷周金文集成释文》第二卷，252 页，香港，香港中文大学中国文化研究所，2001。

② 中国社会科学院考古研究所编：《殷周金文集成释文》第二卷，308 页，香港，香港中文大学中国文化研究所，2001。

③ 中国社会科学院考古研究所编：《殷周金文集成释文》第三卷，287 页，香港，香港中文大学中国文化研究所，2001。

④ 中国社会科学院考古研究所编：《殷周金文集成释文》第二卷，293 页，香港，香港中文大学中国文化研究所，2001。

马，大扬皇天尹太保貯，用作祖丁宝尊彝。（作册大方鼎，西周早期，《集成》02759）①

[6]唯王大禴于宗周，徰饔蒡京年，在五月既望辛酉，王令士上眔史寅殷于成周，眚百姓豚，眔赏卤、圅、贝，用作父癸宝尊彝。（士上盉，西周早期，《集成》09454）②

这类铭文较好地沿袭和发展了殷商的铭文形式，其特点是主语为"康侯""公""王"等赐物者，作器者与器物共同作为双宾语而存在。"赏赐事由"这一构件是文本的绝对核心，"赐""赏"是这类文本的关键词。[1][2]为最标准的记事铭文形式，[3][4][5][6]添加了时间、地点及事件的前因后果信息，但核心结构仍是"王赐某人某物用作某器"，并沿用了单独刻铸族徽符号的记名形式。

但是与此同时，另一种叙述形式也存在于周人的器物之中，

> 盖铭：王褅于成周，王赐围贝，用作宝尊彝；
> 器铭：伯鱼作宝尊彝。（伯鱼簋，西周早期，《集成》03825）③

盖、器分别作铭，在殷商时期特别常见，其形式通常是器铭记事，盖铭记名。记名铭文通常是族徽或器主名，是记事铭文分化出来之后，铭文记名功能的演化分支。但在伯鱼簋（也称围簋）中，盖铭记事较器铭更为详细，器铭为"某人作某器"，以作器者为主语。盖铭丢失了"作器者"的信息，而器铭丢失了"赐物者"的信息。考察其铭文刻写形式，可以发现一些有趣的线索（图3-1）：

---

① 中国社会科学院考古研究所编：《殷周金文集成释文》第二卷，345页，香港，香港中文大学中国文化研究所，2001。

② 中国社会科学院考古研究所编：《殷周金文集成释文》第五卷，376页，香港，香港中文大学中国文化研究所，2001。

③ 中国社会科学院考古研究所编：《殷周金文集成释文》第三卷，166页，香港，香港中文大学中国文化研究所，2001。

伯鱼簋外观

伯鱼簋盖铭

伯鱼簋器铭①

图 3-1　伯鱼簋及铭文

　　较为简省的器铭一侧，字形更为疏朗阔大，其形态接近于记名刻符。通常而言，作器者的名字或家族徽记会被单独刻记，是为"记名"。然而此处的"伯鱼作宝尊彝"虽借用了记名铭文的刻铸形式，却与记事信息分开刻铸，且字符大小不均，趋于图像化、符号化；但在内容上却借用了记事铭文的后半段写法，呈现为"某人作某物"的完整句型。另外，簋盖内侧的记事铭文采用的是较为简略的形式，即略去作器者的"王赐某物用作某器"。器铭较盖铭笔画更为纤细，笔迹相似，可能由同一人先后刻铸。一种可能性是盖铭有意略去了作器者信息，以求在器铭中用独立成句的形式加以凸显；另一种可能是盖铭对作器者的省略出于无意，并用器铭单独加以补足。但无论是哪一种，这组铭文都体现出某种程度上的"破格"。伯鱼簋出土于燕地西周墓葬，这多少显现出燕国文化，乃至西周姬姓部族文化相对于殷商文化的异质性。这也提示我们，由商及周，对青铜器的认知，对铭文形式的理解，很可能在不同文化背景的人群中存在着差异，这将在更遥远的未来影响着铭文形式、内容与功能的最终走向。

　　这类"某人作某器"的铭文，在西周早期也常单独显现于彝器中。所谓"单独显现"，即不需要"王赐某物"这一文本构件，就充分完成了文本功能。例如：

　　①　中国社会科学院考古研究所编：《殷周金文集成释文》第三卷，166 页，香港，香港中文大学中国文化研究所，2001。

[1] 王伯作宝鬲。（王伯鼎，西周早期，《集成》02030）①

[2] 王季作鼎彝。（王季鼎，西周早期，《集成》02031）②

[3] 康侯封作宝尊。（康侯丰鼎，西周早期，《集成》02153）③

[4] 应叔作宝尊鬲。（应叔鼎，西周早期，《集成》02172）④

[5] 滕侯作宝尊彝。（滕侯方鼎，西周早期后段，《集成》02154）⑤

[6] 曾侯谏作宝彝。（曾侯鼎，西周早期，《文物》2011年第11期第17页图20）⑥

王伯、王季、康侯封、应叔这几位器主为周王室成员，滕国、曾国是姬姓国。这几例"某人作某器"式铭文均出自姬周文化系统，恐非偶然。铭文中未记"王锡某物"的事件，既可能是对相应册命、赏赐仪式的无意缺漏，也可能是由于周初尚未确立完备的仪式体系，虽从殷商移植了器物的制作、铭文的刻写等外在规范，但未能完全理解记事铭文"纪功"的本质。第三种可能性是：由于彝器本身即为物质形态的家族史，西周初期，在"封建亲戚，以藩屏周"的过程中，产生或抬升了诸多新的家族分支，他们需要制作更多的彝器用于祭祀，但册命所赐有限，家族新兴，功业未建，自然缺少"纪功"的器物积淀。铭文未记"赏赐""册命"，有很大可能其所使用的金属材料的来源本来就乏善可陈，或为自行开采，或为旧器重铸。一个有趣的参照是，同为西周早期的旅鼎，其铭文如实讲述了彝器用料的来源并非册命，而是"文考

---

① 中国社会科学院考古研究所编：《殷周金文集成释文》第二卷，147页，香港，香港中文大学中国文化研究所，2001。

② 中国社会科学院考古研究所编：《殷周金文集成释文》第二卷，147页，香港，香港中文大学中国文化研究所，2001。

③ 中国社会科学院考古研究所编：《殷周金文集成释文》第二卷，167页，香港，香港中文大学中国文化研究所，2001。

④ 中国社会科学院考古研究所编：《殷周金文集成释文》第二卷，170页，香港，香港中文大学中国文化研究所，2001。

⑤ 中国社会科学院考古研究所编：《殷周金文集成释文》第二卷，167页，香港，香港中文大学中国文化研究所，2001。

⑥ 曾令斌等：《湖北随州叶家山西周墓地发掘简报》，载《文物》，2011(11)。

遗宝积，弗敢丧，旂用作父戊宝尊彝"(《集成》02555)①。

这提示我们，铭文句式的改变，尤其是核心文本的变化，与器物制度有着极其密切的关联。在宗法制的背景下，一个家族需要积累长期的权势、战功，才能通过册命、赏赐等仪式构筑起以彝器作为物质形态的"家族史"，以及铭文这类"镂之金石，琢之盘盂"的"家族史叙事"。商周之际，旧的家族被打散、迁徙，姬姓部族及其姻亲以封国的形式开展军事殖民。作为新贵，他们的祭祀并非自然形成和延续的内部传统，而是在外部的制度压力下自觉建构而成的形式规范。因此，西周早期的彝器制作和铭文写作，有着极为特殊的历史语境。铭文话语的变化是在特定历史语境下的即时反应，并因之突破了殷商以降话语形式的约束。然而话语形式一旦被突破，话语就只可能继续生长，以至于即使在封建活动收束，宗族制度稳固的西周晚期以后，铭文话语也再无法回归到殷商时期那种稳定的格式中去。所以，当我们探讨西周铭文面貌的时候，可将西周早期的铭文形式突破视为后世一切变体的伏笔。

二、叙事形式的异变

"叙事形式的异变"，指的不是记事铭文基于其核心文本的孳乳、增殖，而是突破了核心文本在视角、结构上的束缚，纳入更多对"纪功"而言并非必要的叙事信息，所形成的结构迥异的叙事形式，此即为西周记事铭文相对于殷商记事铭文的异变。

早在殷商时期，就有一部分铭文在"王赐某人某物用作某器"的固定格式之下，增加了更多叙事信息。这类铭文均由数个分句构成，以叙述一个先行后续，有因果关联的赏赐行为。这类叙事的共同点是以"王"的行动为焦点，包括：

---

① 中国社会科学院考古研究所编：《殷周金文集成释文》第二卷，267页，香港，香港中文大学中国文化研究所，2001。

[1]王在阑，王格，宰梊从，赐贝五朋。（宰梊角，《集成》9105）①

[2]王来兽自豆麓，在礋帅，王飨酒，王光宰甫贝五朋。（宰甫卤，《集成》5395）②

[3]王省㜮京，王赐小臣艅㜮贝，唯王来征夷方。（小臣艅犀尊，《集成》5990）③

[4]王宜人方无敄，咸，王赏作册般贝。（作册般甗，《集成》944）④

[5]王饮多亚，听享京，逦赐贝二朋。（逦簋，《集成》3975）⑤

[6]王弍于作册般新宗，王赏作册丰贝，太子赐东大贝。（作册豊鼎，《集成》2711）⑥

[7]王归，在夒帅，王飨酒，尹光逦，唯格，赏贝。（逦方鼎，《集成》2709）⑦

或以使令句式引出宾语（受器者）所行使的动作，以此保持赐物者的主语位置，维持叙事视角，包括：

[1]王令宜子会西方于省，唯返，王赏戌阎贝二朋。（戌阎鼎，

①　中国社会科学院考古研究所编：《殷周金文集成释文》第五卷，305 页，香港，香港中文大学中国文化研究所，2001。

②　中国社会科学院考古研究所编：《殷周金文集成释文》第四卷，146 页，香港，香港中文大学中国文化研究所，2001。

③　中国社会科学院考古研究所编：《殷周金文集成释文》第四卷，263 页，香港，香港中文大学中国文化研究所，2001。

④　中国社会科学院考古研究所编：《殷周金文集成释文》第一卷，593 页，香港，香港中文大学中国文化研究所，2001。

⑤　中国社会科学院考古研究所编：《殷周金文集成释文》第三卷，218 页，香港，香港中文大学中国文化研究所，2001。

⑥　中国社会科学院考古研究所编：《殷周金文集成释文》第二卷，324 页，香港，香港中文大学中国文化研究所，2001。

⑦　中国社会科学院考古研究所编：《殷周金文集成释文》第二卷，323 页，香港，香港中文大学中国文化研究所，2001。

《集成》2694)①

[2]王令膳蔑省北田四品，在二月，作册友史赐齎贝。（膳蔑鼎，《集成》2710)②

[3]王令钕其觅丽殷于夆田渴，宾贝五朋。（二祀钕其卣，《集成》5412)③

[4]钺赏小子翼贝十朋，在上鲁，唯钺令伐人方，翼宾贝。（小子翼簋，《集成》4138)④

这两种叙事形式只有"是否使用了使令句式"这一区别。所传递的事件信息，囊括了最基本的时间、地点、人物以及受赐事由、所赐之物，作为"记功"铭文而言，所承载的信息已经非常充分。但记事内容的增加，并没有改变以赐物者（王）为主语的这一基本结构，因此可以认为这类铭文是在"王赐某人某物用作某器"的基础上孳乳而来的。殷商记事铭文数量稀少，穷举这类以分句表述赏赐事由的铭文，足以说明其形式结构的稳定性。

但西周铭文叙事形式的异变，一个重要特征就是它突破了上述范式。需要明确的一点是，"铭文"作为一种由载体定义的文类，它在西周时期并不存在单向度的、线性的发展脉络。殷商的覆亡使相对固化的铭文格式彻底解体，在没有抽象的"文体规范"的时代，不同文化背景的族群，以各自的理解及实际需求，创制了多种铭文形态，使其在较长一段时期共同存在。因此，我们不能简单地用"早—中—晚"的西周历史分期来描述铭文"发展"的过程。以下我们将举几例较有典型性的铭文，证明在西周早期，铭文在叙事手段、语言技法上，分别存在

① 中国社会科学院考古研究所编：《殷周金文集成释文》第二卷，316 页，香港，香港中文大学中国文化研究所，2001。

② 中国社会科学院考古研究所编：《殷周金文集成释文》第二卷，324 页，香港，香港中文大学中国文化研究所，2001。

③ 中国社会科学院考古研究所编：《殷周金文集成释文》第四卷，161 页，香港，香港中文大学中国文化研究所，2001。

④ 中国社会科学院考古研究所编：《殷周金文集成释文》第三卷，291 页，香港，香港中文大学中国文化研究所，2001。

的异变要素。这些异变或许是偶发的、少量的，但作为语言现象，它们的存在本身，即足以证明某种形式约束已被打破。异变一旦发生，就会以各种方式相互组合、交融，并构成新的叙事形式。由于能指形式的扩充，叙事信息的增殖和繁化成为可能。

我们将西周早期铭文叙事形式的异变要素分为三点，分别是主语变换、连续记日、仪式描写。

首先来看主语变换。相对于单一分句的"王赐某人某物用作某器"，西周铭文中分句情况更为复杂，主语发生了变换。如以下两例铭文：

[1]匽侯令堇饴太保于宗周。庚申，太保赏堇贝，用作大子癸宝尊鬻，屮册。（堇鼎，西周早期前段，《集成》02703）①

[2]唯十又一月初吉辛亥，公令繁伐于臬伯，臬伯蔑繁历，宾□被廿、贝十朋，繁对扬公休，用作祖癸宝尊彝。（繁簋，西周早期，《集成》04146）②

以上每条铭文均出现三个人物。其中，第一主语"燕侯""公"既非赐物者，也非作器者，而是"赏赐事由"的发起者。根据文例，可称他们是军事祭祀行为中的使令者。[1]中的主语变换，是因为"使令行为"和"赐物行为"存在着不同的主宾双方。这一变化的实质是"使令行为"也成为记事的对象，导致在一般的"太保赏某人某物用作某器"的表述之前，出现了"燕侯令某人做某事"的表述。相似的使令句式也见于殷商铭文，但后者的使令者与赐物者身份往往相同，因此不必进行主语的转换。更进一步地说，西周时期，权力结构因官僚制度的发展体现出更多层级，因此使令者与赐物者有时并不一致。在这种情形下，铭文在如实记录赐物行为的同时，也会选择将赐物的原因记入文本，这更深刻地展现了"纪功"是记事铭文最核心的功能。[2]记录的是一次

① 中国社会科学院考古研究所编：《殷周金文集成释文》第二卷，320页，香港，香港中文大学中国文化研究所，2001。

② 中国社会科学院考古研究所编：《殷周金文集成释文》第三卷，295页，香港，香港中文大学中国文化研究所，2001。

"蔑历"仪式①。"公"是使令者，"量伯"是赐物者和蔑历者，"繁"是被使令者，同时也是受蔑历者和作器者。比较有趣的是，"公"虽然没有参与蔑历仪式，但"繁"却将自己受到蔑历的荣耀归因于"公"，于是"对扬公休"。这说明使令者及其使令行为，在"赐物"的行为之外，同样也是作器者心目中荣誉的来源。

"对扬……休"及其变体，是西周记事铭文中主语变换的一个重要句式，以下三例铭文就是以其为独立分句的：

[3]王如上侯，师俞从，王被功，赐师俞金。俞则对扬厥德，其作厥文考宝鼎，孙孙子子宝用。（师艅鼎，西周早期后段，《集成》02723）②

[4]唯王襟于宗周。王姜史叔使于太保，赏叔郁邕、白金、雏牛。叔对太保休，用作宝尊彝。（叔簋，西周早期后段，《集成》04132）③

[5]唯正月既生霸乙未，王在周。周师光守宫事裸。周师不舐，赐守宫丝束、苴幕五、苴笪、幂二、马匹、毳布三、团篷三、琜朋。守宫对扬周师厘，用作祖乙尊，其百世子子孙孙，永宝用，勿坠。（守宫盘，西周早期后段，《集成》10168）④

"俞则对扬厥德""叔对太保休""守宫对扬周师厘"三句，位于铭文"赐某物"与"用作某器"之间，这是西周记事铭文相对于殷商记事铭文的一个典型的异变现象。沈文倬提出"对"为仪式中的对话，"扬"为举

---

① 晁福林："'蔑历'实际上是上级对下级的勉励和下级的自勉，它以口头勉励的形式来保持和加强周王与臣下（或上下级贵族间）的关系。"参见晁福林：《天命与彝伦：先秦社会思想探研》，182 页，北京，北京师范大学出版社，2012。
② 中国社会科学院考古研究所编：《殷周金文集成释文》第二卷，329 页，香港，香港中文大学中国文化研究所，2001。
③ 中国社会科学院考古研究所编：《殷周金文集成释文》第三卷，287 页，香港，香港中文大学中国文化研究所，2001。
④ 中国社会科学院考古研究所编：《殷周金文集成释文》第六卷，125 页，香港，香港中文大学中国文化研究所，2001。

物行礼。① 林澐、张亚初、丁进等指出，在许多铭文中，"对扬"与"被对扬"者不存在当面的互动关系，《江汉》郑注所言"称扬"当为确解。② 从语篇结构来看，"赐物""对扬""作器"三个动作不但在时间上先行后续，更存在逻辑关联。"赐某物""用作某器"自殷商以降就是一个连贯的语句，当中间插入"对扬"时，一定具有承上启下之功用。传统的"赐某物用作某器"以赐物者为主语，作器者始终居于宾语位置，而"对扬"裁断了这一连贯的传统记事形式，将叙事视角转换到作器者身上。在内容上，"对扬"回应了前文的"赐"；在形式上，又为后文变换了主语。"某人对扬某人休用作某器"作为西周记事铭文特有的组件，利用主语的变换，将作器者和作器信息从"某人赐某人某物用作某器"的传统形式中独立出来，可以认为"对扬"和"用作"是一组具有逻辑关连的行为。据此可将"对扬"理解为"用作"的目的："某人对扬某人休用作某器"意为，受赐者为宣扬赐物者的美德而作器。"对扬"有时还用来强调使令者的恩惠，例如在[2]这类使令者与赐物者身分不同一的情况下，可以凸显使令者的地位，另外也为作器者增添了更多荣耀。

此外，[4][5]两例铭文中，还出现了"唯王祷于宗周""王在周"的叙述。这类独立分句，与殷商铭文中的类似结构相同，只不过后者的"王"实际参与了后续的赐物和作器活动。而这两例西周铭文中，"王"既非使令者，亦非赐物者，与作器行为并无直接的关联。如前一章我们讲到的那样，西周铭文中的"王在某地"是占卜、祭祀、封赏、作器等重大事件的空间坐标，与作为时间坐标的"在某月"有着近似的功能。它是一个具有形式意义的文本构件，故而即使与实际册命封赏事件无关，往往也会被赋予特定主语并独立成句。

[6]唯十又二月丁丑，寓献佩于王姒。王姒赐寓曼丝。对扬王

---

① 参见沈文倬《"对扬"补释》[载《考古》，1963(4)]等文。
② 参见林澐、张亚初《〈对扬补释〉质疑》[载《考古》，1964(5)]，丁进《商周青铜器铭文文学研究》(179～185 页，西北，西北大学出版社，2013)等文。

姒休，用作父壬宝尊鼎。（寓鼎，西周早期前段，《集成》02718）①

这例铭文在形式上较前几例更为简单，但却存在更特殊的破格形态。如直接以作器者"寓"为主语，这或许是因为"献佩"这个导致受赏的行为完全由"寓"本人发起，作器者具有绝对的主动性。但"献"而受"赐"这一结果也提示我们，西周时期诸种铭文变体的出现，可能与"赐物"广泛存在于各种非正式的仪式中有关。更多中层贵族拥有了"赐物"的资格，更多行为可获得"赐物"的回报，更多的中、低层贵族期望着"赐物"为家族史增添光彩——因此才有不同形式、不同结构的铭文应运而生。这例铭文还出现了主语的省略现象，并同样省略在"对扬"之前。寓鼎是一件形制较为朴素的器物，这再一次提示我们，正如器主的文化族群背景可能影响他们对铭文体式的选择那样，在赐物作器活动下移的过程中，器主所在阶层的差异也可能对固有的铭文体式产生冲击（图 3-2）。

图 3-2　寓鼎及铭文②

　　①　中国社会科学院考古研究所编：《殷周金文集成释文》第二卷，327 页，香港，香港中文大学中国文化研究所，2001。

　　②　中国社会科学院考古研究所编：《殷周金文集成释文》第二卷，327 页，香港，香港中文大学中国文化研究所，2001。

接着来看"连续记日"。记事中的纪时信息，在殷商卜辞中体现为"干支"，在殷商铭文及部分晚期卜辞中体现为篇首的"干支日"与篇尾的"唯王某祀""在某月""某日"，其共通点是均为对"时间点"的记录。但在西周早期的记事铭文中，就已出现了以多个时间点分别对应多个关联事件的纪时形式。我们将表记时间点的文句视作"纪日点"，在铭文中标注如下：

[1]珷征商，唯甲子朝，岁贞，克昏，夙有商。辛未，王在阑师，锡右史利金，用作旜公宝尊彝。（利簋，西周早期，《集成》04131）①

[2]王作荣仲序，在十月又二月生霸吉庚寅，子加荣仲玧庸一、牲大牢。己巳，荣仲速芮伯、胡侯子，子赐白金钧，用作父丁齍彝。史。（荣仲鼎，西周早期后段，《文物》2005年第9期第64页图5）②

[3]唯七月甲子王在宗周，令师中暨静省南国相，𢾅应。八月初吉庚申至，告于成周。月既望丁丑，王在成周太室，命静曰："俾汝司在曾鄂师。"王曰："静，锡汝鬯、旂、韍、采罍。"曰："用事。"静扬天子休，用作父丁宝尊彝。（静方鼎，西周早期后段，《文物》1998年5期86页图4）③

[4]癸卯，王来莫新邑。[二]旬又四日丁卯，[往]自新邑于東，王赏贝十朋，用作宝彝。（新邑鼎，西周早期后段，《集成》02682）④

[5]唯公大史见服于宗周年。在二月既望乙亥，公大史咸见服于辟王，辨于多正。雩四月既生霸庚午，王遣公大史。公大史在

---

① 中国社会科学院考古研究所编：《殷周金文集成释文》第三卷，287页，香港，香港中文大学中国文化研究所，2001。

② 李学勤：《试论新发现的喜反方鼎和荣仲方鼎》，载《文物》，2005(9)。

③ 徐天进：《日本出光美术馆收藏的静方鼎》，载《文物》，1998(5)。

④ 中国社会科学院考古研究所编：《殷周金文集成释文》第二卷，312页，香港，香港中文大学中国文化研究所，2001。

丰，赏作册魋马。扬公休，用作日已旅尊彝。（作册魋卣，《集成》05432）①

如果说记事铭文最初的核心内容是"赐物"与"作器"，那么当铭文出现多个纪日点时，是否意味着叙事的重心已发生了偏移？考察上述出现多个纪日点的五条语例，首先可以确定一点，即其中必然有一个纪日点用以记录"赐物"的时间。那么剩余的一至二个纪日点，分别是用来记录何种活动的，这些活动相对于"赐物"而言，在叙事结构上是否具有同等或更高的权重呢？大致看来，这五例中的另一个纪日点，都是用于记载"赐物事由"的发生日期，如征伐、仪式、使令、纳贡等。其中[3]除赐物日之外另有两个纪日点，其一记录了周王使令的日期，其二记录了"告"的日期。从七月甲子到八月庚申，这两个事件的时间跨度近六十日，再到赐物所在的丁丑日，又是一旬有余。我们知道，殷商时期文本中的记时构件，是有明确的功能指向的。例如卜辞的写定与验视通常以一旬为单位，那么干支日号加上简单的日期记数，就分别足以表现占卜设命和验视结果的日期。而这样一种朴素的功能性文本，在以"记事"为诉求的铭文中，产生了更多仪式性的意义和价值。

[1][2]两件器物铭文体现了西周早期较为标准的"连续纪日"格式。其基本特征是在第一个纪日点记录赐物事由，在第二个纪日点记录赐物活动。纪日点可以只是简单的干支日号，也可以是由具体月份、月相纪日点、干支号缀合而成的一个日期。而[3]虽继承了这种标准格式，但体现出更多的特殊性，分别是纪日点数量的增加，纪日点间距的拉长，所记事件关联性的减弱。细究铭文，"王在成周命静"是最为直接的赐物活动，铭文中也完整地记录了王的"命""赐"言辞，以及"静"的应答，本身已构成非常详细的册命仪式记录。但器主"静"并不满足于此，出于纪功的需求，他试图更详细地记录自己接受册命的原因。根据张懋镕的考释，铭文所记的事件大致是："静"与"中"两位官

---

① 中国社会科学院考古研究所编：《殷周金文集成释文》第四卷，174页，香港，香港中文大学中国文化研究所，2001。

员奉周昭王之命，去往南国巡视，为周王建造行宫，完成任务后回到成周报告周王，又被赋予管理曾、鄂两地军队的使命。[①] 比较中方鼎铭文[②]所记的同一事件，可以发现"中"这位器主获得赏赐，是在南巡使命的途中，并以南巡的功绩为因由。严格来说，静方鼎所基于的赐物行为，是周王的第二次下令，既非甲子日的下令南巡，也非庚申日回报南巡功绩时的赏赐。因而可以认为，"省南国相""告于成周"两个行为与这次作器并没有直接的关联，这也进一步印证了其间长达74天的时间间隔，确实并不自然。如果说[1][2][4][5]使用连续纪日是因为"立功"和"赐物"之间存在因果关联，那么[3]就是利用连续纪日的方法，将器主的两件功绩加以缀合，以此体现出器主将南巡功绩认定为第二次受命原因的认知。此处的连续记日法，可以说是对事象有意识地作出了裁剪和选定，以此构建出一个线性的、有因果关联的纪功叙事。

　　[1][2][3]的纪日形式均以"时间点"的形态呈现，而[4][5]则更直接地体现了纪时的连续性。癸卯之后"二旬又四日丁卯"，乙亥之后"雩四月既生霸庚午"，表明第二个纪日点是在第一个纪日点之后，经过了一段时间而到来的。与单纯的多点纪日不同，这一体例对时间连续性有着特殊的强调。我们将在第四章论述"雩"的用法与线性时间观念的关联，在此只是预先提出，这类带有"雩"等时间连词的纪日用语，体现出周人以时间为逻辑，串联起不同性质，不同地点，不同人物和事件的，"以时系事"的历史意识。这一记事方式，对《尚书》中诰誓典谟的连缀、写定方式，以及《春秋》等编年体史书的体例，都有着广泛的

---

　　① 张懋镕：《静方鼎小考》，载《文物》，1998(5)。

　　② 中鼎铭文："唯王令南宫伐反虎方之年，王令中先省南国贯行，执王位，在夔陳真山，中呼归生凤于王，执于宝彝。"见中国社会科学院考古研究所编：《殷周金文集成释文》第二卷，342页，香港，香港中文大学中国文化研究所，2001。中甗铭文："王令中先省南国贯行，执位在曾，史儿至，以王令曰：余令汝使小大邦，厥又舍汝刍量，至于女庸，小多□，中省自方、邓，复厥邦，在鄂师次，伯买乃乃角厥人戍汉、中、州，曰假、曰旗，人禹廿夫，厥贮咨啻，曰贮□贝，日传□王[皇]休，肆肩有差，余□捍，用作父乙宝彝。"见中国社会科学院考古研究所编：《殷周金文集成释文》第一卷，595页，香港，香港中文大学中国文化研究所，2001。

影响。

总之，西周记事铭文所体现的时间连续性，通常用以强调赏赐事由，且有时会作为缀连线索，将较长时段内发生的几个事件整定为具有内部逻辑关联的纪功叙事。这一功能超出了记事铭文记载"赐物—作器"的核心需求，因此可视作一种基于历史意识发展而产生的异变现象。

西周记事铭文的第三个异变特征，就是对仪式细节的描述和说明。这类构件一般出现在"用作……"的作器信息之前，有时与赐物信息交叉书写。这是因为在很多场合中，赐物活动即为仪式的一部分。所谓仪式细节，主要包括仪式的程序、规模及祭祀用物。在祭祀仪式中，称念神与先祖名号，祭品牺牲名号，是具有神圣意味的行为，本书将在第八章讨论祝嘏辞时详述。而在铭文中，对名号的穷举，也渗透到了叙事信息之中。一个显著的特征就是对"赐物"的罗列。铭文中对赐物信息描述较详的有：

> [1]唯五月乙亥，相侯休于厥臣父，赐帛、金。父扬侯休，告于文考，用作尊簋，其万年□待□□侯。（相侯簋，西周早期，《集成》04136）①
>
> [2]唯十又四月，王彭大褅禘奉在成周，咸奉。王呼殷厥士，齐叔矢以裳、衣、车、马、贝卅朋。敢对王休，用作宝尊彝，其万年扬王光厥士。（叔矢鼎，西周早期，《文物》2001年第8期第9页图12）②
>
> [3]唯四月，辰在丁未，王省武王、成王伐商图，诞省东国图，王莅于宜，入大飨，王令虞侯矢曰："迁侯于宜，赐瓒鬯一卣，商瓒一□、彤弓一、彤矢百、旅弓十、旅矢千；赐土：厥田川三百□，厥□百又廿，厥宅邑卅又五，厥□百又卌，赐在宜王人十又七姓，赐奠七伯，厥卢□又五十夫，易宜庶人六百又□六夫。"宜侯矢扬王休，作虞公父丁尊彝。（宜侯矢簋，西周早期，

---

① 中国社会科学院考古研究所编：《殷周金文集成释文》第三卷，290页，香港，香港中文大学中国文化研究所，2001。

② 商彤流等：《天马——曲村遗址北赵晋侯墓地第六次发掘》，载《文物》，2001(8)。

《集成》04320)①

赐物描写的繁简，一方面取决于赐物的多寡，一方面也与册命赏赐仪式的规模呈正相关。宜侯夨簋（图 3-3）铭文所记的事件，是一次正式的分封仪式。周王封夨于宜地，除了赏赐器物之外，更封赐了山川、宅邑、官吏与人民。记载这一事件的宜侯夨簋纹饰精美，也侧面体现出器主的地位和仪式的规格。有学者曾经考证，康王时期的周王朝并没有对东南吴地的实际统治权，因而这次分封，当是在法理上赋予宜侯夨对东南领土的统治权，以达成周王朝的间接统治。② 可以认为，这条长篇铭文不仅仅是用以夸示功勋荣宠的纪功铭文，更是一则关于封疆殖民的政治契约。铭文以"王命"的形式逐项详述所赐内容，当与仪式封疆列土的契约性质有关。

上述三例铭文中还有部分仪式描写，其中[3]的仪式描写相对详细。"入社，南向，命虞侯"构成一组先行后续的仪式动作。近百字的赐物罗列，是以"王命"的形式，直接表现在直接引语之中的，所以严格来说，这篇铭文中对"赐物"的列举，实际上是仪式中"命"的环节，也属于仪式书写。

图 3-3 宜侯夨簋

我们再选取一些对仪式细节作出详尽描写的铭文：

[4]乙卯，王饗荚京，[王]莘，辟舟临舟龙，咸莘，伯唐父告备，王格龏辟舟，临莘白旗。[用]射兕、牂虎、貉、白鹿、白狐于辟池。咸，[唐父]蔑历，赐矩鬯一卣、贝五朋。对扬王休，

① 中国社会科学院考古研究所编：《殷周金文集成释文》第三卷，452 页，香港，香港中文大学中国文化研究所，2001。

② 参见王健：《西周政治地理结构研究》，414 页，郑州，中州古籍出版社，2004。

用作安公宝尊彝。（伯唐父鼎，西周早期后段，《新收》698）①

[5]乙亥，王有大礼，王泛三方，王祀于天室，降，天亡佑王，殷祀于王丕显考文王，事喜上帝，文王监在上，丕显王作省，丕肆王则庸，丕克迄殷王祀。丁丑，王飨，大宜，王降亡嘉爵、褪囊，唯朕有蔑，敏启王休于尊簋。（天亡簋，西周早期，《集成》04261）②

[6]唯王于伐楚，伯在炎，唯九月既死霸丁丑，作册矢令尊宜于王姜，姜赏令贝十朋、臣十家、鬲百人，公尹伯丁父贶于戍，戍冀嗣讫。令敢扬皇王贮，丁公文报，用稽后人享。唯丁公报，令用深扬于皇王。令敢扬皇王贮，用作丁公宝簋，用尊事于皇宗，用飨王逆造，用匄儚人，妇子后人永宝，隽册。（作册矢令簋，西周早期，《集成》04300）③

[4]所描写的仪式，是周王为主角的"飨祭"。伯唐父在祭祀中负责筹备"射"，即水射礼。此次射礼收获颇丰，甚至猎取了白鹿、白狐等具有祥瑞意义的猎物，周王于是对伯唐父进行了"蔑历"，即勉励褒奖。④ 伯唐父鼎铭文挑选了整场飨祭中"水射礼"的环节作出详尽描述，当与伯唐父身为这一仪式环节的负责人，并以此受到嘉奖有关。

[5]中的作器者"天亡"获得奖赏，也是因为在重大仪式中有"宥王"之功。李学勤根据"丕显王作省，丕肆王则庸，丕克迄殷王祀"这三句表示"完成演奏"的自述语气，推断作器者是一名乐官。⑤ 设若如此，铭文对上述仪式细节的强调，就与伯唐父鼎铭文一样，是特意凸显器

---

① 钟柏生等编：《新收殷周青铜器铭文暨器影汇编（一）》，515页，台北，艺文印书馆，2006。

② 中国社会科学院考古研究所编：《殷周金文集成释文》第三卷，374页，香港，香港中文大学中国文化研究所，2001。

③ 中国社会科学院考古研究所编：《殷周金文集成释文》第三卷，426页，香港，香港中文大学中国文化研究所，2001。

④ 据考释，伯唐父筹备的水射礼，为前文所述"奏"的重要内容，是为"飨祭"的一个环节。[参见刘桓：《也谈伯唐父鼎铭文的释读——兼谈殷代祭祀的一个问题》，载《文博》，1996(6)。]

⑤ 李学勤：《"天亡"簋试释及有关推测》，载《中国史研究》，2009(4)。

主在仪式中的具体功勋，这就是基于"纪功"需求而发生的叙事形式的异变。

与前两者不同，[6]所涉及的，是作器者向祖先报告受赏之事的"报祭"仪式。① 器主"令"向王姜献礼，获得王姜的赏赐。令于是向先祖"丁公"举行报祭，向他报告了周王室的恩宠，并发愿用器物报效王室与自己的宗族。"敢"带有自谦的语气，"令敢扬皇王贮"及其后诸句都当为自述，且为"令"在报祭中所说的话。铭文中若要记录口头言辞，通常会使用直接引语的形式。这则铭文应当是借用对实际仪式中的"报辞"，对[1]这类铭文中"对扬某人休""告于先祖某"形式作出繁化，以达成更高规格的致敬。考虑到[6]中的受赏原因只是简单的"尊宜于王姜"，或许可以判断，这篇铭文所"纪"之"功"，非为效力王室之功，实为得报先祖、光耀宗族之功。

最后我们再来看一条全文皆为仪式描写的长篇铭文。铭文出自小盂鼎，惜其器已失，铭文漫漶，学者据现有材料认定其中所述的仪式内容，为周康王征伐成功，献俘庆赏的军礼。根据李学勤的释读撮要，我们将铭文直接分解为七个部分。其中前六个部分为献俘庆赏仪式，第七个部分为行赏赐物。

> [1]在宗庙，向王和邦宾献酒，邦宾尊其旅服唯八月既望，辰在甲申，昧爽，三左三右多君入服酒。明，王格周庙，[赞王、邦]宾，延。邦宾尊其旅服，东向。
>
> [2]盂用旂负鬼方首级，进入南门，向王报告斩获数目盂以多旂佩鬼方……入南门，告曰："王令盂以……伐鬼方……执酋二人，获馘四千八百又二馘，俘人万三千八十一人，俘马……匹，俘车卅辆，俘牛三百五十五牛，羊卅八羊。"盂又告曰："……乎

---

① 参考唐兰意译："令敢于对皇王的赏赐，为丁公举行报祭，用来稽考后人的享祭。那是丁公的报祭，令用来恭敬地夸美于皇王。令敢于夸美皇王的赏赐，用以做丁公的宝簋，用来尊史于大宗，用来飨王来往的人，用来吃饱我的同僚和妇人孩子，后人永以为宝。"（唐兰：《西周青铜器铭文分代史征》，见《唐兰全集》第七册，296 页，上海，上海古籍出版社，2015。）

蔑，我征，执酋一人，获馘二百卅七馘，俘人……人，俘马百四四，俘车百……辆。"王若曰："……"

[3]盂将鬼方三酋带进大廷，王命荣审讯，斩杀三酋盂拜稽首，以酋进，即大廷。王令荣邎酋，邎厥故，[曰]："趑伯……鬼闻，鬼闻虡以亲……从。"咸，折酋于……

[4]盂带俘虏和馘耳进门，进献于西方道上；在宗庙举行燎祀王呼费伯令盂以人、馘入门，献西旅；以……入，燎周庙。

[5]盂率其部属进入三门，依次向王报告战绩；向邦宾献酒，王命人向盂等献酒盂以……入三门，即立中廷，北向，盂告；费伯即位，费伯……于明伯、继伯……伯，告，咸。盂以诸侯采侯、甸、男……从盂征，既咸。宾即位，赞宾。王呼赞盂，以……进宾。

[6]在宗庙禘祀先王，向邦宾献酒；王命人使盂送进所获取的各种玉……大采，三周入服酒。王格庙，祝延……二人，邦宾丕裸……用牲，禘周王、武王、成王……有逸。王裸，裸，遂赞邦宾。王呼……令盂以区入，凡区以品。

[7]次日在宗庙，向王和邦宾献酒；对盂进行赏赐雩若翌日乙酉，三事大[夫入，服]酒。王格庙，赞王邦宾，延。王令赏盂……弓一、矢百、画皋一、贝胄一、金毌一、戚戈二、矢蒉八，用作……伯宝尊彝，唯王廿又五祀。（小盂鼎，康王，《集成》02839）①

器主"盂"因对鬼方的战功而受赏，但铭文所记之功，并非笼统的"伐鬼方，返"，而是事无巨细地描写了献俘仪式的全过程。根据前文的研究，铭文所强调的仪式细节，通常用来反映作器者的具体功绩。"盂"不但是伐鬼方的主要功臣，更在仪式中完美地履行了告获、献俘、率部告捷、进献战利品等职责。而周王对盂的赏赐就在次日的饮至仪式上，可以看出，铭文将两天内分别举行的献俘礼和饮至礼，视作一

---

① 中国社会科学院考古研究所编：《殷周金文集成释文》第二卷，417页，香港，香港中文大学中国文化研究所，2001。

组具有内在关联，先行后续的仪式行为。对读《逸周书·世俘解》，能看出二者的文本结构有较多相似之处。包括且不限于对战利品及俘虏的数量罗列，对仪式参与者和各个环节的具体描述等。

小盂鼎铭文对仪式的描写可以说相当成熟。铭文中已不存在一以贯之的主语，叙述的视点根据不同的仪式环节，在王、盂、邦宾等主体间流转。在动作方面，"拜稽首，以酉进，即大廷""入三门，即立中廷，北向""大采，三周入，服酒"等动作描写连贯流畅，颇与后世礼书相类。除此之外，铭文对方位的重视也非常值得注意。小盂鼎铭文中有"邦宾东向""盂入南门""盂立中廷，北告"，宜侯夨簋铭文中有"王苙于宜，入社，南向"，这类描述与礼类文献对仪式规范的表述十分接近，其"记事"的功能和意义相对薄弱，更近于对仪式的"描写"或"说明"。

需要追问的是，在西周早期，这种说明式的仪式描写，除了铭文之外还存在于哪些文献之中。从对存世的卜辞、铭文、书类文献梳理中，我们能清晰地看到一些基本句式、语法的演化过程。但描述仪式动作、方位细节的文句，本不存在于卜辞、铭文传统之中。这令我们有理由怀疑，除了这些被明确认定为殷商西周文本的材料，应当还存在着其他形式的文本现场。这也正是《尚书·多士》所言"惟殷先人，有册有典"①的可能性。如果用已知的文类进行比较，最直观的结论就是铭文中的礼仪描写与《礼记》《仪礼》等礼类文献有相似之处。从功能来看，礼书是将礼仪规范写定为文本，并作为教材在社会各阶层横向传播；那么早在西周时期，是否存在一种形式、功能与之接近的文献，作为司礼职官的职业文献垂直传递呢？《周礼》述"大宗伯"一职"掌建邦之天神、人鬼、地示之礼，以佐王建保邦国"②。所谓"掌礼"，即熟记并通晓诸种礼仪所对应的场合、程序、供物等一切细节，本质上是对"礼仪知识"的掌握。这种记忆自然有口头传诵的可能性，我们也没有

---

① （清）阮元校刻：《十三经注疏（清嘉庆刊本）》，《尚书正义》卷十六，468 页，北京，中华书局，2009。

② （清）阮元校刻：《十三经注疏（清嘉庆刊本）》，《周礼注疏》卷十八，1633 页，北京，中华书局，2009。

更多的直接材料用以证明西周时期已经存在专门的礼类文献。但从西周早期突然出现在铭文中的这些礼仪细节描写来看，当时用以描写仪式过程的文法句式已然成熟，不能排除时人已具备类似写作经验，乃至礼类职业文献存在的可能性。类似小盂鼎铭文这样的仪式文本，之所以能保留如此多的仪式细节，有可能是在实录的基础上引用或取径于礼官职业文献的文本形态。以器主"盂"兼掌献俘、献酒等仪式环节来看，其人及其宗族很可能拥有与礼仪相关的职官传统，并通晓职业文献话语，由是以此镌于铭文。

综上所述，西周早期有一部分记事铭文突破了殷商以降的"王赐某人某物用作某器"的叙事范式。在保留了赏赐主体、赏赐事由、受赐对象等叙事信息的基础上，西周早期的铭文体式出现了种种变格，更多的叙事信息以新颖的表述形式被添加到文本结构中去，这就是叙事形式的异变现象。其中，主语变换、连续纪日、仪式描写，构成最重要的三种新变，不但增强了铭文的仪式性和神圣感，更增强了"纪功"的表达效果。

西周早期铭文的这种异变，产生于殷周之际文化、制度裂变的背景。随着殷遗被迁徙，新贵族获分封，来自不同文化乃至不同阶层的族群陆续参与到铭文制作之中。勉励、册命、赠赐制度被建立，王权崇拜和宗族意识增强，新的制度与观念呼唤着更具表现力的话语方式。这一时期的铭文广泛取法于其他文献的话语资源，打破殷人旧有的叙事范式，制造出形态各异，新颖多元的铭文话语。

最后，这些新的铭文体式又必将与其他文类互渗交融，一个典型的例子就是《诗经》中"虎拜稽首，对扬王休，作召公考"①（《大雅·江汉》），"锡尔介圭，以作尔宝"②（《大雅·崧高》）这类铭文化的诗句。此外，西周铭文与《尚书》中部分篇目的编写时期有所重叠。而《尚书》中有相当数量的篇章原以记言的"训""誓""诰""命"为核心文本，其记

---

① （清）阮元校刻：《十三经注疏（清嘉庆刊本）》，《毛诗正义》卷十八，1237页，北京，中华书局，2009。

② （清）阮元校刻：《十三经注疏（清嘉庆刊本）》，《毛诗正义》卷十八，1222页，北京，中华书局，2009。

事内容很有可能是在编制成篇时渐次丰富而成。考察铭文如何处理"记言"与"记事"的关系，或对理解周初书类文献的编成有所助益。

三、记言形式的中心化

既然铭文以纪功为诉求，那么"记事"就应该是铭文写作者组织文本的基本逻辑，同时亦为铭文内容的核心。在记事的框架下，一些对事件具备重要意义的口头言辞也被纳入铭文内容，作为叙事的代替或补充。换言之，此时的铭文中虽有言辞记录，但"记言"作为文本的功能或目的尚未独立，也就不存在"记言铭文"的文体形态。商代晚期记事铭文中出现的记言形式，目前所见共计以下三例：

> [1]乙巳，王曰：尊文武帝乙宜。在召大厅，遘乙，翌日丙午，鲁。丁未，煮。己酉，王在槼，郯其赐贝。在四月，唯王四祀，翌日。（四祀卲其卣，四期，《集成》05413）①
>
> [2]乙巳，子令小子畲先以人于堇，子光赏畲贝二朋，子曰：贝唯丁蔑汝历。畲用作母辛彝。在十月，唯子曰：令望人方辱。（小子畲卣，四期，《集成》05417 ）②
>
> [3]戊寅，王曰：戲隐马，彭，赐贝，用作父丁尊彝，亚受。（戊寅作父丁方鼎，晚商，《集成》02594）③

[1]中的引语当为商王下令对"文武帝乙"举行祭祀时的命令。我们于讨论殷商铭文时，已探究过铭文中的使令句式。将使令言辞以直接引语的形式录于铭文，是"王令某人做某事"一类使令句式的繁化。[2]中的第一条引语内容，从第二人称看，为子光向小子畲直接发出的蔑历用语，属册命、勉励之辞；第二条引语内容仍为使令用语。[3]中

---

① 中国社会科学院考古研究所编：《殷周金文集成释文》第四卷，157 页，香港，香港中文大学中国文化研究所，2001。
② 中国社会科学院考古研究所编：《殷周金文集成释文》第四卷，161 页，香港，香港中文大学中国文化研究所，2001。
③ 中国社会科学院考古研究所编：《殷周金文集成释文》第二卷，280 页，香港，香港中文大学中国文化研究所，2001。

的引语"斁隐马，彤"，据裘锡圭考释，仍当为王的使令用语，意在让"斁"这位官员去往"隐马"地方，实行"彤"的活动。① 以上三例铭文所见引语均以使令用语为主。再比照其他未见引语形式的殷商铭文，可发现其中亦常见以连动句式存在的使令句型，一个使令句往往可以囊括器主受赐的功绩、所行之事的权力来源，是一种信息效率较高的表达方式。而直接引语作为"使令"这一口头行为的实录，则在保留了信息效率之外，强化了"使令"的仪式感，更能凸显使令者在整个赐物作器行为中的权力地位，表达器主对使令者的尊崇。对使令言辞的记录，是为铭文中最早的"记言"构件。

西周早中期的铭文中，记言构件数量增多。比较殷商铭文的记言形式，可将其变化归纳为以下几点：一是使令言辞的承袭；二是册命言辞的产生；三是言辞主体的分化。后两点新变，可与同时期传世文献的写作范式互为参照。

首先来看使令言辞的承袭。这种记言形式与殷商铭文中的记言形式有显著的渊源关系，其内容旨在明确器主功业通过使令行为，被"授权"的过程：

[1]唯王伐东夷，濂公令寏眔史旟曰："以师氏眔有司、后国戗伐貊。"寏俘贝，寏用作饗公宝尊鼎。（寏鼎，西周早期，《集成》02740）②

[2]王曰："太保，唯乃明，乃鬯享于乃辟。"余大对乃享，令克侯于燕，旃、羌、马、叡、雩、驭、微。克次燕，入土眔厥司。用作宝尊彝。（大保盉，西周早期前段，盖器同铭，《考古》1990年第1期第25页图4.2）③

---

① 参见裘锡圭：《关于殷墟卜辞中的所谓"廿祀"和"廿司"》，见《裘锡圭学术文集》第1卷，471页，上海，复旦大学出版社，2012。

② 中国社会科学院考古研究所编：《殷周金文集成释文》第二卷，335页，香港，香港中文大学中国文化研究所，2001。

③ 中国社会科学院考古研究所、北京市文物研究所琉璃河考古队：《北京琉璃河1193号大墓发掘简报》，载《考古》，1990(1)。

上述两例分别是下达征伐和祭祀的两条命令。作器者是接受命令并达成使命的一方，在功成后作器并镌记使令言辞。与前例殷商铭文相比，在内容构件上略有缺损，但于具体细节的描述又时有过之。

其次，随着册命制度在西周的创立，西周金文中出现了册命言辞这种新的话语形态。册命言辞与使令言辞的差别，首先在于下达时间不同：使令作于立功之前，册命作于赐物之时。这又进一步决定了它们在铭文中的结构及功能之差异：使令言辞用于表述器主达成功绩的经过，是"纪功"的一部分；而册命言辞用于记述册命仪式上的表彰话语以及封赐内容，是"赐物"的一部分。尽管此时"命""令"在字形上尚未有明确区分，但根据上述差异，较易找到以下册命言辞的范例：

> [1]唯四月，辰在丁未，王省武王、成王伐商图，诞省东国图，王莅于宜，入社，南向，王命虞侯矢曰："鄥侯于宜，赐鬯邑一卣，商瓒一□、彤弓一、彤矢百、旅弓十、旅矢千；赐土：厥川三百□，厥□百又廿，厥宅邑卅又五，厥□百又卌，赐在宜王人十又七姓，赐奠七伯，厥卢□又五十夫，易宜庶人六百又□六夫。"宜侯矢扬王休，作虞公父丁尊彝。（宜侯矢簋，西周早期，《集成》04320）①

> [2]唯三月，王令荣暨内史曰："介邢侯服，赐臣三品：州人、重人、墉人。"拜稽首，鲁天子复厥频福，克奔走上下，帝无终命于有周，追孝，对不敢坠，昭朕福盟，朕丕天子，用典王命，作周公彝。（邢侯簋，西周早期，《集成》04241）②

以上两器铭文与"纪功"无关，纯为记录册命内容。其中宜侯矢簋记载了封矢于宜地的册命内容，邢侯簋（又名荣作周公簋）记载了封荣于邢地的册命内容。前文讨论宜侯矢簋时提到，作为关于封疆殖民的政治契约，铭文以"王命……曰"的形式逐项记载赐命内容，带有保存

---

① 中国社会科学院考古研究所编：《殷周金文集成释文》第三卷，452页，香港，香港中文大学中国文化研究所，2001。

② 中国社会科学院考古研究所编：《殷周金文集成释文》第三卷，360页，香港，香港中文大学中国文化研究所，2001。

档案的用意。[1]中的"王命"占据了较多篇幅，也是铭文政治契约之性质的反映；但从内容构件而言，时间、地点、仪式背景以及作器者的回应、作器行为俱无缺失，是一篇完整且正式的册命铭文。[2]的结构则较为特殊，铭文用"拜稽首"起领，使用较多篇幅描述了作器者邢侯对册命的反应，并反复强调其效忠天子的决心。这其实潜藏了铭文"自述"话语的雏形①，在此后伴随言辞主体的分化，最终独立为作器者的记言话语。

接下来再看两例篇幅较长的西周早期铭文。这两篇铭文可以看作将仪式性册命言辞编织成记事性书面文体的成熟范式。其特点是以册命言辞代替对赐物行为的描写，并于长篇册命中多处以"王曰""曰"隔断，呈现出与"书"类诰、命文体相近的体式。

第一则是作于西周早期后段的静鼎铭文：

> 唯七月甲子，王在宗周，令师中暨静省南国相，𫜦𡿩，八月初吉庚申至，告于成周。月既望丁丑，王在成周太室，命静曰："俾汝司在曾鄂师。"
>
> 王曰："静，赐汝𢎸、旗、𰚱、采𰚱。"
>
> 曰："用事。"
>
> 静扬天子休，用作父丁宝尊彝。（《文物》1998 年第 5 期第 86 页图 4）②

第二则是作于康王时期的大盂鼎铭文：

> 唯九月，王在宗周，命盂。
>
> 王若曰："盂！丕显文王，受天有大命，在武王嗣文作邦，辟厥匿，敷有四方，畯正厥民，在于御事，虩酒无敢酖，有柴烝祀无敢醻，故天翼临子，法保先王，敷有四方，我闻殷坠命，唯殷边侯、甸与殷正百辟，率肆于酒，故丧师已，汝昧辰有大服，余

---

① 郭倩《西周青铜铭文中的自述型铭文初探》[载《殷都学刊》，2015(2)]将以"某某(作器者)曰"开头的铭文称为"自述型铭文"，认为其具有明确的记言意识，以明德为主要宗旨。

② 徐天进：《日本出光美术馆收藏的静方鼎》，载《文物》，1998(5)。

唯即朕小学，汝勿蔽余乃辟一人，今我唯即型禀于文王正德，若文王令二三正，今余唯命汝盂绍荣，敬拥德经，敏朝夕入谏，享奔走，畏天威。"

王曰："耐，命汝盂型乃嗣祖南公。"

王曰："盂，乃绍夹尸嗣戎，敏谏罚讼，夙夕绍我一人烝四方，雩我其遹省先王受民受疆土，赐汝鬯一卣，冕衣、芾、舄、车、马，赐乃祖南公旂，用狩，赐汝邦嗣四伯，人鬲自驭至于庶人六百又五十又九夫，赐夷嗣王臣十又三伯，人鬲千又五十夫，逨寰迁自厥土。"

王曰："盂，若敬乃正，勿废朕命。"

盂用对王休，用作祖南公宝鼎，唯王廿又三祀。(《集成》02837)①

从礼类文献的记载可知，册命仪式中出现的语辞，既有史官"命"的口头部分，也有载于"策"的书面部分。《礼记·祭统》："故祭之日，一献，君降立阼阶之南，南乡，所命北面，史由君右执策命之，再拜稽首，受书以归，而舍奠于其庙。此爵赏之施也。"②《周礼·春官·大宗伯》："王命诸侯，则傧。"郑注："王将出命，假祖庙，立依前，南乡。傧者进，当命者延之，命使登。内史由王右以策命之。降，再拜稽首，登，受策以出。"③命辞被书写在"策"上，由史官在仪式现场进行口头宣读，受命者行礼后，领受记载了命辞的"书"，并奠奉宗庙。铭文作为对册命内容的记叙，既可以使用"王曰"这样的记言形式，也可以像早期的铭文一样使用"王命""王赐"这类记事的使令句式，二者所承载的信息基本相当，差异只在于表达效果。

"王曰"这一记言形态在铭文中出现的数量渐增，占据的篇幅比重

---

① 中国社会科学院考古研究所编：《殷周金文集成释文》第二卷，411 页，香港，香港中文大学中国文化研究所，2001。

② （清）阮元校刻：《十三经注疏(清嘉庆刊本)》，《礼记正义》卷四十九，3484 页，北京，中华书局，2009。

③ （清）阮元校刻：《十三经注疏(清嘉庆刊本)》，《周礼注疏》卷十八，1647 页，北京，中华书局，2009。

变大，这一现象很可能与西周"书"类文献的编纂行为趋于活跃有关。"书"类文献通常存在多个文本层次，其中一些仪式性的话语，如"命""诰""誓"等，往往以口头形式发布，并作为文本的核心内容为全篇命名。这类核心内容可被视作对应篇章的核心文本，由史官掌管和保存，并在此后的编辑中被匹配对应的历史事件，从而整定流传。这一推测也可以用于解释一些出土文献与对应"书"篇内核趋同而表述各异的现象。上述这个过程的实质，即是将单次的仪式系于连续的叙事，在文体上则表现为"系言于事"或"以事系言"的结构。

西周早中期的"制礼作乐"，本质上是以礼乐为外在规范，构筑宗法制度和王权体系。在这一语境下的文献活动，则是将大量仪式言辞写定为历史叙事。具体到"册命"这类仪式，册命铭文与《书》中的"命"体文，所使用的编纂手法具有相当的可比性，即以"册命言辞"这一兼有口头仪式及书面档案的话语为核心，系以时间、地点、场合以及仪式行为（包括入场、面向、发布言辞、拜稽对扬）等信息，将"仪式言辞"铺写为"仪式事件"，从而使其作为"历史叙事"而成立。借由这样的编纂形式，"命"这类仪式言辞得以进入叙事的谱系，成为有警诫、教训功能的历史文献：册命铭文奉于宗庙，为家族立法；天子命书列于典籍，为天下垂范。

"系言于事"的文章结构，使得"言辞"成为书面文本的一个构件，"记言"从而成为"记事"行为的一环。在仪式中口头发布并载于"策"的神圣言辞，成为在组织、编纂记事文本时，所围绕、依据的史料核心。这样的写定形式不但影响到尚书"命"类文献的纂写，同样也影响着"诰""誓"等文献。有学者推测，一些诰类文献之所以并列存在多个"王若曰"，是多篇策命文书拼合的结果。[①] 但就西周铭文中一次册命即存在多个"王若曰"的情况来看，则未必成立。以前述静鼎、大盂鼎铭文为例，每一起"王若曰"之后的引语内容在意义、内容上都是完整的，结合对册命仪式的理解，可以推测它们分别作于仪式中的不同环节。

---

① 参见于文哲：《论西周策命制度与〈尚书〉文体的生成》，载《江西师范大学学报（哲学社会科学版）》，2012(3)。

如静鼎铭文中的三次"王曰"，简单归纳之后，可发现"俾汝司在曾鄂师"为"命"；"静，赐汝芻、旗、鈲、采霉"为"赐"；"用事"为"诰"。与之相类，大盂鼎铭文中的四次"王曰"，也可分别归纳为"诰""命""赐""再诰"四层。由此可以反推，"册命言辞"在一场仪式中并不是连贯下达的，而是在相对应的每一个仪式环节中陆续发布。结合小盂鼎铭文所记述的仪式现场，当时的仪式确实存在这种于多次环节中多次发言的复杂性和可能性。对照之下，在一次仪式中只记录"王曰"的铭文，显然略去了对相应仪式环节的叙写，当为彝器器主归国作器，依据所受领的策文内容而作的追记。

据此所作的结论是：西周一部分册命铭文中以"记言"为主体的现象，源于"追记"这一记录方式，使得仪式现场信息发生脱落，致使具有"策"这一书面记录的仪式言辞独立浮现，成为"记事"的中心。而"策"完全依托于仪式程序，可能以篇章、段落的形式对不同环节的言辞作出区隔，从而使仪式的层次性凝结为铭文中多处重复出现的"王曰"段落。考察传世文献，《尚书·文侯之命》中的两处"王曰"，第一段内容为诰诫、训教，第二段内容为赐物，其组织逻辑与此类铭文相似。至于《尚书·顾命》以详叙仪式细节、过程的形式，连缀起"成王遗命"与"召公命康王"两次仪式事件，则更近于小盂鼎铭文以仪式行为为线索，连贯叙写献俘、禘祀、赐物几次仪式的记录方式。

前述邢侯簋铭文中，我们提到邢侯用较长的篇幅表达了自己效忠王室的决心，这是铭文言辞主体分化的征兆。这一分化的重要性在于此类应答言辞并非仪式中"主"，即周王、赐物者一方的言辞，而是"客"，即受赐、作器者一方的言辞。而后者的言辞一方面缺少"策"这样的物质载体，另一方面作为仪式中的"答"，并无严格的内容要求或形式规范。而从记事铭文的范式来看，作器者的"答""谢""对扬"，通常只作为册命仪式的附件存在，本身不传递册命仪式、册命内容等事件信息，因而通常只以行为描写加以呈现。故此，当这类言辞进入铭文文体，就使得铭文向"记言"这一功能发生了转折，从文体和观念的角度而言，具有相当重要的意义。

西周铭文中的各类"答"辞，既有简单的应答，也有对先祖功业的长篇怀缅，还有对赐物者的热忱赞美，体现出不同的个性。先以一篇文本结构较为完整，答辞语境相对明晰的铭文为例：

> 王大藉农于諆田，饬，王射，有嗣眔师氏、小子俗射，王归自諆田，王驭溓仲仆，令眔奋先马走，王曰："令眔奋，乃克至，余其舍汝臣十家。"王至于溓宫，令拜稽首，曰："小子乃学。"令对扬王休。（令鼎，西周早期，《集成》02803）①

这在藉田礼后举行的一次燕射礼中，令与奋两人因随行有功获得周王的奖赏。铭文记言两处，第一处是周王对令、奋二人的承诺：假如能到达终点，即赐予其十家臣属的赏赐。第二处是令领受赏赐时的答语"小子乃学"，据学者考释，大意为自谦。② 这是铭文中一例罕见的出现了两个话语主体的文本。另外值得注意的是，"小子乃学"这句答语，为"拜稽首"时所作，不包含于"对扬王休"。令在作器时何以特别将这句答语镂刻金石，其间原因难以主观蠡测，但这句答语充分表明了其所处的仪式环节，话语主体及言说对象，当我们面对其他答辞时，可以引为鉴照。

西周早中期的其他器物中，答辞常常单独刻铸于器上，其形式呈现为"作器者曰＋引语"的格式，亦有省略"作器者曰"的个例。在这类器铭中，只存在一个话语主体，即作器者。录诸例如下：

> [1]太师小子师望曰："丕显皇考宄公，穆穆克明厥心，哲厥德，用辟于先王，得纯无愍，望肇帅型皇考，虔夙夜，出入王命，不敢不夰不蔑。王用弗忘圣人之后，多蔑历赐休，望敢对扬天子丕显鲁休，用乍朕皇考宄公尊鼎，师望其万年子子孙孙永宝用。"（师望鼎，西周中期，《集成》02812）③

---

① 中国社会科学院考古研究所编：《殷周金文集成释文》第二卷，370 页，香港，香港中文大学中国文化研究所，2001。

② 参见袁俊杰：《令鼎铭文通释补证》，载《华夏考古》，2014(3)。

③ 中国社会科学院考古研究所编：《殷周金文集成释文》第二卷，378 页，香港，香港中文大学中国文化研究所，2001。

[2]它曰："拜稽首，敢擎昭告朕吾考，令乃鵬沈子作縕于周公宗，陟二公，不敢不縕休同，公克成绥吾考，以于显显受命，乌乎，唯考敢又念自先王、先公，乃昧克卒告烈成功，敠吾考克渊克，乃沈子其顯怀多公能福，乌乎，乃沈子昧克蔑见厌于公休，沈子肇敠狃貯啬，作兹篮，用鹴飨己公，用祫多公，其乩爱乃沈子也唯福，用赐灵令命，用绥公唯寿，它用怀妖我多弟子，我孙克有型效。懿父乃是子。"（沈子它簋盖，西周早期，《集成》04330）①

[3]应公作宝尊彝，曰："奄以乃弟用夙夕鷭享。"（应公鼎，西周早期后段，《集成》02553）②

[4]"毛公旅鼎亦唯篮，我用饮厚罙我友。甸其用侑，亦引唯孝。肆毋有弗諆，是用寿考。"（毛公旅方鼎，西周早期，《集成》02724）③

[1]中的引语内容，最接近于前述"作器者曰"亦即"答辞"的形式。其内容分几个层次：首先赞美先祖服务先王的功绩，然后感谢天子"弗忘"之恩，对扬王休，并祝愿子孙世代永宝。上述答辞内容中，"对扬王休""作宝尊彝"与"子孙永宝"在多数记事铭文末尾中通常作为叙事语句出现，然而在这篇铭文中却具有非常鲜明的口头色彩："望敢对扬天子丕显鲁休"的自称"望"，与谦词"敢"，显示它是师望对天子的口头答辞；"用乍朕皇考……"中的自称"朕"，"师望其万年……"中的自称"师望"，也同样显示了它应当是师望在仪式中所说的言辞。这印证了我们对"答"作为仪式一环的猜想，也揭示了记事铭文中的类似语句是从口头答辞转录而来的可能性。这篇铭文中略去了受赏、赐物等信息，全篇皆为"作器者言"，体现出记言形式的中心化倾向。此外，"答辞"依

---

① 中国社会科学院考古研究所编：《殷周金文集成释文》第三卷，465页，香港，香港中文大学中国文化研究所，2001。

② 中国社会科学院考古研究所编：《殷周金文集成释文》第二卷，266页，香港，香港中文大学中国文化研究所，2001。

③ 中国社会科学院考古研究所编：《殷周金文集成释文》第二卷，329页，香港，香港中文大学中国文化研究所，2001。

托于"对扬王休"的仪式背景，这使其在"记言"的内涵之外，也拥有仪式记录的部分属性。

[2]也是一例依托于仪式的"记言"铭文。其中的大段引语，是沈子它向先父祭告时的发言。沈子它告知先父，自己将合祭两位先公，并冀望夸耀先祖功绩，蒙受福荫庇佑。① 唐兰指出该篇铭文多用方言②，且铭文内容并非常规的"赐物—作器"记事，它所记录的应当是一次告祭中的口头陈告内容。换言之，此篇铭文以告祭仪式为依托，并以告祭中的口头陈辞作为基本内容，与[1]相似，实质是以"记言"代替了"记事"。

[3]中的引语之前，仍有"应公作宝尊彝"的作器信息，因此可认为保留了部分记事结构。其引语内容意为"奄和你的弟弟，用以早晚煮食物来祭祀"③。"乃"这个第二人称的出现是比较奇特的，从语气来看，铭文所记载的是应公对其子"奄"等人的告诫，其实际使用者当为以"奄"为代表的诸子，铭文或是从"奄"的视角记录应公的训示，或是从应公的视角记载对子孙的告诫。比较应公所作器物，还有方鼎、壶、觯等多件，其铭文均作"应公作某器"格式，唯独这件圆鼎同时记录了该段训示，说明这段引语与"命""令"等话语不同，与作器这一行为并不存在因果关联，是可独立于作器过程及仪式活动的一个话语行为。考其内容意在告诫子孙重视并维持祭祀传统，将这句教诲刻铸于彝器，实质是为后人"立法"，是明确且自觉的记言行为。

[4]在记言形式上较前三例更进一步之处在于，没有"某某人曰"的前置结构，全篇铭文均为器主所说的言辞。其内容主要为祝祷，而"……亦引唯孝……是用寿考"的结构近于韵文，可以猜测这是一篇祝辞。比较《诗·小雅·信南山》，可以发现近似结构，列表如下

---

① 释文参考唐兰：《西周青铜器铭文分代史征》，见《唐兰全集》第七册，339 页，上海，上海古籍出版社。

② 唐兰：《西周青铜器铭文分代史征》，见《唐兰全集》第七册，339 页，上海，上海古籍出版社，2015。

③ 唐兰：《西周青铜器铭文分代史征》，见《唐兰全集》第七册，90 页，上海，上海古籍出版社，2015。

（表 3-2）①：

表 3-2

祭祀用品	仪式用途	表达祝愿
毛公旅鼎亦唯簋	我用饮厚眔我友	熯其用侑，亦引唯孝 肆毋有弗谖，是用寿考
黍稷或或	曾孙之穑，以为酒食	畀我尸宾，寿考万年
疆埸有瓜	是剥是菹，献之皇祖	曾孙寿考，受天之祜

《信南山》原诗描写祭祀场面，表中所引两节则与宾尸仪式有关，近于对神尸所作的祝辞。我们将在第八章专题论述祝辞的话语方式，在此先作简要说明：祝辞的基本逻辑是先由主人及参祭者称颂祭品之名，赞扬其品质，借以迎降神灵，向之祈求福祉。毛公旅鼎铭文的文本结构与这类祝辞别无二致，其性质接近于[2]中的沈子也簋盖铭文，是对仪式话语的直接摘录。祝辞用于口头念诵，所祝祷的常为"寿考""景福"之类宽泛的内容，且祝祷过程通常伴有歌唱，因而体现出"重章叠唱"的重复性和韵律性。沈子也簋盖铭文脱胎于告祭之辞，毛公旅鼎铭文脱胎于祝辞，因此虽然同为记言之辞，前者以具体、明确的散文化陈述为主，后者则体现出宽泛的韵文化倾向。更进一步地说，前者所依托的告祭仪式本身即为一次目的明确的"告事"行为，因而对告辞的载录即为对"合祭先公"这一事件的载录；而后者所依托的祝祷仪式是一个常规的仪式环节，因而本次"记言"并没有明晰的记事指向。换言之，对常规祝辞的记录，应该是一种剥离记事价值，较为纯粹的记言行为。但考虑到祝辞以器物本身为描写对象，不妨推测它是借用祝辞形式，对"作器"这一事件进行了褒美和称颂。这样一来，就是以记言的形式为器物书写来历和用途，这与后世的器物铭非常相类。

以上四例铭文格式相近，其中三例以"某人曰"起引，均体现出"记言"的形式特征。但细考之下，它们又分别来自不同的仪式背景，包括

---

① （清）阮元校刻：《十三经注疏（清嘉庆刊本）》，《毛诗正义》卷十三，1011 页，北京，中华书局，2009。

"答""告""祝"等互不关涉的仪式环节，并带有较为随意的口头属性，后者从铭文的方言色彩、韵文倾向可窥一二。概而言之，四者间的共性较少，其间不存在一种系统有序的形式规范，更多地体现出"记言"形式在不同向度上的生长状态。

考察了西周早中期铭文中的诸种记言形式，可得出的结论是：记言形式在西周记事铭文中成为重要的文本构件，但"记言"本身并未成为铭文文体的核心功能。

"记言形式"成为重要文本构件的原因有多个方面：首先，记言形式直接产生于仪式，对仪式记事具有补充甚至代替作用；其次，许多用于仪式的口头言辞可能具有其他职业文献的背景，便于记忆和征引，例如册命文辞就以"策"的物质形式为器主所掌握；最后，对仪式言辞的如实记录，较之于叙事形式的转录式写作，更有利于昭显盟约、使令、教诲的实在性。因此，在部分西周记事铭文中，册命辞、答辞、祝辞等口头话语占据了相当的篇幅，用以代替和补充叙事。

"记言"未能成为铭文核心功能的原因，主要是铭文所依赖的彝器制度未有打破，且在礼制宗法的构筑中更趋固化。在彝器制度的规约下，"镂之金石，琢之盘盂"的铭文始终具有"家族史叙事"的内在诉求，因而"记言"终究无法取代"记事"这一核心功能。只有应公鼎铭文、毛公旅鼎铭文等极少数的铭文具有自觉的记言意识，或以记言为主要功能，可将其视作周初文化多样性背景下，不同人群对铭文功能边界的探索，最终未能影响西周铭文"纪事称功"的整体生态。

由此可将上述两个特征总结为"记言形式的中心化"，意指"记言"书写在且仅在铭文的文本形式中开始取得重要地位，其功能仍服膺于"记事"的需要。

于此，再回到本节最初提出的毛公鼎铭文，其文虽长达五百字，但撮其要旨，仍为一则以记言代记事的册命铭文。"王赐某人某物用作某器"的核心结构，在西周早中期的铭文制作中就已经被打破，其原因主要归结于铭文制作者地域、阶层的扩大，话语方式难以固守某一范式，叙事方式发生异变，记言形式成为叙事结构中的重要构件。

不同于《文心雕龙·铭箴》提取的"令德""计功""称伐"价值秩序，

铭文在商代早期以"称名"为实际功用，到晚商开始向"记功"演变。这归因于世俗王权和宗族意识对铭文制度的改造，但限于话语资源的稀缺，"王赐某人某物用作某器"成为中晚商以降较长时期内的普遍写作范式。到了西周时期，铭文中开始出现全新的文本构件，如对礼仪活动的细写描写，对仪式言辞的全盘记录，这体现出其他文本系统，如礼类文献、"册"等书面文本，以及祝、告等口头话语对铭文写作的渗透。此外，西周宗法观念的进一步增强，又使得在一般叙事语句中，产生了主语变换和连续记日的现象，使器主的主体地位在铭文中得到抬升，"记功"的功能进一步完善。因此，魏晋以降文体论中对"铭"赋予的，以"令德"为先的伦理功能，更大程度上是一种价值构建，而这种构建又对后世的铭体写作产生了实在的影响。

彝器铭文并非西周时期最具文学性的文体，但它们与西周宗法制度、宗族观念的联系却是最为紧密的。铭文话语的每一例演变和突破，无不来源于彝器制度的需求，反映出宗法制的立场。从天子作器到诸侯作器，铭文话语向各个贵族阶层、各种文化背景的人群辐散，深刻地反映出西周宗室、诸侯对话语资源、话语方式的共有共享，以及在这种共有共享之中，获得对自身政治地位的认知，展现对王权和政治秩序的认同，以及对文化政治共同体身份的强调。另外，不同的文化背景和政治身份，又为不同人群的铭文话语提供了形式突破的契机，丰富了铭文的叙事形态。而铭文的话语形式又与其他文类相互交融："系言于事"的叙事范式，将命、誓等仪式言辞缀入叙事框架，与《书》类文献的构成可堪比较；铭文中褒美、对扬的套语，在韵文化后流入《诗》篇，为雅诗的写作提供了可资汲取的话语资源。

第四节　宗法观念中的铭文演变

彝器制度的发展，与殷商西周时期社会组织形式的演化密切相关；商周铭文形式的变迁，更体现出此时期社会思想形态从祖先崇拜向宗法意识的转变。

殷商时期，氏族是商王朝及方国最基本的社会组织形式，同时也是社会生产、军事组织、征收贡赋的基本单位。① 朱凤瀚指出：商王与重要的子姓贵族之间保持着宗族关系，通过祭祀活动尊奉共同先祖，以加强同姓亲族的团结；商王作为直系正嗣而主持祭祀，是对其宗子身份和宗族核心的强调。此外，与商王血亲关系的疏近，还决定了包括姻亲家族、被征服后与商人亲族融合的异姓家族在内的，各家族之间的层级关系。② 殷商时期的宗法关系，本质上即为一种权力关系，商王通过宗法制度保持着对同姓、异姓诸族的控制力，以此组织祭祀、贡赋、征伐等社会政治活动。到了西周时期，在此基础上发展出宗法封建制。王国维《殷周制度论》谓："一曰立子立嫡之制，由是而生宗法及丧服之制，并由是而有封建子弟之制，君天子臣诸侯之制。"③嫡庶之别决定了宗法制的层级秩序，嫡长子继承宗子地位，而庶子被分封为诸侯，"以蕃屏周"。宗法秩序由此被贯彻到方国与中央之间的关系之中，加强了周王朝对方国的控制力。西周铭文中存在大量的册命、勉励记录，王臣、诸侯以"对扬王休"，誓愿永久宝藏等话语，都表达了对上位者的尊重与服膺。

在宗法制度不断发展的过程中，殷周时期的宗法观念也始终处于变化的状态。宗法制度在意识形态层面的体现，最初体现为祖先崇拜。商王祖先在殷商时期的祭祀体系中享有最为崇高的地位，而各宗族在敬奉共同祖先的同时，各分支内部也依据血缘关系排列先祖序位，分别进行祭祀。殷人相信祖先神能护佑年成、左右吉凶，而周人则将这份祖先崇拜纳入"德"的框架，以理性的态度构筑出"孝"的伦理观念，并抽象出"尊尊""亲亲"的宗族秩序，以此扩大到君—臣，天子—诸侯之间的关系。在这种宗法意识的影响下，殷周两代的铭文写作呈现出的主要趋势是父权观念的强化，其中又可进一步分为三个侧面，一是女性先祖形象的淡化；二是男性宗族成员的等级建构；三是"家族史"

---

① 参见晁福林：《夏商西周的社会变迁》，202 页，北京，中国人民大学出版社，2010。
② 参见朱凤瀚：《商周家族形态研究》，218、220 页，天津，天津古籍出版社，1990。
③ 王国维：《观堂集林》卷十，451 页，北京，中华书局，1959。

的书写。

首先来看女性先祖在商周铭文中的不同地位。殷人所祭拜的对象，不仅有“父某”“祖某”等男性先祖，同样也有“妣某”“母某”等女性先祖。从殷商王妇领兵、领土的实际情况来看，其时贵族妇女拥有相当的政治权力。在宗法制度上，这一权力地位体现为父系氏族与母系姓族的并列共存。朱凤瀚认为，殷商宗族虽以父系氏族成立，但其时母系姓族仍存有实体。① 由于母姓族属仍有“别婚姻”的意义，同姓诸女可以构成一条超越于核心家庭的直系线索，在铭文、卜辞中可见一部分殷商女性曾保留原姓。在这样一种相对平等的宗法文化下，女性先祖不仅仅作为男性先祖的配偶而存在，她们可独立接受祭祀，行使护佑后人的职能。以用于禳除灾祸的“御祭”为例，各组卜辞中，接受祭祀的女性先祖计有 44 位②，除母某、妣某的称谓之外，也有“女肇”“嬴甲”等疑似保留原姓的女性形象。殷商彝器制度也反映出此时相对宽松的宗法观念：不但如“母某”“妇某”等记名铭文所示，有相当数量的器物是为女性先祖制作的；在晚商至西周初期商系铜器的记事铭文中，还有妇女受赏，成为作器者的事例，如：

[1]妇闟作文姑日癸尊彝，𠑇。（妇闟卣，商代晚期，《集成》02403）③

[2]龏姛赐赏贝于姒，用作父乙彝。（龏姛觚，商代晚期，《集成》07311）④

[3]甲午，麇妇赐贝于䂂，用[作]辟日乙尊彝。[镬]臤。（麇妇觚，商代晚期，《集成》07312）⑤

① 朱凤瀚：《商周家族形态研究》，21 页，天津，天津古籍出版社，1990。

② 据连部名：《商代的拜祭与御祭》，载《考古学报》，2011(1)。

③ 中国社会科学院考古研究所编：《殷周金文集成释文》第二卷，222 页，香港，香港中文大学中国文化研究所，2001。

④ 中国社会科学院考古研究所编：《殷周金文集成释文》第四卷，470 页，香港，香港中文大学中国文化研究所，2001。

⑤ 中国社会科学院考古研究所编：《殷周金文集成释文》第四卷，470 页，香港，香港中文大学中国文化研究所，2001。

[4]姬作厥姑日辛尊彝。(姬作厥姑日辛鼎，西周早期，《集成》02333)[①]

[5]陆妇作高姑尊彝。(陆妇簋，西周早期前段，《集成》03621)[②]

[6]唯五月，辰在丁亥，帝后赏庚姬贝卅朋、贷丝廿锊，商用作文辟日丁宝尊彝。𦋖。(商卣，西周早期前段，《集成》05404)[③]

上述铭文中，作器者皆为女性，其所受赏赐亦为“帝后”“龏姛”等地位更高的女性所下发，似乎体现了在王—臣体系之外，在内廷中还存在着一个垂直的女性权力关系链条。从铭文来看，这些贵族妇女作器的对象，以夫家女性先辈，即“姑”居多，其次是亡夫与“父”等夫家男性先辈。由此可见，商族女性虽可主持祭祀，作器受器，但最终仍是在父权体系下为夫权服务。而王后、姑、妇等贵族女性之间，所存在的赏赐、作器、祭祀等权力关系，虽具有一定的独立性，但归根结底仍是从父权、王权之中衍生而来的。这一点在䵼卣铭文中有更清晰的体现：

䵼作母辛尊彝，䵼赐妇𡠀，曰：“用𩰬于乃姑宓。”(䵼卣，西周早期，《集成》05389)[④]

作器者䵼将器物赏赐于其妻子，并命她用此器祭祀自己的母亲宓。“赐”的表述和“曰”的命令式口吻，说明夫妇之间存在着显著的上下位关系。另外，妇𡠀虽未能自己作器，但却能主持对夫家女性先祖的祭祀，具有宗妇的权力和责任。“宓”是作为妇𡠀之“姑”，而非䵼之母接

---

① 中国社会科学院考古研究所编：《殷周金文集成释文》第二卷，207页，香港，香港中文大学中国文化研究所，2001。

② 中国社会科学院考古研究所编：《殷周金文集成释文》第三卷，116页，香港，香港中文大学中国文化研究所，2001。

③ 中国社会科学院考古研究所编：《殷周金文集成释文》第四卷，149页，香港，香港中文大学中国文化研究所，2001。

④ 中国社会科学院考古研究所编：《殷周金文集成释文》第四卷，144页，香港，香港中文大学中国文化研究所，2001。

受妇嫳祭祀的，也符合宗族内部的女性祭祀传统。

但即使是这种有限的主体性，随着西周时期宗法制的完善，嫡庶制度的确立，又被进一步削弱。西周彝器铭文中女性地位的下降，首先体现为女性行赏、作器、受器的数量锐减，其次体现为长篇记事铭文中女性先祖形象的独立性弱化。张懋镕曾统计商周为祭祀母亲所作铜器，发现在西周中期以前，独立作器的数量高达146件，而到了西周中晚期，独立作器仅有15件，在多数情况下，"母"位列"父"之后，接受合祭。① "妣"的地位也一样，常列于"祖"之后。可见西周中期以后，女性先祖更多是作为男性先祖的配偶，或宗子嫡母而受到尊奉的，这正是西周强调父系宗法关系的体现。

此外，女性祭祀地位变化，不仅仅与宗法制的建构有关，其中也可能与族群文化的差异相关。张懋镕指出：即使在西周早期所见的女性受祭、主祭案例中，其祭器也多为东方国族所作，不属于姬周文化系统。② 对父系血缘的强调，是姬周宗法文化的重要特征，这一倾向在周人执政以后，随着宗法封建制的建构，流播、渗透于诸方国，最终超越族群文化壁垒，在西周中期以后成为从中央到地方的主流意识形态。

西周父系权力的强化，还表现在男性宗族成员之间等级关系及相关观念的建构上。朱凤瀚在《商周家族形态研究》中已有详细论述，录其所示两例铭文于下：

> [1]唯四月初吉甲午，王观于尝公东宫，纳飨于王。王赐公贝五十朋，公赐厥涉子效王休贝廿朋。效对公休，用作宝尊彝。乌乎，效不敢不万年夙夜奔走扬公休，亦其子子孙孙永宝。（效尊，

---

① 张懋镕：《商周之际女性地位的变迁》，见文化遗产研究与保护技术教育部重点实验室、西北大学文化遗产与考古学研究中心编著：《西部考古》第二辑，139页，西安，三秦出版社，2007。

② 张懋镕：《商周之际女性地位的变迁》，见文化遗产研究与保护技术教育部重点实验室、西北大学文化遗产与考古学研究中心编著：《西部考古》第二辑，139页，西安，三秦出版社，2007。

西周早期，《集成》06009）①

[2]唯九月初吉癸丑，公酌祀，雩旬又一日辛亥，公禘酌辛公祀，衣事亡尤，公蔑繁历，赐宗彝一肆，车马两，繁拜手稽首，对扬公休，用作文考辛公宝尊彝，其万年宝，或。（繁卣，西周中期，《集成》05430）②

[1]中所记叙的事件，是某一位"公"有功受王赐贝之后，将其中一部分转赠于其子"效"。于是"效"作此器，"不敢不万年夙夜奔走扬公休"，以臣事君的谦敬语气表达对其父的感激。[2]所记事亦近于此，不同的是此处的"公"是器主"繁"之兄长。"公"以宗子身份主持了对两人之父"辛公"的祭祀，而后对繁进行了"蔑历"和赏赐，可见宗子对其族弟具有类似于君对臣的勉励、赏赐权力。相对的，繁也执臣礼事其兄，"拜手稽首，对扬公休"。朱凤瀚指出，西周铭文中这类礼仪用语，表现出其时的父子、兄弟关系具有严格的等级化倾向，类同于政治化的主臣关系，"这是宗法性质的父家长权力的升华"③。

出于宗法制内在要求建构而成的，父—子、兄—弟之间的权力关系，实质是一种极为严格的等级秩序。但是宗法制度的意义在于，它一方面在宗族内部建构起等级规范，另一方面又使宗族对外呈现为一个整体，因此，"孝""悌"观念成为权力关系外在的包装，为宗法制度增添了道德伦理的价值，软化了权力关系的坚硬矛盾，使宗族成为一个看似充满温情的共同体。

据学者统计，在两周197例提到"孝"的彝器中，有137例作于西周时期④，其中大部分以"享孝""追孝"的形式出现。可见，"孝"最初的含义与祭祀活动有关，"向先祖举行祭祀"这一行为本身呈现出某种

---

① 中国社会科学院考古研究所编：《殷周金文集成释文》第四卷，271页，香港，香港中文大学中国文化研究所，2001。

② 中国社会科学院考古研究所编：《殷周金文集成释文》第四卷，172页，香港，香港中文大学中国文化研究所，2001。

③ 朱凤瀚：《商周家族形态研究》，327页，天津，天津古籍出版社，1990。

④ 江瑜：《西周金文里的"孝"及与东周孝观念之异》，见复旦大学文物与博物馆学和复旦大学文化遗产研究中心编：《文化遗产研究集刊》第6辑，上海，复旦大学出版社，2013。

美德，其内涵可能包括对宗族先人的尊敬、对宗法秩序的顺从、对宗族义务的履行等多个方面。后两点在孔、孟之时，衍伸出对生者进行敬养的意义①，包括了从赡养、丧葬到服丧、献祭的多个阶段②。与此同时，"孝"也从仪式中抽象为一种美德，在"孝子"这一表述中构成形容词，频繁出现在东周铭文之中。

对宗族先祖的敬和孝，在周天子为"天下之大宗"的语境下，可轻松转换为对君王的尊重，对"君—臣"秩序的服从。西周铭文中，对周王的赞美常常构成文本的核心。如前文所述，不仅"王命""王曰"常常成为铭文记事的主体，嘏辞中常见的"对扬王休""对扬天子休"亦呈现出作器者尊奉王权的态度。更进一步说，西周记事铭文通过记录赏赐、册命仪式，述写个人功绩，列于宗族历史的整个叙事形式，其本质即为借大宗之神圣性为小宗增色，借赞颂王权以褒美家族。

宗族内部对统一性、整体性的追求，正是西周宗法观念的第三个侧面，其在铭文中的表现即为"家族史"叙事的构建。具体而言，"家族史"又分为宗族内部的自我认同及整合，以及家国体系下为天子所承认和利用的叙事框架。

如前所述，西周铭文大多基于赏赐、册命等特定仪式活动，铭文写作也通常以这类仪式中的言行为中心。但在西周中晚期，出现了一部分脱离或淡化仪式语境，重在叙述宗族历史，褒美宗族传统的铭文。其中较有代表性的，有西周中期的史墙盘，晚期的逨盘两器。其中，史墙盘铭文全文如下：

> 曰古文王，初𥻋龢于政，上帝降懿德大屏，敷佑上下，会受万邦。䋢圉武王，遹征四方，达殷畯民，永不巩狄虘，微伐夷童。宪圣成王，左右绥䚩刚鲧，用肇彻周邦。渊哲康王，勤尹亿疆。

---

① 《论语·为政》："今之孝者，是谓能养，至于犬马，皆能有养，不敬，何以别乎？"见（清）阮元校刻：《十三经注疏（清嘉庆刊本）》，《论语注疏》卷二，5347 页，北京，中华书局，2009。

② 《论语·为政》："生，事之以礼；死，葬之以礼，祭之以礼。"见（清）阮元校刻：《十三经注疏（清嘉庆刊本）》，《论语注疏》卷二，5346 页，北京，中华书局，2009。

宏鲁昭王，广㞷楚荆，唯㸐南行。祇景穆王，型帅訏谋，申宁天子，天子恪䋤文武长烈。天子徽无害，襄㑄上下，亟獄宣谟，昊照亡斁。上帝司扰㞙保，授天子宽命，厚福、丰年，方蛮亡不踝见。

静幽高祖，在微灵处，雩武王既戋殷，微史烈祖乃来见武王，武王则令周公舍宇于周，俾处甸。惟乙祖㢸匹厥辟，远猷腹心，兹纳磷明。亚祖祖辛，䵼育子孙，繁福多釐，齐禄炽光，宜其禋祀。胡迟文考乙公竟爽，得纯无谏，农穑越历，唯辟孝友。

史墙夙夜不坠，其日蔑历。墙弗敢沮，对扬天子丕显休命，用作宝尊彝。烈祖、文考，式贮授墙㺟髭福，怀福禄、黄耇、弥生，堪事厥辟，其万年永宝用。（史墙盘，西周早期，《集成》10175）①

铭文的最后一段显示，史墙作此器的直接原因是由于其辛勤工作而获得了天子的"蔑历"。但是在铭文的前半段，史墙花费了大量篇幅用以解释自己"夙夜匪懈"的原因：竭忠尽力服务周王，是其家族值得夸耀的传统。为了证明这一点，铭文从第二段开始，讲述了其"高祖""烈祖""乙祖""亚祖祖辛""文考乙公"五代先祖经营家族，服务周廷的始末。通过对其先祖功业的追叙，史墙建立了一个链条完整，内核突出的家族史叙事。事实上，微氏家族出自商代子姓封国，原本并非周的史官，直到姬周代商之后，他们才效力于周廷。这一"殷遗"的身份，在家族史叙事中被极力遮掩："静幽高祖，在微灵处"的表述，既略去了微氏作为子姓分支的宗法关系，也模糊了他们在商王廷中所曾承担的职事——这两者很可能对"效忠周王"的叙事目的产生不利影响。微氏家族命运的转折点，亦即其值得自豪的家族史，是从"来见武王"开始的。此后，乙祖为周王出谋划策，成为其心腹之臣；亚祖虽无政治功绩，却有分立宗支、蕃育子孙之德；文考履行职责，尽忠职守；再到史墙本人，夙夜匪懈，获得蔑历。在这一家族史叙事的基础上，史

① 中国社会科学院考古研究所编：《殷周金文集成释文》第六卷，133 页，香港，香港中文大学中国文化研究所，2001。

墙又进一步展望了这一家族传统"堪事厥辟"的未来，承诺必将永远敬事君主。于是，一个兢兢业业，恪尽职守的"家族传统"，就被建构而成了。

更值得注意的是，在这篇家族史叙事的前段，史墙用了几乎与后两段相当的篇幅，叙述并褒美了从周文王到周共王的诸位天子，细述其美德和事迹，并以此颂扬当下这位周共王的美德所在："（穆王）申宁天子，天子恪缵文武长烈。"共王的品行来自穆王的教诲，以及文王、武王的传承。这一逻辑，与后文将史墙获得蔑历的原因归于继承了先祖的忠心和勤勉，别无二致。因此，周共王对史墙的勉励，不仅仅是针对其个人的，而是代表周王室对整个微氏家族的服务表达褒奖。据此，这篇铭文的结构逻辑可以简单地概括为：周共王继承了历代周王的美德和大命，史墙继承了列位先祖的美德和职守，在蔑历仪式上，共王以周室宗子的身份，褒奖了作为微氏宗子的史墙，稳固和强化了两个家族之间的君臣关系，史墙接受了勉励，作器奉于宗庙，向先祖祈祷福禄绵长，并誓愿尽职服事君主。

晁福林以《师望鼎铭文》《段簋铭》为例，提出西周时有一部分"蔑历"并非因为作器者的功勋，而是由于其先祖是王朝重臣，周王为了缅怀重臣，激励其后人，才对他们行使"蔑历"。[1] 史墙盘铭文也显示，这种褒奖可能代表着宗族对宗族的权力关系。在蔑历制度中，周王宗室与臣属宗族通过历史叙事被联系到一起，臣子的家族传统与周天子的政统相互关联，使得二者之间的政治关系更为紧密。

通过历史叙事达成这一效果的，还有逨盘铭文。录其全文如下：

> 逨曰："丕显朕皇高祖单公，桓桓克明哲厥德，夹召文王武王挞殷，膺受天鲁命，敷有四方，并宅厥勤疆土，用配上帝。雩朕皇高祖公叔，克佐匹成王，成受大命，方狄丕享，用奠四国万邦。雩朕皇高祖新室仲，克幽明厥心，柔远能迩，会诏康王，方怀不廷。雩朕皇高祖惠仲盠父，盭龢于政，有成于猷，用会昭王、穆

---

[1]　参见晁福林：《天命与彝伦：先秦社会思想探研》，192 页，北京，北京师范大学出版社，2012。

王，濼征四方，虢伐楚荆。雩朕皇高祖零伯，磷明厥心，不坠
[于]服，用辟恭王、懿王。雩朕皇亚祖懿仲，匡谏谏克，匍保厥
辟孝王、夷王，有成于周邦。雩朕皇考恭叔，穆穆趩趩，龢訇于
政，明齐于德，用辟厉王。逨肇纂朕皇祖考服，虔夙夕敬朕死事，
肆天子多赐逨休，天子其万年无疆耆黄耇，保奠周邦，谏乂
四方。"

王若曰："逨，丕显文武，膺受大命，敷有四方，则旧唯乃先
圣祖考，夹召先王，闻勤大命。今余唯经乃先圣祖考，申就乃
命，命汝胥荣兑，鞥司四方虞林，用宫御。赐汝赤巿、幽衡、鋚勒。"

逨敢对天子丕显鲁休扬。用作朕皇祖考宝尊盘，用追享孝于
前文人。前文人严在上，翼在下，數數豐豐，降逨鲁多福，眉寿
绰绾，授余康虞，纯佑通禄，永命令终，逨骏臣天子，子孙孙永
宝用享。①

这篇铭文第一段为器主"逨"的自述，与"王若曰"之命构成两段不
存在对话关系的记言文本。一般铭文记叙册命仪式时，往往只见周王
所发布的言辞，少见受命者的自述，因而这段自述很可能并非仪式现
场的实录，其意义在于向宗族内部的显陈，以稳固的历史叙事强化家
族认同。"逨"在自述中连用七个分句，讲述了七位先祖的历史功绩。
与史墙盘铭文的不同之处在于，这段家族史并没有将周王谱系与家族
谱系分列而论，而是将两条线索杂糅交错，一方面叙述周王自文王、
武王以降的德行武功，另一方面叙述家族先祖服务周王所取得的成就。

如果说史墙盘铭文对先祖事迹的穷举，仍可视为对事例的拣选铺
排；那么逨盘铭文连用六个"雩"字句的结构方式，则是将先祖事迹一
一缀连为线性叙事，于是整个家族史变为了从"皇高祖"向嫡子、嫡孙
等每一代宗主依次传递的单线链条，称得上是"以宗法为历史"。

另外，尽管体例不同，但逨盘铭文与史墙盘铭文体现出相同的历
史观、宗法观，即：通过梳理家族的系谱，将先祖置于波澜壮阔的政

---

① 释文参考刘源《逨盘铭文考释》[载《中国史研究》，2003(4)]等论著。

治历史图景之中，建构出以几代男性宗主为轴心的家族史叙事，以此强化宗族的荣誉感以及宗族成员的自我认同，这就是"以历史为宗法"。

与之相对应的，是这种家族史叙事反过来被王权承认、利用。逨盘铭文中，周宣王在"命"的话语中，织入了对两方家族合作的叙事和赞美："逨，丕显文武，膺受大命，敷有四方，则旧唯乃先圣祖考，夹诏先王，闻勤大命。今余唯经乃先圣祖考，申就乃命。"周宣王首先称述了文王、武王的美德，解释了自己"敷有四方"的统治合法性（亦即周王"授命"的合法性），而后赞美了逨的"先圣祖考"对先代周王的襄助，并褒美逨对其先祖功业的继承（亦即逨"受命"的合法性），最后下达了对逨的新任命和赏赐。从中可以发现，周王也同样在通过历史叙事强化王室与其他宗族之间的关联。在传世文献中，这样的文本也非鲜见，如：

> 王若曰："庶邦侯、甸、男、卫，惟予一人钊报诰。昔君文武丕平富，不务咎，厎至齐，信，用昭明于天下。则亦有熊罴之士，不二心之臣，保乂王家，用端命于上帝。皇天用训厥道，付畀四方。乃命建侯树屏，在我后之人。今予一二伯父，尚胥暨顾，绥尔先公之臣，服于先王。虽尔身在外，乃心罔不在王室，用奉恤厥若，无遗鞠子羞。"（《尚书·康王之诰》）①

> 王若曰："父义和，丕显文、武，克慎明德，昭升于上，敷闻在下，惟时上帝集厥命于文王。亦惟先正，克左右昭事厥辟，越小大谋猷，罔不率从，肆先祖怀在位。呜呼！闵予小子嗣，造天丕愆。殄资泽于下民，侵戎我国家纯。即我御事，罔或耆寿，俊在厥服，予则罔克。曰：惟祖惟父，其伊恤朕躬。呜呼！有绩，予一人永绥在位。父义和，汝克绍乃显祖，汝肇刑文、武，用会绍乃辟，追孝于前文人。汝多修，扞我于艰，若汝，予嘉。"（《尚

---

① （清）阮元校刻：《十三经注疏（清嘉庆刊本）》，《尚书正义》卷十九，519 页，北京，中华书局，2009。

书·文侯之命》)①

上述两篇，周王的发言呈现出相同的模式，即从先王功业说起，赞美当时的辅佐之臣，亦即受命者的先祖，而后以先王继承者的身份，褒美受命者的继承者身份，要求他们恪守其先祖之道，继续辅佐王室，并下达册命和赏赐。可以说，君臣祖先共同创业的历史叙事，成为周王笼络臣属诸族的话语资源。②

综上所述，殷商西周时期，宗法制度的完善，在观念层面上体现为宗法意识的增强。附丽于宗庙彝器制度的铭文，天然映射着祭祀制度的鼎革、宗法意识的演变。从殷商到西周，铭文中女性形象的淡化，折射出宗庙制度中女性受祭、作祭的主体性遭到削弱；铭文中父子兄弟之间的对扬措辞，体现出父权制下男性宗族成员的等级划分；铭文中以宗主为核心的历史叙事的写定，对应着宗族内部对认同感的建构，以及"家国一体"的社会文化框架下，王室援引历史合法性以强化权力关系的需求。

---

① （清）阮元校刻：《十三经注疏（清嘉庆刊本）》，《尚书正义》卷二十，539～540页，北京，中华书局，2009。

② 《尚书·盘庚上》："古我先王，暨乃祖乃父，胥及逸勤，予敢动用非罚？世选尔劳，予不掩尔善。兹予大享于先王，尔祖其从与享之。作福作灾，予亦不敢动用非德。"见（清）阮元校刻：《十三经注疏（清嘉庆刊本）》，《尚书正义》卷九，359页，北京，中华书局，2009。

第四章 月令传统：
天学知识与时序政治

天学是先民处理天人关系的最初的智慧，它既是中原农业文明的原点，也为脱胎于战国、成型于汉代的天人宇宙图式提供了最初的思想源泉。正如人的认知难以用"理性""感性"的概念判然两分那样，上古的各类知识传统中，也常常存在知识与观念交糅共生的现象。上古天学这项知识传统就是其中最典型的例子，它既根植于生活与劳作的需要，又同时具有浓厚的宗教、巫术色彩，并在一些政治语境中提供合法性的话语资源。

与今天所习见的"天文""历法"等现代学科概念不同，上古天学知识与其他上古知识形态一样，并不局限于自然科学范畴。与其从本质主义的视角去探讨这项在当时确乎并不存在的概念究竟有何外延、内涵，不如承认这是一个归纳性的概念，并从功能主义的角度出发，依据其实际涉及的范围及其所产生的效用加以归纳。可以说，上古天学知识虽然包含了今人所定义的历法、天文、星占等多方面知识，但又绝不仅限于此。从巫史传统到礼乐文化，实用知识并不一定脱胎于科学理性的母体，它常常关系着某种观念背景，或直接作用于社会政治。

一个较为合理的定义是，上古天学一方面探索天体运行的自然法则，一方面又试图借这种法则来为人世的政治和生活提供价值与伦理的支撑，并试图总结依据自然法则来组织社会生活的一切历史经验。因此，这是一项包含了知识与观念二重含义的知识传统。

从主要内容来看，上古天学包含着历法、天文与占星这几项主要的知识，以及分别与之对应的价值观念与制度结构。其中，历法知识所包含的时序价值，构成了史官文献中最初的价值判断系统；而星占与物占则是上古星象历、物候历的遗存，在政治文化上都具有举足轻重的意义。本章将讨论的两个主要问题是：时序制度和时间意识如何影响到西周史官文献的生成；告朔制度与授时传统如何催生出阴阳家月令文体的独特形态。

第一节　时序价值的建立与史官文献的生成

史官至少在汉代以前，多少拥有天官的职能。《召诰》疏谓："治历者必先正望朔。"[①]出身史官世家的司马迁在自序史职由来之时，直从上古绝地天通的传说落笔，并明确道出了史官出身天文官的事实："昔在颛顼，命南正重以司天，北正黎以司地。唐虞之际，绍重黎之后，使复典之，至于夏商，故重黎氏世序天地""太史公学天官于唐都，受易于杨何，习道论于黄子"[②]"太史公既掌天官，不治民"[③]。又云："余维先人尝掌斯事，显于唐虞，至于周，复典之，故司马氏世主天官。"[④]这些都可为史职来源的注脚。

在周制建立之前，职官尚未制度化的殷商时期，天学知识的传承者应当就是活跃在各种祭祀活动中的巫觋集团。杨向奎说："颛顼时代，重、黎'绝地天通'，是为巫的开始。"[⑤]所谓"绝地天通"，被视为职官制度的起源，它标志着"人人知天文"的时代正式结束，巫史时代悄然兴起。

周代史官诞生于上古巫史传统，然而与巫政合一的巫史时代不同，

---

①　（清）阮元校刻：《十三经注疏（清嘉庆刊本）》，《尚书正义》卷十五，448 页，北京，中华书局，2009。

②　（汉）司马迁撰，（南朝宋）裴骃集解，（唐）司马贞索隐，（唐）张守节正义：《史记》卷一百三十，3285 页，北京，中华书局，1982。

③　（汉）司马迁撰，（南朝宋）裴骃集解，（唐）司马贞索隐，（唐）张守节正义：《史记》卷一百三十，3293 页，北京，中华书局，1982。

④　（汉）司马迁撰，（南朝宋）裴骃集解，（唐）司马贞索隐，（唐）张守节正义：《史记》卷一百三十，3319 页，北京，中华书局，1982。

⑤　杨向奎：《宗周社会与礼乐文明》（修订本），345 页，北京，人民出版社，1997。

西周史官文化体现出礼乐文明重视秩序，崇尚实用理性的特色。其中司掌天学知识的史官也因此拥有了更确切的职司地位，更规范的政治责任。《周礼》中掌管天文历法的"冯相氏"和"保章氏"，位在大史与小史之后，在内史、外史、御史之前，很明显也隶属于史官系统。其中，"冯相氏"的职责主要是调整历法，其手段则有测算岁星、观察星象、测量日影等，应为历官无误。"保章氏"则是占星师，他们掌握星宿分野法，懂得占卜星象、云气与风向，以此"诏救政，访序事"①。所谓"访序事"，指的就是按照事序谋议并规划政事的次序，也就是以时序来安排政事。这些职能，与我们所知的"瞽史告协风""有司告朔"等记录是一致的，这也就是《逸周书·大武》所说的"政以和时"②，其本质是通过垄断时序的解释权，以实现政治上的多方面管控。这在西周以前巫政合一的语境中，有其自然而然的一面，但在西周以后，史官"访序事"的权力，则必然来自王的授权。因此，对天子而言，通过掌握权力才能控制时间，反过来王权又是维系时序制度的基本所在。春秋以后王权陵夷，时间制度也遭到破坏，即为反证。因此，西周史官不但是天学知识的传承者，他们还通过授时活动，维系着周王权对天下时间制度乃至方国行政周期的管控。

在天学职能之外，西周史官同时兼掌记录事件，保管文献，以期将人事呈现于神灵，供其进行裁决。以《春秋》为典范的先秦史官文献，在记述事件之外，更具有价值评判的功能。其中，对"不时"之事的记录，是《春秋》等史官文献记事的一个特殊现象。结合史官兼掌授时的职能，我们可以认为，时序属性是判断政治事件是否合乎礼法（或理想的政治秩序）的重要标准。对于不合时序的历史事件，史官有责任进行记录。记录行为本身所具有的意义，一方面是向宗庙与上天提供裁决的依据，另一方面也是史官行使话语权力，并进行价值判断的主要手段。从这个角度而言，对"不时"行为的记录，也符合《公羊传》所描述

---

① （清）阮元校刻：《十三经注疏（清嘉庆刊本）》，《周礼注疏》卷二十六，1770 页，北京，中华书局，2009。

② 黄怀信、张懋镕、田旭东：《逸周书汇校集注》（修订本），1096 页，上海，上海古籍出版社，2007。

的"常事不书"等记事原则。可以说,上古时序制度决定了《春秋》等史官文献的结构形式,其蕴含的价值观念更是深刻影响了战国诸子话语体系的构建。

最后,西周的史官文献与彝器铭文,都体现出周人有别于前朝的强烈的叙事意识。出于在宗庙祭祀中颂扬先祖功绩的要求,周人极为注重时间的连续性,重视史事的线性发展,并以时间作为连缀事件的主要叙事逻辑。在具体的时间单位上,周人对殷商历法又呈现出强烈的革新意识,这与他们试图建构新的权力话语形态的努力不无关连。而对后者的进一步探索,又涉及周人对"天命"的解释与阐释。

因此,本章将考察的问题是:西周的时间制度及时序价值,如何化生了历史叙事的意识,又如何影响着史官文献的写作方式,并建构起周人的合法性话语。

一、"玄鸟生商":物候知识与王权神话

在人类历史上颇为有趣的一点是,以农业为基础的古代文明,踏出的认识自然的第一步,通常都是对时间的观测和判断。不同于采集和狩猎这两种最初的生产活动,农业改变了人类对待自然的根本方式,"人类由过去的那种简单、被动的自然资源的索取者,逐渐转化成为有头脑的、主动的自然资源的开发者、生产者"①。农业的发展,推动着人们去寻找时间分割的节点,气候循环的周期。然而由于各地自然条件与农作需求的不同,人类构建出的历法系统也多有差异。"时间"这个概念,或者更准确地说,各种各样的"时间单位",都并非纯粹的客观维度,而是基于种种文化背景与实际需求,被人们建构而成的。就像"季节"在古埃及人眼中为三,在殷人眼中为二,在今人眼中为四一样,只要符合一时一地的农作物生产周期,作为制度的历法就可以成立。

农业革命最伟大的价值,就在于它赋予先民作为生产者的自觉,人类对自然的积极认知,正是从这个原点开始的。他们冀望从自然界

---

① 李世安主编:《世界文明史》,5 页,北京,中国发展出版社,2000。

中找到某种真理性的启示，某种与人世相关联的规律，并且因为坚信着人事活动中包含着某种自然合理性，从而求得立身于天地之间的自信。或许正是这份对精确性的向往，这份对普遍真理的渴求，促使人类穷尽一切去探索时间的根本属性。从物候历到星象历再到推算历，历法的每一次变革都足以在文明史上留下观念的印记。在中国的先秦时代，历法从"观象授时"的物候历演进成"千岁之日至，可坐而致也"①的推算历，完成了从方法到观念的一次重要蜕变。与此同时，先秦的思想文化、政治制度的建构过程也在同步进行。作为一项垄断知识的"时间"，在上古时代正是君王权力的重要组成部分，它对这一时期的思想和制度都有着极为深远的影响。

　　中国古代历法最重大的一次变革发生于春秋末年，其主要标志就在于四分历的创制。所谓四分历，是以 $365\frac{1}{4}$ 日为回归年长度调整年、月、日周期，依据太阳周年的视运动，划分周天为二十四等分所形成的太阳历系统。这一历法精确地划分了二十四节气，用抽象的太阳历代替了具象的物候历。正所谓"天之高也，星辰之远也，苟求其故，千岁之日至，可坐而致也"，一套有"规律""法则"可言的历法系统就此建立起来，从此划分开了观象授时的时代与天文历法的时代。

　　而在殷商时期，历法尚未进入推步计算的时代，仍是一种基于物象的授时历。殷人已具备四仲中星的观测常识，能依据天文星象判断二分二至的节气日。在此基础上，他们能将分至日与鸟兽、风向等物候现象作出联系，表现出对"四气"的初步认知，也为后世"四时"的出现奠定了基础。需要强调的是，殷人的"四气"具备一定的方向观念，这一方面来自季节中星的观测常识，另一方面可能与对季风风向的观测有关。对于这种分至节气体系，甲骨卜辞《四方风》和《尚书·尧典》都有所体现。通称《四方风》的甲骨刻辞，见于殷墟 YH127 坑出土龟腹甲卜辞与刘体智旧藏牛胛骨刻辞。胡厚宣于 1941 年撰写了《甲骨文四

---

　　① （清）阮元校刻：《十三经注疏（清嘉庆刊本）》，《孟子注疏》卷八，5938 页，北京，中华书局，2009。

方风名考》，将两则卜辞与《尧典》《山海经》等古籍描述的四时四方关系进行了对照研究，揭示出卜辞与两部传世文献之间所存在的历史承续性。

基于胡厚宣考释成果，现将骨版《四方风》的图版与释文列于下（图4-1）。

北方日宛凤日段	西方日𠱒凤日彝	南方日夹凤日岂	东方日析凤日协

图 4-1 《四方风》的图版与释文

在甲骨文中，"凤"常作"风"用。这段卜辞将四方与四季的风向相联系，其中隐含着对四时的观察。杨树达认为，"析""夹""𠱒""宛"四字皆与四时的草木生长有关。"析谓草木之甲坼，莢谓草木之着莢，柬谓草木之采实，宛谓草木之蕰郁覆蔽。"①也就是说，这四字反映了四时草木的生长状况，并与四季风向相配合，成为对四时的物象的一种描述。

然而，大龟的祈年卜辞上有"禘于东方曰析"句，既已名之为"东方"，似不必再设"析"字专指方位。两位学者将"析"等字释为方位神名，应是考虑到了这一点。但当我们考察另一些单独祭祀方位神明的卜辞，虽能发现不少诸如"帝于东""燎于西""帝于南""系于北"的记述，却无法找到关于方位神名的记载。简单地把"析""夹""柬""宛"四字解释为神名，缺乏必然的逻辑联系以及决定性的证据。

结合卜辞来看，"析""夹""柬""宛"四字总是配合出现，未曾独见于某篇卜辞之中，可见其间存在着比较和并列的关系，只有相互参照才得以成立。"禘于东方曰析"从语法上看，很可能是以"析"为殷人"禘于东方"的结果。殷人向有"求年于方"的传统，"析"意为祈祷作物甲坼萌芽，有可能正是"禘于东方"这一仪式的专用名称。其他卜辞中，也有"卯于东方析"②的语句。因此，"析""夹""柬""宛"四字更近似于对四种祈祷活动的分类和命名。"析"为祈祷作物甲坼萌芽，"夹"为祈祷草木着莢，"柬"为祈祷草木采实，"宛"为祈祷草木蕰郁覆蔽。此四字源于对草木状态的描述，因而成为四方祭祀的四种功能，进一步分别指代了四种祭祀活动本身。

当礼仪祭祀活动成为一种传统之后，那些被人类所供奉的理想才被神格化，渐次拥有了面目与职能，用以重建祭祀活动的必要性。目的产生活动，活动产生传统，传统就意味着将人事活动原本的"合理性"固化为一种"必然性"，这就引发了不同时代的理解差异，最终为目的戴上了神灵的面具。《尧典》对卜辞内容的继承，佐证了此四字乃人事活动的观点，而《山海经》中则已可见人格化的神灵。当我们比较研

---

① 杨树达：《甲骨文中之四方风名与神名》，见刘梦溪主编：《中国现代学术经典·余嘉锡 杨树达卷》，804 页，石家庄，河北教育出版社，1996。
② 陈年福：《殷墟甲骨文摹释全编》第二卷，1076 页，北京，线装书局，2010。

究这三部文献时，不但要关注它们内容的共时性相似，也要看到其观念的历时性变迁。

对《四方风》与《尧典》相合的部分，胡厚宣作出了全面的比较。《尧典》对上古观象授时活动的记载主要见于以下诸段：

> 乃命羲和，钦若昊天，历象日月星辰，敬授人时。
>
> 分命羲仲，宅嵎夷，曰旸谷。寅宾出日，平秩东作。日中星鸟，以殷仲春。厥民析，鸟兽孳尾。
>
> 申命羲叔，宅南交。平秩南讹，敬致。日永星火，以正仲夏。厥民因，鸟兽希革。
>
> 分命和仲，宅西，曰昧谷。寅饯纳日，平秩西成。宵中星虚，以殷仲秋。厥民夷，鸟兽毛毨。
>
> 申命和叔，宅朔方，曰幽都。平在朔易。日短星昴，以正仲冬。厥民隩，鸟兽氄毛。
>
> 帝曰："咨！汝羲暨和。朞三百有六旬有六日，以闰月定四时成岁。允厘百工，庶绩咸熙。"①

这几段文字，以春、夏、秋、冬四季为序，分别记述了分布于四方的四名天文官，在各自固定的观测点观察天文、人事与物候。"日中星鸟""日永星火""宵中星虚""日短星昴"指的是四个季节节气日的中星；"厥民析""厥民因""厥民夷""厥民隩"指的是民众在四时的活动②；"鸟兽孳尾""鸟兽希革""鸟兽毛毨""鸟兽氄毛"指的是动物在四时的状态，据胡厚宣考证，是对《四方风》中"凤曰……"句式的误读，因而《四方风》中的"协""岲""彝""殴"当解释为风名。

《尧典》的编者有可能不了解上古文字"凤""风"通用的惯例，但其"孳尾""希革""毛毨""氄毛"的描述，很有可能是他们试图对《四方风》中的"协""岲""彝""殴"作出的解释。而假若《尧典》不存在误读，那么

---

① （清）阮元校刻：《十三经注疏（清嘉庆刊本）》，《尚书正义》卷二，251页，北京，中华书局，2009。

② 值得注意的是它与《四方风》卜辞完全重合，且指称的是一种人事活动而非神灵。

《四方风》之"风"，指的就正是风物气候。这样一来，与其将"协""岂""彝""段"解释为风名，不如将其视为对物候的概括。无论从字义或从文字来看，这样的解读亦可成立。进一步的推论就是，此处的"风"指的就是物候，很可能指代仲春、仲夏、仲秋、仲冬这四种节气的物候标志，"协""岂""彝""段"等均为对相应节气物候状态的描写，并在西周时期引申为风名。

从写作逻辑上看，《尧典》先述星象，再定时节，表明星象是测定时间的主要依据。其文对"民"与"鸟兽"的描写位列分至四气之后，可见此处物候的作用在于印证或描述节气的来临，而非某种对节气的预兆。其次，《尧典》中"宅嵎夷""宅南交""宅西""宅朔方"的表述，强调了分至四气的观测点，而"平秩东作""平秩南为""平秩西成""平在朔易"等表述，则暗示了向四方进行祭祀的农业礼俗传统。这两套话语体现出殷历中四气与四方的关系。不同于线性的季节，作为节气点的"四气"有着非常明确的方位区分。这种将四气与四方相对应的记述，与《四方风》异曲同工。

《四方风》刻辞提出了上古授时知识中的一个重要概念，即"凤"。"凤"字直到后世才分化为"风"和"凤"，在殷商时期该字兼有季风和鸟候之含义。甲骨文中的"凤"字，与表示"鸟"的"隹"字相比，区别大致在于头顶有无冠状物，尾部有无分枝长羽。许慎《说文》将"风"解释为"风动虫生，故虫八日而化"[1]。近年的文字学家提出，"风"字在形状上的演变，主要来自"凤"字尾部部首的简省和讹变。关于"风""凤"字形具体的分化过程，董作宾指出："风字，在甲骨文中有一个演变的历史，最初一二两期，完全借凤鸟字为之……第三期时，把冠上加了装饰，又附了兄声，创一新字。第四、五期，又改附兄声为附凡声。"[2]曾宪通《释"凤""皇"及其相关诸字》认为："凤与风自古以来都是同字同源，它们只是一字的分化，并非两个不同的字……从现有的材料来看，

---

① （汉）许慎撰，（清）段玉裁注：《说文解字注》，677 页，上海，上海古籍出版社，1981。

② 董作宾：《安阳侯家庄出土之甲骨文字》，见《董作宾先生全集·甲编》第二册，713～714 页，台北，艺文印书馆，1977。

从鳳分化出風字大概始于战国古文与楚帛书。"①概括董、曾二位先生的观点，在殷商时期，"风"与"凤"在字形上已开始产生细微的差别，到了战国时期，就已完全分化为两个字。"鳳"字从殷商至战国的分化，必然有着功能上的特殊要求。结合文献信息来看，可以找到这种字形分化背后的历史语境。

首先，是"风"的概念内涵变得丰富，这归因于授时知识的进步。从殷商到战国，物候知识得到了极大扩充。在《四方风》卜辞中仅见"凤曰某"与"某方曰某"这种对季风与物候蒙昧不分的记述，到了《尧典》成书年代，就加入了对星象、节气、人事与物候的具体表述。更不用说《淮南子》等书对将"四风"扩展为"八风"，设定属性并逐一命名。"风"专指季风或自然风的意义，真正与人事、物候脱离关系，应该是在战国以后。这与曾宪通对"风"字分化年代的判断是相合的。

其次，是凤鸟形象的神话化。这一进程与"凤"字意义向"凤鸟"的集中，基本上是同步发生的。最初的"凤"并非一种特殊的鸟，而是以"知时之鸟"的形象来概指时令物候。斯维至引《左传》《禽经》等文献，认为"鸟飞生风，实古人共同之信仰"②。古人见候鸟往返，鸣禽常变，季节更迭，便以群鸟作为授时象征，进而与季风气候相联系，引申为季风本身。从先商的玄鸟神话、周人"凤鸣岐山"的传说，再到春秋时期领袖群鸟的神话形象，传世文献中的"凤"体现了物候知识向制度、权力、国族的转化。

《诗经·商颂·玄鸟》记述了商人的起源神话："天命玄鸟，降而生商。"③与其他上古神话一样，玄鸟生商的神话也经历了从简单到复杂的累加过程。在《楚辞》中，这一神话开始出现具体人物。《离骚》："望瑶台之偃蹇兮，见有娀之佚女……凤皇既受诒兮，恐高辛之先我。"④《天问》："简狄在台，喾何宜？玄鸟致贻，女何喜？"而到了《吕氏春

① 曾宪通：《古文字与出土文献丛考》，17页，广州，中山大学出版社，2005。
② 斯维至：《中国古代社会文化论稿》，18页，台北，允晨文化股份有限公司，1997。
③ （清）阮元校刻：《十三经注疏（清嘉庆刊本）》，《毛诗正义》卷二十，1343页，北京，中华书局，2009。
④ 黄寿祺、梅桐生译注：《楚辞全译》，20页，贵阳，贵州人民出版社，1984。

秋》，玄鸟生商神话就已发展成了一个有头有尾、细节丰富的故事：
"有娀氏有二佚女，为之九成之台，饮食必以鼓。帝令燕往视之，鸣若
谥隘。二女爱而争搏之，覆以玉筐，少选，发而视之，燕遗二卵，北
飞，遂不反。"①《史记·殷本纪》的记载更简洁，但也是一个人物、起
因、经过、结果均十分完整的故事："三人行浴，见玄鸟堕其卵，简狄
取吞之，因孕生契。"②

　　从《离骚》到《史记》，"玄鸟生商"的故事在保留"简狄啖卵生契"这
一核心的基础上，其细节随着时代而渐次丰富，显然是一则典型的神
话历史化案例。近世学者认为，玄鸟形象正是后世凤鸟形象的原型。
对此，一种常见的研究方法是，借助图腾理论的范式，寻找玄鸟形象
与商人社会文化形态的关联，探讨原始崇拜及远古婚姻制度等多方面
问题。其中最具代表性的是于省吾《略论图腾与宗教起源和夏商图腾》
一文，文章举商代铜器"玄鸟妇壶"为例，论证商人以玄鸟为图腾。此
后，胡厚宣在《甲骨文商族鸟图腾的遗迹》一文中将文献所载"玄鸟生
商"传说作出了分类。自此，玄鸟生商的神话就与人类学的图腾范式紧
紧相连，密不可分了。

　　现代人类学主要建立在对存续至今的世居民族的观察之上。但是
今天原始形态部族中广泛存在的"图腾"，并不能简单套用在任何一个
古代文明的原始形态之上。图腾是一种统计式的概念，是对世居民族
纷繁复杂的文化形态的累计叠加。由此而得的这一庞大且臃肿的"图腾
制度"，虽然具有极强的解释力，但这种解释力只是得益于体系本身的
复杂多义，并不具备可以涵盖一切原始文化现象的抽象特征。世居民
族在仪式的长期演化之后，以氏族为单位所产生的图腾，与先商人民
对特殊动物形象的情感偏好是否可以简单等同，恐怕是值得重新考虑
的。联系历史语境，先商各部族地理分布犬牙交错，又时刻处在迁徙
与交流之中，很难产生并维系某种形态固定、传承性强的图腾文化。

---

　　①　许维遹撰，梁运华整理：《吕氏春秋集释》卷六，141～142 页，北京，中华书局，
2009。

　　②　（汉）司马迁撰，（南朝宋）裴骃集解，（唐）司马贞索隐，（唐）张守节正义：《史记》卷
三，91 页，北京，中华书局，1982。

图腾制度何以能被当作人类社会中普遍存在或存在过的特殊组织制度，同时又能在不同文化中表现出不同的形式？在图腾理论解决这个内在的悖论之后，才能作为一种普遍的范式广泛应用在远古文化研究中。常见的"原始思维""巫术思维"一类表述，反而容易将我们推离当时的历史语境，增加文化与心理的隔膜。

考察殷墟出土的文物，鸟形图案与器物的数量并不具有数量上的优势，亦不能算作殷商纹饰图案的主流，很难说殷人对"凤鸟"形象存在一种图腾式的崇拜。另外，甲骨卜辞中却有"帝史凤""帝凤"之谓。《合集》14225："于帝史凤二犬。"[1]郭沫若释曰："卜辞以凤为风。《说文》：凤，神鸟也……盖视凤为天帝之使，而祀之以二犬。"[2]同为第一期卜辞的甲片还有"燎帝史凤一牛"，同样也记录了对"帝使凤"的祭祀。斯维至等学者都将"帝史"解释为"帝使"[3]，认为其是天命的象征，而凤鸟即为上帝之使者。

"凤"在最初作为物候概念的神圣性，直接与"上帝"相连[4]。《礼记·曲礼》："天神曰帝。"[5]常玉芝认为，商人所祭祀的"帝"，职能包括主宰气象、掌控收成、保护城邑、左右战事、决定商王的命运等。[6]结合卜骨数量可以看出，这几项职能中，商人最常卜问的还是与天气有关的内容。雨、雷、雹、风、旱这些难以预测的天气现象，被商人认为是在某种神秘推动力下发生的。如我们在第二章中所论述的，卜辞中的"帝"，已是一种被神格化的存在。商人称"天"以表示"大"，而"帝"代表的则是一种凡人无权逆测的神圣意志。这种意志的主体性在

---

① 胡厚宣主编：《甲骨文合集释文》第二册，747页，北京，中国社会科学出版社，1999。

② 郭沫若：《卜辞通纂》，376～378页，北京，科学出版社，1983。

③ 参见斯维至：《中国古代社会文化论稿》，24页，台北，允晨文化股份有限公司，1997。

④ 陈梦家对"帝"的解释："一为上帝或帝，是名词；二为禘祭之禘，是动词；三为庙号的区别字，如帝甲、文武帝，名词。"见陈梦家：《殷虚卜辞综述》，562页，北京，中华书局，1988。

⑤ （清）阮元校刻：《十三经注疏（清嘉庆刊本）》，《礼记正义》卷四，2729页，北京，中华书局，2009。

⑥ 常玉芝：《商代宗教祭祀》，28～61页，北京，中国社会科学出版社，2010。

于"帝"能施加行为，如"帝其令雷""帝其令风""帝其旱我""帝弗佐若"。而凡人只能被动接受"帝"的行为，并无质疑和与之互动的权利。以卜雨为例，卜辞多谓"令雨""不令雨"，只贞卜而不乞求，体现的就是对这种神圣意志的绝对服从。

明确了"帝"的地位后，再看"帝史"。如前文所述，在周制建立之前，职官尚未制度化的殷商时期，天文历法知识的传承者是活跃在各种祭祀活动中的巫觋集团。所谓"商人尊神，率民以事神，先鬼而后礼"，随着文明的发展，商人祭祀仪式中某些原始而残酷的细节被简化乃至丢弃，后人保留了部分习俗，同时又对上古时代大规模的祭祀感到恐怖和陌生，遂留下了这样的追忆。甲骨卜辞中常见焚巫曝巫以求雨的记载，直到春秋时代，还有宋景公愿为人祠而求雨、齐景公出野暴露三日而雨、鲁公欲焚巫尪求雨为臧文仲所止的记载。《山海经·海外西经》有"女丑之尸，生而十日炙杀之……以右手障其面。十日居上，女丑居山之上"[①]的记载，描述的正是上古曝巫求雨的习俗。在殷商时期作为巫觋集团领袖的正是商王。但商汤尽管"以己为牲"，他所实行的仪式仍不同于普通巫师的人牲式献祭，而是"斋戒，剪发断爪……祷于桑林之社"[②]的象征性仪式。商王作为氏族的领袖，拥有巫师职能，又不同于动辄被曝晒焚烧的一般巫师，说明殷商时期的社会阶级业已出现分化。可见，在文明的起始阶段，因为通晓观象授时之术而能指导农业劳作的人，会得到部族人极大的尊重。而这种特殊的地位，很可能就是公共权力的一种起源。

《左传·昭公十七年》中，记载了郯子与昭公的一段对话，郯子解释了其先祖少暤氏以鸟名官的原因，"历正"和"节气"正是两个首要的职能：

> 昔者黄帝氏以云纪，故为云师而云名。炎帝氏以火纪，故为火师而火名。共工氏以水纪，故为水师而水名。大暤氏以龙纪，

---

① 袁珂校注：《山海经校注》，218 页，上海，上海古籍出版社，1980。

② （唐）欧阳询撰，汪绍楹校：《艺文类聚》卷十二，222 页，上海，上海古籍出版社，1965。

故为龙师而龙名。我高祖少皞挚之立也，凤鸟适至，故纪于鸟，为鸟师而鸟名。凤鸟氏，历正也。玄鸟氏，司分者也。伯赵氏，司至者也。青鸟氏，司启者也。丹鸟氏，司闭者也。祝鸠氏，司徒也。鴡鸠氏，司马也。鸤鸠氏，司空也。爽鸠氏，司寇也。鹘鸠氏，司事也。五鸠，鸠民者也。五雉，为五工正。①

郯国地处山东，属东夷文化。郯子谈到的"鸟官"传统，可能来自东夷文化的记忆。不少学者认为商族起源于东夷，郭沫若、胡厚宣等学者认为"少皞"即为契，是商人的第一位男性先祖。搁置"起源"这一尚待进一步发掘的问题，可以确信的是，商族在夏末曾有与东夷联合的历史，受东夷文化影响较深。1979 年，考古学家在江苏连云港西南方向的将军崖上发现一组以鸟兽纹、类星象图案为主的岩画，经研究认定为距今 4000—6000 年的星象图。陆思贤、李迪研究认为此图包含"羲和生十日图""鸟历天象图"与"天顶图"三部分，实为公元前 30 世纪的盖天星图，而将军崖则很可能是一处观星与祭日的宗教活动场所。"鸟历天象图"中，有八个鸟兽纹图案，寓意四时八节的禽鸟物候。②这在某种程度上可以印证《左传·昭公十七年》中鸟历传说的真实性。

郯子所述的"为鸟师而鸟名"，也就是"以百鸟为官"，成为东夷氏族区别于其他部族的重要身份标识。虽然这一表述显得玄妙而神秘，但当我们去寻找特定禽鸟与所司官职的联系时，很容易发现其中简省的逻辑链条，那就是"节令"。因此，对官职与禽鸟关联的研究，可以分为两个讨论的环节，第一是"官职与时令的联系"，第二是"时令与禽鸟的联系"。

《左传·昭公十七年》的鸟官可以分为三个系统，其一是独为历正的凤鸟，其二是司掌分、至、启、闭的时令官职，其三是司徒、司马、司空等世俗官名。凤鸟作为百官之长而被称为"历正"，这就定立了后续诸官的时令属性。所谓分、至、启、闭，正是年中八节的名称。《汉

---

① （清）阮元校刻：《十三经注疏（清嘉庆刊本）》，《春秋左传正义》卷四十八，4523～4525 页，北京，中华书局，2009。

② 陆思贤、李迪：《天文考古通论》，76～89 页，北京，紫禁城出版社，2000。

书·律历志上》："时所以记启闭也，月所以纪分至也。启闭者，节也。分至者，中也。"①春分、秋分、夏至、冬至是为二分二至，立春、立夏、立秋、立冬是为二启二闭。晚至殷商时期，古人业已掌握了测定二分二至的方法②，而二启二闭则是对分至时段取中点而得，是较晚的发明。那么，这些时令又是如何与职官制度产生关联的呢？《左传·僖公五年》提供了一条重要线索。经中记载了当年正月朔日的一系列时序礼制。首先是僖公视朔，领受天子的授时指令；之后登台观象，确定了"日南至"即冬至日的节令特征。传文解释《春秋》记载这一事件的理由是："礼也，凡分至启闭，必书云物。"③也就是说，当时已形成了在分、至、启、闭这八节记录物候的礼仪传统，其仪式的主体则为诸侯国君。通过"视朔"，确认周天子的授时权力；通过"观象"，确认国家秩序对自然秩序的认知力及控制力。这一系列仪式可以证明，《左传·昭公十七年》中以"历正"所引领的分、至、启、闭八节，是授时制度的重要节点，同时也是时序礼制的重要组成部分。

　　作为实体的时间制度，有可能建构起对古老职官传统的想象。授时制度的本质，就是将岁时生活纳入权力的控制之中。因此，特定的时节总是对应着特定的事务。在《周礼》的设计中，我们能发现时序与世俗官职的对应关系，约略说来，就是从四时中抽象出生、长、收、藏等时令价值，并映射到司礼、司马、司寇、司空等世俗官职之中。因此，《左传·昭公十七年》鸟官的三个系统，其层次由简至繁，职事功能由抽象至具体。从最抽象的历正之官到四时八节之官，再到象征着四时价值的职事之官。这也为我们勾勒出了时令与官职之间渐次推演的进程。

　　理解了职官与时序的联系之后，再看鸟成为特定节气象征的理由。在东夷文化诞生与兴盛的年代，职官制度不可能如郯子所说的那样成熟，因此所谓的"以百鸟为官"，很可能并不是指以鸟名为世俗官职命

---

① （汉）班固撰，（唐）颜师古注：《汉书》卷二十二，983 页，北京，中华书局，1962。
② 冯时：《中国天文考古学》，186～190 页，北京，中国社会科学出版社，2007。
③ （清）阮元校刻：《十三经注疏（清嘉庆刊本）》，《春秋左传正义》卷十二，3894 页，北京，中华书局，2009。

名，而是以鸟作为某种具体事物的象征。例如"分"和"至"同属节令，与其认为古人专门分设不同职官执掌数种节令，不如理解为每个节令中各有不同的象征物。而这种象征物，又多从该节令的物候中来。

将一年时节分为分、至、启、闭的节气系统，源自先民的农业经验。而在日影测量法诞生前用以判断时令的，除天文事象外最重要的就是物候。候鸟随季风而迁徙，其活动带有鲜明的季节性，古人认为鸟能感知四时变化，因而将之视作最具标志性的物候。这一传统最早可以追溯到卜辞《四方风》的年代。在殷商时期，古老的物候历已开始转变为星象历，物候成为确定节令的补充证据，而非判断依据。商人具备四仲中星的观测常识，并将分至日与鸟兽、风向等物候现象进行联系。在《四方风》中，业已出现了"凤"与四时的联系。通过对殷商历法知识的考察，可以推论的一点是，《左传·昭公十七年》中所称引的"司某某"，实为"候某事"，而"某鸟氏"，是以此鸟作为物候标志。从祝鸠到鹘鸠的五种鸟官源于时令职事传统，在此不作详述，主要对整理司掌节令的鸟官，可分为以下几种：

[1]凤鸟，象征天文历法。注："凤鸟知天时，故以名历正之官。"疏："历正，主治历数正天时之官。"

[2]玄鸟（燕子），象征春分、秋分。注："玄鸟，燕也。以春分来，秋分去。"

[3]伯赵（伯劳），象征夏至、冬至。注："伯赵，伯劳也。以夏至鸣，冬至止。"

[4]青鸟（黄鹂），象征立春、立夏。注："青鸟，鸧鹒也，以立春鸣，立夏止。"孔颖达疏："立春立夏谓之启。"

[5]丹鸟（雉），象征立秋、立冬。注："丹鸟，鷩雉也，以立秋来，立冬去，入大水为蜃。"疏："立秋立冬谓之闭。"[1]另，《礼

---

① （清）阮元校刻：《十三经注疏（清嘉庆刊本）》，《春秋左传正义》卷四十八，4524 页，北京，中华书局，2009。

记·月令》："雉入大水为蜃。"①

《左传》中这段文字所提及的五种鸟类，后四种各有所指，其源出物候无疑。唯独想象中的"凤鸟"位居诸官之上，又当作何解？杜注先为凤鸟下了"知天时"的定义，认为是这种属性赋予了凤鸟凌驾诸官之上的地位。

考察卜辞《四方风》、甲骨"凤"字的演变，可以还原"凤"从上古的物候概念分化为自然事象与神话形象的历史过程。商氏族或源出东夷，或与东夷在文化融合中学得了"鸟历"知识。于是在权力建构的初期，他们以"玄鸟生商"神话谕示自身拥有天赋的授时资格，进而拥有权力的合法性。西周勃兴时"凤鸣岐山"的传说，同样也很有可能是用以证明自身的授时权力。原本作为权力阶层的巫觋，成为史官和天官，服务于西周政权。

"凤"起初作为一种与自然事象之"风"蒙昧不分的物候指征，在后世大量的祭祀活动中，终于取得了较为完整的形象。原本应该更靠近"图腾时代"的商代早中期，器物上很少以鸟纹作主题，但在中晚期的青铜器上，反而出现了占据主要位置的鸱枭纹和长冠凤纹。可见凤鸟形象这一渐次丰满的过程，与商王朝权威的煊赫自信以及权力的日益集中恐怕是密不可分的。而周代的凤纹不但更为华丽，同时还增添了许多关于凤鸟的文献记载，或来自属国进献，或来自博物记述，总之是作为一种祥瑞而附丽于国家权力的。到了郯子所处的时代，"凤"俨然已成为一套完整权力体系中的领导者，在这东夷氏族模糊的文化记忆中，真正来自远古先祖的，仍在于以百鸟对应时节的朴素物候知识。

简·哈里森的"神话—仪式"理论这样解释神话的形成：原始宗教仪式是从现实生活中演变来的，而艺术并非直接源于生活，乃是源于仪式；而神话，则来自对民俗仪式的叙述和解释。② 随着思维的发展，

① （清）阮元校刻：《十三经注疏（清嘉庆刊本）》，《礼记正义》卷十七，2990 页，北京，中华书局，2009。

② 〔英〕简·艾伦·哈里森：《古代艺术与仪式》，刘宗迪译，北京，生活·读书·新知三联书店，2008。

当人们不再把祭祀当作达成目的的首选手段之后，就需要神灵来重建祭祀活动的必要性，因此，一种单纯的祭祀活动，在历史进程中会被逐渐丰富，最后产生了拥有具体职能的偶像化神灵。目的产生活动，活动产生传统，传统就意味着将人事活动原本的"合理性"固化为一种"必然性"，这就引发了不同时代的理解差异，最终为目的戴上了神灵的面具。

从中，我们约略可以窥见殷商"凤鸟神话"的本相。在久远的物候历时代，先民通过对风向、物候的考察，以观测季节的变化、明确人事活动的顺序，即所谓"观象授时"。所谓授时，正是上古巫觋在垄断物候知识之后所得到的至高权力。甲骨文的"风""凤"一体，证明了文献中的东夷鸟历传说并非妄诞。此二字在后世发生了孳乳分化："风"字被消去了人事物候的虚像，实化为"自然风"；"凤"字则维持着鸟＋王权的字形，并被神化为百鸟之王、祥瑞之兆。这体现了上古物候知识在文明进程中的两条演化路径，作为知识的部分被具象化，而作为观念的部分被抽象化。凤鸟之所以能成为殷商的起源神话，与其最初的授时含义不可分割。而授时活动天然的神圣性与合法性，又使得凤鸟形象在殷商灭亡后仍然作为隐晦的权力象征，在后世次代传递。凤鸟神话的历史演化过程，正是先秦知识、观念与制度相互生成的绝佳例证。

在现代人看来理所当然的"时间"，曾经是一种无比珍贵的科学认知与话语权力。知识的垄断就意味着信息控制，当某一阶层垄断了知识之后，就掌握了信息的传播途径与解释的权力，进一步操纵了依赖这种知识而生活的群体；而对公权的占有，又反过来加强了他们对知识的垄断和信息的控制力。这种知识与权力的稳固内循环，构成了权力的本质。从易于观测的物候历到相对更为复杂的星象历，先民的历学知识经历了一个知识垄断的过程，从最初为普通人所熟知的物候常识，到了殷商定型为巫觋系统所独占的专门知识。天文物候知识被垄断后，自然而然就形成了巫祝、祭司等拥有实际权力的阶级。甚至可以认为，商王作为大巫师的社会政治地位，也是通过掌握观象知识，垄断授时权力而得以巩固的。总而言之，在殷商时期，"授时"将特定的社会职能与世俗权力联系在了一起，并为权力赋予了神圣性与合法性。

二、观象授时：作为制度与价值的时间

在殷周时期，时间既是知识、观念，也是制度。社会组织需要稳定的时间制度，而时间制度呼唤着天学知识的进步。天学知识的成果在时序价值的阐释下，得以进入制度的框架；而时间制度与时序价值互为表里，显现为政治制度与价值话语，维系着"时间"在人世的实在之姿。

"观象授时"是理解天学知识与人事制度之关联的最初起点。清代毕沅在《夏小正考证》中提出"观象授时"，用以概括上古时期先民根据物候确定时间的方式，也同样道出了物候历的本质。就字面义而言，"观象授时"指的是根据星象与物候来确定时间秩序的历法范式，但"授"字的存在，却暗示着这一行为有着明确的主体与客体之分。"授"字来源于上古文献中圣王天官"敬授民时"的表述，在历法意义之外，更是一种政治行为。结合《夏小正》《礼记·月令》等文献来看，"观象授时"不单单是一种观测手段或历法知识，它同时伴随着依据时序来组织社会活动的"人事"意味。因此所谓"授时"，从主体到客体再到其功能与目的，都是值得逐一探讨的对象。

先看"授时"最初的主体。上古的天学知识主要掌握在巫祝、祭司这些对社会活动拥有指导权的阶层手中。《尚书·尧典》记载羲和"历象日月星辰，敬授民时"[1]，将授时归为上古天官的特有职责；《论语·尧曰》则谓历法知识掌握在权力阶层的手中，"尧曰：'咨！尔舜！天之历数在尔躬。允执其中。四海困穷，天禄永终。'舜亦以命禹。"[2]"历数"被作为权力的代称，在禅让时次第传递。《尚书·舜典》记载舜"在

---

① （清）阮元校刻：《十三经注疏（清嘉庆刊本）》，《尚书正义》卷二，251 页，北京，中华书局，2009。

② （清）阮元校刻：《十三经注疏（清嘉庆刊本）》，《论语注疏》卷二十，5508 页，北京，中华书局，2009。

璇玑玉衡，以齐七政"①，璇玑玉衡就是一种观测天象的工具②。

无论最早的观象授时知识掌握在天文官、巫祝还是统治者的手中，可以确定的一点是，在文明的起始阶段，因为通晓观象授时之术而能指导农业劳作的人，会得到部族人极大的尊重。而这种特殊的地位，很可能就是公共权力的一种起源。事实上，殷商时的宗教权力与世俗权力不可分割，商王本身就是肩负了占卜、祭祀以及必要时的牺牲等使命的宗教领袖。甲骨卜辞中常见焚巫曝巫以求雨的记载，传世文献中，也有商汤斋戒断爪、祷于桑林的传说。殷商贵族的权力地位，与他们"率民以事神"的宗教地位互为表里，可以推测，传承于殷商巫祝贵族之间的物候星象知识，也是这知识—权力结构中的重要组成部分。

姬周代商打破了这一稳定的政治结构，一部分殷商贵族进入周王廷担任职务，成为新王朝官僚制度的成员。《尚书·多方》："我有周惟其大介赉尔，迪简在王庭，尚尔事，有服在大僚。"③《史墙盘》铭文更有"青幽高祖，在微灵处，雩武王既伐殷，微史烈祖，乃来见武王"④的字句，记述了殷商贵族向周武王投诚后，成为周室史官的事实。周室的史官一职，来自"先鬼而后礼"的殷商文化传统，并具有深厚的巫术背景，而最初掌握在巫师手中的观象授时知识，也随着阶层的变动，在周代进入了史官的话语。西周时期，周人从最初的观朏定月首，慢慢掌握了推算朔月的经验与技术，这就需要一批精于推算的专职天文官吏。

---

① （清）阮元校刻：《十三经注疏（清嘉庆刊本）》，《尚书正义》卷三，265页，北京，中华书局，2009。

② 孔颖达疏云："玑衡者，玑为转运，衡为横箫。运玑使动于下，以衡望之，是王者正天文之器也。汉世以来，谓之浑天仪者也。马融云：'浑天仪可旋转，故曰玑衡。衡，其横箫所以视星官也。'"见（清）阮元校刻：《十三经注疏（清嘉庆刊本）》，《尚书正义》卷三，266页，北京，中华书局，2009。

③ （清）阮元校刻：《十三经注疏（清嘉庆刊本）》，《尚书正义》卷十七，489页，北京，中华书局，2009。

④ 中国社会科学院考古研究所编：《殷周金文集成》（修订增补本）第七册，5485页，北京，中华书局，2007。

《周礼·春官·大史》一节，有"颁告朔于邦国"①的记述，大史代表天子向诸侯颁朔授时时，反映出当时的史官兼掌天文历法知识，是授时活动的主体。《周礼》还记载了两种专门司掌天学的史官官职，是为"冯相氏"与"保章氏"。《周礼》原文的解释是：冯相氏与保章氏，分别掌管不变的秩序与变动的异相。冯相氏"登高台以视天文"②，观测实时天象，继而"辨其叙事，以合天位"，检查是否合乎已知的自然规律，最后"以辨四时之叙"③，判断四时有否失序，政事是否合时。而保章氏"志星辰日月之变动"，对不符合一般规律的天象作出记录，接下来"以观天下之迁、辨其吉凶……诏救政，访序事"，测知天下是否有异变，诏告天子及时补救，调整政务秩序。贾疏认为，冯相氏记录的是天象运行的一般规律，保章氏"掌日月星辰变动与常不同，以见吉凶之事"。④ 以此二氏取得的成果看，冯相氏对规律的记载自然体现为历法规范，而保章氏所记的变异之事因为"不时"，所以具有了占卜吉凶的功能。

《周礼》认为两种天官，一者主常，一者主变，暗合着史官传统对"常"与"非常"，"时"与"不时"的两分判断，但这种判断也存在想当然之处：不知常者，何以察变？对天文事象的观测，从来都是规律与变化相交织，在常规中发现异动，从而对天象、历法、人事进行预判。历法所要求的置闰，就建立在通晓历法规律与临时变化的基础上。上古天官需要做大量的观测、对比、推算工作，存在多人的合作关系合情合理，但未必如《周礼》那样以价值之"常"或"非常"作为职能的划分依据。实际上，这两种官职的名称就反映了他们的职司：冯相氏相当于天文观测者，保章氏相当于天文档案管理者。朱申释保章氏曰：

---

① （清）阮元校刻：《十三经注疏（清嘉庆刊本）》，《周礼注疏》卷二十六，1765 页，北京，中华书局，2009。

② （清）阮元校刻：《十三经注疏（清嘉庆刊本）》，《周礼注疏》卷十七，1629 页，北京，中华书局，2009。

③ （清）阮元校刻：《十三经注疏（清嘉庆刊本）》，《周礼注疏》卷二十六，1767～1768 页，北京，中华书局，2009。

④ （清）阮元校刻：《十三经注疏（清嘉庆刊本）》，《周礼注疏》卷二十六，1768～1770 页，北京，中华书局，2009。

"保，守也，世守天文之变。"①林尹注："保章者，谓守天之文章。"②所谓"天之文章"，就是天文事象的观测记录，它们一方面来自前代传承，另一方面来自当时星官的记录。"治历授时是在掌握大量天文观测资料的基础上进行的，没有大量观测记录作为前提而进行的历法编制工作是无法想象的。"③上古天官在天文观测之外，还有着保管天文档案的重要职责。他们之所以能判断何事为变异，何事为常，关键就在于保管"天之文章"作为依据，这与史官执掌并保管典籍的职能有近似之处，而天官对"常"与"非常"的判断，也与史官价值裁决的职能相类。

《周礼》中司掌异相的保章氏有"志变动"的记事职能，而主管常序的冯相氏却没有对合时之事加以记录的义务。两者同为史官，何以有此区别？《周礼》的记载暗示了一个简单明晰的事实，即周代天官记录的通常是"变动"而非不变，与春秋史官只记"不时"，不记"时"的习惯如出一辙。作出"常"与"非常"，"时"与"不时"的两分判断，旨在拣选进入史册记录的材料。对天象时序的"常事不书"，本质在于认定"时"的既定规律乃法则的一部分，它的依序发生不需要重复记录，而这规律本身也为史官所无权变易。后世史官有权且有必要记录的，只在于"不时"的部分。这种执掌档案——裁判价值的复合职能，证明了天官行使职责的方式与史官，乃至掌握礼仪的整个春官群体都是近似的。这样的记事策略，影响着史册文本的基本格局：白纸黑字记载着今时今世的一切灾变异常，这种异常暗示着本该如上古之时那样，存在某种完美和谐的秩序。

既然上古授时活动的主体是天子以及代表天子权威的史官，那么授时活动的客体，就天子而言应当是地位较低的诸侯，就诸侯而言则应当是在其治下的士民。不过随着知识的演进，社会的变迁，授时活动的主客体也常常处于变化之中。单论西周时期的授时权，除了由上及下的控制权力之外，更是中央王朝对四方诸侯国的王权体现。

---

① （清）阮元校刻：《十三经注疏（清嘉庆刊本）》，《周礼注疏》卷十七，1629 页，北京，中华书局，2009。

② 林尹注译：《周礼今注今译》，188 页，北京，书目文献出版社，1985。

③ 丁海斌、陈凡编著：《中国科技档案史》，45 页，沈阳，东北大学出版社，2007。

有具体程序可考的授时活动，最典型的是《礼记·月令》等文本所体现的告朔、视朔制度。关于这一制度的生成与衰亡，下一节将专门论述。在此简单地加以概括，告朔、视朔等活动的核心内容是：天子在史官的帮助下，向天下诸国颁布当年正朔历法，并以此为纲纪，规定每月应行政治事宜，是为"颁朔"；每月月末，诸侯史官提醒君主朔日将至，是为"告朔"；诸侯根据史官的安排，于次月前往宗庙领受当月政令，是为"视朔"。告朔制度的三个环节体现了授时活动最深刻的本质：天子通过颁布历法以定义时间，通过政令文本将时间与政治相缢合，通过告朔—视朔等一系列仪式，重新明确中央对地方的政治领导地位。在这一过程中，告朔制度表面上最大的意义，即对每月行政事宜的具体规划，反而是最不重要的，真正重要的是天子通过掌控时间展示出的政治控制力，以及诸侯通过遵行仪式表现出的对中央王权的认可和尊奉。然而，以《礼记·月令》为代表的颁朔文本，其实际的政治效用虽可存疑，但它之所以能成为维系这一仪式的核心形式及王权的神圣性象征，必然有着悠远的政治文化传统，这项传统就是告朔制度的根本源头，也就是广义的授时活动传统本身。

《夏小正》等来源更早的月令雏形文本，印证了上古授时活动包括了星象、物候、人事等多重方面。前两者分别是上古星象历、物候历的遗留，所述及人事的部分则涉及岁时劳作、民俗的多个方面。这些内容反映出上古先民通过授时—受时等一系列活动，探索时间规律与社会规律的关联，也体现出制度设计者将时间秩序化作人事制度，为人间事务寻找自然合理性的努力。在西周与新莽时期，这种实践以王权的制度建构为依托，在理念上体现为《礼记·月令》的规整图式和宜忌训诫，在制度上体现为敦煌《四时月令诏条》的政令宣导；到了东汉以后，较前者的上层设计而言，选择了一种相对下层的路线，即以文人士大夫对生活劳作经验的总结为主，体现为《四民月令》等并不具备强制力或训诫意味的农书形式。

时间本质上是一个被建构的概念，时间秩序的创立即为一种人为的制度设计。时令风俗与文化传统，在千百次的仪式重复中血脉交融，最终分不清是时序观念构筑出了时间制度，还是时间制度影响着观念

的化成。执掌授时仪式与天学知识的西周史官，或许坚信着在"以时布
政"的时间制度背后，存在着某种不可悖逆的神圣意志。而这份坚信同
时也区分开了教与政，史官与君主。

西周史书以编年为体例，将线性时间作为史官叙事的逻辑基础，
更将时间秩序视作不言自证的自然法则。《春秋》以时序为顺记载历史
事件，这一形式本身即隐含着强烈的价值判断色彩，体现着时序制度、
时间观念无处不在的影响。《公羊传》所言"常事不书"，被视为《春秋》
写作的重要原则。究其本质，就是按照岁时秩序所进行的社会活动，
没有记载的必要。至于"不时""违时"之事，就需要记录，以此表达史
官的谴责态度。正如过常宝指出的那样："《春秋》以四时记时，是因为
季节时序本身能为史官提供一种神圣的秩序依据，它使得史官在叙事
的同时，也获得了一种批判的权力。"①

《春秋》书写中的时令价值，可分为两个层面进行探讨。其一是编
年纪月的结构方式，其二是对所记史事的选择依据。

所谓"编年纪月"的结构方式，具体来说即如杜预所云"以事系日，
以日系月，以月系时，以时系年"②。《资治通鉴目录》序谓："古之为
史者，必先正其历以统万事，故谓之春秋。"③《春秋》之得名，即在于
它为记事而构建出的时间系统。在编次史事之前，需要先确定大概的
时间框架，包括全书记事起讫的时间和章节的分列依据。《春秋》的时
间框架以"年"为最大的时间单位，其下分列四时，四时之下又分列月
序，其中偶记日期干支。以此布定框架之后，再将史事一件件归入所
对应的时间单元。《春秋》王年下无论是否有事，都会记录四季首月，
如"春正月""夏四月""秋七月""冬十月"等，暗示着在《春秋》的结构体
系中，抽象的时间框架先于具体的叙事需求而存在。

---

① 过常宝：《"春秋笔法"与古代史官的话语权力》，载《北京师范大学学报(社会科学
版)》，2003(4)。

② (清)阮元校刻：《十三经注疏(清嘉庆刊本)》，《春秋左传正义》卷一，3695页，北
京，中华书局，2009。

③ (宋)司马光撰，李之亮笺注：《司马温公集编年笺注》(六)，178页，成都，巴蜀书
社，2009。

这种记事方式的优点，在于描绘出所有历史事件的时间次序；而它所面临的最主要的问题是无法展现一个事件超越本时间单元之外的前因后果。"从某种意义上说，叙事的时间是一种线性时间，而故事发生的时间是立体的。在故事中，几个事件可以同时发生，但是话语则必须把它们一件一件地叙述出来；一个复杂的形象就被投射到一条直线上。"①今天看来，以时间的线性发展为依据的叙事方式，不但难以展现事件的全貌，其默认的时间逻辑本身也并非维系事件的天然铁律。然而在那个前散文的时代，典册卜辞都非为叙事而存在，《春秋》编年体例所努力建构的线性逻辑，已经是从零到有的突破。

《春秋》记事的目的并不在于展现事件的来龙去脉，更直接地说，《春秋》并不以叙事为目的。作者摘取一段史事中最具标志性的事件，列入其所对应的时间单元之中。从这个角度来说，《春秋》所预设的读者为全知者，亦即熟知事件的同时代人，或祖先、天神这类可能存在的第三方观察者，因此其记事行为本身即寓含褒贬价值。相比之下，《左传》则具有更明确的叙事意识。《左传》将《春秋》史事敷演成篇，在《春秋》建构的时间框架下，用倒叙、追叙等手法建立起事件本身的因果逻辑。因此，《左传》以"传"的形式丰富史事，而非另起炉灶，目的一方面在于解释《春秋》史事的因果，体现出"史"的价值；另一方面也在于解释《春秋》时间框架之下记录事件的褒贬用意，体现出"传"的价值。总的来说，"编年纪月"既是春秋三传的编写逻辑，也是其价值所依。至于周人何以将时序作为缩系史事的依据，这就需要与殷人的书写习惯进行比较研究，本章将辟专节论及。

《春秋》书写中的第二层时令价值，体现为根据"时"与"不时"的价值判断，决定是否应当记录某一事件。《公羊传》提到春秋书法中存在"常事不书"的记事原则，而"不时"正是《春秋》中一种最典型的"非常"现象，受到史官的极大关注。过常宝在《"春秋笔法"与古代史官的话语权力》一文中早已指出："天命时序赋予了史官价值判断的权力，天命

① 〔法〕兹维坦・托多罗夫：《叙事作为话语》，见伍蠡甫、胡经之主编：《西方文艺理论名著选编》(下卷)，506 页，北京，北京大学出版社，1987。

时序也是史官昭示价值的方式。"①结合上古授时传统的功能来看，掌管天学知识与授时告朔仪式的史官群体，不但有代表王权为天下定义时间、授布政事的职责，更有依据专业知识判断政事是否合宜，提供谏议的权力。

《春秋》三传对"不时"作为记事原则的表述，可以作出以下分类：

第一种，记录政务的失时。这种记录以筑造活动为代表，仅见于《左传》。

筑城"失时"的有：

> [1]夏，城中丘。书，不时也。(《左传·隐公七年》)②
> [2]夏，城郎。书，不时也。(《左传·隐公九年》)③

古时筑城以冬为期，《诗经·鄘风·定之方中》"定之方中，作于楚宫。揆之以日，作于楚室"④记述了观测定星以造宫室的习俗。定星乃古代星名，于每年冬季小雪前后的黄昏时分，出现于正南方的天空，作为季节标志，它被古人视为营造宫室的重要物候。《左传》有云："凡土功……水昏正而栽。"杜预注云："谓今十月，定昏星而中，于是树板干而兴作。"⑤朱熹云："定，北方之宿，营室星也。昏星而正中，夏正十月也。于是时可以营制宫室，故谓之营室。"⑥洪亮吉《毛诗天文考》解释道："参中、弧中、星中，农事载始之日；翼中、亢中、火中，农志登黍之日；建中、牛中、虚中，农志登谷之日，皆非力役之时，必

① 过常宝：《"春秋笔法"与古代史官的话语权力》，载《北京师范大学学报(社会科学版)》，2003(4)。

② (清)阮元校刻：《十三经注疏(清嘉庆刊本)》，《春秋左传正义》卷四，3760页，北京，中华书局，2009。

③ (清)阮元校刻：《十三经注疏(清嘉庆刊本)》，《春秋左传正义》卷四，3765页，北京，中华书局，2009。

④ (清)阮元校刻：《十三经注疏(清嘉庆刊本)》，《毛诗正义》卷三，664页，北京，中华书局，2009。

⑤ (清)阮元校刻：《十三经注疏(清嘉庆刊本)》，《春秋左传正义》卷十，3867～3868页，北京，中华书局，2009。

⑥ (宋)朱熹集注，赵长征点校：《诗集传》，41页，北京，中华书局，2011。

待定方中，农桑工暇，民力可用，故审此时以作宫也。"①冬季之所以适宜"土功"，是因为此时作物已经收成完毕，大批劳动力从农业生产中解放出来，此时征役营造不会影响其他生产活动。这也就是《诗经·豳风·七月》》"我稼既同，上入执宫功"②所描述的情景。

此外，还有一种建造失时，却按时告庙的情况：

> 冬，城漆。书，不时告也。（《左传·定公十五年》）

注曰："实以秋城，冬乃告庙。鲁知其不时，故缓告，从而书之以示讥。"③由于秋季筑城是失时的行为，鲁国故意延迟至冬季才进行告庙，但史官仍未因此放过对其"失时"的讥评，所以在《春秋》记下一笔。由此可见，自春秋以来，鲁国虽屡有筑城失时的情况，但"失时"的讥评对其仍存在警诫作用。延时告庙，并非惧怕写作实录的史官，而是因为敬畏祖先神灵，害怕招致他们的不悦乃至惩罚。只有告于庙的事件才能正式记录入宗庙文献，因此国君延迟告庙，意在规避宗法的审判。但史官却利用"常事不书"的记事原则，无情地揭示了这份敬畏的虚伪之处：记录冬季筑城而非直书秋季，符合宗庙事务"不告不书"的记录规范；但记录行为本身，却又暗示了这一事件别有款曲。

筑造其他建筑"失时"的有：

> [1]春，新作延厩。书，不时也。凡马，日中而出，日中而入。（《左传·庄公二十九年》）④
>
> [2]春，新作南门。书，不时也，凡启塞从时。（《左传·僖公

---

①　（清）洪亮吉：《毛诗天文考》，见《续修四库全书》第65册，2页，上海，上海古籍出版社，1996。

②　（清）阮元校刻：《十三经注疏（清嘉庆刊本）》，《毛诗正义》卷八，835页，北京，中华书局，2009。

③　（清）阮元校刻：《十三经注疏（清嘉庆刊本）》，《春秋左传正义》卷五十六，4674页，北京，中华书局，2009。

④　（清）阮元校刻：《十三经注疏（清嘉庆刊本）》，《春秋左传正义》卷十，3867页，北京，中华书局，2009。

二十年》)①

[3]筑鹿囿。书，不时也。(《左传·成公十八年》)②

在冬季以外的时节进行筑造工作，被视为褫夺民时，有害于农事。《左传·襄公十七年》："宋皇国父为大宰，为平公筑台，妨于农功。"③《说苑·贵德》："晋平公春筑台，叔向曰：'不可，古者圣王贵德而务施，缓刑辟而趋民时。今春筑台，是夺民时也。'"④《左传》重视筑造活动的"不时"，这是不见于《公羊传》《穀梁传》的现象。与后两传相比，《左传》对"时"的理解确实更贴近现实角度，重视民生。

第二种，记录祭祀活动的失时，同时见于《左传》与《穀梁传》：

郊祭失时的有：

[1]夏四月，四卜，郊。不从，乃免牲。犹三望。夏四月，不时也。(《穀梁传·僖公三十一年》)⑤

[2]夏四月，五卜，郊。不从，乃不郊。夏四月，不时也。(《穀梁传·成公十年》)⑥

[3]夏四月，三卜，郊。不从。乃免牲。夏四月，不时也。(《穀梁传·襄公七年》)⑦

[4]夏四月，四卜，郊。不从，乃不郊。夏四月，不时也。

① (清)阮元校刻：《十三经注疏(清嘉庆刊本)》，《春秋左传正义》卷十四，3929页，北京，中华书局，2009。
② (清)阮元校刻：《十三经注疏(清嘉庆刊本)》，《春秋左传正义》卷二十八，4178页，北京，中华书局，2009。
③ (清)阮元校刻：《十三经注疏(清嘉庆刊本)》，《春秋左传正义》卷三十三，4263页，北京，中华书局，2009。
④ (汉)刘向撰，向宗鲁校证：《说苑校证》，105页，北京，中华书局，1987。
⑤ (清)阮元校刻：《十三经注疏(清嘉庆刊本)》，《春秋穀梁传注疏》卷九，5215页，北京，中华书局，2009。
⑥ (清)阮元校刻：《十三经注疏(清嘉庆刊本)》，《春秋穀梁传注疏》卷十四，5258页，北京，中华书局，2009。
⑦ (清)阮元校刻：《十三经注疏(清嘉庆刊本)》，《春秋穀梁传注疏》卷十五，5269页，北京，中华书局，2009。

（《穀梁传·襄公十一年》）①

《穀梁传·哀公元年》记录了最后一次夏四月郊祭失时，并作出了详细解释：

> 郊自正月至于三月，郊之时也。夏四月郊，不时也。五月郊，不时也。夏之始，可以承春。以秋之末，承春之始，盖不可矣。九月用郊，用者不宜用者也。②

雩祭失时的只有一例：

> 秋，大雩。书不时也。凡祀，启蛰而郊，龙见而雩，始杀而尝，闭蛰而烝，过则书。（《左传·桓公五年》）③

《左传》直言大雩（祭祠的一种）失时之后，又解释了四种祭祀所对应的不同时节。此后都有十九例关于"大雩"的记载④，无一例外是在秋冬，均属"失时"。《公羊传·桓公五年》谓"大雩"为旱祭，记雩是为记灾，其"不时"意味在于灾异，亦备一说。

烝祭失时也只有一例：

> 八年，春正月，己卯，烝。烝，冬事也，春兴之，志不时也。（《穀梁传·桓公八年》）⑤

---

① （清）阮元校刻：《十三经注疏（清嘉庆刊本）》，《春秋穀梁传注疏》卷十五，5272 页，北京，中华书局，2009。
② （清）阮元校刻：《十三经注疏（清嘉庆刊本）》，《春秋穀梁传注疏》卷二十，5318 页，北京，中华书局，2009。
③ （清）阮元校刻：《十三经注疏（清嘉庆刊本）》，《春秋左传正义》卷六，3796～3798 页，北京，中华书局，2009。
④ 分别在僖公十一年、十三年，成公三年、七年，襄公五年、八年、十六年、十七年、二十八年，昭公三年、八年、十六年、二十四年、二十五年，定公元年、七年、十二年，哀公十二年、十五年。
⑤ （清）阮元校刻：《十三经注疏（清嘉庆刊本）》，《春秋穀梁传注疏》卷四，5156 页，北京，中华书局，2009。

《公羊传·桓公八年》："春曰祠，夏曰礿，秋曰尝，冬曰烝。"①烝
祭应在冬季，桓公八年于春季行烝祭，是为失时。

还有一种失时在于"作主"，即制造用于祭祀的牌位：

[1]丁丑，作僖公主。书不时也。(《左传·文公二年》)②

[2]丁丑。作僖公主。作僖公主者何？为僖公作主也……作僖
公主，何以书？讥。何讥尔？不时也。其不时奈何？欲久丧而后
不能也。(《公羊传·文公二年》)③

僖公死后，文公依礼应服丧二十五个月，于第十三个月为僖公作
神位。但文公意图恢复三年丧制，这样就应在第十九个月作神位。但
文公最终未能守满三年，就提前作了神位。如此既超过了十三个月，
又未满十九个月，是为"失时"。

第三种，记录不同寻常的自然现象，仅见于《公羊传》。

[1]三月癸酉，大雨震电。何以书？记异也。何异尔？不时
也。(《公羊传·隐公九年》)④

[2]冬，十月，雨雪。何以书？记异也。何异尔？不时也。
(《公羊传·桓公八年》)⑤

[3]十有二月……霣霜不杀草，李梅实。何以书？记异也。何
异尔？不时也。(《公羊传·僖公三十三年》)⑥

---

① (清)阮元校刻：《十三经注疏(清嘉庆刊本)》，《春秋公羊传注疏》卷五，4816页，北京，中华书局，2009。

② (清)阮元校刻：《十三经注疏(清嘉庆刊本)》，《春秋左传正义》卷二十八，3991页，北京，中华书局，2009。

③ (清)阮元校刻：《十三经注疏(清嘉庆刊本)》，《春秋公羊传注疏》卷十三，4921页，北京，中华书局，2009。

④ (清)阮元校刻：《十三经注疏(清嘉庆刊本)》，《春秋公羊传注疏》卷三，4787页，北京，中华书局，2009。

⑤ (清)阮元校刻：《十三经注疏(清嘉庆刊本)》，《春秋公羊传注疏》卷五，4817页，北京，中华书局，2009。

⑥ (清)阮元校刻：《十三经注疏(清嘉庆刊本)》，《春秋公羊传注疏》卷十二，4916页，北京，中华书局，2009。

[4]冬，十有二月，螽。何以书？记异也。何异尔？不时也。（《公羊传·哀公十二年》）①

这几条记录的格式几乎别无二致，均采用设问自答的方式，但在简单的字句背后，暗藏着另一种对"不时"价值的阐释性申发。常见于《左传》《穀梁传》的"书不时也"，是将书写行为与"不时"的价值判断直接联系在一起。如果直接将这几条描述自然异象的记录解释为"不时"，指的就是自然现象发生的时节不合常理。例如农历正月雷雨，八月下雪，十月霜轻天暖，蝗虫不入蛰，若以是否符合时宜作为评价标准，这些景象显而易见都属于"不时"。但《公羊传》的解释却是反直觉的，它在"不时"的判断之前，特为增加了"异"这一属性。如果说"不时"是一种对事物是否符合节律的实在判断，那么"异"则内置了天人感应的阐释空间。例如对"三月癸酉，大雨震电"一句，《公羊传解诂》谓"此阳气大失其节，犹隐公久居位，不反于桓，失其宜也"。自然界的"失时"与人事的"失宜"的内涵原本并无重合，但通过外延更大的"异"，它们得以绾合在一起。

在上述记录之外，《春秋》三传中尚有不少关于"不时"的表述，多是对时人言行的载录，不属于本节考察的范畴，下文将在讨论时间观念时展开研究。

用"不时"来解释《春秋》的记事原因，是广泛存在于《春秋》三传中的现象，并因传者自身的观念倾向和价值立场呈现出微妙的不同，例如《左传》重民生祭祀，《公羊传》重灾异，《穀梁传》重祭祀，但都同样符合"常事不书"原则。《春秋》政务、祭祀与灾异，是史官笔下"不时"的三种典型表现。显然，前二者应当直接归咎于君主的政治行为不符合传统的时序制度，"失时"即为"失礼"。而最后一种"灾异"，虽难以考证是否每一例都存在政治失当的背景，但史官加以记录的用意，应当都在于讥刺或警示统治者，或向宗庙祖先神祇暗示失政的现象。如果说前两种"不时"是失政的具体表现，那么"灾异"则可视作失政的后

---

① （清）阮元校刻：《十三经注疏（清嘉庆刊本）》，《春秋公羊传注疏》卷二十八，5109页，北京，中华书局，2009。

果。这些事的记录都符合"常事不书"原则，从功能来看皆为实践史官对政治事务的监察判断功能。

《逸周书·大匡》记载了周文王遭遇荒年时所发布的诏令，是一份有助于我们理解古人对待灾异态度的文本，也可用以考察"政事之不时"与"灾异之不时"的关联。对于不期而至的三年大荒，周文王从多方面寻找原因，"问罢病之故、政事之失、刑罚之戾、哀乐之尤、宾客之盛、用度之费，及关市之征、山林之匮、田宅之荒、沟渠之害、怠堕之过、骄顽之虐、水旱之灾"①。周文王并不将怨怒归结于自然之力，他首先主动担负起了灾荒的责任，寻找自身的原因。从实在的税收田地情况考察到宴飨德行之失，很难说周文王真正找到了天灾降临的原因，但这份自我归咎的努力，却得到了万民的谅解，抚慰了灾民的苦痛。上溯到先商时期，最早的君王正是人们面对天灾全然无力时，所能奉献的最宝贵的牺牲。巫文化淡去之后，人们并不再寄望牺牲君主有多大的可行性与现实意义，但又影影绰绰地希望他能为苦难担负起相应的罪责。一位贤明圣德的君主，必然是一位擅长自我降罪的统治者。万民所需要的，并不一定是一剂对困境的解药，他们更多需要的是对伤口的熨帖和抚平。周文王在灾荒中表现出的品质，符合人民对君王德行的期待。

《大匡》中的灾荒，无疑就是一次不祥的异变，堪称"不时"。而周文王将这次异变归咎于统治者的失职。其诏谓："不谷不德，政事不时，国家罢病，不能胥匡。"《春秋左传正义》在解释经文记载狩猎次数稀少的原因时说："良由得时得地则常事不书故也。"②可见"得时"与"得地"是判断事件是否为"常"的重要标准。因此，"时"与"不时"隐含着"常"与"异"的分别，史官通过行使记事权力，以定义政治事件的价值属性，这也暗合着《周礼》中冯相氏记自然时序之"常"，保章氏记灾变吉凶之"异"的表述。

---

① 黄怀信、张懋镕、田旭东：《逸周书汇校集注》（修订本），148 页，上海，上海古籍出版社，2007。

② （清）阮元校刻：《十三经注疏（清嘉庆刊本）》，《春秋左传正义》卷六，3794 页，北京，中华书局，2009。

　　从文字学的角度来看，"时"所代表的时序价值，不但影响了政治得失的评价标准，更从根本上定义着上古价值话语。

　　《说文解字》："时，四时也。"段注："本春秋冬夏之称，引伸之为凡岁月日刻之用。《释诂》曰：'时，是也。'此时之本义。言时则无有不是者也。《广雅》曰：'时，伺也。'此引伸之义。如'不能辰夜'、'远犹辰告'，传皆云'辰，时也。'是也。"①将"时"释为"四季""岁月日刻"，符合汉以后的习惯。值得注意的是段注中提到的"是也""伺也"两种解释。段玉裁认为，"时"的本义是"符合规律"，作状语用，引申义为"应合规律"，作谓语用。在《左传》《国语》等先秦文献中，我们都可以看到相应的用法。有研究者将《左传》中 79 例"时"字的用法分为"四季""时间""适合时宜""按时""时机、机遇"等。②　然而，细究这几种用法的根本，可以看出它们有着共同的观念基础，亦即时间节点与人事活动的联系。《释名》："四时，四方各一时。时，期也，物之生死各应节期而至也。"这段解释强调的是"时"与"物"的关系，简单说来就是物候。

　　但是，考察物候星象历的时代——殷商，文字学者们并未确实考证出"时"的古字。比较相近的字形是🔆，其形略合于《说文》中"旹"字。段注"旹"字谓"古文时，从日㞢作，之声也，小篆从寺，寺亦之声也，汉隶亦有用旹者"。甲骨文中的🔆字，杨树达释为"载"，叶玉森、董作宾释为"春"，于省吾释之为🔆，纪时为秋。商承祚认为叶、董二家所释春夏秋冬四字，考之卜辞并无定时，🔆字出现次数远多于其余三季，且殷商本无冬夏，只定春秋，故🔆字很可能不属于四季系统用字。陈梦家释此字为"世"，作"时"用。"卜辞凡称'今世'者有三、四、五、十一、十二诸月，所以世似非季名……此称'今世'诸辞则多与征伐有关。凡此'世'字似是年岁之义，字象枝叶之形，枝叶一年一凋，故一

---

① （汉）许慎撰，（清）段玉裁注：《说文解字注》，302 页，上海，上海古籍出版社，1981。

② 郑路：《〈左传〉中的"年、月、时、日"》，载《华北电力大学学报（社会科学版）》，2009(6)。

世为一年。"①此说可从。

金文"时"字作旹（），从日止。石鼓文作，于止、日二部外又多一手形，从日寺声，为小篆所本。《说文》谓"止"字"象艸木出有阯"，段注亦云："屮象艸木初生形，止象艸过屮枝茎益大，出象艸木益滋上出达也。"②金文中"世"字形似"止"，唯加点或○符以相区别。这种在某个独体字基础上附加简单点画作为标志，仍用原来的独体字为音符，但音、义均有变化的造字法，被于省吾称为"附划因声指事字"。在此例中，可见"世"与"止"之间具有孳乳生成关系，联系字义来看，"止"是对草木形态的象形，"世"是对草木生长周期的指称，两个字符均源于对植物生长的观察。由此可见"旹"字或为会意字，以草木生长、太阳运行指代时间规律。观测物候与星象以定时令，这符合殷商及其以前的物候历传统。

关于"止"部象形草木，还有一个文字学上的例子。先秦典籍有"歷"而无"曆"，表示历法含义的"历"字最初从止部，直至汉代出土的"光和斛"上才可见从日部的曆字。此后，"歷""曆"二字分工细化，《说文》谓前者"过也"③，后者"曆象也"④。一个合理的推测是，"歷"字体现的是据植物生长以分季节的物候历，"曆"字体现出的是日中测影等推步历法。"历"字从止部到日部的演化，恰是先秦至汉历法变革的写照。先秦时"歷"字之从止部，原因大抵如是。

值得我们注意的是，先秦文献中的"时"字，其用法并不仅限于对时间的指称。据学者统计，仅仅在《尚书》中，"时"字的出现频率就达到了每千字 5.52 个。其中 70％以上的用法，是用作指示代词，动词

---

① 于省吾主编：《甲骨文字诂林》第二册，1360～1361 页，北京，中华书局，1996。

② （汉）许慎撰，（清）段玉裁注：《说文解字注》，67 页，上海，上海古籍出版社，1981。

③ （汉）许慎撰，（清）段玉裁注：《说文解字注》，68 页，上海，上海古籍出版社，1981。

④ （汉）许慎撰，（清）段玉裁注：《说文解字注》，140 页，上海，上海古籍出版社，1981。

"肯定"，以及形容词"正确"。① 一言以蔽之，上古的"时"，经常作为"是"使用。"是"无甲骨文，于金文中作 🦶 或昰（昰）形。《说文》："是，直也，从日正。"而"正"呢？"是也，从一，一以止。"②也就是说，"正"和"昰"可以互训的。上古文字字形构件顺序常出现互换，因此"昰"与"皆"在字形上的相似，就为"时"与"是"之间的孳乳分化关系提供了构形上的可能。

至此我们可以推断，止部诸字若以会意、指事成形，很可能就与上古天学有关。考察"时"与"是"二字的古字，可以看出"皆"字上止下日，"昰"上日下正。众所周知甲骨文中并无"是"字，而"是"字作为表示存在的一个基本词，在文明中何以诞生如此之晚？其答案恐怕正如近几年语言学者所指出的那样："是"由"时"演变而来。③

在上古时期，只有"时"而无"是"，"时"代行了"是"现有的判断和指事功能。换言之，上古先民的价值判断通常为"时"与"不时"，而非"是"与"不是"。这一点，从《尚书》《诗经》到《左传》都有丰富的语料可资证明。

"时"作指示代词：

　　　　[1]时日曷丧？予及汝皆亡。（《尚书·汤誓》）④

　　　　[2]非予罪，时惟天命。（《尚书·多士》）⑤

　　　　[3]时周之命，于绎思。（《诗·周颂·赉》）⑥

---

　　① 具体统计数据与语料可参看肖娅曼：《中华民族的"是"观念来源于"时"——上古汉语"是"与"时"的考察》，载《四川大学学报(哲学社会科学版)》，2003(1)。

　　② (汉)许慎撰，(清)段玉裁注：《说文解字注》，69 页，上海，上海古籍出版社，1981。

　　③ 肖娅曼：《中华民族的"是"观念来源于"时"——上古汉语"是"与"时"的考察》，载《四川大学学报(哲学社会科学版)》，2003(1)。

　　④ (清)阮元校刻：《十三经注疏(清嘉庆刊本)》，《尚书正义》卷八，338 页，北京，中华书局，2009。

　　⑤ (清)阮元校刻：《十三经注疏(清嘉庆刊本)》，《尚书正义》卷十六，468 页，北京，中华书局，2009。

　　⑥ (清)阮元校刻：《十三经注疏(清嘉庆刊本)》，《毛诗正义》卷十九，1304 页，北京，中华书局，2009。

[4]神罔时怨，神罔时恫。(《诗·大雅·思齐》)①

"时"作动词，表肯定、顺从：

[1]百僚师师，百工惟时。(《尚书·皋陶谟》)②

[2]又曰时予，乃或言尔攸居。(《尚书·多士》)③

"时"作判断：

[1]弗蠲乃事，时同于杀。(《尚书·酒诰》)④

[2]既道极厥辜，时乃不可杀。(《尚书·康诰》)⑤

"时"作状语，表顺应时令、善、正确：

[1]匪上帝不时，殷不用旧。(《诗·大雅·荡》)⑥

[2]有周不显，帝命不时。(《诗·大雅·文王》)⑦

[3]成事而不难，序功而不费，唯时。(《逸周书·武纪》)⑧

[4]天有四时，不时曰凶。(《逸周书·武顺》)⑨

---

① (清)阮元校刻：《十三经注疏(清嘉庆刊本)》，《毛诗正义》卷十六，1111 页，北京，中华书局，2009。

② (清)阮元校刻：《十三经注疏(清嘉庆刊本)》，《尚书正义》卷四，291 页，北京，中华书局，2009。

③ (清)阮元校刻：《十三经注疏(清嘉庆刊本)》，《尚书正义》卷十六，469 页，北京，中华书局，2009。

④ (清)阮元校刻：《十三经注疏(清嘉庆刊本)》，《尚书正义》卷十四，441 页，北京，中华书局，2009。

⑤ (清)阮元校刻：《十三经注疏(清嘉庆刊本)》，《尚书正义》卷十四，432 页，北京，中华书局，2009。

⑥ (清)阮元校刻：《十三经注疏(清嘉庆刊本)》，《尚书正义》卷十八，1193 页，北京，中华书局，2009。

⑦ (清)阮元校刻：《十三经注疏(清嘉庆刊本)》，《毛诗正义》卷十六，1083 页，北京，中华书局，2009。

⑧ 黄怀信、张懋镕、田旭东：《逸周书汇校集注》(修订本)，1692 页，上海，上海古籍出版社，2007。

⑨ 黄怀信、张懋镕、田旭东：《逸周书汇校集注》(修订本)，1316 页，上海，上海古籍出版社，2007。

[5]今君不节不时，能无及此乎。(《左传·昭公元年》)①

[6]夏，城郎，书，不时也。(《左传·隐公九年》)②

　　据学者统计，"时""是"二字在先秦文献中的出现频率，与文献来源年代有着密切的关系。从《尚书》《左传》《诗经》到《论语》，"时"字的使用频率急速下降，在《论语》中仅出现 12 处，且用途逐渐集中到时间表述功能上。相对地，"是"字的出现率却逐渐升高，从《虞书》《夏书》《商书》的每千字 0.5 个，到《周书》的每千字 1.5 个，直至《诗经》《左传》的每千字 4 至 5 个。③ 可见，在岁时意义的基础上分化出判断和指示功能的"时"，在有周一代完成了功能的让渡，其意义集中为表示时间概念，而判断指示的功能则由分化字"是"来承担。

　　从以上几则材料还可以看出，"时"在先秦文献中的指示和判断功能是比较普遍的。这种功能，来源于上古的岁时历法经验。古人观物候、星象以知节令，在特定的节令进行特定的活动，这就是"观象授时"的全部含义。"授时"并不止于对时令的颁布，它的最终目的在于指导社会活动。上古天官巫觋的社会职能，就在于向民众颁布时令，并传承着一套礼记·月令式的岁时生活表。这就解释了为什么时至周代，巫觋阶层沉寂无声，而史官们却拾起了他们遗落在地的蠹旗，以"时"与"不时"为判断标准，行使着独特的价值判断权力。这其中最具标志性的文本，莫过于《春秋》。

　　以《左传》最为关注的"筑城"一事为例，《礼记·月令》叙仲秋"可以筑城郭，建都邑，穿窦窖，修囷仓"④，仲冬"涂阙廷门闾，筑囹圄，

　　① （清）阮元校刻：《十三经注疏(清嘉庆刊本)》，《春秋左传正义》卷四十一，4397 页，北京，中华书局，2009。

　　② （清）阮元校刻：《十三经注疏(清嘉庆刊本)》，《春秋左传正义》卷四，3765 页，北京，中华书局，2009。

　　③ 肖娅曼：《中华民族的"是"观念来源于"时"——上古汉语"是"与"时"的考察》，载《四川大学学报(哲学社会科学版)》，2003(1)。

　　④ （清）阮元校刻：《十三经注疏(清嘉庆刊本)》，《礼记正义》卷十六，2975 页，北京，中华书局，2009。

此以助天地之闭藏也"①。《诗经》亦记述了十月之交观测定星以造宫室的习俗。古代营造宫室，须待作物收获，进入农闲期之后。这段时间也就是殷商二季制中的秋季。定于秋冬进行营造，是因为殷商时期生产力水平有限，职业分工尚未形成，此外粮食来源比较有限，无法承受因耽误农耕而造成的产量损失。然而到了西周晚期，无论人工物力，比之殷商必然都有了更多剩余，按季节营造已失去了必要性。因此，春秋时期出现了大量在农忙期进行营造的事例，如隐公七年夏筑中丘城，隐公十九年夏筑郎城，都被史官载入文本以示讥刺。若加以深究，史官所执着的其实并不是"不时"会带来的恶果，而是"不时"这一价值本身。君王不严格按照上古天官所排定的岁时活动表安排事务，是对时序法则的不尊重。在生产力进步之后，这种不尊重所造成的后果已被淡化或遗忘，但法则本身却在数百年的发展中，积累起某种深厚的文化记忆，演变成一种禁忌。将这种禁忌牢记并传承着的巫觋阶层，进入史官系统后，就将禁忌加以制度化、礼仪化，使其成为烦琐的规定。来自殷商以外血统的君主自然已不能理解岁时法则的必要性和神圣性，这就造成了史官和君主的决定性分歧。在这套"时"与"不时"的记述方式成熟之后，史官又将其推广到对其他政治事务的价值判断中去。《公羊传》《穀梁传》中大量"……不书，此何以书"的表述，解释的就是史官以判断权作为话语权，在历史事实上进行二次叙述的机制。

《春秋》三传中的"时"与"不时"既可用以描述人事，也可用以描述自然天象。《仪礼》《礼记》等文献也有着相似的用法。其中，"不时"主要用于描述自然事象，如"燥湿不时""雨水不时""水潦不时""五谷不时"等，偶尔也见"作事不时""使民不时"等针对人事活动的表述。而"失时"的使用则相反，多用于人事活动，与"及时"相对，用于形容婚丧嫁娶等各种礼仪的时期是否合宜。这种用法的分别，暗示着"时"作为自然存在相对于人事的先在性，"不时"作为是非判断，象征着天之意志在人间的显现；而"失时"则是对行为价值的判断，批判的是人不

---

① （清）阮元校刻：《十三经注疏（清嘉庆刊本）》，《礼记正义》卷十七，2995 页，北京，中华书局，2009。

遵从自然秩序的时序规范。因此，史官文献中"时"与"不时"的价值判断，就其本质而言，是周人天命观念的体现，同样也是周人天命话语的组成部分。

三、"霎"与月相：以时系事的观念萌芽

文明对天文的观察，与生产方式的进步相辅相成。从游耕到定居，意味着生产方式的重大改变。商人的农业活动以粗放的游耕形式为主，辅以畜牧，同时对商业贸易也有着浓厚的兴趣。与成王亲自事农相映成趣的，是王亥亲自经商的传说。周人对天文历法的利用，深深根植于农业的需要。

西周历法较之殷商时期，较为突出的变化在于以月相名称纪日。西周文献及铭文中常常出现"朏""生霸""死霸""既望"等字，均是对特定月相的称呼。关于这几个词究竟应当理解为特定月相出现的具体时间点，还是指代相近月相的一整段周期，在学界引起了较长时间的讨论。王国维《生霸死霸考》认为，初吉、既生霸、既死霸、晦分别对应一月间的四个时段，其中新月至上弦月称作初吉；上弦月至满月称既生霸；满月至下弦月称既望；下弦月至朔月称为既死霸。这就是影响深广的"月相四分说"①。

与之相对的是将月相词语视作时间点的"月相定点说"，虽自刘歆之时就已有之，在近代由俞樾、刘师培、董作宾等作为推算金文历日的依据，张闻玉更一针见血地指出"月相不定点，月相的概念也就毫无价值"②，从文献与金文的文本意义上来看，月相词语即使本义不定点，但在语境中，是确乎被当作定点词语来使用的。因此，仅从功能而论，金文中出现的月相词语，显然是被用以标记某个时间点。然而，以定点月相推求金文历日，仍难避免错位，另外，对于几个月相名词究竟所指为何，专家仍有不同意见。冯时认为西周月相用语有指代时

---

① 王国维：《生霸死霸考》，见《观堂集林》卷一，19～26 页，北京，中华书局，1959。
② 张闻玉：《古代天文历法浅释》，见张汝舟：《二毋室古代天文历法论丛》，592 页，杭州，浙江古籍出版社，1987。

间点的情况，也存在指代时间段的情况："既死霸为朔日，旁死霸为大月之初二日，既生霸辖朏日以后的上半月，既望则辖望日以后的下半月。"①其他研究者对冯"点段说"的反驳多有不能成立之处，但就各月相名词分别指代的对象，仍难有定论。

其实，追溯王国维《生霸死霸考》原文，亦曾指出月相词语兼有点段属性的现象："欲精纪其日，则先纪诸名之第一日，而又云粤几日某某以定之，如《武成》《召诰》是也；否则但举初吉、既生霸诸名，以使人得知是日在是月之第几分，如《顾命》及诸古器铭是也。"李学勤也认为，月相词语的本义和其实际使用的情况，可以分开而论。《尚书》《逸周书》等文献引及月相不系干支，可据此认为月相本义是为定点。②

夏商周断代工程将"既生霸""既望""既死霸"视作对某一月相阶段的指称，其中，"既生霸"指新月至满月；"既望"指望日之后，月面无明显亏缺之时，亦即十五、十六日；"既死霸"则指从月面始亏直至朔日的时段，而"初吉"则不属于上述任何一个时段，是吉日系统的用语，而非用以纪日的月相，是谓"月相二系说"。对此，学界亦有反对之声，认为"二系说不仅在理论上讲不顺畅，在金文历日排谱的实践中也是首尾不相兼顾，难以自圆其说"③。

假设月相词语问题仅是单纯的文字学、文化学议题，诸说并立亦未为不可，然而正是由于其作为时间记录的特殊属性，涉及铜器断代与历谱推算，不但容易被证伪，而且也只能通过被证伪来求真。这份"真实"的具体面貌，直到今天仍在讨论之中，笔者限于学力，不可能就上古历法的具体问题作出辨析，发明新见，愿从文本-文化的相互关系入手，分析知识话语的生产、传播及功能，为思考金文中的月相问题提供一些参考。

在尚无定论的"初吉"之外，文献中曾明确地以"朏"指代新月初现

---

① 冯时：《西周金文月相与宣王纪年》，见北京大学考古文博学院编：《考古学研究（六）：庆祝高明先生八十寿辰暨从事考古研究五十年论文集》，北京，科学出版社，2006。

② 李学勤：《〈尚书〉与〈逸周书〉中的月相》，载《中国文化研究》，1998(2)。

③ 杜勇、周宝宏：《金文史话》，112页，北京，社会科学文献出版社，2011。

之相。《说文》："朏，月未盛之明。"①金文"朏"应当是对新月之相的称呼。金文"朏"仅见于《九年卫鼎》等少量器铭（图4-2），且用作人名，其形象月始放光明。《康诰》"惟三月哉生魄"，马融注："魄，朏也，谓月三日始生兆朏，名曰魄。"②《汉书·律历志》载"月采篇"谓"三日曰朏"③，认为"朏"指每月新月初见的初二或初三日。这与汉代文献对"霸"或"魄"的解读是一致的，《诗纬·诗推度灾》："月三日成魄，八日成光。"④《礼记·乡饮酒义》："月者，三日则成魄。"⑤总之，"朏"具有始生、初明的含义，有时也用来形容日光。《淮南子·天文训》："登于扶桑，爰始将行，是为朏明。"⑥注谓："朏明，将明也。"此时"朏"的字义已经发生了引申，具有了"起始""初始"的意义。

图4-2　《九年卫鼎》中的"朏"

"朏"在《尚书》中直接出现的两次均用于纪日，录其文本如下：

> 越若来三月惟丙午朏，越三日戊申，太保朝至于洛卜宅。厥既得卜，则经营。越三日庚戌，太保乃以庶殷，攻位于洛汭。越五日甲寅，位成。若翼日乙卯，周公朝至于洛。则达观于新邑营。越三日丁巳，用牲于郊，牛二。越翼日戊午，乃社于新邑，牛一，

① （汉）许慎撰，（清）段玉裁注：《说文解字注》，313页，上海，上海古籍出版社，1981。
② （清）阮元校刻：《十三经注疏（清嘉庆刊本）》，《尚书正义》卷十四，430页，北京，中华书局，2009。
③ （汉）班固撰，（唐）颜师古注：《汉书》卷二十一，1016页，北京，中华书局，1962。
④ 上海古籍出版社编：《纬书集成》下，1219页，上海，上海古籍出版社，1994。
⑤ （清）阮元校刻：《十三经注疏（清嘉庆刊本）》，《礼记正义》卷六十一，3656页，北京，中华书局，2009。
⑥ 何宁：《淮南子集释》上，234页，北京，中华书局，1998。

羊一，豕一。越七日甲子，周公乃朝用书……（《尚书·召诰》）①

以"朏"为起点，记述越几日而发生某事，这是一种固定的纪时记事方式。疏云："将言望后之事，必以望纪之；将言朏后之事，则以朏纪之。"也就是说，新月作为每上半个月的开端，望月作为每下半个月的开端，是划分周期，纪录日序的重要标志。也就是说，"朏"与"望"作为时间点的意义，在于它是划分每月上下旬的标志。若按孔疏的解释，那么可以得出西周初年纪日法重视朏、望两个时间点，依此将每个月均分为上旬和下旬，依序数日，所谓"越某日"，直至下一个月相点出现。因此，《召诰》所载之事，虽皆非发生在朏日，却在开首标明朏日干支，接下来以"越几日"加注干支号，缀连后续事件。

另一则关于"朏"的记载见于伪古文《毕命》，也是用作纪日的月相，一并录之以供比较：

惟十有二年，六月庚午朏。越三日壬申，王朝步自宗周至于丰。以成周之众，命毕公保厘东郊。（《尚书·毕命》）②

除了"朏"以外，"旁生霸""旁死霸"也可以作为纪日的依据，但用法与"朏"略有不同。《逸周书·世俘解》与《汉书·律历志》所引《尚书·武成》篇同样记载武王克商事，时间虽有出入，但值得注意的是首句"月序＋干支＋月相"的纪日法，以及"越"和"越若"的时间推演，这两种用法有共通之处。

[1]惟一月丙辰旁生魄，若翼日丁巳，王乃步自于周，征伐商王纣。越若来二月既死魄，越五日甲子朝，至，接于商……时四月既旁生魄，越六日庚戌，武王朝至燎于周……越五日乙卯，武

---

① （清）阮元校刻：《十三经注疏（清嘉庆刊本）》，《尚书正义》卷十五，448～449 页，北京，中华书局，2009。

② （清）阮元校刻：《十三经注疏（清嘉庆刊本）》，《尚书正义》卷十九，526 页，北京，中华书局，2009。

王乃以庶祀馘于国周庙。(《逸周书·世俘解》)①

[2]惟一月壬辰，旁死霸，若翌日癸巳，武王乃朝步自周，于征伐纣……粤若来三月，既死霸，粤五日甲子，咸刘商王纣……惟四月既旁生霸，粤六日庚戌，武王燎于周庙。翌日辛亥，祀于天位。粤五日乙卯，乃以庶国祀馘于周庙。(《汉书·律历志》引《尚书·武成》)②

《武成》之"粤""粤若"，无疑即为"越""越若"，同样是表示时间跨度的词语。《世俘解》以一月"旁生魄"开始纪日，中途又换以二月的"既死魄"，再代以四月的"既旁生魄"，三次改变了纪日起点。《武成》以一月的"旁死霸"开始纪日，换以三月的"既死霸"，又代以四月的"既旁生霸"。且"既生霸""既死霸"之后不注明当日干支，"旁生魄""旁死霸"则注明当日干支。陈久金据此认为，不带干支说明"既生霸""既死霸"是公名，分别指代上半月及下半月，分别表示一个时间段；而带有干支的"旁生魄""旁死霸"则应为时间点，分别表示"既生霸""既死霸"这两个周期中的第二天。③ 此说虽能解释这两则文献材料的纪日特点，但是在金文中，我们只能找到"既生霸""既死霸"，没能找到"旁生霸""旁死霸"的用法。此外，金文中也有许多"既生霸""既死霸"后附记干支的证据，如此鼎、裘卫盉、𤼈匜、九年卫鼎等，不胜枚举。在这些器物中，"既生霸""既死霸"的用法，与"既望"并无不同，在功能上都是后续记事的时间起点。再例如西周晚期的晋侯苏钟铭文："既死霸壬寅，王僧往东，三月方死霸，王至于菫范"，"既死霸"注干支而"方死霸"不注，与文献材料恰恰相反。因此，说"既生霸""既死霸"是时间段，"旁生霸""旁死霸"为时间点，恐怕不能成立。"旁生霸""旁死霸"于金文极罕见，其与"既生霸""既死霸"在意义上有何差别，在功能上如何互相

---

① 黄怀信、张懋镕、田旭东：《逸周书汇校集注》(修订本)，412～441 页，上海，上海古籍出版社，2007。

② (汉)班固撰，(唐)颜师古注：《汉书》卷二十一，1015～1016 页，北京，中华书局，1962。

③ 陈久金：《西周月名日名考》，载《自然科学史研究》，1985(2)。

补完，以现有的材料很难作出确证。又，金文有时略去"既"，单说"生霸""死霸"，其用法与意义大致相同。

摒除两则文献材料实际所记日期之出入不论，它们在纪日和纪事的格式上确有一致之处。与《召诰》以"朏"为起点，一以贯之的纪日法的不同之处在于，这两篇文字在篇内均中途更换了纪日起点，如《世俘解》"越若来二月既死魄""时四月既旁生魄"，《武成》"粤若来三月，既死霸""惟四月既旁生霸"，但在补记月相的同时，不再注明当日干支，这并不符合金文中的习惯用法。

现有的状况是，无论文献材料还是出土材料，都难以确切地认定"既生霸""既死霸""既望"这些月相词语，指代的究竟是时间点还是时间段。天文史研究者和文字学家都从各个角度给出了解答，但因此推得的月朔却仍有难自圆其说之处。既然在历算上难有最优的解法，同时金文不足征，那么只能重新审视文献材料，回到语境中去。

"既生霸""既死霸"到底是如何在语境中作为纪日起点而存在的？梳理文本而得的答案十分明显，那就是"越几日"这个句式的发明，使特定月相可被视作纪日起点。在金文中，也存在类似"越几日"，表示时间连续性的用法，一般写作"雩"或"雩若"，而这种用法，仅见于西周早中期器物。

其中，西周早期的器物有：

[1]唯八月既望，辰在甲申，昧爽，三左三右多君入服酒，明，王各周庙……雩若翌日乙酉，□三事□□入服酒，王各庙。（小盂鼎，《集成》02839）①

[2]唯公太史见服于宗周年。在二月既望乙亥，公太史咸见服于辟王，辨于多正。雩四月既生霸庚午，王遣公太史。（作册魋卣，《集成》05432）②

---

① 中国社会科学院考古研究所编：《殷周金文集成》（修订增补本）第二册，1523～1524页，北京，中华书局，2007。

② 中国社会科学院考古研究所编：《殷周金文集成》（修订增补本）第四册，3412页，北京，中华书局，2007。

[3]王令辟邢侯出坯，侯于邢，雩若二月，侯见于宗周，亡尤，会王𩟪葬京，酓祀，雩若翌日，在辟雍，王乘于舟，为大礼。（麦尊，《集成》06015）①

西周中期的器物有：

[4]唯九月初吉癸丑，公肜祀，雩旬又一日辛亥，公禘酓辛公祀。（繁卣，《集成》05430）②

[5]唯六月初吉，王在葊京，丁卯，王令静司射学宫，小子众服、众小臣、众夷仆学射，雩八月初吉庚寅，王以吴𢅰、吕牖伶龂荙师邦君射于大池。（静簋，《集成》04273）③

通过这几则材料，很容易总结出"雩"或"雩若"作为句中连接词的用法。首先，"雩"或"雩若"后会跟随一个表示时间段的词语，如"翌日""旬又一日""二月"等。其次，在表示时间段的词语之后，通常会跟随用以纪日的干支日期。但也有例外，如《麦尊》第二次出现"雩若"即不注明干支。最后，将"雩"或"雩若"放进全篇语境中，可以看出与首句所述时间具有承接关系。首句的纪日方式，必然有月份、月相，一般注明干支，偶有《静簋》这样的例外，首句不注干支。篇中补记月相，偶尔失记干支，也可证明《武成》《世俘解》中的纪日形式确实存在。

对于金文中常常出现的"雩"字，刘心源首先提出其字即为"霉"，可通"于""粤""越"④。王国维、杨树达、唐兰等前贤进一步提出"雩"与《尚书》中的"越"同样表示语义的连接。张素格归纳了殷周金文 43 处"雩"字后指出，其字有时可作句首时间状语，"此类'雩'字的特点是用在句首时间词前，但不是用在一篇铭文的开篇，与'隹'字用于篇首表

---

①　中国社会科学院考古研究所编：《殷周金文集成》（修订增补本）第五册，3704 页，北京，中华书局，2007。

②　中国社会科学院考古研究所编：《殷周金文集成》（修订增补本）第四册，3409 页，北京，中华书局，2007。

③　中国社会科学院考古研究所编：《殷周金文集成》（修订增补本）第四册，2604 页，北京，中华书局，2007。

④　（清）刘心源：《奇觚室吉金文述》卷二，38 页，光绪二十八年石印本。

示强调提示作用不同。通观全篇，'雩'字领起的时间是承接上一个时间，如果省略掉并不影响文义的表达。通常把这用法看作'发语词'，相当于后世文献中相似用法的'粤'、'越'。按现代语法习惯可以翻译为介词'于'，表示时间"①。同时，这种用法仅见于西周早期和中期前段，不见于西周中后期及此后。李山对"雩""雩若"的流行时期也作出了相同的判断："从西周早期、中期之交开始出现并流行，其中穆恭时期又特别时兴。"②并认为可以通过这些连词的运用，反推商周书编纂整理的时间。

用"雩"表示时间的连续性，在西周以前并无先例。实际上，殷商的干支纪日法本身已经包含了日序的计算。卜辞中的日名仅见干支号，即使一条内出现数个日期，也通常仅以干支号纪日。如：

> 戊寅卜：于癸舞雨不。
>
> 辛巳卜：取岳从雨。不从。三月。
>
> 乙酉卜：于丙奏岳，从用。不雨。
>
> 乙未卜：丙申舞。
>
> 乙未卜：于丁舞。
>
> 乙未卜：其雨丁不。四月。
>
> 乙未卜：翌丁不其雨。允不。(《合集》20398)③

这组卜辞中对未来某个干支日只记天干号，且不显示距离卜日的日数及相应地支。共出现三种情况：

第一，"于"＋天干：如"戊寅卜：于癸舞"，其中的"癸"指代距离戊寅日五天之后的癸未日；"乙酉卜：于丙奏岳"，其中的"丙"指代距离乙酉日一天后的丙戌日；"乙未卜：于丁舞"，其中的"丁"指代距离乙酉日二天后的丁亥日。据此可以推断，"于"这个连词表示的应当是"在某个时间点"。

---

① 张素格：《再谈殷周金文中的"雩"》，载《中国历史文物》，2009(5)。

② 李山：《〈尚书〉"商周书"的编纂年代》，载《西北师大学报(社会科学版)》，2011(6)。

③ 胡厚宣主编：《甲骨文合集释文》第二册，1015 页，北京，中国社会科学出版社，1999。

第二，"翌"+天干：如"翌丁不其雨"，"翌丁"指的是乙未日三日后的丁酉日。"翌"在西周及以后有时也作"翼"，有时单作"翌日"出现，指代次日；有时以"若翌日""雪若翌日"+干支的形式表示次日日期。冯时指出，"翌"最远可指称十日之内的日期。

第三，省略连词，仅记天干。例："丙[出]舞"指代乙未日第二天的丙申日，"其雨丁"所指与"翌丁"相同，与上一条是对贞之辞。

也就是说，在计日起点干支确定的情况下，指代后续十天之内的某日，只有天干号是必需的。与金文用"雪"+日数或月数+干支号的用法不同，殷人在确定占卜当日的干支后，只需用天干数就可以表示后继的某个日期。而当需要表明"数日后"这样的概念时，则存在直接计算将来日数的情况，试举一例：

> 辛亥卜，内贞：今一月帝令雨，四日甲寅夕[雨]。(《合集14295》)[1]

贞人在辛亥日贞问，一月是否会下雨，而过后四天的甲寅日确实下雨了。贞人在贞问之时以一个月为问卜之期，而一个月约三十日，仅用天干号无法确指其中某个特定日期，因而在验辞中用"甲寅"记录下雨的日子。"四日"指离贞问日期过了四日[2]，记录这一点可能是为了表明当月很快就下了雨，强调问卜的准确性。"四日"之前不用"于"，因为"于"表示"在"，其后应跟随一个确切的时间点。相对金文中"雪""越"之类表示过了一段时间的连词，殷商卜辞中存在的是"乞""至""乞至""至于"等多种用法。

> [1]□戌卜，今日庚至翌……大启？(《合集》30189)[3]

---

① 胡厚宣主编：《甲骨文合集释文》第二册，749 页，北京，中国社会科学出版社，1999。

② 冯时指出，殷人在计算将来某日距今的日数时，既有从本日起算的情况，亦有从次日起算的情况。见冯时：《百年来甲骨文天文历法研究》，190 页，北京，中国社会科学出版社，2011。

③ 胡厚宣主编：《甲骨文合集释文》第三册，1486 页，北京，中国社会科学出版社，1999。

[2]气至五日丁酉。(《合集》6057)①

[3]壬寅卜，設贞：自今至于丙午雨。(《合集》667)②

由上可以看出，殷人对时间连词的使用还是较为随意的。"至"与"雪"虽然都可以表示时间的连续性，但其中最大的差别在于，"至"同时也是一个表示空间连续性的词语。《说文》谓"至，鸟飞从高下至地也"。罗振玉认为"象矢远来降至地之形，非象鸟形也"。③卜辞中也常用"至"表示到达、来到某个地点，如"至祖丁"，表示来到祖丁庙前。依据罗振玉的观点来看，"至"表示时间连续性的意义，是从其空间连续性的意义引申而来的，其表示时间的意义并不独立，因此有时需要用"气至"这样的表述来加强对时间的表述义。"气至"即为"乞至"④，相当于"迄至"。卜辞中常常出现"日至""至日"，殷人也能测定分至四气，"气至"所代表的时间连续性，也可能是从节气概念演化而来。

以上简单比较了两个时代常用的时间连词，似可证明周人纪日区别于殷商的几个特点。

第一，引入月相表示纪日的起始点。结合金文中有时失记干支的情况来看，对周人而言，月相对日期的表示作用，重要性可能高于干支。

第二，纪日有固定格式。起始时间点一般用"唯"＋月份＋月相表示，一般注明干支。其后发生的事件以此为基点，向后推算日数，并以"雪""雪若"等连词，强调事件顺次发生的秩序。

第三，也是最重要的一点，周人比殷人更重视记录事件的时间连续性。"雪"＋日数＋月相或干支表示后续某日，是西周早中期金文中常见的用法。出现这种用法，究其原因，首先在于殷人卜问的时间段一般较短，仅用天干数即可表示延后日数，故而时常省略该日的地支号。而周人记述的一般是较为复杂的事件或史事。这些事件通常会遇

---

① 胡厚宣主编：《甲骨文合集释文》第一册，331页，北京，中国社会科学出版社，1999。

② 胡厚宣主编：《甲骨文合集释文》第一册，50页，北京，中国社会科学出版社，1999。

③ 于省吾主编：《甲骨文字诂林》第三册，2550～2551页，北京，中华书局，1996。

④ 于省吾主编：《甲骨文字诂林》第四册，3371～3379页，北京，中华书局，1996。

到时间跨度较大的情况，有时时跨数月，不但仅用天干难以准确指代日期，而且就连记录干支号都可能碰到跨越干支周期的情况。最合理的做法，当然是像今人习惯的那样，以月份＋干支即可表明准确日期。但周人的记日习惯中存在大量冗余信息，包括月相、"雩"几日等等。减去殷周干支纪日、数字纪月的相同特征，并结合周人有时失记干支的现象来看，周人时间观与殷人决定性的差异可能在于其对月相信息的重视，以及按照月相信息顺次记事的特殊习惯。

但是，月相名词作为纪日点的使用方式，可能在西周时期发生过细微的变化，可能影响到月相到底应当作为时间点还是时间段的判定。与文献材料相比，西周金文中较少出现更换月相纪日点的情况。这主要是因为文献所记事件时间跨度更长，可能需要对原始材料加以缀合，因而有多个纪日点依次替换的情况。然而设使在同一个月内，从某个月相纪日点始记之事，遇到下一个月相纪日点时，是否应当重置纪日起点？只有看到月相纪日点的多种使用情况，才能更好地判断其作为时间点或时间段的属性，从而辨明月相四分说与月相定点说孰者为是。在金文中，只有少量几例出现了时跨数月，重置纪日周期的情况。除了前文所引用的作册魖卣之外，主要有以下几件：

[1]静鼎：唯十月甲子，王在宗周，命师中众静省南国相，埶
庑。八月初吉庚申至，告于成周。月既望丁丑，王在成周大室，
令静曰……①

[2]智鼎：唯王元年，六月既望乙亥，王在周穆王大［室］……
唯王四月既生霸，辰在丁酉，邢叔在异……②

[3]晋侯苏钟：唯王卅又三年，王亲遹省东国、南国。正月既
生霸戊午，王步自宗周。二月既望癸卯，王入格成周。二月既死
霸壬寅，王儥往东。三月方死霸，王至于薫……六月初吉戊寅，

---

① 刘雨、卢岩编著：《近出殷周金文集录》第一册，222页，北京，中华书局，2002。
② 中国社会科学院考古研究所编：《殷周金文集成》（修订增补本）第二册，1521页，北京，中华书局，2007。

　　旦，王格大室，即位⋯⋯①

　　这几则材料主要的价值有两点，其一是出现了同一月中纪日点的转换，其二是出现了时跨数月的纪事情况。

　　关于同一月中纪日点的转换，首先来看作于西周早期的静鼎。静鼎铭文中的纪日方式十分复杂，首句的"王在宗周"，仅记干支而无月相，在早期金文中亦非罕见，值得注意的是"八月初吉庚申"的记述，以及后文的"月既望丁丑"，发生在同一个月之中。② 另一条有用的材料是作于周厉王时期的晋侯苏钟，出现了两条同在二月的月相，分别是"二月既望癸卯"与"二月既死霸壬寅"。③ 除去铭文干支中可能存在的误刻现象，单考察这两段文字以时系事的表述，表现出的共同特点是：当一个月内发生的事件时跨两个月相纪日点时，在记事时将重置纪日点，而非以"雩"＋日数的形式表明。无论从四分说还是定点说的角度来看，两个月相之间相差总不会大于十日，若以殷人纪日之法，仅用天干号就可表明两者之间的承继关系，以"雩"＋日数亦可表现。

---

　　① 刘雨、卢岩编著：《近出殷周金文集录》第一册，59页，北京，中华书局，2002。

　　② 无论初吉是否为月相名词，当月的"月既望"之前并不标注月份，表明与初吉同在八月。以干支推之，既望的丁丑在初吉的十八日之后，确实在满月后数日内，由此可推出两种可能的情况：第一种可能，初吉为月首，既望在当月十八日，可能指时间点，也可能指代一个二日至三日的时间段；第二种可能，初吉非月首，既望在此后十八日，只可能指代一个长达五日至七日的时间段。鉴于西周早期仍处在观测月相以定月首的阶段，笔者更倾向前一种推断，即初吉在月首。当然，仅凭这条材料亦只能推测当年八月的初吉所指，还是难以得出更进一步的结论。

　　③ 晋侯苏钟铭文历日可能存在误刻现象，癸卯日与壬寅日正是前后相继的两天，且癸卯在壬寅之前。假若以钟铭为准，那么不但既死霸之月在既望之前，两者相距也只有一天，只能用月相四分说解释。马承源、李学勤等确定钟铭二月历日必有一误，因而以调整钟铭历日的方法使之与四分法相合。然而，二事显然先行后续，既望之日王入格成周在前，既死霸之日王往东在后。也有研究者认为，两处干支之间必有一处是为误刻。至于哪一处是误刻，李仲操从月相定点说出发，推断误刻之处为"癸卯"之"卯"。如此，则以正月既生霸为正月九日戊午，二月既望为二月十四日癸巳，二月既死霸为二月二十三日壬寅，六月初吉戊寅为六月一日戊寅，于理可通。然而诚如韩炳华《从晋侯苏钟的断代看西周金文月相词语》[载《山西大学学报（哲学社会科学版）》，2008(1)]一文所说，此器"所刻西周金文月相词语有一定的不确指现象，利用其解决铜器断代以及西周年代等重大问题还尚早"，因此在本节中只讨论钟铭以时系事的语法特点。

但是周人在实际作铭文时，却选择了重置纪日点这一复杂的方式。因此似乎可以推论，周人依靠月相纪日点，划分出了一定的纪日周期，这种周期可将"四分说"解释为月中的某一分，也可将"定点说"解释为某个时间点后所引领的一段日期。或者更进一步地说，对月相进行定点以划分周期，这为时间点赋予了发展为周期概念的可能性。有理由相信，西周一代的历法从草创到成熟，从观象向推步发展，其间一定经历了观念和概念的变化，因此有必要结合作器时间乃至作器者的情况，根据观念的播迁，调整概念的宽严。

静鼎与晋侯苏钟铭文一者作于西周早期，一者作于西周晚期，在叙事上固然有详略之别，其纪日用语亦有细微的差异。在同月内纪日点转换的问题上，静鼎略去了月份，而晋侯苏钟则详细叙明。两者均为孤证，难以确证西周早期至晚期，月相纪日点的属性发生了何种变化，只能说，晋侯苏钟铭文确实相对表现出某种理性化、条理化的倾向。而在相对更依赖观象授时的西周早期，月相纪日点作为月内周期分界点的实际作用，可能较之接纳了干支纪日法的西周晚期更为重要。

这几则材料所体现的另一条重要线索，就是时跨数月的纪事情况。作册𪔏卣逾月而用"雩"表示纪事在时间上的连贯性，但此处之"雩"以历法推算，相当于"于"而非"越"。① 可知"雩"虽含有"过了一段时间"之义，但在具体使用上，其指向的却是一个具体的日期。这显然是一种十分赘余的用法，因而到了曶鼎和晋侯苏钟的时代，前者用"隹"领起另一个月份的记事，不惜在规格上与首句平行；后者则直接略去表示时间的连词，仍将"隹"留在叙明年份的首句。在这三件器物中，依稀能窥见时间连词的历时变化。

结合殷人、周人纪日习惯的差异，或许可以作出以下的推断：在殷商时期，纪日主要用于记录卜问之日与所卜之日，两者之间相距往往不远，因而常以简单的日期加法作出表述。但由于殷人尚未有成熟和自觉的记事观念，因此其纪日手段仅用以满足占卜所需，其时间连

---

① 李仲操推算卣铭"雩四月既生霸庚午"指当年四月九日。参见李仲操：《再谈西周月相定点日期——与王占奎同志再商榷》，载《文博》，1998(2)。

词多为借用他字字义，并未发展出成熟的以时系事的话语方式。而周人自从入岐以后，成为一个农耕大族，这伴随着历法的细化，以及对时间感知的增强。在西周早中期的金文中，我们看到周人建立记事系统时，对话语方式的革新。这主要体现于周人对事件的先行后继关系，有着明确的理性感知，并且在记事手段上，使用了"以时系事"的方式：他们建立起干支、月相互相参证的纪日法则，在篇首设定纪日起点，通过"雩"这样的时间连词，以时间为逻辑，串联起不同性质、不同地点、不同人物的事件。"以时系事"这种话语方式的产生，体现出周人历史理性的初萌。但是随着历史事件的复杂化，铭文的长篇化，到了西周中晚期，周人的记事技巧有了显著的提高，对历史之历时属性的建构也业已完成。至此，铭文不再依赖"雩"缀连历史事件，在此后的一些长篇铭文中，日期常以时间点的形式出现，引领后文所述的事件。作者与读者都不再需要借助时间连词来理解这些事件之间的关联性，线性的时间观念已深深烙印在他们的记事语境之中。另外，正如李山所推断的那样，细考传世文献中所出现的"雩""雩若"用法是否符合上述规律，可以为我们反推商周书底本写定时间提供一些线索。

四、月相周期：旬制的改革与授时权的建构

前一节主要探讨了周人对"时间"作为一个线性连续体的重视，这也是周人与前人在时间观上的重要差异之一。对时序的重视，在文化上可能源自周人作为农耕部族对时间周期的感知，在功能上则迎合了周人对记事书写的需求。作为连续体的时间，其映照出的事件自然就带有历时的属性，这也是"历史"最早的源泉。时间观与历史观的确立，推动了周人史官文化的建构，殷商以前纷纭繁杂的知识资源在时间的坐标系里找到了归依，巫术与卜辞的传统，就此在时间的线索中安定下来，分别化身为有序的礼仪与连续的历史。

接下来要讨论的问题，则是周人时间观中另一个重要方面，即对月相的重视。前文讨论了纪日点对周人时序建构的意义，那么何以偏偏是"月相"，而非其他天文事象，成为周人最重要的纪日依据呢？

王国维最先将"初吉""既生霸""既望""既死霸"相提并论，认为它

们指代的都是特定的月相周期。检索铭文，带有"初吉"字样的西周器物多达 500 余件，而相比之下，带"既生霸"字样的有 102 件，带"既死霸"字样的有 40 件，带"既望"字样的有 50 件①的数量，就显得对比悬殊。因此，二系说认为，周人的纪日方式双轨并行，其中一种是以"既生霸""既死霸"为代表的月相纪日法；另一种是以"初吉""既吉"为代表的吉日纪日法。

一直以来，对西周月相名词的研究，最大的争议点就在于"初吉"应当视作月相纪日点还是初干吉日。陈久金、冯时、刘雨等认为初吉与月相无关，结合周人择吉的习俗，应当是组织礼仪活动时所选择的吉日。另外，王国维曾指出："一器之中，不容用两种记日法。"②金文月相词语确实存在不确指的现象，又存在刻凿出错的可能性，具体月相名词的解释都难有确切定论，至于吉日系统与月相系统是否决然独立，就更是仍在探讨中的问题。

"初吉"在金文中压倒性的数量级，证明周人在组织政治祭祀活动时，常常有意识地选择"初吉"这个日期，因此，"初吉"在西周的时序建构中有着极其重要的地位。由于西周时期尚需要观月相以定月首，没有成熟的推朔手段，因此用"朔"代表月首的铭文仅见于战国，数量极少。假如"初吉"非指月相，那就难以找到一个能代替新月的，地位相当的月相用语，这在设有"既生霸""既死霸"这类专有名词的重视月相的西周时代，恐怕是一件难以想象的事。笔者倾向于认同"初吉"最初与吉日有关，但"吉日"的判断，又有相当一部分取决于月相。既是"初吉"，可想而知是为每月第一个吉日，落在月初的概率自然更高。因此，在实际运用中，大部分"初吉"出现在每月上旬，到了后世，吉日传统失坠，学者便从统计学上的印象出发，将"初吉"视作月首。

接下来的一个推论是，吉日系统来源于殷人的干支纪日法，其中以择干为主要手段。笔者认为，干支纪日法所构成的旬制，与月相构成的旬制，两者同时并行，是西周时期殷周文化交汇的一个特殊现象。

---

① 以上数据均来源于吴镇烽：《商周金文资料通鉴》，数据库光盘，2007。

② 参见王国维：《生霸死霸考》，见《观堂集林》卷一，21 页，北京，中华书局，1959。

西周时期，殷人择吉的习俗仍广泛流行，它与周人习用的月相纪日法并行不悖，并在去除了繁缛的占卜仪轨后，简化并纳入了礼仪的规范。其中一个特点是，周人直接以某些特定干支为吉日。正如研究者所发现的那样，在吉日系统中，有一些特定的吉日干支，如丁亥、丁卯、庚午、庚寅、甲戌等，其中丁亥最多。顾炎武指出，在干支系统中，择吉主要依据的是天干而非地支：

> 三代以前，择日皆用干。《郊特牲》："郊日用辛，社日用甲。"《书·召诰》："丁巳，用牲于郊。戊午，乃社于新邑。"而《月令》："择元日，命民社。"郑注："谓春分前后戊日，则郊不必用辛，社不必用甲矣。"《诗》："吉日维戊，既伯既祷。"《穀梁传》："六月上甲，始庀牲。十月上甲，始系牲。"《月令》："仲春上丁，命乐正习舞释菜。仲丁，命乐正入学习乐。季秋上丁，命乐正入学习吹。"《春秋》："秋七月上辛，大雩。季辛，又雩。"《易·蛊卦》："先甲三日，后甲三日"。《巽》九五："先庚三日，后庚三日。"之类是也……考之经文，无用支之证。[1]

前文曾论及殷人在确定某个日期之后，向后纪日时常以天干序号名之。董作宾指出："商代虽然用六十干支纪日，但是仍有偏重十干的倾向。"[2]而对十干的偏重，体现在两个方面：

第一，殷人常常单独以天干为日名。张秉权《甲骨文中所见的数》指出："在甲骨文中，记日的方法，固然是用干支，但它们的省称，往往只用天干，而不以地支。譬如'甲子'只省称'甲'，而不省称'子'；'乙丑'只省称'乙'，而不省称'丑'。这一现象，不会是偶然的，也不会没有由来的，而应该有一段漫长的历史背景的。那也意味着干支纪日的前身，只以天干纪日，而不以地支纪日。"[3]常玉芝在《殷商历法研

---

[1] （明）顾炎武著，张京华校释：《日知录校释》上，272 页，长沙，岳麓书社，2011。

[2] 董作宾：《论商人以十日为名》，见刘梦溪主编：《中国现代学术经典·董作宾卷》，568 页，石家庄，河北教育出版社，1996。

[3] 张秉权：《甲骨文中所见的数》，见《中央研究院历史语言研究所集刊》第 46 本第 3 分册，377 页，台北，"中研院"历史语言研究所，1975。

究》中，仅收集到九例单用地支纪日的卜辞，甘露在《甲骨文地支纪日补例》中，又收集到十四例，但其中仅有四例能推出所纪具体时间。①天干作为日期的符号，甚至被用以命名商人诸王，王国维认为商王庙号来自其生日，董作宾认为来自其死日，张光直认为天干号是商王族内部的序号，朱凤瀚认为庙号与择日有关：商王生前以天干奇偶定嫡庶，再以卜选的方式定吉日。总之，天干号一方面具有序数的含义，一方面又与择吉紧密相关，正如前文所引张秉权所说，干支纪日法可能是由天干纪日法完善发展而来，是为了补充十日纪旬法而产生的，以六十日为一周期的周期法。

第二，殷人对旬制的重视，也暗示了天干先于地支的重要性。天干有十，并被用以计算日期，显然是十进制记数法的发明所致。十进制来源于人类以手指计数的自然本能，在印度、巴比伦、埃及都早有渊源。殷人在占卜时，常以一旬作为一个时间周期，表示一段较近的未来，如"旬亡囚""旬有咎"等。为王卜旬，一般都在癸日，也就是每一旬的最后一天。这一天所占卜的，自然是下一旬的吉凶。对于次旬是从何日起始计算，王国维、董作宾认为是从次日的甲日至下一个癸日为止的十日之间，马汉麟、冯时认为是从癸日起算至于下一个壬日。这样的论述建立所预设的前提是，商人是否在天干与旬日之间建立起了一一对应的关系，或者说，殷商时是否有专门的旬名。通过一些非卜旬的例子可以看出，商人的旬主要用以作为计算时间周期的单位。例如：

[1]戊[戌卜]，王，贞生十一月帝雨。二旬又六日……（《合集》21081）②

[2]行其五百四旬七日至丁亥……（《合集》20843）③

---

① 甘露：《甲骨文地支纪日补例》，载《殷都学刊》，2002(2)。

② 胡厚宣主编：《甲骨文合集释文》第三册，1046页，北京，中国社会科学出版社，1999。

③ 胡厚宣主编：《甲骨文合集释文》第二册，1035页，北京，中国社会科学出版社，1999。

正如冯时指出的那样，旬的概念最初应来源于十天干自甲至癸的十日，到了后来则泛化为对十日的称呼。最初在旬末癸日卜旬的传统虽然在有商一代得以延续，但由于商人的历月使用太阴月，而"历月的安排需要大小相间。这种布历方法自然导致甲乙干支在一月之中的位置不断游移，而上中下三旬在旬与十干固定配合的前提下是无法建立的，而殷历显然又已存在这种三旬的分配了。然而在这种旬的概念变化的同时，殷人却在卜旬的活动中恪守了先民只在癸日卜旬的传统"①。

此前论及周人将前代的巫术传统，化作时序井然的礼法仪式，遵循的也正是相似的进程。顾炎武认为，周人对一些祭祀日期的选择，一开始可能出于某种必要的实在性乃至随机性，但由于具有始创的纪念意义，而成为后世举办相似活动的吉日：

> 《夏小正》："二月丁亥，万用入学。"二月不必皆有丁亥，盖夏后氏始行此礼之日，值丁亥而用之也。犹《郊特牲》言："郊之用辛也，周之始郊日以至"，言周人以日至郊，适值辛日。谓以支取亥者，非。②

《礼记·曲礼上》谓"外事以刚日，内事以柔日"③，所谓刚日、柔日，即奇数日与偶数日。对奇偶数的认知早在卜辞中就已可见，也是易数占卜的一个源头。在此基础上，发展而来的"刚""柔"之别，就有了初步的价值属性，而"内事""外事"的分类，则是为其功能的建构。后来的"阴"与"阳"，"乾"与"坤"等等二元对立的价值概念，可以说都是从最初这种二分法演变而来。同理，择日之术流播后世，由简而繁，被附会以种种玄奥，或伍以星宿，或配于五行，或征之太岁，或沦为数字游戏。"日者"对择日之术的故弄玄虚，也因过于明显而受到墨子、王充的讥笑。战国至两汉的择日已成为智者所不取的巫术，无非是后人看穿了它们的实质在于利用人对未知的恐惧，操纵人们的焦虑。与

---

① 冯时：《百年来甲骨文天文历法研究》，206 页，北京，中国社会科学出版社，2011。

② （明）顾炎武著，张京华校释：《日知录校释》上，272 页，长沙，岳麓书社，2011。

③ （清）阮元校刻：《十三经注疏（清嘉庆刊本）》，《礼记正义》卷三，2708 页，北京，中华书局，2009。

之相比，西周时期的择吉法，在固定吉日这种刻板仪轨的背后，更多的是对殷商巫术传统的敬畏，以及将酒神式的巫术精神纳入日神式的礼仪秩序所作出的努力。

基于以上论述，可以认为，"初吉"作为吉日系统的用语，最初可能有着特定意义的来源。每个吉日的选择，或与节气相关，或与月相相关，或与干支相关。然而"初吉"的意义却是以月为单位的。每个月的第一个吉日，是为初吉，也是周人安排各种重大礼仪活动的日期。因此，即使"初吉"并非月相用语，它也同样能体现周人对历月周期的重视，甚至为我们展现了上古吉日传统融入周人时序建构的过程。

厘清吉日系统与月相系统的关系之后，再来看基于两者而分别产生的周期制度。一个明确的差异就是，商人通常以旬为一个周期，且旬无专名；周人则以月相安排月中周期，且各设专名。这种周期制度背后体现的观念差异，也是需要我们深入讨论的对象。

从殷人频繁卜旬的卜辞记录可以看出，旬制的设立，对殷人而言极为重要。它根植于十进制的计数模型，又能表示一个小于一个月的、较短的时间周期，具有观念的自然性。同样是《礼记·曲礼上》："凡卜筮日，旬之外曰远某日，旬之内曰近某日。"①一旬之内的日期，被视为"近"，一旬之外则被视为"远"。可以推断，旬法的设立，是为了便于对近期几日作出指称，也是较之纪年、纪月更为细化的时间规划，必然有着某种实用性。干支相配之后而得出的六十甲子之数，同样也是六旬之数，可以用来表示更长的一段周期。《尧典》亦以"旬"来计算一年的大概天数："期三百有六旬有六日。"②在历月大小分配不均的先周时期，用"旬"的概念来计算时长，应当是一个较为便易的方法。然而同一个干支，在一年中至少重复六次，那么如果将月名加上干支，就可以精确地表示某一年中的某个特定日期。因此，殷人用旬法计数，用月名和干支定点，就可以满足测量、占卜等多方面的需要了。

---

① （清）阮元校刻：《十三经注疏（清嘉庆刊本）》，《礼记正义》卷三，2709 页，北京，中华书局，2009。

② （清）阮元校刻：《十三经注疏（清嘉庆刊本）》，《尚书正义》卷二，257 页，北京，中华书局，2009。

相比殷人而言，周人对旬法似乎并不那么热衷。金文中用旬计日只见两例，皆为西周早中期器：

[1]癸卯，王来奠新邑，[二]旬又四日丁卯，[往]自新邑于柬，王[赏]贝十朋，用作宝彝。（新邑鼎，西周早期后段，《集成》02682）①

[2]唯九月初吉癸丑，公彤祀，雫旬又一日辛亥，公禘彤辛公祀，衣事亡日又，公蔑繁历，赐宗彝一肆，车马两，繁拜手稽首，对扬公休，用作文考辛公宝尊彝，其万年宝，或。（繁卣，西周中期前段，《集成》05430）②

这两条记录对"旬"的使用，与殷人对"旬"的使用是相同的，也就是同样用以表示"十天"。其中，繁卣的铭文中，旬数之前又有"雫"字，表示越过某个较长的时间段。正如前文所述，殷人之"旬"并非专名，而是对十日之数的一个计量单位。在这种纪日方式下，当周人需要以时系事时，就需要计算两事之间所间隔的日数，每逢十日便记为一旬，这无疑是相当麻烦的。检上述两条所记载的事件分别相距二十四天、十一天。在这里假使用月相纪日点，以既生霸、既死霸＋干支的形式来纪日，就能省去计算日数的烦琐。可以认为，这两件西周中早期器中以旬纪日的方式，体现了西周月相纪日法尚未成熟之时，殷商纪日习惯的遗存。

前文曾指出，在商代晚期，一些铭文也体现出时人记时叙事的意识。这些铭文篇幅往往较长，其时间格式亦有统一之处，试举五例：

[1]壬申，王锡亚鱼贝，用作兄癸尊，在六月，唯王七祀翌日。（亚鱼鼎，《新收》140）③

---

① 中国社会科学院考古研究所编：《殷周金文集成》（修订增补本）第二册，1368页，北京，中华书局，2007。

② 中国社会科学院考古研究所编：《殷周金文集成》（修订增补本）第四册，3409页，北京，中华书局，2007。

③ 钟柏生等编：《新收殷周青铜器铭文暨器影汇编(一)》，104页，台北，艺文印书馆，2006。

[2]甲子，王锡寝孽商，用作父辛尊彝，在十月又二，遘祖甲
昚日，唯王廿祀。(帚𡧊鼎，《新收》924)①

[3]丙午，王赏戍嗣贝廿朋，在管宗，用作父癸宝餗，唯王餕
管大室，在九月，犬鱼。(戍嗣子鼎，《集成》02708)②

[4]癸巳，䶂赏小子𫏋贝十朋，在上𪅀，唯令伐人方，𫏋侯
贝，用作文父丁尊彝，在十月四，𫍯。(小子𫏋簋，《集成》
04138)③

[5]乙巳，子令小子𧊒先以人于董，子光赏𧊒贝二朋，子曰：
贝唯丁蔑汝历，𧊒用作母辛彝，在十月，唯子曰：令望夷方𫏋。
(小子𧊒卣盖，《集成》05417)④

这五条铭文中，均出现了一次以上的纪日信息，一为篇首干支纪
日，一为篇末以"在某月"形式出现的，或精确到月，或精确到日的日
期。然而，这前后两个日期之间并不是先行后续的关系，而是相互补
充，相互重叠的。[1][2]两条有"唯王……祀"字样，显见是周祭纪日；
[3]记载了王在宗庙明堂大室，也是祭祀的记录；[4][5]两条则是征伐
"人方"的记录。这五条除了篇首不记月的干支之外，均在篇尾述及征
伐和祭祀时加上了"在某月"的记时之语。分析文本可以看出，这些器
铭记录的都是商王对器主进行赏赐的行为，而这些赏赐很可能与器主
参加的重大祭祀和征伐有关。因此，篇尾的性质当为对赏赐行为之前
因的补叙，并对时间作出补充。结合"翌日""昚日""乡日"可能是商时
的祭祀名称，以[1]的亚鱼鼎铭文为例，其事件发生的时间顺序应当
是：六月壬申日，商王在宗庙进行了翌日祭祀，将祭祀所用的金器和

① 钟柏生等编：《新收殷周青铜器铭文暨器影汇编(二)》，671页，台北，艺文印书馆，
2006。

② 中国社会科学院考古研究所编：《殷周金文集成》(修订增补本)第二册，1388页，北
京，中华书局，2007。

③ 中国社会科学院考古研究所编：《殷周金文集成》(修订增补本)第三册，2313页，北
京，中华书局，2007。

④ 中国社会科学院考古研究所编：《殷周金文集成》(修订增补本)第四册，3391页，北
京，中华书局，2007。

贝币赐给了亚鱼。铭文"六月王七祀翌日"所指的正是篇首的壬申日，因此，两个时间点的关系是相互包含的。同理，[4][5]所记载的事件，也分别发生在当年闰十四月的癸巳日，以及当年十月的乙巳日。总结商人铭文记事原则，先记与器物相关的，最主要且直接的事件，即赐金、赏贝与器主信息，并标记干支日期；再记与器物间接相关的作器背景，并交代其所在月份，若所记与周祭相关，则加注"某祀"的纪年。唯有祭祀与用兵特别标出所在月数，确印证了"国之大事，在祀与戎"。

值得注意的有以下几点：首先，殷人铭文记事记录的内容由近及远，由具体至概括，其主要功能在于记述器物的来源，而对作器背景的补叙及至晚商方才产生，体现了因果认知和记事意识的初步萌芽；其次，殷人记录时间由日及月，由精确至模糊，由于宗法制度、器物政治未完善，彝器铭文尚无承载"家族史叙事"的功能，因而无须依照时间线索串联多个事件。殷人将干支、月名、祀名穿插在全篇铭文之中，其主要原因在于殷商铭文的功能仍以"记名"为主，"称功"为次，器的来源、器的主人，是需要最先明确的信息。从只记器主的几字铭文，发展到记录了干支的短篇铭文，再到略记事件的长篇铭文，能看出殷人逐步完善作器信息的过程。晚商长篇铭文尚未发展出完整、独立的记事功能，其所记之"事"更多地附丽于"器"之上。在上述五条铭文中，赐器之事与作器背景，在同一个时间点上平行展开，这种写作方式在西周记事体例成熟之后就不复存在了。可以说，"以时系事"这种写作模式的产生，建立在"事"先于"器"的基础上，体现了周人对叙事的自觉，不但是周人对文体学的一大发明，也是一次理性的革命。

在这里需要重新明确的一点是，从话语方式及文献生成的角度来看，科学意义上的"纪日法"，不同于体现在铭文及卜辞中的"纪日法"。前者是上古历法的实在，这种实在并未被确切写定，只能依靠考古研究等手段来证实；而后者则是既成的话语形态，历法的实在不一定存续于其中，其所反映的也不一定是历法的实在。话语方式的特定形态，基于某种特定的社会功能，并受到当时或传统的观念、价值的影响，同时无法超越本时代的书写模式。

谈及周人对月相的重视，仍然应先与殷人的态度相比较。那么殷人又为何不重月相记录？张培瑜认为："殷人对日出日入尚且有祭，自不可能认识月相成因和日月运行规律，当然更不会计算合朔的时日。"①然而殷人的干支纪日法实则是较"越几日"这类月相记录更抽象的纪日方法，由于重视宗教祭祀而无心认识自然规律，也只是基于"迷信—科学"二元对立的推论。殷人以朏为月首，至少说明他们认识到月相盈缺有期。可以说，月相变化是最易观察的天象之一。古埃及历法与古巴比伦历法都将朔望月的周期作为划分时间的主要依据；起源于迦勒底人、犹太民族，流行于古希腊、古罗马时期的星期制，其依据也是对朔望月的四分。相比之下，殷商所实行的旬日制，以及与此颇有渊源的十日神话，就显得自成一脉。殷墟卜辞中没有发现有关月相的记载，20世纪以来，甲骨文学者比较统一的看法是，殷历以新月初现为月首，每个月长度约在30天，有时会通过日数的增减，即大小月的设置，协调朔望月与回归年之间的误差。朔望月作为时间单位，并不如回归年的长度那样恒定不变。太阳、地球、月球构成一个时刻处于变化中的，复杂的三体系统，因此月亮晦明的确切周期实际上是难以推求的。在回归年框架下调整朔望月的长短，实际上是最具理性的历法设计，与今天阴阳合历的机制类似。

班大为指出，即使古代中国的观测者们曾经决定将月亮周期分配于四个不均匀的月相之下，而不仅仅将其分配于两个月相之中，我们也很难想象，计数同一月相重复出现所经历的日数并观察每个月相的历时，就一定能引导人们给月相赋予平均长度并以之作为时间单位用于实际的纪时需要之中。特别是当时已经有了以十天为周期的旬纪日法。源自殷商的旬纪日法并不依赖月相变化，与朔望月的纪时制度关系不大，是"非占星术的、连续的、非太阴的"，"用来组织和纲纪人类生活的实际节奏"，体现出人类对社会性建构的自觉努力。②

---

①　张培瑜、陈美东、薄树人、胡铁珠：《中国古代历法》，165页，北京，中国科学技术出版社，2013。

②　〔美〕班大为：《中国上古史实揭秘：天文考古学研究》，徐凤先译，101页，上海，上海古籍出版社，2008。

另外，周人对朔望月的划分则是建立在自然事象基础之上的。周人至少到西周中期，还在使用"既生霸""既死霸"这种对朔望月进行二分的方法。周代的天文观测者，相比他们殷商时期的同行，需要花费更多精力去关注月相。文献与金文中体现的，月相纪日与干支纪日的双轨并行，更像是两种不同纪日文化的调和。

前文曾述及周人迁岐之后，伴随着农业知识的进步，历法与博物知识也有了长足的发展。岐山凤雏村、扶风齐家村所出土文王时期甲骨已出现了最早的月相名词：

> [1]自三月至邘三月月望。五月西尚。（H11：2）①
> [2]卜，贞：既魄。（H11：13）②
> [3]唯十月既死，亡咎。（H11：55）③

"月望"等同于后世的"既望""望"，"既魄"约等于后来的"既生霸"，"既死"则相当于"既死霸"。西周人常用的几种月相术语，在周原甲骨卜辞中均已出现。而除此之外，周原甲骨还有"六旬""八旬"的字样，用法与殷人相同，都是计算时间长度的单位。研究者早已指出，周原甲骨中的月相用语，证明"在周文王时期就已用月象补充殷商的干支与旬的纪日法了"④。殷人以祀、月、干支定点，月名与干支日号之间再不设专名周期，仅以"旬"指代其间任意一个十日周期。而周人依托月相，在月间设立了固定的纪日点，并用以命名相应周期。就精确程度而言，确实胜过殷人。研究者认为，这是由于周人更重视农业生产，因而设立了更准确的时间概念，以适应当时农业的耕种与收割。

如果说殷商的干支纪日法的本质是十进制的旬制系统，那么周人的月相纪日法所对应的制度，则近于西人的周制或星期制。近代已有诸多学者认识到殷商旬制与西周周制的可比较性，其中亦有不少学者认为，这与周人在西域的活动交流可能存在关联。将周制的发明放在

---

① 徐锡台编著：《周原甲骨文综述》，13页，西安，三秦出版社，1987。
② 徐锡台编著：《周原甲骨文综述》，22页，西安，三秦出版社，1987。
③ 徐锡台编著：《周原甲骨文综述》，47页，西安，三秦出版社，1987。
④ 徐锡台编著：《周原甲骨文综述》，140页，西安，三秦出版社，1987。

更广阔的文明图景中，可以看出，在中原独崇旬制的殷商文化圈之外，同时期的西域诸文明都广泛地使用着七日周期。古巴比伦王每月七日、十四日不视政，希伯来人亦以七日为一周期，古埃及人则旬法与周法并行。因此，有学者从技术传播的角度提出，周人对月相纪日的偏好，可能与同时期巴比伦文明的文化交流有关。以七天为一周的周法注重对月的分割，偏近于太阴的属性；与之相对的正是十日一旬的旬法，只着眼于对太阳年的分割，两者有着截然不同的属性与观念依据。

这种周期法较为简单粗略，应当在古巴比伦形成成熟的星期制度之前就已流行。所谓成熟的星期制，诞生于公元前七世纪亦即西周晚期的古巴比伦，其形态特点是每一天均有专门名称，对应值日曜神，亦称曜日制。作为日名的曜日，显然后于周法而产生，应当是先定七日之期而后有日名。早期中国历法的发展进程却是恰恰相反的，干支日名很早就为殷人所创制，而至于周期的划分，除了周人以外的部族，对此都漠不关心。

作为对朔望月的有意识划分，月相纪日法的本质可以说是一种原始的星期制，它有可能通过甘、青一带的羌人，以及渭水流域的姜戎部族，通过技术交流和联姻结盟，流传到周人族群之中。周人接纳了这一制度，以此补充殷人干支纪日和旬制的不足，得以更精确地安排农业生产活动。但是西周晚期时，古巴比伦人基于星期制所创制的曜名制度，在早已拥有干支纪日法的中原，就不再具有实用性上的吸引力。星期制传入罗马，成为格里历的一部分，直至唐时，才从西域辗转回到中原。至于用月相名称命名月中周期，班大为认为与古印度的二分法有关，且"霸"的词源亦可能来自梵文 paksa，通过分布在新疆与甘肃的大月氏语这一分支，影响到周人对月相的命名。[①]

至此的结论是：近于星期制的月相纪日法，对先周时期从事农耕活动的周人与姜人有着重要的实用价值，在来源上可能与姜戎在西域的活动有关。在先周时期，月相纪日法与殷商的旬制、干支纪日法等

①　〔美〕班大为：《中国上古史实揭秘：天文考古学研究》，徐凤先译，119～120 页，上海，上海古籍出版社，2008。

主流历制共存并行，互为补充。

另外，对月相纪日法的独崇，又成为周人历法中最具民族色彩的文化特征。发明了干支纪日法的殷商以天干号命名王族，某种程度上宣示着干支号与殷商文化、商人王权的关联。在周人创立政权之后，如何继承殷人的历法制度，或塑造新的历法传统，建立新的天命话语，这应当是西周初期制度草创之时所面临的重要问题。

在认识到这一点后，再来看金文中广泛存在的月相用语。与周原卜骨相比，存在的重大差异是：月相用语的固定化，使用方式的秩序化。

首先，从"月望"到既望，从"既魄"到"既生霸"，从"既死"到"既死霸"，这些月相词语显见的变化在于"既＋月相"格式的确定，以及"霸"的名词化。通过前置副词"既""望"成为对月相满盈的专指，不再需要用"月"加以界定。"魄"也就是"霸"，单用时表示月相趋盈的"发生"；"死"即为"死霸"，单用时表示满月的"消亡"。将两者改为"生霸"与"死霸"，并进行对举，"霸"就成了专指月魄的名词，"生"与"死"的二元分立也得以明确。这样的设计，自然是西周之后才产生的。

其次是使用方式的规范化。周原卜辞中，有月名＋月相名的词语，用来表示某个确切日期。而在金文中，更常见的使用方式是"唯＋月名＋月相名＋干支"的记日结构。一种推测是，在周人部族内部，单纯的月相名有着完整的纪日功能，在干支之外可独立使用。而当西周政权建立以后，就不得不考虑到纪日法的通行性。使用接受度更为广泛的干支纪日法，有助于周王朝与属国的交流，但又与周人的纪日习惯不兼容。周人的解决方案是同时记载月相名与干支号，并使之成为规范化的纪日语言，通行于各国。

班大为认为，周人的月相纪日法有着特定的使用范围，即王家史官文献，这是由其易用性和历史基础所决定的："自商代以来，旬制就已经牢固地确立起来并得到连续的应用，用既生霸和既死霸这样的术语对历法进行改革，除了被皇家史官置于高度专门化的应用外，可能从来也没有得到广泛的传播……而较其他术语更加流行的'初吉'一词由于与吉祥日辰学和十天一周的旬制有内在的联系，所以，在铜器铭文流行标刻作器日期的全部时间一直得到沿用。"①

可以想见，周人在纪日时，一方面保留了本族的月相纪日法（准周制），一方面出于政治或民族认同的需要，借用了殷商或华夏共同体所通用的干支纪日法（旬制）。然而在春秋以后，月相名词出现的频次就大幅衰减了。究其原因，周制基于月相纪日法，重专名；旬制基于干支纪日法，重计数。在干支称号已经确定的前提下，再用月相名称标志日期，确有赘冗之嫌。陈遵妫认为，由于"这种原始的周法……和自古以来所用的旬法枘凿不相容的缘故"②，在此后历史的选择中，最终是旬制保留了下来。结合对日名的考察来看，古巴比伦的七曜日名成型过晚，或许也是周制与月相纪日法让步给旬制与干支纪日法的一个重要原因。

月相纪日法的昙花一现，使它在西周初期的流行显得更加耐人寻味。这样一种有别于太阳历传统的纪日法和周期制，之所以能脱离知识土壤而被广泛使用，必然离不开官方意志的作用。皇家史官文献与彝器铭文对月相纪日法的强调，无疑是基于族群既有知识，建构新文化传统的一次尝试，冀望将纪时的脉络埋入历史书写的肌理。

第二节　告朔制度的兴废与月令文体的生成

一、授时告朔：西周历法的时间政治

周人重月相，不但用月相作为纪日的单位，更高度依赖其来分割全年的十二月序。这在制度上，体现为依据月序来安排政治活动的告朔制度；在文献上，则体现为"以月系事"的月令类文体的成型。

所谓"以月系事"，就是按照全年月份顺序，分别详述当月物与事，

---

① 〔美〕班大为：《中国上古史实揭秘：天文考古学研究》，徐凤先译，120 页，上海，上海古籍出版社，2008。

② 陈遵妫：《中国古代天文学简史》，80 页，上海，上海人民出版社，1955。

典型的文本就是《夏小正》《礼记·月令》《淮南子·时则训》《吕氏春秋·十二纪》这类月令文体。究其知识观念的来源，可以追溯到先民的"观象授时"知识及相关仪式。

在期年、历月、纪日等多种授时手段之中，周人对月相那份超出前人的重视，使"月"作为年中活动的时间单位，构成授时活动中最重要的"告朔"仪式，也为后世月令文献提供了写定的依据。

告朔礼的具体形式，可分为颁朔、告朔、视朔三个环节。《周礼·春官·大史》郑注："天子颁朔于诸侯，诸侯藏之祖庙，至朔朝于庙，告而受行之。"①《公羊传·文公六年》何注："礼，诸侯受十二月朔政于天子，藏于大祖庙。每月朔朝庙，使大夫南面奉天子命，君北面而受之。比时使有司先告朔，谨之至也。"②天子每年向诸侯颁朔，告知他们次年的历法及当月所行之政令，这份记录将被诸侯保存于宗庙。到每月月末时，史官提前告知君主下一个朔日将至，是为"告朔""告月"，"《月令》：'凡立春、立夏、立秋、立冬，皆先期三日，太史告于天子。'"③于是在下个月月首朔日，诸侯前往宗庙行祭告礼，领受并颁行此月的政令，是为"视朔""听朔"。作为掌握天文历法，代表着周王授时权力的官员，大史在每年岁首都需要向诸侯国颁告正朔，亦即《周礼》所谓"正岁年以序事，颁之于官府及都鄙。颁告朔于邦国"④。

告朔制度在授时层面上的意义，一在于划分年内政治活动的周期，一在于编制这些政治活动的秩序。《周礼》中所记载的政治活动通常以一年为周期，并将一年分割为十二个月份，用以区别不同时节的行政指令。正月是为全年政事的开端，因此伴随着各种祭祀以及盛大的天子告朔仪式，并可能有百官向上级领受训诫的集体活动。《吕氏春秋·

---

① （清）阮元校刻：《十三经注疏（清嘉庆刊本）》，《周礼注疏》卷二十六，1765 页，北京，中华书局，2009。

② （清）阮元校刻：《十三经注疏（清嘉庆刊本）》，《春秋公羊传注疏》卷十三，4925 页，北京，中华书局，2009。

③ 俞樾撰，赵一生主编：《俞樾全集》第 2 册《群经平议》下，905 页，杭州，浙江古籍出版社，2021。

④ （清）孙诒让：《周礼正义》第八册，2082 页，北京，中华书局，2013。

孟春纪》高诱注谓"是月，天子朝日告朔，行令于左个之房"①。告朔所发布的政令以月份为单位，保管在诸侯宗庙之中，诸侯每月第一天前往宗庙视朔，领受当月所行政令。到了岁终，一年的生产活动与政事活动均告一段落，此时诸侯百官需要检点全年的政绩并通报天子，在聘问或赏罚结束后，开始为下一年的生产和政事做准备。这种以一年为周期，分别于十二个月份施行不同政令的时间管理方式，是对先商以来"因时系政"传统的细化，在此暂且称其为一种"期年历月"的模式。作为周代特有的时政周期，它以推朔历法的建立作为必要的基础，因此不同于此前通过节气、风向等物候来辨别时令的方式，它在时间的规划上必然更为整饬和精当，因此对天子控制力的体现也是登峰造极的。

告朔制度在政治层面的意义，主要在于加强王权的权威性。通过将历法知识垄断于宫廷史官和天官群体，周王掌握了历法的唯一解释权和发布权，简单说来即是自远古以来的"授时"权力。因此，告朔活动对于王权而言，有着极强的政治象征意味，也是利用时间管制来控制诸侯的一种政治手段。另外我们也需要注意到，除了颁布历法，告朔活动所颁之"朔"还包括了对诸侯每月所行政令的要求。因此，一份"朔"的文本，包括了对时间的定义、对人事活动的命令这两重内容，在结构上则以月份为次序加以写定。以此推论，告朔文本可能就是东周以后"月令"以月系事的文体雏形，而告朔活动则是"月令"借用政令形式的制度基础。《礼记》以后三种近似的文献文本，多少有着组织纲纪，申明帝命的话语色彩。到了王莽时期，为恢复周礼，统治者更是细数每月宜忌，向天下颁布禁令，这就是敦煌《四时月令诏条》生成的背景。

然而春秋时期，随着中央权力失堕，历法知识也失去了垄断地位，"天子未必颁历，列国自为推步"②。视朔之礼同样因之偏废："幽、厉

---

①　许维遹撰，梁运华整理：《吕氏春秋集释》卷一，6 页，北京，中华书局，2009。

②　（清）王韬撰，曾次亮点校：《春秋历杂考》，见《春秋历学三种》，101 页，北京，中华书局，1959。

之后，周室微，陪臣执政，史不记时，君不告朔。"①周襄王三十二年，鲁国不行视朔之礼，《左传》以其"弃时政也"，并解释道："闰以正时，时以作事，事以厚生，生民之道于是乎在矣。不告闰朔，弃时政也，何以为民？"②明了授时活动作为政治活动的本质，就能理解史官之讥的用意。相比不视朔的失礼，在不应当视朔时仍往告庙，也是一种失礼。《春秋·文公六年》："闰月不告月，犹朝于庙。"《公羊传》曰："不告月者何，不告朔也。"③闰月作为对历法的调整，并非常月，未被编制在王国整饬的时间秩序之中，因而太史在闰月之前并不告朔。但君主既不理解制度的真实含义，又不按照史官的安排行礼，仅凭一时的心血来潮，于不当视朔时前往宗庙，故留下讥评。

当天子的权威旁落以后，授时活动留下来的，就只有徒具象征意味的祭祀仪式。而人们对仪式的眷恋，往往也并非出于制度性的需要，并充满了对过往秩序的感伤。《左传·文公十六年》："夏五月，公四不视朔。"④《论语·八佾》："子贡欲去告朔之饩羊，子曰：'赐也，尔爱其羊，我爱其礼。'"何注："鲁自文公始不视朔，子贡见其礼废，故欲去其羊。"⑤虽然史官仍然恪尽职守每月告朔，但君王却已不再视朔朝庙，由此可见，告朔礼到了春秋以后就开始衰落，这恐怕与周天子权力的弱化也是密不可分的。作为权力的时间，也需要真正的权力作为后盾，才能得以固定为制度以存续于世间。对于孔子"爱其礼"的言说，朱熹的评价是："礼之存亡，何与于一羊，圣人以为羊存则政举，将有所考，譬犹以薪传火也。是以夏之政虽衰，禹之礼未亡，故汤得而用

---

① （汉）司马迁撰，（南朝宋）裴骃集解，（唐）司马贞索隐，（唐）张守节正义：《史记》卷二十六，1258页，北京，中华书局，1982。

② （清）阮元校刻：《十三经注疏（清嘉庆刊本）》，《春秋左传正义》卷十九，4005页，北京，中华书局，2009。

③ （清）阮元校刻：《十三经注疏（清嘉庆刊本）》，《春秋公羊传注疏》卷十三，4924页，北京，中华书局，2009。

④ （清）阮元校刻：《十三经注疏（清嘉庆刊本）》，《春秋左传正义》卷二十，4035页，北京，中华书局，2009。

⑤ （清）阮元校刻：《十三经注疏（清嘉庆刊本）》，《论语注疏》卷三，5359页，北京，中华书局，2009。

之；商之政虽衰，汤之礼未亡，故文武得而用之。夫子又安知不有王者作，将举而措之天下乎？是以爱之。然而惜乎其终废也。"①也就是说，孔子对仪式的珍惜，主要在于重视仪式中所投射的王政秩序。至于告朔一礼，则象征着天子授时、诸侯受时的古老传统。理解了这一点以后，就能懂得孔子"爱其礼"这寥寥数字中所流露出的感伤。

二、三十节气：殷商历法的观念遗存

月令文体的渊源，学人一般追溯到《夏小正》，而以《礼记·月令》《吕氏春秋·十二纪》《淮南子·时则训》作为其文体成熟的标志。月令文体以一年为完整的时间周期，按月序分别细述当月物候与行事，可能正是告朔制度在文献层面的遗存。但是，仔细考察《夏小正》《管子·幼官图》与银雀山汉简，可以发现这三者与成熟形态的月令有着较大的不同，那就是不重十二月序，更重三十节气。而这一差别，体现了西周告朔制度建立之前，年中节气作为时间秩序的重要性。

《夏小正》今本文字见于《大戴礼记》，以月序作为组织结构，因而被看作月令文体的雏形。古人自述《夏小正》的来源时，频频强调其思想来源之古老。《礼记·礼运》："孔子曰：'我欲观夏道，是故之杞，而不足征也，吾得夏时焉。'"郑玄注："得夏四时之书也，其存者有《小正》。"②《史记·夏本纪》："孔子正夏时，学者多传《夏小正》云。"③不少学者倾向于认为《夏小正》有着较为古老的来源。关于其写定时间，众多学者都从不同角度进行过研究。杨宽《月令考》认为《夏小正》为春秋时代以农事为主的月历④，钱玄《三礼通论》认为或作于西周⑤。晚近以来，颜景常从语言学角度考证，《夏小正》经文以二言、三言、四言为

① （宋）朱熹：《论孟精义》，见《朱子全书》第七册，120页，上海，上海古籍出版社，合肥，安徽教育出版社，2002。

② （清）阮元校刻：《十三经注疏（清嘉庆刊本）》，《礼记正义》卷二十一，3064页，北京，中华书局，2009。

③ （汉）司马迁撰，（南朝宋）裴骃集解，（唐）司马贞索隐，（唐）张守节正义：《史记》卷二，89页，北京，中华书局，1982。

④ 杨宽：《月令考》，载《齐鲁学报》，1941（2）。

⑤ 钱玄：《三礼通论》，44页，南京，南京师范大学出版社，1996。

主，常见主谓倒句，从语言形式上来看"著作的内容很多是夏代的资料，也有一部分是商代或西周的材料"①。李学勤从古文字学与考古学的角度对《夏小正》进行研究，发现其物候观念"有古老的渊源，其经文不会像一些学者所说晚到战国时期"②。胡铁珠从天文学视角出发，通过研究《夏小正》所记载的九个月的星象，发现"《夏小正》中各星象的年代是一致的，该历曾被用于周代，其起源可以上推至夏代"③，证明了《夏小正》的适用范围可以笼括三代。

今传《夏小正》的结构特点，是按照月份顺序进行编排，于每月条目下先叙节气，再穿插排列当月物候、天文与人事。今传《夏小正》共有十二月，但也有学者认为其最初为十月历，十一、十二两月的记载是为整理者增补。④ 一个很大的可能性是，《夏小正》最早的形态，并不一定以月序为记事的次序，也并不一定以一年为记事的周期。正如我们在比较殷周两代对时间周期的不同态度时所发现的那样，对月序的重视，更接近于周人的文化传统，而殷商人以干支纪日，时间周期既建立于十进制的基础上，时间观念亦当如是。从星象来看，《夏小正》所记述的一个月，日期恐怕大于一个朔望月。考虑到其写定时代远远晚于观念生成时代，可以猜测在写定的过程中，整理者以当时通行的月序为基准，对《夏小正》的内容加以整合。整合之前的《夏小正》，其记事的逻辑顺序甚至有可能不是基于月序，而是基于一年中十个有代表性的节气点。

假如设定了《夏小正》中的月序是后人所拟，那就解释了其经文不符合"观象授时"认知顺序的矛盾所在。试以其第一章为例进行文本分析：

> 正月：启蛰。言始发蛰也。雁北乡……雉震呴……鱼陟负冰

---

① 颜景常：《〈夏小正〉里的主谓倒句》，载《南京高师学报》，1997(3)。

② 李学勤：《〈夏小正〉新证》，载《农史研究》，1989(8)。

③ 胡铁珠：《〈夏小正〉星象年代研究》，载《自然科学史研究》，2000(3)。

④ 刘尧汉、陈久金、卢央：《彝夏太阳历五千年——从彝族十月太阳历看〈夏小正〉原貌》，载《云南社会科学》，1983(1)。

……农纬厥末……初岁祭末，始用畼也……囿有见韭……时有俊风……寒日涤冻涂……田鼠出……农率均田……獭献鱼……鹰则为鸠……农及雪泽……初服于公田……采芸……鞠则见……初昏参中……斗柄县在下……柳稊……梅杏杝桃则华……缇缟……鸡桴粥。①

这段文字的认知顺序，是先定月序，再一一列举物候、天文和人事。之所以只能把它当作"观象授时"的观念遗迹而非活动实录，就在于这"先授时而后观象"的文本结构。假如抹去月序，就可以发现这一整段是对物候人事的罗列。同样，"二月""三月"直到"十二月"，每一节之中文本的组织方式都是类似的对一系列物候人事的并列记载。这种并列的内部并不存在上下先后的关系，也就是说，天文星象与动植物的生命活动，作为"物候"的价值是等同的，一样用以描述某一个时段所对应的时令特征。这与《尚书·尧典》和《礼记·月令》的编排顺序就是截然不同的。后两者将星象前置，如《简书·尧典》"日中星鸟。以殷仲春"，《礼记·月令》"孟春之月，日在营室，昏参中，旦尾中"。②这证明在《尚书·尧典》和《礼记·月令》写定的时代，人们将星象看作更可靠、更具权威性的授时资源："日中星鸟""日在营室"构成对时令的定义，而"田鼠出""獭献鱼"这类物象则作为进一步的描述而存在。此外，《简书·尧典》的文本顺序是先星象而后定节气，这就有别于《夏小正》和《礼记·月令》，更近于对"观象授时"活动的实录。

既然每节之下的文本是简单的并列关系，那么组织起来的十二节，就构成了十二个大项类。如此一来，《夏小正》思路的来源就很明白了：它的认识逻辑，归根结底是一种分类思维。《夏小正》的原始文本，应当是选取了最具有节令物征的事物，将它们编入十个或十二个章节之下，用以描述每一个时段的相应物候。在"定义"这样的抽象概念出现之前，人们用以认识时间的最简单的方法，是为"描述"。例如，如何

---

① （清）王聘珍：《大戴礼记解诂》，24～30 页，北京，中华书局，1983。
② （清）阮元校刻：《十三经注疏（清嘉庆刊本）》，《礼记正义》卷十四，2928 页，北京，中华书局，2009。

定义"正月"？在有了年、月的概念之后，我们才能定义它为"一年之中的第一个月份"。而如果向一个并没有年、月概念的人解释何为"正月"，只能通过描述具体的物候和意象，告诉他此时"雁北乡""田鼠出""初昏参中，斗柄县在下"。《夏小正》最原始的形态，应该就是在时间概念尚不明确时，为了方便认知而作出的粗略描述。

再来看《夏小正》是为十月历或十二月历的问题。殷商时期，卜辞中虽有从一月到十三月（亦即闰月）的记述，但是由于历月法的不够完善，其岁首一月常常发生时在夏历五月、时在夏历四月、时在夏历六月的混乱。因此，以月序来区别不同时节的物候，在历法不成熟的时代是难以成立的。只有反过来以不同时节的物候来辨别月序，才符合周代以前"观象授时"的实际。考《夏小正》判断每月所依据的是"参则伏""昴则见"这类粗疏的星象，加之以朔为月首的推朔历月法是在周代以后才得以建立的，因此，《夏小正》所起源的时代，分别月份的重要性是否大于节气本身的重要性，多少值得存疑。因此，《夏小正》很有可能并不是按照月份顺序进行编写的，每一节应当代表一个三十天以上的时间段，总共十节。而到了其写定的年代，一年十二月序已深入人心，便以"正月""二月"等月份名来为每一节作出定义。为了符合十二之数，又将下半年物候进行了分割，这也解释了十一、十二两月文本过短的问题。因此，现传《夏小正》文本的"以月系事"，有可能是周人以后重视序月的反映。其以启蛰为岁首，分一年为十二月的设计体现了周代编者对文本结构次序有意识的调整。

总而言之，《夏小正》最初的文本雏形，可能以观象为主要内容，以授时为主要功能，即通过描述时间段内的物候、星象及人事，来给出对相应时节的判断，并确定其在年中的次序。其基本思路是通过分类的描述，来确立时间的秩序感。《夏小正》来源既古，有可能体现的是殷商人的十进制时间观念与"亞"形宇宙观念，而非周人的十二进制月序周期。这也是后世明堂月令系统中，五行与十二月的模型冲突之根源所在。

无独有偶，《管子·幼官》也是一则未记月序，仅记节气的月令文本。《幼官》应为对《幼官图》的文字记录。安井衡："此篇名'图'，则当陈列《幼官》所不及以为十图，今不惟无图，其言又与前篇无异；盖原图既佚，后人因再钞《幼官》以充篇数耳，非《管子》之旧也。"①郭沫若指出，《幼官》"文字本布置为图形，录为直行文字，故每夹注以标识图位。而仍以图附文后，故既有《幼官篇》，又有《幼官图》。刊本所谓'图'亦只文字直录，与《幼官篇》无别，而于图位乃增多一重说明。此又后之抄书者所改易"②。《幼官》与《礼记·月令》的相似之处，早已为历代研究者所重视。郭沫若认为，"幼官"即为"玄宫"，"为《吕氏春秋》'十二纪'之雏形。'十二纪'以十二月令为篇首，每纪附文四篇。此则以五行方位纪时令，而以一篇政论文字割裂作双重，分配于五方"③。

　　虽然为许多学者判断为早期月令模型之一，但是一个很直接的问题是，《幼官》文本中并没有出现明确的月份名称。李零也发现了这一点，在《中国方术考》中，他将时令图式分为《幼官》为代表的"五行时令"和《礼记·月令》为代表的"四时时令"。④ 以结构而论，《幼官》依循的是标准的四时五方次序：于东方述春令，于南方述夏令，于西方述秋令，于北方述冬令。在每一季节之下，再以十二日为一节气，如此共有三十个节气，其中"清明""白露""寒至"等与今之二十四节气颇有相合之处。李零指出："这种三十时节与五行相配可以整整齐齐，但与四时相配，却有很大矛盾。第一，它不能整齐地与月相配，两个时节则不足 1 月（差 6 天），三个时节又超出 1 月（多 6 天）；第二，它也不能按季节整齐地四分，其春、秋二季为 8 个时节 96 天，比通常的季节（90 天）超出 6 天，夏、秋二季为 7 个时节 84 天，比通常的季节又少了 6 天，长季比短季多出 12 天。"⑤而《吕氏春秋·十二纪》与《礼记·

---

　　① 郭沫若：《管子集校》，见《郭沫若全集 历史编》第五卷，246 页，北京，人民出版社，1984。

　　② 郭沫若：《管子集校》，见《郭沫若全集 历史编》第五卷，190 页，北京，人民出版社，1984。

　　③ 郭沫若：《管子集校》，见《郭沫若全集 历史编》第五卷，190 页，北京，人民出版社，1984。

　　④ 李零：《中国方术考》（修订本），136～137 页，北京，东方出版社，2001。

　　⑤ 李零：《〈管子〉三十时节与二十四节气——再谈〈玄宫〉和〈玄宫图〉》，载《管子学刊》，1988(2)。

月令》等文献，无视了中央土行，只以月份排布政事，每月布配两节，以成二十四节气。这其间的差异，确实值得我们重视。

对此，笔者尝试作出这样的解释：《管子·幼官》与银雀山汉简《三十时》所体现的三十节气，从分配上来看是以十进制周期与五行宇宙观为指导的。前文曾述及周人刻意弃用殷商以"旬"为单位的十进制周期，另行建构以月序、月相为标志的纪日法。殷商历法较注重日至的判定和纪日、历旬，对季节的划分比较淡漠。而历月的方式更为粗放，"大月有三十日的，也有三十一日以上的；小月有二十九日的，也有少于二十九日的，甚至有二十五日的"[①]。殷人的历法有着深刻的东夷文化烙印，重视节气和纪日，不重历月和季节。至于五行宇宙观虽成型于战国末期，但其观念来源却可以追溯到殷商时期的四时五方"亚"形图式。两组文本之间的冲突，实为殷商历法与西周历法的冲突。

《管子·幼官》中的时令图式，以宇宙观而论，呈现为"四方-五行"的空间定式；而《礼记·月令》以历月为核心，按照月份平均分配节气，是典型的周代告朔制度遗存。三十节气以五方布局为出发点，体现出以空间为核心的宇宙定式；而《礼记·月令》历数从一月到十二月的物候人事，体现出对时间周期循环的认知。作为图式而论，五方图恐怕有着早于十二月令图的根源，它的宇宙观以整饬的五方定式为基础，仍带有"中"领袖于四方的权力意识，五行并未真正进入宇宙循环图式。

《幼官》之录于《管子》，《三十时》之出土于临沂银雀山，恐怕与阴阳五行之学一样有着地域文化的因素。立中而朝四方，这是五行理论的最初来源。通过将"中"抽出来而加入五行循环，才得以打破自殷人以来建构的王权传统。但是，这种手段在处理"四方-四时"的原有关系时，遭遇了尴尬。到了五行论成熟的战国末期，二分二至的四仲观念固然深入人心，从曾侯乙星图来看，当时的四象系统业已完成。五行虽然是从"四时-五方"系统演化而来，但注重周期循环的五行系统与以四仲中星为基准的四时观念，可以说从诞生伊始就存在着根本的不协调。冯时在《中国天文考古学》中提及了一个有趣的现象，即四象系统

[①] 常玉芝：《殷商历法研究》，299 页，长春，吉林文史出版社，1998。

中，北宫最初以麒麟形象作为主象，见于曾侯乙星图与虢国铜镜，这最初来源于北宫危宿的形状。而到了《吕氏春秋》的时代，北宫之象为玄武所取代，麒麟成为中央星象的象征。传统四象向五象的转变，有可能是出于五行理论自圆其说的需要。当"中"没有配属星象时，就意味着其观测者的绝对性；而当五方各自分配对应星象之后，"中"就可以被解释、被象征、被赋予特定的属性，最终与其他四方在地位上趋向平等。可以看到，五行理论在对时间作出解释时，不得不依靠"四时-五方"的早期图式，但又因此必须面对"中"的核心地位，并想办法去消解这种核心。这正是以五行宇宙观为指导的时间图式之特征。

而月令则没有这种困境。究其原因，在于它是从实际制度而非观念系统出发，因此在更具可操作性和自洽性的基础上，五行观念至多为它的点缀。但是，今天的月令之所以呈现出一种明显的图式感，在于它的写定，取法于"四时-五方"图式。从知识观念发展的时间线上来看，这是可以成立的。推朔历法晚于四仲中星的观测法，以此可以推论，重视历月的观念应该晚于重视四时的观念。阴阳家《月令》"以月系事"的结构模式，取自明堂图式"以时序事"的文本著录形式。

三、日忌月忌：月令话语的巫卜传统

月令文体中除物候、月序之外，还有一大重要的知识观念资源，那就是起源于卜日传统的日忌、月忌思想。体现这一知识观念的话语方式，就是《月令》每月最末对宜忌的判断，对君王行令的训诫。对此最有力的注脚，是1942年长沙楚墓出土的帛画《十二月神图》，此图按方位绘有四季十二月的神灵图像，并附有题记文字，详述十二个月份的月名（合于《尔雅·释天》）、物候以及行事宜忌。其月份之别名，为战国时期楚国所常用。陈梦家在《战国楚帛书考》一文中，推定帛画年代在公元前350年前后，早于管子《幼官图》与邹衍之说。[①]

《十二月神图》将十二个神像以三个为一组，分别排列于东、南、西、北四方，代表孟春到季冬的十二个季候；四角上各有青、赤、白

① 陈梦家：《战国楚帛书考》，载《考古学报》，1984(2)。

黑四种树木图像，标志着天地四维。图上的神像画风夸张诡秘，很容易让人联想到《山海经》。据《左传·宣公三年》记载，上古有"铸鼎象物"①的传统，使民"知神奸"，不逢"螭魅罔两"。在楚国，巫史更有"道训典以叙百物"②（《国语·楚语下》）的知识传统，并以刻绘在青铜器与宗庙墙壁上的物怪图像作为一种职业文献。《十二月神图》中所常见的方首、鸟身、双身蛇、三首人，是一种具有鲜明巫术色彩的造型艺术，因此，林巳奈夫等学者认为，十二月神像是巫师与其御用神兽的结合体。而李零则认为帛书图画的结构不但与古代天文有着内在联系，同时也与上古的占卜工具——式盘在形制上有相似之处，更有可能是传统演禽占卜术的体现。③ 尽管对《十二月神图》的本质，学界存在历法说、天文说、巫术说、阴阳家说等多种假说，但李零、陈梦家、林巳奈夫与李学勤等几位学者的论述在一点上达成了共识，那就是帛画与上古巫术、历法宜忌有关，与后世月令有相似之处，却没有后世月令那种浓重的说礼色彩。李零的意见在其中最有代表性，他认为上古天文历法与术数本是同源，帛画与后世月令同样源于古代时令知识中的宇宙图式，他试图用数字和阴阳五行理论模拟出宇宙和社会的对应关系。

这份帛画有力地证明了远古巫觋所专擅的知识系统中，有关天文历法、占卜演算和方物神怪的知识，直到战国中后期仍然有糅合在一起的迹象。《十二月神图》中对方物神怪的描绘，某种程度上也与时令物候之间有着内在联系。"识物"是上古巫祝的职业技能，将"象"与人类活动进行联系，使用专业知识指导人民的生产生活，正是他们的社会职能所在。就此意义而言，物候学上的"观象"与地理学上的"识物"，在这套系统内部有其逻辑关联。

帛画上的三段文字进一步证明了这点。学界对帛画文字的考证和

---

① （清）阮元校刻：《十三经注疏（清嘉庆刊本）》，《春秋左传正义》卷二十一，4056 页，北京，中华书局，2009。

② 徐元诰撰，王树民、沈长云点校：《国语集解》（修订本）卷十八，526 页，北京，中华书局，2002。

③ 参见李零：《中国方术考》（修订本），189～190 页，北京，东方出版社，2001。

研究一直未曾停止过，根据目前的研究成果来看，帛书主要分为三篇。第一篇是创世神话，讲述伏羲与女娲婚配，所生四子定下了一岁四季的宇宙秩序，炎帝命祝融为太阳规定轨道、绝地天通，帝俊为日月订立运行规则，相土为一天划分四时。最后，共工推步十日、四时，创建历法。这段创世神话的实质是创立"时间"的神话。每一任上古帝君的功绩就在于使时间的分割更加精密化，也正因为对时间规则的制定，其神性才得以最大化。最后分割四时的相土，正是殷人的先祖。在这个创世神话的事件表里，我们能看到"时间"从最初的混沌开始，经过一代代先民的观察实践，最终在殷商文明的初期，结束了人神不分的神话化叙述，作为一种既成的明确知识被人们所接受。

帛书的第二篇，强调了日月四时运行失序的可怕后果，并以此说明祭祀的必要性。文中"帝"发出了要祭祀天神的号令，如果听从祭祀，即使日月失序，人民也能得到庇佑。而假若人民祭祀不庄重，"帝"将扰乱时序运行，让人民遭到诸神的惩罚。这就是上古巫师的典型话语方式，在言说中夹入恫吓与劝诱，力使人民服膺于其制定时间、主持祭祀的权力。

帛书的第三篇略述诸月物候，详细说明了十二个月份的宜忌事项，包括婚丧嫁娶、征伐祭祀等事，与后世阴阳家月令颇有相合之处。但是，帛书对每月物候的叙述极其简略，可谓有"颁政"之实而无"授时"之事。再者，帛书所述宜忌，与我们如今所知岁时习惯略有差异。如筑城安排在二月①，不符合"营室"习俗；十一月可攻打城池而十二月不可，也不符合军事行动的偶然性。至于六月不宜行军、七月不宜兴水利，则多半是考虑到雨季河川上涨的因素，为《礼记·月令》所不载。总体上来看，帛书所关注的政事，缺乏《礼记·月令》那样的系统性，也并不强调气候与政事之间的联系，只是将"宜"与"忌"放在第一位，这从观念上有别于《夏小正》以降的物候观，以及《尧典》以四时对应人事的宇宙观。从形式上来看，帛书也不同于《礼记·月令》规整的训诫格式，形式上"记"的可能大于"令"的可能。笔者的猜想是，帛书是为

---

① "玄月"一条下有争议，严一萍释为"不可以筑室"，何琳仪释为"可以筑室"。

月忌之书，是殷商"日忌"在周代的一大演进，其对应的职官制度可能是当时"日者"等专业巫觋，与掌握历法的天官有着一定区别。

李零在《中国方术考》中早已明确指出了楚帛书与日书的相近之处，将其归于"历忌"范畴，并推论《礼记·月令》源出于月忌。笔者认为，月令的知识来源比较复杂，它不但继承了古代物候历的自然观，"四时-五方"的宇宙观，也杂入了战国末阴阳五行的系统论。而其中"宜"与"忌"的表述，不见于其上三者中任何一种观念资源，只可能出自历忌系统。

讨论月忌，需要先从"日忌"开始。据晏昌贵《简帛数术与历史地理论集》整理，至今出土的秦及以前日书材料，共有六种，分别是：

[1]湖北江陵九店楚简《日书》；

[2]上海博物馆藏战国楚简《日书》残片；

[3]湖北云梦睡虎地秦简《日书》甲乙种；

[4]甘肃天水放马滩秦简《日书》甲乙种；

[5]湖北沙市周家台关沮秦简《日书》；

[6]湖北江陵岳山秦牍《日书》。

这六种日书，时代最早的在战国，出土地域主要集中在秦、楚两地。除这六种日书之外，晚至东汉也有若干种日书汉简出土，以后则不见。王充在《论衡》中专作《讥日》一篇，批判东汉时期民间所信奉的日忌观念：

> 世俗既信岁时，而又信日。举事若病死灾患，大则谓之犯触岁月，小则谓之不避日禁。岁月之传既用，日禁之书亦行。世俗之人，委心信之，辩论之士，亦不能定。是以世人举事，不考于心而合于日，不参于义而致于时。时日之书，众多非一，略举较著，明其是非，使信天时之人，将一疑而倍之。夫祸福随盛衰而至，代谢而然。举事日凶，人畏凶有效；日吉，人冀吉有验。祸福自至，则述前之吉凶以相戒惧：此日禁所以累世不疑，惑者所

以连年不悟也。(《论衡·讥日》)①

　　值得我们注意的，是王充将"信岁时"与"信日"两分而论，指出时人大事信岁时，小事信日禁。"岁月之传"与"日禁之书"在王充看来有着不同的迷信主题，因此作《间时》批判时人对岁月之神的信仰，再作《讥日》论述日忌的虚妄。前者的错误在于把自然历法当作人格化的神灵来信奉，而后者忽视了时间本身具有的人事含义，过分强调虚幻的吉凶，即"王法举事以人事之可否，不问日之吉凶"。纵观《论衡》全书，王充并没有批判《礼记·月令》类文献"以时序事"的基本观念，他承认某些人事活动需要考虑到气候等要素，但若以"神灵""吉凶"为出发点就属于虚妄。

　　但是，日忌究竟有着怎样的文化根源，却是仅凭现有的材料难以回答的问题。现今出土的战国日书，已经大量夹杂了五行思想，同时也糅有相当的月忌内容。通过这些日书所记录的天象历法知识，可以确定至晚在战国时代，日忌、月忌与天文历法知识，有着一定程度上的合流迹象。然而，尽管这些日书也记载了"聚众""筑宫室""攻城"等重要政治活动，但其出土墓葬却"多为社会中下层庶民、士人和低级官吏"②。由此可见，战国时期的日忌已不仅限于指导贵族生活，而是在大众生活中也有着广泛的传播。那么，日忌文献的传承者是谁，他们在战国以前有着什么样的职业面貌？由于出土材料的匮乏，我们也只能从传世文献中寻找这些蛛丝马迹。

　　《墨子》记墨子遇日者之事，考察日者劝墨子"不可以北"的理由是"帝以今日杀黑龙于北方，而之色黑"。这一理由的内在依据，一者在于"日期"，二者在于"方位"，三者在于"颜色"。也就是说，在墨子的时代，方位、颜色与日期在五行理论的糅合下，已经可以相匹配。司马迁在《史记》中作《日者列传》，直接将"日者"等同于巫卜，即"自古受命而王，王者之兴何尝不以卜筮决于天命哉！其于周尤甚，及秦可见。

　　① (汉)王充：《论衡》，365 页，上海，上海人民出版社，1974。
　　② 晏昌贵：《简帛数术与历史地理论集》，2 页，北京，商务印书馆，2010。

代王之入，任于卜者"①。上古时期的巫卜，以其对天命的精通而对王政有着重要的辅助。但是《日者列传》只记载了司马季主一人的故事，对此，司马迁谓："古者卜人所以不载者，多不见于篇。及至司马季主，余志而著之。"②

那么，在汉代乃至战国以前，"日忌"的地位如何呢？在《周礼》中，有数条对"卜日"的记载：

> [1]前期十日，帅执事而卜日。(《周礼·天官·大宰》)③
>
> [2]凡祀大神、享大鬼、祭大示，帅执事而卜日。(《周礼·春官·大宗伯》)④
>
> [3]凡祭祀之卜日，宿为期，诏相其礼，视涤濯亦如之。(《周礼·春官·肆师》)⑤
>
> [4]大祭祀，与执事卜日。(《周礼·春官·大史》)⑥

可以看出，"卜日"主要是用以选择祭祀日期。在甲骨卜辞中，也有"王卜日吉"的记载。"卜日"在殷商之时，常用于"受年"等重大祭祀，到了周代，则可能用于一些相对较为重要的祭祀和礼仪——日期的吉凶，关系到祭祀的成果，这对于难以预见其有效性的仪式活动来说，是一层重要的成功保障。战国的卜日之术，虽然已经下降到庶民的婚丧嫁娶，但出土的日书文献中，仍有大量并不属于庶民日常生活的征伐、筑城、会合诸侯等内容。这可以看作战国日书对商周卜日所代表

---

① (汉)司马迁撰，(南朝宋)裴骃集解，(唐)司马贞索隐，(唐)张守节正义：《史记》卷一百二十七，3215 页，北京，中华书局，1982。

② (汉)司马迁撰，(南朝宋)裴骃集解，(唐)司马贞索隐，(唐)张守节正义：《史记》卷一百二十七，3221 页，北京，中华书局，1982。

③ (清)阮元校刻：《十三经注疏(清嘉庆刊本)》，《周礼注疏》卷二，1398 页，北京，中华书局，2009。

④ (清)阮元校刻：《十三经注疏(清嘉庆刊本)》，《周礼注疏》卷十八，1646 页，北京，中华书局，2009。

⑤ (清)阮元校刻：《十三经注疏(清嘉庆刊本)》，《周礼注疏》卷十九，1659 页，北京，中华书局，2009。

⑥ (清)阮元校刻：《十三经注疏(清嘉庆刊本)》，《周礼注疏》卷二十六，1765 页，北京，中华书局，2009。

的神圣权力之借用，而到了王充所在的汉代，根据《论衡》记载，时人对日期的迷信已经到了巨细靡遗的程度，就连沐浴、裁衣的时间也要根据日忌来确定。这符合我们对占卜神圣性层级下移的认知，同样也告示我们，"日忌"的最初来源，可能与天文历法并无直接关系，纯是巫卜系统中一项附属于祭祀活动的职能。对"日"之吉凶的重视，同样符合殷人在历法上重日、重旬的表现。因此，在以"月"为行政基本时间单位的周代，其演化为"月忌"是有可能的。到了战国时期，"日忌"的占卜术与天文历法发生了合流（主要体现为楚帛书等文献中对两者的并举），从知识资源上来看，两者都依赖对时间的判断；从制度上来看，天官与巫卜在上古有着共同的渊源，因此在写定面向庶民的日书时，民间的"日者"自然地借用了天文历法资源中"创立时间"的神话传说，用以提升"日忌"和"月忌"的地位。

然而需要看到的一点是，"卜日"的基础在于占卜，本质上是一种非理性的行为，除了宗教神圣性之外，不附带任何政治哲学价值和阐释理性。因此，对日忌、月忌的重视，与《春秋》等古代文献中体现的"顺时"概念在来源上有着根本的不同。月忌的特点是"判断"，即在当月之下判定行事的吉凶，这近于上古卜辞及后世占卜术的特征；而月令的特点在于"描述"和"叙述"，对于物候表征、人事行为和此间存在的逻辑联系，记录极细。李学勤非常敏锐地发现了这两者的不同：

> "月令"，如《管子·幼官》《幼官图》《吕氏春秋·十二纪》《礼记·月令》《淮南子·时则》之类，其根本在于政令与天时间的配合呼应。因此，这些文献都讲到时节的推移变迁，在物候上的表征，君主如何施行适当的政令，以及如违反天时会出现怎样的灾异等等。这种思想假如付诸实施，只能由君主推行，和供一般使用的数术书籍有明显的区别。
>
> 帛书《月忌》的内容，在每月之下都述及宜忌，而以忌讳为主。所涉及的行事，虽有出师、侵伐、作大事、会诸侯等统治者的活动，也有嫁女、娶女、筑室等民间日常的行为。李零认为其性质

近于历忌之书，是正确的。①

李学勤将月令与月忌相区别的论述，十分精当。笔者的一个补充是，《管子·幼官》基于方位图式的结构，与《礼记·月令》和《吕氏春秋·十二纪》并不完全重合。因此，在李学勤的分类基础上，可以将月令文献再细分为以五方图式为主导的《幼官》系列和以时序循环为主导的月令系列。其中，月令系列文献对月忌的术数类文献有所继承，在文章中的表现就是大量以"毋""不可以"开头的，以训诫代否定的语句。这就是阴阳家月令对上古术数文献的一大继承，留待后义展开。

综合对日书类文献的研究，我们可以得出一个基本的结论：日忌传统出自殷商时期对重大祭祀活动的择日占卜，最初由氏族领袖举行。到了周代以后，统治者不再兼行宗教事务，卜日职能为大史、大宗伯等继承巫觋技能的职官所掌握，而卜日所面对的事务也逐渐从"受年"这样最大规模的祭祀，慢慢下降到祀神、享鬼等在礼制上较为重要的祭祀活动。至于战国时期，"卜日"作为一项职官行为，被"日忌""月忌"这样的文书形式所取代，同样也为更广大的社会阶层所共享。专职的"日者"不再只为王廷服务，他们进入市井生活，为有需要的一般民众提供有偿服务。但是，由于其文献的知识依据根植于占卜行为，日忌、月忌之书的一大特色，就在于"宜"与"不宜"的一般判断，不主动解释合理性。而这种对解释行为的规避，本身也体现出占卜活动的神圣性传统。

四、明堂月令：商周历制与观念的整合

传世的阴阳家月令文献，较具代表性的是《礼记·月令》《淮南子·时则训》《吕氏春秋·十二纪》三篇。容肇祖在《月令的来源考》②中，根据注家的称引，推断月令出于《邹子》。不少人在认同月令出于阴阳家一脉的基础上，主张《明堂月令》的存在。汉末蔡邕曾征引《乐记》《尔雅》《诗经》以论证明堂与月令之间的关系，许慎在《说文》中所引用的

---

① 李学勤：《简帛佚籍与学术史》，62 页，南昌，江西教育出版社，2001。
② 容肇祖：《月令的来源考》，载《燕京学报》，第 18 期，1935。

"明堂月令"即为《礼记·月令》文本。顾颉刚指出："至《月令》式之明堂，乃阴阳家言之集中表现与其最后成就，全出理想，不必以事实求之者也。"①钱穆说："余考《汉志·邹子》书，及班固、如淳诸家旧注，乃知邹子言五行，实为《月令》《时则》所祖。"②由此可见，月令与阴阳家的明堂系统有着很深的渊源，有可能是从阴阳家的某篇文献脱胎而成。

《十二纪》中每纪篇首"一曰"以下文句，基本与《礼记·月令》相同，但在每纪之下又分设四篇价值论述，月令文字只占篇幅的五分之一左右，可以判断《十二纪》对《礼记·月令》的基本态度近似于引用文献。《时则训》在文句上与《礼记·月令》有一定出入，但每月之下的总体内容与《礼记·月令》大致相同，只是对个别内容有所简省，基本可以确定是在《礼记·月令》基础上删改而成。因此，《礼记·月令》应可视作最接近阴阳家月令原型的文本材料。

《礼记·月令》的文体特征非常鲜明。全篇文本以"月"为单位，从孟春到季冬，顺次编排出十二个月的内容，而每一个月份的条目下，也有着相对固定的格式。与《十二月神图》中的文字相似之处在于，文本中有物候描写，有历忌说明，更有恫吓与劝诱的说理姿态。以下，我们通过"孟春"一节为例，分析《礼记·月令》的基本编写逻辑。

> 孟春之月，日在营室，昏参中，旦尾中。其日甲乙。其帝大皞，其神句芒。其虫鳞。其音角。律中大蔟。其数八。其味酸，其臭膻。其祀户，祭先脾。③

月令的第一段，一般是说明本月所对应的星象、帝、神、虫、音、数、味、臭、祀、脏。这种对应关系来自阴阳家的五行世界观。类似的世界观在《尚书·洪范》《管子·四时》中也有相似的表述。但在月令中的作用，无疑是为了作出一种概括性的说明，试图达成一种普遍真

---

① 顾颉刚著，钱小柏编：《史迹俗辨》，37页，上海，上海文艺出版社，1997。
② 钱穆：《先秦诸子系年》，512页，北京，商务印书馆，2001。
③ （清）阮元校刻：《十三经注疏（清嘉庆刊本）》，《礼记正义》卷十四，2928～2931页，北京，中华书局，2009。

理性的陈述，为后文的合理性在世界观上作出铺垫。春秋时期，五行观念得到了很大的发展和深化，其中最突出的表现就是五行体系的扩大化。五行配于五色、五方，到了《周礼·冬官·考工记》已形成完整的图式，同时期诸子各家又以己说杂入五行，使整套系统逐渐产生了指导军事、政治的意义。及至战国末期，邹衍等阴阳家的学说盛行一时，及至《礼记·月令》，终于集五行图式之大成。

> 东风解冻，蛰虫始振，鱼上冰，獭祭鱼，鸿雁来。①

原本在《夏小正》中占据主要篇幅、内容混沌不分的"观象授时"内容，到了《礼记·月令》中被分成"天象"与"物象"两个部分，"天象"与五行图式一起列于第一段，而"物象"则被单独列于第二段。可见在《礼记·月令》中，划定这个月所处"时间"的，是第一段所写的天象，而物象只是作为一种印证式的补充说明而存在。天象的崇高感与神圣感，使得它在物候系统中独立出来成为与五行世界观并列的存在；之后地表上的物象因循着由上至下、由抽象到具象的逻辑，在叙述完无机而神秘的至高意识后，作为有机而易于观测的俗世表象被排入第二段。某种程度上，这反映了当时人对判断时令所依据对象的自主选择。

《礼记·月令》所记载的天象原理，是记录一年十二个月之内，昏、旦、午三个时辰的宿位，并利用二十八宿在中天所处的位置来表达时令，可视为一种采用二十八宿体系的授时系统。"从《月令》与诸典籍有关星象记载的对照可以看出，《月令》乃丑正时录，当是春秋前期更早时期的星象记录。"②若此说成立，那么基本可以确定《礼记·月令》与《吕氏春秋·十二纪》皆有更早的文献蓝本。然而，据天文学家考证，远在其成书之前的春秋后期，人们就已经创制出了更为精密的四分历。

所谓四分历，是以 $365\frac{1}{4}$ 日为回归年长度调整年、月、日周期，依据太阳周年的视运动，划分周天为二十四等分所形成的太阳历系统。

---

① （清）阮元校刻：《十三经注疏（清嘉庆刊本）》，《礼记正义》卷十四，2933 页，北京，中华书局，2009。

② 张闻玉：《古代天文历法讲座》，90 页，桂林，广西师范大学出版社，2008。

这一历法精确地划分了二十四节气，用抽象的太阳历代替了具象的物候历。孟子一句"天之高也，星辰之远也，苟求其故，千岁之日至，可坐而致也"（《孟子·离娄下》）从侧面说明了在他所处的时代，历法并非观象得来，而是由推算得来。然而，在四分历得到推行的战国末期，为什么曾任"羲和之官"，对天文气象了如指掌的阴阳家却没有采用当时最先进的太阳历系统写定月令，而是使用了"以月系事"的方法，写定落后的"观象授时"系统呢？

这里仅探讨几种可能的原因。其一，"观象授时"的知识观念有着极为久远的历史，也是阴阳家最初也最熟悉的话语资源。"獭祭鱼""鸿雁来"这样将物候与神秘的自然规律相结合的话语方式，来自远古氏族的巫祝传统。后世巫职分化、地位下移，而"观象授时"却作为一种具有神圣性的知识观念，被阴阳家继承和写定。其二，"观象授时"在文体上的重要表征就在于以《夏小正》为代表的"以月系事"。使用相同的话语资源，就意味着与上古巫祝传统达成了某种连接，也意味着阴阳家的话语地位得到抬升。而最后一点，与《礼记·月令》的功能密不可分，需要进一步分析下文。

> 天子居青阳左个，乘鸾路，驾苍龙，载青旗，衣青衣，服仓玉，食麦与羊，其器疏以达。

> 是月也，以立春。先立春三日，大史谒之天子曰：某日立春，盛德在木。天子乃齐。立春之日，天子亲帅三公、九卿、诸侯、大夫，以迎春于东郊。还反，赏公、卿、诸侯、大夫于朝。

> 是月也，天子乃以元日，祈谷于上帝。

> 是月也，王命布农事，命田舍东郊，皆修封疆，审端经术。善相丘陵、阪险、原隰、土地所宜，五谷所殖，以教道民，必躬亲之。田事既饬，先定准直，农乃不惑。

> 是月也，命乐正入学习舞。乃修祭典。命祀山林川泽，牺牲毋用牝。禁止伐木。毋覆巢，毋杀孩虫、胎、夭、飞鸟，毋麛毋

卵。毋聚大众，毋置城郭。掩骼埋胔。①

这一段将《夏小正》之类月令书中的农事记载从描写物候的段落中单独提取出来，并于其后扩写为人事之"令"。这样一来，就对农业产生了指导作用，而不是单纯的观察和载录。并且这种指导不是直接作用于农民，而是写给君主，要求其以"命""令""劝"的方式指导人民的劳作。《礼记》与《吕氏春秋》成书时，七国尚未统一，然而这些段落中出现最多的词，却莫过于"天子"。作书者以"天子"为主语，详述天子在不同时序中所应行使的不同政令，暗示君上行使合宜节气的政令，是走向称帝之路的正道。恰如顾颉刚所说："春秋战国期间，诸侯未敢称王时，在礼制上僭越的已很多。称王之后，更可以名正言顺地实行天子之礼。所以稷下拟订的礼制，有些可能在齐国实行过。当时的齐王虽还没有统一寰宇，却早已把自己看成了'天子'。"②阴阳学说在稷下学宫之流行，与齐王以天子自命的野心有着密不可分的关系。可以说，《礼记·月令》在人事一节中所作的扩充，一方面来自农业经验的长期积累，另一方面是带有规范化意味的教科书。但是，它所教导的对象，并不是农业生产者，及其直接的施令者。为了证明这一点，我们再看最后一段：

是月也，不可以称兵，称兵必天殃。兵戎不起，不可从我始。毋变天之道，毋绝地之理，毋乱人之纪。

孟春行夏令，则雨水不时，草木蚤落，国时有恐。行秋令，则其民大疫，猋风暴雨总至，藜莠蓬蒿并兴。行冬令，则水潦为败，雪霜大挚，首种不入。③

在这里，我们可以看到阴阳家对"不应时行令"的后果作出了近乎

① （清）阮元校刻：《十三经注疏（清嘉庆刊本）》，《礼记正义》卷十四，2934～2938 页，北京，中华书局，2009。
② 顾颉刚：《"周公制礼"的传说和〈周官〉一书的出现》，见中华书局编辑部编：《文史》第六辑，北京，中华书局，1979。
③ （清）阮元校刻：《十三经注疏（清嘉庆刊本）》，《礼记正义》卷十四，2938～2939 页，北京，中华书局，2009。

恫吓的说明。"国时有恐""其民大疫""首种不入"是国君最可怕的噩梦。这里的逻辑是：假若国君不依照阴阳家所指导的那样行使政令，就会"变天之道""绝地之理""乱人之纪"。将这种行为上升到"弃绝天地纲常"的高度，导致天道的报复似乎也就是可以理解的了。于是，国家危亡，民生凋敝，一切苦难都因国君不听信阴阳家而起！

与之形成对照的《十二月神图》，同样既有"惟天作福，神则格之；惟天作妖，神则惠之"的利诱，也有"民祀不歆，帝将纇以乱逆之行"的恫吓。《十二月神图》的说理对象是一般民众，它主张民众听从"帝"（巫师）的教令进行祭祀：听从则有神灵庇佑，不听则必遭神罚。而《礼记·月令》的说理对象却是国君：听从则得天子之尊，不听则国将有恐。为何会存在这样的差别？须知前者的作者，很可能是在上古生产生活中拥有至高无上地位的"帝"——巫觋，而后者的作者，却是在战国位格下移，寻求诸侯国君庇护的"士"——阴阳家。由此可见，《礼记·月令》的威慑力在很大程度上正是来源于它所发轫的原始巫术历占，而阴阳家的权威性也与上古巫觋的至高地位有着千丝万缕的联系。

这样赤裸裸的训诫文字，也只能生存于先秦那样的文化土壤里。过常宝认为，春秋战国时期广泛存在着一种谏诫政治，即"氏族时代长老议会的政治方式，在后世的传说中，变成了以帝王为中心的咨议政治模式。这种政治模式实际施行于周初……周公以宗教领袖和长辈的身份训诫成王，就是这种咨议政治的体现。至春秋时期，史官和君子又将咨议政治发展为谏诫政治"[1]。而所谓"稷下学宫"，正是谏诫政治一度被制度化的体现。学者们以帝师之身，睥睨帝王之尊，对诸侯王展开严厉的训诫，而其中尤以掌握着上古宗教领袖授时话语的阴阳家们最有底气。与此相对应的是以商人之身登上相位的吕不韦，召集门客编定《吕氏春秋》，其目的或多或少是为了抬升自己的文化地位。《吕氏春秋·十二纪》用阴阳家月令这样具有强烈训诫性的文体为纲，再补入各家的政论学说，这样的编纂方式确实是精心计算之下，将话语权力最大化的尝试。

---

① 过常宝：《先秦文体与话语方式研究》，259 页，北京，中华书局，2016。

这段文字的话语姿态，同样为上一段文字作出了注解。"是月也，天子乃以元日，祈谷于上帝"这样的表述，并不是简单的一般陈述句。这正是阴阳家站在训诫立场上，为君王给出的五行政令之图式。月令之"令"，从文本上来看是阴阳家代天子所拟、对庶民所颁之令，从功能上来看又是阴阳家对君主的"令"上之"训"。顺我说者为天子，逆我说者国将有恐。阴阳家在真实的农事活动中掺杂入阴阳五行之言，使得阴阳之学显得尤为神秘可怖。

至此，我们可以看到月令作为文体的根本功能，也就懂得了阴阳家使用"以月系事"的方法，写定"落后"的"观象授时"系统的第三层原因。那就是只有具备神圣性的知识体系（物候）才能带来合法的话语资源（授时），而合法的话语资源又导向了固定的文体（以月系事）。使用这种特定的文体进行写作，就意味着掌握了最高的话语权，从而为阴阳家赢得了至高的言说地位。

第五章 "书"类文献：
文书稽古与道德垂范

　　作为乱政之末世而进入传统历史叙述的晚商，在事实上已经达成了一个早期王朝所能臻至的政治成就，即在与诸氏族的博弈中摆脱原始民主的制约，在祖先崇拜的合法性基础上，最终建构起超越神权和宗教的世俗王权。宏大的都城，精美的彝器，奢靡的饮食，社会生活诸种细节的豪华绚烂已穷尽当时所能到达的极限，也成为后世传述中以艳羡之笔渲染传播并遭受批判的邪恶罪证。①

　　王权下的文明，越是成熟完备，越需要耗尽一切组织力与动员力，去维系其庞大的躯壳与深密的毛细血管，亦即权力制度本身。因此烂熟期的文明在对外的攻防上往往脆弱。武王以"小邦周"而伐"大邑商"，筹备虽久，但实际上并没有经历过于艰难的战斗。利簋铭文谓"克昏夙有商"，周人于一日之间就攻破朝歌。《逸周书》谓"商师大崩"②，《史记》的解释是"纣师虽众，皆无战之心"③。传世文献中对战斗过程的记述，篇幅远逊于对战前动员、战后祭祀的描写。而周人自己用以颂美武王功勋的《大武》乐舞，"始而北出，再成而灭商。三成而南，四成而

---

　　① 《韩非子·喻老》："昔者纣为象箸而箕子怖。以为象箸必不加于土铏，必将犀玉之杯；象箸玉杯必不羹菽藿，则必旄象豹胎，旄象豹胎必不衣短褐而食于茅屋之下，则锦衣九重，广室高台。"见(清)王先慎撰，钟哲点校：《韩非子集解》，162～163页，北京，中华书局，1998。

　　② 黄怀信、张懋镕、田旭东撰：《逸周书汇校集注》(修订本)，341页，上海，上海古籍出版社，2007。

　　③ (汉)司马迁撰，(南朝宋)裴骃集解，(唐)司马贞索隐，(唐)张守节正义：《史记》卷四，124页，北京，中华书局，1982。

南国是疆，五成而分周公左召公右，六成复缀以崇"①，描绘灭商后南面而治的篇章，占据整个乐舞仪式的三分之二，与其说《大武》是对武功的夸耀，不如说更侧重于对文治的赞颂。

"行天之罚"是周人在《牧誓》中自陈的伐商理由，但它并不能直接推导出周人取代商人行使统治的资格。在商覆灭之前，部族间的侵伐和吞并常常有之，但当被消灭的对象是同盟诸族之长，其领土、资源、民众应当如何分配，就成了并无前例可循的难题。而在一切难题中最为核心的问题是：作为战胜者的周人，是否能够继承商人作为"王"的政治权力。

文王伐商前曾以龟卜求贞，被授予可以伐商的"命"。由于文王早逝，"大命"未成，武王于是以文王之名义伐商。一些传世文献在描述伐商过程时，也强调了伐商之命来自文王。如《史记·周本纪》："为文王木主，载以车，中军。武王自称太子发，言奉文王以伐，不敢自专。"②直到周初的《尚书》八诰、《诗经》的雅颂诸篇以及彝器铭文中，我们都能看到"文王受命"的叙事表达，从中可以判断周人"大命"最初的起源：

[1]文王在上，於昭于天。周虽旧邦，其命维新。（《诗经·文王》）③

[2]文王受命，有此武功。既伐于崇，作邑于丰。（《诗经·文王有声》）④

[3]敷贲，敷前人受命，兹不忘大功。予不敢闭于天降威用……天休于宁王，兴我小邦周，宁王惟卜用，克绥受兹命。

---

① （清）阮元校刻：《十三经注疏（清嘉庆刊本）》，《礼记正义》卷三十九，3343 页，北京，中华书局，2009。

② （汉）司马迁撰，（南朝宋）裴骃集解，（唐）司马贞索隐，（唐）张守节正义：《史记》卷四，120 页，北京，中华书局，1982。

③ （清）阮元校刻：《十三经注疏（清嘉庆刊本）》，《毛诗正义》卷十六，1083 页，北京，中华书局，2009。

④ （清）阮元校刻：《十三经注疏（清嘉庆刊本）》，《毛诗正义》卷十六，1133 页，北京，中华书局，2009。

（《尚书·大诰》）①

[4]天乃大命文王，殪戎殷，诞受厥命，越厥邦厥民。（《尚书·康诰》）②

[5]文王受命惟中身，厥享国五十年。（《尚书·无逸》）③

[6]天不可信，我道惟宁王德延，天不庸释于文王受命……君奭，在昔上帝，割申劝宁王之德，其集大命于厥躬……乃惟时昭文王。迪见冒闻于上帝，惟时受有殷命哉。（《尚书·君奭》）④

[7]惟时上帝，集厥命于文王。（《尚书·文侯之命》）⑤

[8]肆文王受兹大命。（何尊，《集成》6014）⑥

[9]丕显文王，受天有大命……先王受民受疆土。（大盂鼎，《集成》2837）⑦

在伐商成功之后，周人在铭文、诗、诰等一切涉及"大命""天命"的叙述时，一样会将之归于文王。但在我们上述所举的文例中，其实还存在着两种对"受命"具体内容的不同表述：其一为"殪殷""武功"的征伐权，其二为"受土""受民"的统治权。从殷周的占卜传统来看，龟卜所作的通常只是针对一件事情的吉凶判断，不足以作为长期有效的合法性证明。因此，文王所获得的征伐之合法性，应当如何转换为武王、成王乃至周人世代的统治合法性，就需要更稳定和可持续的意识

---

① （清）阮元校刻：《十三经注疏（清嘉庆刊本）》，《尚书正义》卷十三，420～422页，北京，中华书局，2009。

② （清）阮元校刻：《十三经注疏（清嘉庆刊本）》，《尚书正义》卷十四，431页，北京，中华书局，2009。

③ （清）阮元校刻：《十三经注疏（清嘉庆刊本）》，《尚书正义》卷十六，472页，北京，中华书局，2009。

④ （清）阮元校刻：《十三经注疏（清嘉庆刊本）》，《尚书正义》卷十六，475～477页，北京，中华书局，2009。

⑤ （清）阮元校刻：《十三经注疏（清嘉庆刊本）》，《尚书正义》卷二十，539页，北京，中华书局，2009。

⑥ 中国社会科学院考古研究所编：《殷周金文集成》（修订增补本）第五册，3703页，北京，中华书局，2007。

⑦ 中国社会科学院考古研究所编：《殷周金文集成》（修订增补本）第二册，1517页，北京，中华书局，2007。

形态话语。

周王朝遇到的第一次危机，其实就是统治的合法性危机。武王于克商后第二年去世，直接引发了诸侯的动乱，其中不但包括武庚等殷遗势力，更包括管叔、蔡叔等周王室内部力量。《尚书·金縢》解释管、蔡作乱的原因是怀疑周公"将不利于孺子"①。而《尚书·大诰》中却明确指出这次动乱的本质是殷人乘势试图复国，即"殷小腆诞敢纪其叙，天降威，知我国有疵，民不康，曰：'予复！'反鄙我周邦。"②《金縢》谓管、蔡作乱是为辅助成王，这与武庚复国的诉求可以说是南辕北辙，二者何以能够联合？考虑到《大诰》是为东征时的诰命，《金縢》的核心文本是周公对先王的祝告，后半部分的叙事很可能来自东周史官的补充③，关于三监之乱的本质，《大诰》所述应当更接近历史事实，即这是一场有姬姓方伯参与的殷商复国叛乱。而叛乱所针对的核心问题，根据《大诰》文本来看，乃在于对"天命"的怀疑。全篇以成王口气拟定：

> 王若曰："猷大诰尔多邦越尔御事，弗吊，天降割于我家不少，延洪惟我幼冲人，嗣无疆大历服。弗造哲，迪民康，矧曰其有能格知天命？④

"矧曰其有能格知天命"显然是很有针对性的质问，应当是对三监或武庚一方的直接回应。今天我们已经看不到管、蔡、武庚一方在发动战争前后以诰、誓等形式流传下来的文本，故无从得知他们的政治主张，但就周王朝的应对看来，叛乱者应该是对周自称的"替上帝命""受兹命"作出了质疑，即武王继承自文王的伐商之"命"，是否适用于成王、周公以及未来的周室子孙永久维系统治。从管、蔡的参与来看，周人内部对成王与周公在武王死后的执政合法性问题，应当也存在分

---

① （清）阮元校刻：《十三经注疏（清嘉庆刊本）》，《尚书正义》卷十三，418页，北京，中华书局，2009。

② （清）阮元校刻：《十三经注疏（清嘉庆刊本）》，《尚书正义》卷十三，421页，北京，中华书局，2009。

③ 参见刘起釪：《古史续辨》，372页，北京，中国社会科学出版社，1991。

④ （清）阮元校刻：《十三经注疏（清嘉庆刊本）》，《尚书正义》卷十三，420页，北京，中华书局，2009。

歧。在从来不曾有"取而代之"征服革命之前例的西周初期，周人内部有此疑惑，应是出于对宗教及宗法伦理的赤诚。

成王接下来说明，虽然自己不能知晓天命，但文王留下的"大宝龟"一定知晓，因为它曾"敷前人受命"。于是成王与周公用其进行贞卜，并将结果公布于众：

> 已！予惟小子，若涉渊水，予惟往求朕攸济。敷贲，敷前人受命，兹不忘大功。予不敢闭于天降威用，宁王遗我大宝龟，绍天明即命，曰："有大艰于西土，西土人亦不静，越兹蠢。殷小腆，诞敢纪其叙。天降威，知我国有疵，民不康，曰：'予复！'反鄙我周邦，今蠢，今翼日，民献有十夫，予翼以于敉宁、武图功。我有大事，休？"朕卜并吉。
>
> 肆予告我友邦君，越尹氏、庶士、御事，曰："予得吉卜，予惟以尔庶邦，于伐殷逋播臣。"尔庶邦君，越庶士、御事，罔不反曰："艰大，民不静，亦惟在王宫邦君室。越予小子，考翼，不可征，王害不违卜？"
>
> 肆予冲人，永思艰，曰："呜呼！允蠢鳏寡，哀哉！予造天役，遗大投艰于朕身，越予冲人，不卬自恤。"义尔邦君，越尔多士、尹氏御事，绥予曰："无毖于恤，不可不成乃宁考图功！"
>
> 已！予惟小子，不敢替上帝命。天休于宁王，兴我小邦周，宁王惟卜用，克绥受兹命。今天其相民，矧亦惟卜用。呜呼！天明畏，弼我丕丕基！……①

周公用文王宝龟进行占断，证明周人伐商时所受之"命"，是上天降予文王以"兴我小邦周"之"命"，而自己既"不敢替上帝命"也"不敢不极卒宁王图事"，以谦虚谨慎的姿态，恭敬而被动地再次领受了上帝的意旨——"成乃宁考图功"，发扬文王的功绩。从上可以发现，周人所受的统治之命，实际上仍处于文王所受之命的延长线上，周人仍以"文

---

① （清）阮元校刻：《十三经注疏（清嘉庆刊本）》，《尚书正义》卷十三，420～422页，北京，中华书局，2009。

王受命"作为唯一且最神圣的合法性来源。

> 王曰："呜呼！肆哉！尔庶邦君，越尔御事。爽邦由哲，亦惟
> 十人，迪知上帝命，越天棐忱，尔时罔敢易法，矧今天降戾于周
> 邦？惟大艰人，诞邻胥伐于厥室，尔亦不知天命不易？
> 予永念曰：天惟丧殷，若穑夫，予曷敢不终朕亩？天亦惟休
> 于前宁人，予曷其极卜，敢弗于从？率宁人有指疆土，矧今卜并
> 吉？肆朕诞以尔东征。天命不僭，卜陈惟若兹。"①

最后，《大诰》进一步对"天命"作出了描述，说它不但"不僭"，并
且"不易"，必将应验且永远持续。"天命"因此不再以"行天之罚"为结
果，而是以"兴我小邦周"为结果，革命的合法性于是转换为执政的合
法性。征伐的成功被理解为"受土""受民"，而"受"的本质就是被上天
赋予了统治的权力。"命"的意义发生转换，周公以东征的胜利，再次
证明"天命"站在周人一方，更准确地说，是站在文王的合法继承人
一方。

"天命"自此成为周人统治合法性的依傍，但周人并不将其视为一
种理所当然。成书于东周以后的《西伯戡黎》②，就将"我生不有命在
天"的傲慢表述，作为纣王的恶行之一，以此批判统治者对权力失去敬
畏之心，从而丧失自省的精神。反过来讲，正是周人为解释"天命"而
建构的德治话语以及历史叙事，构成了西周最灿烂的文化图景。这二
者分别针对的，正是周初话语建构的两个核心议题：德治思想用以解
释周人何以受命，历史叙事用以解释殷人何以坠命——而它们都涉及
对早期宗教思想的接受和改造，我们将在第三节中对二者作出分析。

总之，殷商的灭亡，将"殷鉴"这一议题呈现在王朝未来的统治者
们面前。《逸周书·度邑》描述了武王克商以后，面对殷人既有的文明
成果，对比其亡国之忽，而产生的敬惧戒惕之心：

---

① （清）阮元校刻：《十三经注疏（清嘉庆刊本）》，《尚书正义》卷十三，424 页，北京，
中华书局，2009。

② 陈梦家认为其为战国时代著作。参见陈梦家：《尚书通论》（增订本），112 页，北京，
中华书局，1985。

维王克殷国，君诸侯，乃厥献民征主九牧之师见王于殷郊。王乃升汾之阜，以望商邑。永叹曰："呜呼！不淑兑天对。"遂命一日，维显畏弗忘。王至于周，自□至于丘中，具明不寝。

王小子御告叔旦，叔旦亟奔即王，曰："久忧劳。问周不寝？"曰："安，予告汝。"

王曰："呜呼！旦，惟天不享于殷，发之未生，至于今六十年，夷羊在牧，飞鸿过野。天自幽，不享于殷，乃今有成。维天建殷，厥征天民名三百六十夫。弗顾，亦不宾成，用戾于今。呜呼！于忧兹难，近饱于恤，辰是不室。我未定天保，何寝能欲？"

王曰："旦，予克致天之明命，定天保，依天室。志我其恶，俾从殷王纣。四方赤宜未定我于西土。我维显服及德之方明。"①

武王登高而观朝歌，归来竟无法安眠。从他与周公围绕"定天保，依天室"亦即营建洛邑的讨论来看，正是商邑的宏伟壮丽，对比朝歌的一夕而陷和纣王的惨烈身死，令这位征服者感到畏惧，以至于无法沉浸于胜利的喜悦。如此辉煌的王朝竟无法逃避倾覆的命运，周人又当何以自免于"坠命"，换言之，如何建立起可堪与"大邑商"相比肩的文明，并永久地保有"天命"，这是武王克商后最为担心的问题。

《史记·周本纪》《史记·宋微子世家》《尚书》都描述了武王克殷后问政于箕子，后者传《洪范》的故事。箕子虽然是帝辛时期最知名的异议者和政治囚徒，但同样也是殷王朝血系的传承者，作为宗族中的男性长老，他被相信保有某种政治智慧，并拥有谏诫君主的资格。"武王问政于箕子"这一至少在汉代已被广泛传播和接受的叙事，显示出周王与殷遗民之间曾存在一种咨议和训诫的关系，人们因而相信，借由"洪范九畴"这套玄妙深奥的文本，"圣人政治"的奥秘得以在获得"天命"的统治世代之间秘密传承。《史记·周本纪》记载武王"问箕子殷所以亡。

---

① 黄怀信、张懋镕、田旭东：《逸周书汇校集注》（修订本），465～473 页，上海，上海古籍出版社，2007。

箕子不忍言殷恶，以存亡国宜告。武王亦丑，故问以天道"。① 这段
"从问殷鉴到问天道"的叙事与《尚书大传》中武王直接求问箕子如何建
设"彝伦攸叙"的社会秩序，有所出入。从问殷鉴到问天道，虽不一定
是武王问政的历史真实，但确实反映出周初统治者的思考过程，即以
"殷人何以坠命"之殷鉴为起点，对"何谓天命""何以受命""何以不坠
命"等一系列接近于政治哲学的议题作出了探索和解释。

　　上述这些议题拥有相同的核心，即如何去理解权力，并保有权力。
而周人思考后得出的结论，是富于人文色彩的"德治"。周人认为，殷
的灭亡是出于听信妇言、轻忽祭祀、扰乱宗族秩序②、沉湎于酒③等十
分具体的政策错误。这些错误之间其实并无必然的关联，是并列关系
而非递进关系。而随着《多士》《多方》等早期诰令的完成，周人逐渐建
立了更完整的历史叙事和更抽象的概念描述。他们以夏的灭亡来比照
殷的灭亡，将王朝倾覆的命运总结为"天降丧"。"天"作为行为主体的
恒常、唯一与不易，削弱了周人伐商的主体性，使他们成为天意的代
行者，也因此淡化了周人与殷商之间的敌对关系。"天降丧"的叙事，
将夏末、商末的统治错误，描述为一种必须被"惩罚"的"罪行"。夏桀、
殷纣的政治错误、道德缺陷，全部被概括为"罪行"，那么与它相对的
反面，当然就是"善举"——具体来说，就是以文王为榜样的道德以及
其所行德政。在《康诰》中，周人更是直接描述出"文王行德政—闻于上
帝—帝命文王"的受命逻辑：

　　　　惟乃丕显考文王，克明德慎罚。不敢侮鳏寡，庸庸，祇祇，威
　　威，显民。用肇造我区夏，越我一二邦以修。我西土惟时怙冒，闻

---

　　① （汉）司马迁撰，（南朝宋）裴骃集解，（唐）司马贞索隐，（唐）张守节正义：《史记》卷
四，131 页，北京，中华书局，1982。

　　② 《尚书·牧誓》："今商王受，惟妇言是用，昏弃厥肆祀弗答，昏弃厥遗王父母弟不
迪，乃惟四方之多罪逋逃。"见（清）阮元校刻：《十三经注疏（清嘉庆刊本）》，《尚书正义》卷十
一，388～389 页，北京，中华书局，2009。

　　③ 《尚书·酒诰》："在今后嗣王酣身……惟荒腆于酒，不惟自息，乃逸。"见（清）阮元
校刻：《十三经注疏（清嘉庆刊本）》，《尚书正义》卷十四，439～440 页，北京，中华书局，
2009。

于上帝，帝休。天乃大命文王，殪戎殷，诞受厥命，越厥邦厥民。①

周人在各种诰令中不断完善诸种历史细节，并尽可能从中抽象出价值内涵。从"恭行天罚"到"文王受命"，完成了对权力合法性的解释；从"殷商失天命"到"夏、殷失天命"，建立起有关权力交接的历史叙事；从"帝辛以无德失命"到"文王以德受命"，发展出以德治为中心的政治哲学论述。概念重置、历史叙事、思辨论述，这三种话语方式互相支撑，共同构成周初的话语体系。

以周初八诰为代表的"诰诫"，通过特定的话语形式，在周人宗室内部、周人与诸方国、周人与殷遗之间，以话语关系来塑造权力关系，并从多个方面确立了德治思想。针对"德政"的具体内容，文王以其"受命"身份，成为后继者分析和解读的对象，以及继承和效法的榜样，并在诰类文献中反复训示。

总之，无论是否如史传所述那样，确凿地存在着"武王问政"等历史细节，我们都可以明确地看到，周人对殷鉴的思考是真实存在的，他们留下的种种诰诫文献，以及神道设教的活动，构成了具有一致性的文化系统，其发生和演化的过程也具有内在的逻辑性。或者说，正是殷鉴触发了周人对王权合法性的思考，他们对此所作出的论证与解释，最终凝结成以文献活动为代表的一系列话语实践。为了理解权力，并更有效地保有权力，周人将对概念的思考、对历史的叙述、对德治的思辨，融入以诰诫、诗教、垂范为代表的诸种话语方式之中，并以此构筑起礼乐文明的蓝图。这份对权力的畏惧戒惕之心，是周初文献活动的出发点，也是历史意识萌芽的土壤。尽管在未来的数百年间，西周的君王行事或有相违；甚至在更远的千年之内，这份儆诫最终成为意识形态的共谋，但从更广阔深远的文化图景来看，它是中国政治哲学史上第一次基于合法性危机，而对政治合理形态的发问。因此，至少这份戒惧之心在当时的真诚是毋庸置疑的。

---

① （清）阮元校刻：《十三经注疏（清嘉庆刊本）》，《尚书正义》卷十四，431页，北京，中华书局，2009。

第一节 从"命"的形态看"书"的文本层次

《书》的编成和传播，与两周时期的贵族教育有关。而其中具体篇目来源既异，功能亦有别。按陈梦家考定的成书年代来看，《今文尚书》诸篇中，最先作成的是西周初期的诰体、命体，其后出现誓体，最后出现诸种托于虞夏的典、范、谟。[①] "尚书六体"所列的"典、谟、训、诰、誓、命"，这一次序排列的依据是文本内容所表现的时代，与前述排序恰好相逆。

在口述传统与书面传统并行的商周时代，"书写"是一项劳动成本高昂的活动。从殷商时期留存的文字记录来看，在物质媒介上的文字书写通常伴随着制度性的背景，也就是必须有被书写的理由。在本书第一章中，我们讨论了从记事刻辞到命辞、占辞、验辞的刻写背景，并发现，当话语被写定时，它的性质和功能通常会发生变化，更进一步地说，文本作者对言说内容的选取、剪裁，本身即构成一种修辞。

在书面传统以外，更多话语是以口头方式传承的，其中诰、命最初也来自特定仪式上的口头表述，作为文本单独成立时，其性质趋近于官方的公告文书。但这些文书被编纂为"书"类文献时，在一定程度上被附加了史实上的前因后果，以为道德之垂范；有时不同场合发布的文书又因其史事具有前后关联性，而被缀连成一个篇目。

我们在探讨殷人"命龟""告卜"的仪式时，曾经指出"命"和"告"两种话语体现着主客之间的权力关系，具有严格的使用规范。再向前追

---

① 据陈梦家所论，西周初期的命书有《周书·康诰》《周书·酒诰》《周书·洛诰》《周书·君奭》《周书·立政》《周书·梓材》《周书·无逸》《周书·多士》《周书·多方》《周书·康王之诰》《周书·召诰》《周书·大诰》；西周中期以后出现命、誓：《周书·吕刑》《周书·文侯之命》《周书·泰誓》；约在西周时代的还有《周书·金縢》《周书·顾命》《周书·费誓》；战国时代出现拟作的誓体：《夏书·甘誓》《商书·汤誓》《商书·盘庚》《周书·牧誓》；战国时代出现典、范、谟：《虞书·尧典》《虞书·舜典》《虞书·皋陶谟》《虞书·益稷》《夏书·禹贡》《商书·高宗肜日》《商书·西伯戡黎》《商书·微子》《周书·洪范》。参见陈梦家：《尚书通论》（增订本），112 页，北京，中华书局，1985。

溯，我们还可以发现"命"和"告"反映的权力关系，实质来源于对应仪式上的主客关系。

例如由上而下的"命"，在甲骨文中与"令"相通，《说文》谓"发号也"①，屈万里谓"任命"，罗振玉谓"集众人而命令之"②，其发出者通常为商王，对象为王臣或其他宗族，具有使动的意味。金文添一"口"形，而成"命"，强调了"令"的话语色彩。梅军在《殷商西周散文文体研究》中，将甲骨刻辞的"令""乎（呼）""使"三种连动句式都归类为"命"文，认为其表现出"命"的文体特征③，所见甚是。但也如前文所提到的，在"令""使""呼"同时出现的情况下，"令"具有更高的优先级，首先在内容上，"令"的内容常常是征伐、祭祀等，而"呼"更常用于来、往等日常使令；其次在形式上，多种使令动词同时出现时，"令"的位置往往在最前，同时"令"字句在各种使令句式中相对完整和正式，通常不省略主语和兼语。④ 此外，"令"的主体除了"王"之外，有时还是"帝"，在殷人观念中是气象指令的发布者，如"帝令雨""帝不令风"，也体现出一种由上及下的话语关系。

今文尚书中有《顾命》一篇，记载了成王遗命，太子钊受册命的历史事件。录其文本如下：

> 成王将崩，命召公、毕公，率诸侯相康王，作《顾命》。
>
> 顾命。惟四月哉生魄，王不怿。甲子，王乃洮颒水。相被冕服，凭玉几。乃同召太保奭、芮伯、彤伯、毕公、卫侯、毛公、师氏、虎臣、百尹、御事。王曰："呜呼！疾大渐，惟几，病日臻。既弥留，恐不获誓言嗣，兹予审训命汝。昔君文王、武王，宣重光，奠丽陈教，则肆，肆不违，用克达殷，集大命。在后之侗，敬迓天威，嗣守文、武大训，无敢昏逾。今天降疾，殆弗兴

① （汉）许慎撰，（清）段玉裁注：《说文解字注》，430 页，上海，上海古籍出版社，1981。
② 参见于省吾主编：《甲骨文字诂林》第一册，364～365 页，北京，中华书局，1996。
③ 梅军：《殷商西周散文文体研究》，74 页，北京，科学出版社，2016。
④ 参见张玉金：《甲骨文语法学》，252～253 页，上海，学林出版社，2001。

弗悟。尔尚明时朕言，用敬保元子钊，弘济于艰难，柔远能迩，安劝小大庶邦。思夫人自乱于威仪，尔无以钊冒贡于非几。”

兹既受命还，出缀衣于庭。越翼日乙丑，王崩。太保命仲桓、南宫毛，俾爰齐侯吕伋，以二干戈、虎贲百人，逆子钊于南门之外。延入翼室，恤宅宗。丁卯，命作册度。

越七日癸酉，伯相命士须材。狄设黼扆、缀衣。牖间南向，敷重篾席，黼纯，华玉仍几。西序东向，敷重厎席，缀纯，文贝仍几。东序西向，敷重丰席，画纯，雕玉，仍几。西夹南向，敷重笋席，玄纷纯，漆仍几。越玉五重，陈宝，赤刀、大训、弘璧、琬琰，在西序。大玉、夷玉、天球、河图，在东序。胤之舞衣、大贝、鼖鼓，在西房。兑之戈、和之弓、垂之竹矢，在东房。大辂在宾阶面，缀辂在阼阶面，先辂在左塾之前，次辂在右塾之前。

二人雀弁，执惠，立于毕门之内。四人綦弁，执戈上刃，夹两阶戺。一人冕，执刘，立于东堂，一人冕，执钺，立于西堂。一人冕，执戣，立于东垂。一人冕，执瞿，立于西垂。一人冕，执锐，立于侧阶。

王麻冕黼裳，由宾阶隮。卿士邦君，麻冕蚁裳，入即位。太保、太史、太宗皆麻冕彤裳。太保承介圭，上宗奉同瑁，由阼阶隮。太史秉书，由宾阶隮，御王册命。曰：“皇后凭玉几，道扬末命，命汝嗣训，临君周邦，率循大卞，燮和天下，用答扬文、武之光训。”王再拜，兴，答曰：“眇眇予末小子，其能而乱四方，以敬忌天威？”乃受同瑁，王三宿，三祭，三咤。上宗曰：“飨！”太保受同，降，盥以异同，秉璋以酢。授宗人同，拜。王答拜。太保受同，祭，哜，宅，授宗人同，拜。王答拜。太保降，收。诸侯出庙门俟。[1]

考其文本，可以看到其事固有先后，其“命”亦非同一。《顾命》首先记载成王在遗命中要求诸臣辅佐太子钊，维持统治秩序，接下来又

---

[1] （清）阮元校刻：《十三经注疏（清嘉庆刊本）》，《尚书正义》卷十八，505～513页，北京，中华书局，2009。

极为详细地描述了太子钊亦即周康王的册命典礼，其中最重要的环节是太史宣读册命之辞，康王领命并完成仪式。前一则"命"是由成王向太保奭等臣属发出的，"审训命汝"，是为遗命；而后者是成王向康王发出的，"皇后凭玉几，道扬末命，命汝嗣训"，是为册命。成王之遗命、太史之册命，这两条口述的"命辞"是《顾命》叙事所依据的核心文本，因此《顾命》应当是围绕王位接替这一事件，依据时间顺序，将两篇性质不同的命书缀连成一篇完整的叙事文本。以此观之，《顾命》中段以较大篇幅对仪式场面的描写，其细节远繁于册命铭文，反而颇类后世礼书，可能是缀合其他文类写作而成。相比之下，《周书·文侯之命》全篇只记录了"王曰""王若曰"的两段口头命辞，应当更接近"命"体文献最初的形态。

今人研究西周"命"体时，常以册命文本为唯一对象，以册命制度为唯一的制度性背景，似可商榷。册命文本确实是命体文献中最为常见的种类，这归因于西周中后期册命制度的繁荣，以及彝器铭文带来的幸存者偏差——彝器的制作通常与夸耀先祖功绩有关，册命仪式因而成为其铭文的主要写作内容。其他仪式场景中发布的"命"，如"遗命"和甲骨文中常见的军事命令等，与"册命"相比，缺乏坚固的物质载体，因而消失在文本研究的视野中。出于这种先入之见，《顾命》前半篇中的"遗命"，就常常被后半篇的"册命"所遮蔽。然而考察甲骨文本，我们能清晰地看到"命"有着更为古老的渊源。它由"令"转变而来，其中最常见的是口头的"发号""使令""任命"。商王不但会占卜是否应当发布某一个"令"，甚至还会占卜应当以什么样的语气或形式来发布这个"令"，可见早在殷商时期，人们已经将"令"视作一种话语，既关注其内容，也关注其表现形式。这样的话语，同样存在着凝结为文本的可能性。从更广泛的文化语境来看，一种话语方式虽产生于制度和仪式，但仪式本身并非天然完善，恰恰是话语方式背后的"观念—言说"机制，为仪式的沿革提供了稳定的文化轨道。从殷商的"帝令"到西周的"天命"也可以看出，"命"的本质，概括而言就是上位者向下位者"赋予使命"，其变格是为"赋予价值"。作为话语的"命"，就是这种权力关系的具现。"册命"兼有上述两重功能，是仪式变革和演化的结果，而非文体诞生的源头。

总而言之，作为话语方式的"命"，起源于殷商时期的令、使、呼等下达指令、给予任命的口头指示。这种指令关系是由上及下的，主体通常为"王"或"帝"。殷人非常重视"王令"的形式，认为不同的表述方式关系到行事的吉凶福祸，这说明"令"是一种具有神圣性的口头话语。西周时期，宗教观念发生变革，去人格化的"天"代替了人格化的"帝"，"天命""大命"成为周人阐释权力合法性的关键词。因此，西周时期以"命"为名的文本，在文体层面之外，往往存在着值得重视的仪式语境。册命制度及其所对应的册命文类，虽非"命"体的唯一形式，但也是各类"命"体的典型代表，也是"命"发展为成熟的礼仪制度后所产生的文本形态。

第二节 "诰"的口头与书面传统

相较"命"类文献而言，学界对"诰"体的研究更为充分。这当然得益于书类文献中诰体的留存较多。诰类文体不但在《书》类诸篇中占据较大数量，同时也是作成时代较为明晰的。《周书》共有十一篇诰，分别是《大诰》《康诰》《召诰》《洛诰》《酒诰》《多方》《多士》《梓材》《无逸》《君奭》《立政》。其中《大诰》《康诰》《酒诰》《梓材》《召诰》《多士》《多方》《君奭》为周公诰诸侯、宗室及臣属，《无逸》《立政》为周公告成王。《召诰》情况较为复杂，不少学者认为"周公曰"为周公诰伯禽，"王若曰"为成王诰伯禽。① 从内容来看，"诰"带有较强的政治意图，其话语色彩更偏近于训诫。

"训诫"同时也是西周以后"书教"的核心。《礼记·王制》："乐正崇

---

① 参见郭沫若：《中国古代社会研究》，268 页，北京，人民出版社，1964；吴泽：《〈洛诰〉史事年岁综释——读王国维〈洛诰解〉》，载《社会科学战线》，1980(3)；过常宝：《制礼作乐与西周文献的生成》，145～146 页，北京，中国社会科学出版社，2015。

四术，立四教，顺先王《诗》《书》《礼》《乐》以造士。"①《书》成为贵族君子的教学材料，其前提自然是被编纂成册。这一时间节点，主流意见认为不早于西周中期，或于晚期进入高潮。西周晚期的文献活动，较之周初当更为活跃，这也当归因于官学的下移。"书教"面向的是一般贵族子弟，《国语·楚语》中有"教之《故志》，使知废兴者而戒惧焉"②的表述，其目的是通过历史教育，使贵族君子产生"戒惧"之心。

"戒惧"这一表述非常有趣。《书》的编次，无非诰、誓、典、谟诸体，其中并不存在一般意义上的"史"，亦即对历史的直接叙事。然而在这些篇章中，又自有"废兴"存焉："有夏坠命—商汤革命—殷纣失命—姬周受命"，正是周人以周初八诰为中心，自主建构的间接的历史叙事。这一叙事将道德与权力合法性互相绑定，我们将在下一节深入探讨其成立的过程与机制，而在此需要理解的是"知废兴"而产生"戒惧"的内在逻辑。"惧"无非出于对"坠命""天降丧"的恐惧，这种恐惧不但包括世俗权力的失堕，也包括在宗教层面上遭受祖先、神祇的惩罚。"戒"取警醒自戒之义，是一种自我反省和约束。从这个意义上说，"书教"即是一套将历史知识描述为"成败""废兴"，从情感上唤起学生的"畏惧"之心，从理性上达成自我觉察的目的，进而追求更高道德标准的教育方针。来自不同时代的诰、训、典文献之所以被集中编纂成书，应当就出于这样的教育目的。

如果说诗教、礼教、乐教用审美体验唤起人的崇高感、秩序感，以陶养道德，规范言行，那么书教的训诫教谕功能，则更多地建立在"知远"，即晓谕历史教训，明确行为后果，所带来的恐惧感、危机感之上。《礼记·经解》："书之失，诬。"③《说文》注："毁誉不以实皆曰

---

① （清）阮元校刻：《十三经注疏（清嘉庆刊本）》，《礼记正义》卷十三，2905 页，北京，中华书局，2009。

② 徐元诰撰，王树民、沈长云点校：《国语集解》（修订本）卷十七，486 页，北京，中华书局，2002。

③ （清）阮元校刻：《十三经注疏（清嘉庆刊本）》，《礼记正义》卷五十，3493 页，北京，中华书局，2009。

诬也。"①书教可能导致的偏差，就在于它的规训容易引发过于苛刻的道德评价。《尚书》作为教育读本而成立的内在逻辑，是以历史叙事为手段，达成道德鉴戒的目的，如果理解了这一点，也就能理解不恰当的"书教"，确实有可能使人倾向于对他人言行作出过度的道德批判。

在《尚书》诸体中，"诰"类文献的数量最多，也最能反映《尚书》道德鉴戒的目的。过常宝认为："《尚书》六体皆与宗教仪式有关。'诰'并非仅仅产生于册命仪式，它实际上是各类宗庙祭仪中主祭者假祖先之名义而发的训诫辞。"②也就是说，诰类文献之所以具有训诫的力量，主要来自宗教仪式的授权。关于"诰"的仪式背景，及其文体性质，一直以来都是《尚书》研究中较为重要的问题。陈梦家在《尚书通论》中提出，"诰"是册命仪式中的一部分，并通过分析西周彝器铭文结构，将"册命"分为"赏赐""任命""诰诫"三个部分，由此判断西周的册命仪式中存在"诰"的程序。③《左传·定公四年》："聃季授土，陶叔授民，命以《康诰》，而封于殷虚。"以书序提供的信息而论，《书》中的《康诰》《酒诰》《梓材》三篇都与"封康叔"有关。金文记载的册命仪式中，也常见以"王若曰"的形式陈述的诰诫言辞。册命仪式中存在"王告臣下"的环节，从中可以产生"诰"的话语，这一点是没有疑问的。

但是正如"册命"并非"命"的唯一形式，"诰"也应当有着更广泛的存在形式和使用场合。从《尚书》诸篇来看，作诰的场合并不限于册命仪式，《大诰》用于军事动员，《多士》用于训诫殷遗，《多方》用于训诫诸侯方伯。据此可以将"训诫"视作"诰"这一文体的主要功能。但是，在《尚书》编成之前的时代，"诰"作为口头言辞有着何种存在形式，它又以何种机制被写定为书面文献，我们是否能从现存的《尚书》诰体与彝器铭文中，找到"诰"的口头起源与书面传习路径呢？这是本节试图探索的内容。

---

① （汉）许慎撰，（清）段玉裁注：《说文解字注》，97 页，上海，上海古籍出版社，1981。

② 过常宝：《论〈尚书〉诰体的文化背景》，载《北京师范大学学报（社会科学版）》，2008(4)。

③ 参见陈梦家：《尚书通论》（增订本），158 页，北京，中华书局，1985。

一、"诰"的仪式文化背景

诰的仪式背景可以追溯到殷商时期的告祭。《说文》："诰，告也。"[1]"祰，告祭也。"[2]陈梦家认为六辞之"诰"是六祈之"造"的仪式话语，其性质接近于《礼记·王制》"造乎祢"、《曾子问》"告于祖祢"、《尚书·金縢》"乃告大王"以及殷商卜辞的"告于祖先"。[3]

卜辞中的"告"，作为祭名多见于一、四期。其字形上半部分形似"牛"，《说文》谓"牛触人，角箸横木，所以告人也。"[4]吴其昌则谓其形乃斧之柄，其字"为刑牲之具，故其后刑牲以祭田告"，并引申出峻法诰教之义。[5] 姚孝遂认为此解牵强，"告"当从"舌"，并将"告"分为向神祖祭告、臣属上告两个类型。[6] 梅军提出还存在第三类，即"王告臣属"，并对三种情况逐一作论。[7]

卜辞产生于占卜行为，并不直接记载告祭的具体细节。从现存卜辞来看，相当一部分告祭是无须卜问内容的。"来羌于父丁"（《合集》32015）[8]、"告于父乙一牛"（《合集》32724）[9]这类表述，只表明了祭祀种类、祭祀对象及所用牺牲，通常无须卜问其所告的内容是否合宜，这似乎暗示此时存在着一般性、常规化的告祭。另一个规律是，所有的告祭都以祖先神为对象，这其中包括了报告秋获的"告秋"，报告天

---

① （汉）许慎撰，（清）段玉裁注：《说文解字注》，72 页，上海，上海古籍出版社，1981。

② （汉）许慎撰，（清）段玉裁注：《说文解字注》，4 页，上海，上海古籍出版社，1981。

③ 陈梦家：《尚书通论》（增订本），311 页，北京，中华书局，1985。

④ （汉）许慎撰，（清）段玉裁注：《说文解字注》，53 页，上海，上海古籍出版社，1981。

⑤ 于省吾主编：《甲骨文字诂林》第一册，685 页，北京，中华书局，1996。

⑥ 参见姚孝遂、肖丁：《小屯南地甲骨考释》，158 页，北京，中华书局，1985。

⑦ 参见梅军：《殷商西周散文文体研究》，70 页，北京，科学出版社，2016。

⑧ 胡厚宣主编：《甲骨文合集释文》第三册，1566 页，北京，中国社会科学出版社，1999。

⑨ 胡厚宣主编：《甲骨文合集释文》第四册，1603 页，北京，中国社会科学出版社，1999。

象的"告日"①，报告商王病恙的"告疾"，报告征伐之事的"告方"，报告俘获敌虏的"告执"等内容。无一例外，这些告祭行为都伴随着"将某事报告于祖先神"的话语行为。其甲骨字形上半部分是为斧钺，或是牺牲，虽然未有定论，但更接近其祭祀本质的，其实在于下半部分的"口"形。前人考论殷商"祭名"，往往从动词出发，这就容易将祭祀方式与祭祀目的混为一谈。如果说"炆""燎""卯"等用语指出的是具体的献祭手段，那么"告""册""祝"等用语则更能说明祭祀的内容和目的。例如"贞告执于河，燎□沉三牛"(《合集》22594)②就明确显示了"告"是祭祀内容，"燎""沉"是用牲方式，而非连续进行了"告祭""燎祭""沉祭"等不同种类的祭祀。这一区别提示我们，在"燎""炆"等献祭行为之外，只有话语活动，或说以话语为中心的一系列表演、祝祷、舞乐活动，才是区分不同祭祀种类的根本特征。因此，只有"告""言""祝""祷""晋"这类字词，才能准确描述特定祭祀的动机。

前文讨论龟卜仪轨时，曾经提到，"告"作为一种话语活动，广泛存在于殷商祭仪与西周礼制之中。它通常用于表达由下至上的禀告、报告。这种"自下至上"的言说姿态，不但包括凡人对神祇之"告"，还包括王臣对商王之"告"。后者在卜辞中常显示为"告曰"，其后跟随对某一事件的叙述，如：

[1]癸未卜，永贞：旬亡囚。七日己丑，长友化乎告曰："舌方围于我奠丰。"七月。(《合集》6068)③

[2]丁卯卜，在去贞：畬告曰："兇来羞。"叀今日晝，亡灾，

① 其形式为"日又戠，告于……"，郭沫若释为日蚀(参见郭沫若：《殷契粹编》，367～368页，北京，科学出版社，1965)，陈梦家释为日斑(参见陈梦家：《殷虚卜辞综述》，240页，北京，中华书局，1988)。

② 胡厚宣主编：《甲骨文合集释文》第三册，1125页，北京，中国社会科学出版社，1999。

③ 胡厚宣主编：《甲骨文合集释文》第一册，332页，北京，中国社会科学出版社，1999。

擒。(《合集》37392)①

虽然"告曰"这一表述省略了宾语，但在卜辞的语境中，"告"就相当于"来告"，接受者显然为主持占卜的一方，即商王与商王意志的代言者——贞人。他们以上位者的视角接受臣属和方伯的来告。而"曰"与引语的设置，更强烈地展示了"告"作为话语的性质。据此推测，在商王与祖先神之间的告祭关系中，商王也应当采取了自下至上的言说姿态，向神灵上告各种国家大事。而作为祭祀话语的"告"，比起日常政治中的"告"，可能拥有更固定的话语形态。

然而对事项的转达，并不总是由下至上的禀告，由上及下的晓谕也是"告"的一种形式。卜辞中也存在"王告下臣"的少数事例，最典型的是这一例：

> [1]辛未，王卜曰：余告多君曰："朕卜有祟。"(《合集》24135)②

商王在前一次占卜中预测到未来的灾祸，但不确定是否应当告知诸侯方伯，故作此占。"余告多君曰"一语，既有宾语的存在，也有直接引语的提示。但是在字形上，这里的"告"字与"下告上"语境中的字形相同。鉴于"上告下"在卜辞中示例寥寥，可以猜测此时"告"与"诰"尚未分化。较早的"诰"出现于何尊与史语簋铭文，其上半部分字形较之于"告"，反而更接近"言"。徐中舒曾以"言""告"为一字，谓"古代酋人讲话之先，必摇动木铎以聚众，然后将铎倒置始发言"③。这一解释虽不符合"告"在最常见的"下告上"中的话语权力关系，但对于较为中性的"言"却是可以成立的。"言"字象权杖与口之形，在卜辞中没有体现出特别明显的话语权力关系。但金文中的"诰"却在构形上体现出了

---

① 胡厚宣主编：《甲骨文合集释文》第四册，1855 页，北京，中国社会科学出版社，1999。

② 胡厚宣主编：《甲骨文合集释文》第三册，1206 页，北京，中国社会科学出版社，1999。

③ 徐中舒主编：《甲骨文字典》，85 页，成都，四川辞书出版社，1989。

"上告下"的特质，其用法也均为王向宗室臣属发话(图 5-1)。

王寽(诰)毕公	王寽(诰)宗小子于京室	王咸寽(诰)
史颐簋(《集成》04030)①	何尊(《集成》06014)②	

图 5-1　金文中的诰

"寽""寽"均为"诰"之古字，其原形即当来自金文此字。其字下半部分像双手形，甲骨文中有之，吴其昌释为"拱""执"，屈万里释为"供"，杨树达、孙海波、张秉权释为"登"，有登进、征取之义。③　就字形整体而言，像双手持言之形，体现出对话语的尊奉。进一步说，"诰"虽为由上告下，但对"诰"的敬畏是从臣下的视角发出的。更形象的说法是，托起"诰"之神圣性的双手，是宗室臣属的双手，而非君王自身。在西周的彝器铭文中，作器者的身份正是领受王诰的臣属，"寽"或"寽"是他们对"王告"或"王言"的尊称，并示以恭谨接受之姿态。从这个角度出发，今天我们看待传世文献与出土铭文中的"诰"时，不应当代入"王"或"周公"向下发话的主体身份，而应当代入方伯和臣属等受诰者向上受诰的被动视角，乃至史官等文献传承者对待职业文献的间接视角。换言之，西周"诰"类文献最早的来源可能是王或周公在仪式上的口头宣说，但它之所以能作为书面形式的"诰"，受到记录和保管，并被附加上对前因后果的追叙，则一定缘于诸侯、史官等下位者的参与。也正是由于下位者参与了"诰"类文献的整理写作，受诰者在话语权力关系中的被动地位反而被表达出来，并得以凸显。被统治者在权力面前的自我管制和自我约束，是造就天子神圣地位所不可或

---

① 中国社会科学院考古研究所编：《殷周金文集成》(修订增补本)第二册，2205 页，北京，中华书局，2007。

② 中国社会科学院考古研究所编：《殷周金文集成》(修订增补本)第五册，3703 页，北京，中华书局，2007。

③ 参见于省吾主编：《甲骨文诂林》第二册，943～945 页，北京，中华书局，1996。

缺的基石。

在《尚书》成书之前，具体到某一篇章的写定和保管，当出于不同的历史文化背景。而考察这些篇章的文本功能、话语方式，又不得不依傍现有的《尚书》文本。换句话说，研究周初的文献生成过程，意在阐明经典文本的流变轨迹；而证明流变过程，又不得不以写定后的《尚书》文本为材料，即以其最终形态为依傍。这是进行早期文献研究时必须充分自觉的困境。

一个更好的处理方式，是基于商周甲金文材料，以语法、语言的发展为坐标，以期理解具体篇章的结构、可能的生成轨迹。前文提出，在"告"被转写为带有"王若曰"的"诰"类文本之前，它应当是王直接发布的话语；同时王发布话语的过程，也被称为"诰"，在出土铭文中被用作及物动词，如：

> [1]在四月丙戌，王真（诰）宗小子于京室。（何尊铭文，《集成》06014）①

> [2]乙亥，王真（诰）毕公，乃锡史諆贝十朋，諆由于彝，其于之朝夕监。（史諆簋铭文，《集成》04030）②

这两例"王诰某人"的用法，都出于宗庙中举行的册命仪式。何尊详细记录了诰辞内文，而史諆簋则没有记述。这说明，旨在记录册命荣耀的彝器铭文，对诰辞的记录并非必需。"诰"只是作为册命仪式中的一环而存在，因此可以仅仅记录"王诰某人"这一事件。另外，我们在《尚书》中没有发现"王诰某人"的用法，相近的用例有二：

> [1]王若曰："……文王诰教小子有正有事，无彝酒。越庶国，饮惟祀，德将无醉。惟曰我民迪小子，惟土物爱，厥心臧。聪听

---

① 中国社会科学院考古研究所编：《殷周金文集成》（修订增补本）第四册，3703页，北京，中华书局，2007。
② 中国社会科学院考古研究所编：《殷周金文集成》（修订增补本）第三册，2205页，北京，中华书局，2007。

祖考之遗训，越小大德。"(《周书·酒诰》)①

[2]惟三月，周公初于新邑洛，用告商王士。(《周书·多士》)②

这两例用法，一则称"告"，一则称"诰"。我们已知"诰"是文献整理者和受告对象对"告"的尊称，再考虑到文本流传的不稳定性，可暂先搁置这一差异，将后者也视为"诰"的一种表达形式。[1]中的"文王诰教小子"，出现于"王若曰"之后的直接引语，周公以此向康叔转述文王曾经的诰诫话语，因此是一个叙事语句。[2]的语例则出现在《多士》篇首，"王若曰"的诰辞出现在其之后。因此它不是"诰辞"内容的一部分，而是"诰文"的引导语。

从《尚书》到铭文，"诰"作动词时，一般是及物动词。而"告"在铭文中多数用于下臣向上位者的报告，通常需要配合"于"等介词使用，这一点在甲骨卜辞中也非常显著，"告于大甲""告于祖乙"的用法俯拾皆是，然而几乎没有作及物动词的用法。

现将西周铭文中以"告"为动词的用法整理如下：

(1)"某人告于某人"：

[1]唯十月甲子王才宗周，令师中眔静省南国或□，埶应，八月初吉庚申至，告于成周。(静鼎，《新收》1795)③

[2]使厥友引以告于伯懋父。(师旂鼎，《集成》02809)④

[3]厬比以攸卫牧告于王。(融攸从鼎，《集成》02818)⑤

---

① （清）阮元校刻：《十三经注疏（清嘉庆刊本）》，《尚书正义》卷十四，437 页，北京，中华书局，2009。

② （清）阮元校刻：《十三经注疏（清嘉庆刊本）》，《尚书正义》卷十六，466 页，北京，中华书局，2009。

③ 钟柏生等编：《新收殷周青铜器铭文暨器影汇编（二）》，1212 页，台北，艺文印书馆，2006。

④ 中国社会科学院考古研究所编：《殷周金文集成》（修订增补本）第二册，1478 页，北京，中华书局，2007。

⑤ 中国社会科学院考古研究所编：《殷周金文集成》（修订增补本）第二册，1488 页，北京，中华书局，2007。

[4]卫以邦君厉告于井伯、伯邑父、定伯、琼伯、伯俗父。（五祀卫鼎，《集成》02832）①

[5]殳扬侯休，告于文考。（相侯簋，《集成》04136）②

[6]鬲比以攸卫牧告于王。（鬲比簋盖，《集成》04278）③

[7]师毅父胙嫠素苈，恐告于王。（师毅簋，《集成》04324）④

[8]霝既告于公。（霝尊，《集成》06005）⑤

[9]裘卫乃矢告于伯邑父、荣伯、定伯、琼伯、单伯，伯邑父、荣伯、定伯、琼伯、单伯。（裘卫盉，《集成》09456）⑥

(2)"某人告某事于某人"：

[1]广伐京师，告追于王。（多友鼎，《集成》02835）⑦

[2]朕皇尹周师右告狱于王。（狱簋，《铭图续》0457）⑧

[3]朕光尹仲侃父右，告卫于王。（卫簋，《南开学报（社科版）》2008年6期封三1、2）⑨

[4]公告厥事于上。（班簋，《集成》04341）⑩

---

① 中国社会科学院考古研究所编：《殷周金文集成》（修订增补本）第二册，1507页，北京，中华书局，2007。
② 中国社会科学院考古研究所编：《殷周金文集成》（修订增补本）第三册，2311页，北京，中华书局，2007。
③ 中国社会科学院考古研究所编：《殷周金文集成》（修订增补本）第四册，2611页，北京，中华书局，2007。
④ 中国社会科学院考古研究所编：《殷周金文集成》（修订增补本）第四册，2703页，北京，中华书局，2007。
⑤ 中国社会科学院考古研究所编：《殷周金文集成》（修订增补本）第五册，3695页，北京，中华书局，2007。
⑥ 中国社会科学院考古研究所编：《殷周金文集成》（修订增补本）第六册，4973页，北京，中华书局，2007。
⑦ 中国社会科学院考古研究所编：《殷周金文集成》（修订增补本）第二册，1513页，北京，中华书局，2007。
⑧ 吴镇烽编著：《商周青铜器铭文暨图像集成续编》第2卷，155页，上海，上海古籍出版社，2016。
⑨ 朱凤瀚：《卫簋与伯狱诸器》，载《南开学报（哲学社会科学版）》，2008(6)。
⑩ 中国社会科学院考古研究所编：《殷周金文集成》（修订增补本）第四册，2745页，北京，中华书局，2007。

[5]乃以告吏虣、吏智于会。(儴匜,《集成》10285)①

(3)使令句中的"告"

[1]令蔡侯告征虢仲。(柞伯鼎,《文物》2006 年 5 期 68 页图 1)②

[2]使铃以告眠……以匡季告东宫……智又以匡季告东宫。(智鼎,《集成》02838)③

[3]令矢告于周公宫。(矢令方尊,《集成》06016)④

[4]余献妇氏以壶,告曰:"以君氏令曰……"(五年琱生簋,《集成》04292)⑤

[5]亦我考幽伯、幽姜令,余告庆。(六年琱生簋,《集成》04293)⑥

(4)直接引语中的"告"

[1]召伯虎告曰:"余告庆。"(六年琱生簋,《集成》04293)⑦

[2]也曰:"拜稽首,敢肇昭告朕吾考。"(沈子也簋盖,《集成》04330)⑧

① 中国社会科学院考古研究所编:《殷周金文集成》(修订增补本)第七册,5542 页,北京,中华书局,2007。
② 朱凤瀚:《柞伯鼎与周公南征》,载《文物》,2006(5)。
③ 中国社会科学院考古研究所编:《殷周金文集成》(修订增补本)第二册,1521 页,北京,中华书局,2007。
④ 中国社会科学院考古研究所编:《殷周金文集成》(修订增补本)第五册,3705 页,北京,中华书局,2007。
⑤ 中国社会科学院考古研究所编:《殷周金文集成》(修订增补本)第四册,2637 页,北京,中华书局,2007。
⑥ 中国社会科学院考古研究所编:《殷周金文集成》(修订增补本)第四册,2639 页,北京,中华书局,2007。
⑦ 中国社会科学院考古研究所编:《殷周金文集成》(修订增补本)第四册,2639 页,北京,中华书局,2007。
⑧ 中国社会科学院考古研究所编:《殷周金文集成》(修订增补本)第四册,2717 页,北京,中华书局,2007。

[3]王若曰："……告余先王若德。"（毛公鼎，《集成》02841）①

（1）中，"告"都是不及物动词，一般需要介词短语"于……"构成介宾短语，用来表达对"告"的对象或地点。（2）中，"告"可作及物动词使用，其宾语通常为"告"的内容。但关于"告"的对象和地点，仍然需要以"于……"的形式来体现。（3）是使令句式，此时的"告"不用作主要动词，但可直接接续"告"的对象或地点。此时全句的主语为发号施令者，"告"的主语是"令/使/以"等使令动词的宾语，在这类句式中，"告"不用作主要动词，它是使令句的次要动词，作为谓语动词具有更低的自主性②，及物性与一般句式中相当，表现为"告于某人""告某事"，此外亦有曶鼎铭文所载的控告、执告等特殊情况下的及物用法。（4）中"曰"与"告"的主语相同，直接引语为宾语，而引语中的内容实际上就是告文，且三例均为"下告上"。此时的"告"不作主要动词，而是作为从句中的谓语而存在，自主性稍弱，可以接续"告"的内容、对象，以及同时表达对象和内容的双宾语。

此外，小盂鼎铭文、五年琱生簋、六年琱生簋中还出现了"告曰"＋直接引语的表述。考察铭文发现，在直接引语作宾语的情况下，"告"不能直接导出引语，必须以"告曰"这一连动形式作为谓语。这一特征与后世"告"的用法比较接近。

通过以上资料的穷举，可以看到在西周时期，"告"在表达所告对象时，用作不及物动词的情况更多。这种不及物性是西周特有的语法现象，因为到了春秋时期，"告之"等及物用法就开始出现了。今传《尚书》的文本，应已受到汉以后语法习惯的影响。

根据西周铭文材料，我们可对"诰"和"告"的用法做出总结：

"诰"专指"王告臣属"的行为，可作及物动词使用，作为动词时具

---

① 中国社会科学院考古研究所编：《殷周金文集成》（修订增补本）第二册，1541页，北京，中华书局，2007。

② 曹晋提出，相对于中古汉语而言，在上古时期，使令句中的使令词，其语义更实，语法化更弱，动词自主性更高。使令句整体上从"使令"向"让使"的轻动词转变。参见曹晋：《"使令句"从上古汉语到中古汉语的变化》，载《语言科学》，2011（6）。

有明确的方向性和高自主性，其宾语一般为所告对象，未见以所告内容为宾语的用法。此外，铭文中未见引导直接引语（即诰辞）的用法。

"告"在使用场合上多为"下告上"，当需要说明所告对象时，必须用介词"于"构成介宾短语；在表达"告"的内容时，可作及物动词使用。此外在引导直接引语时，必须使用"告曰"的形式。

结合我们此前"'诰'由'告'分化而来"的观点，可以做出以下推测：

第一，西周时期的"诰"与"告"并非同一词性，也不是"上诰下"与"下告上"的简单对举。

第二，"诰"包含于"告"，从"告"的仪式分化而来，是臣属、史官对周王"告"这一话语行为的专用尊称。它强调的是告的仪式中人与人的权力关系，因此存在"诰某人"的及物用法。当它凝结为书面的"诰"体时，就成为某类文体的专有名词。

第三，"告"在殷商时期的本义专指告祭，而告祭通常用于向先祖、神灵报告战绩、收成，是一种伴随着话语活动的常规祭祀行为，天然带有"报告事项"的含义，因"事"的存在而成立，因此在甲骨卜辞中，所告之事可作及物使用，而所告对象只能用"告于"的介宾短语来表示。到了西周时期，"告"的字义仍然未完全从"告祭"中脱离出来，无法作为单纯的话语行为而存在，因此持续了卜辞以"告于"引入作告对象的语法传统。"告"的使用更为灵活和广泛。

第四，"告"在殷商卜辞中，除了"告祭"的用法以外，用于指称话语行为时，既可用作由下而上的"报告"，也可用作由上而下的"晓谕"。西周时期，"告"既可用于表示宗庙祭祀仪式中的"祝告"，也可用于表示一般场合中的"通报"。春秋及以后，伴随着宗法礼制和权力关系的松弛，"告"的仪式性内涵进一步减弱，被广泛用于各种权力地位之间的"通报"行为。与之相比，"诰"具有更强的仪式性，其主语始终为周王、周公等政治宗教领袖，动作的方向性始终由上而下。究其原因，是由于"诰"这一指称，原本就是受诰方对"王告"这一说话行为的尊称，并在"王告"落实为书面文献时，作为文体名词使用。

由于能指的暧昧性，宗教祭祀中的口头诰辞、周王发布诰辞的话语行为、被写定为文本的"诰"类文献，都可称为"诰"。这提示我们在处理相关问题时，对概念的表述应当尽量清晰。为此，我们也必须对传世文献中"诰"字的用法、语境，保持充分的警觉。澄清词性，明确所指，固然是最为严谨的做法；而另一个更简单易行的建议是，尽量软化"文体"概念的坚硬框架，将"诰""命""祝"等先秦文类概念，视为一种包括了口头行为、书面传统以及相应仪轨、文献的"话语"系统。

针对"诰"这个专有名词，在视点上的这一改变，事实上能影响到我们对周初诰类文书写定、编纂及经典化过程的理解。据此，当我们分析西周诰类文献的文本结构时，就可以区分出核心文本与其他的结构性成分，这就是"王告臣属"之"告"转变为《尚书》之"诰"的关键点，也体现出仪式话语转变为经典文本的传习过程。

二、"诰"的文体结构与传习路径

我们业已明确"诰"在作为文体之前，首先是仪式中发布的言辞。《周礼·春官》谓大祝"作六辞"，分别为祠、命、诰、会、祷、诔。这六种话语都产生并服务于特定仪式，由仪式的主持人或赞祝者掌握和传习。而从传世的"诰"体文献来看，周初的大量诰辞是由周公或高等级贵族制作并发布的。"大祝"所谓的"作六辞"，应当理解为在仪式传统固定之后，对相应套语的保管和传承，或在仪式中的口头发布。

细读文本，除去书序后，可将诸《诰》的文本内容分为几个模块，其一为"惟某月某日"起领的时间地点信息，其二为置于引语之前的"某人曰"，其三为引语内容，亦即诰辞本体。

先看第一个模块。在《尚书》诸诰中，有四篇记录了作诰的时间、地点信息：

> [1]惟三月哉生魄，周公初基，作新大邑于东国洛，四方民大和会。侯、甸、男邦、采、卫百工、播民和，见士于周。周公咸勤，乃洪大诰治。（《尚书·康诰》）①
>
> [2]惟二月既望，越六日乙未，王朝步自周，则至于丰。惟太

---

① （清）阮元校刻：《十三经注疏（清嘉庆刊本）》，《尚书正义》卷十四，430页，北京，中华书局，2009。

保先周公相宅，越若来，三月，惟丙午朏。越三日戊申，太保朝
至于洛，卜宅。厥既得卜，则经营。越三日庚戌，太保乃以庶殷
攻位于洛汭。越五日甲寅，位成。若翼日乙卯，周公朝至于洛，
则达观于新邑营。越三日丁巳，用牲于郊，牛二。越翼日戊午，
乃社于新邑，牛一，羊一，豕一。越七日甲子，周公乃朝用书，
命庶殷侯甸男邦伯。厥既命殷庶，庶殷丕作。大保乃以庶邦冢君
出取币，乃复入锡周公。(《尚书·召诰》)①

[3]惟三月，周公初于新邑洛，用告商王士。(《尚书·多
士》)②

[4]惟五月丁亥，王来自奄，至于宗周。(《尚书·多方》)③

以上几例，俱以"惟某月(十某日)"起领，"某日"既可表述为"哉生
魄""既望"等月相纪日形式，又可表述为干支日。其后的"周公/王"十
"于/自……于"十某地(十某事)，亦是一种相当稳定的叙事结构。这类
起笔形式，早在殷商铜器铭文的"某日十王在某地"表述中就已初具雏
形，此后更常见于西周铜器铭文，是一种具有规范性，也相对稳定的
叙事语言。铭文中的时间地点信息，一般用于标记接下来的告祭、封
赐、册命行为。如前文所论证的那样，这类导语不但具有仪式背景，
且兼具叙事目的。然而从数量比例上来看，大多数的"诰"并不具备这
类导语，以至于需要《尚书序》的背景补充。可见，对作诰仪式的叙述，
包括时间地点信息在内，并非"诰"的必要内容。

《尚书》诸诰的第二个模块，是"某人曰"及其变体。其中最常见的
有"王若曰""王曰""周公曰""周公若曰""公曰"，变体有"又曰""拜手稽
首曰"，后者主语又包括王、周公等。而任意两则"某人曰十直接引语"
之间，有时为并列关系，有时为嵌套关系。在嵌套关系中，又会出现

①　(清)阮元校刻：《十三经注疏(清嘉庆刊本)》，《尚书正义》卷十五，448～449页，北
京，中华书局，2009。

②　(清)阮元校刻：《十三经注疏(清嘉庆刊本)》，《尚书正义》卷十六，466页，北京，
中华书局，2009。

③　(清)阮元校刻：《十三经注疏(清嘉庆刊本)》，《尚书正义》卷十七，485页，北京，
中华书局，2009。

"予惟曰""我闻惟曰""今王惟曰"等自引、他引的表述形式。孔传在《大诰》"曰有大艰于西土"①一条下，对"曰"的解释是"语更端也"，王引之《经传释词》谓"有非问答而亦加'曰'字以别之者，语更端也"②，义相近之。这类"曰"的使用，在于区别不同的发语者，以达到转引、转述的表达效果，在结构上与前一个"曰"通常呈嵌套关系。

然而除此之外还需要注意到，在几段并列的引语中，"某人曰"这一句式也常常重复出现。在一段完整的长篇幅的引语中，以"某人曰"另起一段或几段，从内容上看并非必要的表述形式，但从语气上来看却有一定的合理性。

重复出现的"某人曰"，其合理性主要体现为三种情况。其一是语气的转换，例如不少"某人曰"之后紧跟着"呜呼"等感叹词，其中以《无逸》最为典型：

> 周公曰："呜呼！君子所，其无逸……"
>
> 周公曰："呜呼！我闻曰：……"
>
> 周公曰："呜呼！继自今嗣王……"
>
> 周公曰："呜呼！我闻曰：……"
>
> 周公曰："呜呼！自殷王中宗，及高宗，及祖甲，及我周文王……"
>
> 周公曰："呜呼！嗣王其监于兹。"③

第二种情况，与第一种有相似之处，即当引语中出现人称转换或重复时。典型的例子有《多士》《君奭》《酒诰》《康诰》。以《多士》为例，其文本结构完全建立在对受诰对象的重复指称上：

> 王若曰："尔殷遗多士，弗吊，旻天大降丧于殷……我闻曰：

---

① （清）阮元校刻：《十三经注疏（清嘉庆刊本）》，《尚书正义》卷十三，421 页，北京，中华书局，2009。

② （清）王引之：《经传释词》，30 页，长沙，岳麓书社，1985。

③ （清）阮元校刻：《十三经注疏（清嘉庆刊本）》，《尚书正义》卷十六，470～474 页，北京，中华书局，2009。

上帝引逸……"

王若曰："尔殷多士，今惟我周王丕灵承帝事，有命曰：'割殷。'告敕于帝……"

王曰："猷告尔多士……今尔又曰：'夏迪简在王庭，有服在百僚。'……"

王曰："多士，昔朕来自奄，予大降尔四国民命……"

王曰："告尔殷多士，今予惟不尔杀……"

王曰："又曰时予，乃或言尔攸居。"①

与之相类，《君奭》的基本结构为：

公曰："君奭……"（共计 3 处）

公曰："君……"（共计 2 处）

公曰："呜呼！君……"（共计 1 处）②

《酒诰》常见：

王曰："封……"（共计 3 处）

王："封……"（共计 1 处）③

《康诰》则多有"王曰"后感叹和人称并见的现象。其中出现最多次的是"王曰：'呜呼，封……'"，共计六处，并有"小子封""肆汝小子封"两种不同称谓。此外，还有"王曰：'封……'""王若曰：'往哉！封……'"等变体。④

上述语例说明，在发语者不变，说话对象不变的前提下，"某人

---

① （清）阮元校刻：《十三经注疏（清嘉庆刊本）》，《尚书正义》卷十六，466~469 页，北京，中华书局，2009。

② （清）阮元校刻：《十三经注疏（清嘉庆刊本）》，《尚书正义》卷十六，474~479 页，北京，中华书局，2009。

③ （清）阮元校刻：《十三经注疏（清嘉庆刊本）》，《尚书正义》卷十四，436~441 页，北京，中华书局，2009。

④ （清）阮元校刻：《十三经注疏（清嘉庆刊本）》，《尚书正义》卷十四，430~436 页，北京，中华书局，2009。

曰"常常重复出现，并伴随着感叹词，或对说话对象的指称。从表达效果上来看，起到了强调、突出引语内容的作用。然而假设诰辞是由书面记载传承而来，这种重复书写缺乏功能上的必要性。一个合理的推论是，这一特征与《尚书》的传习方式有关。"某人曰"之后的引语内容，实际上就是诰辞本身，同时也是诰类文献的核心文本。"某月日王在某地"以及"某人曰"，对于在仪式上发布的原始诰文而言，相当于一种"副文本"。

具备神圣性和政治劝诫功能的，当然是周公等人在仪式上发布的告文，也就是今天《尚书》诸诰中呈现为直接引语的部分。而史官或其他的文献传承者，最初也是以口耳相传的方式，对长篇诰辞进行授受的。原始诰辞是以周公等人的语气和视角发布的"王告下臣"之"告"，而在传习过程中，文献的授受者试图建立起一种有别于原本主体的话语身份。他们通过将"某人曰"穿插在长篇诰辞之中，实现了对原始诰文的转录——它们从仪式上直接发布的言辞，转换为被记诵、被传习的"文献"，从"告"变成了"诰"。

然而单就结构而论，将"告"的直接训诫，转换为"诰"的间接传习，只需要篇首的一个"王若曰"，即可成立。那么传世的诰类文献中，"某人曰"何以重复、多次、平行并列地出现，这一现象的背后是否存有某种合理性与必要性呢？

首先来看"某人曰＋直接引语"这一结构对文献传习的意义。直接引语内的诰辞，亦即"王告下臣"的原始告文，本身结构复杂，其中又有一个特征对口述和记诵的准确性存在着严重影响，那就是繁复的引语嵌套现象。以前文所引《多士》《无逸》为例，在"某人曰"的引文内部，又有"我闻曰""有命曰""今尔又曰"等直接、间接的引用情况。在口头传诵时，这些转述和引用容易对发话者（周王、周公）的身份造成干扰。"某人曰"的适时插入，有助于整肃视角，确保话语主体不至混淆。

其次来看"某人曰"在诰体文本中的插入位置。在具体仪式中发布的某则告文，作为公开、共有的话语与知识，在一段较短的时期内，完全可能保持相对稳定的篇句形貌。但是插入了"某人曰"的诰体文献，就会具有更大的变动空间。具体来讲，"某人曰"应当插入的位置，在原始告文中并无线索，它完全取决于诰文传习者对文献意义的理解。但在"王官之学"的传承背景下，可能确实存在过某种相对统一，并有着共识基础的诰文原典，或说相对的稳定形态。它与我们今天看到的伏生所传未必如一，因为从具体文本来看，"某人曰"的插入，往往具有划分内容层次的结构性作用。那么自春秋以后，由于传习者对内容的理解不同，对文本意义的侧重点不同，其所记诵的诰文中，"某人曰"的位置也可能迥异。

"某人曰"作为结构成分的不稳定性，又引出另一种文本变异的可能性。如前所述，"某人曰"之后，通常跟随对受告者，即"下臣"的称谓，以及"呜呼"等感叹词。因此有理由怀疑这些称谓与叹词事实上是文本框架的一部分，而不一定为原始告文的遗存。然而今天我们看到的《尚书》诸诰为伏生所传，在脱离了春秋时期竹帛、口传并行的传播背景后，"某人曰"这一基于口传的功能要求而产生的结构性文本，可能就不会再发生大的异变了。

如果将第一模块的"某月日王在某地"与第二模块的"某人曰"＋"称谓/感叹"的结构成分，视作原始告文的副文本，那么它们与告文合流并转化为《尚书》诸《诰》这一稳定的书面形态，成为经典文本的一部分，就可以说是前经典时代的经典化过程了。《尚书》自身的流传或以书面文本为主，但是诰辞本身的口头色彩，以及说解诵读的传习形式，一定会在文本中留下印记。在此意义上，"某人曰"在文本中体现出来的结构功能，或能为我们探寻前文本时代的文本流传情况，理解文本自身的结构层次，提供有益的启示。

第三节 从"帝令"到"天命"：周初八诰的天命建构

出于对祖先神的崇拜，对"帝"的遵从，殷人构筑起了一整套复杂而具有深刻文化含义的祭祀占卜制度。在王权的光环下，这套仪式广泛流行于方国同盟，使殷人的神灵观念为诸国所接受。在周原甲骨中出现的一些祭祀商王先祖的卜辞，反映了先周文化对"帝"观念的吸收。

周原甲骨中 H11 之 1、82、84、112 四版卜辞，有"文武丁秘""文武帝乙宗"之谓，指殷先王文丁宗庙与帝乙宗庙。传统意见认为，"神不歆非类，民不祀非族"，不同的族群应有相应的祭祀对象，而不同的神灵系统又左右着先民对自身族属的认知。因此，对于周原甲骨中祭祀成汤、太甲、文武丁的记录，早年的学者多认为其非周人所遗，或是殷商卜人出奔时所携，或是武王克商后作为战利品而收藏。近年学界普遍相信这些甲骨正是周人遗物，周人有可能曾在周原建造殷人先王宗庙，并进行典祭。周人祭祀殷商先祖这一行为的原因，综合诸家意见，主要有以下几种可能性：首先，周人与殷人曾经通婚，如王季娶挚仲氏，文王娶帝乙之妹太姒，与商实有甥舅之谊，有共享先祖的资格①；其次，商人事实上通过祭祀和占卜制度来整合方国联盟的人力与资源，邀请各族首领贞人共同议事，强化同盟关联。因此即使殷周之间族属有别，祭祀与占卜制度早在宗法制度成熟之前，就承担着联合各族、建构政治共同体的功能。周人对殷先王的祭祀，在政治层面可视作周族对中央王权的臣服②，在宗教层面，也可能是殷先王作为受享最隆、神性最验的神灵，受到方国同盟成员的共同崇拜与尊重。

上述四版卜辞就"不佐于受"一事向文丁、帝乙殷商先王祈祷，卜问假如周人不辅佐事奉商王受，是否能得到殷商先王的佑护，应作于灭商之前的帝辛时代。③ 这正符于《逸周书·世俘解》中武王告庙所说"古朕闻文考修商人典，以斩纣身"④的记录。文王尊奉商人先祖，在殷商先王的佑助下伐灭纣王，这不但是帝辛"昏弃厥肆祀弗答"所造成的后果，也是周人"受命"的重要象征。

有学者进一步指出，这些卜辞反映的正是文王受命的史事。其"册周方伯"一语，非指文王被商王册封为周方伯之事；结合下文的"不佐

---

① 参见王晖：《周原甲骨属性与商周之际祭礼的变化》，载《历史研究》，1998(3)。
② 参见葛志毅：《周原甲骨与古代祭礼考辨》，载《史学集刊》，1989(4)。
③ 释文参见杨莉：《凤雏 H11 之 1、82、84、112 四版卜辞通释与周原卜辞的族属问题》，载《古代文明》（辑刊），2006(5)。
④ 黄怀信、张懋镕、田旭东：《逸周书汇校集注》（修订本），442 页，上海，上海古籍出版社，2007。

于受"来看，此句指的是"天"对此时的周方伯，亦即文王，加以进一步的册封，也就是令文王领殷商天命。① 从文献中广泛流传的"文王受命"记载来看，周人话语中的"天命"，实以文王为源头。晁福林在《从上博简〈诗论〉看文王"受命"及孔子的天道观》②一文中，对"文王受命"的含义及过程，作出了极为精当的辨析。虽然以殷商的材料难以解释"命"的始终，但周人对"受命"的大致解释是：殷人之"命"原由上天赐降予殷先王，而后殷人不修祭祀，天命失堕。文王向殷商先王进行祭祀与占卜之后，确定天命已被转授予周，因而伐崇作邑，"有此武功"③。

与周原卜辞的一个区别在于，周人的传世文献中，并无对殷商先王进行卜祀的记载，也就是天命降于文王，并不需要殷人先祖作为中介。此间的差异，关系到商至先周时期对"命"与"天命"的理解，与西周建制之后的文献所见并不相同。这也暗示了"天命"从词义至观念，应该也经历了一定的维新，才得以成为西周权力合法性的主要话语。

首先，我们已经知道，纵贯有商一代，祖先神在现实政治生活中的地位，远较"帝"更重要。周原卜骨证明，周人伐纣前曾祈于殷人宗庙。在占卜中得到某种预兆之后，他们就得到了"不佐于受"的正式许可，于是攻打崇，又营建丰邑。这些违逆商王的行为，不但会造成严重的后果，更有悖于邦国方伯的责任与义务，在利益与道德两方面都存在巨大风险。因此，在此之前先举行一场郑重的祭祀占卜，有助于平息异议，明确政治目标，对此刻正面临着历史抉择的周人是极为必要的。占卜在周原的两处殷先王宗庙中举行，贞卜内容大致为：次日或此后某日，由王行诏祭、侑祭等不同祭法，分别祭祀成汤、太戊、武丁、大甲，报以祭品若干，得命兆之辞"思正""思有正"，并结合贞卜事项加以解释："不佐于受，有佑。"卜辞中的干支信息仅有"癸巳"

---

① 李桂民：《周原庙祭甲骨与"文王受命"公案》，载《历史研究》，2013(2)。

② 晁福林：《从上博简〈诗论〉看文王"受命"及孔子的天道观》，载《北京师范大学学报（社会科学版）》，2006(2)。

③ 《诗经·文王有声》："文王受命，有此武功；既伐于崇，作邑于丰。"

"乙酉"两条，中间相距不过七日，很可能是在较短时间内举行了多次祭祀与占卜。仅以存世四版卜辞来看，周人的贞卜虽然反复，但其重点非在于对祭法、祭品的选择，而是在于祭祀对象的不同。四位祭祀对象均为殷商的贤明君王，而占卜给出的兆示是十分统一的"正""有正"，亦即吉兆。

如果将占卜与祭祀的职能分割而论，占卜揭示了周人祈福于殷先祖宗庙的目的，即"不佐于受"而"有佑"；那么在举行占卜的这个时段，周人应当已经确立了"不佐于受"的行动方针，并开始验证这一决定的吉凶。当占卜给出吉兆之后，大局既定，祭祀就成了对殷商先王的告慰与安抚。因此，祈祷与祭祀在这一环节之中的功能，实际上是较为微弱的。周人之所以在后来屡称受天之命，并越来越少提及殷商先祖的庇佑之功，就是由于占卜行为象征着天之意旨，较之祖先神的赐福具有更强的决定性。

根据文献的记载，周人产生"受命"的意识，确实早在举行占卜与祭祀之前。《鲁颂·闷宫》将周人的"翦商"事业追溯到了古公亶父时代。虽可从周人在岐下建立基业的角度进行理解，但也可以猜测此时周人已产生一定的政治抱负。结合后来季历取太任，文王取太姒的史实来看，至少这两次联姻有着鲜明的政治意图。两位夫人分别来自与殷商关系密切的诸侯国，季历以少子身份继位，也可能来自岳家的扶持。季历始受封为"牧师"，又为商王囚杀，前后待遇如此，一般认为是由于崛起一方的姬周势力终于对商王朝构成了威胁。总之，周人有意识地通过联姻扩大自身在西方诸国的政治影响力，到了文王时期，一个标志性的事件是文王占太姒之梦，成为"受命"的开端。对这一事件最直接的记载，主要见于《逸周书·程寤》。其过程就是太姒惊梦——文王诏太子发占于明堂——拜领吉梦。相对于清华简简文，《逸周书·程寤》更强调了"王弗敢占"[①]的谦谨，又以较多的篇幅叙述了周人被、祈、望、烝、占的一系列仪式，最后以拜梦受命郑重作结。繁复的仪

---

① 黄怀信、张懋镕、田旭东：《逸周书汇校集注》（修订本），183页，上海，上海古籍出版社，2007。

式强化了天命的神圣性，也强调了文王受命的谨慎之心。可以认为，《程寤》的写作，无论是如实记叙抑或论述解释，均以"受命"为最终目的。相比之下，董仲舒谓"文王受天命而王天下，先郊乃敢行事，而兴师伐崇"①"文王先郊而后伐"②"文王受命则郊"③，都是以"郊祭"（《春秋繁露·郊祭》）为论说目的。董仲舒认为文王首先受命，然后郊祀，最后伐崇，其言说有着较强的目的性，意在指出郊祭既为受命的结果，也为受命的体现，因此郊祭应当优先于"行王事"，以此反驳时人"民未遍饱，无用祭天"④的论点。董仲舒将"受命"视为先在的，神秘的，实际上是阻断了对"天命"进行验证的可能性。从先周祭祀的一般特点来看，占卜的结果是可被众人认知的，也因而可被视作一种原始的公平准则。综合《程寤》的不同文本，可以推测，无论是否出于明确的政治目的，占梦一事的确启发了周人去认识"天命"。而认识的手段，其一是以占卜求证于天，其二是以祭祀祈福于殷商先祖。

《逸周书·程寤》所记载的文武受命之祭，不止于祭祀祖先神灵，更有祓、祈、望、烝等多种祭祀形式，其祭祀对象不但包括祖先神，还囊括了社稷神、山川自然之神。其规模之大，虽有夸张的可能，但以多重祭祀手段昭告天命所归，应该就是文王受命最重要的标志。晁福林援引《大雅·文王》与《天亡簋》铭文指出："在周人的观念中能够经常在上帝左右事奉的首位先祖就是周文王。而这正是周文王在世时即已宣称自己陟降天地间，服务于帝之左右的结果。"⑤而对"受命"的强

---

① （汉）董仲舒著，（清）苏舆撰：《春秋繁露义证》卷十五，405页，北京，中华书局，1992。

② （汉）董仲舒著，（清）苏舆撰：《春秋繁露义证》卷十四，400页，北京，中华书局，1992。

③ （汉）董仲舒著，（清）苏舆撰：《春秋繁露义证》卷十五，404页，北京，中华书局，1992。

④ （汉）董仲舒著，（清）苏舆撰：《春秋繁露义证》卷十五，404页，北京，中华书局，1992。

⑤ 晁福林：《从上博简〈诗论〉看文王"受命"及孔子的天道观》，载《北京师范大学学报（社会科学版）》，2006(2)。

调，"实际上是将'天'置于祖先神灵之上，这就在气势上压倒了殷人"①。受这一观点启发，本书试图进一步探讨商周代际的"天命"话语具体是如何压倒了历史悠久的祖先神崇拜。

在《泰誓》和《牧誓》中，"天"已是一种无可违逆的绝对意志。这两则文本作为誓师之辞的共同点在于，"天"既是纣王所触罪的对象，亦是向纣王降罚的主体。而武王的讨伐，则是对"天罚"的执行：

[1]今殷王纣乃用其妇人之言，自绝于天，毁坏其三正，离逷其王父母弟，乃断弃其先祖之乐，乃为淫声，用变乱正声，怡说妇人。故今予发维共行天罚。勉哉夫子，不可再，不可三！（《史记·周本纪》引《尚书·泰誓》）②

[2]民之所欲，天必从之。（《左传·襄公三十一年》引《尚书·泰誓》）③

[3]今商王受，惟妇言是用，昏弃厥肆祀弗答，昏弃厥遗王父母弟不迪，乃惟四方之多罪逋逃，是崇是长，是信是使，是以为大夫卿士，俾暴虐于百姓，以奸宄于商邑。今予发，惟恭行天之罚。（《尚书·牧誓》）④

[4]今殷王纣维妇人言是用，自弃其先祖肆祀不答，昏弃其家国，遗其王父母弟不用，乃维四方之多罪逋逃是崇是长，是信是使，俾暴虐于百姓，以奸轨于商国。今予发维共行天之罚。（《史记·周本纪》引《尚书·牧誓》）⑤

① 晁福林：《从上博简〈诗论〉看文王"受命"及孔子的天道观》，载《北京师范大学学报（社会科学版）》，2006(2)。

② （汉）司马迁撰，（南朝宋）裴骃集解，（唐）司马贞索隐，（唐）张守节正义：《史记》卷四，121～122页，北京，中华书局，1982。

③ （清）阮元校刻：《十三经注疏（清嘉庆刊本）》，《春秋左传正义》卷四十，4373页，北京，中华书局，2009。

④ （清）阮元校刻：《十三经注疏（清嘉庆刊本）》，《尚书正义》卷十一，388～389页，北京，中华书局，2009。

⑤ （汉）司马迁撰，（南朝宋）裴骃集解，（唐）司马贞索隐，（唐）张守节正义：《史记》卷四，122页，北京，中华书局，1982。

两则文本中，对于纣王罪行的叙述，有着十分显见的组织逻辑。《牧誓》以"昏弃其先祖肆祀"为罪行之首①；其次为"昏弃其家国"，亦即不用王父母弟；最后是任用罪人为官，暴凌百姓，作乱商国。三种罪行依次是有罪于先祖，有罪于家族，有罪于国邑。以今天看来，三种罪行造成的后果虽然依次渐强，但在商周时期，实以"昏弃肆祀"为首罪。霸凌百姓的恶果仅限于商邑，若以此为理由，周人的干涉仍缺乏最重要的正当性。然而，首罪之"昏弃肆祀"却触怒了殷商先祖，也正是在殷先王的授权之下，周人才有"行天之罚"的资格。

但是在《泰誓》文本中，这一次序却有所不同。今传伪古文《泰誓》与《牧誓》相比，不惟描写罪行过于细密，且于逻辑失序；更可怪之处在于极尽强调天命。《牧誓》中的天命话语其实尚未完备，"恭行天之罚"一语，较为简促。究察《史记》所引《泰誓》，也存在类似问题。自"用其妇人之言"至"怡悦妇人"，首尾呼应，似构成完整的叙事结构。于是其间的"自绝于天""毁坏三正""离逷王父母弟""断弃先祖之乐"都成为"怡悦妇人"的诸种细节。此外，这一系列罪行中，有异于《牧誓》的，首先是对"自绝于天"的总结，其次是对"毁坏三正"②的提前，最后是对"先祖之乐"的强调。

《牧誓》不言得罪于天，唯述行天之罚。其原因在于"弃祀""弃家""弃国"即为获得天罚的原因。纣王的罪行从不敬祖先开始，以遗弃族人为继，以酷虐国人为终。从先祖到家族再到国邑，这是国君所负有的三种责任，神圣性自上而下传递。因此在《牧誓》的语境中，武王不言得天罪而言行天罚，是因为纣王对"天"的得罪自在前三种罪行之中。但是今天我们所见的《泰誓》文本，虽历数纣王之罪，但要而言之，一在于"礼"，二在于"乐"。所谓礼，即天地国族之秩序；所谓乐，即先王王道之正声。将纣王的罪恶提炼为践踏礼、乐两方面，其中所反映的观念至早不会在周公之前。因此，虽然理论上《牧誓》文本应当晚于

---

① "惟妇言是用"句型与以下"昏弃……"数句不类，饰于商王受之后，更类似于为后文所叙罪行作出铺垫，一定程度上解释纣王犯罪之原因。

② 所谓"三正"，疏谓"天地人之常祀"，刘起釪释之为三公、三卿，在《牧誓》语境中即指比干、箕子等大臣，与"离逷其王父母弟"意义相近。

《泰誓》，但就其观念而言，传世的《牧誓》文本对天意、天罚的理解，应更接近商末周初的实际。也因此，《泰誓》"自绝于天"的叙述，反映的是后来周人对殷商受天之罚的归因。至少在《牧誓》时代，"天罚"与"天命"之间，尚未建立清晰的因果联系。可以认为，直到克商以前，周人尚未建立自洽的天命话语。

但是，从周原甲骨文中，可以发现周人可能拥有有别于商人的祭天传统。虽然克商前夕的周人，其神灵观念中仍是"天""帝"并存的，但在 H11：96 一片中，出现了"小告于天，西乙牢"①的刻辞，显示了周人对"天"举行告祭的行为。殷人卜辞中，有"小告"而不称"天"；有祭于"天"者，则为燎，不见有"告"。观察到殷、周崇信对象的不同后，也有研究者认为，"天"为周人之信仰，而"帝"为殷人之信仰，天命话语是周人得国后对两种宗教形态的统合。也有意见认为，上帝的神格自殷至周发生了变化，最后被拔擢为至上神、保护神的形象，用以服务于现实政治。②

在此的结论是，"天"与"帝"本来的形象既不明晰，职能也并不明确。所谓殷人的"帝"崇拜，还是周人的"天"崇拜，既非严格意义上的宗教，甚至也很难认定为今人语境中的"信仰"。如第四章所述，殷商之"帝"的不可预测性，是原始巫术向原始宗教演变的重要表征。在此意义上，"天""帝"两个概念原具有统一性，或可认为"帝"是对"天"的拟人化、具象化，是自然意志的神格化、偶像化。"帝"的存在，更容易使殷人接受巫术的局限性，并解释人力所不能致的原因，也便于卜辞祝祷的措辞。这几点特性，对于殷、周两族而言应当是共通的。然而商王以"大邑商"之主的身份，堂皇地与"帝"对话，到了殷商晚期甚至将帝号用于自身，同时轻慢于"天"，屡为侮怠之行——于是，即可见"天""帝"在殷商晚期的分离。商王与"帝"之间，最终建立了某种基于权力的同一性，而将"帝"原本所指示的自然意志对象化了。当商王独占了对"帝"的解释权之后，"小邦周"及其他方国，就很难对"帝"产

---

① 徐锡台编著：《周原甲骨文综述》，65 页，西安，三秦出版社，1987。
② 参见朱凤瀚：《商周时期的天神崇拜》，载《中国社会科学》，1993(4)。

生文化认同了。有关殷商晚期在宗教传统与仪式规范上的偏离，前辈学者论述已备①，其中，商王对"帝"概念的专有与排外，是触发周围方国不满的一个重要因素。周人克商，也因此带有少许复兴商初宗教形态的色彩。

这种复兴，最后是以"神道设教"的重新诠释与建构来完成的。克商之后的周人，迅速建立了一套独特的权力话语系统，这就是以"周初八诰"为代表的天命话语。在克商以前，周人对"天"的崇拜究竟到了何种程度，又有何特殊性，在没有进一步证据之前，恐怕不能作过多的假设。然而可以确定的一点是，这份崇拜并不足以分化殷周两族的文化认同。以周原甲骨为证，至少在文王时期，周人以天命自任的第一步，是请命于殷商先王列祖。对祖先神的崇拜，应是商王朝用以绾合方国共同体的一大重要文化形态。

周人以蕞尔小邦而克大邑之商，于一日间摧枯拉朽，直入朝歌，其最艰难之处并不在于军事战争，而在于战后如何建立政权，延续商王朝方国之主的地位。清华简《保训》透露了文王临终前的忧思。文王以古之先王"求中""得中"的经历教诲武王，告诫他不能懈怠，要恭谨地对待"大命"。② 关于"中"的论说，下文会进一步深入，要而言之，"商周之际正处在由作为实体形态的'中'向作为观念形态的'中'转化的阶段"③，此时的"中"，兼有地理学及宇宙观的意义，与《逸周书·度邑》中的"定天保，依天室"④有着密切关联。在文王遗训的指导下，武王、周公花费了较长的时间，进行了一系列宗教政治活动，用以确保政权的平稳过渡。而其中最具特色的，就是"告天"祭祀。

殷商卜辞所见告祭，绝大多数以商代先王为对象，主要目的包括报告疾病、灾荒、战事、出省等活动情况，以杀牛牺牲为标志。周原

---

① 董作宾、池田末利、张光直、伊藤道治等学者在其论著中均有涉及。

② "天""大"古通，周初文献中的"大命"可以理解为"天命"，而彝铭中，"大命""大令"多见于西周时器，多用于描述文武受命。"天令""天命"为数较少，且多见于春秋时器，多用于诸侯自称受命。

③ 晁福林：《观念史研究的一个标本——清华简〈保训〉补释》，载《文史哲》，2015(3)。

④ 黄怀信、张懋镕、田旭东：《逸周书汇校集注》(修订本)，143 页，上海，上海古籍出版社，2007。

甲骨透露了周人以"天"为对象举行告祭的事实，而相应地，殷人从不向"帝"举行告祭。一个推想是，告祭这种仪式，通常用于向神灵报告人间事务而祈求庇佑。对于商人而言，其实质归于祭祀范畴，属于祖先神的职能范围。周人学习了商人的告祭仪式，但并不能像商人那样理直气壮地祭告先祖。其原因或在于，在殷商早期，商人曾通过将其他氏族的祖先编入自身世系，来维系方国同盟；而到了殷商晚期，对祖先神的祭祀权与族长权（亦即王权）的确立互为表里[①]，同时"帝"的神圣性也被商王朝所专断。身处西陲一隅的周人不但对自身先祖的记忆微茫难求[②]，更不具备告祭商王先祖的权力。在此情形下，"天"成为他们祭告祈福的对象。而到了克商之后，"告天"成为他们重建宗教传统的独特仪式，也开辟了后世告天之礼。

根据《逸周书·世俘解》的记录，武王在克商之后，立即举行了一次告天祭祀：

> 辛亥，荐俘殷王鼎。武王乃翼矢珪、矢宪，告天宗上帝。王不格服，格于庙，秉语治庶国，簰人九终。王烈祖自太王、太伯、王季、虞公、文王、邑考以列升，维告殷罪。簰人造，王秉黄钺正国伯。壬子，王服衮衣，矢琰，格庙。簰人造，王秉黄钺正邦君。[③]

于省吾指出，这段记载与《天亡簋》铭文可相互印证[④]。《世俘解》中先述武王"告天宗上帝"，对应于《天亡簋》中"王凡三方，王祀于天室"的记载。武王于克商之后回到周地之前，先在天室亦即嵩山，向"天"与"帝"举行告祭。回到周地之后，又在周庙向列祖行告祭。《世俘解》："王烈祖自太王、太伯、王季、虞公、文王、邑考以列升"，也就

---

① 〔日〕伊藤道治：《中国古代王朝的形成——以出土资料为主的殷周史研究》，江蓝生译，30页，北京，中华书局，2002。

② 参见本书第六章第二节《周族史诗：族群整合与历史叙事》。

③ 黄怀信、张懋镕、田旭东：《逸周书汇校集注》（修订本），421～425页，上海，上海古籍出版社，2007。

④ 于省吾：《关于"天亡簋"铭文的几点论证》，载《考古》，1960(8)。

是说武王所告祭的先祖，最早只能追溯到太王古公亶父。而告祭的内容，主要就是殷人的罪恶，也就是发动战争的理由。而在此次祭祀中，也有告天的影子。《天亡簋》："丕显考文王，事喜（饎）上帝，文王监在上。"[①]文王被视为"在帝左右"[②]的神灵，在这一刻，武王终于能像晚商的殷王那样，理直气壮地将先祖与天帝相联系。在后世的颂诗中，"文王之德"作为一种超越的灵性，偕同"天帝之命"，卓然在上。

《天亡簋》中"祀于天室"的记载，又令我们联想到《逸周书·度邑》中"定天保，依天室"的说法。武王克商后心存惴惧，召来周公商议建造洛邑的规划。"定天保，依天室"实际上正是文王遗训中的"求中"行为，也因之被视为"克致天之明命"的手段。下文"我图夷兹殷，其惟依天"，是武王病中对周公的告诫：若要真正平伏殷人，唯有依靠"天"的威严。定天保、依天室自然是宣扬天命的一种手段，而周公及西周的建制者们并没有止步于此，在接下来的政治实践中，他们首先扬弃了"帝"的概念[③]，通过祭天仪式，清晰地划分开天帝与人王的界限，矫正了晚商以来独断帝命的宗教弊病；而接下来所做的最重要的一件事是，通过以周初八诰为代表的天命话语，推广了天命与德行的观念，重塑了方国共同体的文化认同。

周初八诰来自周公"神道设教"的努力，是西周训诫政治的开端。苏轼《东坡书传》总结周初八诰的写作目的，谓"自《大诰》、《康诰》、《酒诰》、《梓材》、《召》、《洛诰》、《多士》、《多方》，八篇虽所诰不一，然大略以殷人不心服周而作也"[④]。后世研究者也一般同意，周初八诰是为安置与统治殷人而写作的。

---

① 中国社会科学院考古研究所编：《殷周金文集成》（修订增补本）第四册，2589页，北京，中华书局，2007。

② 《大雅·文王》："文王在上，于昭于天……文王陟降，在帝左右。"

③ 西周时期，周人称上帝，主要针对先祖神格而言，如《天亡簋》谓文王"事喜（饎）上帝"，《𫗧簋》以先王"在帝廷陟降"；《史墙盘》虽言及"上帝"，但其作者来自殷文化系统。总之，周人对"上帝"应是有意识地保持着一种相对性，避免出现殷商之时以帝号称王而造成的宗教混乱局面。

④ （宋）苏轼著，李之亮笺注：《苏轼文集编年笺注（诗词附）十二》，449页，成都，巴蜀书社，2011。

八诰之中，以《大诰》为首。《周本纪》"初，管、蔡畔周，周公讨之，三年而毕定，故初作《大诰》"①。《鲁世家》云"管、蔡、武庚等果率淮夷而反。周公乃奉成王命，兴师东伐，作《大诰》"②。《大诰》作于周公东征前夕，周王朝政权的第一次危机。在这篇诰文中，周公反复强调了"天命"的依归，而第一段中，尤为明确地说明了周人通过何种手段认知天命：

> 王若曰："猷！大诰尔多邦，越尔御事，弗吊，天降割于我家不少，延洪惟我，幼冲人，嗣无疆大历服。弗造哲，迪民康，矧日其有能格知天命！已！予惟小子，若涉渊水，予惟往求朕攸济。敷贲，敷前人受命，兹不忘大功。予不敢闭于天降威用，宁王遗我大宝龟，绍天明即命，曰：'有大艰于西土，西土人亦不静，越兹蠢。殷小腆，诞敢纪其叙。天降威，知我国有疵，民不康，曰：予复！反鄙我周邦，今蠢，今翼日，民献有十夫，予翼以于敉宁、武图功。我有大事，休？'朕卜并吉。"
>
> 肆予告我友邦君越尹氏、庶士、御事，曰："予得吉卜，予惟以尔庶邦，于伐殷逋播臣。"③

当懂得了殷商时期的"上帝"亦即"天"与占卜的关联之后，就能理解为何周公以龟卜来证明天命。在《大诰》之后的其他七诰，再没有以龟卜自证的话语，对天命的援引成了一种理所当然。反过来再看东征前夕的这次龟卜，实有退无可退，剖心自证的悲壮感。当是时，文王、武王俱没，当初以占梦所得的天命，是否能借周王血系而次代传递，不独殷遗民与各邦国心中存疑，就连周人自己恐怕也缺乏一份自信。面对局势不稳的东国，周公的应对手段直面权力的根本，即天命所在。

---

① （汉）司马迁撰，（南朝宋）裴骃集解，（唐）司马贞索隐，（唐）张守节正义：《史记》卷四，132页，北京，中华书局，1982。

② （汉）司马迁撰，（南朝宋）裴骃集解，（唐）司马贞索隐，（唐）张守节正义：《史记》卷三十三，1518页，北京，中华书局，1982。

③ （清）阮元校刻：《十三经注疏（清嘉庆刊本）》，《尚书正义》卷十三，419~421页，北京，中华书局，2009。

周公公布的命辞，主要占问战事的胜败，但在《大诰》之中，他将此次胜败的意义直接关联到了"天命"，也就是将占卜的吉凶与天命相连，可谓险着。

周公用文王所遗宝龟求占，一方面是借祖先之灵宣示占卜行为的有效性，一方面是以占卜手段验证天命所归。前文述及，在殷商时期，占卜是一种可被检验的巫术仪式，占卜验否，是判断君主合法性的一大重要尺度。周公将命辞与占辞宣示于众，虽然就《大诰》文本来看，命辞过长且已价值先行，而占辞又过于简短，仅示以"吉"。但是这次占卜行为，无疑是有效的，且具有传播价值。今天我们已难以想象周公是怀着怎样的心情，用占卜质询王权的根本并面对占卜的结果。然而在《大诰》中，他终于能自豪地将吉兆宣告天下，自信地要求友邦国君与周邦大臣相信周的天命，一同去讨伐叛乱之人。这次龟卜看似将周人的天命置于被检验的险境，然而随着周公东征的胜利，占卜的吉兆得到验证，周公从此一劳永逸地将天命镌刻在了周人的血系之中。

基于前人的研究，我们将周初八诰以言说目的分为几个系列。《大诰》为平乱而作，对天命话语有开创之功，自成一类。《康诰》《酒诰》《梓材》为周公诰教康叔治殷之策，是对宗族内部的言说。周公在这三则文本中，回顾了文王受命之事，为教令内容增添了历史传统和家族文化色彩。

《康诰》为三诰之首，开篇即以"孟侯，朕其弟，小子封"称呼康叔，强调血缘的认同感。接下来首段就追述"丕显考文王"的种种德政，并以"明德慎罚"的政治理念作为文王受命的理由：

> 我西土惟时怙冒，闻于上帝，帝休，天乃大命文王。殪戎殷，诞受厥命，越厥邦民，惟时叙，乃寡兄勖。（《尚书·康诰》）[1]

在这段追述中，文王受命的原因被描述为行使德政而感动上帝，武王的克商伟业，是对文王之命的领受和继承。据此，周公告诫康叔，

---

① （清）阮元校刻：《十三经注疏（清嘉庆刊本）》，《尚书正义》卷十四，431 页，北京，中华书局，2009。

应当追随文王的德政，好好管理殷遗民。这份政治责任被周公称为"助王宅天命"，也就是将"天命"稳固和安顿下来。因为既以德政作为领受天命的基础，那么也暗示着"惟命不于常"。《康诰》中的这段言说，正如《牧誓》《大诰》的内容一样，只探讨"天命"与周人之间的关系，并没有解释殷人失国的原因，也就是说，有"受命""固命"，还没有"失命"。但是，《康诰》迈出的重要一步，是建立了"德政"与"天命"之间的关联。"天命"的得失不再是随机的、不可预测的，人们可以通过行德政来领受和巩固它，也可能因为执政失当而失落它。如果说《大诰》还将"天命"视为幸运的嘉奖，并仍存在着自证的焦虑；那么作于政权初定时期的《康诰》则体现了周公对"天命"的自信与接受，对成功原因的反思，以及总结历史规律的初步努力。后续的《酒诰》《梓材》也将文王受命的原因分别归于谨慎饮酒与"勤用明德"：

> [1]乃穆考文王，肇国在西土。厥诰毖庶邦庶士，越少正、御事，朝夕曰："祀兹酒。惟天降命，肇我民，惟元祀。"(《尚书·酒诰》)[1]
>
> [2]和怿先后迷民，用怿先王受命。(《尚书·梓材》)[2]

其中，《酒诰》借由殷亡之鉴，进一步反思了殷人失国与天命之间的关联，但论述并未深入。《酒诰》"天降丧于殷"的表述类于《牧誓》"行天罚"，将殷人失国归于天降惩罚。对于这种惩罚发生的机制，周公引入了"天命"话语，但没有深入论述。在《酒诰》中，也只见"受命"，未见"失命"对举。周公谓殷王因荒腆于酒，不行祭祀，"厥命罔显于民祇"，最终招致灾祸："故天降丧于殷，罔爱于殷，惟逸。天非虐，惟民自速辜。"这里值得注意的是对"天降丧"的解释：上天并非暴虐，只是"罔爱于殷"。这里的"爱"，可以理解为眷爱，庇佑之义。殷人酗酒——失于祭祀——失去庇佑——受天降丧，这就构成了最朴素

---

① （清）阮元校刻：《十三经注疏（清嘉庆刊本）》，《尚书正义》卷十四，436 页，北京，中华书局，2009。

② （清）阮元校刻：《十三经注疏（清嘉庆刊本）》，《尚书正义》卷十四，443 页，北京，中华书局，2009。

的因果链条。这一逻辑中的"天",虽不一定能通过祭祀来取悦,但若失去其庇佑,则可能将自身置于天然灾祸的随机性之中,加速招致灾难,此之谓"天非虐"。可以看出,《酒诰》对殷鉴的思考,主要建立在祭祀和天命之间的关联上,符合晚商至先周时期的一般宗教观念。

作于其后数年的《召诰》《洛诰》两篇文献,应是洛邑建成后的祭祀仪式上所发布的诰教文本。通过对清华简《保训》《逸周书·作雒》的研究可知,洛邑的建造与周人的天命宣传有着极为重大的关联。

> [1]公不敢不敬天之休,来相宅,其作周匹休。公既定宅,伻来,来,视予卜,休恒吉。我二人共贞。公其以予万亿年敬天之休。(《尚书·洛诰》)①
>
> [2]公称丕显德,以予小子扬文武烈,奉答天命,和恒四方民,居师。(《尚书·洛诰》)②

《作雒》谓周公以作大邑成周"俾中天下",而后设祭祀上帝、后稷、先祖之丘,并使诸侯效仿作大社。《洛诰》记述周公以"基命""定命"为营建洛邑的目标,"凡有造基之而后成,成之而后定;基命所以成始也,定命所以成终也"③。始建洛邑是为奠天命之基,作成洛邑是为定天命之本。从相宅到告卜这一系列政治举措,具有"敬天之休""奉答天命"的宗教内涵。营建洛邑,既有地缘政治的考虑,又出于宗教事务的要求,正合何尊所记"宅兹中国,自兹乂民",对刚刚建立新政权的周人而言,有着巩固"天命"的政治意义。

《召诰》作于《洛诰》之前,对这一事件的意义有着更详尽的阐释。在建成洛邑的第一次祭祀中,诰文以大段的天命话语作为起始:

---

① (清)阮元校刻:《十三经注疏(清嘉庆刊本)》,《尚书正义》卷十五,455 页,北京,中华书局,2009。

② (清)阮元校刻:《十三经注疏(清嘉庆刊本)》,《尚书正义》卷十五,458 页,北京,中华书局,2009。

③ (明)刘三吾撰,陈冠梅校点:《刘三吾集》,443 页,长沙,岳麓书社,2013。

呜呼！皇天上帝，改厥元子。兹大国殷之命，惟王受命，无疆惟休，亦无疆惟恤。呜呼！曷其奈何弗敬？天既遐终大邦殷之命，兹殷多先哲王在天，越厥后王后民，兹服厥命。厥终智藏瘝在。夫知保抱携持厥妇子，以哀吁天，徂厥亡出执。

呜呼！天亦哀于四方民，其眷命用懋。王其疾敬德。相古先民有夏，天迪从子保，面稽天若，今时既坠厥命。今相有殷，天迪格保，面稽天若，今时既坠厥命。今冲子嗣，则无遗寿考，曰：其稽我古人之德，矧曰其有能稽谋自天？呜呼！有王虽小，元子哉！其丕能诚于小民。今休。王不敢后用，顾畏于民碞。

王来绍上帝，自服于土中。旦曰："其作大邑，其自时配皇天，毖祀于上下，其自时中乂。王厥有成命，治民今休。"

·············

我不可不监于有夏，亦不可不监于有殷。我不敢知曰，有夏服天命，惟有历年。我不敢知曰，不其延。惟不敬厥德，乃早坠厥命。我不敢知曰，有殷受天命，惟有历年。我不敢知曰，不其延。惟不敬厥德，乃早坠厥命。今王嗣受厥命，我亦惟兹二国命，嗣若功。（《尚书·召诰》）①

这段话语对"天命"的阐述，有几个突出的特点。

第一，首次出现了"殷之命"的提法，与"惟王受命"相承接，点明了"命"的唯一性与可转移性，通过"天命"的一"坠"一"受"，明确了"天命"的转移过程，点明了商周政权的继承关系。在此之前，"受命"专指周人发动战争的正当性，从字面义来看，最初应为上天授意周人克商的"命令"。到了《召诰》时代，周人已建成洛邑，需要将革命的合法性转化为执政的合法性，即所谓"固命""定命"。殷王朝虽已灭亡，但围绕着它的氏族、方国体系仍巍然安在，周人并不可能也无必要进行全新的政治社会改革。最平稳也最省力的权力转移方式，就是继承殷人

---

① （清）阮元校刻：《十三经注疏（清嘉庆刊本）》，《尚书正义》卷十五，430～434 页，北京，中华书局，2009。

的王权合法性①。为此，周人慷慨地承认殷人也曾拥有"天命"，鉴于"文王受命"已为广大部族普遍接受，周王朝的政权自然也就是继承于殷王朝而来。为了加强这一认识，周人又将"命"上溯至"有夏"。这样一来，"命"就成了在有夏、殷商、姬周之间代代相传的事物。那么，祭祀与治理权力的转移，显然也是"命"的体现。于是，通过把"命"分享于前朝，解决了周人执政合法性的问题。

第二，首次出现了"坠命"的表述。既然夏、商都曾拥有"命"，受到上天庇佑，那么为何他们的政权最终消亡了呢？《召诰》解释说，这是"坠厥命"的缘故。回顾《牧誓》《酒诰》，那时仍以"天罚""天降丧"来定义商王朝的覆亡，这与"坠命"在哲学上的意义是不同的。"天罚"是对现有状况施加负面的影响，"坠命"是在现有条件下削减某种已有之物。在"天罚"的语境下，殷商王权是先在的，亡国是上天为之降下的灾殃；在"坠命"的语境下，"天命"是先在的，早在商王朝拥有之前，亦曾为有夏氏所有，因而商王朝失落"天命"，是从"有"复归于"无"。从语言情感来看，"降丧"与"天罚"的表述带有一定攻击色彩，更容易在战争环境中凝聚力量；而"坠命"的表述则相对中性，作为面向同邦同族的诰教发言，"坠命"一词将商王朝的灭亡过程变得中性化，减弱了周人身为天罚执行者的骄傲感，代之以有节制的恭慎之情。

第三，用"民"与"德"解释了"天命"的原理和"坠命"的过程。《召诰》解释道：殷先王与后来的周先王一样拥有"在天"的神格，因而庇佑着后人之"命"。然而后来殷人"坠命"，是因为贤良退藏，人民受困，上天哀怜四方百姓的吁叹之声，因而改换了天命，使其归于有德者，亦即当时的周文王。但是，"坠命"的提法虽然能有效地弱化殷商王权的先在性与神圣性，却同样也削减了周王权的绝对性。其"命"既有"受"有"坠"，那么对于周人而言，这份"天命"亦是不稳定的，有失坠之忧。这就引出了诰文所用意告诫的内容：敬德保民，祈天永命。"敬德保民"的主张，应当来源于周初统治者对殷鉴的政治反思，已超越了

---

① 许倬云谓周人以六七万人，治理东部平原百万之众。参见许倬云：《西周史》，113页，北京，生活·读书·新知三联书店，1994。

《牧誓》《酒诰》将殷亡归于不行祭祀，得罪上天的宗教观念。另外，由于周人和东部方国之间仍存在相当的实力差距，"德政"所带有的怀柔色彩，对周人而言也是更为理性的政略方针。

周初八诰中的最后两篇，是《多士》《多方》。这两诰的意义在于建立了以天命观为核心的历史叙述。它们同为诰殷遗民所作，用以劝诫他们臣服与安居。就内容来看，《多士》《多方》中的历史叙事在诸诰中显得尤为完整，不但三代史事趋近定型，同时也已建立起自洽的解释体系。

《多方》的主要内容，是以夏亡汤兴的历史经验来诰教、训诫各个方国。方国体系有着悠久的历史传统，对夏商之变的回顾，本质上是援引历史上的王权变革作为今日之变的前例，有助于方国领袖接受新政权的统治。诰文开篇即提出了"命"的概念，并以夏桀为例，陈述了"命"的重要性。但是，《多方》中并没有出现类似于"坠命"的表述，这是其政治思想完善性略逊于《召诰》的一个表现。通过对夏氏灭亡过程的叙述，我们可以窥测《多方》天命思想的面貌。首先，夏氏甫一出现即为"受命"的状态，至于这份"天命"的最初来源，《多方》没有给出解释。之后，夏氏因天命而骄纵，其表现有三：第一，不重祭祀；第二，生活逸乐；第三，政治暴虐。其中，"不重祭祀"是招致"帝降格"的首罪，民众怨怒是为上天降命成汤的导火索。《多方》中，成汤受命具有三层内涵，其一是"求民主"，其二是"显休命"，其三是"刑有夏"。需要注意的是，这其中并无"有夏坠命"之类的表述。"天命"仍然只是一种只能被观测到其"有"，而不能被观测到其"无"的事物。同样的，《多方》后续段落中，屡次出现"天降时丧""大罚殛之""致天之罚""自速辜"的表达，用以描述亡国的状态。而用以修饰"天命"的，有"享天之命""熙天之命""大宅天命"等，用以描述与周王权合作并因此得益的状态。总而言之，《多方》与《召诰》一样承认夏、商之"命"，但没有建立起"坠命"的表述，其对政权兴亡的认知仍以"天罚"式的惩诫理念为主，接近于《牧誓》《酒诰》；对亡国原因的反思则包括了祭祀、德行、民生等多方面，对前者又有所超越。根据其思想的这几个特点，也可以赞同学者《多方》早于《召诰》的观点。

　　《多士》作为对殷人的告诫，在夏亡教训之外，更多地关注到了殷
亡之鉴，用以训诫将迁他国的殷遗民们。与《多方》相比，《多士》文本
中的天命话语具有几种重要特征：第一，对殷商王权的覆亡，以"终
命""废命"来表述；对周王朝的建立，以"弋命""畀命""革命"来指称。
"终命""废命"与《召诰》"坠命"相似，描述的均是"天命"之"无"的状态。
"弋命""畀命"则是代替、分受的意思，强调了商周"天命"的继承关系。
第二，对夏、商、周三代的"受命""终命"历史进程作出了简明清晰的
叙述，这也是第一次系统总结三代得政失政的始末。为了引出对历史
的回顾，周公首先仍以训诫的口吻，用"天降丧""致王罚"的严厉之辞，
明示了自己下达诰教的正当性。接下来，周公以"我闻曰"起领，开始
讲述有夏坠命的过程：一开始，上帝有着明确的德性要求，但有夏氏
未能执行上帝的要求。于是上帝作出了决定，一方面对夏人"废元命，
降致罚"，一方面"命尔先祖成汤革夏"。"天命"清晰地展现为其本义
"命令"的形式。然而，后来的商王纣"诞罔显于天"，注谓"大不明于天
道"，也就是不能理解上天的意旨，恐怕也暗示着对"命"的不解与不
行。于是，上帝再次做出决定，不再保佑殷人的福祉，"降若兹大丧"。
至于本在殷人之身的"天命"，因此就需要被分配给其他方国。其中，
"不明厥德"的四方大小邦，没有被"畀命"的权利，唯有"周王丕灵承帝
事"，最能听从上帝的意旨，于是接到了上帝"割殷"的命令。这段文字
到此为止，都把"天命"具体化为上帝的意旨和命令，并将汤、武兴起
的原因，归结于能听从上帝命令，而夏、商覆亡的理由，也就被归因
于不听从上帝的命令。违抗天命者必将招致殛罚——在这一逻辑的驱
动下，迁徙殷遗民的决策也被描述为一种"天命"，周人不得已而从之：
"予惟时其迁居西尔，非我一人奉德不康宁，时惟天命。无违，朕不敢
有后，无我怨。""非予罪，时惟天命。"

　　这几句话带有一定自辩色彩，可见周人对殷遗民的处理，应当是
激起了一定反抗情绪的。周公在诰令中，陈述了"天命"的绝对性以及
违逆"天命"的后果，意在安抚殷遗民接受被迁徙的政治安排。对此，
郭沫若认为："周人根本在怀疑天，只是把天来利用着当成了一种工
具。""凡是极端尊崇天的说话是对待着殷人或殷的旧时的属国说的，而

有怀疑天的说话是周人对着自己说的。"①然而郭沫若所举的，所谓"怀疑天"的例子，却是值得商榷的。"天非忱""命不于常""天不可信"这类表述，恰恰是最敬畏天的表述。本书第一章论及，"天"或"上帝"不同于祖先神，它们源自祭祀的失败经验，多为灾难或不可逆的自然意志之象征，即使是殷人，也只能以最大的小心卜问之，而不敢向其祈求任何帮助。"天命靡常"即为"天命"之"常"，这应当是为先民所广泛认同的观念，而非周人独力发明的怀疑论。

或许是受郭沫若这一观点的影响，许多研究者将周人的"天命"话语和"殷鉴"反思分为向周人内部陈说和向殷人诰诫的两方面。但是根据《牧誓》和周初八诰的文本，可以发现周人的天命观在克商及此后的短短几年内，迅速地完成了自我更新和完善，最终以《多士》中的天命史观为成熟的标志。"天命"自此不再是革命的合法性话语，而是构成历史叙事的观念性话语。通过历史叙事的发布和写定，周人得以将"天命"观念播散到宗族内外，大小方国之中。周王权的合法性从而烙印在天命观的历史叙事之中。

在"天命"这个隐喻的背后，包括了对商王朝权力的承认，对武王伐商行动的确认，对周王朝权力的承认这三个方面。因为有"天命"作为贯穿整个殷周之变的线索，周之代商，就不仅仅是权力在地方部族之间的转让，而是权力在两代中央王朝之间的传递。可以说，正是"天命"将权力兴衰的空间性转化为了时间性，在这个基础上，于是就有了"正统"。

到了西周建制之后，尤其在周初时期，周王仍行殷礼，行殷祭，以示对殷人之"命"的继承。《洛诰》："王肇称殷礼，祀于新邑，咸秩无文。"②《墨子·非攻下》："王既已克殷，成帝之来，分主诸神，祀纣先

---

① 郭沫若：《先秦天道观之进展》，见《郭沫若全集 历史编》第一卷，334～335页，北京，人民出版社，1982。

② （清）阮元校刻：《十三经注疏（清嘉庆刊本）》，《尚书正义》卷十五，456页，北京，中华书局，2009。

王，通维四夷，而天下莫宾，焉袭汤之绪，此即武王之所以诛纣也。"①

"袭汤之绪"解释了武王克商的胜利原因，也可以佐证我们对西周革命本质的讨论。"天命"自有夏及商，体现为权力者对"帝令"的占有。这种占有分为对帝令的"领受"，亦即主持仪式的权力；以及对"帝令"的阐释，亦即下达占断的权力。在殷商早期，商王与方国首领以贞人集团的身份分享着领受与阐释的权力，然而随着王权的集中，"帝令"最终被商王专有，这体现为卜辞的制作从头至尾为商王所把控。王权所发生的这一变化，激化了商王与方国之间的矛盾，也为周人提供了革命的合法性。文王受命以太姒之梦为标志，这一事件在偶然性之外，恐怕与太姒出身有莘氏，具有夏后氏血缘有关。《吕氏春秋·诚廉》借伯夷、叔齐之口，批判周人革命是一场投机和阴谋："今周见殷之僻乱也，而遽为之正与治，上谋而行货，阻丘而保威也。割牲而盟以为信，因四内与共头以明行，扬梦以说众，杀伐以要利，以此绍殷，是以乱易暴也。"②这样的表述，实际上公然质疑了借受命传说而成立的武王革命正当性。从《大诰》的自证中，可以发现早在西周初年，东部旧邦就对周人天命话语隐然存有质疑，这一思想可能独立于王朝史官文献的载录，自有传承；但《吕氏春秋》中这段文字对周人受命过程的批判，更多地与这部文献作成的历史语境有关。

早在《吕氏春秋》作成以前，周王室的权力已然衰微，对周初天命话语的反思与质疑一时并起。在诸子生活的时代，"天命"已随周室一道衰微，然而由于天命论中的权力改易是时间性的而非空间性的，如果用它来鞭策诸侯勤政进取，就意味着煽动一场地方向中央夺权的革命。在周天子仍为名义上的政治领袖，并且诸侯只以称霸、兼并为理想的战国时代，对天命的言说是超过诸子言论边界的。然而，天命观念为政治话语的建构提供了极具说服力的范式，在很长一段历史时期中，士人对政治合法性的言说都未能超越"天命论"的范式，亦即从自

---

① （清）孙诒让撰，孙启治点校：《墨子间诂》卷五，151～152 页，北京，中华书局，2001。

② 许维遹撰，梁运华整理：《吕氏春秋集释》卷十二，268 页，北京，中华书局，2009。

然合理性中推求政治合理性，或建立"天—人"的政治隐喻。因此，战国诸子看似驳斥批判"天命论"，但他们又通过对"天命"概念的阐释和重构，为各自的立论建立起制高点。例如荀子重新定义"天道"，将固化的"天命"理解为朴素的"自然规律"；道家以"道"先于万物，认为天地之外有着更为高邈的存在；墨家斥"天命"而立"天志"，重新阐释"天"的美德与向其效法的必然性；阴阳家消解了"天命"的中心性和唯一性，以五行循环作为全新的自然规律与政治法则。

诸子虽然驳斥天命观，又未能超越自然秩序作为政治合理性的隐喻，因而他们的言说反而扩展了天命观念的范畴，丰富了天命观念的内涵。但也因此，西周初期建立的，线性、唯一、中心论的天命观念被打破和去中心化。既然西周天命话语以历史叙事为成熟形态，那么在多样化的观念背景中应运而生的《吕氏春秋》，首先就以历史叙事作为解构西周天命的切入点，从文王受命史事开始，消解"天命"的神圣性，为嬴秦走向天下之路做出铺垫。然而，德治话语虽为权力者后期的建构，但包覆着现实的理念外衣同时也构成了"文明"本身。当战国末年的暴力与阴谋堂而皇之地成为最终的胜者，即是天命话语真正失坠的一刻。

第六章 "诗"的创制：
神道设教与话语建构

诗、乐、舞均源于上古祭祀传统，其制作和表演依托于特定的仪式情境，因此其表演形态往往受到仪式功能的制约，也折射出同时代的文化需求。"诗教"作为西周德治思想的文化结晶，以《颂》《雅》诸篇为代表，通过乐舞表演、诗歌唱诵等形式，渗透到当时最重要的社会活动，亦即祭祀和典礼之中，为仪式活动提供特定的言说资源。《颂》和《雅》首先借由祖先崇拜，重整历史叙事，强化族群认同，其次又将德治思想与审美体验熔于一炉，达成"诗教"的目的，并因此孕育出讽、诵等用诗传统。

礼仪行为在"教"这一层面的功能有两重，其一是在周宗室内部，以先王美德为典范，教化周室贵族戒儆殷鉴，修养道德，以维系天命；二是面向异姓诸侯与王臣，通过历史叙事，强化以"德治"为"天命"来源的社会共识及政治秩序。

道德秩序的抽象训诫，在周初与历史叙事密不可分。周人关于先祖的叙事，最初并非历史性的，而是仪式性的——它以宗庙祭祀为基点，以仪式颂诗为细节。宗庙秩序主要体现为嫡庶之制的建立，宗法制度的整定，其本质是将"祖先"依父系血缘，编制为连贯的、单线的谱系，从而使"历史知识"牢固地绑缚在"父系""王系"这一骨架上。西周早期的诗篇以《时迈》《酌》《武》《赉》《桓》等宗庙颂诗为主，主要内容在于歌颂文王、武王的美德和功绩。赞美女性先祖的诗歌如《思齐》《大明》等，多为《大雅》中的赞祭歌诗，其赞颂也往往基于"武王之母""京室之妇"这一既有的父系叙事框架。

然而这种历史叙事范式的确立，对周人而言具有重要的政治功用，那就是将父系谱系与政权的合法性，一并烙刻进"文王受命"—"武王克商"—"成王有命"的历史叙事之中。在前文讨论"书"类文献的章节中，我们提到，西周早中期最核心的话语焦虑，在于阐释周天子的权力合法性。德治思想和历史叙事，是这一时期话语建构的主要议题。西周早中期的诗篇，即是以历史叙事的形式，实现"天命"与"德治"的合法性解释。除《周颂》诸篇外，《大雅》之中的《生民》《公刘》《绵》《皇矣》等篇章更是向前追溯并构筑了有关先周列王生平及功业的叙事。但是，即使是作为原点的《大武》诗篇，也证明了历史事件的讲述从来都无法剥离德治教化的价值。在《周颂·维天之命》中，周人详细地解释了"天命"之传递与"德治"的内在关联：

> 维天之命，於穆不已。於乎不显，文王之德之纯，假以溢我，我其收之。骏惠我文王，曾孙笃之。[①]

文王因纯德而获天命，其子孙奉行文王之德，即为天命之延续。《清庙》亦有谓"济济多士，秉文之德"[②]，周的同姓后辈承袭了文王的德行，入庙助祭。又《烈文》，"不显维德，百辟其刑之"[③]，表明这种对德行的继承并非自然而然的存在，而是需要后天的努力效法。这类颂诗常以主祭者口吻褒美先祖，同时也着意训诫后辈："无封靡于尔邦""曾孙笃之""子孙保之"。在"天命—德治"的关联叙事中，对先祖德行功绩的赞美，即包含着对后辈的规训和警诫。诰书的训诫功能，铭文、诗篇中的训诫结构，显示了周人的宗庙乐舞并非殷人"事神"那样纯粹的娱神敬祖，它同时面向生人，一方面使用"天命—德治"话语强化姬周宗室及同姓诸侯的德治意识，另一方面使用"历史—天命"叙事增强同姓诸侯的族群认同，绾合异姓诸侯的意识形态，这就是"神道设教"的意义所在。

---

① （清）阮元校刻：《十三经注疏（清嘉庆刊本）》，《毛诗正义》卷十九，1258～1259页，北京，中华书局，2009。

② （清）阮元校刻：《十三经注疏（清嘉庆刊本）》，《毛诗正义》卷十九，1237页，北京，中华书局，2009。

③ （清）阮元校刻：《十三经注疏（清嘉庆刊本）》，《毛诗正义》卷十九，1262页，北京，中华书局，2009。

第一节 从庙堂到"平门"：谏诫传统的兴衰

西周诗乐制作始于周初，兴于昭穆，变于厉幽。周初的颂诗多用于宗庙祭祀，到了昭、穆之际，礼乐制度成型，更多颂诗作于此时，如《载见》《雍》《烈文》《昊天有成命》《执竞》等，主要内容是颂扬直系先祖即前代周王，赞赏诸侯助祭的仪式场面，以此褒美、强化宗法封建秩序。随着礼乐仪式的等级分化，作为诸侯与士大夫乐歌的《大雅》主要篇章也在此时出现。诗乐被用于更广泛的仪式情境，除了祭祀天地与先祖之外，籍田礼、报祭、燕饮礼、乡饮酒礼、射礼等仪式都在大小《雅》文本中得到体现。到了厉、幽时期，在政治衰颓的背景下，诗歌的批判功能得到强化。更多贵族用献诗讽谏的形式制作和表演诗篇，甚而转向个体抒情，这就是"变雅"的产生。

至于《诗》作为文献被集结、编纂，应当经历了相当漫长的历史过程，也包括了多个层次的编集工作，涉及行人、瞽蒙、乐师等多个职官系统，因此可能笼括了来自不同职业文献传统的原始文本。

一、乐舞传统的重塑

用于宗教祭祀的乐舞，可以追溯到殷商甚至更早以前。殷人祈雨，常用"舞""奏舞"。卜辞所占"于某日舞"，说明"舞"本身即为特定祭祀仪式的代称。至于宗庙祭祀是否存在乐舞活动，清代孙诒让提出不但存在"万舞"的传统，且为贯穿三代的乐舞体系，即"万为大舞，文武兼备，即《大司乐》'云门''大卷'以下六代舞之通名。《夏小正》之'万用入学'谓《大夏》也；《商颂·那》之'万舞有奕'，谓《大濩》也；《诗》《春秋》及《周书》之万，谓《大武》及《大夏》也"[①]。

殷墟卜辞中，"万"有时也用以求雨，如"万其奏，不遘大雨"(《合

[①] （清）孙诒让撰，王文锦、陈玉霞点校：《周礼正义》第五册，1278页，北京，中华书局，1987。

集》，30131)①、"惟万呼舞有大雨"(《合集》30028)②，证明"万"与"奏乐""舞蹈"有关联，亦可代指祈雨中的乐舞。另外，"万"又可以用于宗庙祭祀，如"丁丑卜：狄，贞万于父甲"(《合集》27468)③。这说明，"万"这类乐舞形式，也用于殷商时期的宗庙祭祀。《商颂·那》："庸鼓有斁，万舞有奕"④印证了殷人或其遗民用"万舞"祭祀先祖的传统。《鲁颂·閟宫》："笾豆大房，万舞洋洋"⑤说明"万舞"也被姬姓诸侯用于宗庙祭祀。《逸周书·世俘解》中，"万舞"在《武》乐章之后进献："籥人奏《武》。王入，进《万》，献。"⑥直到春秋时期，"万舞"也见于方国乐舞："简兮简兮，方将万舞""硕人俣俣，公庭万舞"(《邶风·简兮》)⑦，"考仲子之宫，将万焉，公问羽数于众仲"(《左传·隐公五年》)⑧。

但是，无论是卜辞证据还是传世文献，都无法证明"万舞"中存在诗歌的唱诵表演。根据《邶风·简兮》的描写，"万舞"是一种手执道具的舞蹈："有力如虎，执辔如组""左手执籥，右手秉翟"⑨，以舞姿宣示力量与武勇，带有更强的巫术色彩。

纵观西周一代，"万舞"在仪式序列中的等级并不算高，未见其用

---

① 胡厚宣主编：《甲骨文合集释文》第三册，1483 页，北京，中国社会科学出版社，1999。

② 胡厚宣主编：《甲骨文合集释文》第三册，1479 页，北京，中国社会科学出版社，1999。

③ 胡厚宣主编：《甲骨文合集释文》第三册，1365 页，北京，中国社会科学出版社，1999。

④ (清)阮元校刻：《十三经注疏(清嘉庆刊本)》，《毛诗正义》卷二十，1339 页，北京，中华书局，2009。

⑤ (清)阮元校刻：《十三经注疏(清嘉庆刊本)》，《毛诗正义》卷二十，1328 页，北京，中华书局，2009。

⑥ 黄怀信、张懋镕、田旭东：《逸周书汇校集注》(修订本)，428 页，上海，上海古籍出版社，2007。

⑦ (清)阮元校刻：《十三经注疏(清嘉庆刊本)》，《毛诗正义》卷二，649 页，北京，中华书局，2009。

⑧ (清)阮元校刻：《十三经注疏(清嘉庆刊本)》，《春秋左传正义》卷三，3750 页，北京，中华书局，2009。

⑨ (清)阮元校刻：《十三经注疏(清嘉庆刊本)》，《毛诗正义》卷二，650 页，北京，中华书局，2009。

于天子舞乐的场合。考察"诗—乐—舞"传统从殷商之巫术仪式，转变为西周礼乐制度的过程，在乐舞层面的改革之外，更重在话语层面的突破和重塑——那就是原始的唱诵和祈祷被制度化为"诗"。诗在西周的制度化，在字句层面表现为套语的使用，在篇章层面表现为叙事历时性的建立，在功能层面表现为面向先祖的"赞颂"与面向宗室后辈的"诫谏"，在文献层面则表现为其传承主体的职官化以及传习制度的建立。

借助取悦神灵的宗教仪式推行德治教化的言说方式，是诗乐系统在西周一代的演化线索。原本依托于颂赞祝祷而成立的规训谏诫，到了西周中后期进一步分化，直至独立成为一种言说方式。过常宝在《试论西周瞽史的谏诫职责》一文中指出，从文献传承、结成的线索来看，这一变化的发生，依托于"瞽史"这一特殊的言说主体的职责变迁。[①]

瞽史又称瞽蒙[②]，最初是宗教音乐的表演者和传授者。《周礼·春官》中列出了十三种乐官，其中有"瞽蒙"一条，分为"上瞽""中瞽""下瞽"三个不同层级，并配有三百余位"视瞭"作为辅助。关于瞽蒙的职能，《周礼》作出如下表述：

> 瞽蒙掌播鼗、柷、敔、埙、箫、管、弦、歌。讽诵诗，世奠系，鼓琴瑟。掌《九德》《六诗》之歌，以役大师。[③]

"瞽蒙"作为"大师"的首席辅助，擅长演奏各种乐器。在西周乐官职度中，通常习惯以所司掌的乐器作为官职分类，师嫠簋铭文记述了周王

---

① 过常宝：《试论西周瞽史的谏诫职责》，载《陕西师范大学学报（哲学社会科学版）》，2011(5)。

② 郑玄："无目眹谓之瞽，有目眹而无见谓之蒙，有目而无眸子谓之瞍"；很难想象目盲的症状和表现会成为划分职能范围，分配职业文献的依据。有可能"曲""赋""诵""教诲"最初由专人执掌，他们的生理特征成为后世职官名称的来源。参见《周礼·春官·叙官》郑玄引郑司农注。（清）孙诒让撰，王文锦、陈玉霞点校：《周礼正义》第五册，1269 页，北京，中华书局，1987。

③ （清）阮元校刻：《十三经注疏（清嘉庆刊本）》，《周礼注疏》卷二十二，1721 页，北京，中华书局，2009。

任命师嫠承袭其祖先的"少辅""鼓钟"两职①，大克鼎铭文记述了周王向膳夫克赏赐了霝籥、鼓钟等乐工之事。这些乐工是实实在在的乐器演奏者。此外，"讽诵诗""掌九德六诗之歌"的表述，包含了两层意义：其一，瞽蒙是仪式乐歌文献的掌管者和表演者；其二，瞽蒙有"讽诵"的职能，这种讽诵应当是政治性的，也是后来雅诗产生谏诫倾向的起点。

对于瞽蒙作为表演者的身份，最生动的描写见于《周颂·有瞽》，全诗描写了瞽蒙在周庙表演合乐的场面：

> 有瞽有瞽，在周之庭。设业设簴，崇牙树羽。应田县鼓，鞉磬柷圉。既备乃奏，箫管备举。喤喤厥声，肃雍和鸣，先祖是听。我客戾止，永观厥成。②

诗篇对"周庭"这一地点的强调，暗示了这有可能是瞽蒙乐官第一次在周人宗庙进行演奏。这期间存在两种可能性：这些瞽乐师可能是来自其他国家的宾客，来周庙参与祭祀周人列祖，体现了周王朝对周边方国的控制力。李山指出，来周庭助祭的正是宋国宾客，也就是《振鹭》序所云"二王之后"③。穆王时期，辟雍落成，周人举行盛大的祭祀，用于"显耀文王伟大功绩、祭祀文王之灵"④。宋人作为"先王之后"，组织了瞽蒙乐官前来王廷共襄盛举，周人贵族目睹此情此景，感慨周业之兴，抚慰文王之灵，并感谢瞽蒙作为"客"的参与。

另一种意见认为，这些瞽蒙并非宋国之"客"，而是周人第一次有系统地组织了能与殷人乐官制度相媲美的演乐团体，并在辟雍落成时初次演奏。研究者以《逸周书·世俘解》中的演乐场面与《有瞽》进行比

---

① 郭沫若认为"少辅""言'司辅'，并称嫠为'辅师'则辅当读镈，'辅师'即《周礼·春官》之'镈师'也。"因此"少辅"也实为司掌特定乐器的乐官名。见郭沫若：《辅师嫠簋考释》，见《文史论集》，329 页，北京，人民出版社，1961。
② （清）阮元校刻：《十三经注疏(清嘉庆刊本)》，《毛诗正义》卷十九，1282～1283 页，北京，中华书局，2009。
③ （清）阮元校刻：《十三经注疏(清嘉庆刊本)》，《毛诗正义》卷十九，1280 页，北京，中华书局，2009。
④ 参见李山：《诗经的文化精神》，176～177 页，合肥，安徽教育出版社，2016。

较，发现在武王克商后的仪式上，负奏演奏的都是籥人，并没有瞽蒙的存在；对比《有瞽》中的瞽乐演奏，可以推测西周初年的乐官体制发生了重大改革。① 魏源《诗古微》中提及"《韩外传》又曰：'有瞽有瞽，在周之庭。'言殷纣之余民也。明为太师疵、少师疆抱乐奔周之俦"②。又，殷礼重声，周礼重臭，《礼记·郊特牲》："殷人尚声，臭味未成，涤荡其声，乐三阕，然后出迎牲。声音之号，所以诏告于天地之间也。周人尚臭，灌用鬯臭，郁合鬯，臭，阴达于渊泉。"③对演乐的重视，是殷商礼俗有别于周人的一大特征。

这两种意见的差异，集中于瞽蒙是为宋国来客，还是周人乐官。但共识在于，瞽蒙的编制和使用，具有浓厚的殷商文化色彩。瞽蒙原本正是服务商王廷的巫师乐官，西周以瞽蒙为乐官，有可能并非周人本族固有的传统，而是吸收了商人的演乐制度。所谓"殷礼重声，周礼重臭"，一方面可能缘于文化特质的不同，但另一方面，"声"作为祭祀活动的一环，其成本远远高于"臭"。参考《周礼·大司乐》的描述，周代的"乐政"人事极繁，分工极细。乐官系统以大司乐为首，乐师、大师、小师为辅，掌管乐教和用乐规范；其下瞽蒙、视瞭负责掌管并在仪式中演奏不同的乐器；典同负责校正乐器的音准；磬师、钟师、笙师、镈师负责相应乐器的演奏；韎师、旄人、籥师、籥章、鞮鞻氏分别负责专门的地方乐舞形式；典庸器、司干分别保管收藏乐器、庸器和舞器。"乐"有着较高的技术门槛，因而需要对人事进行统一培养与管理；而其源出宗教仪式的器乐合奏、乐舞共演形式，则决定了它需要采取高度组织化的管理方式。因此，培养并维持一套完整的演乐团体，必然需要王权的担保。

此外，后来的周人描述乐政时，常常强调"瞽蒙"的存在，可见在造价高昂的乐官体系中，瞽蒙是其中最为珍贵且最具象征意义的表演核心。古人相信盲人虽失去视力，但能更专心于其他感官的知觉。郑

---

① 付林鹏：《〈周颂·有瞽〉与周初乐制改革》，载《古代文明（中英文）》，2013(1)。
② （清）魏源：《魏源全集》第 1 册《诗古微》，583 页，长沙，岳麓书社，2004。
③ （清）阮元校刻：《十三经注疏（清嘉庆刊本）》，《礼记正义》卷二十六，3156 页，北京，中华书局，2009。

笺："瞽蒙也，以为乐官者，目无所见，于音声审也。"①然而若非举全国之力，不但难以搜集或制造大批盲人作为专职乐师，更难以长期供养其生活起居，甚至配以"视瞭"加以辅佐。以瞽蒙为中心的乐师团体，其编制和供养的成本远非地方方国所能负担，也因此，瞽蒙演乐成为王廷专享的祭祀规格。后世礼仪的层级化设计，最初必出于这样一种实用理性。

《世俘解》之所以不见盲人乐师，恐怕是因为武王克商未久，尚未将殷人遗留的瞽蒙改造为自己的乐官团体，并编制属于周人的祭祀歌诗。作于穆王时期的《有瞽》，满怀自豪之情地歌颂了瞽蒙的演奏场景，既是对祭祀场面的褒美，也是借乐官的数量和仪容来赞赏乐制体系的完善，颂扬王权的威仪。

随着西周礼乐体系的完善，王朝培养出了大批瞽蒙为天子服务。到了《国语》的编写年代，瞽、瞍、蒙参与文献活动已被视为周天子威仪的一大表现：

[1]故天子听政，使公卿至于列士献诗，瞽献曲，史献书，师箴，瞍赋，蒙诵，百工谏，庶人传语，近臣尽规，亲戚补察，瞽史教诲，耆艾修之。(《国语·周语上》)②

[2]在舆有旅贲之规，位宁有官师之典，倚几有诵训之谏，居寝有亵御之箴，临事有瞽史之导，宴居有师工之诵。史不失书，蒙不失诵。韦昭注：工，瞽蒙也；诵，谓箴谏时世也。(《国语·楚语上》)③

作为仪式表演者的瞽蒙，何以发展出"史"的职能，获得"瞽史"之谓，又何以有教诲、箴谏君王的职责？这就关系到史官的起源，及其职能

① （清）阮元校刻：《十三经注疏(清嘉庆刊本)》，《周礼注疏》卷十九，1282 页，北京，中华书局，2009。
② 徐元诰撰，王树民、沈长云点校：《国语集解》(修订本)卷一，11～12 页，北京，中华书局，2002。
③ 徐元诰撰，王树民、沈长云点校：《国语集解》(修订本)卷十七，501 页，北京，中华书局，2002。

在西周时期的分化。

追溯史官的来源，本于上古巫史传统。他们参与祭祀和占卜，并负责记录占卜的结果，保管仪式所产生的文献。今天看来，参与仪式乐舞和掌管文献载录，是两种截然不同的职能。然而，在书面文献传统诞生之前，祭祀祝祷之辞的传承方式，应当以口头的记诵和实际演习为主。参与乐舞歌诗的巫史不但自己必须熟记内容，也同时负责这些内容的传习和教导。《周礼·春官》中的"大师""小师"均指乐官，其中，大师通晓《六诗》并负责教授其他乐工，小师则精通鼓、鼗、柷、敔、埙、箫、管、弦、歌，并有能力教授这些乐器的演奏方式。《春官》中诸多乐官以"师"为职称，本身就暗示了其于演奏工作外，还需承担教授乐器的责任。《春官》在具体乐器职能分类外设"大师""小师"，恐怕也有突出其教学职能的用意。刘师培指出："观舜使后夔典乐，复命后夔教胄子，则乐官即师……周代乐官名太师，或即因是得名。"[1]明确提出乐官之所以被称为"师"，就是因为担任教学工作。杨宽则进一步提出："西周时教师之所以称'师'，就是由于教师起源于军官，最初的大学教师由这类称为'师氏'的高级军官担任之故。"[2]而西周贵族大学的主要教学内容除军事以外还有乐，"乐的教学由乐官担任，因此到西周后期乐官也开始称为师"[3]。尽管对于"师"和"乐官"孰为起源，两位学者存在不同看法，但共同之处在于同意乐官被称为"师"的原因，在于掌管教学。殷商卜辞中有"师氏受寮"的字句，可以证明"师"这一职官确实拥有古老的历史传统。西周时期名目繁多的乐师职官，很可能就是从殷商时期兼管祭祀乐舞的巫史阶层中深化发展而来。

《礼记·明堂位》："瞽宗，殷学也。泮宫，周学也。"[4]又《周礼·大司乐》："凡有道有德者，使教焉，死则以为乐祖，祭于瞽宗。"郑注："道，多才艺者；德，能躬行者。若舜命夔典乐教胄子是也。死则以为

---

① 刘师培：《刘申叔遗书》下，1211 页，南京，江苏古籍出版社，1997。

② 杨宽：《西周史》，723 页，上海，上海人民出版社，2016。

③ 杨宽：《西周史》，726 页，上海，上海人民出版社，2016。

④ （清）阮元校刻：《十三经注疏（清嘉庆刊本）》，《礼记正义》卷三十一，3230 页，北京，中华书局，2009。

乐之祖，神而祭之。"[1] "瞽宗"作为殷商时大学之名，必然在知识传播上有着不可替代的功能。根据《礼记·文王世子》的记述，这种功能应当体现为对仪式规范，尤其是典礼言辞的掌管和传习："春诵夏弦，大师诏之，瞽宗秋学礼，执礼者诏之。冬读书，典书者诏之。礼在瞽宗，书在上庠。"[2] 祭祀所用的歌诗，就是仪式中最核心的文献传统。瞽蒙在自己的学宫中传授诗篇的诵唱之法，在没有文本文献的时代，传播知识即是保存知识的唯一途径。随着言辞价值的提高，以言语为中心的文献被写定，并拥有了物质化的保存形态，知识就获得了除去传播之外的保存形式。而知识的传播者、教化者，就自然转变为了知识的保管者和写作者。《周礼》总结"大史"职能谓："大史掌建邦之六典，以逆邦国之治，掌法以逆官府之治，掌则以逆都鄙之治。"[3] 大史将不可见的法则文本化，将其系于物质形式。《天官·宰夫》描述史职："六曰史，掌官书以赞治。"[4] "赞"有协助、辅佐的含义。正如"府"的职责在于每当有重大礼仪活动时出陈宝器那样，"史"的职责就是保管文献，并在恰当时机出陈文献。从这一基本职能来看，"瞽蒙"的职业性质与"史"并无二致：他们演练并熟记诗篇，并在需要的时候进行讽诵吟唱；他们既是仪式文献的保管者，也是仪式文献的表演者。可以推测，"瞽蒙"之所以演变成"瞽史"，与他们参与文献活动有关。

　　史官制作和保管文献，一大目的在于利用这些文献来"赞治"，即为现实政治提供可资参照的典则。因此，为君主提供政治建议，不但是史官的职责所在，更是话语权力的体现。这种权力，最终由周公确

---

　　① （清）阮元校刻：《十三经注疏（清嘉庆刊本）》，《周礼注疏》卷二十二，1699 页，北京，中华书局，2009。

　　② （清）阮元校刻：《十三经注疏（清嘉庆刊本）》，《礼记正义》卷二十，3042 页，北京，中华书局，2009。

　　③ （清）阮元校刻：《十三经注疏（清嘉庆刊本）》，《周礼注疏》卷二十六，1764 页，北京，中华书局，2009。

　　④ （清）阮元校刻：《十三经注疏（清嘉庆刊本）》，《周礼注疏》卷三，1410 页，北京，中华书局，2009。

立为政治训诫的传统。训诫政治的原型是上古的长老咨议政治①，在周初总结殷鉴，建构德治话语的语境中，以训、诰为主要形式的谏诫文献伴随着仪式祭典，被发布、记录和保存。周公本人更是以宗教领袖的身份，亲自参与到谏诫文献的制作中去。周初八诰的发布，都基于特定的祭祀仪式场合，训诫之语与颂祝之辞往往密不可分。可以看出，谏诫政治之所以具有约束力，有赖于其宗教背景所提供的神圣性。

相同的话语要素也体现在瞽史的讽诵行为中。瞽蒙由于失去了视力，而被视作在其他方面有特殊感知能力的人群。作为乐官，他们首先是音律规范的订立者：

> 古之神瞽，考中声而量之以制，度律均钟，百官轨仪。(《国语·周语下》)②

又兼有"候气""听风"的历术职能。上古时期，乐律与历法相辅相成，《汉书》因合"律书""历书"为《律历志》。在《史》《汉》写作之时，律法与历法皆为算术知识，其规范需借推算而得，故合为一论。然而在战国以前，四分历远未创制，制历以观象授时为主，听音也尚未成为数学问题，音律的制定，乐器的作成，凭借的是乐官的绝对音感，也就是《国语》所说的"神瞽"的能力。上古律、历虽有关联，但这份关联不在测算，而在"感知"。古人认为"天效以景，地效以响"，对节令的判定，一则在于史官对日影天文的观察，二则在于乐官"律管吹灰"的候气之术。因此，负责预测年中节气的，既有冯相、保章这种天文职官，又有通过"听风"来预报节令的瞽史：

> [1]先时五日，瞽告有协风至，王即斋宫，百官御事各即其斋三日。韦注："瞽，乐太师，知风声者也。"(《国语·周语上》)③

---

① 参见过常宝：《制礼作乐与西周文献的生成》，263～264 页，北京，中国社会科学出版社，2015。

② 徐元诰撰，王树民、沈长云点校：《国语集解》(修订本)卷三，113 页，北京，中华书局，2002。

③ 徐元诰撰，王树民、沈长云点校：《国语集解》(修订本)卷一，17～18 页，北京，中华书局，2002。

[2]是日也，瞽帅音官以省风土……廪于籍东南，钟而藏之，而时布之。(《国语·周语上》)①

文献记载的"律管吹灰"法，即是在确定音律的基础上，制作律管，埋于地表，观测其中填充的葭莩灰是否因地气作用而飘散。② 在这一过程中，瞽蒙所扮演的角色，应当是凭借其在音乐方面的专业技能，确定音律并制作律管。久而久之，"律管吹灰"的复杂仪式被简化为"听风"，瞽蒙也被视为能透过某种神秘知觉与天道相联：

单子曰："君何患焉，晋将有乱。其君与三郤其当之乎！"鲁侯曰："寡人惧不免于晋。今君曰'将有乱'，敢问天道乎，抑人故乎？"对曰："吾非瞽史，焉知天道？吾见晋君之容，而听三郤之语矣，殆必祸者也。"(《国语·周语下》)③

这里的"天道"，并非单指节气、律历等自然规律，而是指代对社会政治的认知。在上古的观念话语中，"天道"原本就是一个兼有两方面含义的概念。通晓自然规律的瞽史，自然能预判天道的变化，以为人间君王垂范。事实上，西周天子直至春秋时期的诸侯确实经常向史官与乐官征询政治建议，这在《左传》《国语》中都有丰富的记载。周人以德治为核心政治理念，政治训诫和道德教化常常是一体的。在这层意义上，瞽史等乐官对人的训诫，很大程度上依托于情感的感化与伦理的教育，《毛诗序》对诗乐作用方式的解释，直从"动天地，感鬼神"落笔，指出诗乐之所以寓具教化功能，首先是因为它发乎情志，可以感动人心。《礼记·乐记》记载了子贡与师乙的一段对话，也从侧面证明先秦的乐教，实际是通过给人以审美体验，产生情感共鸣，从而达到道德养成的目的：

---

① 徐元诰撰，王树民、沈长云点校：《国语集解》(修订本)卷一，19～20 页，北京，中华书局，2002。

② 详见冯时：《中国天文考古学》，192～197 页，北京，中国社会科学出版社，2007。

③ 徐元诰撰，王树民、沈长云点校：《国语集解》(修订本)卷三，83 页，北京，中华书局，2002。

宽而静、柔而正者宜歌《颂》，广大而静、疏达而信者宜歌《大雅》，恭俭而好礼者宜歌《小雅》，正直而静、廉而谦者宜歌《风》，肆直而慈爱者宜歌《商》，温良而能断者宜歌《齐》。①

不同于"诰"这样带有命令性质的训诫，诗的教化功能是柔性的，以讽诵的方式进行。戴震《毛郑诗考证》："凡诵者，皆为诵成言以纳箴谏。"②《周礼·春官》"瞽蒙"郑注："讽诵诗，主诵诗以刺君过，以戒劝人君也。"《国语》《周礼》论及瞽史乐官时，多以"讽""诵"为其职能。除前文所引《国语》"师箴，瞍赋，蒙诵，百工谏""倚几有诵训之谏""史不失书，蒙不失诵"之外，还有许多材料可以证明瞽史乐官以讽诵为职能，而讽诵即是一种主要的谏诫行为：

[1]故天子听政，使公卿至于列士献诗，瞽献曲，史献书，师箴，瞍赋，蒙诵，百工谏，庶人传语，近臣尽规，亲戚补察，瞽史教诲，耆艾修之。韦昭注：《周礼》，蒙主弦歌讽诵。诵，谓箴谏之语也。(《国语·周语上》)③

[2]吾闻古之言王者，政德既成，又听于民。于是乎使工诵谏于朝，在列者献诗，使勿兆。(《国语·晋语六》)④

[3]鼓史诵诗，工诵正谏，士传民语。(《大戴礼记·保傅》)⑤

这些材料表现了"有瞽在庭"的王政理想。在前文分析中我们提到，宗庙颂赞只是颂诗形式上的功能，其更深层次的目的，在于对宗室、诸侯实行道德教化。拥有宗教权力的瞽史群体参与到歌诗讽诵之中，强化了这种道德教化的神圣性，为德治话语赋予了强制力，也因此成为

---

① (清)阮元校刻：《十三经注疏(清嘉庆刊本)》，《礼记正义》卷三十九，3349页，北京，中华书局，2009。有脱文，据《诗古微》补，见(清)魏源：《魏源全集》第1册《诗古微》，325页，长沙，岳麓书社，2004。

② (清)戴震：《戴震全书》第一册(修订本)，652页，合肥，黄山书社，1994。

③ 徐元诰撰，王树民、沈长云点校：《国语集解》(修订本)卷一，11~12页，北京，中华书局，2002。

④ 徐元诰撰，王树民、沈长云点校：《国语集解》(修订本)卷十二，387页，北京，中华书局，2002。

⑤ (清)王聘珍撰，王文锦点校：《大戴礼记解诂》，53页，北京，中华书局，1983。

后世士人的"王政理想"中，最具秩序感的政治图景之一。

二、讽谏话语的转向

诗乐之制既以王权为其运行所系的枢纽，那么王权的衰落或君王本身的意志，就必然导向诗乐谏诫传统的凋敝。厉王时期芮良夫谏诫作诗的故事，为我们理解讽诵和谏诫的关联，以及谏诫传统在西周晚期的状况提供了宝贵线索。

当是时，厉王失道，芮良夫发出谏言，这一事件在《国语·周语上》《逸周书·芮良夫》中均有记载。其中，《周语上》所记述的谏言援引了《颂》和《大雅》的话语资源："故《颂》曰：'思文后稷，克配彼天。立我蒸民，莫匪尔极。'《大雅》曰：'陈锡载周。'是不布利而惧难乎，故能载周以至于今。"①《逸周书》中没有芮良夫用《诗》的记述，全文是一篇具有浓厚训诫色彩的诰体文书："厉王失道，芮伯陈诰，作《芮良夫》。"②芮良夫作为周室宗伯，有作诰的权力，另外他又有诗传世，具备作诗的能力与条件。而《周语》所记的引诗取义，又贴近瞽史献诗的讽谏形式。那么，在既能作诰又可诵诗的前提下，芮良夫到底采取了怎样的谏诫行为，这关系到西周晚期谏诫政治的基本形式与话语形态。究竟是献诗还是作诰，清华简《芮良夫毖》提供了与上述两者均不相同的答案：当时有可能是芮良夫自行创作诗篇，并由瞽史诵唱以告厉王。

清华简《芮良夫毖》记载了芮良夫所作毖文，并以小序形式交代了周厉王之时戎狄交侵的历史背景，提供了毖文的写作原因。

"毖"或为谏诫文辞的一种，也见于周初诸诰与《诗》部分篇章。《大诰》："绥予曰：'无毖于恤，不可不成乃宁考图功'""天闷毖我成功

---

① 徐元诰撰，王树民、沈长云点校：《国语集解》（修订本）卷一，14 页，北京，中华书局，2002。

② 《群书治要》本有此语。见黄怀信、张懋镕、田旭东：《逸周书汇校集注》（修订本），998 页，上海，上海古籍出版社，2007。

所……天亦惟用勤毖我民"①；《洛诰》："伻来毖殷，乃命宁予"②；《酒诰》："厥诰毖庶邦庶士越少正、御事""予惟曰汝劼毖殷献臣"③；《毕命》："惟周公左右先王，绥定厥家，毖殷顽民，迁于洛邑。"④《说文》："毖，慎也。"⑤《广雅》："必，敕也。"王念孙疏证谓："必当为'毖'……皆戒敕之意也。"⑥根据裘锡圭的研究，早在殷墟卜辞中就存在着"毖"字，为敕戒、镇抚之义。卜辞有"毖沚""毖易"，意为商王对沚人和易人进行敕戒，使其安宁顺从。⑦ 这与周公诰文中"毖殷"的用法相类。毖文分两章，符合文末"吾用作毖再终，以寓命达听"之表述。

"作毖"的表述，说明"毖"应当是一种言辞的专名。赵平安认为其与"歌"相似，应当是一种用于训诫的，可歌唱的韵文，与"誓""诰""训""命"同为文体之名。⑧ 姚小鸥提出，《芮良夫毖》于韵文前有小序，是先秦诗序的珍贵遗存，其文"必为'诗''歌'类文体。其文势与内容又与《诗经》大小《雅》相仿，故当判定为《诗经》类文献"⑨。还有学者认为，《芮良夫毖》与《周公之琴舞》同为具有儆戒意味的韵文，"毖"应当是先秦儆戒诗类的名称。其中，《周公之琴舞》为颂体范式，《芮良夫毖》为雅体范式，分别适用于不同的场合，呈现出不同的风格，总体而言，"毖"这种训诫诗体最初用于祭祀仪式，后来作为公卿献诗，篇幅

① （清）阮元校刻：《十三经注疏（清嘉庆刊本）》，《尚书正义》卷十三，422～423页，北京，中华书局，2009。

② （清）阮元校刻：《十三经注疏（清嘉庆刊本）》，《尚书正义》卷十五，460页，北京，中华书局，2009。

③ （清）阮元校刻：《十三经注疏（清嘉庆刊本）》，《尚书正义》卷十二，436～440页，北京，中华书局，2009。

④ （清）阮元校刻：《十三经注疏（清嘉庆刊本）》，《尚书正义》卷十九，520页，北京，中华书局，2009。

⑤ （汉）许慎撰，（清）段玉裁注：《说文解字注》，386页，上海，上海古籍出版社，1981。

⑥ （清）王念孙著，张其昀点校：《广雅疏证》（点校本）上册卷四，332页，北京，中华书局，2019。

⑦ 参见裘锡圭：《释"柲"》，见《裘锡圭学术文集》第1卷，61～62页，上海，复旦大学出版社，2012。

⑧ 赵平安：《〈芮良夫〉初读》，载《文物》，2012(8)。

⑨ 姚小鸥：《〈清华大学藏战国竹简·芮良夫毖·小序〉研究》，载《中州学刊》，2014(5)。

更长，抒情色彩更重，其言说方式从由上及下转变为由下至上①，这也符合大雅诗体的变化规律。

考察文本内容，可以发现《芮良夫毖》虽有浓重的谏诫意味，但其整体言说方式，呈现出谦卑、妥协的姿态。以下择其大要论之：

第一篇起首，借用天命话语，反复强调接受谏诫的重要性：

> 敬之哉君子，天猷畏矣。敬哉君子，瘝败改繇……恭天之威，载听民之谣。②

> 尚恒恒敬哉，顾彼后复，君子而受柬万民之咎，所而弗敬，譬之若重载以行崝险，莫之扶导，其由不摄停。

> 敬哉君子，恪哉毋荒。畏天之降灾，恤邦之不臧。毋自纵于逸以遨，不图难，变改常术，而亡有纪纲……彼人不敬，不鉴于夏商。③

针对"周邦骤有祸，寇戎方晋，厥辟、御事各营其身，恒争于富，莫治庶难，莫恤邦之不宁"的内忧外患之局，芮良夫提出"敬"的概念，认为这是君子能受谏的基础。所谓"敬"，出发点就是对上天降灾的畏怖。在这份敬畏之心的基础上，才能遵守纲纪规范，虚心纳下，行为节制。结合诗义看来，这里的"天之降灾"，指的并非自然灾害，而是指被天命扬弃，有如殷商。在周初八诰的语境中，单单描述天命和殷鉴，就足以构成最严厉的诰诫。芮良夫却从"敬"开始陈说，可见西周晚期的厉王对天命话语早已产生审美疲劳，不敬不信，故而无从畏惧。一位不知畏惧的君王，自然无法接受借宗教灵性而具有威慑力的自上而下的诰诫，芮良夫反复咏唱的"敬哉"，也因此更近于一种自下而上的委

---

① 参见马芳：《从清华简〈周公之琴舞〉、〈芮良夫毖〉看"毖"诗的两种范式及其演变轨迹》，载《学术研究》，2015(2)。

② "谣"，《清华大学藏战国竹简（壹）》写作"繇"，王坤鹏等学者写作"谣"，本书从后说。参见王坤鹏：《清华简〈芮良夫毖〉篇笺释》，简帛网 http://www.bsm.org.cn/? chujian/6013.html，2013 年 2 月。

③ 清华大学出土文献研究与保护中心编：《清华大学藏战国竹简（叁）》，145～146 页，上海，中西书局，2012。

婉劝谏。

这段毖文的另一个特点就是引用了一些"书"类文献的表述，如《盘庚》的"邦之不臧"①，《牧誓》的"尔所弗勖"②等。这固然是因为《书》类文献中存有最丰富的天命与殷鉴话语，而另外，上半篇以诫告为主的风格，也可能促使诗人向《书》寻求话语资源。这就与下半章相类于《诗》的用语有所区别。"听民之谣"，整理者写作"繇"，释为"道"；王坤鹏释为"民人的风议"，"'听民之谣'即是'参民人谣俗'"，是"民众通过歌谣的形式讽谏朝政。"③如此更明确了诗篇的谏诫意味。

《芮良夫毖》第一篇下半章以"心之忧矣，靡所告怀"的抒情起领，继而给出了听从劝谏的良方：

> 民不日幸，尚忧思，繄先人有言，则威虐之。或因斩柯，不远其则。④

对于先人所垂训示，应当心存敬重和畏惧。芮良夫为他所谏告的对象留出了弹性的余地：即使难以完全达到前人的标准，但只要照着去做，也不会有太大差距。这样的劝谏不可谓不温和，也可从反面看出厉王平素对"先人之言"恐怕连表面的尊重都做不到，芮良夫不得不将标准降低到"不远其则"的程度。接下来，他又列举了一系列具体的为政方法。鉴于戎族的入侵是此时首当其冲的社会问题，芮良夫谏劝厉王学习先王榜样，以武力保卫王朝社稷。其中"毋害天常"和"毋有相戕"这两句，具有典型的训诫色彩。

第二篇的结构，大体与第一篇相类。首章以"天猷畏矣"起领，讲述天命的不可逆改："天之所坏，莫之能支；天之所支，亦不可坏。"此

---

① （清）阮元校刻：《十三经注疏（清嘉庆刊本）》，《尚书正义》卷九，360页，北京，中华书局，2009。

② （清）阮元校刻：《十三经注疏（清嘉庆刊本）》，《尚书正义》卷十一，389页，北京，中华书局，2009。

③ 王坤鹏：《清华简〈芮良夫毖〉篇笺释》，简帛网 http：//www.bsm.org.cn/？chujian/6013.html，2013年2月。

④ 清华大学出土文献研究与保护中心编：《清华大学藏战国竹简（叁）》，145页，上海，中西书局，2012。

外，还陈述了应当继承先王德行的道理："凡佳君子，尚鉴于先旧。道读善败，卑匡以戒。"

最后，芮良夫自陈作悆的心理：

> 我之不言，则畏天之发机；我其言矣，则逸者不美……言深于渊，莫之能测；民多艰难，我心不快。戾之不□□。无父母能生，无君不能生。吾中心念絓，莫我或听。吾恐罪之□身，我之不□。□□是失，而邦受其不宁。吾用作悆再终，以寓命达听。①

假如我不进谏言，恐怕天将降祸于周；假如我进献谏言，又恐湎于享乐的君王不以为美。芮良夫对于进谏可能招致的灾殃，抱有极大的觉悟，但又为关怀生民的责任感所驱使，作下了这篇悆辞。从最后这段剖白，可以看到作者的忧虑和矛盾。"言"如深渊般难以预测后果，既可能为民众带来福祉，也可能为谏言者带来灾祸。怀顾民生的忧思与对获罪的恐惧反复交锋，芮良夫在末章强化描写这一心理矛盾，应当是为自己预留余地的谦退之辞。也因此可见，芮良夫对于进谏的成果并不抱希望，他将姿态放得极低，这不但有别于"诰"类文体的威严垂训，更不若瞽史对君主的平等言说。其时戎狄交侵，中原不绝如缕，在这样的艰难时世之中，孱弱不安的王朝却将全部的权力压向它的臣民，挤压最后的言说空间以求得幻象中暂时的安宁。再结合厉王最终无视告诫的行径来看，《逸周书·芮良夫》"难至而悔，悔将安及？无曰予为，惟尔之祸"②的强硬训诫恐怕是后世对谏诫传统理想化的描述。

这段剖白也可证明这篇悆辞确实是针对厉王所发表的直接言说。王符《潜夫论·遏利篇》引鲁诗说："昔周厉王好专利，芮良夫谏而不入，退赋《桑柔》之诗以讽。"③"谏而不入"所指的有可能就是这篇悆辞。

---

① 清华大学出土文献研究与保护中心编：《清华大学藏战国竹简(叁)》，146 页，上海，中西书局，2012。

② 黄怀信、张懋镕、田旭东：《逸周书汇校集注》(修订本)，1010 页，上海，上海古籍出版社，2007。

③ (汉)王符撰，(清)汪继培笺，彭铎校正：《潜夫论笺校正》卷一，27 页，北京，中华书局，1985。

相比之下,《桑柔》更近于"讽",诗人通过婉转的讽唱,一一指出了厉王的失政之处,并抒发了自己的不满之情。其末句"虽曰匪予,既作尔歌"显见并非直面厉王的歌诗。与之相比,毖辞则更具谏诚的艺术。对于失去敬畏之心的厉王而言,天命话语早已失效,对具体政事的指摘也毫无意义。芮良夫试图唤醒他心中的"敬",希望这份"敬"能让王重新认识天命。而认识天命,就意味着尊重先王之道,遵循先人之训,这实质上就是对谏诚传统的恢复。末章的抒情,表现出芮良夫知道自己谏诚的阻力来自厉王不愿听取谏诚的心理,同时,又以诚挚的剖白来表明自己既惧君王又畏天命的矛盾心理,在最大限度上减轻厉王对谏诚的怒意。能够通过言辞保全自己,也是谏诚的神圣传统失落之后,谏诚者所表现出的高超语言艺术。

《周语》所记芮良夫引《颂》《大雅》为谏,更近于瞽史的为诗方式。然在西周晚期,诗的语言文辞是否能脱离乐的表演而被陈白,还需要慎重考虑。《左传·襄公十四年》"使大师歌《巧言》之卒章"①,《襄公二十八年》"使工为之诵《茅鸱》"②,歌与诵在表演方式上应当有所区别,且表演主体当为瞽史乐师。正如《左传》"瞽为诗"下,孔疏所云:"采得民诗,乃使瞽人为歌以风刺,非瞽人自为诗也。"③瞽史并不参与诗的创作,只是诗的传承者和表演者。而诗的创作者,应当是像芮良夫、寺人孟子这样的公卿贵族。《楚语上》:"在列者献诗,使勿兜"④,韦昭注"献诗":"公以下至上士各献讽谏之诗",又"列,位也,谓公卿至于列士献诗以讽也"。⑤ 诗篇从写作到表演,需要多方的参与和有序的组织。

① (清)阮元校刻:《十三经注疏(清嘉庆刊本)》,《春秋左传正义》卷三十三,4248 页,北京,中华书局,2009。

② (清)阮元校刻:《十三经注疏(清嘉庆刊本)》,《春秋左传正义》卷三十八,4343 页,北京,中华书局,2009。

③ (清)阮元校刻:《十三经注疏(清嘉庆刊本)》,《春秋左传正义》卷三十八,4251 页,北京,中华书局,2009。

④ 徐元诰撰,王树民、沈长云点校:《国语集解》(修订本)卷十二,387 页,北京,中华书局,2002。

⑤ 徐元诰撰,王树民、沈长云点校:《国语集解》(修订本)卷一,11 页,北京,中华书局,2002。

过常宝提出，卿大夫士作诗需要入乐才能进入仪式，因而在卿大在夫士创作诗篇之外，还需要乐人的配合。[1] 在这样一套完善的讽谏制度之下，《周语》所记芮良夫断章引诗的行为由于缺乏程序的正当性，其功能或价值就值得存疑了。至于《逸周书·芮良夫》中的诰体训诫，虽符合宗伯参与政治诰诫的职责，却缺少合理的仪式背景，不符合诰体发布的一般规律。《桑柔》作于谏诫失败之后，与其说是对厉王的讽谏，不如说是为后来者描述历史事实，自述立场，并警诫后世君王。至于《芮良夫毖》，则更可能是一次正式的讽谏献诗行为。芮良夫作为宗伯贵族，作毖献于乐官，由乐官谱定曲律，在仪式中向厉王表演。作为接受方的厉王，应当知晓诗的作者和乐官歌诗的用意。这一点从《芮良夫毖》末尾的自我叙述可以看出。这种柔性的劝谏最终未能起到良好的效果。厉王流彘以后[2]，芮良夫作《桑柔》，感慨了厉王的失败，惋惜于谏言见斥，于是诫劝"朋友""执政小子"应当"为谋为毖"，尊重谏诫之言，以免重蹈厉王覆辙。

如果说周初八诰为我们展现了训诫传统的宗教性起源，那么透过《芮良夫毖》的谦卑言辞，我们可以看到这个古老传统最后的尾声。起点和终点既已清晰，西周讽谏政治的兴衰路径已跃然眼前。"变风变雅"不但是个体抒情的起源，更是训诫传统的终结。诗乐的宗教神性，讽谏的言说方式，伴随着天命话语的强制力一同瓦解。诗人从入而谏，逐渐转为退而讽。言说姿态的改变，影响到了言说方式的选择。"变诗"正是讽谏政治的话语实践面临挫败之际，发生的自然转向。

三、"美诗"宗教性的消解

从克商之后的编制瞽乐，创作颂诗，到礼乐大成时代的瞽史讽诵，贵族制诗，再到厉王时期的谏言不入，退赋大雅，《诗》的功能逐渐从

---

[1] 过常宝：《制礼作乐与西周文献的生成》，255 页，北京，中国社会科学出版社，2015。

[2] 方玉润："夫诗不云乎，'天降丧乱，灭我立王'，此时国人已畔，厉王已逐。然王虽被逐，尚居于彘，故又曰'哀恫中国，具赘卒荒'。"见（清）方玉润撰，李先耕校：《诗经原始》下，544 页，北京，中华书局，1986。

宗庙颂歌过渡到政治言说。统治者失去对谏诫传统的敬畏，而诗的言说形式却远未消亡。西周晚期的贵族士人们仍然延续着咏唱的传统，并持续探索着新的话语形态。

宣王时期，政治一度中兴，《大雅》弦音未绝，《小雅》唱咏方兴。大小雅诗约有二十余篇作于此时。[①] 这一时期的《大雅》诗篇，延续了昭穆以来对仪式场面的赞颂，如《韩奕》完整地描述了一场册命仪式，既有"韩侯入觐""王锡韩侯"的叙事描写，又有"其肴维何""其赠维何"的礼仪描写，更记录了"夙夜匪解，虔共尔位""榦不庭方，以佐戎辟"的王命诰诫。《毛序》谓其为"尹吉甫美宣王也能锡命诸侯"之作，其颂美之意不假，然而其歌颂的对象实当为仪式本身，非宣王之"能"。[②] 这与昭穆雅诗中歌咏仪式的传统显然有继承关系。其作者无论是否为尹吉甫，都应为当时参与祭祀的贵族，诗篇作成后也当用于韩侯宗庙，以彰扬韩侯受命于天子的荣耀。

文本性质与《韩奕》相近而位格稍低的，是《崧高》《烝民》二首。它们同为尹吉甫所作，分别用赠申伯与仲山甫。然而其中对二人先祖的赞美和对仪式的描写，透露出它们远不同于后世那些充满个人情感色彩的赠别诗[③]，其功能与性质当与《大雅》诸诗同列。《崧高》《烝民》首先夸赞了申伯与仲山甫充满传说色彩的祖先血系，而后描述宣王册命的仪式场面，并记录了部分命辞。这些命辞既有宣王对二人政治任务的确实说明，还有对二人的诰诫与期望。诗篇终章结以对二人功绩的论赞，因此全篇结构是为完整的册命仪式乐歌，与《韩奕》相同，作成

---

① 据李山考证，至少《大雅》中《云汉》《崧高》《烝民》《韩奕》《江汉》《常武》，《小雅》中《常棣》《伐木》《天保》《出车》《六月》《采芑》《车攻》《鸿雁》《鹤鸣》《祈父》《黄鸟》《我行其野》《斯干》《无羊》《瞻彼洛矣》《黍苗》等篇都应作于宣王时期。参见李山：《诗经的文化精神》，213～214 页，合肥，安徽教育出版社，2016。

② （清）阮元校刻：《十三经注疏（清嘉庆刊本）》，《毛诗正义》卷十八，1229～1234 页，北京，中华书局，2009。

③ 朱熹："宣王之舅申伯出封于谢，而尹吉甫作诗以送之。"见（宋）朱熹注，赵长征点校：《诗集传》，283 页，北京，中华书局，2011。

后应当用于二人家族祭祀。① 之所以说这两篇位格稍低，就在于篇末出现了"吉甫作诵"的表述。《大雅》中不乏第一视角的叙述，《芮良夫毖》也有对个体情志的抒发。然而作者之名出现在诗歌之中，这是较为罕见的现象。一个推测是，申伯、仲山甫二人的政治社会地位与尹吉甫相当或稍低，尹吉甫之名出现于诗篇，应当有助于诗歌位格的抬升，从而褒美二人。同时，也体现出诗歌创作主体地位的提高，个体色彩增强，诗人从诗乐仪式的赞助者，终于成为主导者。这一转变，从侧面体现出诗乐仪式中，言辞的地位开始凌驾于乐舞之上，曾经被视为通达天道的瞽史乐师，其实际的社会地位已低于创作诗篇的贵族官僚。因此可以说，西周晚期言辞成为话语实践的主角，与上古宗教神圣性的降解几乎同步。

《江汉》亦为册命之诗，这从诗篇下半对宣王锡命召伯虎的叙述即可看出。然而不同于册命诗标准格式的是，《江汉》一诗显然受到册命类文体的影响。许多学者径将其归为铭文体式，最早见于朱熹《诗集传》："穆公既受赐，随答称天子之美命，作康公之庙器，而勒王策命之词，以考其成，且祝天子以万寿也。"②近世则有郭沫若、陈子展等多位学者将其与《召伯虎簋铭》进行比较研究，或有以为其即铭文者，或有以为其非铭文者。铭文套语源于册命仪式中的"赐""答"两方话语，《江汉》作为对册命仪式的赞诗，受到册命文书的体式影响是比较自然的，从诗中所见套语及句式即可为证。以这类散文化的句式入诗，固为西周晚期诗歌形式体裁多样化的一个表现，但更重要的是，这也同样指向我们此前得出的那个结论：《江汉》既然取径于不可歌的册命散文，那么它作为音乐乐辞的属性一定早在此前就已发生淡化，《诗》作为言辞的属性在这一时期得以加强。此外，从《江汉》的创作背景来看，它也并非如前三首那样基于某个单一的仪式或事件背景。《江汉》先写宣王命召虎出征淮夷，在"江汉之浒"发布了第一次王命，这是第一层

---

① 另一种可能是，尹吉甫借用了传统的《大雅》册命仪式用诗的结构形态，为二人创作了赠别、劝勉诗。然而同级贵族之间的劝勉行为，脱离了当时用诗的仪式语境，因而笔者认为这两首诗仍应属于贵族宗庙仪式用诗。

② （宋）朱熹注，赵长征点校：《诗集传》，290 页，北京，中华书局，2011。

仪式背景；又写召虎平定淮夷之后回到周廷，宣王发布第二次王命，勉励召虎继承先祖之志，赐之以玉器和领地，并命其向被征服者宣布王的诏令。第一次册命描写军容军势，当为兵戈始动时授命兵权；第二次册命重在册封赐赏，当为武装殖民时授命治权。篇末的受命之辞和对天子的赞颂之辞，近于册命铭文的一般表述，可以推测这篇诗有着纪念家族功勋，彰扬治权合法性的政治功能，可用于宗族祭祀的仪式场合。

以上几篇《大雅》乐章，作为仪式用诗，都有明确的诰令言辞。在西周宗法制的语境中，周王作为方国共主，对宗族内外的诸侯国君都有诰诫的权力，这正是谏诫政治最早的来源之一。这部分雅诗称天子之命以诰赠方伯，体现出周王室的话语权力及政治控制力。然而更重要的是周王室内部是否还存在谏诫政治的传统，以及周族宗室和瞽史乐师是否还保有谏诫天子的话语权力。宣王《大雅》最后的《常武》《云汉》两篇，都是围绕天子仪式活动展开的写作，或能为我们思考以上两个问题提供一些线索。

《常武》在内容上与《江汉》相近，同样描写了战争场面，然而诗的性质和功能却有所不同。它同样有着仪式背景，然而却并非对册命仪式的描摹，而应当是战胜后举行礼仪时所用的诗作。《左传·桓公二年》："反行，饮至、舍爵，策勋焉，礼也。"[①]根据金文所记，周人战争胜利后会举行祭祀、饮至、大赏等一系列仪式。[②]其中，祭祀除报告胜绩之外，还会对祖先神灵的庇佑表达感谢。饮至一般是君臣在宗庙举行庆祝，从清华简《耆夜》来看，在宴饮中所赋之诗以赞颂战功为主。最后的大赏仪式，则通常伴随着册命等行为。《常武》全诗重在描摹战争场面，夸耀宣王的战争功绩，以叙事和描写为主，并无告祭先祖等具有宗教色彩的言辞，与《耆夜》相类。据此可以推想，《常武》为饮至礼时的用诗。纵观《常武》全诗，既无对先祖神灵的颂扬祝祷，又

---

① （清）阮元校刻：《十三经注疏（清嘉庆刊本）》，《春秋左传正义》卷五，3783 页，北京，中华书局，2009。

② 参见商艳涛：《西周军事铭文研究》，165～185 页，广州，华南理工大学出版社，2013。

无对今人的勉励谏诫之辞，全诗紧扣战胜主题，赞颂天子战功，纯为叙事抒情之作，神灵于此缺席。这在此前的《大雅》诗作中虽然鲜见，却在后来的《小雅》中不乏同类。可以说，《大雅》仪式背景的剥落，抒情色彩的增强，或从《常武》始。而《常武》之所以能列于《大雅》，恐怕在于其赞颂的对象是周天子，歌咏的内容又是"戎"这一国之大事。在举国沉醉于天子亲征凯旋的喜悦中时，用诗是否符合雅诗体式，似乎就显得不再重要了。制度与传统的破坏，必然不始于"王道衰，礼义废，政教失"这类清晰可见的变局，更常常发轫于"盛世"中短视的傲慢。谏诫政治传统的消亡，亦大抵如是。

另一个相似的案例是《云汉》。《诗序》仍用美刺二元论释其为"美宣王"之作。关于诗的作者，《毛序》谓为仍叔，亦有人疑仍叔为春秋时人，《云汉》当为宣王之作。此诗非宣王手笔其实显而易见。且不论其写景叙情艺术手法之高超，单论其诗开篇谓"王曰於乎"，即知其为他人摹写"宣王仰天"情景，代宣王抒情祈告之作。旱时行祭求雨，原为古老的仪式传统。天子作为宗教领袖和政治领袖，自然有主持祭祀的职能。研究者早已指出，《云汉》当为禳旱雩祭之乐歌，其诗当为他人为周王代拟。[①] 然而此诗假如是为当时的仪式乐歌，就应当以祈告为主要内容。如《周颂》之《载芟》《良耜》《丰年》为藉田祈年之乐歌，《大雅》之《旱麓》燎祭，《凫鹥》绎祭，主体内容均为描写祭祀礼仪，祈求神灵降福。相比之下，《云汉》通篇描写旱情的严重，并抒发了对祖先神灵及昊天上帝的不满之情。"昊天上帝，则不我遗""群公先正，则不我助"[②]，这与其说是虔敬的祈告，不如说是怨情的抒发。上帝的神格早在殷商时期，是不可求亦不可说，只可谨慎卜问的存在；到了西周时期，又是天命的授予者和周人的庇护者，上帝赐予周人的丰年和恩泽，既为"天"之德行的象征，又为周王德政的映射。很难想象如"后稷不

① 参见李山：《诗经析读》，404 页，海口，南海出版公司，2003。
② （清）阮元校刻：《十三经注疏（清嘉庆刊本）》，《毛诗正义》卷十八，1211 页，北京，中华书局，2009。

克，上帝不临"①这样的语句能被用于雩祭仪式，以此来向上天求雨。因此，这首诗的抒情性远大于其仪式性，很可能是参祭贵族对仪式的赞诗，而非祝祷之诗。

然而作为仪式赞诗的《云汉》，亦有太多不合情理之处。最明显的就是诗篇过于着重渲染周天子忧国忧民的情怀，在这一主题之下，上帝与先祖的"不虞""不闻"，都成为天子忧民之情的衬托。据此可以下的一个结论是，《云汉》意不在赞美仪式场面，或取悦祖先神灵；其本意当在于赞颂宣王个人。

对周天子的赞颂，此前雅颂诗篇中不乏同类，然其多为对先祖功绩的称美，以叙述史事为主。联系《云汉》创作背景，正值西周历史上一段极端漫长的干旱时期。《周本纪》谓宣王末年时，洛、泾、渭三川俱竭，到了幽王时期，甚至"草不溃茂"(《大雅·召旻》)②。《国语·周语》记伯阳父之言："昔伊、洛竭而夏亡，河竭而商亡。"③在以自然时序映射社会伦常的西周政治语境中，这份"不时""不常"不啻是对君主作为"天子"正统性的拷问。宣王虽履行其政治宗教义务举行了雩祭，但却未能改变旱灾的局面。由于西周建制之时将王权与天命相捆绑，旱灾的发生直接使周王天命受到质疑。好在，用于解释天命机制的德政话语，又为挽回这一局势提供了一线生机。《云汉》作为赞诗，实质是借抒写宣王之"忧"，褒美宣王之"德"，从而达成对天命与合法性的肯定。

《云汉》一诗拟宣王口气，先述礼仪不亏："不殄禋祀，自郊徂宫"，再叙为政无过："兢兢业业，如霆如雷"，继写忧民之情："我心惮暑，忧心如熏"。最后，尽管呼号难达天听，宣王仍然保持着宗教领袖的风范，坚持为人民祈福："敬恭明神，宜无悔怒""大命近止，无弃尔成，

---

① (清)阮元校刻：《十三经注疏(清嘉庆刊本)》，《毛诗正义》卷十八，1210 页，北京，中华书局，2009。

② (清)阮元校刻：《十三经注疏(清嘉庆刊本)》，《毛诗正义》卷十八，1248 页，北京，中华书局，2009。

③ 徐元诰撰，王树民、沈长云点校：《国语集解》(修订本)卷一，27 页，北京，中华书局，2002。

何求为我。以戾庶正"，一个敬天爱民，无私无怨的形象跃然眼前。①

然而无论《云汉》所述情志如何真挚动人，仍改变不了其赞颂不符合赞诗常态的事实。个体的情思忧虑如何能成为歌颂的对象，这一方面有赖于抒情传统的发展，一方面则当归因于对在世天子的个人崇拜已然盛行。旱灾不再是上帝公正的旨意，而成了对君王忧民之情的无情辜负。与此形成对比的是前文提及的《逸周书·大匡》。同样是面对水旱之灾，文王发出了"不谷不德，政事不时"的感叹，以诰命的形式发布救灾命令，并将灾异归咎于自己行政不合于时，"麻衣以朝"以示自我惩罚。更前则有商汤身祷桑林，都体现出宗教领袖以自我为牺牲的觉悟。《云汉》以抒情言志的手段，回避了对统治者的追责，其修辞越是高妙，抒情越是动人，就越是对谏诚传统和咨议政治的背叛。

厉王之时，尚有芮良夫作诗以谏，赋诗以讽，到了宣王之时，《大雅》虽未绝于庙堂，却只余对王权浅薄的歌颂。宣王即位之初，任用贤能，颇有战功，然连年征战终于使民疲弊，以致料民太原，行政又不籍千亩，终未能挽回西周大厦倾覆的命运。虞世南《帝王略论》论及周宣王时，引《大雅·荡》谓其"靡不有初，鲜克有终"②，对这位变大雅以自美的君主构成了绝妙的讽刺。

一面是对抗异族的激战，一面是罕见的严酷旱灾，宣王时期的臣民体现出空前的凝聚力。这一时期《小雅》中的褒美之诗，多为赞颂宣王的武功，庆祝安居的幸运，如《天保》《出车》《六月》《采芑》等。而在其反面仍有不少所谓"刺诗"的存在。剥离汉儒的美刺概念之后，可以认为其中大部分是对下层生活困境的展现，如《鸿雁》《祈父》等。诗人的目光投向现实，从诗篇中迸发出"对生活及生活世界爱恋的激情"③。诗歌走出庙堂，风雅之声响彻于更广阔的时空，这自然是文学的桑榆之得，然而我们仍须继续追寻谏诚传统的尾声。在此，宣王时期的《小

---

① （清）阮元校刻：《十三经注疏（清嘉庆刊本）》，《毛诗正义》卷十八，1209～1213 页，北京，中华书局，2009。

② （清）阮元校刻：《十三经注疏（清嘉庆刊本）》，《毛诗正义》卷十八，1191 页，北京，中华书局，2009。

③ 李山：《诗经的文化精神》，250 页，合肥，安徽教育出版社，2016。

雅》中还有一篇诗章值得我们注意，那就是与诰诫传统颇见关联的《鹤鸣》：

> 鹤鸣于九皋，声闻于野。鱼潜在渊，或在于渚。乐彼之园，爰有树檀，其下维萚。它山之石，可以为错。
>
> 鹤鸣于九皋，声闻于天。鱼在于渚，或潜在渊。乐彼之园，爰有树檀，其下维榖。它山之石，可以攻玉。①

《毛序》："《鹤鸣》，诲宣王也。"笺云："教宣王求贤人之未仕者。"朱熹《诗集传》说："此诗之作，不可知其所由，然必陈善纳诲之辞也。"②两家解释均与"教诲"有关。《鹤鸣》全诗皆用兴象，无一句枯燥说理之辞。其中"它山之石"一句，精警生动，至今脍炙人口。但是，假如将其作为教诲之诗，其训示主题却隐于意象之下，极不明晰。正如王夫之谓其"全用比体"，《朱子语类》赞其"含蓄"。再往后的诗学研究者，不少索性认为此诗与教诲无关，纯为写景之作。如陈子展在《诗经直解》中说："《鹤鸣》，似是一篇《小园赋》，为后世田园山水一派诗之滥觞。"③也有研究者从其审美和意义出发，反对儒生的过度解读，如方玉润在《诗经原始》中说："夫诗人之于宣王，何教之而何诲之耶？盖讽之以求贤士之隐于山林者耳。"④方氏对诗序常有反拨之意，然不得不承认的是，《鹤鸣》与《大雅》中明确的诰诫之辞相比，既无规谏之语气，亦无训示之主题，与其说是"教诲"，不如说是"讽"。沈德潜谓其为"隐语"："《鹤鸣》本以诲宣王，而拉杂咏物，意义若各不相缀。难于显陈，故以隐语为开导也。"⑤朱熹对其意象譬喻，分别以"诚""理""憎""爱"一一映射，又难免过于板滞。《鹤鸣》诗旨，千年竟难以定论。

回到《鹤鸣》文本，其诗列于《小雅》，笔致灵动，情绪昂扬，取象

---

① （清）阮元校刻：《十三经注疏（清嘉庆刊本）》，《毛诗正义》卷十一，926～927 页，北京，中华书局，2009。

② （宋）朱熹注，赵长征点校：《诗集传》，159 页，北京，中华书局，2011。

③ 陈子展：《诗经直解》，366 页，上海，复旦大学出版社，2015。

④ （清）方玉润撰，李先耕校：《诗经原始》上，375 页，北京，中华书局，1986。

⑤ （清）叶燮、沈德潜著，孙之梅、周芳批注：《原诗 说诗晬语》，87 页，南京，凤凰出版社，2010。

雅正，而抒情主体缺席。从内容来看，并不针对具体仪式或事件；从情感和审美特征来看，更近于日常仪式所用歌诗。关于其取象逻辑，沈德潜谓其"拉杂咏物，意义若各不相缀"①，方玉润谓为"即所居之园实赋其景"②，都反映出《鹤鸣》意象皆为并列关系。如此一来，其写作或为据理取象，或为即景咏物，区别只在主体情志与客体事物孰先孰后。检先秦典籍，引其诗者仅见《荀子》，借"鹤鸣九皋"句陈述君子"隐而显，微而明，辞让而胜"③的修养准则。而"修身"不同于"招隐"或"纳贤"，是可为贵族士大夫通用的教诲，也符合《小雅》乐歌的使用场合。从这些情致和意义的差别来看，我们很难认定《鹤鸣》是诗人对宣王一人的教诲或谏诚。鉴于西周文献采集制度在歌谣以外，也有搜集民间谚语的传统，以《鹤鸣》抒情言志的含蓄性，可以推测其作成或与民间歌谣谚语的采集有关，由贵族编辑写定后用于仪式歌唱。其意象的碎片化，诗旨的多义化，都当来源于此。

分析《鹤鸣》的性质，有助于我们发现谏诚传统尾声中的诗歌走向。在自负的宣王面前，《大雅》只余对王权的赞颂，诗人步出庙堂，为现实生活作歌。所有的规劝与谏言因种种原因而"难以显陈"，诗人却未因此放弃对意义的追寻。他们用诗歌描绘真实，挽留真理，将训诚传统内化为审慎的戒儆之心，"它山之石，可以攻玉"既是贵族的自戒，也是训诚歌诗的绕梁余音。

四、"刺诗"的个人化转向

《毛序》将大量带有讥刺意味或哀怨之情的诗篇归入幽王时代，这一倾向已为不少诗经研究者所诟病，也集中体现了"美刺"说作为诗篇断代依据的不合理性。根据李山的研究，目前可确信为幽王诗作的，

---

① （清）叶燮、沈德潜著，孙之梅、周芳批注：《原诗　说诗晬语》，87 页，南京，凤凰出版社，2010。
② （清）方玉润撰，李先耕校：《诗经原始》上，375 页，北京，中华书局，1986。
③ （清）王先谦撰，沈啸寰、王星贤点校：《荀子集解》卷四，128 页，北京，中华书局，1988。

《大雅》有《瞻卬》《召旻》二首，《小雅》有《小弁》《巧言》《白华》三首。①《瞻卬》指事极有针对性，直斥幽王横征暴敛，听信内帏谗言，枉杀良臣贤士等政治过失。《召旻》指斥奸佞，抒发对时世的忧忡之思。三家皆谓这两首诗为"凡伯刺幽王大坏也"②，并无异议。

《瞻卬》虽被目为刺诗，但诗篇谏诫之意宛然。例如其中"哲夫成城，哲妇倾城"一言，就颇有民谚韵致。诗篇虽针对幽王褒姒之事而发，但诗人得出的感悟，总结的道理，都是就"妇人干政"现象所作的泛论，从文本而言并无特指性，故可视为"女祸论"之滥觞。诗篇解释妇女之所以不是政治的主体，从否定她们的话语权力开始："匪教匪诲，时维妇寺。"朱熹谓："盖其言虽多，而非有教诲之益者。"③其实这里所说的并非妇人之言缺少教诲之"益"，而是妇人本身缺乏教诲之"资格"。正如前文所指出的，"教诲"体现的是从咨议政治到谏诫政治的古老传统，除此之外的话语活动，都是未经授权的"长舌"。

妇女不但没有施行"教诲"的权力，不能成为政治话语实践的主体，甚至也不是政治话语实践的对象。正如一些研究者指出的，《瞻卬》所针对的并非"妇寺"，而是宠嬖"妇寺"的天子；但假若据此认为《瞻卬》具有某种公正性，未免有失。究其根本，雅诗所代表的谏诫话语，从来仅以天子或男性贵族为言说对象；对"妇寺"的谴责与讽刺，在西周的权力语境中原本就毫无意义可言。例如"乱匪降自天，生自妇人"④这样的痛陈，自然只可能是对天子的谏告，不可能是对妇女的劝诫。女子不务蚕织，参与公事的行为，被诗篇比作鸱枭为祸、商贾盈利，是需要被"君子"去认知、识别的一种"现象"。从讽刺、谴责到谏诫，妇女始终都是这些政治话语的内容，而非话语实践的参与者，《瞻卬》"匪教匪诲"可为自证。

---

① 李山：《诗经的文化精神》，219 页，合肥，安徽教育出版社，2016。
② （清）阮元校刻：《十三经注疏（清嘉庆刊本）》，《毛诗正义》卷十八，1244 页，北京，中华书局，2009。
③ （宋）朱熹注，赵长征点校：《诗集传》，292 页，北京，中华书局，2011。
④ （清）阮元校刻：《十三经注疏（清嘉庆刊本）》，《毛诗正义》卷十八，1245 页，北京，中华书局，2009。

《小雅·正月》有谓"赫赫宗周，褒姒灭之"①。《瞻卬》因同一事而发，却又试图总结出普遍规律以儆戒后来者，这是德政观念下雅诗的自觉追求。然而诗篇对"哲妇"的批判，又与周族史诗中对周人女性始祖的褒美相矛盾。后者本质上描述的是女性对宗法家族的意义：其一是作为妻子，带来了岳家的政治力量："大邦有子，俔天之妹"②（《大雅·大明》）；其一是作为母亲，为周人诞育了大量子嗣："太姒嗣徽音，则百斯男"③（《大雅·思齐》）。她们在政治话语中的地位主要来自周初的祖先崇拜，伴随着宗庙享祭而被认知；她们的贡献又早在德政话语成型之前就为周人所感戴。在德政话语建立以后，太姜、太任、太姒的地位、贡献与神圣性都需要被重新解释，然而她们生平的所有细节又早已湮没于人妻人母的身份之中，难以考证。太史公以"皆贤妇人"一笔带过，而孔颖达为《瞻卬》作疏，就不得不解决"哲妇倾城"与周初史诗的矛盾。对此，孔氏进行了辩证的思考："若然谋虑苟当，则妇人亦成国，任、姒是也。""成败在于是非得失。"只可惜"是非得失"与"成败"互为注脚，太任、太姒之"成国"实不在其为谋为猷之哲，而在其为妻为母之功。

假如将《瞻卬》理解为"刺诗"，就需要在刺幽王，刺褒姒，刺宠嬖，刺妇人干政现象等种种可能性中分出主次先后。然而一旦体认到谏诫政治的本质，理解谏诫的主体与对象，就很容易明白诗旨不在于"刺"，而在于"诫"。但是自厉王以后，谏诫传统名存而实亡，故此《瞻卬》与《桑柔》相似，它所谏诫和警示的对象是虚置的，其言说所针对的并非已经造成灾殃的周天子，而是所有潜在的权力阶层，这也是其列于《大雅》的原因所在。所教所诲，"哲夫"而已。

《小弁》《巧言》二首，在雅诗之中尤为特别。其诗讽刺谗人之害，

---

① （清）阮元校刻：《十三经注疏（清嘉庆刊本）》，《毛诗正义》卷十二，950页，北京，中华书局，2009。

② （清）阮元校刻：《十三经注疏（清嘉庆刊本）》，《毛诗正义》卷十六，1091页，北京，中华书局，2009。

③ （清）阮元校刻：《十三经注疏（清嘉庆刊本）》，《毛诗正义》卷十六，1111页，北京，中华书局，2009。

情感极为激烈，以至于《孟子》中有"高叟论诗"之公案。高叟认为《小弁》对长辈有怨怼之心，是小人之诗。孟子的反论是"《小弁》之怨，亲亲也。亲亲，仁也"①（《孟子·告子下》）。他并没有反驳《小弁》中"怨"的存在，而是从作品的创作背景出发，将这份"怨"解释为"仁"："亲之过大而不怨，是愈疏也。"孟子这一解读，从哲学上看是对"怨"的辨析，对"仁"的阐释；从文学层面来说，是将《诗》放回了情感伦常的真实语境。《小弁》所咏，古来有说太子宜臼事者，有说伯奇事者，可能为自作，亦可能为他人代述，总而言之，是为"放子之作"。如是，诗中所言"君子"，即指其父。诗人将父亲与捕兔者、堇人者相比拟，极怨其"忍"；又以伐树、砍柴之理喻之，极怨其"不惠"。至于卒章，又收拾怨情，先以"莫高匪山，莫浚匪泉"的谚语起始，继以"君子无易由言，耳属于垣"，或为自诫不可妄作谤言，或为谏劝君子不可轻用谗言。这份谏诫，为诗歌结以理性的收尾，为怨情提供了排遣的良方，仿佛命运中的一切苦难和困厄都可以被道德理性的行为所化解。诗人自己也深知这样的劝诫并无法真正改变自己的困境，最终结以"无逝我梁，无发我笱。我躬不阅，遑恤我后"的套语②，向命运乞求一份微小的垂怜。③

　　《小弁》篇末尚留了诫微的尾音，而《巧言》在"刺"的意义上就更为纯粹。其诗情感非近于怨，而近于怒。雅诗谏诫话语的存在，尚为人们留下了改善的希冀，为历史进路指点着光明的出口，而如果连谏诫的意志都已丢失，就再也没有慰解悲怆与愤懑的出口。从这个角度而言，《巧言》之怨忿，更类于风诗。早在雅诗变奏之前的宣王时期，风诗就已经鸣响了"乱世之音"。如《王风·兔爰》中诗人宁愿长寐不醒以自我麻醉；《桧风·隰有苌楚》艳羡草木之无知无忧。魏文帝曾有"嗟尔昔人，何以忘忧"之永叹，对此，雅诗尚余一丝上位者之自矜，试以美

---

① （清）阮元校刻：《十三经注疏（清嘉庆刊本）》，《孟子注疏》卷十二，5997页，北京，中华书局，2009。

② 此四句亦见于《邶风·谷风》，为弃妇自嗟境遇之语。

③ （清）阮元校刻：《十三经注疏（清嘉庆刊本）》，《毛诗正义》卷十三，970～973页，北京，中华书局，2009。

德为解药；而变风诸篇则早已放弃挣扎，沉入了无垠黑暗。及至唐风之《蟋蟀》《山有枢》但求及时行乐，不问前程，竟与汉末文人气质同调。

上博简《诗论》："诗犹平门，与贱民而豫之。""像民众通过便畅的城门出入一样，《诗》会将民众的愤怨情绪发泄排解。"① 矫正政治并非民间诗歌的本来目的，而《诗》的采集和编制却是"君子"对诗歌的接受过程，体现出"君子"对时政的观察和思考。康王时期，诗篇文本伴随着乐师之间的教习和传播，第一次正式结集，用于郊天祭祖的《颂》诗文本出现，并成为后来《诗》扩编的基础。② 所谓"正风正雅"，是西周德治文化的组成部分，也是礼乐传统中诗篇唱作的本来面貌。其诗所颂唯礼唯德，于赞颂中自寓儆诫之意。对天命的敬畏，对先祖的崇拜，对礼仪的咏唱，在每一次演奏活动中锤塑着周人的精神，构筑着族群的自信与认同。而以讽谏为主的"变风变雅"实非"正风正雅"的演变结果，它们是新的历史背景下产生的新事物，体现为话语形式之突破，言说内容之增殖，以及社会文化功能的拓展，也透露出西周贵族终日乾乾、夕惕若厉的为政心态。

西周晚期的怨刺诗，虚置了训诫对象，可视为讽谏诗的一种转向；同时，诗人个体抒情兴起，部分雅诗将儆戒精神内化，又可视为道德话语走向个人的精神世界。厉王、宣王以后，天命话语和德政传统在西周晚期自信消退的政治语境中难以为继，讽谏诗歌亦为其沉重的言说主题所拖累，不再具有此前的效力。然而歌诗的传唱者并未轻易舍弃社会责任与言说立场，他们通过虚置训诫对象，改变了言说的面向。但这样的变化，使得部分诗篇呈现出"刺"的言说姿态，被后世视作"变风变雅"，又以此定义出"正风正雅"的存在。作为训诫传统的延续，"变风变雅"实则是政治变局中礼乐制度的守护者，王道德治的呼吁者。另外，他们的训诫有时也指向自身，以"君子"的要求自我儆戒，此即

---

① 晁福林：《上博简〈诗论〉研究》，60～61 页，北京，商务印书馆，2013。
② 今本《竹书纪年》："（康王）三年，定乐歌。"马银琴认为，康王三年"定乐歌"是对西周初年仪式乐歌的第一次系统整理，在这次活动中出现了以《颂》等为名的乐歌文本。参见马银琴：《西周早期的仪式乐歌与周康王时代诗文本的第一次结集》，载《诗经研究丛刊》，2002(1)。

上博简《诗论》所言"言难而猗㦬者"。"猗㦬",晁福林解为"猗介、怨恨",不与浊世合流。[①] 季札观乐,于《小雅》见"周德之衰",而又有"先王之遗民",即为之谓。随着训诫对象被虚置而愈远,被"刺"的人事反得实指而彰明,诗人的主体性也渐显而渐近。西周末年的风诗雅诗,叙事性与抒情性都有了空前的增长,诗篇作为仪式构件的公共性逐渐消解,并转向了个人化或拟似个人化的写作。权力对诗人的淡漠和冷遇,反而促成了歌哭的自由。从赞颂到谏诫,继而再到怨刺和自省,"风雅正变"这一现象,本质上是西周德治观念所孵化的讽谏政治,在不同语境中的话语实践。

第二节　周族史诗：族群整合与历史叙事

诗乐教化的第二面,是借由祖先崇拜,重整历史叙事,强化族群认同。这在《诗经·大雅》诸篇,尤其是《生民》《公刘》《绵》《皇矣》等作品中尤为明显。这一系列诗篇被视作"周族史诗",分别赞颂了后稷、公刘、古公亶父直至文王的德行与功业。《大雅》作为诸侯用乐,兴盛于昭、穆时期,虽晚于大部分颂诗的编写,但却是礼乐仪式完善过程中所产生的成果。其中周族史诗的生成,源于祭祖仪式的现实需要,也反映出西周贵族历史意识的萌芽。

在周人对先祖的追述中,有一条若隐若现的脉络特别值得注意,那就是对周族农耕传统的赞美与歌颂。周人历史上最负声名的先祖,都与农耕、定居有关。这首先体现为周人以农官后稷为始祖;其次,像公刘、古公亶父这样择地定居,移民垦荒的先王也受到后代周人的热情歌颂。农耕传统不但勾连起周人对先祖的记忆,更定义着族群本身:甲骨文中"周"字字形为 ▨,"象界划分明之农田,其中小点象禾稼之形"[②],具有鲜明的农耕文化色彩。

---

① 参见晁福林:《上博简〈诗论〉研究》,54 页,北京,商务印书馆,2013。
② 徐中舒主编:《甲骨文字典》,94 页,成都,四川辞书出版社,1989。

近年对先周遗址的考古，一方面揭示了先周农业技术的实际情况，一方面又呈现出渭水流域各族文化的交融过程。岐下时期作为先周历史的关键转折点，被周人定义为"复兴"，然而从考古证据来看，先周文化的发展不但是平稳渐进的，更存在着多文化的交流和融合。借助考古成果，已有研究者指出，以后稷神话为代表的周族起源神话与姬、姜二族的族群融合有关，并应当生成于周人迁岐以后。徐中舒认为，姜嫄诞稷的故事，有可能是周人入岐以后从姜姓部族所继承的母系传说。① 江林昌亦持此论，并认为周人通过后稷神话拉长了两族融合的历史。② 此外，晁福林提出周人祭祀重近祖而轻远祖，后稷、公刘在祭祀中的地位低于古公亶父及此后列王。③ 结合以上几种意见，可进一步检视周族史诗所描述的"后稷始兴——不窋弃农——太王复兴"这一历史进程，重新思考周族史诗的历史语境与写作目的。在已成定谳的"神话历史化"问题之外，更深入地考察周族史诗中的"复兴"叙事，结合岐下时期族群融合的历史语境，探讨后稷神话的生成过程和文化意义。

一、从豳至岐：文化记忆中的先王复兴

周人虽以农官后稷为始祖，但从后稷到有确切世系可考的不窋，却"失其代数"。司马贞《史记索隐》："《帝王世纪》云'后稷纳姞氏，生不窋'失文献，而谯周按《国语》云'世后稷，以服事虞、夏'，言世稷官，是失其代数也。若以不窋亲弃之子，至文王千余岁唯十四代，亦不合事情。"④司马贞认为，后稷至周文王时期，千年中只有十四代子孙，不符合常情，因此从后稷到不窋之间，应当有数任稷官，未有记名。《逸周书·世俘解》在记载武王克商告天的仪式时，列举了当时所告祭的先周列祖："王烈祖自太王、太伯、王季、虞公、文王、邑考以

---

① 徐中舒：《西周史论述》，载《四川大学学报(哲学社会科学版)》，1979(3)。
② 江林昌：《由考古材料看〈诗经〉姜嫄神话的产生》，载《文史知识》，2009(11)。
③ 参见晁福林：《论殷代神权》，载《中国社会科学》，1990(1)。
④ (汉)司马迁撰，(南朝宋)裴骃集解，(唐)司马贞索隐，(唐)张守节正义：《史记》卷四，113页，北京，中华书局，1982。

列升"，① 这里告祭的先祖，最早只追溯到太王古公亶父。而在先周考古中，也暂时只能追溯到周人在古豳地的生活状态，亦不早于公刘。

公刘、太王两位先祖之所以能在文献中留下深刻历史印记，在于他们对族群有定居之功。不同于殷人"不常厥邑"的迁徙，周人非常重视定居对其整个部族的意义。以后稷之兴为起点，以不窋弃农为低潮，以公刘、太王之定居为复兴——周人丈量文明盛衰的尺度，正是农业的兴废，居所的有无。

在周人的记述中，从不窋到公刘期间，周人一直流浪于戎狄之间，并无安身立命之本。因此，公刘迁豳象征着向农业传统的回归，受到了雅诗的赞颂：

> 笃公刘，匪居匪康。乃场乃疆，乃积乃仓。乃裹糇粮，于橐于囊，思辑用光。弓矢斯张，干戈戚扬，爰方启行。
>
> 笃公刘，于胥斯原。既庶既繁，既顺乃宣，而无永叹。陟则在巘，复降在原。何以舟之？维玉及瑶，鞞琫容刀。
>
> 笃公刘，逝彼百泉。瞻彼溥原，乃陟南冈。乃觏于京，京师之野。于时处处，于时庐旅，于时言言，于时语语。（《诗·大雅·公刘》）②

在周人的记述中，公刘是不窋之后第一位复兴农业，再造部族的祖先。从不窋到公刘虽只三代，但这期间周人一直流浪戎狄之间，并无安身立命之本。作为后世族裔对遥远先祖的追述，"匪居匪康"自然是一种富于共情的代入，也暗示着周人特有的生存焦虑，一种由耕地所维系的安全感。在诗的记载中，公刘为远行积攒粮食，继而组织族人迁徙，显然是有意识地将定居作为第一要务。到了豳地之后，公刘登山循溪察看地形，最终"于京斯依""于豳斯馆"。决定定居的依据，首先在于豳地土壤肥沃，"既庶既繁"；次在水源丰富，"百泉"是谓；

---

① 黄怀信、张懋镕、田旭东：《逸周书汇校集注》（修订本），424 页，上海，上海古籍出版社，2007。

② （清）阮元校刻：《十三经注疏（清嘉庆刊本）》，《毛诗正义》卷十七，1166～1168 页，北京，中华书局，2009。

再次则是平原广阔，适宜耕种，"溥原"是谓。这三点优势与其说是作为都城的优势，不如说是作为耕地的优势，相比后来出于政治军事考虑而营建的洛邑，豳地作为周人定居点的原因的确较为单纯。"其军三单，度其隰原，彻田为粮"①，在公刘的组织下，周族通过移民开荒而获得了第一块赖以存身立足的土地。后来的周人将本族农耕文化之基业归源于公刘的这次定居，《史记·周本纪》的评价是"周道之兴自此始"②。

作为入岐之前的先周文化遗存，古豳地的碾子坡遗址印证了周人在公刘时期的活动记录。碾子坡遗址大致对应殷墟文化二期③，该遗址中除了炭化高粱、石制农具之外，还出土了大量的动物骨殖，其中牛骨数量占一半以上。这说明迁岐之前的周人并非纯粹的农耕部族，畜牧业在他们的生产中还占据着相当重要的地位。这一时期的周族拥有突出于众方国的青铜文化，已拥有较成规模的青铜礼器和青铜兵器。《公刘》谓公刘迁豳之时，已是"弓矢斯张，干戈戚扬"，自有所本。然而对比此时已开始大规模使用锄、铲、耜、镰等青铜农具的殷商，仍以石制农具为主的周人，农业生产效率仍值得怀疑。因此从历史的横截面来看，很难说先周农业的生产知识、生产经验或生产工具超越了中原地区。

此外，根据周人自述，他们的农业知识早在后稷时代即已领袖群伦，那么在不窋以后几代人"窜于夷狄"的历史中，他们又何以在失农的情况下，始终保存后稷时代的农业知识，而这份一度失落的知识又何以在数百年后仍然保持着先进性，帮助周人在豳地和岐下复农、定居和立足？这整个过程不但难以求证，更不符合知识发展传承的一般规律。因此，认为周人如他们史诗中所述，始终保有对农业的热忱与

① (清)阮元校刻：《十三经注疏(清嘉庆刊本)》，《毛诗正义》卷十七，1170 页，北京，中华书局，2009。

② (汉)司马迁撰，(南朝宋)裴骃集解，(唐)司马贞索隐，(唐)张守节正义：《史记》卷四，111 页，北京，中华书局，1982。

③ 参见胡谦盈：《陕西长武碾子坡先周文化遗址发掘纪略》，见《胡谦盈周文化考古研究选集》，106～121 页，成都，四川大学出版社，2000。

农耕知识的传承，反而可能模糊知识本身的传播交流过程，而这一过程，恰有可能与周人在岐下的族群融合密切相关。

周人的第二次迁徙发生在古公亶父时期，这次迁居的意义除了定居之外，更在于族群的结姻和融合。《大雅·绵》谓亶父未迁之时，"陶复陶穴，未有家室"①，《新语》述神农之时"野居穴处，未有室屋"②，这些描写与先周遗址中半地穴式的住宅极为相似。相比同时期的殷商都城，可见此时周人文化应当还处于较为原始的阶段。《周本纪》记载迁岐的直接原因在于戎狄交侵，《孟子》《庄子》《尚书大传》中均有相似的记载。史学家认为，豳地虽然丰饶，却同时也是中原农耕文化与北方草原文化的拉锯战场。③ 亶父迁岐，直接原因虽为躲避狄人的掠夺，但这一契机直接促使周人来到了中原农耕文化圈。《诗》记载了古公亶父迁居周原的经过，对于定居的过程，作了如下描述：

> 绵绵瓜瓞，民之初生。自土沮漆，古公亶父。陶复陶穴，未有家室。
>
> 古公亶父，来朝走马。率西水浒，至于岐下。爰及姜女，聿来胥宇。
>
> 周原膴膴，堇荼如饴。爰始爰谋，爰契我龟，曰止曰时，筑室于兹。
>
> 乃慰乃止，乃左乃右，乃疆乃理，乃宣乃亩。自西徂东，周爰执事。
>
> 乃召司空，乃召司徒，俾立室家。其绳则直，缩版以载，作庙翼翼……（《诗·大雅·绵》）④

对渭水一带的考古发现显示，早在周人移居岐下之前，这里就生活着

---

① （清）阮元校刻：《十三经注疏（清嘉庆刊本）》，《毛诗正义》卷十六，1093 页，北京，中华书局，2009。

② 王利器：《新语校注》卷一，17 页，北京，中华书局，2012。

③ 参见许倬云：《西周史》，63 页，北京，生活·读书·新知三联书店，1994。

④ （清）阮元校刻：《十三经注疏（清嘉庆刊本）》，《毛诗正义》卷十六，1095～1102 页，北京，中华书局，2009。

一支农业发达的部族——姜戎。"爱及姜女，聿来胥宇"描写的正是古公亶父与太姜的联姻。这是文献所见姬姜文化交汇的最初印记。当时的岐地，不像豳地那样还是一片荒野，需要周人"度其隰原，彻田为粮"。因此，不同于《公刘》以分疆治地，开荒定居为主，《绵》以大量篇幅记述了定位置、筑宫室的过程及细节，展现出一幅更接近于早期都城的图景①；此外，不同于《公刘》以设宴祭神作为最主要的定居仪式，《绵》借助龟卜仪式去寻求神圣性的支撑。远道而来的周人之所以能在这片有主之地立足，应当得益于与姜族的联姻。

对比当年公刘在豳察地开荒的辛劳，《绵》只是简单地赞颂了周原的丰饶，将笔力集中在建都筑城的经过上。从豳地"陶复陶穴，未有家室"的简陋生活，忽然进入了"作庙翼翼""俾立室家"的文明阶段。对于周人而言，这不啻是一次跃进式的发展。也正因此，《大雅·皇矣》对古公亶父与太姜的此次联姻，不吝以天命话语加以歌颂，谓"天立厥配，受命既固"②，将姜氏的加盟视作姬周受命的一个重要标志。

正如"绵绵瓜瓞"起兴寓意的那样，在《诗》的追忆中，岐地才算是周族文明正式成型的地点，先周自此迈入了早期国家的阶段。"绵"的标题暗示了岐地对于周人的历史意义：姬姜联姻，标志着一支强大父系与强大母系的联合，在此之后的周族子孙，都被隐喻为这一"瓜瓞"所结出的种实。以植物取象，不但暗含了"定居"之意，且有对种植农业的象征意味。

今天的考古学家在渭水流域发现了姬姜文化在古公亶父时期融合的痕迹③，确认了姬、姜文化在岐下的交汇。通过比较武功郑家坡遗址出土的卜骨与张家坡西周遗址出土的卜骨，郑家坡遗址半地穴式房基与沣西西周早期的房屋构造，研究者认为岐地的先周文化与西周文

---

① 《大雅·皇矣》中有对岐地开荒的记述："作之屏之，其菑其翳。修之平之，其灌其栵。启之辟之，其柽其椐。攘之剔之，其檿其柘"，若非兼同了母家的历史记忆，那么周人对岐地应也有开拓之功。

② （清）阮元校刻：《十三经注疏（清嘉庆刊本）》，《毛诗正义》卷十六，1119 页，北京，中华书局，2009。

③ 参见江林昌：《周先祖古公亶父"至于岐下"与渭水流域先周考古学文化》，见《考古发现与文史新证》，235 页，北京，中华书局，2011。

化具有明显的承续性，西周文化主要是由武功郑家坡先周文化发展而来。[1] 此外种种迹象表明，岐下时期的先周文化，在旱耕农业方面取得了较大的成就：郑家坡遗址不但发现了麦草，还发现了反复耕耘土层的痕迹。

周人迁岐后在经济、政治和文化上所发生的这些进步，应当与姬、姜两族的融合与交流有关。周族史诗中的后稷神话为我们提供了一条重要线索：定居在渭水的姜人，亦曾有过"稷"的传说，发达的农业知识很可能原本就是这一族群的标帜。古公亶父时期，周人进入岐下，与姜炎联姻结盟，从周边方国中脱颖而出。在这一历史进程中，姜炎部族的生产知识和政治力量应当对周人的翦商大业有着极大的推进作用。而周族史诗尤期是后稷神话的写作，除了西周宗法仪式的要求之外，还有可能出于巩固姬姜同盟的政治目的。

二、居岐之阳：氏族同盟下的农业发展

考虑到姬姜联姻之实，周人以姜为后稷母姓应当有着深刻的文化渊源。姜族亦称姜戎或姜炎，根据文献记载，姜姓是神农氏的后裔，因居于姜水流域，故以之为姓。

> 炎帝，神农氏，姜姓之祖也。（《左传·昭公十七年》杜预注）[2]

> 昔少典娶于有蟜氏，生黄帝、炎帝。黄帝以姬水成，炎帝以姜水成。（《国语·晋语》）[3]

> 神农氏，姜姓也……炎帝，人身牛首，长于姜水……故谓之炎帝。（《太平御览》卷七十八引《帝王世纪》）[4]

---

[1] 参见尹盛平：《先周文化与周族起源》，见《周文化考古研究论集》，24～38页，北京，文物出版社，2012。

[2] （清）阮元校刻：《十三经注疏（清嘉庆刊本）》，《春秋左传正义》卷四十八，4523页，北京，中华书局，2009。

[3] 徐元诰撰，王树民、沈长云点校：《国语集解》（修订本）卷十，336～337页，北京，中华书局，2002。

[4] （宋）李昉等：《太平御览》第一册，365页，北京，中华书局，1960。

而神农氏的主要功绩，则是发明农具，识别五谷，教民农作。

> 包牺氏没，神农氏作，斫木为耜，揉木为耒，耒耨之利，以教天下。（《易传》）①

> 神农之时，天雨粟，神农耕而种之，作陶冶斤斧，为耒耜、锄耨，以垦草莽，然后五谷兴。（《太平御览》卷七十八引《周书》）②

> 神农作，树五谷淇山之阳，九州之民乃知谷食，而天下化之。（《管子·轻重》）③

> 于是神农因天之时，分地之利，制耒耜，教民农作。神而化之，使民宜之，故谓之神农也。（《白虎通义》卷二）④

> 至于神农，以为行虫走兽，难以养民，乃求可食之物，尝百草之实，察酸苦之味，教人食五谷。（《新语·道基》）⑤

追溯到神农氏族，这样的记述在汉及以前的文献中俯拾皆是，在此仅举上述几例。在这些记述中，神农氏不但掌握并传播着识别谷物等原始的博物知识，另外还包括与农业息息相关的历法知识，即所谓"因天之时，分地之利"。

> 神农氏治天下，欲雨则雨，五日为行雨，旬为谷雨，旬五日为时雨。（《艺文类聚》卷二引《尸子》）⑥

> 畴昔神农，始作农功，正节气，审寒温，以为早晚之期，故立历日。（《艺文类聚》卷五引《物理论》）⑦

---

① （清）阮元校刻：《十三经注疏（清嘉庆刊本）》，《周易正义》卷八，180 页，北京，中华书局，2009。

② （宋）李昉等：《太平御览》第四册，3753 页，北京，中华书局，1960。

③ 黎翔凤：《管子校注》卷二十四，1507 页，北京，中华书局，2004。

④ （清）陈立撰：《白虎通疏》卷二，51 页，北京，中华书局，1994。

⑤ 王利器：《新语校注》卷一，10 页，北京，中华书局，2012。

⑥ （唐）欧阳询撰，汪绍楹校：《艺文类聚》卷二，26 页，上海，上海古籍出版社，1965。

⑦ （唐）欧阳询撰，汪绍楹校：《艺文类聚》卷五，97 页，上海，上海古籍出版社，1965。

《物理论》将历法的创设尽归功于神农，固然不可尽信，不过这段文字提示了历法与农业最直接的关系：气温的变化需要用节气尺度进行预测，因此设立节气点，可以直接对农事"早晚"作出判断。这种判断，即是"时"与"不时"价值体系中的一环，后文将对此作出详述。另外，《尸子》的记述有两个值得注意的方面，其一是对"雨"与农事关系的建立，其一是划分了半旬、旬与旬五日的记时周期。殷商历法以十天为一旬纪日，半旬与旬五日的存在，暗示着另一种纪日方式的存在可能。

神农氏不仅以善农耕的形象出现，更是一位"教化者"。这种教化，简单地说是以传播农业知识为契机，同时传播生产工具与生活方式。神农既以氏为名，可以推测，这种先进的农耕知识，同样也是以部族为单位传承的。

另有一种说法将神农氏又称为"烈山氏"，并将其与"稷"相联系。烈山氏在《礼记·祭法》作"厉山氏"。贾逵注谓"炎帝之号"，郑注"厉山氏，炎帝也，起于厉山"。① 所谓烈山，应指早期刀耕火种时的开荒之法。《孟子·滕文公上》："舜使益掌火，益烈山泽而焚之，禽兽逃匿。"②古史传说中这位焚烧山泽的益，不但教会百姓种植稻谷，更熟知山泽鸟兽之性，其职司与烈山氏颇有相近之处。③ 在《国语》《左传》等先秦文献中，烈山氏早在周弃之前，就一直担任"稷"的职位：

> 昔烈山氏之有天下也，其子曰柱，能殖百谷百蔬。夏之兴也，周弃继之，故祀以为稷。（《国语·鲁语上》）④

> 是故厉山氏之有天下也，其子曰农，能殖百谷；夏之衰也，

---

① （清）阮元校刻：《十三经注疏（清嘉庆刊本）》，《礼记正义》卷四十六，3451 页，北京，中华书局，2009。

② （清）阮元校刻：《十三经注疏（清嘉庆刊本）》，《孟子注疏》卷五，5884 页，北京，中华书局，2009。

③ 丁山谓伯益即烈山氏，备一考。（参见丁山：《古代神话与民族》，299 页，南京，江苏文艺出版社，2011。）

④ 徐元诰撰，王树民、沈长云点校：《国语集解》（修订本）卷四，153 页，北京，中华书局，2002。

周弃继之，故祀以为稷。(《礼记·祭法》)①

> 稷，田正也。有烈山氏之子曰柱，为稷，自夏以上祀之。周
> 弃亦为稷，自商以来祀之。(《左传·昭公二十九年》)②

按《左传》的记述，夏代之前的"稷"由烈山氏担任，到了夏以后，周人始祖"弃"则继承了这一职位。但是，姜、周原为异脉，假若没有血缘的关联，周弃又何以继承烈山氏的职责？从神话历史化的角度来看，古史中所描述的这一事象，有可能并非实指。姜人先为稷，而周弃后为稷，这样的表述有可能说的仅仅是：早在周人崛起之前，姜人就以其悠久的农耕传统作为族群的标帜。而周人对"稷"之名的承袭，有可能来源于姬姜的联姻。

扶风刘家姜戎墓葬群作为姜戎文化的主要遗址，为我们推求周人起源神话的阐释脉络提供了线索。墓葬群于 1981 年 11 月发现于陕西扶风县法门乡刘家村，被发掘者命名为"刘家文化"。其中最具特色的是普遍以白色砾石随葬，符合羌人对白石的崇拜，结合高领袋足鬲等器物的特殊形制等其他考古证据，发掘者认为其族属应为羌戎③，邹衡则称其为"姜炎文化"，意在追溯姜族与神农氏的历史渊源。在后续的考古研究中，羌戎、姜戎的提法得到比较广泛的赞成，并认为刘家文化与齐家文化、辛店文化、陕西长武碾子坡遗存都有着可比较的关联。根据姜戎文化发展演变的规律，学者将姜戎墓葬大致分为早、中、晚三期，其中，早期的绝对年代相当于殷墟文化一期偏晚，近于商王盘庚至小乙时期前后，上限可进入二里冈上层时期；中期年代相当于殷墟文化二期至三期偏早阶段，大致在武丁晚期至祖甲时代；晚期年代约相当于殷墟文化三期后段，早至廪辛之世，晚至周初武成之时。考古学者研究发现，从墓葬形式和器物形制来看，早、中期的姜戎文

---

① (清)阮元校刻：《十三经注疏(清嘉庆刊本)》,《礼记正义》卷四十六，3450 页，北京，中华书局，2009。

② (清)阮元校刻：《十三经注疏(清嘉庆刊本)》,《春秋左传正义》卷五十三，4613～4614 页，北京，中华书局，2009。

③ 参见尹盛平、王均显：《扶风刘家姜戎墓葬发掘简报》，载《文物》，1984(7)。

化自有其连续性和传承性，而到了晚期两者俱发生了较大变化。其中，墓葬的葬具、葬式与墓向完全变为先周墓葬形制，陶器中出现周式圆肩罐、周式折肩罐，"说明商代晚期姜氏之戎开始大量接受先周文化"①。这与古公亶父迁岐的时代也是重合的。

众多研究还表明，考虑到其势力范围与存续时期，刘家文化很可能即是殷商卜辞中"羌方"的考古学遗存。② 卜辞显示，羌方是位于商王朝以西的方国，在殷商晚期时常与商王朝开战。起初，羌方被迫遭受征伐和掠夺，然而在殷墟文化三期之时，羌方势力扩张，成为商王朝主要的威胁之一。羌方的由守转攻，时间线上与周人的加盟，周文化的融合基本同步，因此，从姜族的角度，可以印证《绵》与《皇矣》中对岐下同盟的叙述。

从周人的视角来看，姬姜同盟也为他们带来了极大的政治经济优势。这其中最突出的就在于农业知识的进步。这一方面体现为农作物种类的丰富，一方面体现为历法技术的发展。从技术史的发展来看，这两方面都离不开姜人的助力。

对岐山凤雏村周人建筑遗址的考古研究发现，当时有大量麦草、麦秸被用于建筑，证明在姬姜联盟建立之后，周人掌握了种植麦子的技术。

对农作史的研究证明，麦类起源于西亚，中国早期的麦作遗存均位于西部。今天的塔里木盆地孔雀河畔、河西走廊都曾发现过炭化的小麦粒，前者距今约 3800 多年，后者距今 2800 多年。"麦"字从夊，《说文》注谓："夊，足也。周受瑞麦来麰，如行来。故从夊。"③其字形或已暗示麦种的外来属性。足迹远及甘、青的姜戎，有可能是通过文化交流，较早得到麦种的一个部族。《史记正义》引《括地志》谓"故藜城

---

① 参见尹盛平：《再论先周文化与周族起源》，见《周文化考古研究论集》，77 页，北京，文物出版社，2012。

② 参见牛世山：《商代的羌方》，见中国社会科学考古研究所夏商周考古研究室编：《三代考古（二）》，北京，科学出版社，2006。

③ （汉）许慎撰，（清）段玉裁注：《说文解字注》，12 页，上海，上海古籍出版社，1981。

一名武功城"①，又《汉书·地理志》"斄，周后稷所封"②。古汉语学者据斄字从"来"认为，这体现出了姜戎在有邰氏居地种植麦子的历史。③

随着姬姜联盟的成立，驯化的麦种及麦作技术也顺理成章地为周人所共享。麦种的意义很可能不仅仅在于经济价值，更有可能是姬姜同盟的重要物证和象征。麦子直到西汉以后才在中国广泛种植，此前关中农业仍以黍、稷为主，直至战国之时，麦种仍被视为十分珍贵的农业资源，《穆天子传》记载了穆王西征至赤乌，受献穄麦之事，将麦种视作吉祥的象征。在周族史诗中，麦种被赋予了种种神圣的价值：麦种来自上帝所赐，是后稷留下的宝物，更是后世周王受命的征兆：

> 思文后稷，克配彼天。立我烝民，莫匪尔极。贻我来牟，帝命率育。(《周颂·思文》)④

颂诗追思后稷的功德，主要有二。其一在于"立我烝民"，即用农业哺育周族生民，其二在于"贻我来牟"，即承受上帝之命，得到了优良的麦种。⑤ "贻我来牟"句，郑笺谓："武王渡孟津，白鱼跃入于舟，出涘以燎。后五日，火流为乌，五至，以谷俱来，此谓'贻我来牟'。"⑥郑玄将得到麦种的神圣性与周王受命克商的神圣性相关联，这与"后稷受牟""穆王受麦"此类记述有着内在的相似性，即以获得麦种作为天命眷顾的重要标志。为麦种赋予如此之高的价值内涵，一方面是由于当时农业技术水平所限，另一方面可能是出于政治目的，即借由此物证来赞颂神圣的姬姜同盟。

---

① (汉)司马迁撰，(南朝宋)裴骃集解，(唐)司马贞索隐，(唐)张守节正义：《史记》卷四，112页，北京，中华书局，1982。

② (汉)班固撰，(唐)颜师古注：《汉书》卷二十八，1347页，北京，中华书局，1962。

③ 赵小刚：《从〈说文解字〉看古羌族对华夏农业的贡献》，载《兰州大学学报(社会科学版)》，2001(1)。

④ (清)阮元校刻：《十三经注疏(清嘉庆刊本)》，《毛诗正义》卷十九，1277页，北京，中华书局，2009。

⑤ 《广雅》："大麦，麰也；小麦，麳也。"见(清)王念孙著，张其昀点校：《广雅疏证》(点校本)下册卷十，780页，北京，中华书局，2019。

⑥ (清)阮元校刻：《十三经注疏(清嘉庆刊本)》，《毛诗正义》卷十九，1271页，北京，中华书局，2009。

周人迁岐之后的另一知识进步，就是与农业相辅相成的历法发展。殷人的纪日法着眼于对太阳年的分割，以祀、月、干支定点，月名与干支日号之间再不设专名周期，仅以"旬"指代其间任意一个十日周期。而周人更注重对月的分割，在月间设立了固定的纪日点，并用以命名相应周期。岐山凤雏村、扶风齐家村所出土文王时期甲骨，已有对月相盈亏的记录，并以月相纪日出现了"既吉""既魄""月望""既死"等月相用语，证明"在周文王时期就已用月象补充殷商的干支与旬的纪日法了"。一般认为，这是由于周人更重视农业生产，因而设立了更准确的时间概念，以适应当时农业的耕种与收割。

月相纪日法本质是一种原始的星期制，当时曾广泛流行于中亚地区。周人可能正是通过与羌人的交流，有选择地接纳了这种原始的星期制，以补充殷人干支纪日和旬制的不足。到了西周建制以后，为了塑造新的历法传统，建立新的天命话语，月相纪日法就成为王家史官文献和礼器铭文的专用话语。

检视姜戎与先周的文化遗存，并与文献相参照，我们可以约略还原出两个部族在交融之时的知识传播图景：以神农氏为祖先的姜戎氏族，坐拥得天独厚的关中沃土，活动范围远及西北。在跨民族的文化交流中，他们早早习得了先进的农耕技术并获取了珍贵的驯化麦种；在识别作物，制定历法方面有着丰富的知识经验。上古时期，农业的生产转换率远大于畜牧业，姜戎作为一个农业发达的部族，在经济上对周人有着极大的吸引力。从豳地跋涉入岐的周人，与姜人联姻并定居岐下，从而得以接受母家的高等农业，也与"窜于戎狄"这一农牧并作的原始时代正式诀别。周人相对发达的青铜文化可能为姜人对抗商王朝提供了助力，为饱受商王朝掠夺的羌方带来了胜利的转机。姬姜两族遂以同盟之力，成为西方诸国之长。正合《鲁颂·閟宫》所谓："实惟大王，居岐之阳，实始翦商。"[①]

姜姓部族以优越的农耕文化、联姻的血缘关系，成为周人在新据

---

① （清）阮元校刻：《十三经注疏（清嘉庆刊本）》，《毛诗正义》卷二十，1327 页，北京，中华书局，2009。

点的坚实盟友，然而在长期的共同生活中，姜人的工具器物、生活方式，都逐渐向周人靠拢，并最终融入了先周文化。《史记》将这一变化归因于古公亶父对当地民俗的有意维新。面对附近方国部族的归附，古公亶父"乃贬戎狄之俗"。至于是以此制衡方国间的权力关系，还是意在建构华夏正统，为翦商大业开辟道路，恐怕兼而有之。姜人带有戎族色彩的生活方式被视为异端，正如考古学家所发现的那样，姜戎文化在晚期已完全融入了姬周文化，不再保有作为原住民的本来面貌。这是在器物的变化上所留存的可视的证据；而那些不可见的生活方式，如可能以母系为主的社会组织形态，则完全湮没在了对"戎俗"的批判之中。

另外，姜戎以农耕为重的价值观又悄然渗透了周人的文化，使周人也以农耕传统为荣。这尽管有赖于当时农业生产的收益大于畜牧业，但至少与"稷"的传说一道成为这支外家文化存在过的证明，在先周的文化血脉中留下了难以磨灭的印记。徐中舒曾经提出，《绵》所咏史事时代切近，而《公刘》故事遥远，《生民》所述的后稷时代更无从考证，周人农业之所以在岐下时期迅速发展到领先一方的水平，很可能起因于在公刘时期与渭水流域的姜族产生了接触。后者作为一个农业发达的部族，很可能对周人的生产文化产生了深远影响。到了古公亶父迁岐联姻之时，周人正式接受了母家的高等农业，并放弃了转换效率更低的畜牧业，矢志事农。据此，徐中舒认为，姜嫄、后稷的始祖神话，有可能是周人从姜姓部族所继承的母系传说。① 这一说法具有极大的启发性，在其基础上，我们可以进一步缕析后稷神话来源与演化的轨迹。

三、姜嫄诞稷：起源神话中的族群交融

在周族史诗中，其先祖早在夏时已为后稷。但考古证据显示，姜人先进的农业知识之所以能为两族所共有，得益于姬姜两族的联盟；而姬姜同盟发生在古公亶父时期，远较后稷神话所述夏时为晚。因此

---

① 参见徐中舒：《先秦史论稿》，116 页，成都，巴蜀书社，1992。

后稷神话反映的也不应当是五帝时期的故事。这就解释了周人世系中，后稷到不窋之间"失其代数"的情况。后稷神话描写了姜族母亲的形象与后稷的农业知识，应当是对姬姜同盟的神话化追述，有着深远的政治文化内涵。因此，我们需要通过文本的比较分析，提炼后稷神话核心文本的特征，以此考察其与姬姜联盟的内在关联。

对后稷神话的记述，主要见于《诗·大雅·生民》，散见于其他子书。《生民》云：

> 厥初生民，时维姜嫄。生民如何？克禋克祀，以弗无子。履帝武敏歆，攸介攸止，载震载夙。载生载育，时维后稷。
>
> 诞弥厥月，先生如达。不坼不副，无菑无害。以赫厥灵。上帝不宁，不康禋祀，居然生子。
>
> 诞寘之隘巷，牛羊腓字之。诞寘之平林，会伐平林。诞寘之寒冰，鸟覆翼之。鸟乃去矣，后稷呱矣。
>
> 实覃实訏，厥声载路。诞实匍匐，克岐克嶷。以就口食。蓺之荏菽，荏菽旆旆。禾役穟穟，麻麦幪幪，瓜瓞唪唪。
>
> 诞后稷之穑，有相之道。茀厥丰草，种之黄茂。实方实苞，实种实褎。实发实秀，实坚实好。实颖实栗，即有邰家室。
>
> 诞降嘉种，维秬维秠，维糜维芑。恒之秬秠，是获是亩。恒之糜芑，是任是负。以归肇祀。[1]

《史记·周本纪》对后稷事迹的记载与之大抵相同：

> 周后稷，名弃。其母有邰氏女，曰姜原。姜原为帝喾元妃。姜原出野，见巨人迹，心忻然说，欲践之，践之而身动如孕者。居期而生子，以为不祥，弃之隘巷，马牛过者皆辟不践；徙置之林中，适会山林多人，迁之；而弃渠中冰上，飞鸟以其翼覆荐之。姜原以为神，遂收养长之。初欲弃之，因名曰弃。弃为儿时，屹如巨人之志。其游戏，好种树麻、菽，麻、菽美。及为成人，遂

---

① （清）阮元校刻：《十三经注疏（清嘉庆刊本）》，《毛诗正义》卷十七，1137～1144 页，北京，中华书局，2009。

好耕农，相地之宜，宜谷者稼穑焉，民皆法则之。帝尧闻之，举弃为农师，天下得其利，有功。帝舜曰："弃，黎民始饥，尔后稷播时百谷。"封弃于邰，号曰后稷，别姓姬氏。后稷之兴，在陶唐、虞、夏之际，皆有令德。①

《大雅·生民》作为祭祀神话诗，应当是后稷神话目前可见的最早文本。《周本纪》在此基础上又参考了《世本》，因此成文与《生民》记述存在一些差别，总结如下：

一为增加了姜嫄为帝喾元妃的设定，也因此为神话注明了大致时代。

二为"履帝武"变为了"践巨人迹"。也因此不见了"上帝"对感孕的对应。②

三为增加了姜嫄复收养后稷的设定。

四为增加了帝尧、帝舜对弃之功绩的反应，解释了后稷之号、姬姓以及封地的来源，再一次强调了神话发生的时代。

据此，可以反向推求《生民》作为后稷神话核心文本的几个特别之处：

一为没有明确记载时代。

二为没有对父系血缘的记述。

三为后稷从感孕到生产的过程中有上帝的参与。

四为后稷的成长过程中并无母亲形象的参与。

五为后稷的成功与居于有邰，并无因果关联。

以上五点引出的几个猜想是：后稷神话产生于周人移居岐下之后；姜嫄形象是对姬姜同盟中姜人作为外家力量的具象化表现；后稷神话的生成与姜人的起源神话有关，并体现了周人建构姬姜文化共同体的需要；后稷神话最终的写定方式，象征着姜人在同盟中地位的下降，周人作为方国共同体的轴心被凸显。以下我们对这几个猜想逐一进行

---

① （汉）司马迁撰，（南朝宋）裴骃集解，（唐）司马贞索隐，（唐）张守节正义：《史记》卷四，111～112 页，北京，中华书局，1982。

② 朱熹、俞樾谓《生民》之"帝"即为帝喾，应受《史记》影响。

论述。

首先是《生民》中未曾记述的时间，在《周本纪》中定为尧舜之时。司马贞"失其代数"的说法虽可解释时间上的矛盾，但以寥寥四字将有夏一代的历史一笔带过，不免令人存疑。有学者认为，从"生民"二字的使用来看，《大雅·绵》能给我们提供一条关于《生民》所述时间的真实线索。① 《绵》记述古公亶父迁岐的始创之功，起句谓："绵绵瓜瓞，民之初生。自土沮漆，古公亶父。"② 比较《生民》开篇的"厥初生民，时维姜嫄"③，可以看到，"生民"是对族群始源的表述。《绵》用瓜瓞起兴，将古公亶父视为绵延的周人世系始生之祖，很难想象"生民"还有另一个截然不同的源头。

然而，当我们将另一个源头视为母系祖先时，就能理解两首诗两位"生民"之祖并存的原因。前文曾经提及，姜戎的起源神话中，其祖先亦曾为稷，即名为"柱"的烈山氏稷。这位稷的具体事迹已不可考，但同样以"能植百谷百蔬"成为当时的稷。在神话与历史之间所存在的这两位稷，一位是姬周先祖，一位是姜戎先祖，而姬、姜两支恰恰同处关中，有着牢固的联姻结盟关系，如果用起源神话的相似性来解释这一巧合，反而显得过于轻率。《汉书·西羌传》中，记述羌人直至汉代仍为母系社会。作为羌人的一支，姜戎很可能在古公亶父时代还处于母系社会之中，这一点也已得到了各方研究者的认同。徐中舒认为，羌人的婚制晚至汉代仍未固定，姜人定居于渭上之时仍为母系氏族，直到周人迁岐以后，才促使姜族从母系转为父系。④ 王晖认为，鉴于两族的联姻关系，烈山氏后稷与周族后稷可能为甥舅关系，周人史诗中后稷居于有邰，反映的就是母系社会时从母而居的习俗。其中，先舅母系时代的稷成为周人追溯本族起源的原点，因而有意无意地拉长

---

① 参见江林昌：《由考古材料看〈诗经〉姜嫄神话的产生》，载《文史知识》，2009(11)。

② （清）阮元校刻：《十三经注疏（清嘉庆刊本）》，《毛诗正义》卷十六，1093 页，北京，中华书局，2009。

③ （清）阮元校刻：《十三经注疏（清嘉庆刊本）》，《毛诗正义》卷十七，1137 页，北京，中华书局，2009。

④ 参见徐中舒：《论殷周的外服制——关于中国奴隶制和封建制分期的问题》，见《徐中舒历史论文选辑》，1422～1423 页，北京，中华书局，1998。

了本族世系。稷官作为公共职务，舅甥相承，直到弃时代进入父系社会，后稷成为父子相承的职官。① 至于这一转变的节点，就应当是社会世系变革的节点，或为"夏之兴"，或为"夏之衰"，或为"自商以来"，与周人立国时代相近。王晖赞同弃生活于夏代晚期之说，并认为此前文献中所指的稷实为舅系的烈山氏稷，文献中的"柱"与"弃"分别实有其人，并为相隔数代的甥舅关系。

但是，这一推断存在的问题是：假如弃生活于夏代晚期，并由于姬姜联姻而成为稷，那么姬姜两族应在夏代晚期就已有联姻之实，烈山氏也应在此时步入父系社会。但就现有文献和考古材料来看，很难说姬姜两族早在夏时就存在通婚之谊。徐中舒认为，周人最早可能在公刘时期接触到渭水流域的姜族，并为其先进的生活方式所吸引。这也符合一些研究者认为姬姜累世通婚而有姜嫄诞稷传说的判断。然而，没有政治联姻意义的"累世通婚"，对周人生活与文化的影响应当十分有限。《绵》诗将周族"民之初生"的开创之功，郑重地授于古公亶父。所谓"爰及姜女，聿来胥宇"，注谓"胥，相宇居也"，重点仍在于联姻所指向的迁徙与定居。另外，从姜戎遗址来看，晚至殷墟三期才出现周人文化的影响，说明两族融合不早于古公亶父时期；从先周遗址来看，周人在生活方式上的改变和农业技术的进步也确实发生于入岐之后。此外，在文献记载中，周人早在此前就已有了从不窋到古公亶父的明确的父系氏谱，其姬姓也说明其部族自曾有过母系传承，可见早在此前，周人就已完成向父系氏族的蜕变。

回到《生民》的文本，我们看不到一个明确的父系祖先形象。诗中的"帝"与祭祀联系密切，与其说是指代帝喾，不如直接认同为上帝，与殷人卜辞中的"帝"意义相当。诗中唯一的母系先祖形象"姜嫄"，对祈祷而得的这个婴儿未能履行养育义务。与《周本纪》所讲述的那个被神异现象感动的，幡然悔悟的年轻母亲形象不同，《生民》中的姜嫄，在诞下儿子后就离开了他。此后弃的成长，完全有赖于天意的眷顾，与万灵的照拂。若从氏族社会变迁的角度来看，很有可能是对"从母而

---

① 参见王晖：《商周文化比较研究》，414～419 页，北京，人民出版社，2000。

居"变为"从父而居"这一变革的写照。如此一来，"姜嫄"似乎也不是一个实实在在的女性先祖，而是对母系外家氏族力量的具象化写照。另外，弃又确实居于姜戎舅家所居的有邰。整理其事可以看到："弃"这个周人先祖形象，有着姜姓的母系血统，其父系虽未明确，但显然受命于天帝；他继承了舅家的稷官，在农业方面卓有成就；他随母家居住在有邰，但他的抚养却与母系关联甚少；他的后裔就是姬姓的周人。

结合这几点指向的同一个结论是："弃"的出生背景应为母系氏族社会，但其成长过程却是在父系氏族中完成的。而这个父系氏族，正是一个与其母系共同居住在有邰之地的部族。如此，结论自然指向古公亶父时期的周族。以此看来，周弃取代烈山氏而成为稷官的神话，其原型应该是周人迁岐的史事。

笔者倾向认为，弃并非实有其人，也很难说就是姬周这一支父系部族的始祖。换言之，周人的父系传承渊源有自，《生民》并非不知弃的父系背景，而是出于对姬姜联姻的神圣性建构而着意隐去；后稷神话描写的很可能不是具体事实，而是艺术性地呈现了这支部族发展过程中的一个重要节点。交叉参考两族青铜器、农业技术水平的高下，可以推测，父系氏族的姬周因躲避戎狄而来到岐下，在这里遇到了农业水平高超却苦于商王朝侵掠的母系氏族姜戎。周人的社会组织形式和青铜器技术为姜戎提供了对抗商王朝的战力，而姜戎的种植技术为周人提供了生产力的进步。通过与母系氏族的联姻，周人得以"从母居"，留在岐地，但两族联姻的后裔却最终由父系氏族抚育成人。羌人母系氏族对权力系谱之变的天真放任，在《后汉书·西羌传》中有所体现："其俗氏族无定，或以父名母姓为种号。十二世后，相与婚姻。"[①]面对以周人为代表的另一种氏族形态的到来，他们可能应允交出抚养权力，用以巩固婚姻联盟。而以《世本》《周本纪》为代表的文本，将代表着整个母系氏族原型的姜嫄形象纳入帝喾为核心的父系世谱，是在父权社会既成秩序下，对上古神话的无意识重塑。

---

① （南朝宋）范晔撰，（唐）李贤等注：《后汉书》卷八十七，2869 页，北京，中华书局，1965。

综上所述，后稷神话应当产生于周人移居岐下之后。与姜人联姻的周人，借用了姜人关于稷的起源神话。《生民》中所描写的姜嫄形象，是在姬姜同盟下对盟友的致敬，对本族外家力量的具象化表现。其后的《世本》《周本纪》作成于父权社会的既成秩序之下，作者一方面必须以父系世谱为写作框架，一方面又缺乏对上古社会组织方式的证据或想象。因此，代表着整个母系氏族原型的姜嫄形象，也必将依附于某个具体的男性始祖形象，或为其妻，或为其母。因此，《周本纪》谓姜嫄为"帝喾元妃"①，实质就是将其编入父系世谱。

以后稷神话为核心的周族史诗，通过单一线性的历史叙事，整合起多源头、多线索的族群认同。这种手法并非周人独创，早在殷商时期，商王就曾将同盟氏族领袖编入商王世系，用以绾合方国联盟。民族的合流，往往伴随着历史叙事的整合。

对周人而言，其史诗的文化价值主要有二：

其一是将农业技术、博物历法知识建构为本族固有的传统，为周人农业在岐下的突破式发展赋予了来自上古的历史合理性，加强族人对农耕传统的认同。对于从后稷、不窋再到公刘、古公亶父的农耕传统，周人是深信不疑。到了成王之时，周人已将农耕视作本族特有的美德和习俗，在集体耕种的仪式中，成王本人亦曾"率时农夫，播厥百谷"（《周颂·噫嘻》）②。周人将始祖预设为虞夏农官之后，却又必须解释其先祖曾长期从事非农业活动的事实。于是在周人的历史叙事中，云其先祖"窜于戎狄"③。也就是说，不窋至公刘之间的周族并非不务农，而是在夏后氏暴政下被迫"失农"。通过这种解释，周人得以相信自己远在周边部族之前，就已掌握了农耕的奥秘与文明的火种，这使得他们在岐山得到的知识进步，变成了一种文化"复兴"而非蹒跚

---

① （汉）司马迁撰，（南朝宋）裴骃集解，（唐）司马贞索隐，（唐）张守节正义：《史记》卷四，111 页，北京，中华书局，1982。

② （清）阮元校刻：《十三经注疏（清嘉庆刊本）》，《毛诗正义》卷十九，1274 页，北京，中华书局，2009。

③ （汉）司马迁撰，（南朝宋）裴骃集解，（唐）司马贞索隐，（唐）张守节正义：《史记》卷四，135 页，北京，中华书局，1982。

起步。

其二是借助母系起源神话，塑造出一位值得颂赞的男性先祖形象，并抬升了姬姜联盟的神圣性。在后稷神话中，姜人以受命之女的形象，诞育了周人的先祖。其诞育方式虽为人类学家津津乐道的感生形式，但《生民》数次强调了"帝"的参与，暗示着周人父系血统的神圣性。可以说正是上帝之神性，借姜氏之肉身，化成"弃"这位天命之子。《生民》作为祭祀诗，褒美了后稷的种种功绩，并以此祈求上帝对周人的护佑。相比对姜嫄蜻蜓点水般的提及，可以看出周人在姬姜共同体中，已树立了更为核心的地位。古公亶父之子季历娶挚任氏之女太任，文王娶有莘氏之女太姒，这两位夫人均出自与商王朝关系密切的诸侯国，说明此时周人已产生一定的政治抱负，开始有意识地通过联姻扩大自身在西方诸国的政治影响力。《大雅·大明》歌颂太姒"大邦有子，俔天之妹"[1]，太姒的美德主要体现为出身高贵，代表着古老的夏王朝的神圣性。根据《逸周书·程寤》和清华简相关篇章的记载，甚至连周人夺取天下的唯一凭证——文王"大命"，也是由夫人"天妹"太姒的一场梦所决定的。母系血缘为松散的方国联盟带来了宗法亲缘的联系，血系天命的凭依，在当时有着高昂的政治价值。

对姜族而言，周族后稷神话继承了母系起源神话中烈山氏稷传说的要素，作为周族史诗的一部分，对于强化姬姜共同体的文化认同，加快同盟从母系到父系的权力结构转移，有着极其重要的作用。文献记载，在姬姜同盟稳固之后，附近的方国多来归附。《周本纪》谓："他旁国闻古公仁，亦多归之。于是古公乃贬戎狄之俗，而营筑城郭室屋，而邑别居之。"[2]此"戎狄之俗"，多半正是母系姜戎的种种习俗。周人有可能正是在此时将"从母居"改为"从父居"，并改变婚制和财产继承制度的。

作为渭水流域的原住部族，姜人对迁岐的周人报以接纳包容的态

---

① （清）阮元校刻：《十三经注疏（清嘉庆刊本）》，《毛诗正义》卷十六，1091 页，北京，中华书局，2009。

② （汉）司马迁撰，（南朝宋）裴骃集解，（唐）司马贞索隐，（唐）张守节正义：《史记》卷四，114 页，北京，中华书局，1982。

度。周族的青铜文化与姜人的农耕文化相互影响，两族以血缘为系，紧密地绾合在了一起。然而与姜人的生活方式与社会形态一同消逝的，还有姜人的起源神话与历史传说。随着周人势力的扩大以及武王克商的成功，融合了多民族文化要素的周族史诗最终得以被写定为仪式乐歌；而姜族的神话则在口头传述中逐渐湮没，那些未被写定的神话与传奇，在文献中只能见到吉光片羽的言说。

追踪西周史诗的农耕传统，让我们发现了姜人这一支潜藏在父权政治下的母系传统，就如同历史的地下暗河一样，无声无息地影响着地表径流。周王朝建立之后，姜人被封往申国，其族女子仍常与周王室通婚，申国历代国君也因此能维持周天子舅伯的身份，常常担任朝中要职。后来西周的覆灭，也肇因于周幽王废黜申后与太子宜臼，引发申国的复仇；申侯拥立外甥宜臼继位，从此开启"政由方伯"的历史。西周以岐下联姻而兴，又以舅国复仇而亡，也仅有在这些关键的历史节点，才能看到这条暗河偶尔显现的入口。母系虽在史诗中失语，却未在政治中沉默。

第三节 礼乐知识视野下的"风雅正变"

在西周这样一个以礼乐仪式笼括社会生活，以神道设教绾合各方意识形态的社会，有关仪式的知识必然会成为贵族教育的基础，而"诗"作为仪式知识的话语核心，在教育过程中被集结、编纂，最终凝结成文献，就是顺理成章的了。

《周礼·春官·大司乐》："以乐德教国子：中、和、祗、庸、孝、友；以乐语教国子：兴、道、讽、诵、言、语；以乐舞教国子：舞《云门》《大卷》《大咸》《大磬》《大夏》《大濩》《大武》。"[1]这里描述的是"诗"所承载的多种话语方式，以"乐语"的身份被纳入教学内容，由大司乐等

---

[1] （清）阮元校刻：《十三经注疏（清嘉庆刊本）》，《周礼正义》卷二十二，1700～1701页，北京，中华书局，2009。

执掌乐律知识的职官负责传授。又《礼记·王制》："乐正崇四术，立四教。顺先王《诗》《书》《礼》《乐》以造士。春秋教以《礼》《乐》，冬夏教以《诗》《书》。"①尽管同由"乐正"传习，但这里的《诗》被抽离礼乐系统，与同样作为话语知识的《书》同列，也反映出《诗》兼为仪式知识与话语知识的性质。《礼记·内则》描述了贵族子弟学习乐舞的顺序："十有三年，学乐诵《诗》，舞《勺》。成童，舞《象》，学射御。二十而冠，始学礼，可以衣裘帛，舞《大夏》"②，又《礼记·文王世子》："春夏学干戈，秋冬学羽籥，皆于东序。小乐正学干，大胥赞之；籥师学戈，籥师丞赞之。"③周代兴建的辟雍、灵台可能即是祭祀及教学所进行的场所。教学，可能正是《诗》中部分篇目第一次被编纂成集的目的。由于诗篇在西周时期仍处于创制和生产的过程中，因此最初用于贵族教育的诗集可能与今天所见的颇不相同。除了用于仪式，在形态上可能相对稳定的颂诗之外，用于助祭赞美或讽谏训诫的雅诗，可能会以更自由的方式被纂结，有更强的应用性和目的性，以教导国子在不同场合唱诵适宜的诗篇——换言之，即是教导他们一种"合宜的话语方式"。

这样一种以教学为目的的文献活动应当不晚于穆王时期。经典历史叙事将周初的制度仪式之变革，文化话语之创新概括为"制礼作乐"，并将其归功于周公。"制礼作乐"的表述或许过于强调一时一人之功，但商末周初发生的制度变革却是有迹可循的。本书谈及的"制礼作乐"，概括的是西周初期出于反思"殷鉴"和建构德治思想的需要，以周公为代表的领导阶层有意识地结合周人文化传统，花费数代时间对殷商的政治文化制度进行革新，并在昭、穆时期形成规模的整个历史过程。如过常宝所言："周公制礼作乐的主要方法是神道设教，也就是借助宗教仪式和神圣话语方式，推广新的政治文化理念。"④

---

① （清）阮元校刻：《十三经注疏（清嘉庆刊本）》，《礼记正义》卷十三，2905页，北京，中华书局，2009。

② （清）阮元校刻：《十三经注疏（清嘉庆刊本）》，《礼记正义》卷二十八，3186页，北京，中华书局，2009。

③ （清）阮元校刻：《十三经注疏（清嘉庆刊本）》，《礼记正义》卷二十，3041～3042页，北京，中华书局，2009。

④ 过常宝：《制礼作乐与西周文献的生成》，2页，北京，中国社会科学出版社，2015。

另外，诗歌的制作和纂集既然受制于王权，那么政治环境的变化就可能对这种文献活动造成种种干扰。相信"诗教"之典正性、模范性的汉儒，因而难以解释《小雅》诸篇中充满忧伤、怨忿之情的诗歌何以同样结集，于是使用了"变风变雅"这一概念，试图将所有诗篇的旨趣统摄于诗教理论。在传统的诗经研究视野中，"正风正雅"与西周早中期的礼乐建设、王政成就互为注脚，一些诗歌因能更好地表现礼乐精神，被归为西周早中期的作品；而与之相反，体现出更多讥刺、哀伤之意的作品，就被称为"变诗"，划入西周晚期。《毛诗序》最早从诗教规范出发，根据诗篇所表现的政治图景，将风、雅二部中偏重吟咏情性的部分作品定义为"变风变雅"：

> 故诗有六义焉：一曰风，二曰赋，三曰比，四曰兴，五曰雅，六曰颂。上以风化下，下以风刺上，主文而谲谏，言之者无罪，闻之者足以戒，故曰风。至于王道衰，礼义废，政教失，国异政，家殊俗，而变风变雅作矣。国史明乎得失之迹，伤人伦之废，哀刑政之苛，吟咏情性，以风其上，达于事变而怀其旧俗者也。故变风发乎情，止乎礼义。发乎情，民之性也；止乎礼义，先王之泽也。是以一国之事，系一人之本，谓之风；言天下之事，形四方之风，谓之雅。雅者，正也，言王政之所由废兴也。政有大小，故有小雅焉，有大雅焉。颂者，美盛德之形容，以其成功告于神明者也。是谓四始，《诗》之至也。①

毛序认为，一国之政谓风，天下之小政谓小雅，天下之大政谓大雅，美盛德而告神明者谓颂，其中"变风变雅"就是政治衰败的结果。这段论说虽以《诗》之六义起领，但主要文字却侧重于解释"变风变雅"的创作背景、创作主体与创作目的，并进一步解释"变风变雅"符合诗教规范的理由："发乎情，止乎礼义。"因此，与其说这段文字概括了《诗》之六义与诗教要旨，不如说它关心的是如何将一部分不符合西周

① （清）阮元校刻：《十三经注疏（清嘉庆刊本）》，《毛诗正义》卷一，565～569页，北京，中华书局，2009。

中期礼乐褒美传统的作品，纳入诗教理论的范畴中去。

在此基础上，郑玄进一步提出了"正变"这一组对立概念，于是"安以乐"的"正风正雅"就对应了治世、盛德、更早的时代与写作时间；"怨以怒"的"变风变雅"就对应了乱世、政衰、更晚的时代与写作时间。这种建立在诗教理论上的二分法，本质上是依据诗篇风格而定义写作背景，对于具体诗篇的研究有较大的干扰作用；在此基础上进行的《诗》学研究，又反过来成为"正变—美刺"这一理论体系的自我强化和自我实现。因此，明清以来也有不少学者提出"诗无正变"，反对仅凭风格而对号入座其创作时代。"风雅正变"被视为僵化保守的《诗》学陈迹①，近人研究《诗经》，亦少以"正变"之说为出发点。

然而，"正变"的提出，最初正是为了解释《诗》中怨刺诸篇的存在理由，并试图阐明西周晚期出现大量忿怨之辞的历史规律。"风雅正变"说的价值，就在于首先意识到并直面这两个问题，只是其取径方法为时代所局限。毛、郑所提出的"变风变雅"，其实质究竟是什么，又何以盛于西周晚期？与之相对的"正风正雅"在其生成和创制的时代承载着何种礼仪功能，体现出时人何种文化观念？这都是真实存在于《诗》学中的问题，也关系着《诗》的生成背景，以及"作诗""献诗"等话语实践的历史演变。

从"正变"观念的发生过程来看，毛、郑两家之所谓"正"，实质近于天学之"常"、史学之"时"，强调的是固有的规范，以此与后来的"变"相区别。不同于天学、史学将"常""时"隐伏于"异"和"不时"的表述之下，兴于周初制礼作乐又盛于昭穆之时的《诗》，其规范来自西周礼乐制度，其"正"不同于自然规律与通行习俗，是始终流传可视的。唯有在西周晚期以后"变诗"出现，并于两汉之时被《诗》家发现和定义②，"正诗"之"正"才从此成为一种尺度，作为"常辞""常礼"反衬着"权变"的特殊性。从这个角度来看，"常辞""常礼"，对应的是相较于

---

① 屈万里："正变之说，本来没有什么道理，只是《诗》学史上的陈迹而已。"见屈万里《诗经诠释·叙论》，15页，上海，上海辞书出版社，2016。

② 有学者认为，汉代《诗》学对"正变"的关注，与公羊家的"经权""常变"观念有关。参见陈桐生：《"风雅正变说"溯源——从朱自清〈诗言志辨〉说起》，载《学术研究》，2013(8)。

西周晚期乃至东周时期渊源更久的用诗传统和礼仪观念，所指的应当为西周早中期的采诗、献诗、用诗习惯。

从文化功能的视角来看，具体诗篇的产生过程，必然伴随着礼乐制度的发展，迎合着礼俗仪式的需要。据李山考证，最早的《诗》篇应当是作于武王攻陷朝歌之际的《周颂·时迈》，其作者应为周公，用于祭奠当地自然神灵的"类祃"之祭。① 紧接着创作的，就是用于祭祀武王的《酌》《武》《赉》《桓》，同样为周公所作。其中，《武》《赉》《桓》又分别是《大武》组诗的首章、三章和六章，用于叙述武王的战功，赞颂武王的美德。其后《维清》《烈文》《般》《噫嘻》《昊天有成命》等颂诗，依次作为成、康二朝，分别用于祭祀文王与成王。到了西周中期，尤其是穆王之世，雅、颂迎来了创作高峰，这是礼乐仪式得到完善，贵族广泛参与诗歌创作的成果。

通过这一时期的诗歌特质，可以总结出用诗、献诗之"正"的传统。《诗》的本质是使用于特定仪式的文献，其文辞配以乐、舞，才能组成一个完整的表演形态。先周以前，或许存在类似的表演形式，殷人"率民以事神"必然伴随着取悦神祇的祭祀乐舞。在中原文化圈外的楚文化系统中，我们也能看到原始仪轨中诗、乐、舞三位一体的存在。但是，西周的礼仪制度之所以区别于原始宗教仪式，有赖于制度、内容等多方面的革新，因而在体系性、规范性、教化性上，都达到了前所未有的高度。然而随着祭祀仪轨的演变，社会阶层的分化，知识载体的变迁，这三者又不可避免地受到影响，从而导致仪式话语的内容、主体和形式发生变化，最终表现为"变诗"。

从西周初期开始建构的"常礼"传统，首先表现为祭祀仪式体系性的强化。周人对祭祀对象、祭祀场合、祭祀种类进行分类与整理，固定为系统化的仪式制度。这项工作的价值在于将上古祭祀中对神灵世界的敬奉之意，转化为对世俗社会中人与人的情感联系。这其中最典型的例子就是对祖先神的情感转化。殷商时期的祖先神作为商人寄托了最多情感和信赖的神灵，享受着最高规格的祭祀。此外，殷人还将

---

① 李山：《诗经的文化精神》，146～147页，合肥，安徽教育出版社，2016。

"远古先祖、女性先祖，一些异姓部族的先祖等都和列祖列宗一起网罗祀典，尽量扩大祖先崇拜的范围"①，又以周祭、分组遍行祭祀。殷人祭祖求全求广，不使遗漏，这与当时方国联盟的制度体系有着密切关联；其祖先神职能遍及人事天象，具体而微，则反映出殷人祖先神崇拜的原始信仰色彩。而周人对祖先神的祭祀，从文、武而依次远追，不断补叙，体现出以直系男性先祖为线索，以核心家庭为轴心的父系宗法观念。② 从金文来看，周人祭祀祖先神，除了夸耀先祖功德外，其祈祷主要集中于福禄、寿考和庇佑等较为抽象的愿望。至于在殷商时期为自然神、祖先神所分担的气象、年成等职能，到了西周则为"天"所笼括。而周人所敬拜的"天"，又不同于商人之"帝"，"天"通过授周人以大命，为其祖先居所，与周人存在着情感关联。

通过职能的划分与神祇系统的梳理，周人将上古以来对神灵的信仰，置于对先祖之爱的延长线上。也因此，仪式乐舞从娱神、娱鬼，变为了娱祖、娱人，巫术色彩淡化，人伦色彩加强。在这一前提下，仪式的适用范围也得以扩大。《仪礼》记载了大量存在于日常生活之中的礼乐仪式，其内容涵盖了宴饮、射猎等多个方面，同样也对应着特定的用诗制度。从宗教仪式，到政治礼仪，再到生活礼俗，礼乐制度的内涵在西周一代被不断丰富，对神灵的畏怖淡化为日常的乐舞和言说。体系性的历时性演变最终体现为，歌诗传统的日常化的倾向到了西周晚期以后更为凸显，直至对个体性情的书写都可入诗。

"常礼"的规范性，主要体现在祭祀礼仪的差等化；而规范性的历时演变又体现为礼仪主体的扩大和礼仪内容的繁化。宗教祭祀礼仪的价值虽然指向神明所在的灵性世界，其形式却必须依赖于人世日用，也因此反过来维系着人世日用。周初制礼作乐的一大成果，即是将宗

---

① 晁福林：《天命与彝伦：先秦社会思想探研》，24 页，北京，北京师范大学出版社，2012。

② 耿超：《性别视角下的商周合祭》："自西周中期始，合祭对象发生了很大变化，以夫妇为单位的祖妣、考母合祭逐渐增多。被合祭者间关系的变化反映出主祭者性别观念的变迁，也表明西周时期，存在于大家族中的一夫一妻的小家庭已逐渐凸显出其独立性。"见常建华主编：《中国社会历史评论》第十三卷，245~257 页，天津，天津古籍出版社，2012。

教秩序推广为社会等级秩序，借助宗教礼仪的规范，构筑宗法制度的骨骼。《周礼》所描述的社会秩序有如阶梯般等级森然，从天子、诸侯到大夫，不同的礼仪用度诠释着不同阶层的尊卑、亲疏、远近。礼制规范所构筑出的人人各安其位，各司其职，井然有序的社会图景，成为儒家最高的政治理想。与仪式乐舞配合的诗篇制作，也表现出一定的等级差异。

这种等级差异最直观的体现，一为创作主体的地位之别，一为仪式程序的主次之分。位于等级序列顶端的，是像《大武》这样祭祀周先王的颂诗，它们大部分出自周公这样的周王室成员之手，诗篇结构较为复杂，乐舞仪式极其隆重。《礼记·乐记》记载了孔子与宾牟贾对《大武》音乐和舞容的讨论，从中可以看到《大武》乐舞总体是对武王伐纣过程的模拟①，带有一定的戏剧表演色彩。涂尔干认为，上古文明的宗教仪式通常是对历史神话的展演，有助于凝聚族群，以历史为现世之凭照，是许多古代文明戏剧艺术的起源。②《大武》正是"美盛德之形容，以其成功告于神明"的典型作品，同时具备戏剧张力、宗教神圣性与凝聚宗族之力。乐舞内容，与《仪礼》所记《乡饮酒礼》《乡射礼》《燕礼》三种乐舞形式有着本质上的不同。顾颉刚总结后者仪式所用乐歌分为"正歌""无算乐""乡乐"三种，其中"正歌"是典礼中最隆重的乐舞环节，用诗以小雅、风诗为主。从宗教色彩和神圣意味的角度来看，《大

---

① 宾牟贾侍坐于孔子，孔子与之言，及乐，曰："夫《武》之备戒之已久，何也？"对曰："病不得众也。""咏叹之，淫液之，何也？"对曰："恐不逮事也。""发扬蹈厉之已蚤，何也？"对曰："及时事也。""《武》坐致右宪左，何也？"对曰："非《武》坐也。""声淫及商，何也？"对曰："非《武》音也。"子曰："若非《武》音，则何音也？"对曰："有司失其传也。若非有司失其传，则武王之志荒矣。"子曰："唯！丘之闻诸苌弘，亦若吾子之言是也。"宾牟贾起，免席而请曰："夫《武》之备戒之已久，则既闻命矣，敢问迟之迟而又久，何也？"子曰："居！吾语汝。夫乐者，象成者也。总干而山立，武王之事也。发扬蹈厉，大公之志也。《武》乱皆坐，周、召之治也。且夫《武》，始而北出，再成而灭商。三成而南，四成而南国是疆，五成而分周公左，召公右，六成复缀，以崇天子。夹振之而驷伐，盛威于中国也。分夹而进，事蚤济也，久立于缀，以待诸侯之至也。"见（清）阮元校刻：《十三经注疏（清嘉庆刊本）》，《礼记正义》卷三十九，3342～3344 页，北京，中华书局，2009。

② 参见〔法〕爱弥尔·涂尔干：《宗教生活的基本形式》，渠东、汲喆译，上海，上海人民出版社，2006。

武》这类乐舞形式，与其说接近于《仪礼》用乐，不如说更接近于《楚辞·九歌》对神祇生活的展演。作为周王室祭拜先祖的仪式用乐，《周颂》更重于摹演历史，致敬先王功业，并通过反复的仪式强化族群认同，其诗乐仪式是祭祀的组成部分。

而到了西周中期的《大雅》诸篇和部分颂诗，既有《公刘》《生民》这类追述先祖功业的叙事歌诗，又将对先祖的祭祀活动本身纳入了写作内容。例如描写歌乐之声的"钟鼓喤喤，磬筦将将"（《周颂·执竞》）[1]、"喤喤厥声，肃雍和鸣，先祖是听"（《周颂·有瞽》）[2]；描写助祭者仪态的"殷士肤敏。裸将于京。厥作裸将，常服黼冔"（《大雅·文王》）[3]；描写献祭贡品的"取萧祭脂，取羝以軷，载燔载烈，以兴嗣岁。卬盛于豆，于豆于登"（《大雅·生民》）[4]。

从最初的以话语言辞为祭祀仪式，再到后来的以祭祀仪式为话语内容，西周中期的《颂》与《大雅》实际上构成了对祭祀之叙述的再叙述。诗乐从娱神的仪式性话语，演化为参祭群体的自我叙述，这一转折之所以能够发生，主要在于祭祀仪式程序日益繁化，参与阶层扩大：除了乐者和瞽史之外，旁观的贵族助祭者也参与了歌诗。一些贵族或有历史叙事的权责，但更多的贵族仅以对仪式本身的歌咏来助祭之兴。诗歌作为祭祀乐舞仪式的话语实践，言说主体和言说内容都发生了变化，其表现形式从此有别于周初戏剧式的颂诗形态。新诞生的言说主体通过参与祭祀仪式，习得了诗乐的编作；新的言说内容又为后来诗篇的抒情化的创作开辟鸿蒙。因此，这一转折对于后来的"变风变雅"有着极为关键的作用。

"常礼"的教化性，指的是西周制礼作乐以"神道设教"为主要手段，

---

① （清）阮元校刻：《十三经注疏（清嘉庆刊本）》，《毛诗正义》卷十九，1270 页，北京，中华书局，2009。

② （清）阮元校刻：《十三经注疏（清嘉庆刊本）》，《毛诗正义》卷十九，1282～1283 页，北京，中华书局，2009。

③ （清）阮元校刻：《十三经注疏（清嘉庆刊本）》，《毛诗正义》卷十六，1086 页，北京，中华书局，2009。

④ （清）阮元校刻：《十三经注疏（清嘉庆刊本）》，《毛诗正义》卷十七，1144～1145 页，北京，中华书局，2009。

以阐扬西周政治合法性为目的，构建全新的意识形态和政治秩序。上古礼仪知识原为巫史集团所垄断，而西周职官制度的不断完善和丰富，要求一个更为庞大的职事阶层的支撑。知识的垄断是为权力的最初起源，而享有权力的阶层又需要将知识内化以作为合法性的来源。《礼记·王制》记载了西周的学宫制度："天子命之教，然后为学。小学在公宫南之左，大学在郊。天子曰辟雍，诸侯曰頖宫。"[①]学宫以贵族子弟为教学对象，主要传授礼乐知识，建构"德治"的政治蓝图。"教化"作为一种知识的话语实践，体现为由上而下的单向度传播行为，并以诵记、传授为主要形式，这就要求有相应的知识载体。宗教知识最初以仪式为主要载体，并借助口头传述和身体演习作为传播途径。西周制礼作乐的活动，将对殷鉴的反思转化为对德治的追求，也为宗教仪式赋予了神圣崇拜之外的价值。德治价值被抽象出来，反过来被用以强化"礼"作为程式的内在意义。

　　仍以《大武》为例，乐舞仪式固有的情感体验，在长期的讲习和表演过程中，逐渐被附加了德治教化的意义："祀乎明堂而民知孝。朝觐然后诸侯知所以臣，耕藉然后诸侯知所以敬。"[②]（《礼记·乐记》）每一次内容的传播都伴随着意义的阐释，最终大大超越了口述和演习的承载能力。意义的不断铺演与仪式细节的不断繁化，是为制礼作乐时代最显著的知识爆炸。基于德治的需求，话语不断增殖，新的知识载体应运而生，那就是书面文献的编制和写定。根据《王制》记载，《诗》《书》《礼》《乐》是当时向贵族子弟教授礼乐的主要文献。它们最初应当是特定职官所掌管的职业文献，而被用于学宫教学。在礼仪知识中，诗乐舞三者原为一体。这部分知识被书面化，被收束到言语的系统之中，就意味着声音、视觉信息的丢失，一切意义和内容都向言辞和话语集中。西周文献活动的一大倾向，就是由于写作形式的书面化，繁复的仪节和思想都表现为文本文献。借由莱辛"时间艺术"的概念，西

---

① （清）阮元校刻：《十三经注疏（清嘉庆刊本）》，《礼记正义》卷十二，2885 页，北京，中华书局，2009。

② （清）阮元校刻：《十三经注疏（清嘉庆刊本）》，《礼记正义》卷四十八，3345 页，北京，中华书局，2009。

周的艺术活动、政治活动、思想活动，最终都呈现为线性的，连贯的，先行后续的形式。因此，仅凭《诗》《书》《礼》《乐》的载录，我们难以还原当时多层面，多中心的礼仪形态。同样的困惑应当也存在于当时的知识领受者之中。一旦缺失了学宫这样的实践演习环境，能脱离仪式语境而传播的，仅有《诗》这样的文本媒介。文本的线性逻辑既然独立于礼乐活动的实际，那么文本文献也终将脱离礼乐仪式而独立存在和传播。可以说，正是礼乐制度的教化性，促生了意义的发生，话语的增长，这两种变化最终的极端体现，就是《诗》从仪式语境中脱落，《诗》的写作走上了个体化，抒情化的道路；诗篇的诵唱，也必然从宗庙走向学宫，从学宫转向个人。

第七章 易占文献：
职事传统中的占卜知识

占卜作为上古礼仪文化的重要一环，不但是先人窥测自然意旨的窗口，更为咨议政治提供了形式上的依托。到了西周时期，通过制礼作乐及职官制度的建构，巫史分离，专门的占卜职事传统被确立和传承。据《周礼·春官》：

> 大卜掌三兆之法，一曰玉兆，二曰瓦兆，三曰原兆。其经兆之体，皆百有二十，其颂皆千有二百。掌三易之法，一曰连山，二曰归藏，三曰周易。其经卦皆八，其别皆六十有四。掌三梦之法，一曰致梦，二曰觭梦，三曰咸陟。其经运十，其别九十。以邦事作龟之八命，一曰征，二曰象，三曰与，四曰谋，五曰果，六曰至，七曰雨，八曰瘳。以八命者赞三兆、三易、三梦之占，以观国家之吉凶，以诏救政。凡国大贞，卜立君，卜大封，则视高作龟。大祭祀，则视高命龟。凡小事，莅卜。国大迁、大师，则贞龟。凡旅，陈龟。凡丧事，命龟。①

"三兆""三易""三梦"分别代表了三种不同的占卜方式，即龟卜、筮占和占梦。《春官》将这三种占法并举为"观国家之吉凶，以诏救政"的政治行为，其中又以龟卜地位最高，也需要更多职官的参与。但是，在《尚书》《诗经》以及《左传》《国语》的记载中，这三种占卜的运用范围并不一致：龟卜更多地用于征伐、立嗣、封国、婚丧等国之大事，占

---

① （清）阮元校刻：《十三经注疏（清嘉庆刊本）》，《周礼注疏》卷二十四，1732～1736页，北京，中华书局，2009。

梦多基于君王对个体命运的思虑，而筮占则通常作为龟卜、占梦的补充，有时亦独立成立。然而，"三兆之法"与"三梦之法"已消弭于传世文献之中，唯有《史记·龟策列传》中尚存"兆书"的零碎形态，而岳麓简《占梦书》则为占梦文献的遗存。与之相对应的，是"三易之法"的经典化。

在三种占卜术中，何以唯有筮法文献凝结为经典，这与两周时期占卜礼俗的改易、占卜观念的变化有关。本章拟探讨"占书"与易占文献生成的内在机制，以及从"占梦"到"解梦"的观念变迁与"梦书"的职事背景。

第一节　符号象征观念与《易》的生成

一、经典叙事中的西周占卜制度

在本书第一章论及甲骨卜辞时，我们曾提到，龟卜主要依赖于对兆纹的解读，与筮占依托特定数字不同，它是一种更依赖占卜者主观知识经验的"象占"。殷人的贞卜往往针对天气变化、战争胜败等结果明确的问题，这就隐伏了"占断失败"的可能性；而"正反对贞"的非此即彼，以及"占—验"的检测机制，又使得占卜的结果具有可证伪性，龟卜因此成为贞人集团与商王在话语权、阐释权上角力的砝码之一。

龟卜的行为仪轨或是一种纯粹的技术性知识，但是围绕着龟卜展开的"设命"和"阐释"却具有主观干涉的余地。如何设置命辞，如何表达验辞，如本书第一章所言，往往并非全然中立，而是带有特定价值取向和情感色彩的。

如果说占卜意在观测和判断，那么对卜兆的解读和讨论，则包括了对占卜之所以成立的解释，体现了先人对占卜方法及原理的认知。有关占卜方法论的知识观念，虽属于职事传统，在殷商时期却缺乏赖以写定为文献的制度基础，因此与同时期的其他知识门类一样，更多依赖口耳相授。在殷商时期的甲骨刻辞中，虽偶有刻写练习、干支表号等非卜辞文本的存在，却无见"占书"形式的文本①。只有"卜辞"因仪轨程式的需要，被刻载于龟甲兽骨，作为占卜行为的遗迹而留存。

西周时期，是否存在"占书"一类的文献，至今亦无明确的证据。《周礼·春官》谓"大卜"并掌卜、筮、梦三法，并未明言其法是为知识经验，还是技术文献。"大卜"以下，又有"卜师""龟人""菙氏""占人"四职，其中龟人保管龟甲材料，菙氏负责燋燎，占人以筮占龟。至于"卜师"，《春官》的描述是：

> 卜师掌开龟之四兆，一曰方兆，二曰功兆，三曰义兆，四曰弓兆。凡卜事，视高，扬火以作龟，致其墨。凡卜，辨龟之上下、左右、阴阳，以授命龟者而诏相之。②

"开龟之四兆"，何注云："开，谓出其占书也。"这似乎说明针对龟卜的"占书"不但存在，而且是由"卜师"专职保管的。这令我们想到《尚书·金滕》中的这一片段：

> "……今我即命于元龟，尔之许我，我其以璧与珪归俟尔命；尔不许我，我乃屏璧与珪。"乃卜三龟，一习吉。启籥见书，乃并是吉。公曰："体！王其罔害。予小子新命于三王，惟永终是图；兹攸俟，能念予一人。"公归，乃纳册于金滕之匮中。王翼日乃瘳。③

其时，武王有疾，周公为坛，告祝先王，分设"尔之许我""尔不许我"的正反对贞，并以三龟作占卜。此处关键在"启籥见书"一句，据正义："郑玄云：'籥，开藏之管也。开兆书藏之室以管，乃复见三龟占书，亦合于是吉。'王肃亦云：'籥，开藏占书管也。'"④此句所描述的，应当就是周公将龟卜兆纹与工具书进行对照的过程。如《正义》所示：

---

① 少量卜甲上刻有数占符号及卦名，此类文献性质将于下节述及。

② （清）阮元校刻：《十三经注疏（清嘉庆刊本）》，《周礼注疏》卷二十四，1736 页，北京，中华书局，2009。

③ （清）阮元校刻：《十三经注疏（清嘉庆刊本）》，《尚书正义》卷十三，416～417 页，北京，中华书局，2009。

④ （清）阮元校刻：《十三经注疏（清嘉庆刊本）》，《尚书正义》卷十三，417 页，北京，中华书局，2009。

"观兆已知其吉，犹尚未见占书。占书在于藏内，启藏以钥，见其占书，亦与兆体乃并是吉。"①周公观龟兆后业已得出"吉"的结论，复与所藏占书对照，确定了"吉"，即"王身其无患害也"。

比对清华简《武王有疾周公所自代武王之志（金縢）》篇中，则未见此句，其简文曰：

> "……尔之许我，我则晋璧与珪。尔不我许，我乃以璧与珪归。"周公乃纳其所为功自以代王之说于金縢之匮。乃命执事人曰："勿敢言。"②

简文中只有周公设命之辞，没有"卜三龟，一习吉，启籥见书，乃并是吉"的占验过程。在周公作出对贞命辞以后，紧接着就是"周公乃纳……于金縢之匮"这一句，既未记叙占卜的结论，也未验证武王病愈的结果，从文理上看较不通顺③，因而只能通过今文《金縢》的描述，推测"占书"在西周时期的存在形态和西周人的占卜观念。

《金縢》所示的第一条信息是：周公有视兆作占的能力，具备占断的知识，但同时，他仍需借助"占书"下达最终的判断，或者说，只有被"占书"印证的占卜结果才能被世人接受。据此看来，即使是周公这样"多材多艺，能事鬼神"的宗教、政治领袖，也没有脱离占书，自作阐释的权力。

第二条信息是，西周初年可能已存在用于对照兆象的占卜手册，但其使用和保藏均受限制。《春官》立卜师、龟人、菙氏、占人分掌龟卜四职，其中卜师专掌占书。在《金縢》中，周公"启籥见书"，其中"籥"相当于锁匙，也就是说占书是被密封起来的，需要在特定场合由特定人物持籥开启。这种密封式的收藏方式，只可能是为了分离"保

---

① （清）阮元校刻：《十三经注疏（清嘉庆刊本）》，《尚书正义》卷十三，417 页，北京，中华书局，2009。

② 清华大学出土文献研究与保护中心编：《清华大学藏战国竹简（贰）》，158 页，上海，中西书局，2010。

③ 有研究者认为这说明清华简《金縢》不在孔门所传《书》的序列之中。参见赵培：《〈书〉类文献的早期形态及〈书经〉成立之研究》，177～178 页，博士学位论文，北京大学，2017。

管"与"使用"的职责，即使是"卜师"，可能也不具备占书的使用权、阅读权。至于"籥"的保管者是其他职官，还是周公本人，文献中未能明言，只能推测至少周公作为掌权者和主祭者，拥有调取籥钥、阅读占书的权力。

这样一种保管方式，当然极大强调了占卜知识的神秘性与专有性，但同时也显示出占卜知识被权力垄断的状况：假如连占兆文献的保管者都没有接触占书的权力，那么占卜知识的传习主体又是谁呢？另外，对占兆进行分类总结，以"吉"或"不吉"的对立形态录入文献，这一行为的本质是削弱卜兆的可阐释性，使占卜简单化，去神秘化，易于卜者操作和他人验视。"占书"不见于殷商及先周出土材料，其思维方式反而与后世易占文献，乃至《史记·龟策列传》、岳麓简《占梦书》、清华简《筮法》的体例更为接近。此外，由于清华简未记录"启籥见书"的过程，我们目前仍难以判断占书作为专门的占卜手册，在西周时期的存在状况。

依靠今文《金縢》的记载，我们能谨慎得出的结论是：今文《尚书》所传文本，突出了占卜规范性、制度性的一面，这可能与孔门的学术思想有较大关联。可资对照的是今文《洪范》中体现的占卜观念。《洪范》所列举的天子占卜规范如下：

> 稽疑：择建立卜筮人，乃命卜筮。曰雨，曰霁，曰蒙，曰驿，曰克，曰贞，曰悔，凡七。卜五，占用二，衍忒。立时人作卜筮，三人占，则从二人之言。汝则有大疑，谋及乃心，谋及卿士，谋及庶人，谋及卜筮。汝则从，龟从，筮从，卿士从，庶民从，是之谓大同。身其康强，子孙其逢吉，汝则从，龟从，筮从，卿士逆，庶民逆，吉。卿士从，龟从，筮从，汝则逆，庶民逆，吉。庶民从，龟从，筮从，汝则逆，卿士逆，吉。汝则从，龟从，筮逆，卿士逆，庶民逆，作内吉，作外凶。龟筮共违于人，用静吉，用作凶。①

---

① （清）阮元校刻：《十三经注疏（清嘉庆刊本）》，《尚书正义》卷十二，404～405页，北京，中华书局，2009。

《洪范》虽然未必是西周初期思想图景的真实再现，但从中可以看到将占卜实际运用于政治决策的逻辑线索。在箕子的论述中，王、卿士、庶民构成"人意"的三个层级，龟、筮则代表占卜的两个侧面。整理本段文字述及的诸种情况如下表（表 7-1）：

表 7-1　《洪范》中的六子占卜规范

人意			占卜		结果
王	卿士	庶民	龟	筮	
从	从	从	从	从	吉（大同）
从	逆	逆	从	从	吉
逆	从	逆	从	从	吉
逆	逆	从	从	从	吉
从	逆	逆	从	逆	内吉外凶
从	从	从	逆	逆	静吉作凶

箕子的核心理念是，卜筮是在王、卿士、庶民分别作"谋"之后的"稽疑"。从表格可以看出，当三方意见不统一时，占卜具有决定性的作用，即龟筮皆从则吉，龟筮有逆则凶。这体现了一种将占卜制度化的倾向，即将龟筮结果视为政治讨论的唯一准绳——只要占卜结果示吉，无论相反意见是出于王、卿士或庶民，都不会改变这一结论的性质。龟筮之所以能用于"稽疑"，其内在机制根本来源于占卜行为在殷商时期的重要用途，即作为上古咨议政治中的"决疑"手段。换言之，当社会各阶层的政治见解不统一时，只要出示占卜结果，即可统合诸方势力。这其中的原理在本段原文篇首即有说明：令各方接受占卜结果的关键，在于确立起知识专有、严守规范的卜筮制度：第一，应当选立掌管卜筮的职官"卜筮人"；第二，应当在这群人之中传授卜筮的方法；第三，对所传授的占卜知识进行严格定义，例如明确"雨""霁""蒙"等几种兆象和运用范围；第四，在实际操作中，严守"三人占则从二人"的多数决断。以上四点被确立以后，卜筮知识就成为一种制度化的专业技术，足以成为政治决策的依傍。

"卜筮人"作为独立于王、卿士、庶民三方的职官，其经验知识为世人信赖和依傍，其中立的专业身份同时得到各阶层的认可，也因此获得独立于王权和民意，下达最终占断的权力。这也揭示了占卜诞生于咨议政治的制度背景：所谓"稽疑"，并不是为了解决王的个人思虑，而是为了统合诸多部族、士庶的决策制度。《洪范》对占卜制度之重要性的强调，还在于君王、卿士、庶民三者俱"从"的情况下，不同卜筮结果导出的结论：若龟筮皆从，则为"大同"的吉兆；而若龟筮皆逆，则是"用静吉，用作凶"的不祥之兆。因此，尽管占卜是一种统合"人意"，平息争议的手段，但为了确保制度的有效性，"人意"最终仍应当服膺于占卜的结果。

西周时期，官僚制度逐渐完备，周王对诸方国的控制力增强，占卜与其说是一种具有约束力的决策制度，不如说是为了使各方意见在心态上达成共识而举行的仪式。《洪范》所托的箕子言论，重在阐明占卜知识专有化后，作为决策制度所具有的约束力，由此来看，这一条与《洪范》中的其他几项建议一样，很可能只是一种德政话语，其意义非在于制度和规范的创设，而在于阐明一种源于知识经验的政治理想。可资参照的是《左传》《国语》中对一些占筮活动的描述，其中大量占例仅在于公侯及筮者之间，且占筮命题范围多不是王、卿士、庶民所能共同参与的议题，其中大量占例只是针对个人或家族的命运，如《左传·昭公五年》庄叔筮占穆子之生，《左传·庄公二十二年》陈侯使周史筮占其子敬仲的命运，《左传·闵公元年》筮毕万仕晋之前途等。这类占例，自然不属于《洪范》所针对的政治性"稽疑"占卜，它们体现了占卜行为在春秋时期的阶层下移和内容泛化。此外，从这些记载中，还能看出东周时人更相信龟筮"决疑"的作用是对人之意志的补充，而非出于对占卜制度的纯然信任。如《左传·哀公十八年》谓："《夏书》曰：'官占，唯能蔽志，昆命于元龟。'其是之谓乎！《志》曰：'圣人不烦卜筮。'"[1]《国语·吴语》："天占既兆，人事又见，我蔑卜筮矣。"[2]也就是

---

① （清）阮元校刻：《十三经注疏（清嘉庆刊本）》，《春秋左传正义》卷六十，4735 页，北京，中华书局，2009。

② 徐元诰撰，王树民、沈长云点校：《国语集解》，555 页，北京，中华书局，2002。

说，"人意"优先于卜筮，当人的心意已经明确，那么占卜就是多此一举。相比之下，《洪范》"龟筮共违于人，用静吉，用作凶"的表述，强调人意统一时，仍必须尊重占卜作为一种制度的崇高性。

《荀子》有谓："卜筮然后决大事，非以为得求也，以文之也。故君子以为文，而百姓以为神。以为文则吉，以为神则凶也。"①其言基本否定了占卜的神秘性，认为占卜的意义只在于"文饰"政治决策的形成过程。这一见解较之《洪范》，更偏向于执政者立场，但同样看重占卜作为决策制度的价值。

儒家对占卜制度性层面的关注，实质是为了弥合其礼乐观念与周初历史事实之间的罅隙。在殷周的占卜观念中，占卜依托于"帝"或"天"的神圣意志，高于世俗王权宗法，甚至是王权合法性的来源及检验标准。周初的重大政治活动均与占卜有关，除了《金縢》中的周公为武王问疾的事例之外，还有周公在东征前的占卜：

> "予不敢闭于天降威用，宁王遗我大宝龟，绍天明即命……朕卜并吉。肆予告我友邦君越尹氏、庶士、御事，曰：'予得吉卜，予惟以尔庶邦，于伐殷逋播臣。'"（《尚书·大诰》）②

周公为都城选址的占卜：

> 周公拜手稽首曰："朕复子明辟。王如弗敢及天基命定命，予乃胤保，大相东土，其基作民明辟。予惟乙卯，朝至于洛师。我卜河朔黎水，我乃卜涧水东，瀍水西，惟洛食；我又卜瀍水东，亦惟洛食。伻来以图，及献卜。"（《尚书·洛诰》）③

以及《诗经》将占卜活动视作先王的政治成就而加以褒美赞颂：

---

① （清）王先谦撰，沈啸寰、王星贤点校：《荀子集解》卷十，316 页，北京，中华书局，1988。

② （清）阮元校刻：《十三经注疏（清嘉庆刊本）》，《尚书正义》卷十三，420～421 页，北京，中华书局，2009。

③ （清）阮元校刻：《十三经注疏（清嘉庆刊本）》，《尚书正义》卷十五，454～455 页，北京，中华书局，2009。

[1]爰始爰谋，爰契我龟；曰止曰时，筑室于兹。（《诗经·大雅·绵》）①

[2]考卜维王，宅是镐京，维龟正之，武王成之。（《诗经·大雅·文王有声》）②

然而孔子却以"不语怪力乱神""敬鬼神而远之"的鬼神观念为世人所熟知，他对占卜知识的态度也一脉相承：

[1]子曰："南人有言曰：'人而无恒，不可以作巫医。'善夫！""不恒其德，或承之羞。"子曰："不占而已矣。"（《论语·子路》）③

[2]是故君子所居而安者，《易》之序也；所乐而玩者，爻之辞也。是故君子居则观其象而玩其辞，动则观其变而玩其占，是以自天祐之，吉无不利。（《周易·系辞上》）④

[3]子曰："《易》，我后其祝卜矣，我观其德义耳也。"（马王堆帛书《要》）⑤

相对于占卜技巧，孔子更看重占卜（尤其是筮占）中蕴含的义理。《史记》谓孔子"晚而喜《易》"，说明易学思想或原始占卜知识并非儒家核心的知识来源，《易经》的作成和经典化过程，其实质是儒家礼乐思想对原始占卜知识进行改造，使其成为"政典"的过程。"孔子作易传""孔子传易教"的表述，指的是儒家将占卜知识纳入经典阐释系统，弃其技艺，传其义理。

在精研义理之外，出于整合历史叙事的要求，儒家还需要对周初一系列占卜史事加以解释。《易·观·系辞》："圣人以神道设教，而天

---

① （清）阮元校刻：《十三经注疏（清嘉庆刊本）》，《毛诗正义》卷十六，1079 页，北京，中华书局，2009。

② （清）阮元校刻：《十三经注疏（清嘉庆刊本）》，《毛诗正义》卷十六，1134 页，北京，中华书局，2009。

③ （清）阮元校刻：《十三经注疏（清嘉庆刊本）》，《论语注疏》卷十三，5449 页，北京，中华书局，2009。

④ （清）阮元校刻：《十三经注疏（清嘉庆刊本）》，《周易正义》卷七，159 页，北京，中华书局，2009。

⑤ 裘锡圭主编：《长沙马王堆汉墓简帛集成（叁）》，118 页，北京，中华书局，2014。

下服矣。"①"神道设教"一语，将周初的一系列占卜活动解释成以"神道"为手段，以"天下服"为结果的教化行为。

儒家话语体系中的"天下服"，向来既包括对王权体系的服膺，也包括对特定意识形态的尊奉。因此若以"天下服"为教化的结果，那么这种教化就必然兼有观念和制度的双重属性。儒家对《易》的义理阐释，对占卜制度作为"文饰"的认知，都从中生发而来。总而言之，是否承认占卜的神秘性，这应当是儒家易占观与上古占卜观念的分水岭；传世易占文献中的义理阐释、儒家经典中推重制度价值的占卜叙事，俱带有儒家意识形态之烙印。今天我们接触到的以《周易》为中心的儒门易占文献，与西周时期的原始占书相比，业已经过大量整理、规范及阐释。从现有文献来看，原始占书的体例决定了易占文献的话语形式，而西周时期占卜知识的分化，占卜观念的转变，又潜藏着占书从纯粹的技术手册向阐释性的易占文献演化的契机。

二、《龟策列传》的文本层次与占书的体例

与上古占书相比，传世易占文献最显著的特征，在于占卜手段的单一化。换言之，唯有"三易"之法进入了儒家经典化的传释体系，而同列于西周三大占卜方式的龟卜、占梦文献则仅列于技艺分类。《汉书·艺文志》将占书分为"蓍龟""杂占"两大类，其中也包括了部分易占文献：

> 《龟书》五十二卷。《夏龟》二十六卷。《南龟书》二十八卷。《巨龟》三十六卷。《杂龟》十六卷。《蓍书》二十八卷。《周易》三十八卷。《周易明堂》二十六卷。《周易随曲射匿》五十卷。《大筮衍易》二十八卷。《大次杂易》三十卷。《鼠序卜黄》二十五卷。《於陵钦易吉凶》二十三卷。《任良易旗》七十一卷。《易卦八具》。
>
> 右蓍龟十五家，四百一卷。

---

① （清）阮元校刻：《十三经注疏（清嘉庆刊本）》，《周易正义》卷三，73 页，北京，中华书局，2009。

著龟者，圣人之所用也。《书》曰："女则有大疑，谋及卜筮。"《易》曰："定天下之吉凶，成天下之亹亹者，莫善于著龟。""是故君子将有为也，将有行也，问焉而以言，其受命也如向，无有远近幽深，遂知来物。非天下之至精，其孰能与于此！"及至衰世，解于齐戒，而娄烦卜筮，神明不应。故筮渎不告，《易》以为忌；龟厌不告，《诗》以为刺。①

又：

《黄帝长柳占梦》十一卷。《甘德长柳占梦》二十卷。《武禁相衣器》十四卷。《嚏耳鸣杂占》十六卷。《祯祥变怪》二十一卷。《人鬼精物六畜变怪》二十一卷。《变怪诰咎》十三卷。《执不祥劾鬼物》八卷。《请官除訞祥》十九卷。《禳祀天文》十八卷。《请祷致福》十九卷。《请雨止雨》二十六卷。《泰壹杂子候岁》二十二卷。《子赣杂子候岁》二十六卷。《五法积贮宝臧》二十三卷。《神农教田相土耕种》十四卷。《昭明子钓种生鱼鳖》八卷。《种树臧果相蚕》十三卷。

右杂占十八家，三百一十三卷。

杂占者，纪百事之象，候善恶之征。《易》曰："占事知来。"众占非一，而梦为大，故周有其官。而《诗》载熊罴虺蛇众鱼旐旟之梦，著明大人之占，以考吉凶，盖参卜筮。《春秋》之说訞也，曰："人之所忌，其气炎以取之，訞由人兴也。人失常则訞兴，人无衅焉，訞不自作。"故曰："德胜不祥，义厌不惠。"桑谷共生，大戊以兴；雊雉登鼎，武丁为宗。然惑者不稽诸躬，而忌訞之见，是以《诗》刺"召彼故老，讯之占梦"，伤其舍本而忧末，不能胜凶咎也。②

《艺文志》所展示的，自是"仲尼没而微言绝，七十子丧而大义乖"

---

① （汉）班固撰，（唐）颜师古注：《汉书》卷三十，1770～1771 页，北京，中华书局，1962。

② （汉）班固撰，（唐）颜师古注：《汉书》卷三十，1772～1773 页，北京，中华书局，1962。

叙事下的知识图景，其中班固对"蓍龟""杂占"的评价也延续了儒家的卜筮观念：占卜的灵验与否，取决于占卜者自身的意志和德行，更具体地说，取决于是否在祭祀中抱有精诚之心。而在"衰世"之时，"人失常"而灾异现，反求诸占卜，是"舍本而忧末"。也就是说，占卜只有在礼乐昌明、秩序安定的时代才有价值，周政衰微之后，卜筮就失去了神圣性。《汉志》试图用人本思想解释卜筮成为边缘之学，以及将占书序后的原因，但限于"圣人"叙事，难免带有退化史观的色彩。卜筮盛于殷周而衰于战国西汉，在制度层面上归因于咨议政治在帝国体系下退出历史舞台，占卜"决疑"的功能不再具有优越性；在观念层面上则与人文主义思想觉醒有关。班固意图弥合儒家实用主义的卜筮观与《诗》《书》所传周初占卜史事的分裂，认为礼乐秩序应当是卜筮灵验的前提，这与司马迁在《龟策列传》中引《洪范》"稽疑"为证，提出的"轻卜筮，无神明者，悖；背人道，信祯祥者，鬼神不得其正"观点异曲同工。但同时，司马迁也如实描述了"蛮夷氐羌虽无君臣之序，亦有决疑之卜"的观察，并以"择贤而占"的表述，将制度之别转化为更普遍的道德问题。

总而言之，《汉志》出于建构学术图景的需要，将诅祝、祈禳类文献一并列入"杂占"类，并将占梦与龟蓍相区别，反而模糊了占兆类文献的知识背景与体例特征。

至于《史记·龟策列传》，至褚少孙时已亡佚，据褚氏跋文："臣往来长安中，求《龟策列传》不能得。故之大卜官，问掌故文学长老习事者，写取龟策卜事，编于下方。"[1]《列传》多为人物传记之缀连，而《龟策列传》全篇除宋元王得龟故事之外，更无其他故事，其后半部分体例更为特殊，似从图式转写而来。月名之下，依次列举卜禁、卜法，以及不同命题分别对应的祝辞，兆纹样式，以及兆象的名称。这一特殊体例，很可能正是褚少孙向大卜官、文学长老求取而得的占书体例。而从文本逻辑及内容来看，又可能是由三篇不同性质或来源的文献缀

---

① （汉）司马迁撰，（南朝宋）裴骃集解，（唐）司马贞索隐，（唐）张守节正义：《史记》卷一百二十八，3226 页，北京，中华书局，1982。

合而成。其中第一篇可能来源于祝官，从祝者的角度描述占兆，可据例文总结出两种格式：

> [1]卜占病者祝曰："今某病困。死，首上开，内外交骇，身节折；不死，首仰足肣。"

> [2]卜病者祟曰："今病有祟无呈，无祟有呈。兆有中祟有内，外祟有外。"①

概括其格式为：

1. 卜某事者祝曰："叙某事。正贞，某兆象；反贞，某兆象。"

这一类占兆祝辞，其后又简省为：

> [1]卜系者出不出。不出，横吉安；若出，足开首仰有外。

> [2]卜求财物，其所当得。得，首仰足开，内外相应；即不得，呈兆首仰足肣。②

概括其格式为：

2. 卜某事。正贞，某兆象；反贞，某兆象。

1、2 两种表述仅有简繁之别。其话语逻辑来自殷商龟卜时的"设命"环节。即通过"祝""祟"等仪式话语，为兆象赋值。考虑到前文还记叙了被龟时的祝语、灼钻龟甲时的祝语，可以判断这段文字总体属于祝告类文辞，只是在内容上涉及占兆。此外，前文对卜禁、被龟、灼龟时的仪式过程、面向方位都有详细记述，可以进一步推测这段文字当以占卜相关的礼类文献为蓝本。

其后两篇的编制逻辑，则是以兆象为中心的。第二篇以"命曰某兆象"为标志，第三篇以"此某兆象，以卜……"为标志。其基本格式都是

---

① （汉）司马迁撰，（南朝宋）裴骃集解，（唐）司马贞索隐，（唐）张守节正义：《史记》卷一百二十八，3241 页，北京，中华书局，1982。

② （汉）司马迁撰，（南朝宋）裴骃集解，（唐）司马贞索隐，（唐）张守节正义：《史记》卷一百二十八，3241 页，北京，中华书局，1982。

先叙兆象之名，然后列举其在不同占问事项中的寓意。第二篇中出现的兆象，部分重复出现于第三篇，且解释相近，因此可以判断这两篇兆辞原本相互独立，是由编者缀合而成的。由此，可将二者分别称为"兆辞前篇"与"兆辞后篇"，将来自祝官文献的第一篇称为"祝辞篇"。但是，"呈兆"兆象只出现于兆辞前篇和祝辞篇，"挺诈""狐彻"二兆又只出现于兆辞后篇，这说明兆辞前篇和祝辞篇来源于同一占兆知识体系，兆辞后篇的独特兆名，可能来自不同地域的占兆习俗。

以"首仰足胁"一兆为参照系，比较祝辞篇、兆辞前篇、兆辞后篇的内容异同，作简表如下(表 7-2)①：

表 7-2　祝辞篇、兆辞前篇、兆辞后篇的内容异同

祝辞篇		兆辞前篇	兆辞后篇
卜占病者	不死，首仰足胁	以占病，不死	
卜系者出不出	(不出，横吉安；若出，足开首仰有外)	系者久，毋伤也	以系有罪
卜求财物	即不得，呈兆首仰足胁	求财物、买臣妾马牛不得	以卜有求不得
卜有卖若买臣妾马牛	不得，首仰足胁		
卜击盗聚若干人，在某所，今某将卒若干人，往击之	不胜，足胁首仰，身首内下外高	击盗不行	
卜求当行不行	不行，足胁首仰	行者不行	行不行
卜往击盗，当见不见	见，首仰足胁有外		
卜往候盗，见不见	见，首仰足胁，胁胜有外		
卜闻盗来不来	来，外高内下，足胁首仰	闻盗来	
卜迁徙去官不去	(去，足开有胁外首仰；不去，自去，即足胁)	徙官闻言不徙	
卜居官尚吉不	(吉，呈兆身正，若横吉安；不吉，身节折，首仰足开)		

---

① (汉)司马迁撰，(南朝宋)裴骃集解，(唐)司马贞索隐，(唐)张守节正义：《史记》卷一百二十八，3241～3242 页，北京，中华书局，1982。

续表

祝辞篇		兆辞前篇	兆辞后篇
卜居室家吉不吉	（吉，呈兆身正，若横吉安；不吉，身节折，首仰足开）	居家室不吉	
卜岁中禾稼孰不孰	不孰，足胗首仰有外	岁稼不孰	
卜岁中民疫不疫	疫，首仰足胗，身节有彊外	民疾疫少	
卜岁中有兵无兵	（无兵，呈兆若横吉安；有兵，首仰足开，身作外彊情）	岁中毋兵	
卜见贵人吉不吉	（吉，足开首仰，身正，内自桥；不吉，首仰，身节折，足胗有外，若无渔）	见贵人得见	见人不见
卜请谒于人得不得	不得，首仰足胗有外	请谒、追亡人、渔猎不得	
卜追亡人当得不得	得，首仰足胗，内外相应		
卜渔猎得不得	不得，足胗首仰		
卜行遇盗不遇	（遇，首仰足开，身节折，外高内下）	行遇盗	
卜天雨不雨	（不雨，首仰足开，若横吉安）	雨不雨	
卜天雨霁不霁	（不霁，横吉）	霁不霁	
		来者来吉	人言语恐之毋伤

从表中可以看出，祝辞篇以卜问事项为中心，其下未能囊括所有可能的兆象。如第二条"卜系者出不出"，占问被羁押的人是否被释放，只有"不出"与"出"的二难选项，卜兆也只有"横吉安"（指兆纹平直）、"足开首仰"（兆足外放）两种，缺少"首仰足胗"（兆足内敛）的选项。而兆辞前篇却是以兆象为编制逻辑的，因此为"首仰足胗"单列了一种解释，即"虽然不被释放，但对性命没有妨害"的中间项。

以兆象为中心进行编次，这一体例便于兆象出现后比照检索，更可能是占书的原始形态。而以卜问事项为中心进行编次，则能便易地设命、作祝。今本《金縢》中，周公自作祝告，并设正反对贞，其后验视兆纹而自得判断，说明设命作祝者拥有作出初步占断的知识。这一知识可能就如《龟策列传》中的祝辞篇一样，作为占卜祝辞的一部分，被设命作祝者记诵和掌握。但限于祝辞只对正反两方面事项设命，因此更精密的占断，仍需依据兆纹在占书中检索比对，方能作出。

另外，以兆象为编辑逻辑的缺陷，正如表格所示，可能对卜问事项的覆盖不够周全。为此，占书设有"大论"，即总体判断方法：

> 外者人也，内者自我也；外者女也，内者男也。首俯者忧。大者身也，小者枝也。
>
> 大法，病者，足胻者生，足开者死。行者，足开至，足胻者不至。行者，足胻不行，足开行。有求，足开得，足胻者不得。系者，足胻不出，开出。其卜病也，足开而死者，内高而外下也。①

这段"大论"类似于占卜总诀，其中第二段把所有占兆简单地分为"足开者"与"足胻者"两类，并分别给出对应的结论。第一段文字则是对兆象作出的价值阐释，用"人/我""女/男"为"外/内"作类比，用以解释兆纹内侧作为"首"的重要性："首俯者忧。"

由此可见，类比的产生，其实是为了便于概括兆象的判断要旨。但是这些类比之所以成立，正在于其中对社会秩序、价值观念的映射。将"内"比喻为"我""男"，固在于强调兆纹内侧的重要性，但在占卜活动神秘性的加持下，又何尝不是反过来为"我""男"之秩序优越性的体认？类似的隐喻，应当也广泛存在于其他占兆类文献之中，并为易占文献的进一步阐释提供了理论空间。

经由分析《龟策列传》的文本层次，可得出"占书"一类文献的编写体例，即以兆象为序，其下系以吉凶判断。而稍微复杂一些的占书中，会依据卜问事项的不同，分别给出有针对性的结论。同时，祝官等占卜仪式的参与者，为了发布祝告、设命作占，也会习得初步的占卜知识。设命作占的言辞，近于《周礼》所述"龟之八命"：

---

① （汉）司马迁撰，（南朝宋）裴骃集解，（唐）司马贞索隐，（唐）张守节正义：《史记》卷一百二十八，3250～3251 页，北京，中华书局，1982。

以邦事作龟之八命，一曰征，二曰象，三曰与，四曰谋，五曰果，六曰至，七曰雨，八曰廖。以八命者赞三兆、三易、三梦之占，以观国家之吉凶，以诏救政。①

"征""谋""果""至""雨""廖"等事项，与前表总结的惯常卜问事项极为相似。"八命"共通于兆、易、梦三种占法，可见其"命"所指代的，即当依据不同事类划分而成的占卜祝辞与命辞。而"三兆之法""三易之法""三梦之法"更接近于占书一类的文献，它们以兆象为序，依次编制，具有工具书的性质，在西周时期可能由特定职官密封保管，不能随意调阅。

三、思维的"由象而数"与阐释的"因数为象"

两周时期，"筮短龟长"在占卜观念中一直占据主流，龟卜在占卜重大政治事件中始终具有更高层级的地位。然而与之成映衬的，却是与易占相关的数占知识、象占思维、阐释话语在两周之时的迅速积累，及至战末汉初，易占文献最终从"占书"中破茧而生，取代龟卜文献，成为儒门的思想资源和经典。

关于"筮短龟长"的一般观念，需要澄清的是，它虽在两周之时确实成立，但从具体的传世文献来看，当君主卜筮得出不同结果后，仍需要通晓卜筮的职官建言取择：

初，晋献公欲以骊姬为夫人，卜之不吉，筮之吉，公曰：'从筮。'卜人曰：'筮短龟长，不如从长'。"（《左传·僖公四年》）②

可见"筮短龟长"并非社会上下的统一共识，君主出于直觉仍会选择性接纳卜筮结果，因此才出现了专业卜人对其进行规劝。君主自身并不了解卜与筮的优先级，这就与殷商时期重龟轻筮的普遍情形存在

① （清）阮元校刻：《十三经注疏（清嘉庆刊本）》，《周礼注疏》卷二十四，1734～1735页，北京，中华书局，2009。

② （清）阮元校刻：《十三经注疏（清嘉庆刊本）》，《春秋左传正义》卷十二，3892页，北京，中华书局，2009。

差异。殷商时期官方的正式占卜，以龟卜为绝对主流。而龟卜所需的程式仪轨、制度支撑，也远远超过筮占：甲骨材料相当一部分依赖于方国朝贡，此外从入贡、运输、整治、入库，到占卜、刻字、埋藏，都需要大量人力和物力的支持；而甲骨占卜方式更是烦琐，刻凿、设命、燋燎、视兆、作占、记验等等环节，对占卜者的技术和经验都有着较高要求。因此，以龟卜为代表的甲骨占卜方式有赖于王权和制度的保障，一直以来对应着更高的神圣层级。龟卜在殷商时期就是最具权威的巫术占卜方式，而这一习俗也为当时的周人所接受，陕西出土的周原甲骨就证明了这一点。周人通过祭祀和占卜，获得了伐商之命；此后又借助龟卜证明天命，在周公东征、卜宅洛邑、武王病重等每一场重大政治事件中，都始终有龟卜的参与。东周以后，对龟卜的直接记载更为丰富，《左传》中共载 55 例，既涵括"祀"与"戎"等国之大事，也广泛运用于婚丧嫁娶等礼俗活动。

另外，筮占在殷商虽未大规模盛行，但在民间也已出现雏形。筮占的本质是为数占，根据占卜所利用的工具不同，又分为小石子数占与筮占。① 用于数占的彩色小石子只发现于殷墟平民墓葬，当为民间流行的占卜法。而筮占依赖于蓍草、策等条索状材料。于省吾在《伏羲氏与八卦的关系》一文中，提出"八卦"源于"八索"，类似于金川彝族扣牛毛绳，掷地以占吉凶的习俗，是一种具有原始游牧氏族特色的习俗。② 惜蓍草、绳索材料易朽，而今难以确证。然而殷商时期的出土材料中，仍存有明显的数占遗迹。卜辞中有"占筮九卦"的表述，分别见于《合集》36344、36507、37835③ 等片，用于贞卜征伐、祭祀之吉凶。但最终的决断，仍需要卜于龟骨。

除此之外，殷商时期还有更多非正式的筮占或数占证据。据宋镇

---

① 参见宋镇豪：《商代社会生活与礼俗》，644~645 页，北京，中国社会科学出版社，2011。

② 参见于省吾：《伏羲氏与八卦的关系》，见尹达主编：《纪念顾颉刚学术论文集》上册，成都，巴蜀书社，1990。

③ 胡厚宣主编：《甲骨文合集释文》第四册，1804、1814、1894 页，北京，中国社会科学出版社，1999。

豪统计，其中见于卜甲骨者七例，见于陶片等日用器物者十九例，皆为三爻与六爻之形，可与《周易》参证。其中，卦象较为完整的几种材料，分别刻于已经使用的卜甲骨和陶器片之上，可见只是中下层民众简易刻记，以便记忆和检索的占卜辅助材料，并非特意刻作的"占书"，亦不能归类为"文献"。但是在极少部分卜骨中，已出现卦名，如：

> 七五七六六六曰魁。
>
> 八六六五八七。
>
> 七八七六七六曰隗。（殷墟四盘磨 SP11 出土，《中国考古学报》1951 年 5 月）①

对于这类刻记的含义，有学者将其认定为最早的"筮书"，也有意见以其为在占卜前后进行筮占的遗迹。考察"某数曰某卦名"的表述，更偏近于说明性质的用语，意在将筮占示数与卦名相互对应，属于对数占知识的记录，而非占卜过程中产生的占辞。此外兼记筮数的卜甲骨数量相较卜甲骨总量而言过于稀少，因此难以推论龟卜前后的筮占是殷商占卜中的常规习俗。这类刻辞在功能上更近于占书，但是与后者不同的是，它不包括对兆象的具体解释。事实上，殷商话语系统本身欠缺抽象的价值描述，而正反对贞又将占断命题简化为二元对立的"吉—凶""是—非"，以致针对一个事件需要多次设立不同条件反复贞卜。数字卦以"奇—偶""阴—阳"为基本原理，似从正反对贞的观念演化而来，但爻象组合的变化性，却使其具有了超越正反对贞二元判断，形成多种"卦象"的可能性。"卦名"的设置，正是用以辨别卦象，概括兆示，因此这类刻辞先举爻象，再述卦名，即在于说明卦象的含义。在这一点上，其实质与占书并无二致。

与龟卜相比，以小石子为工具的数占所使用的材料更易获得，也不需要整治、刻字，对占卜者的技艺要求更低，这是其能流行于殷商

---

① 卜骨图版及发掘情况见于安志敏、江秉信、陈志达：《1958—1959 年殷墟发掘简报》，载《考古》，1961(2)。释续见张政烺：《试释周初青铜器铭文中的易卦》，载《考古学报》，1980(4)。

中下层民众的原因。相较之下，周人在龟卜以外，对筮占的重视程度更高。考古学者在岐山凤雏西周遗址发现了带色陶丸及角质算筹，其中算筹有灼燎痕迹并混杂于甲骨片中，显然与筮占有关。陶丸、算筹均为人工打磨制作，且发现于宫室建筑基址，与殷墟只见于平民墓葬的数占石子相较，可见数占在先周时期也为上层贵族所看重。结合"文王拘而演周易"的传说，可以推论在先周时期，周人较之殷人更重视数占，并已于筮法取得一定成就。

然而另一个不可否认的历史事实是，尽管周人擅长筮占，但从武王伐商而至春秋战国，在周代贵族之中始终是龟卜占据着更高的政治地位。除《左传·僖公四年》晋献公欲以骊姬为夫人的记载之外，还有相当数量的礼书佐证了这一点。《礼记·表记》疏云："天子至尊，大事皆用卜也。"① 郑玄注亦有云："大事则卜，小事则筮。"②《周礼·春官》将"筮人"归于"大卜"下属，位列"卜师""龟人""菙氏""占人"之后，并强调了"先筮而后卜"的顺序：

> 筮人掌三易。以辨九筮之名，一曰连山，二曰归藏，三曰周易。九筮之名。一曰巫更，二曰巫咸，三曰巫式，四曰巫目，五曰巫易，六曰巫比，七曰巫祠，八曰巫参，九曰巫环，以辨吉凶。凡国之大事，先筮而后卜。上春。相筮。凡国事，共筮。③

为何擅长筮占的周人仍然延续了"筮短龟长"的传统，这是一个观念层面的问题。《仪礼·士丧礼》贾疏云："龟重，威仪多；筮轻，威仪少。"④ 其间所论"轻重"，在材质以外，更指代两种占卜方式的制度背景和知识系统的差异。前人有论："易之数精，手续简，龟之象显，手

---

① （清）阮元校刻：《十三经注疏（清嘉庆刊本）》，《礼记正义》卷五十四，3569 页，北京，中华书局，2009。
② （清）阮元校刻：《十三经注疏（清嘉庆刊本）》，《礼记正义》卷五十四，3569 页，北京，中华书局，2009。
③ （清）阮元校刻：《十三经注疏（清嘉庆刊本）》，《周礼注疏》卷二十四，1739 页，北京，中华书局，2009。
④ （清）阮元校刻：《十三经注疏（清嘉庆刊本）》，《仪礼注疏》卷三十七，2477 页，北京，中华书局，2009。

续繁，故筮卒代卜而起。当易筮之始兴也，人皆习于龟卜，重龟而轻筮，故有筮短龟长，大事卜小事筮之说，其后卜筮并重，终则卜废而筮行矣。"①后人虽以"手续繁"解释龟卜废止的理由，但这种程序上的繁奢带来的仪式感，同时也是龟卜在两周占据更高序位的原因之一。

要言之，龟卜流行于殷商上层贵族，用于占断祭祀、征伐等国之大事，偶用"九筮"占法为龟卜之先导；而以石子、算筹为工具的数占因其便易，更流行于殷商中下层，以及以先周部族为代表的方国。先周时期，周人虽精于数占，但在受命、伐商等重要议题上仍倾向于以龟卜决疑，这与龟卜作为较高级的占卜方式，在社会观念中更具公信力有关。周人"筮短龟长"的观念，"一方面可能是受到强势文化的影响，另一方面也可能体现了对殷商的政治服膺"②。这一认识也延续到了东周时期。

直至西汉，龟卜传统虽然走向消亡，但在经典阐释中仍与筮占相提并论，筮占的灵性来源有以下几种解释：首先是蓍草与龟的共生："上有捣蓍，下有神龟。""蓍生满百茎者，其下必有神龟守之。"③（《史记·龟策列传》）其次是蓍草的长寿："蓍之言耆，龟之言久。龟千岁而灵，蓍百年而神，以其长久，故能辨吉凶也。"④（《礼记·曲礼上》疏引刘向语）汉儒认为，龟卜与筮占的有效性，来源于神龟与蓍草的灵性，总体上仍延续了"筮短龟长"的观念。直到唐人作《左传正义》之时，才从"象—数"之别论述了筮占的优越性，以证明"圣人演筮，非短于卜"：

> 象者，物初生之形；数者，物滋见之状。凡物皆先有形象，乃有滋息，是数从象生也。龟以本象金、木、水、火、土之兆以

---

① 沈启无、朱耘菴：《龟卜通考》，转引自李零：《中国方术考》（修订本），67 页，北京，东方出版社，2001。

② 过常宝：《制礼作乐与西周文献的生成》，176 页，北京，中国社会科学出版社，2015。

③ （汉）司马迁撰，（南朝宋）裴骃集解，（唐）司马贞索隐，（唐）张守节正义：《史记》卷一百二十八，3226 页，北京，中华书局，1982。

④ （清）阮元校刻：《十三经注疏（清嘉庆刊本）》，《礼记正义》卷三，2709 页，北京，中华书局，2009。

示人，故为长；筮以末数七、八、九、六之策以示人，故为短。《周礼》："占人掌占龟。"郑玄云："占人亦占筮，言'掌占龟'者，筮短龟长，主于长者。"亦用此传为说。案《易·系辞》云："蓍之德，圆而神；卦之德，方以知。神以知来，知以藏往。"然则知来藏往，是为极妙，虽龟之长，无以加此。圣人演筮以为《易》，所知岂短于卜？卜人欲令公舍筮从卜，故云"筮短龟长"，非是龟能实长。杜欲成"筮短龟长"之意，故引传文以证之。若至理而言，卜、筮实无长短。（《左传·僖公四年》）①

这段论述虽以否定"筮短龟长"为目的，但其论证方式确实触及了两种占卜方式的核心，即"象""数"之别。张政烺对筮法的数占性质作出过清晰的结论："筮法是在人们对于数已经有了奇和偶这种分类的观念的基础上建立起来的，它是中国古代文明史上数理方面的一种抽象概念的产生和应用的实录。"②从技法上来看，龟卜属于图像占卜，而筮占属于数字占卜，前者直观而具象，后者间接而抽象。这一"由象而数"的过程，就是筮占对龟卜的继承与新变，也是周人作为殷代占术的继承者，以其理性作出的再认识。

龟卜占兆文献的散失和数占筮法的中心化，即是"由象而数"这一知识进程在仪式制度上的反映。"由象而数"不但是思维方式的变化，其本质更是一个语言层面的问题。"原始民族的语言'永远是精确地按照事物和行动呈现在眼睛里和耳朵里的那种形式来表现关于它们的观念。'这些语言有个共同倾向：它们不去描写感知者的主体所获得的印象，而去描写客体在空间中的形状、轮廓、位置、运动、动作方式，一句话，描写那种能够感知和描绘的东西。"③语言的初始形态，往往是从具象符号开始的，只有随着人类认知水平和思维水平的进步，才

① （清）阮元校刻：《十三经注疏（清嘉庆刊本）》，《春秋左传正义》卷十二，3892～3893页，北京，中华书局，2009。

② 张政烺：《帛书〈六十四卦〉跋》，载《文物》，1984(3)。

③ 〔法〕列维·布留尔：《原始思维》，丁由译，150页，北京，商务印书馆，1981。其中引文出处为Schoolcraft, Information, ii. p. 341，转引自列维·布留尔。

慢慢发展出抽象概念。正如本书第一章所述，殷商占卜最初多用于占断具体可视的事实，且为了证明占卜者的能力，往往追求丰富的具体细节，因此在占卜中常常给出下雨的确切时间和雨量、生育的时间和新生儿性别等等易于验证的结论。在正反对贞中，命辞从正反两面分别陈述事实，不带有价值判断，因此今天我们只能通过命辞刻写的位置，判断殷人作占时更倾向的结论。然而到了卜旬流行的后期，占辞中出现了"吉""大吉""引吉"等用语，这兆示着二元对立的"吉—凶"观念已经出现，也就是正反对贞制度下出现的第一次价值抽象。

　　自商末而及周初，随着数占的发展，占卜结论的表述方式迎来了极大挑战。最初的数占虽有一、五、六、七、八、九之别，但实为奇—偶，阴—阳的二元对立系统。张政烺指出，周代青铜器铭文的卦数符号中，"一、二、三都是积画为之，写在一起不易分辨是几个数字、代表哪几个数，所以不能使用，然而这三个数并非不存在，而是筮者运用奇偶的观念当机立断，把二、四写为六，三写为一，所以一和六的数量就多起来了"①。统计发现"六"与"一"的出现频率最高，学者以此推论阴阳二爻是对数字奇偶属性的抽象。而殷墟卜骨卦画中，业已出现奇偶数的多种排列组合，说明多次重复占卜正是数占的核心手法之一。殷商卜骨所记筮数，有八条、四条、三条者，说明其排列组合的次数并无统一标准。而今日所见的易占则通过将数字抽象为奇偶两种，以不同的排列顺序演化出八卦，再两两组合演化出六十四卦，这就把事物限定在了有限的序列中。数占的多变性，导出了多达六十四项的占卜结论，其意义远远溢出了"吉""大吉""引吉"构成的龟卜表意系统，更为基于正反对贞的"吉—凶""是—非"二元观念所无法容纳。

　　易占的应对方式是，用卦名为数字组合命名，并借用物占思维为每一卦赋予直观的意义。这在很大程度上也是由汉字的特性所决定的：甲骨文字的造字逻辑本于象形，当用于表述价值判断时，通常需要借助象征和譬喻等手段，正如第四章所述，一个简单的"是"判断，也需

---

　　① 张政烺：《易辨——近几年根据考古材料探讨〈周易〉问题的综述》，见《张政烺文史论集》，701 页，北京，中华书局，2004。

要依附于"时"这样一个具象的符号来完成，更何况当数占取代象占之后，所表现的抽象价值更复杂也更精微，这就要求更丰富多彩的"象"来承载如此数量的抽象概念。

殷墟卜骨上的"隗""魁"两卦名，虽暂得隶定，但字形漫漶，难深究其义。研究者将爻象与《周易》作比较，认为意义并不相近，可能是殷人所用的特殊筮法，或为《周礼》"三易"之《连山》或《归藏》。[①] 也就是说，从殷商卜骨推求卦名来源及卦象所征，几近不可能。由于数占工具出现于先周宫室遗址，可推测周人上层贵族更重视数占，其系统性应当强于商人中下层所行筮法。周人对筮数的专擅，可能就是"文王演《易》"传说之由来。与晚商相比，西周时期易占知识的进步，主要就体现在每卦爻数的固定，卦名的确立以及卦象的成型。

据《周易》来看，两周时期的筮占系统的进步，首先在于确立了八种基本卦形，每卦三爻，每一爻则用虚、实两种横画表示。爻画的确立，是对殷商先周积数为占的一次超越，使其从数字完全抽象为符号。而八卦的作成，在传说中有着最为古老的渊源，亦即"包牺氏始作八卦"。至于八种卦形两两组合，再得出六十四种卦形，这一演进被称为"重卦"，在儒家话语系统中多被归为文王功绩，如《史记·周本纪》："西伯盖即位五十年，其囚羑里，盖益《易》之八卦为六十四卦。"《汉书·艺文志》："文王以诸侯顺命而行道，天人之占可得而效，于是重《易》六爻，作上下篇。"从出土材料看，商王能作九筮，民众数占爻次不一，因此六爻与八卦系统的确立，当为西周及以后的筮法成就，"文王演《易》"之说，确有其观念土壤。

为了指代六十四卦中每一卦所代表的价值判断，周人必须超越"吉—凶"的二元对立，建立和完善整个卦名系统。由于殷商卜骨已见卦名，可推测卦名系统早在《周易》作成时就已存在雏形，且商、周等不同部族可能存在不同的筮占传统，亦即《周礼》所述"三易"的存在。

---

① 张政烺认为《魁隗》是《连山》异名，参见张政烺：《试释周初青铜器铭文中的易卦》，载《考古学报》，1980(4)。曹定云以其为《归藏》，参见曹定云：《殷墟四盘磨"易卦"卜骨研究》，载《考古》，1989(7)。

《周易》所敷演的"卦象"，实质即是"因数为象"，借用直观的事象对数理符号作出可视化表述，并在这种表述中推求人事之理。由此，象占思维通过易占文献进入数占系统，用以喻示卦象，也为易占文献的进一步阐释提供了空间。

王弼在《周易略例·明象》中提出，周易之"象"的目的在于阐发"意"，而"言"，即卦爻辞的目的，则是为了阐释"象"。因此，在领会了"意"的前提下，"象"与"言"都是可以被忘却的："夫象者，出意者也。言者，明象者也。尽意莫若象，尽象莫若言。言生于象，故可寻言以观象。象生于意，故可寻象以观意……得意在忘象，得象在忘言。故立象以尽意，而象可忘也，重画以尽情，而画可忘也。是故触类可为其象，合义可为其征。"①可见，直到王弼所生活的魏晋时期，《易》背后的"意"仍被视为绝对的理念存在，而"象"对"意"的解码因其文献的神圣性而同样具备绝对的权威性。对"意"的崇拜，即为对"物自体"的确认，超越于可为感官所认识的"象"——可见象征的本质确是古典主义的。而这种文献的存在形式，具体表现为"意—象—言"的阐释结构，就成其为"象征"。

"意—象—言"三位一体，这一象征结构的确立，使两周的易占超越了"吉—凶"之别，成为一个多元且开放的阐释系统。随着社会阶层的流动性加强，占卜不再只是服务王廷的政治工具，筮占"由象而数"，不但在操作上更为便捷，而且其多元化的结论在"吉—凶"之外具有更多阐释余地，易为士民所接受。此外，又如王夫之《周易内传·系辞上传》所说，"若龟之见兆，但有鬼谋而无人谋"②，在筮占中，人为因素更大，灵活程度更高。而"因数为象"的卦象设置又降低了符号系统的理解难度。因此，尽管"筮短龟长"的观念仍未受到撼动，但这种灵活性、开放性，无疑为《周易》等易占文献的生长提供了土壤。

---

① （魏）王弼，（晋）韩康伯注，施伟青点校：《周易王韩注》，251页，长沙，岳麓书社，1993。

② （明）王夫之：《船山全书·周易内传》第一册，615页，长沙，岳麓书社，2011。

四、阐释的层累与易占文献的构成

《周易》总体上是一部象征的文本。从象数语言到后世的伦理阐释，正是古人"因数为象，观象取义"这一思维历程的凝结，也足以体现周人对上古知识进行规范化的尝试。而这一思维方式的变化，在文献层面表现为阐释的层累与易占文献的经典化。

今传《周易》，除《系辞》《说卦》《序卦》《杂卦》之外，每卦具卦象、卦名、卦辞与爻辞，及《彖》《象》《文言》。

据《汉书·艺文志》：

> 《易》曰："宓戏氏仰观象于天，俯观法于地，观鸟兽之文，与地之宜，近取诸身，远取诸物，于是始作八卦，以通神明之德，以类万物之情。"至于殷、周之际，纣在上位，逆天暴物，文王以诸侯顺命而行道，天人之占可得而效，于是重《易》六爻，作上下篇。孔氏为之《彖》《象》《系辞》《文言》《序卦》之属十篇。故曰《易》道深矣，人更三圣，世历三古。及秦燔书，而《易》为筮卜之事，传者不绝。汉兴，田何传之。讫于宣、元，有施、孟、梁丘、京氏列于学官，而民间有费、高二家之说，刘向以中《古文易经》校施、孟、梁丘经，或脱去"无咎""悔亡"，唯费氏经与古文同。①

在《汉志》的视野中，易占知识的产生和写定有着极为明晰的边界：伏羲作八卦，文王重其卦并为上下篇，孔子作《彖》《象》《系辞》《文言》《序卦》。《史记》亦有谓：

> 孔子晚而喜《易》，序彖、系象、说卦、文言，读《易》韦编三绝，曰："假我数年，若是我于《易》则彬彬矣。"②

关于《周易》的作成顺序和大致年代，今人更多倾向于它是一个汇

① （汉）班固撰，（唐）颜师古注：《汉书》卷三十，1704 页，北京，中华书局，1962。
② （汉）司马迁撰，（南朝宋）裴骃集解，（唐）司马贞索隐，（唐）张守节正义：《史记》卷十七，1937 页，北京，中华书局，1982。

编性质的文献，其各个文本部件分别来自不同时代，更非出自一人之手。在前一节中，我们借由殷墟、周原的出土材料，证明了筮占和数占可能存在多种发源，多个系统。而贯穿两周的"筮短龟长"观念又在某种程度上否定了西汉"筮占皆出于圣人"的历史叙事。现代以来，研究者更倾向于《周易》是多次编纂而成的。郭沫若说："易经是古代卜筮的底本。……它的作者不必是一个人，作的时期也不必是一个时代。"[①]闻一多则从卦爻辞的冲突入手，提出"卦爻两辞，本非出自一手，成于一时，全书卦爻异义之例，曷可胜数？"[②]李镜池倾向于《周易》是卜筮记录的汇编，此外他关注到《周易》中著作体例的问题，指出可以将卦爻辞和卜辞进行比较，其中有相反的贞兆辞者，"当是不同时或不同占人的占筮，编者从多量的资料中选择排比汇编"[③]。总而言之，卦爻辞中体现的占兆知识、占卜观念，应当来自西周初期和早期，但其编写、整理的过程则可能晚至春秋或战国，且可能经过多次编纂。

　　从卜骨中近于"占书"的文辞，以及传世文献对"占书"的记录来看，西周时期存在简单的"筮数符号—卦名"对应系统，应当是可以成立的。至于爻辞，多为"因数为象""观象取义"两种话语形态的共同结果，如《大过》：

> 初六，藉用白茅，无咎。
>
> 九二，枯杨生稊，老夫得其女妻，无不利。
>
> 九三，栋桡，凶。
>
> 九四，栋隆，吉。有它，吝。
>
> 九五，枯杨生华，老妇得其士夫，无咎无誉。
>
> 上六，过涉灭顶，凶。无咎。[④]

---

① 郭沫若：《中国古代社会研究》，35 页，北京，商务印书馆，1964。
② 闻一多：《周易义证类纂》，见《闻一多全集》第 2 册，48 页，北京，生活·读书·新知三联书店，1982。
③ 参见李镜池：《周易探源》，196 页，北京，中华书局，1978。
④ （清）阮元校刻：《十三经注疏（清嘉庆刊本）》，《周易正义》卷三，83～84 页，北京，中华书局，2009。

《大过》爻辞格式固定，每爻先"因数为象"，举出本爻所象征的事物，再"由象取义"，给出"无咎""无不利""凶"的确实判断。但这一格式并不是所有爻辞都遵守的，如《屯》：

> 初九，磐桓，利居贞。利建侯。
>
> 六二，屯如，邅如，乘马班如。匪寇，婚媾。女子贞不字，十年乃字。
>
> 六三，即鹿无虞，惟入于林中，君子几不如舍，往吝。
>
> 六四，乘马班如，求婚媾。往吉，无不利。
>
> 九五，屯其膏，小，贞吉；大，贞凶。
>
> 上六，乘马班如，泣血涟如。①

《屯》卦爻辞除了"吉""凶"判断之外，还有"利居贞""利建侯""女子贞不字，十年乃字"这类针对贞卜内容具体作答的判断，这类表述与此前我们在《龟策列传》中看到的占书体例十分相近。此外，爻辞前半部分对物象的表述，也与《大过》迥异。"乘马班如""泣血涟如"，构成的是"某事某如"结构，在形式上近于韵文。李镜池等学者推断爻辞来源有占卜记录、诗歌韵语、格言说理、筮占原则等多种材料，应当是合理的。

从占卜知识的发展过程来看，西周时期的"卦名"与"卦象"当是最早确立的。卦名最初是对不同卦象符号的总结，其命名"因数而象"，构成对卦象的简单象征。而卦辞则是对卦名或卦象的二次解释，如"元亨利贞""有孚""亨""吉"等，将吉凶分为多种层次，使卦名的象征意义变得更清晰，更易下达占断。这就更近于作为占卜者工具书的"占书"之性质。甚至可以说，单纯作为占书而言，"卦象＋卦名＋卦辞"的结构就已满足全部功能。因此，爻辞的制作，应当就是易占文献编纂过程中，第一次大规模的搜集、整合行为。

从《左传》的记载来看，至少在春秋时期，爻辞系统就已成型。《左

---

① （清）阮元校刻：《十三经注疏（清嘉庆刊本）》，《周易正义》卷一，35～36 页，北京，中华书局，2009。

传·昭公七年》记载了卫襄公以占筮立嗣的经过。

> 孔成子以《周易》筮之，曰："元尚享卫国，主其社稷。"遇屯
> ䷂。又曰："余尚立𢑁，尚克嘉之。"遇屯䷂之比䷇。以示史朝。史
> 朝曰："元亨，又何疑焉？"成子曰："非长之谓乎？"对曰："康叔名
> 之，可谓长矣。孟非人也，将不列于宗，不可谓长。且其繇曰：
> '利建侯'。嗣吉，何建？建非嗣也。二卦皆云，子其建之！康叔
> 命之，二卦告之，筮袭于梦，武王所用也，弗从何为？弱足者居。
> 侯主社稷，临祭祀，奉民人，事鬼神，从会朝，又焉得居？各以
> 所利，不亦可乎？"故孔成子立灵公。[1]

　　孔成子在梦中被嘱托"立元"，醒而作筮，先设问"由次子元来继承
卫国"，得出《屯》卦；再设问"由长子𢑁继承卫国"，得出《屯》中的"比"
爻。夏含夷据此推测周代筮法是：先贞一卦，再于其卦复求一爻。[2]
而在此筮例中，爻辞'利建侯'利于𢑁，卦辞中的"元亨"则存在歧义，
既可视为指代长子𢑁，也可视为指代次子元。孔成子以爻辞为准，从
而推断卦辞所示"元亨"指代长子𢑁，与其梦兆不符，因此示问于史朝：
"非长之谓乎？"而史朝解释认为，长子𢑁先天不足，不能列于宗庙，因
而不能视作长子，并将爻辞"利建侯"的"建"，解释为"非嗣"，即非指
长子。于是孔成子最终立次子元为卫灵公。

　　这段记载显示了春秋筮占结果服务于政治诉求的根本原理，即卦
辞、爻辞的可阐释性。两位占筮者对"元亨"卦辞的字面理解，显示了
春秋时人对卦辞原意已存在较大的疏离；而在"余尚立𢑁"的设命明确
得出"利建侯"爻辞的情况下，还能被史朝阐释为"建非嗣"，而立其次
子元，可见爻辞阐释系统的开放性和灵活性，正是其相对于"但有鬼
谋"的龟卜的优势所在。

　　若以夏含夷对周代"习筮"筮法的推论，则爻象的意义在于对卦象

---

　　① 　（清）阮元校刻：《十三经注疏（清嘉庆刊本）》，《春秋左传正义》卷四十四，4455 页，
北京，中华书局，2009。
　　② 　参见〔美〕夏含夷：《周易"元亨利贞"新解——兼论周代习贞习惯与周易卦爻辞的形
成》，载《周易研究》，2010（5）。

的进一步明确，爻辞即为第二次筮占时的结论。但是，由于原始材料的欠缺，至今难以断定西周时期存在几种筮法，及其具体操作。若以传统意见认为爻辞是对卦象的进一步解释，又难以解释爻辞话语与卦辞话语的意义分离。因此，由卜骨取卦而至《春秋》取爻，很可能伴随着筮法在两周时期的变化。爻辞系统重视象征，常常以本卦卦名为象征主题，排演出六种变化。因此，爻辞的作成晚于卦辞应当是绝无疑问的。

在爻辞中，还存在被命名为"叙事之辞"的话语形态，其中又有相当一部分带有历史叙事的色彩。如：

[1]六五，帝乙归妹，以祉元吉。(《周易·泰》)①

[2]上九，王用出征，有嘉折首，获匪其丑，无咎。(《周易·离》)②

[3]上六，公用射隼于高墉之上，获之，无不利。(《周易·解》)③

[4]六五，箕子之明夷，利贞。(《周易·明夷》)④

[5]六四，王用亨于岐山，吉，无咎。(《周易·升》)⑤

对这类爻辞的性质，主要有两种意见：一者以其为筮例的遗存，一者以其为事象之征。前一种观点的核心是，认为古人对占卜结果的总结，是基于某种统计性方法，而占书的编纂本质上是一个统计、验证和不断修补的过程。后一种观点则更重视爻辞"象征性"之本质，认

① (清)阮元校刻：《十三经注疏(清嘉庆刊本)》，《周易正义》卷二，56 页，北京，中华书局，2009。

② (清)阮元校刻：《十三经注疏(清嘉庆刊本)》，《周易正义》卷三，87 页，北京，中华书局，2009。

③ (清)阮元校刻：《十三经注疏(清嘉庆刊本)》，《周易正义》卷四，107 页，北京，中华书局，2009。

④ (清)阮元校刻：《十三经注疏(清嘉庆刊本)》，《周易正义》卷四，102 页，北京，中华书局，2009。

⑤ (清)阮元校刻：《十三经注疏(清嘉庆刊本)》，《周易正义》卷五，120 页，北京，中华书局，2009。

为历史事件构成了"事象"，与"物象"的原理基本一致。我们认为，上述二者可能是并行不悖的。如高亨所言："筮人将其筮事记录，选择其中之奇中或屡中者，分别移写于筮书六十四卦卦爻之下，以为来时之借鉴，逐渐积累，遂成周易卦爻辞之一部分矣。"①这种以"屡中"之筮例而成的卦爻辞，只可能占据六十四卦诸爻象中的一部分。而在后续的编纂、整理之中，《周易》每卦皆有主题，每爻俱有辞的格式被固定下来，一些原本空缺的爻辞根据同卦其他爻象的内容，据义敷演，最终构成了完整的卦象主题。历史事件、人事活动构成"事象"话语，与物象、天象等其他象征符号同列，为后世占卜活动提供可资阐释的"象"。

根据李镜池在《周易探源》中的研究，春秋时期的爻辞尚有不同的版本，这说明作为实用的占兆手册，爻辞文本在两周时期有可能一直处于微调或流动的状态。而同时期其他文类的发展和生成，也可能对爻辞的形态产生影响。不少研究者已注意到《周易》爻辞存在类似韵文、歌谣的体裁，提出"兆辞与筮辞，因其与诗相类而称为颂，以此类推，自是因其与歌相类而称为谣，此亦繇借为谣之旁证也"②。爻辞的产生，可能拥有筮例、史事、歌谣等多种来源，其时传世的易占文献，也可能因地域、文化差别而存在多种样貌。

作为占筮之书的《周易》，在知识来源与表现形式两方面都体现出上古语言和思维的典型特征，那就是用具象的"象"来表达抽象的"意"，在言说上体现为"象征"式的说理。随着语言功能本身的发展和后人抽象思维逻辑的进步，在后世的成书过程中，学者又渐次在《易》的基础上加入对"象"的补充和对"意"的阐释。今传《周易》，在西周所传的占书基础上更增补了《象》《彖》《说卦》《系辞》等阐释文字，最终成型为我们今天所看到的，以象征和训诫为主要形式的《周易》文本。这一成书经过，基本上也反映了原始方技为阐释理性所归化的过程。

《周易》的文本结构集中体现了"因数为象，观象取义"的思维过程，反映了占卜知识在两周时期的演化。"数""象""义"构成易占文献的三

---

① 高亨：《周易古经今注》（重订本），11页，北京，中华书局，1984。
② 高亨：《周易古经今注》（重订本），17页，北京，中华书局，1984。

个文本层次。其中，以符号为形式的卦象是为"数"，它构成上古筮占的本质；以卦辞、爻辞组成的"象"则是诞生于西周时期的第一次阐释，以简明的象征符号标注筮卦吉凶，承载着占书的核心功能；而"义"则来自春秋以后的二次阐释，以"十翼"为代表，用于阐释象征成立的理由，以及其中蕴藏的义理。从这一层意义来看，两周时期的易占文献是一个不断累积阐释的，半开放的文本系统。《周易》在春秋以后构建出的义理框架，使其超越了作为"占书"的初始功能，为传统哲学提供了思想上、话语上的资源。以《周易》为代表的占书文本层次，本身即源于阐释方式在时间向度上的层累叠加，这即是占书文本组织和编成体例的基本原理。

从易传文献的生成过程来看，占书的编制过程本质即为上古阐释系统的渐次层累及自我完善，这同时也揭示了占书作为一种文献能够成立的核心逻辑，即"解释"的发生，或"经传关系"的发生。占卜知识之所以能被写定与编纂，起始于王权与宗教巫术职能的分离，占卜知识得以作为技术知识被职官所传承，这使得原本被巫觋集团垄断的占卜知识成为可以被验视和理解的存在。占书的根本功能，即是对符号的"解释"，而试图解释神秘知识作用的原因和机制，本身即是对神秘知识的去神秘化。在这层意义上可以说，《周易》中《彖》《象》《文言》等丰富的义理阐释内容，是占卜知识凝结为占书的那一刻起，就指向和必然到达的终点。

第二节 "梦"观念的变化与梦书的制作①

对梦境的解释和探索，在世界不同文明的神秘主义文化中都有着一席之地。梦境潜藏于暗昧无明的意识深处，又以象征和譬喻勾连着

---

① 本节阶段性成果《占断、识象与阐释：先秦占梦书写的三重维度》发表于《文学评论》2021 年第 5 期，后获北京大学程苏东教授推介香港中文大学任熹博士 2019 年《汉唐的梦占与占梦》一文，与本节所关注的问题有诸多共通之处，未能于论文中作为学术史引用，是为憾事，以本书出版为契机，特向读者推荐此文。

此岸生活的所见所思。在人类最古老的史诗《吉尔伽美什》中，梦境因传递神谕而具有预知功能，吉尔伽美什通过梦境预知了与恩奇都的相遇、与芬巴巴的战斗，恩奇都则从梦中预见了自己的死亡——这正是史诗中三个最为重要的命运转折点，而有关预知梦的叙事则将主角的命运写定为神谕下无法挽回的必然。同样，在希腊，梦神作为睡神之子，是向凡世英雄传递神谕的使者；在先秦，梦是困扰商王的沉沉暗影，又是开启周人天命的珍贵锁匙。但中国上古占梦传统的一个特性是，对梦境的解释权经历了从垄断到开放的过程，殷商时期作为龟卜的内容之一受到占卜程序的制约，在周代为王朝职官所掌控，到战国才借助文献的流播，而成为士庶共享并共建的知识系统。商周时期占梦知识和占梦手段的变化，既伴随着专业职官的分化和消亡，又影响到用梦制度的建立与解体，更深切地关联着《占梦书》等职业文献的写作以及《左传》等史传文献中梦验叙事的价值取向。

一、商王的恐惧与占梦的起源

过往探讨殷商占梦观念时，往往受《周礼》"六梦"影响，认为梦的分类有较早的渊源。然而考察殷商占梦卜辞可以发现，吉凶判断是占梦所得出的结论，而非发起占卜的动因，既不能用于证明殷人对梦境有"吉兆"之期待，也无法用以推出"吉梦"观念的存在。因此，讨论殷人的梦观念，不能以分类占梦卜辞之内容的方法来进行判断。能通过现有材料得出证明的，仅有殷人的占梦方式、占梦内容。在此基础上，还可以进一步推论殷人占梦行为的观念背景和占梦行为的发生机制，用以比较西周春秋时期占梦方法的演变、占梦文献的生成及功能。

胡厚宣在《殷人占梦考》中提出，殷人"以梦为灾祸之先兆"，梦源于"先公先王或先妣之作祟"[1]，这一论断具有相当的概括力。从卜辞记录来看，殷人卜梦最常见的梦象是鬼魂与先祖。人物是构成梦境的重要元素，在梦境中，可能出现生人、死者，亦会出现一些面目模糊，

---

[1]　胡厚宣：《甲骨学商史论丛初集（外一种）》上，339、337 页，石家庄，河北教育出版社，2002。

似是而非的人物。卜辞证明，商王梦见的死者，多半为其熟识的亲人与臣属，对于有这些人物出现的梦境，卜辞直呼其名：

[1]贞：王梦隹大甲。贞：王梦不隹大甲。(《合集》14199正)①

[2]王梦父乙。(《合集》17376)②

[3]乙未卜，梦妣丁咎，不咎。(《合集》21666)③

[4]丙子卜，㱿贞：王梦妻，不隹囚。(《合集》17382)④

[5]王梦子，亡疾。(《合集》17384)⑤

[6]辛巳卜，贞梦亚雀、启、余、刀，若。(《合集》21623)⑥

以上例文证明：无论梦见先祖、父母、妻儿还是臣属，都并非吉祥之兆，需要卜问是否预示灾祸。这些梦境之所以不吉，一种可能是由于其人已死，入梦为鬼，一种可能是梦境事象不吉，惊扰了商王，还有一种可能是梦的存在本身即为不吉。限于卜辞只记占卜之事，对梦境无所叙述，我们难以确定是哪一种原因促使商王用占卜来安抚内心的惊惧，因而还需要更多的梦例作为参照。

宋镇豪以《花园庄东地甲骨》第349片"丁有鬼梦"与"子梦丁"这例对文，证明卜辞中的"鬼"，有时指代去世的祖先。⑦ 死去的先祖与族人出现在梦中，是凶祟的表现。结合后世《左传》等文献的记载，古人

---

① 释文参见胡厚宣主编：《甲骨文合集释文》第二册，744页，北京，中国社会科学出版社，2009。

② 释文参见胡厚宣主编：《甲骨文合集释文》第二册，893页，北京，中国社会科学出版社，2009。

③ 释文参见胡厚宣主编：《甲骨文合集释文》第三册，1075页，北京，中国社会科学出版社，2009。

④ 释文参见胡厚宣主编：《甲骨文合集释文》第二册，893页，北京，中国社会科学出版社，2009。

⑤ 释文参见胡厚宣主编：《甲骨文合集释文》第二册，893页，北京，中国社会科学出版社，2009。

⑥ 释文参见胡厚宣主编：《甲骨文合集释文》第三册，1073页，北京，中国社会科学出版社，2009。

⑦ 宋镇豪：《甲骨文中的梦与占梦》，载《文物》，2006(6)。

梦见死去的族人时，常会举行相应的祭祀，用以安抚神灵，禳灾祈福。商王为此感到不安，就需要行使占卜以求问是否将有祸患。然而更多卜辞中的"鬼梦"并无确切所指。如：

[1]乙卜丁又愧梦之囚。(《花东》00113)①

[2]贞：亚多鬼梦亡疾，四月。(《合集》17448)②

[3]癸未卜，王贞：畏梦，余勿御。(《合集》17442)③

从"多鬼梦"而行占卜的记录可知，不是每次"鬼梦"都伴随着占卜仪式，真正驱使商王问卜祸福的，只是"鬼梦"引发其内心恐惧不安的程度。这些笼罩着商王梦境的阴冷鬼象，既可能是去世先祖的灵魂，也可能是梦中出现了身份未明的人物形象，或类人的形象。既然连亲人入梦都被视为潜在的凶兆，不难想象梦境中的陌生面孔会给商王带来怎样的惊扰。甲骨文字中，"鬼"之字形上部硕大，《说文》谓其字形"象鬼头"，应当就是对其可怖面貌的强调。这些梦境显然让商王感到了深切的恐惧，在这份恐惧的驱动下，他们频繁卜问梦兆是否预示着某种灾祸。"商王惧怕鬼梦而以占卜问祸"，构成对殷商占梦行为和占梦动机最扼要的描述。

然而若以此将鬼魂或先祖之灵视为殷人观念中的"梦因"，则仍有可推敲之处。"鬼"或祟物成为梦象，并不说明他们就是梦的肇因。例如在卜辞中，还存在大量因常见事物入梦而求卜的记录，如：

[1]□丑卜，贞王梦有死大虎，惟□。(《合集》17392 正)④

[2]贞王梦有改狸十，宙十一，不佳祥。(《合集》17391)⑤

---

① 陈年福：《殷墟甲骨文摹释全编》第十卷，5606 页，北京，线装书局，2010。

② 胡厚宣主编：《甲骨文合集释文》第二册，897 页，北京，中国社会科学出版社，2009。

③ 胡厚宣主编：《甲骨文合集释文》第二册，896 页，北京，中国社会科学出版社，2009。

④ 胡厚宣主编：《甲骨文合集释文》第二册，893 页，北京，中国社会科学出版社，2009。

⑤ 胡厚宣主编：《甲骨文合集释文》第二册，893 页，北京，中国社会科学出版社，2009。

[3]庚子卜，宁，贞王梦白牛惟囚。(《合集》17393 正)①

[4]贞：□梦集□鸟□。(《合集》17455.1)②

[5]梦大虎，惟□。(《合集》17456)③

[6]乙亥，子卜，贞：梦龙，佳若。(《合集》21534)④

如果仅以鬼魂或先祖之灵为殷人梦因，那么虎、牛、鸟、龙之象兆示吉凶的机制就难以解释了。"白牛""大虎""龙"不同于"鬼"，它们或为猛兽，或为祭品，其吉凶寓意各有不同。然而商王仍虔敬地对这些梦象进行占卜，问讯是否有祸福的寓意，可见商人对梦的敬惧态度，并不因梦象的不同而存在差异。

沈培在《殷墟卜辞正反对贞的语用学考察》一文中，提出占梦卜辞在对贞卜辞中的特异之处：贞人占梦时往往先设凶贞，再设吉贞。并据此推论，在殷人观念中，"梦"本身即为不吉之事，这与胡厚宣的判断相合。⑤

能够进一步印证这一点的，还有一些具有叙事色彩的占梦卜辞。随着思维能力的提高，语言表意功能的发展，占梦卜辞所描述的梦象，有时不止于某一具体事物，而是有着人物、事件等叙事要素的完整事件。在语法上，它们往往使用大量双宾语结构的文句来陈述王的梦境，形成了原始的叙事文本。从常识来看，梦境中只见人物而无事件，本就不合情理。因此，这些梦象可被视为更具体的人事之梦。通过其中的一些叙述，可以更进一步地感受到商王的忧虑和恐惧究竟因何而生。择几例录于下：

---

① 胡厚宣主编：《甲骨文合集释文》第二册，893 页，北京，中国社会科学出版社，2009。

② 胡厚宣主编：《甲骨文合集释文》第二册，897 页，北京，中国社会科学出版社，2009。

③ 胡厚宣主编：《甲骨文合集释文》第二册，897 页，北京，中国社会科学出版社，2009。

④ 胡厚宣主编：《甲骨文合集释文》第三册，1068 页，北京，中国社会科学出版社，2009。

⑤ 参见沈培：《殷墟卜辞正反对贞的语用学考察》，见丁邦新、余霭芹主编：《汉语史研究：纪念李方桂百年冥诞论文集》，210 页，台北，"中研院"语言学研究所，2005。

[1]乙丑卜，㱿贞：甲子饮，乙丑王梦牧石麇，不惟囚，惟佑，二告。(《合集》00376 正)①

[2]丁亥卜，争贞：王梦佳齿。(《合集》11006 正)②

[3]辛亥，王梦我大敦。(《合集》17375)③

[4]辛未卜，㱿贞：王梦兄戊尧（何）从，不惟囚。(《合集》17378)④

[5]甲戌卜，□贞：有梦，王秉祈在中宗，不惟囚。八月。(《合集》17445.1)⑤

[6]梦御□亳于妣乙□及鼎□。(《合集》22145.2)⑥

[7]㱿贞：王梦妾有㧑有册，惟囚。⑦

[8]贞：余有梦，佳皀侑茂。⑧

[9]己亥卜，子梦人见（献）子玉，[亡]至艰。⑨

[10]丁亥卜，梦砟耳亦鸣。(《合集》21384)⑩

从今天的眼光来看，这些梦多数并非传统意义上的噩梦，如梦到有人献玉，梦到举行祭祀等。但商王仍小心翼翼地卜问这些事象是否为灾祸的预兆，与问卜"白牛""大虎"以及列位先祖一样，对此唯一的

① 胡厚宣主编：《甲骨文合集释文》第一册，27 页，北京，中国社会科学出版社，2009。

② 胡厚宣主编：《甲骨文合集释文》第二册，587 页，北京，中国社会科学出版社，2009。

③ 胡厚宣主编：《甲骨文合集释文》第二册，892 页，北京，中国社会科学出版社，2009。

④ 胡厚宣主编：《甲骨文合集释文》第二册，893 页，北京，中国社会科学出版社，2009。

⑤ 胡厚宣主编：《甲骨文合集释文》第二册，897 页，北京，中国社会科学出版社，2009。

⑥ 胡厚宣主编：《甲骨文合集释文》第三册，1103 页，北京，中国社会科学出版社，2009。

⑦ 陈年福：《殷墟甲骨文摹释全编》第十卷，5347 页，北京，线装书局，2010。

⑧ 陈年福：《殷墟甲骨文摹释全编》第十卷，5559 页，北京，线装书局，2010。

⑨ 陈年福：《殷墟甲骨文摹释全编》第十卷，5613 页，北京，线装书局，2010。

⑩ 胡厚宣主编：《甲骨文合集释文》第三册，1062 页，北京，中国社会科学出版社，2009。

解释是，梦的存在本身即为一种"不常"。而所谓的"常"，并非"吉梦"或后世所重之"正梦"，乃是沉沉无梦，无有神秘讯息惊扰的"睡眠"。因此梦象本身并不指涉吉凶，梦即不常，而不常正为商王忧患之始。

这些具有叙事色彩的卜辞在描述梦境时，有时省略主语，有时冠以"王""子""余"的主语，继以"梦……"的句式表述梦境内容。是否省略主语，可能与商王是否亲自卜问有关。那些主语完整的卜辞，很大可能是由贞人为王代拟。梦境作为私人化的隐秘体验，出于某种仪式要求或政治目的，由另一个个体写定成文，这是殷商以至春秋记梦文本特有的社会功能属性，也深刻影响着其语言逻辑。

在上述占梦案例中，可拣选[4]和[9]这两条表意相对完整，释读歧义亦不大的文例深入考察。[9]略去了"贞"，除此之外两例卜辞结构大体相似。"王梦兄戊何从"，胡厚宣解释为"武丁王梦其兄戊荷戈以从"；"子梦人献子玉"，宋镇豪解释为"子今夕梦见人举献礼玉"。"从"和"献"两个动词，显然是从商王视角得出的，但若商王亲自卜问，其辞当作"梦兄戊荷戈以从""梦人献玉"。"其兄""献子玉"的表述，凸显了作卜辞者与商王的间离。王是梦境唯一的讲述者，贞人看似客观地记下了梦境的诸种要素，却无法判断王对梦境的其他细节是否有所隐瞒。在殷商数量庞大的梦占中，哪些是出于畏敬先祖的惯例传统，哪些又出自商王自身的主观意愿？那些出现人物的梦境何以缺失叙事，那些记录物象的梦境又何以不见人的视角？这些问题已非我们所能知晓，然而借助占梦卜辞的详略之别，我们似乎能捕捉到一丝微妙的不同。这寥寥几片甲骨上详细的叙事文句，展现出商王对特定梦境的深切困惑，对获取启示的焦灼恳望。

面对复杂多义的梦境，以殷人的占卜手段，难以求问其确切指向，唯能占视吉凶而已。结合我们对殷人神灵世界的观察，真正左右人间祸福的，应当是自然或上天之神圣意旨，同样也是殷人鬼神世界中固有的运行法则，也只有它具备被贞人集团虔敬问讯，谨慎揣摩的资格。学界此前对"梦因"的探讨，潜台词是认为殷人对梦的起因有着特定的认知。然而结合后世岳麓简《占梦书》中的梦论文字，可以发现战国时人对梦因仍没有明确的解释或推测，虽记录了大量解梦之术，却也没有在方法论层面提炼出可综括其术的理论。因此，认为殷商时期存在"梦因"，是预设了在殷商时期存在对梦的理性认知，或认知求索的努力。仅以卜辞材料而论，我们真正能看到的并非殷商人对梦的理性思考，而是对梦的情绪反应——那就是由一次次占卜行为所体现出来的"惕惕"之心。

这份对梦的畏怖，正是占梦行为的文化起源和心理根基。西周以后，尽管占梦的方式发生了极大变化，但对梦的畏惧之情却未因占梦知识的积累而消散。李炳海指出，《左传》中记载的许多梦象，就来源于人们内心深处的恐惧。[1] 其中既有对战争的戒惕，有对权力危机的惴恐，还有对复仇的惧惮。这些梦象中，既有浑良夫、晋厉公无辜被戮的冤魂，也有无名的"大厉"恶鬼，还有刀光剑影的战场。其中，卫成公曾梦见先祖康叔，鲁昭公亦梦见先祖襄公，但祖先的身影给他们造成了严重的心理压力，他们不吝于将这些私人化的梦境向重臣分享，希望通过梦象来获取对现实政治的指示，对未来吉凶的判断。这样的心理状态，与数百年前为噩梦所困扰的商王一脉相承。另外，《左传》所记梦例，其中有相当一部分具有谶言、凶兆的性质，作者不但记叙了占梦者的判断，更记载了其判断应验的结果。可见，作者对占梦和梦验的态度，也带有几分畏怖，这也是后来汉人批评《左传》有"怪力乱神"倾向的原因之一。

总而言之，殷商时期的占梦只问祸福，不问寓意，此时的梦象也远未被符号化。从卜辞来看，一些梦象曾多次出现于商王梦中，例如"大虎"及几位先王形象。但商王与巫祝并不会因为它们曾经出现过或已经卜问，而援引前一次的占卜结果，而是同样郑重其事地求卜，贞占，记验。对殷商时人而言，梦之吉凶，并非基于某种分类标准，它只能是通过龟卜得出的一个就事论事的特定结论。殷商时期，占梦的事例尚未被总结为经验，占梦的智慧亦尚未凝结成知识，"占梦"尚不能形成分类和理论，梦的成因与机制也不为时人所知。此时的"占梦"仍未能形成独立于龟卜之外的知识系统，或形成独立于"占—验"卜辞

---

① 参见李炳海：《〈左传〉梦象与恐惧心理》，载《社会科学战线》，2007(5)。

结构之外的话语方式。

二、梦的具象化与解释的发生

结合传世文献来看，占梦知识的独立，伴随着占梦职官的创设与用梦制度的建立，而在此基础上，占梦文献的生成才成为可能。周代以后，占梦方式发生变化，除了用卜筮辅助占卜之外，人们开始对梦境进行分类，并对特定梦象加以解释，在这一前提下，占梦知识开启了体系化的进程，也从而得以点滴积累成文献。

《周礼·春官·占梦》常被研究者援引为先秦梦观念的论据，其条目下有"正梦""噩梦""思梦""寤梦""喜梦""惧梦"之分。[①] 然而，这"六梦"之别，建立在对梦有一定认知的基础上，是对前人占梦经验和知识的总结和分类，用以简单快捷地辨明梦境的象征内涵，而无须经过占验。更确切地说，对梦境进行分类，这一行为本身即已兼具了占卜及解释的功能。因此，从吉凶二元判断到"六梦"的分类，本质上是从"判断"跃迁到"解释"的层面，这期间体现的梦观念存在显著的断层。

弥合此间逻辑的，在于"解梦"的发生和"解释"的累积。西周以后的占梦方法，通常略去占卜程序，更近于"解梦"，这从岳麓简《占梦书》和睡虎地秦简《日书》中也可得到印证。"占梦"和"解梦"在先秦时虽均以"占梦"概称，但其间存在显见的差异。"占梦"只能问卜祸福、吉凶，是一种"非此即彼"的封闭式占卜；而"解梦"则可针对梦中不同的人、事、物符号进行阐释，联系五行、历史、星象解释梦境的寓意，是一种开放式的占卜手段，也具有更大的阐释空间。

因为这种方法上的差异，"占梦"与"解梦"常常具有不同的功能指向。例如《左传》中既有"解梦"者，亦有用筮占梦者。而在春秋时期，用筮法进行占卜是较为严肃的，往往是基于某种强大的心理动因，诚心求问梦象的吉凶。《哀公十七年》卫庄公梦见被自己杀害的浑良夫"被

---

① （清）阮元校刻：《十三经注疏（清嘉庆刊本）》，《周礼注疏》卷二十五，1744 页，北京，中华书局，2009。

发北面而噪"，醒后"亲筮之"，过后又贞卜得繇辞。① 卫庄公两次均采用占卜方式询问梦的寓意，显见是出于对梦象的极大恐惧和困惑。相比一般情形下《左传》所记的"占梦"，只是依据梦象而下达的断言，是为"解梦"，也就是通过阐释梦中出现的符号来推断梦的意义。这样的解释，在很多情况下是较为自由的，不需要特定的占卜程序，仅凭直感即可成立。例如《哀公二十六年》，宋景公养子得梦见自己成为一只巨鸟，醒来后仅因"余梦美"就得出了"必立"的结论。② 这种"解梦"甚至无须依凭占梦文献，也充分表明人类探索梦境的动因最初本是情绪化的，并无理性和系统性可言。

如果说狭义的"占梦"指凭借龟卜、筮占等方式，问卜梦境的吉凶；而在先秦文献的语境中，一切对梦的解释、占卜行为都被称为"占梦"，这构成广义的"占梦"传统。因此殷人"占梦"与周人"解梦"在方法及观念上虽有差异，下文在泛指占梦传统的问题上，都将以"占梦"统称。

西周初期最早，同时也是最具政治意义的一次占梦活动，正是《逸周书·程寤》、清华简《程寤》中所记载的太姒之梦。从传世、出土文献的记载中，我们可以清晰地看到周初"占卜"与"解释"这两种占梦方式的并行存在。

> [1]……太姒梦见商之庭产棘，小子发取周庭之梓，树于阙间，化为松柏棫柞，寤惊以告文王。文王曰："召发于明堂拜吉梦，受商之大命于皇天上帝。"③（《太平御览》卷五三三引《逸周书》）

> [2]……大姒梦见商之庭产棘，小子发取周廷之梓，树于厥间，化为松柏棫柞。寤惊，以告文王。文王乃召太子发占之于明堂。王及太子发并拜吉梦，受商之大命于皇天上帝。（《逸周书·

---

① （清）阮元校刻：《十三经注疏（清嘉庆刊本）》，《春秋左传正义》卷六十，4733页，北京，中华书局，2009。

② （清）阮元校刻：《十三经注疏（清嘉庆刊本）》，《春秋左传正义》卷六十，4740页，北京，中华书局，2009。

③ （宋）李昉等：《太平御览》第三册，2418页，北京，中华书局，1960。

程寤》)①

[3]……太姒梦见商廷惟棘，乃小子发取周廷梓树于厥间，化为松柏棫柞。寤惊，告王。王弗敢占，诏太子发，俾灵名凶，祓。祝忻祓王，巫率祓太姒，宗丁祓太子发。币告宗祊社稷，祈于六末山川，攻于商神，望，烝，占于明堂。王及太子发并拜吉梦，受商命于皇上帝。(《清华简·程寤》)②

这三则材料关于"太姒告文王"之后的事件发展，记载各不相同。[1]中，文王未经占卜，直接以此为"吉梦"，并召太子发拜梦受命；[2]中，文王并未直接得出结论，而是与太子发共同对梦作出占卜后，才拜梦受命；[3]中，文王似乎察觉到了这种梦象的政治象征意义，因此第一反应是"弗敢占"，直到举行了祓、祈、攻、望、烝等一系列仪式后，才进行占卜，之后拜梦受命。这三种叙述的差异虽然细微，但却反映了三种不同的占梦逻辑。[1]是由梦象直接得出结论，是为"解梦"；[2]是通过占卜得出结论，是为"占梦"；[3]是对梦象有所理解，但需要借助占卜加以确定，因此介于"解梦"和"占梦"之间。

考虑到《程寤》的占梦故事发生于商末，这就为"解梦"的发生锚定了一个较早的时间节点。在上述不同文献中，唯一相同的叙事就是梦境本身的事象，这证明了太姒之梦在流传过程中少有舛讹。梦象之所以能使文王得出"吉梦"的结论，或者"弗敢占"的敬惧，就在于其所示的内容简明又极具隐喻色彩。"商庭"与"周庭"是两个政权举行重大礼仪的场所，是对二者神权及王权的象征。"棘"带有不实、不材的象征意味，《说文》："棘，小枣丛生者"，注云"未成则为棘而不实，已成则为枣"，《诗·邶风》："吹彼棘心"，疏："棘，木之难长养者"。"商庭生棘"的意象，喻指商王不敬鬼神，失去神灵庇佑。与之形成对比的，是"周庭之梓"。"梓"为优良木材，《尔雅·释木》："椅，梓。"疏："楸

---

① 黄怀信、张懋镕、田旭东：《逸周书汇校集注》(修订本)，183 页，上海，上海古籍出版社，2007。

② 清华大学出土文献研究与保护中心编：《清华大学藏战国竹简(壹)》，136 页，上海，中西书局，2010。

之疏理白色而生子者为梓。"《尚书·周书》有《梓材》一篇，谓"若作梓材，既勤朴斲，惟其涂丹雘"，以治作梓木器具比喻为政之道。"周庭之梓"有材有实，与不材不实的"商庭之棘"形成了鲜明对比。

接下来，"小子发"取来周庭之梓，立于"厥间"。"厥""氒"同字，在金文中一般用作代词，此处当指代"商之庭"。被移植于商庭的周庭梓材，此时化作了嘉木。"松柏"在《诗经》中与日月并列，以喻福祉永承，其寓意自不待言；而"棫柞"是丛生灌木，与此前学者主张的"恶木"不同①，它们是一种常见、易整治，且受人工培养的良材。《尔雅》疏云："棫，即柞也，其材理全白无赤心者为白桵，直理易破，可为犊车，又可为矛戟。"②《大雅·旱麓》："瑟彼柞棫，民所燎矣"，笺云："柞棫之所以茂盛者，乃人燺燎，除其旁草，养治之使无害也。"③《大雅·绵》美古公筑城："柞棫拔矣，行道兑矣"，正义："柞棫之木，拔然生柯叶矣。"④柞棫生柯叶，标志着聘问时节的到来，以物候美其礼仪合时。"化为松柏棫柞"一句，夏含夷曾引"文献树"原则，指出其最早并非以"梓"为主语。⑤ 就树木特性来看，应当理解为乔木和灌木各自发生转化，周梓进化为松柏，商棘转化为棫柞。商王不事鬼神所引发的灾祸被周人转危为安，王庭免于芜没。

这个梦境中不但有具体的人物、地点和过程，还出现了六种具体的、带有明确价值指向的树木，是一个强意象的梦。因此，不通过占

---

① 袁莹："'棘'与'棫'、'柞'为一类，都是低矮的灌木，可用作薪火之材，是树木中低劣的品种；'梓'与'松'、'柏'为一类，都是高大的乔木，是树木中尊贵的品种。"（袁莹《清华简〈程寤〉校读》，复旦大学出土文献与古文字研究中心网站论文：http://www.fdgw2.org.cn/Web/Show/1376，2011年1月11日。）王宁："松柏是良材，棫柞恶木。"（王宁《读清华简〈程寤〉偶记一则》，复旦大学出土文献与古文字研究中心网站论文：http://www.fdgw2.org.cn/Web/Show/1389，2011年1月28日。）

② （清）阮元校刻：《十三经注疏（清嘉庆刊本）》，《尔雅注疏》卷九，5736页，北京，中华书局，2009。

③ （清）阮元校刻：《十三经注疏（清嘉庆刊本）》，《毛诗正义》卷十六，1110页，北京，中华书局，2009。

④ （清）阮元校刻：《十三经注疏（清嘉庆刊本）》，《毛诗正义》卷十二，1100页，北京，中华书局，2009。

⑤ 〔美〕夏含夷：《说"杍"：清华简〈程寤〉篇与最早的中国梦》，载《出土文献》，2018（2）。

卜，仅通过解释，即可对梦的意义作出初步判断。《程寤》任一文本虽均未对这些象征符号作出更进一步的解读，但从中已可发现，用梦境中的事物来象征、喻示现实，这种手段离殷商时期单纯卜问祸福的占梦习俗相去已远。

西周时期，"解释"可能已经成为较为重要的占梦手段，除了《程寤》所示之外，《诗经》中的《小雅·斯干》与《小雅·无羊》也留下了相应的记录。

《小雅·斯干》是宣王时期的诗篇，篇尾记叙了一次占梦过程，对探讨西周的占梦法和占梦制度具有相当的史料价值。诗篇歌颂了宫室建筑的宏伟气象，表达了对主人的祝愿。其中，第六章开始，借主人入室安寝，带出主人吉梦及占梦之辞：

> 下莞上簟，乃安斯寝。乃寝乃兴，乃占我梦。吉梦维何？维熊维罴，维虺维蛇。
>
> 大人占之：维熊维罴，男子之祥；维虺维蛇，女子之祥。（《诗·小雅·斯干》）①

新居落成，主人入住而做一梦，梦中有熊罴、虺蛇之象，于是进行占梦。从占辞可以看出，占梦者的判断，并非通过龟卜下达，而是借由物象来体现的。梦中的熊罴象征生育男孩，虺蛇象征生育女儿，二者皆被称为"祥"。熊罴虺蛇原为凶兽，在梦见美玉尚惧灾祸的殷商时期，凭借这两种物象就作出"祥"的判断，是不可想象的。《斯干》的这一记载体现出占梦手段从"占卜"向"解释"的变化，是值得重视的。

无独有偶，同样作于宣王时的《无羊》也仅依据梦中的象征符号就下达了占断：

> 牧人乃梦，众维鱼矣，旐维旟矣。大人占之：众维鱼矣，实

---

① （清）阮元校刻：《十三经注疏（清嘉庆刊本）》，《毛诗正义》卷十一，936～937页，北京，中华书局，2009。

维丰年。旐维旟矣，室家溱溱。(《诗·小雅·无羊》)①

《无羊》一诗，历代学者均以为"考牧"之作。笺云："厉王之时，牧人之职废，宣王始兴而复之，至此而成，谓复先王牛羊之数。"诗篇反映了宣王时代经济中兴，民生恢复的景象。诗中的"牧人"，放牧羊群，日暮入圈，归而做梦。梦中繁庶的鱼群，象征着丰饶的年成，家族的兴盛。这也是典型的以象征符号下达占断的占梦手段。《无羊》《斯干》两首诗中共见的"大人占之"，传统解释为"以圣人占梦之法占之"，并非专职占梦者的占卜记录。另外，《周礼·春官》注中，将《无羊》的记录解释为"献吉梦"，用于说明"季冬，聘王梦，献吉梦于王"的制度传统。《周礼》的描述建立在周王朝有专职占梦官的基础上，在"占梦"一条的描述中，占梦官除了占梦之外，还有聘梦、献吉梦、赠恶梦的职能，其中仅有"赠恶梦"即禳除恶梦的行为可从史传文献的记录中获得印证。从逻辑上来说，应当先以占梦判断吉凶，再有"聘""献""赠"的用梦之法。

至于《周礼》中所设计的占梦之法，正如其对"六梦"的描述一样，在今天看来并不符合殷商西周的实际。"以日、月、星、辰占六梦之吉凶"，意味着占梦者的占断是通过占星下达的。查先秦文献可知，大部分梦例仅依据梦中事象就得出吉凶判断，至于西周时期以《斯干》《无羊》《程寤》为代表的梦例，其占梦方式或为龟卜，或为解释梦象，皆与占星无涉。考虑到阴阳学说的实际发展情况，可以判断，结合五行星象等方式进行占梦，很可能晚至春秋时期才开始。

《左传》《国语》中的大部分梦例仅依据梦中事象就得出吉凶判断，但对于一些重大决策，人们倾向于结合梦占、卜筮相互参验。对同一事件利用相同或不同的手段反复占卜，直到求得确信的结果，这样的传统早在殷商时代就已成型。武王克商之前，就曾以梦兆与占卜结果的耦合作为启示，激励军队取得胜利。《尚书·泰誓》："朕梦协朕卜，

---

① (清)阮元校刻：《十三经注疏(清嘉庆刊本)》,《毛诗正义》卷十一，939页，北京，中华书局，2009。

袭于休祥，戎商必克"①，其文亦见于《国语·周语》。其梦是否即指《程寤》之梦，虽不明确，但梦占与其他占卜方式的互相印证，当如龟卜和筮占的互相印证一样，是其时通行的占卜手段。《国语·周语》注云："武王梦、卜、祥三合，故遂克商有天下。"后来单襄公同样以梦象、卦示与人德相参验，判断公子周必将成为晋国的国君②，是所谓"三袭"。注："袭，合也；三合，德、梦、卦也。"以上记述，与《周礼·春官·大卜》"赞三兆、三易、三梦之占，以观国家之吉凶，以诏救政"③的表述可相互印证。

《左传》中，梦占与易占、星占相关的一共三例，分别为：

《昭公七年》孔成子与史朝梦康叔，孔成子以《周易》筮之：

> 卫襄公夫人姜氏无子，嬖人婤姶生孟絷。孔成子梦康叔谓己："立元，余使羁之孙圉与史苟相之。"史朝亦梦康叔谓己："余将命而子苟与孔烝'钼'之曾孙圉相元。"史朝见成子，告之梦，梦协。晋韩宣子为政聘于诸侯之岁，婤姶生子，名之曰元。孟絷之足不良，能行。孔成子以《周易》筮之……故孔成子立灵公。④

《成公十六年》吕锜以日月占梦：

> 吕锜梦射月，中之，退入于泥。占之，曰："姬姓，日也。异

① （清）阮元校刻：《十三经注疏（清嘉庆刊本）》，《尚书正义》卷十一，385 页，北京，中华书局，2009。

② 襄公有疾，召顷公而告之曰："……且吾闻成公之生也，其母梦神规其臀以墨，曰：'使有晋国，三而畀驩之孙。'故名之曰'黑臀'，于今再矣。襄公曰驩，此其孙也。而令德孝恭，非此其谁？且其梦曰：'必驩之孙，实有晋国。'其卦曰：'必三取君于周。'其德又可以君国，三袭焉。吾闻之《大誓》，故曰：'朕梦协朕卜，袭于休祥，戎商必克。'以三袭也。晋仍无道而鲜胄，其将失之矣。若早善晋子，其当之也。"见徐元诰撰，王树民、沈长云点校：《国语集解》，91 页，北京，中华书局，2002。

③ （清）阮元校刻：《十三经注疏（清嘉庆刊本）》，《周礼注疏》卷二十四，1735 页，北京，中华书局，2009。

④ （清）阮元校刻：《十三经注疏（清嘉庆刊本）》，《春秋左传正义》卷四十四，4455 页，北京，中华书局，2009。

姓，月也，必楚王也。射而中之，退入于泥，亦必死矣。"①

以及《昭公三十一年》史墨为赵简子占梦：

　　十二月辛亥朔，日有食之。是夜也，赵简子梦童子裸而转以歌。旦占诸史墨，曰："吾梦如是，今而日食，何也？"对曰："六年及此月也，吴其入郢乎！终亦弗克。入郢必以庚辰，日月在辰尾。庚午之日，日始有谪。火胜金，故弗克。"②

　　其中，《昭公七年》一篇，事关立嗣之事，孔成子与史朝梦见康叔托梦立元，此时二人对立嗣问题已产生政治倾向。之后二人复以易法筮之，是筮问立嗣之事，而非筮问此前梦兆。梦占与易占针对同一事件，实为并列互文的关系。至于《成公十六年》与《昭公三十一年》，情况则又各有异。《昭公三十一年》，梦象为童子"裸而转以歌"，适逢日食。而史墨的回答却无涉梦象，对此，杜注指出："史墨知梦非日食之应，故释日食之咎，而不释其梦。"至于史墨推演出战争结果的过程，杜注谓："午，南方，楚之位也。午，火；庚，金也。日以庚午有变，故灾在楚。楚之仇敌唯吴，故知入郢必吴。火胜金者，金为火妃。食在辛亥，亥，水也。水数六，故六年也。"以杜注来看，此占亦非星占，仅是从日食前某次"日始谪"之日的干支推出对应方位，以方位及政治常识推断对应国家，再依据干支所对应的五行赋予这两个国家相应属性，从而根据五行生克关系判断胜负，最后根据日食当天的干支，推测事件发生的时间。"日始谪"和"日食"只是两个特异时间点，并不是预测事件的依据，而这一整套推演，与赵简子的梦又毫无关联。因此与其说史墨"以日月星辰占梦"，不如说以五行干支占卜未来之事，这应当是一种占日之法。因此，这三则材料都不属于用占星术辅助占梦的案例。比较接近"以日月星辰占梦"的，整部《左传》中，只有《成公十

① （清）阮元校刻：《十三经注疏（清嘉庆刊本）》，《春秋左传正义》卷二十八，4165 页，北京，中华书局，2009。

② （清）阮元校刻：《十三经注疏（清嘉庆刊本）》，《春秋左传正义》卷五十三，4618～4619 页，北京，中华书局，2009。

六年》"吕锜梦射月"一事。占梦者以姬姓为日，异姓为月，虽然只是梦象与人事的简单对应，但这一推演已开始接近用符号象征引譬连类的占梦法则。

战国时期，占梦术获得了更进一步的发展，这主要体现为占梦知识不断累积，五行、星象知识被广泛应用，以梦象为依据的"解梦"占据主流，卜、筮不再是必要的占卜手段。由是，"占梦"独立于龟卜和易筮，成为一种自成逻辑的占卜传统。

正是在这样的背景下，如何整理历史累积的占梦知识与占梦事例，统合零散的梦象兆示，并建构与之相应的解释框架，才能成为一种文化需求。在战国文献大爆炸的风潮中，"占梦书"这一文献形式应运而生，并形成相应的文体范式。

三、占梦知识的积累与占梦书的作成

从稍晚的文献记载来看，占梦文献的产生可能早于战国，并与职官传统密切相关。《晏子春秋》中，占梦者曾请求"反其书"以寻找齐景公梦象的寓意，这其中透露的信息有三：一为春秋时期存在书面形式的占梦文献；二为占梦文献由职业占梦者保管；三为当占梦者不能确定梦象意义时，倾向于寻求书中的解释，而非以卜筮定吉凶。

《汉书·艺文志》中可见部分被归入"杂家"的占梦文献，其书名有"黄帝长柳占梦""甘德长柳占梦"等。考其书名，"黄帝"显受黄老学说影响，"甘德"为战国天学家，"长柳"即"张柳"，为复姓，春秋末期有贤臣"张柳朔"[1]，可推此二书编成时间不早于战国。此二书至《隋书·经籍志》已无存，但从涉及方术的出土文献，如秦简《日书》《占梦书》中，还能够看到相对完整的占梦文献体例。

在岳麓简《占梦书》的开端，有一篇短小的论述文字，概述了占梦

---

① 《左氏会笺》："张柳复姓，汉《艺文志》有'长柳占梦'。《墨子》所染篇曰：'范吉射染于长柳朔王胜'，王胜即王生也，古张字省作长，见楚相孙叔敖碑，此古文也。观传所载，王生似祁奚，张柳朔似狼瞫，亦一时贤臣也，而墨子与大宰嚭唐鞅辈并称为亡国奸臣，何其贤佞之相反也，则墨子之言妄矣。"见〔日〕竹添光鸿：《左氏会笺》第五册，2293 页，成都，巴蜀书社，2008。

术的使用规范和注意事项。整理者将其定为"梦论"，实质是占梦术之方法论。依据论述内容，可将其分为四层。其中，第一层是写给占梦者面对求占者的"操作总则"：

> 若昼梦亟发，不得其日，以来为日；不得其时，以来为时；醉饱而梦、雨、变气不占。①

从"以来为时"这类表述看，这段文字预设的读者即为占梦者，因此《占梦书》应当是占梦者的职业文献。其文总结了占梦中常见的一些情况，并为占梦者提供应对解决之道。例如：遇到求占者不记得做梦的时日的情况，就以其前来求占的时日为准；当求占者之梦作于"醉饱"状态时，假如梦见雨与奇异的天象，则没有占断的价值，不予占卜。这两条规范给出三个重要讯息：其一，战国时期的占梦术可以借助干支推演；其二，"雨"与"变气"属于重要的梦象，其兆示事关重大；其三，战国占梦者认为梦沟通神灵世界的能力，建立在人类清明理性的基础上，因此"醉饱"状态之梦不具备传递神秘意志的可能性。

第二层是介绍梦与昼夜、四时的关系，并解释"占梦之道"的一般规律：

> 昼言而暮梦之，有□□□□□□始□□之时，亟令梦先，春日发时，夏日阳，秋日闭，冬日臧。占梦之道，必顺四时而豫。其类，毋失四时之所宜，五分日、三分日夕，吉凶有节，善兼有故。②

从下文语境判断，《占梦书》向占梦者介绍了"占梦之道"所以灵验的奥秘：四时之气，会通过梦境预先降临，因此只要掌握好四时的规律，就能判断梦的吉凶寓意。当"春发夏阳，秋闭冬藏"成为固定的价值坐标以后，每一个梦都可以借助时令价值判断吉凶。这样的占梦法

---

① 陈松长主编：《岳麓书院藏秦简（壹—叁）释文修订本》，64 页，上海，上海辞书出版社，2018。

② 陈松长主编：《岳麓书院藏秦简（壹—叁）释文修订本》，71 页，上海，上海辞书出版社，2018。

充分利用了自然合理性，直至东汉仍蔚为流行，王符《潜夫论·梦列》："春梦发生，夏梦高明，秋冬梦熟藏，此谓应时之梦也。"①

时令价值又并非判断梦象的唯一标准，这段文字的第三层又引入了干支五行的系统，试图更精细地判断梦象吉凶：

> 甲乙梦，开藏事也，丙丁梦，忧也，戊己梦，语言也。庚辛梦，喜也。壬癸梦，生事也。甲乙梦伐木，吉。丙丁梦失火高阳，吉。戊己[梦]官事，吉。庚辛梦□山铸钟，吉。壬癸梦行川、为桥，吉。②

这里的"梦某事也"的句式，说的是在特定天干日，什么样的梦是更接近自然之理的。十天干诞生于殷商之时，而将其划为五组，对应五行，则当为阴阳家学说的产物。《占梦书》认为，梦象最好能对应当日天干的五行属性，例如甲乙对应木行，因此当甲乙日梦见伐木时，则为吉兆。同理"宫事"对应土行，"铸钟"对应金行，"行川为桥"对应水行，是"将活动（事件）的特点抽出，推理至抽象的'五行'，这是模拟思维的运用"③。

但是，与睡虎地秦简《日书》的《梦》篇作对比，可以发现后者描述了一种方法相近，结论却完全不同的天干占梦法：

> 甲乙梦被黑裘衣冠，喜，入水中及谷，得也。丙丁梦□，喜也，木金得也。戊己梦黑，吉，得喜也；庚辛梦青黑，喜也，木水得也。壬癸梦日，喜也；金，得也。（《日书·乙种》）④

这段文字同样引用天干及五行系统判断梦象吉凶⑤：甲乙日属木，

---

① （汉）王符著，（清）汪继培笺，彭铎校正：《潜夫论笺》，315 页，北京，中华书局，1985。

② 陈松长主编：《岳麓书院藏秦简（壹—叁）释文修订本》，71 页，上海，上海辞书出版社，2018。

③ 庞壮城：《岳麓简〈占梦书〉零释兼论其成书机制》，见《学行堂语言文字论丛》第四辑，成都，四川大学出版社，2004。

④ 睡虎地秦墓竹简小组编：《睡虎地秦墓竹简》，247 页，北京，文物出版社，1990。

⑤ 敦煌本《新集周公解梦书》也有类似的"十干日得梦"占梦法。

水生木，此日梦见水象及黑色方为吉梦；庚辛日属金，金克木而生水，因此梦见木与水及相对应的青黑色，均为吉梦。《日书》吉凶系统的核心逻辑是五行生克关系，而非模拟五行事象，这与《占梦书》的逻辑迥异。如此看来，在特定的天干日，梦见对应的五行之象，或相生克的五行之象，何者为吉，并不存在统一的定论。

占梦方法论的最后一层，是如何处理"不验"的情况。不同于殷人占梦只问吉凶的习俗，《占梦书》所列梦象极细，所言事件又多涉重大事件，如年成、生死等，其验否极易检测，因有失验之虞。对此，占梦者的解决之道是，延长占验的有效周期：

> 晦而梦三年至，夜半梦者二年而至，鸡鸣梦者（缺简）……①

释一梦而观察周期长达二至三年，这样的解释既能为求占者提供解释，又有效避免了占梦不准的事实在短期内受到质疑。然而即使如此，梦占不验的情况仍屡屡发生。对此王符《潜夫论》试图作出解释，提出梦之验否与占梦双方的修养有关："是故君子之异梦，非妄而已也，必有事故焉。小人之异梦，非桀而已也，时有祯祥焉……此非占之罪也，乃梦者过也。""或言梦审矣，而说者不能连类博观，故其善恶有不验也。"②班固在《艺文志》中则直接将梦与其他祯祥一并归为"訞"，认为对应的根本仍在于修德义，在"人失常则訞兴"的时代，占梦是"舍本而忧末，不能胜凶咎"③的表现。

接下来讨论岳麓简《占梦书》的编制体例。整理者根据梦象和占断对竹简作出排序。这样的排序大体可信，除前人指出的理由之外，相近梦象和相近占断使用的句式相同，也可证明《占梦书》在编写中存在一定分类意识，并以此组织语句。例如根据梦象的关联性进行排序的，较明显的有第 31 简、32 简下部关于桃、李的植物梦，句式统一为"梦

---

① 陈松长主编：《岳麓书院藏秦简（壹—叁）释文修订本》，71 页，上海，上海辞书出版社，2018。

② （汉）王符著，（清）汪继培笺，彭铎校正：《潜夫论笺》，321～322 页，北京，中华书局，1985。

③ （汉）班固撰，（唐）颜师古注：《汉书》卷三十，1773 页，北京，中华书局，1962。

见某植物，为某事"；第 38 简至第 40 简下部关于虎豹、熊、蚰的凶兽梦，句式统一为"梦见某动物者，某某事"。依据所象之事的关联性进行排序的，如第 41 简至第 46 简的"梦见某者，某某欲食"等。从相近句式出发，可以找到更多排序的线索，这体现出《占梦书》初步的文献编纂意识。但需要注意的是，与后世《新集周公解梦书》等占梦文献相比，这些占梦辞的句式并不全然统一，部分占梦辞难以被分类，甚至存在重复，说明了原始材料的芜杂程度。

每条占梦辞短则七八字，长则十数字，远远少于每支竹简的文字容纳量，因此《占梦书》被分为上下两栏书写，而开篇的总论与一些较长的占梦辞（如第 35 简），则会采用连续书写的普通形式。分两栏书写，体现出明显的版式意识。

因此，《占梦书》的书写方式，可总结为以主题和梦象分类，上下分段，一简两句。这说明这部文献并非对知识的机械记录，而是为了方便占梦者依据梦象和主题检索占梦辞而设计的。结合篇首对"方法论"的概述，可推断《占梦书》或更广义上的占梦文献，是一种具有实用功能的职业手册。这可与《史记·龟策列传》后半部分的职业文献体例相参证。另外，没有记载具体占梦辞的睡虎地秦简《日书》却详细记录了一种禳除恶梦的祝告仪式及相应用语[1]：

> 人有恶梦，觉，乃释发西北面坐，祷之曰："皋！敢告尔猷埼。某，有恶梦，走归猷埼之所。猷埼强饮强食，赐某大富，非钱乃布，非茧乃絮。则止矣。"(《日书·甲种》)[2]

> 凡人有恶梦，觉而释之，西北向释发而咽，祝曰："皋！敢告尔宛奇，某有恶梦，老来□之，宛奇强饮食，赐某大富，不钱则布，不茧则絮。"(《日书·乙种》)[3]

---

① 见于《日书》甲种及乙种最后一部分，二者文字相近，可视为同一内容。
② 睡虎地秦墓竹简小组：《睡虎地秦墓竹简》，210 页，北京，文物出版社，1990。
③ 睡虎地秦墓竹简小组：《睡虎地秦墓竹简》，247 页，北京，文物出版社，1990。

禳梦之法，包括了相应的仪态、方位、动作以及诅祝之辞。在祝辞中提到的"犾踦""宛奇"，饶宗颐引《续汉书·礼仪志》指出当为"伯奇"，一种食梦之兽。① 若是，其辞当为对伯奇之兽的告祷，本质为一种祝辞。

《日书·诘》还给出了一种禳除鬼梦的方法：

> 鬼恒为人恶梦，觉而弗占，是图夫，为桑杖倚户内，覆脯户外，不来矣。②

"觉而弗占"的原理未知，或为视占卜为沟通鬼神之道，既已知恶梦为有鬼作祟，则复占不吉，直应禳之。以"桑杖"作为辟邪之物，与秦简《诘咎篇》中"取桃椯段四隅中央"驱除鬼梦的方法大致相似。从"觉而释发"到"咽发作祝"，从"觉而弗占"到"为杖覆脯"，主语连贯，证明这些行为都不需要占梦者或祝者的参与，普通人可自行禳除凶祟。这部文献更接近于一般人的日常使用，职业色彩更淡。

再来看岳麓简《占梦书》的基本体例，每条占梦辞都以梦象起领，以"梦某某者，某某事"为主要体式。其占断文句或下达吉凶判断，或解释其象征寓意。依据其占断形式的不同，抛除"不占"的特殊情况之外，可略分为三种：

1. 吉凶占断

> 春梦飞登丘陵，缘木生长繁华，吉。（第 6 简上）③
> 春夏梦亡上者，凶。（第 9 简上）④

---

① 参见饶宗颐、曾宪通：《云梦秦简〈日书〉研究》，28 页，香港，香港中文大学出版社，1982。
② 睡虎地秦墓竹简小组编：《睡虎地秦墓竹简》，213 页，北京，文物出版社，1990。
③ 朱汉民、陈松长主编：《岳麓书院藏秦简·壹》，154 页，上海，上海辞书出版社，2010。
④ 朱汉民、陈松长主编：《岳麓书院藏秦简·壹》，155 页，上海，上海辞书出版社，2010。

梦亡下者，吉。（第 10 简上）①

秋冬梦亡于上者，吉，亡于下者，凶，是谓□凶。（第 15 简上）②

梦燔其席蓐，入汤中，吉。（第 19 简上）③

2. 事象占断

梦天雨□，岁大穰。（第 8 简上）④

梦身生草者，死沟渠中。（第 22 简下）⑤

梦亡其钩带备缀好器，必去其所爱。（第 26 简上）⑥

梦引肠，必弟兄相去也。（第 26 简下）⑦

3. 条件占断

梦身柀枯，妻若女必有死者，丈夫吉。（第 10 简下）⑧

梦见豲豚狐腥臊，在丈夫取妻，女子嫁。（第 16 简下）⑨

梦蛇入人口，育不出，丈夫为祝，女子为巫。（第 18 简下）⑩

---

① 朱汉民、陈松长主编：《岳麓书院藏秦简·壹》，155 页，上海，上海辞书出版社，2010。

② 朱汉民、陈松长主编：《岳麓书院藏秦简·壹》，157 页，上海，上海辞书出版社，2010。

③ 朱汉民、陈松长主编：《岳麓书院藏秦简·壹》，159 页，上海，上海辞书出版社，2010。

④ 朱汉民、陈松长主编：《岳麓书院藏秦简·壹》，154 页，上海，上海辞书出版社，2010。

⑤ 朱汉民、陈松长主编：《岳麓书院藏秦简·壹》，167 页，上海，上海辞书出版社，2010。

⑥ 朱汉民、陈松长主编：《岳麓书院藏秦简·壹》，162 页，上海，上海辞书出版社，2010。

⑦ 朱汉民、陈松长主编：《岳麓书院藏秦简·壹》，162 页，上海，上海辞书出版社，2010。

⑧ 朱汉民、陈松长主编：《岳麓书院藏秦简·壹》，155 页，上海，上海辞书出版社，2010。

⑨ 朱汉民、陈松长主编：《岳麓书院藏秦简·壹》，158 页，上海，上海辞书出版社，2010。

⑩ 朱汉民、陈松长主编：《岳麓书院藏秦简·壹》，159 页，上海，上海辞书出版社，2010。

如前所述，"占梦"与"解梦"的机制完全相异。而分列梦象并陈述寓意时，实质上就是持可知论的态度，为梦象总结规律，近于"解梦"而非"占梦"。因此，在这三种占断形式中，以"吉""凶"作占的更可能来自原始梦例。简文之中，多数梦例所示多有关梦者自身，或其近属之事，而类似"梦岁""梦雨"之事，关乎方国年成，只有在君主占梦以求国族祸福的殷商西周时期才可能成立，在人人皆可占梦的战国时代并不合常理。因此，这类记述很可能正是占梦习俗下移至一般贵族之前的文化遗迹。"梦天雨，岁大穰"，这句话既可被视为对规律的总结，也可被视为对事实的陈述。在事象占断中，一部分占断辞使用了"必去其所爱""必兄弟相去也"这种具有明确预叙事色彩的表述，而"岁大穰""死沟渠中"这类介于陈述和预判之间的语句，很有可能拥有更久远的文献来源。在占梦知识被集结成职业文献之前，"梦象"加"后果"这种叙事方式，有可能作为筮例而被载入占卜文献，例如殷墟卜辞：

> 王占曰："有祟，有梦，其有来媸。"七日己丑，允有来媸，[自北，髟]戈化乎(告)方征于我示。(《合集》00137 反)①

这则卜辞包含了叙辞、命辞、占辞、验辞，详细呈现了商王占问梦中之祟，得到"来媸"的兆示，并于七日后的己丑日应验。而当所贞问事象越来越具体时，相应的贞卜记录必然也会发生改变。"梦天雨，岁大穰"可能正是对某次或数次占梦仪式中，命辞和验辞的简化。当这句话被编入占梦书后，其性质就从占验辞变成了预判之辞。"占梦"之所以发展为"解梦"，行为逻辑的变化依托于语言逻辑的改变，而相同的话语则有可能因为语蕴的含混，语境的变化，而发生逻辑的改变。卜辞中的占辞与验辞被先后写定，语法上具有时态模糊的特点，从而体现出一定叙事色彩，在历史意识初兴的西周时期，可能被有意识地载录和保存。而到了占梦知识被总结、收集的时代(可能伴随着职业占

---

① 胡厚宣主编：《甲骨文合集释文》第一册，10 页，北京，中国社会科学出版社，1999。

梦者群体的出现），这些散落于卜辞和其他原始典籍中的占梦事件，就被单独摘录出来。它们脱离了本来占卜和叙事的语境，在新的文献体系中成为可资参考，用于预判未来的经验和规律。而当占梦文献进一步被丰富、写定的时候，就出现了具有未来时态的语言形式。其中，"必有雨""必相去"表示对将来事态的判断；"为有苛忧""为远行"表示对梦象属性的判断，都是较为典型的语例。

从占梦方法来看，《占梦书》中上述几例仅凭借梦中物件、事象，就能得出特定结论。其中既有流行于上古占梦时代的"吉""有忧"等封闭式判断，也有"死沟渠中""见贵人"等非常具体的预言。

综合岳麓简《占梦书》与睡虎地简《日书》，可理解战国时期占梦术及相关观念的大致情况。首先，此时人们对梦的成因还未有更深入的探索，但非常重视梦与自然时令的关连，并借用时序价值判断梦的吉凶。除此之外，根据天干日的属性，梦中是否出现了对应或相生克的五行事象，也成为占卜的一个标准。对吉凶祸福的二分判断，源于殷商占梦传统，也可以认为，狭义的"占梦"在战国时期仍以另一种方式延续着。

其次，《占梦书》有别于殷商时期的新变，是"解梦"成为占梦术的主流。其原理是将具体梦象理解为隐喻和象征，以此比附人事，从中解读出确切寓意，以为未来某个时段的预兆。秦简中的占梦文献，衔接了《小雅·无羊》《小雅·斯干》等西周文献的占梦记述，表明占梦术的这种转变可能上溯到西周。

最后，比较殷商卜辞与秦简《占梦书》，可以推测占梦知识被搜集、整理和写定为占梦文献的大致过程。殷商及西周早期，占卜可能仍为占梦术的主流。而占卜所留下来的文献遗存可能有两种面貌，其一为占梦仪式留下的卜辞文本，其一为记录重大梦验的历史文献。《逸周书》中《武儆》《程寤》两篇均有记梦之辞，或为后者之证。此外，从语言文体的构成上，能发现卜验之辞与占梦之辞的相似性，这对《占梦书》一类占梦文献可能的生成演化路径提供了线索。

四、先秦占梦记录中的政治身份与叙事建构

职业占梦者出现于何时，仅凭传世文献已难以推求。早在殷商时期，占梦卜辞中常有商王自占，或其他贞人参与，并未确言占梦者的存在，甚至有时出现了其他职业参与占梦的情况：

> 己巳卜，自，贞王梦珏，不佳值小疾臣。
> ……佳循小疾臣，告于高妣庚。（《合集》05598）①

宋镇豪据此指出："在商王室阶层，王梦有时会循询臣下，但还没有专职的占梦官之设。"从卜辞来看，殷商占梦活动的主体仍为贞人集团，商王本人亦可参与其中。

西周时期，随着"贞人"或"巫"神圣地位的消解，占梦术可能与祝、卜等职能一样，被纳入服务于王庭的职官体系。在《周礼》中，"占梦"被作为职官的名称，占梦官不仅懂得占梦之术，还需要利用天文星象等知识来辅助占梦。

> [1]（大卜）掌三梦之法，一曰致梦，二曰觭梦，三曰咸陟。其经运十，其别九十，以邦事作龟之八命，一曰征，二曰象，三曰与，四曰谋，五曰果，六曰至，七曰雨，八曰瘳。以八命者赞三兆、三易、三梦之占，以观国家之吉凶，以诏救政。（《周礼·大卜》）②
>
> [2]占梦掌其岁时，观天地之会，辨阴阳之气。以日、月、星辰占六梦之吉凶。一曰正梦，二曰噩梦，三曰思梦，四曰寤梦，五曰喜梦，六曰惧梦。季冬，聘王梦，献吉梦于王，王拜而受之，

---

① 胡厚宣主编：《甲骨文合集释文》第一册，307 页，北京，中国社会科学出版社，1999。

② （清）阮元校刻：《十三经注疏（清嘉庆刊本）》，《周礼注疏》卷二十四，1734～1735页，北京，中华书局，2009。

乃舍萌于四方，以赠恶梦，遂令始难欧疫。(《周礼・占梦》)①

　　"占梦"这一职官与"卜师""龟人""菙氏""占人""视祲"并列，从属于"大卜"序列之下。而"大卜"作为巫卜系统的领袖，对各种占卜之术均十分熟悉，占梦术与易占、龟卜有着同等地位，一并用来占断国家的吉凶祸福："占梦"在此是为一个职官的名称，根据《周礼》的叙述，占梦官不仅懂得占梦之术，还需要懂得天文星象等方面的知识来辅助占梦。《周礼》褒美占梦的政治功能，认为占梦最终服务于政治，"观国家之吉凶，以诏救政"。此外，占梦官还拥有"聘梦""献梦""赠梦"等职责，以为国家致福禳灾。从这些描述来看，占梦官似乎是一个具有重大政治责任，并受到尊重的职业。但是，从《诗经・正月》的"召彼故老，讯之占梦"一句中却可以看出②，事实可能并非如此。《正月》作于两周政治动荡之际，具有较强的政治批判性。此句与"民之讹言，宁莫之惩"所表达的"听之不聪"恰成互文，如笺所云："君臣在朝，侮慢元老，召之不问政事，但问占梦，不尚道德，而信征祥之甚。"③这说明"占梦"行为在时人眼中的意义远低于"问政事"，更遑论以此"救政"。

　　但是，这句诗也从侧面证明，占梦从来并非某一职官的专属职责，像"故老"这样拥有一定经验知识的人群，也可以参与占梦。从史传记载来看，在春秋时期，占梦的主体也并不固定，有时作梦者可以自占，有时君主会召见巫史，有时重臣会主动为君主占梦。

　　由于尚缺乏职业占梦者隶属于职官体系的直接证据，并且其与巫、史、卜等职官的分界尚不明晰，我们暂用"职业占梦者"一词代替"占梦官"，以推求其在史传文献中的事迹，并可整理出如下表格(表7-3)：

　　①　(清)阮元校刻：《十三经注疏(清嘉庆刊本)》，《周礼注疏》卷二十五，1744～1745页，北京，中华书局，2009。

　　②　(清)阮元校刻：《十三经注疏(清嘉庆刊本)》，《毛诗正义》卷十二，949页，北京，中华书局，2009。

　　③　(清)阮元校刻：《十三经注疏(清嘉庆刊本)》，《毛诗正义》卷十二，949页，北京，中华书局，2009。

表 7-3　部分史传文献中的职业占梦者事迹

序号	文本	做梦者	施动关系	占梦者	梦象	占梦之辞			结果
						辨识	解释	对策	
1	左传·成公五年	赵婴	使问	贞伯	梦天使谓己："祭余，余福女。"	不识也	神福仁而祸淫，淫而无罚，福也	祭，其得亡乎	祭之，之明日而亡①
2	左传·成公十年	晋景公	召	桑田巫	梦大厉，被发及地，搏膺而踊，曰："杀余孙，不义。余得请于帝矣！"坏大门及寝门而入。公惧，入于室。又坏户	如梦	不食新矣		将食，张，如厕，陷而卒②
3	左传·襄公十八年	晋献子	见	巫皋	梦与厉公讼，弗胜，公以戈击之，首队于前，跪而戴之，奉之以走，见梗阳之巫皋	今兹主必死		若有事于东方，则可以逞	献子许诺③
4	左传·昭公三十一年	赵简子	占诸	史墨	梦童子臝而转以歌	六年及此月也，吴其入郢乎！终亦弗克	入郢，必以庚辰，日月在辰尾。庚午之日，日始有谪。火胜金，故弗克		吴师大败，吴子乃归④

---

① （清）阮元校刻：《十三经注疏（清嘉庆刊本）》，《春秋左传正义》卷二十六，4128 页，北京，中华书局，2009。

② （清）阮元校刻：《十三经注疏（清嘉庆刊本）》，《春秋左传正义》卷二十六，4139 页，北京，中华书局，2009。

③ （清）阮元校刻：《十三经注疏（清嘉庆刊本）》，《春秋左传正义》卷三十三，4264～4265 页，北京，中华书局，2009。

④ （清）阮元校刻：《十三经注疏（清嘉庆刊本）》，《春秋左传正义》卷五十三，4618～4619 页，北京，中华书局，2009。

续表

序号	文本	做梦者	施动关系	占梦者	梦象	占梦之辞			结果
						辨识	解释	对策	
5	左传·哀公十六年	卫庄公	占	卜人		君有大臣在西南隅		弗去,惧害	乃逐大叔遗。遗奔晋①
6	国语·晋语	虢公	召	史嚚	梦在庙,有神人面白毛虎爪,执钺立于西阿"之下",公惧而走。神曰:"无走!帝命曰:'使晋袭于尔门。'"公拜稽首	如君之言,则蓐收也	天之刑神也,天事官成		六年,虢乃亡②
7	晏子春秋	齐景公	召	占梦者	梦见二丈夫立而怒,其怒甚盛	故泰山之神怒也	师过泰山而不用事	请趣召祝史祠乎泰山则可③

记入史传文献的事例,通常已经过史官之拣选。像占梦这样的事例进入历史叙事的价值,或在于应验未来,或在于改变事件轨迹。本表之中七位占梦者皆为卜、史、巫,并且其中除了"巫皋"是晋献子路遇之外,其余几位在文献中都被明确注明是由君主召见而予以占梦,如《成公五年》赵婴"使问"贞伯,《成公十年》,晋景公"召"桑田巫;《昭公三十一年》,赵简子"占诸"史墨;《哀公十六年》,卫庄公"占梦"而卜人"告";《晋语》,虢公"召"史嚚。除此之外,《晏子春秋》中,亦有数例齐景公主动召见占梦者的记录,可见职业占梦者服务于君主起居,具有较强的专业性,在春秋之时广泛服务于国君及上层贵族。

职业占梦者给出的占梦之辞,总体可分为"辨识梦象""解释原因"

---

① (清)阮元校刻:《十三经注疏(清嘉庆刊本)》,《春秋左传正义》卷六十,4732 页,北京,中华书局,2009。

② 徐元诰撰,王树民、沈长云点校:《国语集解》,283~284 页,北京,中华书局,2002。

③ 张纯一撰,梁运华点校:《晏子春秋校注》,56~57 页,北京,中华书局,2014。

"提供解决方案"三个方面。其中，最重要的是"辨识梦象"，亦即辨明梦象中所出现的鬼神祆祥，并理解这些符号所象征的预兆。例如《国语·晋语》中，史嚚根据虢公梦境中的神人"白毛虎爪""立于西阿"判断此为西方之神蓐收，联系西方主刑杀的五行知识，推论是天神将借晋国之兵以刑虢国。《晏子春秋》中，齐景公梦见"二丈夫"，占梦者因其时适因伐宋途经泰山，而辨别为"泰山之神"。可以发现，就像"祝官"需要掌握鬼神之号那样，职业占梦者也需要博识鬼神之象。在察明其正身的基础上，才能判断梦的吉凶属性。

在获得吉凶判断，尤其是获得凶兆的预示后，职业占梦者就需要进一步给出解决之道。例如襄公十八年的巫皋，提出向东方用兵以避祸，以及哀公十六年的卜人，与嬖人相勾结，给出"去除大臣"的对策。占梦者之所以能为君主提供对策，这一传统也可上溯至殷商。卜辞中有"酋梦""告梦"的记录，殷人常通过杀牲、册告来禳除梦所预示的灾厄。周代的职业占梦者继承了这一点，既能释明梦象，也就知晓应当祈禳、册告的方法，需要在其职司范畴之内给出对策。然而成公五年、十年及《晋语》的三则梦例，虽均为大凶之兆，占梦者却认为并无解除之法。这几则梦例经过史家拣选，其叙事目的均为突出相应历史事件的必然性，因而借助职业占梦者这一巫术性的身份，让他们以预言者的身份作出悲观的预言。本当禳梦、赠梦的职业占梦者面对灾厄束手无策，这进一步加深了梦兆的恐怖色彩，以及悲剧命运的无可避免。

再看构成占梦之辞的最后一个要件，即"解释"。上述梦例中，大多数占梦者的"大凶"结论皆由梦象本身引发而来。桑田巫、巫皋均向君主直言无解之道，唯贞伯假装不识，向他人述说凶兆判断时方阐明原因。这里值得注意的，正是贞伯"不识"的回应。赵婴"梦天使谓己：'祭余，余福女'"，梦象十分具体，更自带了对后续行动的指导。贞伯之谓"不识"，不近常理，实际上是委婉地拒绝履行占梦职责。此后贞伯所作的解释，正是对这份不近常理之处的回应。除此之外，史墨给出了占卜结论的具体理由，并解释了自己使用天干、五行解梦的占梦方法；史嚚用时序价值和五行理论解释了蓐收的职司；齐景公的占梦者则根据地理和祭祀常识解释了泰山神发怒的理由。

　　总而言之，这几位职业占梦者对梦象的判断大多正确，其占梦方式以对梦象的阐释为主，在此基础上会引譬连类，借用天干、五行等知识辅助解梦。但是，史传文献较少书写职业占梦者禳梦、救祸的行为，这些被拣选出来的事件大多关于生死、战事，象征着无可逃避的命运或事件发生的肇因。因此，史传文献往往着重书写这些梦兆所对应的结果，如晋景公之死、虢国之亡；或为一些历史事件的发生提供因果关系，如晋伐齐，卫庄公逐大叔遗等。职业占梦者的身份服务于这些叙述的需求，或作为历史的预知者，作出束手无策的预言；或成为历史的转折点，为君主提供政治建议从而导致一系列后果。职业占梦者的专业身份及其职业技能，是这些历史叙事得以成立的重要构成部分。

　　先秦史传文献中所记的占梦事例，还有相当一部分是由贵族卿士，而非职业占梦者所主导的。与前一节所引的事例不同，以贵族卿士为占梦主体时，叙事的目的通常就不在于彰显"梦—占—验"这一过程，而是以刻画、彰显占梦话语为主。

　　下表列举了史传文献中明确写出占梦主体、占梦行为或者有确切占梦结论、作出抉择的事例，未收入本表格中的，还有一些仅描写梦象存在的事例（表 7-4）。从主体上来看，本组人物中的做梦者均为君主与贵族，为其占梦者主要是重臣，亦有自占、转述等情况。以这则表格与上一则作对比，可以直观感受到两组占梦主体在话语方式上的差异，以及占梦叙事在功能上的不同。

表 7-4　史传文献中的部分占梦事例

序号	时间	做梦者	梦象	占梦者	占梦之辞			结果
					辨识	解释	对策	
1	僖公四年	晋献公	齐姜	骊姬			必速祭之	祭于曲沃，归胙于公……重耳奔蒲，夷吾奔屈①

---

① （清）阮元校刻：《十三经注疏（清嘉庆刊本）》，《春秋左传正义》卷十二，3893 页，北京，中华书局，2009。

续表

序号	时间	做梦者	梦象	占梦者	占梦之辞			结果
					辨识	解释	对策	
2	僖公二十八年	晋文公	梦与楚子搏，楚子伏己而盬其脑	子犯		我得天，楚伏其罪，吾且柔之矣①		
3	僖公二十八年	子玉	梦河神谓己曰："畀余，余赐女孟诸之麋。"	自占			弗致	楚师败绩②
				荣黄		死而利国。犹或为之，况琼玉乎？是粪土也，而可以济师，将何爱焉	畀（河神）	
4	僖公三十一年	卫成公	梦康叔曰："相夺予享。"	自占			（应）祀相	
				宁武子		鬼神非其族类，不歆其祀。杞、鄫何事？相之不享于此，久矣，非卫之罪也，不可以间成王、周公之命祀。请改祀命	不可（祀相）③	
5	成公十六年	吕锜	梦射月，中之，退入于泥	不明		姬姓，日也。异姓，月也。必楚王也。射而中之，退入于泥		射共王，中目④

---

① （清）阮元校刻：《十三经注疏（清嘉庆刊本）》，《春秋左传正义》卷十六，3961 页，北京，中华书局，2009。

② （清）阮元校刻：《十三经注疏（清嘉庆刊本）》，《春秋左传正义》卷十六，3963 页，北京，中华书局，2009。

③ （清）阮元校刻：《十三经注疏（清嘉庆刊本）》，《春秋左传正义》卷十七，3976 页，北京，中华书局，2009。

④ （清）阮元校刻：《十三经注疏（清嘉庆刊本）》，《春秋左传正义》卷二十八，4165 页，北京，中华书局，2009。

续表

序号	时间	做梦者	梦象	占梦者	占梦之辞			结果
					辨识	解释	对策	
6	成公十七年	声伯	梦涉洹，或与己琼瑰食之，泣而为琼瑰，盈其怀。从而歌之曰："济洹之水，赠我以琼瑰。归乎归乎，琼瑰盈吾怀乎！"	自占		余恐死，故不敢占也。今众繁而从余三年矣，无伤也		之莫而卒①
7	鲁昭公 昭公七年	鲁昭公	梦襄公祖	梓慎		襄公之适楚也，梦周公祖而行。今襄公实祖，君其不行	君不果行	公如楚②
				子服惠伯		先君未尝适楚，故周公祖以道之。襄公适楚矣，而祖以道君。不行，何之	行	
8	昭公七年	晋平公	梦黄熊入于寝门	子产		以君之明，子为大政，其何厉之有？昔尧殛鲧于羽山，其神化为黄熊，以入于羽渊，实为夏郊，三代祀之。晋为盟主，其或者未之祀也乎	祀夏郊	韩子祀夏郊，晋侯有间，赐子产莒之二方鼎③

---

① （清）阮元校刻：《十三经注疏（清嘉庆刊本）》，《春秋左传正义》卷二十八，4171 页，北京，中华书局，2009。

② （清）阮元校刻：《十三经注疏（清嘉庆刊本）》，《春秋左传正义》卷四十四，4448 页，北京，中华书局，2009。

③ （清）阮元校刻：《十三经注疏（清嘉庆刊本）》，《春秋左传正义》卷四十四，4450～4451 页，北京，中华书局，2009。

续表

序号	时间	做梦者	梦象	占梦者	占梦之辞			结果
					辨识	解释	对策	
9	昭公七年	郑人	梦伯有介而行，曰："壬子，余将杀带也。明年壬寅，余又将杀段也。"	子产		鬼有所归，乃不为厉，吾为之归也	立公孙泄及良止以抚之，乃止①	
10	昭公七年	孔成子	梦康叔谓己："立元，余使羁之孙圉与史苟相之。"			孔成子以《周易》筮之……以示史朝。史朝曰："'元亨'，又何疑焉？"成子曰："非长之谓乎？"对曰："康叔名之，可谓长矣。孟非人也，将不列于宗，不可谓长。且其繇曰'利建侯'。嗣吉，何建？建非嗣也。二卦皆云，子其建之。康叔命之，二卦告之，筮袭于梦，武王所用也，弗从何为？弱足者居，侯主社稷，临祭祀，奉民人，事民人，事鬼神，从会朝，又焉得居？各以所利，不亦可乎？"		孔成子立灵公②
		史朝	梦康叔谓己："余将命而子苟与孔烝锄之曾孙圉相元。"					

① （清）阮元校刻：《十三经注疏（清嘉庆刊本）》，《春秋左传正义》卷四十四，4451页，北京，中华书局，2009。

② （清）阮元校刻：《十三经注疏（清嘉庆刊本）》，《春秋左传正义》卷四十四，4455页，北京，中华书局，2009。

续表

序号	时间	做梦者	梦象	占梦者	占梦之辞			结果
					辨识	解释	对策	
11	昭公二十五年	宋元公	梦大子栾即位于庙，己与平公服而相之	自占		（死）		卒于曲棘①
12	哀公十七年	卫庄公	见人登昆吾之观，被发北面而噪曰："登此昆吾之虚，绵绵生之瓜。余为浑良夫，叫天无辜。"	胥弥赦		不害		与之邑，置之，而逃奔宋
				自占		其繇曰："如鱼窥尾，衡流而方羊。裔焉大国，灭之将亡。阖门塞窦，乃自后逾。"		晋复伐卫，入其郛。将入城②
13	哀公二十六年	得	梦启北首而寝于卢门之外，己为鸟而集于其上，咮加于南门，尾加于桐门	自占		余梦美，必立		大尹奉启以奔楚，乃立得③

① （清）阮元校刻：《十三经注疏（清嘉庆刊本）》，《春秋左传正义》卷五十一，4583 页，北京，中华书局，2009。

② （清）阮元校刻：《十三经注疏（清嘉庆刊本）》，《春秋左传正义》卷六十，4733 页，北京，中华书局，2009。

③ （清）阮元校刻：《十三经注疏（清嘉庆刊本）》，《春秋左传正义》卷六十，4740 页，北京，中华书局，2009。

续表

序号	时间	做梦者	梦象	占梦者	占梦之辞			结果
					辨识	解释	对策	
14	时间不详	齐景公	梦见二丈夫立而怒，其怒甚盛	晏子	此非泰山之神，是宋之先汤与伊尹也	夫汤、太甲、武丁、祖乙，天下之盛君也，不宜无后。今惟宋耳，而公伐之，故汤、伊尹怒	请散师以平宋	军进再舍，鼓毁将殪。公乃辞乎晏子，散师，不果伐宋①
15	时间不详	齐景公	梦与二日斗，而寡人不胜。我其死乎	晏子		公之所病，阴也，日者，阳也。一阴不胜二阳，故病将已		居三日，公病大愈②
16	时间不详	齐景公	梦见彗星	自占		寡人闻之，有彗星者必有亡国		
				晏子		君居处无节，衣服无度，不听正谏，兴事无已，赋敛无厌③		

对表格的分析如下：

首先，本组缺乏对梦象的辨识。前一组辨识结论中出现的"时间""方位"等具体信息，在这一组中是缺席的。换言之，"辨别鬼神之号"这类知识，仍为职业占梦者所专有。但是从梦象的描写来看，本组梦象的具体性、直观性远胜于前一组，做梦者明确知晓梦中先祖、神灵的身份，这可能正是他们无须求助于占梦者的原因之一。

其次，本组较之职业占梦者，尤其重视对梦象的解释。这些解释多从伦理、道德、历史入手。贵族士大夫尽管缺乏对神鬼世界的知识，但却十分了解历史，也擅长以历史和伦理佐证自己的结论。这就构成了非职业的占梦话语的一大重要特色：结论极简而解释极繁，重说理

---

① 张纯一撰，梁运华点校：《晏子春秋校注》，56～57页，北京，中华书局，2014。
② 张纯一撰，梁运华点校：《晏子春秋校注》，283～284页，北京，中华书局，2014。
③ 张纯一撰，梁运华点校：《晏子春秋校注》，326页，北京，中华书局，2014。

述史，轻象征譬喻。其中比较有趣的是成公十六年吕锜为其梦作占，"姬姓，日也""异姓，月也"这样的表述，看似引譬连类，借星象以占梦，本质却是以君臣伦理映射天文事象，当为对职业占梦话语的模仿。

最后，本组占梦者所提出的"对策"，也与"辨识"一样简略，并且多为对政治决策的是非判断，如是否祭祀、是否用兵等，而缺乏祭祀方式这类的细节建议。这是由于占梦者的非职业性身份所决定的。

比较而言，职业占梦者的优势，主要就体现为博识神鬼物示，以及掌握多种禳灾祈福手段，而这些都是贵族卿士所不具备的，后者更擅长引用史实、文献对梦象作出伦理阐释。贵族卿士的占梦叙事，主要用意在于记录这些阐释内容，并通过记录符合占梦的结果，以显示阐释的正确性，从而肯定这些阐释的道德伦理内涵。

在上述文本案例中，《晏子春秋》所记的三则占梦事迹，同时载录了职业占梦者和晏子的占梦言行，其文本充分凸显了两者在话语方式、价值取向上的不同，能够典型地反映史传文献对两种占梦方式的书写差异。

> [1]景公举兵将伐宋，师过泰山。公梦见二丈夫立而怒，其怒甚盛。公恐，觉，辟门召占梦者至。公曰："今夕吾梦二丈夫立而怒，不知其所言，其怒甚盛。吾犹识其状，识其声。"占梦者曰："师过泰山而不用事，故泰山之神怒也。请趣召祝史祠乎泰山则可。"公曰："诺。"明日，晏子朝见，公告之如占梦之言也。公曰："占梦者之言曰：'师过泰山而不用事，故泰山之神怒也。'今使人召祝史祠之。"晏子俯，有间，对曰："占梦者不识也，此非泰山之神，是宋之先汤与伊尹也。"公疑，以为泰山神。晏子曰："公疑之，则婴请言汤、伊尹之状也。汤晰而长，颜以髯，兑上丰下，倨身而扬声。"公曰："然，是已。""伊尹黑而短，蓬而髯，丰上兑下，偻身而下声。"公曰："然，是已。今若何？"晏子曰："夫汤、太甲、武丁、祖乙，天下之盛君也，不宜无后。今惟宋耳，而公伐之，故汤、伊尹怒，请散师以平宋。"景公不用，终伐宋。晏子曰："公伐无罪之国，以怒明神，不易行以续蓄，进师以近过，非

婴所知也。师若果进，军必有殃。"军进再舍，鼓毁将殪。公乃辞乎晏子，散师，不果伐宋。(《晏子春秋·内篇谏上》)①

[2]景公病水，卧十数日，夜梦与二日斗，不胜。晏子朝，公曰："夕者吾梦与二日斗，而寡人不胜。我其死乎?"晏子对曰："请召占梦者。"立于闺，使人以车迎占梦者。至，曰："曷为见召?"晏子曰："夜者，公梦二日与公斗，不胜，恐父死也，故请君占梦，是所为也。"占梦者曰："请反具书。"晏子曰："毋反书。公所病者，阴也。日者，阳也。一阴不胜二阳，故病将已。以是对。"占梦者入，公曰："寡人梦与二日斗而不胜，寡人死乎?"占梦者对曰："公之所病，阴也。日者，阳也。一阴不胜二阳，公病将已。"居三日，公病大愈，公且赐占梦者。占梦者曰："此非臣之力，晏子教臣也。"公召晏子，且赐之。晏子曰："占梦者以臣之言对，故有益也。使臣言之，则不信矣。此占梦之力也，臣无功焉。"公两赐之，曰："以晏子不夺人之功，以占梦者不蔽人之能。"(《晏子春秋·内篇杂下》)②

[3]景公梦见彗星。明日，召晏子而问焉，曰："寡人闻之，有彗星者必有亡国。夜者，寡人梦见彗星，吾欲召占梦者使占之。"晏子对曰："君居处无节，衣服无度。不听正谏，兴事无已，赋敛无厌，使民如将不胜，万民怨怨。茀星又将见梦，奚独彗星乎。"(《晏子春秋·外篇》)③

在第一则故事中，齐景公被"惧梦"惊醒，召唤了随军而行的职业占梦者进行解释。后者听取梦中意象后，直接判断梦中"二丈夫"是为泰山之神，并解释了二神入梦的原因(师过泰山不用事而怒)，给出了化解凶兆的具体方案(召祝史祠乎泰山)。拆解这些话语，可以看到他不但像祝官那样能掌握"鬼神之号"，还能解释梦的成因，并提供"赠恶梦"的禳灾仪式。然而占梦者按职业传统提供的意见，却遭到了晏子的

---

① 张纯一撰，梁运华点校：《晏子春秋校注》，57~58页，北京，中华书局，2014。
② 张纯一撰，梁运华点校：《晏子春秋校注》，283~284页，北京，中华书局，2014。
③ 张纯一撰，梁运华点校：《晏子春秋校注》，326页，北京，中华书局，2014。

否定。晏子先以"占梦者不识也",表达了对以巫卜事人者的轻蔑;继而以"二丈夫"为"宋之先汤与伊尹",以此规谏齐公放弃伐宋,规避商先王之怒。晏子引先王而斥神怪,重历史伦理,轻怪力乱神,这与《左传》贵族卿士占梦的总体取向极为相似。此外,不同于占梦者的结论,晏子占梦有着明确的政治目的,他试图通过解梦来改变齐公伐宋的决策。《晏子春秋》未明言齐公最终是否听信占梦者之言而祠于泰山,只是讲述了齐公强行伐宋而尝败绩的结果,以佐证晏子之言不虚。齐公伐宋,自是未信晏子之言,而其是否祠于泰山,则能证明占梦者下达占断的权威是否高于重臣。《晏子春秋》的叙事以记晏子言行为主,故未能对后一种情况进行记录,这也证明史传文献对梦例的记叙,服务于其固有的叙事目的。

第二则故事讲的是景公病中作梦,自以梦为死兆。晏子一反平素对占梦者严厉的态度,主动延请占梦者入朝,并教其应对话术。有趣的是,占梦者一开始要求"请反其书",却被晏子阻止。这段记述不但显示出职业占梦者掌握着职业文献,同时也显示了占梦者并不以通灵者自居,而是以职业文献为基准的职业规范。但这也反过来说明,春秋时期的职业占梦者已不像此前的祝宗巫史一样,垄断神圣知识而保持话语地位。面对笃信怪力乱神的齐景公,占梦者的话语较之晏子在释梦方面更具权威性,这从他执意伐宋的事件中就有体现。故而晏子退居幕后,借占梦者之口对齐景公施加了心理暗示。晏子虽不信占梦之术,却认同"占梦之力",使齐景公得以痊愈。了解到真相的齐景公也认同并接纳了这一事实,即占梦行为作为"术"可能虚妄,但作为"力"却有实在的效果。这一事件作为晏子的功绩而被纳入记载,其目的同样在于彰显晏子的智慧。

第三则是齐景公梦见了代表亡国之象的彗星,心中忧虑,试图召见"占梦者"。但是这一次,他先召见了晏子,并讲述了自己的梦境。晏子却认为不需要召见占梦者,景公平日的所作所为就已是亡国之象。再这样下去,不仅彗星,连茀星都可能入梦。茀星较之彗星,其凶更甚。《开元占经》引《甘石星经》:"茀星出东南,本有星,末类茀,所当之国,是受其殃。"《史记·天官书》索隐:"茀即孛星也。"《晋书·天文志中》："二曰孛星，彗之属也。偏指曰彗，芒气四出曰孛。"以此观之，孛星应当是较彗星更亮且更凶险之星兆。《晏子春秋》本段实为记晏子谏言，故未言景公应对，或是否召见占梦者等后续，亦是记梦为叙事目的服务的表现。

以上三则记载以职业占梦者话语衬托晏子占梦话语，充分显示了"贵族卿士占梦"这一史传书写背后的价值与功能，即接受并褒扬贵族卿士的价值阐释，强调这种阐释话语的政治功用。

以上两则故事显示，"占梦者"有时从军出征，他们与君主之间有着较近的联系，能获取君主的信任。他们甚至可能如同《周礼·天官》的一些事务官那样，服务于君王之起居。归根结底，"占梦"行为类似于针对君主个人的心理咨询，而"占梦者"就是随时可被传唤的私人心理咨询师。然而君主对"占梦者"的信任，又不同于对巫师、卜祝这类通灵者的信任。后者在博学于神鬼之名、告祝之号以外，更具备与天神沟通的能力。而"占梦者"之能，非在于"灵"，而在于"博"，亦即辨别梦中事象，给出解释并提供对策的能力。这份能力是通过对占梦职业文献的学习记诵而得来的，这些文献很可能类似于后世岳麓简之《占梦书》、睡虎地简之《日书》等。

优秀的占梦者擅长将梦象与现实政治相联系，为君主提供梦境的解释，以进一步获取君主对占梦结论的信任。最后，上述博闻强记、条分缕析的过程，目的是服务于祭祀和祈禳。若君王有惧梦，则辨明凶祟本相而加以禳除；若君王梦见先人，则以祭祀安抚其灵，祈求福祉。①

分析占梦卜辞可见，殷商时期的占梦以占断祸福、吉凶为主。此时的人们尚未建立起系统性的占梦理论，对"梦象"亦无好恶倾向。也

---

① 傅正谷解释《左传·僖公四年》骊姬欲立己子为太子之事："古人有梦先人而祭之的礼制。《吕氏春秋·任数篇》说'孔子起曰：今者梦见先君，食洁而后馈'。《孔子家语·在厄篇》：'孔子召颜回曰：畴昔予梦见先人，岂或启佑我哉？子炊而进饭，吾将进焉。'而'臣有祭祀，必致祭肉于君'（《周礼·夏官·祭仆》），故骊姬才得'以君命命申生曰：今夕君梦齐姜，必速祠而归福！'并'置鸩于酒，置堇于肉。公至，召申生献'（《国语·晋语》）以达到自己的政治目的。"见傅正谷：《中国梦文学史：先秦两汉部分》，196～197页，北京，光明日报出版社，1993。

因此，占梦多以商王自身的忧惧为动因，而卜辞的占梦书写，亦即叙辞、占辞、验辞所组成的卜辞结构，是为对占—验机制的如实反馈。此时的占梦主体为商王及贞人，以龟卜为主要手段，因此占梦并不独立于其他占卜方式而存在，也不成其为一个专门的职事传统。

到了西周时期，从《小雅·无羊》《小雅·斯干》及《程瘝》等篇可见，此时的占梦已发展出"解释"的一面，一些基础梦象被赋予了特定的象征义，占梦不再是非福即祸的判断题，而是可以通过提炼梦象而被分析、解释的。也是从这一时期开始，占梦就不再是一个必须依托于占卜仪式才能完成的行为，但与之恰成对照的是，出现了一系列"用梦"的仪式，如"禳梦""赠梦""聘梦"，甚至通过祭祀"拜领吉梦"。随着相关仪式的复杂化，占梦知识的快速积累，专门占梦手段的出现，占梦从龟卜、易占中独立出来，构成一套拥有自洽的解释体系的占卜传统。职业占梦者作为一个职官群体，从此应运而生。他们的职司不限于在梦中解梦，同时也包括了在梦外用梦。熟知梦象符号，辨别鬼神身份，通晓祈禳方式，是他们主要的职业知识传统。此时的占梦书写数量虽少，但能充分证明"梦象—解释"这一机制的构成。

春秋战国的史传文献中，活跃着大量占梦者的身影。除占梦知识以外，他们还通晓流行的干支、五行、星占知识，服务于诸侯起居，为其辨析梦象，给出相应对策，一些被占梦者判断为无法扭转的厄运最终的应验，成为史传文献中离奇的传说。然而这一时期，崛起的士阶层开始吞噬占梦者独有的言说场域。占梦因其政治咨议功能，成为重臣们向君主进谏的绝佳渠道。士人虽缺乏对鬼神之号的博识，却擅长援引历史事实，借助道德伦理，为君主阐释梦境的寓意。虽然多数君主更依赖占梦者的通灵光环，但士阶层却有着更强的政治和学术自信。占梦者在这一时期的地位十分微妙，他们虽能利用君主的恐惧操控其心理，但却容易因现实利益屈服于士阶层的政治游说，从而矫造占梦结论以服务于特定的政治目的。

春秋时的国君尚为"大厉""蓐收"所惊忧，战国末期的祟鬼却能被一般人轻易禳除，这不但体现出梦兆神验属性的消解，更是占梦法下移的表征。从日书等出土文献来看，战国后期，对梦的祈禳已不再是为祝宗卜史所垄断的神圣仪式，它们拥有了更简便易行的形态，流行于一般贵族之间。而占梦者作为职业群体，再也不具备不可代替的神圣性，于此已趋式微。另外，丰富多彩的梦例和占验结论构成了占梦法的知识系统，职业占梦者将之编集为文献，其形态当近于后期《占梦书》。这些记载占梦知识的文献未能大量存世，反而是那些讲述"用梦""梦验"的故事广泛存在于西周以后的历史书写之中。从中可见，周人对待梦象，带有明显的实用理性主义色彩。

　　上述结论促使我们进一步反思《左传》《国语》《逸周书》的占梦书写，它们通常服务于特定的叙事目的。从占梦主体的不同来看，可以整理出两大叙事类别。一者是职业占梦者的身份被用于建构历史叙事的因果相关性，或突出其预言的无可逆转，或显示占梦事件对历史事件的转折作用。职业占梦者原本擅长的祈祷、禳梦手段极少被史传叙事所采纳，而其辨识方式和事件结果却被着重描写，即为一证。第二种是以贵族卿士为中心的占梦书写，通常重点记叙他们引用史实、文献对梦象作出的伦理阐释。前者重在记录占梦事件本身，以突出其历史意义；后者则重在记录贵族卿士的言行，以彰显其中的价值内涵。因此，在分析此类占梦书写时，当充分关注占梦者身份与叙事之间的关联。

第八章 祝告话语：
口头传统与书面文献的互渗

　　殷商西周时期的另一种重要话语资源，是用于仪式的口头祝告话语。本书第一章曾提及，祝告话语具有口头色彩，又存在固定的范式，它广泛存在于祭祀、祈祷等种种礼俗仪式中，并与铭文、诗等文体互渗、交融。殷商西周时期的祝告话语，已无存出土或传世文献证明它曾作为巫祝的职业文献而独立存在，但它与铭文、诗歌等文体交融的痕迹却确凿地留存至今。从文本生成的轨迹来看，祝告话语是仪式上直接发布的口头言辞，这足以为任何一种描写仪式、褒美仪式、叙述仪式的文献提供话语资源。《书》类文献、铭文文体"系言于事"的写作方式，足以启发我们从西周以后的复合型文体中寻找祝告话语的线索。

第一节 祝告话语的历史起源与形式特征

一、在职官与文献之前的仪式传统

　　研究者论及先秦文学与仪式活动的关联时，常从文本内容、修辞出发，对文献中某则篇章的性质加以定义。但是，从发布于仪式的口头言辞到写定于书面的文字载录，话语的功能在根本上发生了变化，因此不能判定后者仅为前者的机械转写。"写定"这一概念，预设了口传者与书写者在身份立场上的连续性，口传与书写系统在功能和内容上的一致性，遮蔽了"书写"作为一种行为的自发性和独特性。在处理祝、告、诰、命等早期文类的具体问题时，有必要意识到"书写"行为的内在动机，打破对书面既有篇章结构的信仰，将具有特定特征的"话语"作为基本单位，推求其生成、应用、最终融入书面文献传统的路径。

在殷商西周常见的诸多话语形态之中，祝告话语的特征尤为明显：它具有口头色彩，又存在固定的范式，广泛应用于祭祀、祈祷等各阶层的礼俗仪式中，并与铭文、诗等文体交融互渗。从内容上来看，祝告话语是仪式上直接发布的口头言辞，这足以为任何一种描写仪式、褒美仪式、叙述仪式的文献提供话语资源，而《书》类文献、铭文文体"系言于事"的结构，则证明了西周部分书面文献的复合性质。可以说，祝告话语是探求"口传—书写"转折过程，分析西周复合型文体结构的较好样本。

在礼类文献的描述中，"祝"作为一种言辞，与"祝官"这类职官密切相关。《礼记·曲礼》："天子建天官先六大，曰大宰、大宗、大史、大祝、大士、大卜，典司六典。"①这六种职官作为神职人员，是祭礼的主体，亦为国体的象征。"典司六典"的表述，意味着这些职官各自执掌着专门的职业文献。然而从功能上说，祝祷活动古已有之，职官制度创设更晚，在商周时期，"祝宗卜史"四种职官间甚至不存在显见的界别，《左传·桓公六年》："祝史正辞，信也。"②《国语·周语上》："虢公亦使祝史请土焉。"③《左传·襄公十四年》："及竟公使祝宗告亡。"④此外，《国语·楚语下》也记载了一位用语言行使宗教政治职责的"左史"，其名倚相，"能道训典以叙百物，以朝夕献善败于寡君，使寡君无忘先王之业，又能上下说于鬼神，顺道其欲恶，使神无有怨痛

---

① （清）阮元校刻：《十三经注疏（清嘉庆刊本）》，《礼记正义》卷四，2730页，北京，中华书局，2009。

② （清）阮元校刻：《十三经注疏（清嘉庆刊本）》，《春秋左传正义》卷六，3739页，北京，中华书局，2009。

③ 徐元诰撰，王树民、沈长云点校：《国语集解》（修订本）卷一，31页，北京，中华书局，2002。

④ （清）阮元校刻：《十三经注疏（清嘉庆刊本）》，《春秋左传正义》卷三十二，4249页，北京，中华书局，2009。

于楚国"①。其中,"叙百物""说鬼神"正是祝官的主要职责之一。倚相既有训诫君王的能力,又掌握着沟通鬼神的言说技巧,可见"祝宗卜史"并非判然分立的四种职官。从甲骨卜辞中的用法来看,最早的"祝"并非官职,而为一种祭祀活动的描述。陈梦家在《古文字中之商周祭祀》中,将祝祭列入"祈告之祭";董作宾以祝祭为"旧派"特有的祭名。殷商时期的祝祭,如同其他祭祀仪式一样,由商王主持,卜辞有"王祝"的表述,与"王贞""王卜"相当。祝祭的对象主要为祖先神,如祖辛、妣己、祖乙、祖丁俱曾受祝。前文曾谓殷人不向"帝"祈求庇佑,只有祖先神能响应商王的祷告,这也符合"祝"的用意。《文心雕龙·祝盟》将祝的起源追溯至神农、虞舜之时,谓其祝文是向神灵祈求风调雨顺,来年丰收。②

当一部分人在仪式传统中掌握了"祝"的知识,并在仪式活动中扮演主导者、祝告者的角色时,就被称为"祝"或"祝者",进而在职官制度中获得一席之地。"祝者"的主要职能,是用特殊的口头、身体语言向神祇传达人的崇拜和祈愿。"祝"最重要的形式特征是其口头性。《说文》谓祝"祭主赞词者",注云:"从示,从儿口,此以三字会意,谓以人口交神也。"③罗家湘论"祝官文学制度"指出,"祝是以口语为主要媒介的一种传播行为"④。并伴有身体的敬拜和对神名的呼号等行为。《周礼·大祝》所述大祝职责,基本上就包括了祝祷的几大重要方面,并似乎建立了某种语辞的话语范式:

> 大祝掌六祝之辞,以事鬼神示,祈福祥,求永贞。一曰顺祝,二曰年祝,三曰吉祝,四曰化祝,五曰瑞祝,六曰策祝。掌六祈,以同鬼神示,一曰类,二曰造,三曰禬,四曰禜,五曰攻,六曰说。作六辞,以通上下、亲疏、远近,一曰祠,二曰命,三曰诰,

① 徐元诰撰,王树民、沈长云点校:《国语集解》(修订本)卷十八,526 页,北京,中华书局,2002。

② (梁)刘勰著,黄叔琳注,李详补注,杨明照校注拾遗:《增订文心雕龙校注》卷十,122~138 页,北京,中华书局,2012。

③ (汉)许慎撰,(清)段玉裁注:《说文解字注》,6 页,上海,上海古籍出版社,1981。

④ 罗家湘:《先秦文学制度研究》,137 页,上海,上海古籍出版社,2011。

四曰会，五曰祷，六曰诔。辨六号，一曰神号，二曰鬼号，三曰
示号，四曰牲号，五曰齍号，六曰币号。辨九祭，一曰命祭，二
曰衍祭，三曰炮祭，四曰周祭，五曰振祭，六曰擩祭，七曰绝祭，
八曰缭祭，九曰共祭。辨九拜，一曰稽首，二曰顿首，三曰空首，
四曰振动，五曰吉拜，六曰凶拜，七曰奇拜，八曰褒拜，九曰肃
拜，以享右祭祀。(《周礼·大祝》)①

　　"六祝之辞"是祝祷活动所使用的六种祝辞；"六祈"是六种沟通人
神的祭祀形式；"六辞"是六种沟通人际的话语形态；"六号"是对神名
的熟记与呼号；"九祭"为九种贡献祭品的形式；"九拜"是九种表示敬
拜的身体语言。可见，祝者所掌握的职业知识，不仅仅是书面的言辞，
同时也包括了对应的仪式行为、身体语言，它们共同构成了以"沟通人
神"为目的的祝告话语方式。上古宗教世界最初"人神杂处"，没有固定
的仪式形态，更没有专职沟通天人的神职人员，人人皆可通神，就意
味着人在神面前的地位相等，人人均有权力阐释神旨，祈告上天。这
也就是《国语》观射父所谓"民神杂糅""家为巫史"——在社会阶层分化
之前，仪式形态未经固定，不需要专职的神职人员，人在神面前的地
位相等，人人均有权力阐释神旨，祈告上天。在"绝地天通"的宗教改
革之后，祭祀与阐释权力皆由商王为首的巫史集团所垄断，与天神的
"沟通"之权力亦然。西周以后，神权被职官系统分割为更具体的仪式
职能，在一定程度上与王权解绑，"沟通"的仪轨从而渐趋复杂，才成
为一种需要专业训练才能被掌握的职业知识。

　　在今天所见的礼类文献编成以前的殷商西周时期，祝告话语是否
曾以祝官职业文献的形态被书面写录和传承，在目前的出土、传世文
献中尚未见直接证据。现有的研究通常从文体学的角度出发，以"祝"
或"祝辞"命名传世文献中具有祝告性质的篇章或辞令，有时也遵从《周
礼·大祝》"六辞"的表述，将其分为"祠""命""诰""会""祷""诔"六体。
刘师培在《文学出于巫祝之官说》中提出："六祝六词之属，文章各体，

　　① (清)阮元校刻：《十三经注疏(清嘉庆刊本)》，《周礼注疏》卷二十五，1746～1750
页，北京，中华书局，2009。

多出于斯。"①将六体皆归为祝官的职业文献，这一观点成为许多研究者探讨祝官制度和祝辞文献的基础。但是从文体生成的角度来看，这六体并不能认为是从属于"祝"或"祝辞"的六个子类别，而是恰恰相反，这些文体中各自存在"祝告话语"的要素。正如"祝"本身并非一个独立完整的祭祀礼仪，"祝告话语"也分散在从册命到诰祷的种种仪式话语之中。祝官所负责的，应当是每个仪式中进呈祝告，发起祷祝的相应环节。因此，《周礼·大祝》"六辞"之说所提供的线索实际上是："祠""命""诰""会""祷""诔"这六种文体，都应当包含祝告话语，其背后的仪式都有祝官的参与。从仪式背后的神圣观念来看，"六辞"固然用于社会事务，但其授权都在于上天，而祝官参与这些仪式，主要作用就是用口头及身体语言沟通天人，并据此发展出一套专业术语，通过实践演习等方式进行传承。

既然"祝"有着远早于职官制度、文献制度的历史传统，我们不应当用西周之后的文献篇章为基本单位，去定义殷商西周时期"祝辞"的形态特征，而是应当从传世文献及出土文献中析出"祝告"这一仪式行为的文化功能，以及"祝告话语"的语言特征，从更细小的文本单位中考察其起源、演化并进入书写传统的过程。

二、述告、称名与祈愿：先秦祝告话语的三种特征

《仪礼》所记载的日常仪节中，常有"祝"的参与，这些礼仪中的"祝"既有专职的祝官，又有宾客代为者，在此统称为"祝者"。祝者一方面必须主导仪式进程，一方面也要发布祝告之辞——在一场典型的祝告仪式中，祝官用特殊的方式呼唤神的名号，列举祭品与祭法，并提出祈祷的内容。由此生成的"述告""称名""祈愿"等话语方式，即为祝告话语的几种核心类型。因此，凡是在铭文或文献中出现的，具备上述要素的段落，就应当属于"祝告话语"的范畴。

之所以使用"祝告话语"这一概念取代常见的"祝辞"，原因之一在

---

① 刘师培：《文学出于巫祝之官说》，陈引弛编校：《刘师培中古文学论集》，217页，北京，中国社会科学出版社，1997。

于，相较于"祝辞"作为文体概念的完整性和连续性，"祝告话语"在铭文、诗篇、诰命等文献中时常以分散的，片断的形式存在；原因之二在于，文体意义上的"祝辞"侧重于文本的书面形态，而"祝告话语"则包含了对仪式、行为的关注，这也为其在文本中的非连续性的存在形态提供了理论依托。下文提及的"祝辞"，将是一个与"嘏辞"对举的狭义概念，是为特定仪式中的一类祝告话语。

"述告"具有较为鲜明的语气和句式特点。祝者通常会在仪式开场时进行陈词，向祭祀对象述告仪式的概况，其述告内容包括具行仪式的主体、仪式致礼的对象，有时还要陈述仪式的环节与祭品的种类。

　　[1]仆为祝，祝曰："孝孙某，孝子某，荐嘉礼于皇祖某甫、皇考某子。"（《仪礼·聘礼》)①

　　[2]祝曰："某氏来妇，敢告于皇姑某氏。"（《仪礼·士昏礼》)②

从上可以看出，"祝者"的述告通常是代主人所作，其语气是向受祭者"皇祖""皇考""皇姑"等直接发出的对话。在一些较为简单的仪式上，这些祝辞也可以由主人或尊贵的宾客代为陈致。这种直接对话的形式，即为《说文》注所谓"以人口交神"，祝者陈述主人之名，以主人的身份称诵先祖名号，冀以达成与先祖、神鬼的沟通。

"述告"之所以能达到沟通人神的目的，一定程度上归因于对特定名号的称诵，这也就是祝告话语的第二个特点："称名"。"名"在宗教巫术仪式中具有相当的神圣意味。"在神话思维中，甚至一个人的自我，即他的自身和人格，也是与其名称不可分割地联系着的。"③先民相信，神鬼有着灵性的"真名"。只有呼唤其真名，才能真正沟通神人。《周礼》中，大祝需要掌握和辨析繁复的"六号"，以呼唤鬼神之名，求

---

① （清）阮元校刻：《十三经注疏（清嘉庆刊本）》，《仪礼注疏》卷二十四，2323 页，北京，中华书局，2009。

② （清）阮元校刻：《十三经注疏（清嘉庆刊本）》，《仪礼注疏》卷六，2094 页，北京，中华书局，2009。

③ 〔德〕恩斯特·卡西尔：《语言与神话》，于晓等译，73 页，北京，生活·读书·新知三联书店，1988。

其应听。而当祝者向祭祀对象列举祭品时，同样需要以特定的牲号称呼祭品：

> [1]祝祝曰："孝孙某，敢用柔毛、刚鬣、嘉荐、普淖，用荐岁事于皇祖伯某，以某妃配某氏。尚飨！"（《仪礼·少牢馈食礼》）①

> [2]祝告称妇之姓，曰："某氏来妇，敢奠嘉菜于皇舅某子。"（《仪礼·士昏礼》）②

《礼记·曲礼》："牛曰一元大武，豕曰刚鬣，豚曰腯肥，羊曰柔毛，鸡曰翰音……"《礼记·礼运》注曰："号者，所以尊神显物者。"又《周礼》注："号谓尊其名，更为美称……牲号为牺牲，皆有名号。"可以看出，这些称号皆为对祭品特征的褒美，借由美好的皮毛、体形与鸣叫声来指代祭品，是所谓"显物"。而"显物"的本质自然就是"尊神"，即取悦神灵以获得赐福。美好的名称，可以增加祭品的价值，从而博取神灵的欢心。

除了"显物"之外，还有一些祝祷文辞显示，"穷举"也是一个"称名"的重要方式：

> [1]土反其宅，水归其壑，昆虫毋作，草木归其泽。（伊耆氏《蜡祭》，《礼记·郊特牲》）③

> [2]从天坠者，从地出者，从四方来者，皆离吾网。（祝网者《网祝》，《吕氏春秋·异用》）④

> [3]欲左者左，欲右者右，欲高者高，欲下者下，吾取其犯命

---

① （清）阮元校刻：《十三经注疏（清嘉庆刊本）》，《仪礼注疏》卷四十八，2604页，北京，中华书局，2009。

② （清）阮元校刻：《十三经注疏（清嘉庆刊本）》，《仪礼注疏》卷六，2094页，北京，中华书局，2009。

③ （清）阮元校刻：《十三经注疏（清嘉庆刊本）》，《礼记正义》卷二十六，3150页，北京，中华书局，2009。

④ 许维遹撰，梁运华整理：《吕氏春秋集释》卷十，235页，北京，中华书局，2009。

者。(商汤《网祝》,《吕氏春秋·异用》)①

[4]敢告：无绝筋,无折骨,无面伤,以集大事,无作三祖羞。(卫太子《祷》,《左传·哀公二年》)②

[5]祝,唾之三,以其射者名名之,曰："某！汝弟兄五人,某索知其名,而处水者为鲛,而处土者为蚑,树木者为蜂,蛄斯,飞而之荆南者为蜮。而晋□未□,尔奴为宗孙。某贼！尔不使某之病已且复……(马王堆帛书《杂疗方》)③

不同于礼类文献中称美祭品以取悦神祖的"称名"行为,上述祝祷的对话对象就是其所称之物本身。祝者与物通过祝祷直接产生了对话关系,祝者的心愿可以通过祝辞直接作用于物。因此,祝者需要穷举所有可能性,以求无所遗漏,使心愿得到满足。《楚辞·招魂》对四方凶神的描写,也凸显出原始祝祷偏好穷举的特性。④《文心雕龙·祝盟》："若夫《楚辞·招魂》,可谓祝辞之组缟也。"⑤《招魂》列举了大量鬼怪的名称,并极力渲染其凶怖之处。祝者念诵的神名越是诡谲生僻,名目繁多,其祝祷就越有效力,其职业身份就显得更为可信。上古神灵世界中一些佶屈聱牙的神怪名称,可能就是由此诞生的。祭祖祝祷中对牲、币等贡品的名号罗列,同样也是"穷举名号"这一话语行为的衍伸。

述告、称名之后,就是向神灵表达祈愿。《周礼》所述"类""造""襘""禜""攻""说"六种祈告的方式,被认为可以"同鬼神",使其和于人事。根据郑注,"六祈"在祭祀对象上各不相同,其言说方式也各有差异,由此来看,"六祈"的命名应当来自不同祭祀中的不同对话方式。

---

① 许维通撰,梁运华整理：《吕氏春秋集释》卷十,235页,北京,中华书局,2009。

② (清)阮元校刻：《十三经注疏(清嘉庆刊本)》,《春秋左传正义》卷五十七,4684页,北京,中华书局,2009。

③ 又名《疗射工毒方》。释文参见裘锡圭主编：《长沙马王堆汉墓简帛集成(陆)》,89页,北京,中华书局,2014。

④ (宋)洪兴祖撰,白化文等点校：《楚辞补注》卷九,197～215页,北京,中华书局,1983。

⑤ (梁)刘勰著,黄叔琳注,李详补注,杨明照校注拾遗：《增订文心雕龙补注》卷十,123页,北京,中华书局,2012。

前贤多以"六祈"为不同的祭名，但郑玄提出，这六者在祭祀对象上各不相同：

> 造，祭于祖也……类，祭于上帝……祭，日月星辰山川之祭也……禬，未闻焉。①

其言说方式也各有差异：

> 类造，加诚肃，求如志。禬祭，告之以时有灾变也。攻说，则以辞责之。祭如日食以朱丝萦社，攻如其鸣鼓然。董仲舒救日食，祝曰："照照大明，瀸灭无光，奈何以阴侵阳，以卑侵尊。"是之谓说也。
>
> 造类禬祭皆有牲，攻说用币而已。（《周礼·大祝》注）②

从这段注释来看，"六祈"的命名实据祭祀时所用的言辞方式而定，祭品的差异尚在其次。

述告、称名之后，就是向神灵表达祈愿。《周礼》所述"类""造""禬""祭""攻""说"六种祈告的方式，被认为可以"同鬼神"，使其和于人事。根据注疏来看，"六祈"在祭祀对象上各不相同，其言说方式也各有差异，由此来看，"六祈"的命名应当来自不同祭祀中的不同对话方式。

"类""造"是对祖先和上帝的高规格祝祭。《史记·五帝本纪》正义引《五经异义》谓："非时祭天谓之类，言以事类告也。"③"类"就是临有大事而将此事类如实祭告于天，结合"祝"之功用，可视作临时祝请对某一事类的加护。"造"为告祭宗庙之礼，即《礼记·王制》"天子将出，类乎上帝，宜乎社，造乎祢"④，祭名所以为"造"，可能是对"告以出

---

① （清）阮元校刻：《十三经注疏（清嘉庆刊本）》，《周礼注疏》卷二十五，1746 页，北京，中华书局，2009。

② （清）阮元校刻：《十三经注疏（清嘉庆刊本）》，《周礼注疏》卷二十五，1746 页，北京，中华书局，2009。

③ （汉）司马迁撰，（南朝宋）裴骃集解，（唐）司马贞索隐，（唐）张守节正义：《史记》卷一，24 页，北京，中华书局，1982。

④ （清）阮元校刻：《十三经注疏（清嘉庆刊本）》，《礼记正义》卷十二，2884 页，北京，中华书局，2009。

行"的专指。"类""造"俱为如实呈告事项，向上天与先祖祈求庇护，是所谓"加诚肃求如志"。

"攻""说"纯以言辞命名，郑注引董仲舒《救日食祝》，表明这二者可用于日食祝祭。其祝文显见是对太阳的谏说，措辞严厉。包山楚简有"敓祭"之名，罗新慧指出其主要内容是禳灾去患，"不是从正面祈求、通过神灵以获得所愿，而是直接采取行动，以强行的进攻的方式来达到目的"①。又进一步结合《尚书·金縢》"尔之许我，我其以璧与珪归俟尔命，尔不许我，我乃屏璧与珪"的表述与清华简《周武王有疾周公所自以代王之志》中"乃纳其所为功自以代王之敓于金縢之匮"的表述，证明了"敓"是"以言语利诱迫胁神灵"的命神之辞②，印证了郑注"以辞责之"的解释。至于"攻"，应当通于楚简之"攻解""攻祝"。结合郑注"攻如其鼓鸣然"的描述，"攻解"可能指代故意制造声响的恐吓。因此"攻""说"可归为一类具有胁迫、恐吓色彩的祝告方式。

"禬""禜"，"禜"谓祈禳，其义甚明，而"禬"郑玄谓未闻，唯知是"除去"之义。《周礼》中"禬""禳"有时并称，均为祝除疾殃之礼。陈梦家认为《大祝》六辞的诰、会即六祈的造、禬③。而《大祝》"六辞"中的"会"，郑玄注谓"会同盟誓"④；《周礼·大行人》："致禬以补诸侯之灾。"注："致禬，凶礼之吊礼。禬，礼也；补诸侯灾者，若春秋澶渊之会，谋归宋财。"疏："禬者，同是会合财货，故灾亦称禬也。"⑤《大宗伯》："以丧礼哀死亡；以荒礼哀凶札；以吊礼哀祸灾；以禬礼哀围败；以恤礼哀寇乱。"⑥这其中实有两层含义，其一为用财物救助受灾的诸

① 罗新慧：《楚简"敓"字与"敓"祭试析》，见西北师范大学文学院历史系、甘肃省文物考古研究所编：《简牍学研究》第四辑，5 页，兰州，甘肃人民出版社，2004。

② 罗新慧：《战国竹简中的"敓"及其信仰观念》，载《北京师范大学学报（社会科学版）》，2011(2)。

③ 陈梦家：《尚书通论》（增订本），314 页，北京，中华书局，1985。

④ （清）阮元校刻：《十三经注疏（清嘉庆刊本）》，《周礼注疏》卷二十五，1746 页，北京，中华书局，2009。

⑤ （清）阮元校刻：《十三经注疏（清嘉庆刊本）》，《周礼注疏》卷三十七，1924～1925 页，北京，中华书局，2009。

⑥ （清）阮元校刻：《十三经注疏（清嘉庆刊本）》，《周礼注疏》卷十八，1638 页，北京，中华书局，2009。

侯，其二是对受灾之国进行慰问以示"哀"，是为一种凶礼。《说文》：
"禬，会福祭也。"①综上可知，"禬"是一种用于凶事的会盟凭吊之礼，
可能伴随着言辞上的慰问与财物上的救济，并为遇灾的邦国献牲祈福。
结合"禬""禳""祭"并称的现象，可以猜测这种慰问礼仪有固定的言辞
形态，既表达对其国灾殃之哀悼，又包含了对祸事消弭的祝愿。"禬"
"祭"在言说姿态上更为平等，应为具有外交性质的禳灾之礼。

　　综上所述，祝告活动在功能上有着祈福、禳灾等多种面向，也从
而存在不同的行为方式和言辞形态。但所有祝告活动都有着一个共性，
即对口头言辞的依赖。不同的祝告内容，对应着不同的话语策略：对
上帝先祖的告祭，需要诚实真挚的陈致祈告；对凶厄灾病的祈禳，要
求具有威慑力的恐吓责让；对兄弟诸侯的吊慰，则应当充分表现出哀
伤和祝愿的情感色彩。《大祝》还有"九祭""九拜"之谓，也当对应不同
祝告场合中的行为礼仪。"九祭"指代不同祭品种类与献祭方式的组合，
"九拜"是沟通神鬼的身体语言，直到《仪礼》等礼类文献编成以前，这
些祭祀知识都以身体演习的方式进行传承，并不在祝辞文本中直接体
现，因此与特定祝告活动之间的关联可能更难考证。但由此可以想见，
作为实用知识的"六祈"，不但包含了相应的祝告辞句，也必然囊括了
语气、节奏、韵律等口头表述特征，这也是祝告话语被转录为书面文
献时自然脱落的部分。

第二节　告、祷、詛：先秦祝告话语的结构要素

一、祷辞中的"祈愿"

　　从功能而言，在商周礼仪活动中，祖先崇拜的观念或面向先祖的
祭祀祈祷占据着宗教生活最核心的地位，因此对先祖进行的祈祷应当
是祝告活动最主要的内容，从中生成的"祷辞"在甲骨文、金文、传世

---

①　（汉）许慎撰，（清）段玉裁注：《说文解字注》，7页，上海，上海古籍出版社，1981。

文献中也留存最多。为此，我们有必要将概念作进一步的界定：祝辞的外延大于祷辞，祷辞仅是祝辞中祈求正面回应的一个分类，近于"六祝之辞"所说的"吉祝"，同时又更接近"祝"的原始形态，在上古以祭祖为核心的祝告话语中占据着最主要的地位。为此，对商周时期的祷辞进行深入分析，有助于我们更好地理解祝辞的生成过程与构成要素。

礼类文献所记的"祝曰""祝告曰"并祈求福祉的内容都可视作祷辞，是祝者需要掌握的核心职业话语之一。《仪礼》中有一条较为典型的祷辞文本：

> 始加，祝曰："令月吉日，始加元服。弃尔幼志，顺尔成德。寿考惟祺，介尔景福。"
>
> 再加，曰："吉月令辰，乃申尔服。敬尔威仪，淑慎尔德。眉寿万年，永受胡福。"
>
> 三加，曰："以岁之正，以月之令，咸加尔服。兄弟具在，以成厥德。黄耇无疆，受天之庆。"（《仪礼·士冠礼》）[1]

这段祝辞伴随着三次加冠的仪式，字句有异，大旨不殊。祝辞先述作礼时刻，再强调"始加元服""乃申尔服""咸加尔服"的仪式主旨，接下来依次祝祷受冠者之德、之寿、之福。三段祝辞在形式上重章叠唱，所祝内容逐层增幅，例如从"寿考"到"万年"再到"无疆"。祝辞虽为套语，但自有排比递进，颇具"颂"及部分"大雅"的歌诗韵致。因此，祝辞的致呈，可能也具有唱诵的性质。

综合卜辞与铭文来看，商周时期吉祝祷告的内容主要有三种：祈求长寿，祈求丰收，以及祈求福祉。

商周时期的祷辞，多以求雨、求丰年、求福佑为主。传世文献中记载了两条较为完整的祷辞，均用作祈雨：

> [1]惟予小子履，敢用玄牡，告于上天后曰："今天大旱，即

---

① （清）阮元校刻：《十三经注疏（清嘉庆刊本）》，《仪礼注疏》卷三，2066 页，北京，中华书局，2009。

当朕身履，未知得罪于上下，有善不敢蔽，有罪不敢赦，简在帝心。万方有罪，即当朕身。朕身有罪，无及万方。"(成汤祷雨祝，《墨子·兼爱》)①

[2]方今天旱，野无生稼，寡人当死，百姓何依。不敢烦民请命，愿抚万民，以身塞无状。(鲁僖公祷雨辞，《春秋穀梁传·成公七年》疏)②

这两条祷辞具有相似的观念渊源，即面对天灾，"君必为先"。在文字表述上，这两则文本都遵循了相同的格式：形式上均为以下告上，与上天进行直接对话；内容上都先陈述灾情，再自我归咎，最后请求上天降罪于己，无罪万民。其中，《成汤祷雨祝》祝辞之前还有一段包含祭品、主祭者、祭告对象的"述告"，在结构上更贴近甲骨卜辞、铭文、礼类文献中的祝告话语。此外，这两段祷辞或明或暗均以"天"作为祈祷对象，甚至用"民"作为祈祷的依据，这与殷商时期不求于"帝"，只求于先祖③的实际情况并不符合，反而更多体现出周人的天命观、天道观。

在甲骨卜辞中实际所见的祷辞非常简略，这是为卜辞功能所限。卜辞一般只用于占卜是否可举行祝祭，没有记录祝祷内容的必要。有的只记述了祝祷的对象，有的只记述了祝祷仪式所用的祭品，还有少数记述了祝祷的内容。择两例内容完整的祝例如下：

[1]岁祖乙二牢、勿牛、白豕，奈竷三小宰。卯子祝□岁。(《合集》19849)④

① (清)孙诒让撰，孙启治点校：《墨子间诂》卷四，121～122页，北京，中华书局，2001。
② (清)阮元校刻：《十三经注疏(清嘉庆刊本)》，《春秋穀梁传注疏》卷十三，5253页，北京，中华书局，2009。
③ 参见晁福林：《论殷代神权》，载《中国社会科学》，1990(1)。
④ 胡厚宣主编：《甲骨文合集释文》第二册，991页，北京，中国社会科学出版社，1999。

[2]辛亥卜，贞：其祝一羌，王受又。（《合集》26954）①

第一条卜辞，似祝于祖乙，祭品较为丰盛，祝祷内容是祈求丰收。"祝岁"在殷人祝祷辞中出现频率较高，祷祝对象通常为祖先神。第二条卜辞记录了祝祷的日期，且有卜与贞等行为，用一羌为祭品，祈祷商王得到庇祐。为商王祈福也是祝祷中常见的内容，与之相似的还有大量辅以卜、贞的"旬无咎"，这当为惯例的卜旬行为。卜旬何以伴随着"祝"，这从所卜问的事项可以推测原因："无咎""亡祸""有祐"既可作为卜辞的命辞，但问者又期待着肯定的答复，因而也具备发展为祷辞的可能。

铭文中的祝告话语，也承袭了"向上祈告"这一言说姿态。正如徐中舒所总结的"金文每言用旂云云，皆假定有一对方。此对方以修辞之惯例言，常被省略，此被省略之对方为谁？即作器者对其祖先或天而言也"②。这一结论不但提及了祝祷辞作为"对话"的方向性，同时也提出即使铭文未明确说明，也预设了"祖先"或"天"作为对话对象。但是从文本自身来看，西周铭文中明确以祖先为祈福对象的祝祷并非太多。以下这则被徐中舒认为是向先祖祈福的文例：

　　用旂眉寿繁厘，于其皇祖皇考，若召公寿。（者减钟，《集成》00193）③

以此为基准，一些先称祖先并述告祭祀内容的祝辞也被认为是向先祖祈福，例如：

　　[1]用敢飨孝于皇祖考，用祈眉寿。（仲柟父簠，《集成》

① 胡厚宣主编：《甲骨文合集释文》第三册，1340页，北京，中国社会科学出版社，1999。

② 徐中舒：《金文嘏辞释例》，见《古文字学讲义》，180页，成都，巴蜀书社，2012。

③ 中国社会科学院考古研究所编：《殷周金文集成》（修订增补本）第一册，208页，北京，中华书局，2007。

04154)①

[2]用作朕皇祖考尊簋，用享孝于前文人，用祈匃眉寿、永命。(追簋，《集成》04219)②

但需要指出的是，在周人的观念中，即使向先祖进行祭祀，并不一定就说明福祉来自祖先的赐予：

[1]用孝用享于我皇祖、文考，天赐之福。(曾伯霥簋，《集成》04631)③

[2]自作祭觯，用享于皇天，及我文考，永保台身，子孙宝。(徐王义楚觯，《集成》06513)④

徐中舒认为，在周人的神灵世界中，祝祷对象与降福主体从周代早期至晚期存在着变化，具体体现为祖先崇拜让渡于对"天"的崇拜，"事人"的观念为"事天"的观念所取代。这与从"帝"和祖先崇拜走向天命、天道崇拜的历史进程是相呼应的。但对于我们讨论的"祝"这一行为而言，祝祷对象的变化所引发的历时性变化并不明显，祖先神与"天"同样"在上"，这样的位格决定了向上敬拜的行为姿态不会发生太大变化。总而言之，从殷商至西周，祝告话语保留了与神鬼世界直接对话的语言形式，其中吉祝则维持着向上祈求的言说姿态，此外，祈告的具体对象也因作器时代与作器者身份的不同而存在着差异。

二、告辞中的"述告"与"称名"

除了祈愿姿态之外，殷周祝告话语中的"述告"特征也存在形式上

---

① 中国社会科学院考古研究所编：《殷周金文集成》(修订增补本)第三册，2334页，北京，中华书局，2007。

② 中国社会科学院考古研究所编：《殷周金文集成》(修订增补本)第三册，2424页，北京，中华书局，2007。

③ 中国社会科学院考古研究所编：《殷周金文集成》(修订增补本)第四册，3009页，北京，中华书局，2007。

④ 中国社会科学院考古研究所编：《殷周金文集成》(修订增补本)第五册，3862页，北京，中华书局，2007。

的延续性，一个显见的例证就是"用"字结构的沿袭和演化。较为成熟的西周祝嘏铭文，会以"用"字分割开每一项执事行为，如"用焘用尝，用孝用享"。但"用"字并非生成于祝告仪式之中，而是殷商占卜仪式的遗存。《说文》："用，可施行也，从卜中。"注："卜中则可施行，故取以会意。"①徐中舒进一步解释道："从卜者，示骨版上已有卜兆。卜兆可据以定所卜可施行与否，故以有卜兆之骨版，表施行使用之义。"②也就是说，"用"字包含了卜兆可行的肯定意义。甲骨卜辞中"用"常为动词，如：

[1]三百羌用于丁。(《合集》00295)③

[2]丁酉卜，設贞：今日用五宰祖丁。(《合集》01878)④

[3]其侑祖辛，王受祐，兹用。⑤(《合集》27251)⑥

[4]戊寅卜，侑妣庚五奶十牢，不用。(《合集》32171)⑦

"用""兹用""不用""勿用"的表述，意味着通过占卜，去确定某一行为的施行与否。因此，"用＋某一行为"就代表此行为经占卜可行。卜辞中"用""不用"在句中的位置较为灵活，晚商时期则有"用作某器"的表述。而西周金文中，"用"常见于句首，引领"作""享""飨""旂"等从作器到祈祷的一系列祭祀行为，表示述告的内容，如：

---

① (汉)许慎撰，(清)段玉裁注：《说文解字注》，128页，上海，上海古籍出版社，1981。

② 徐中舒主编：《甲骨文字典》，354页，成都，四川辞书出版社，1989。

③ 胡厚宣主编：《甲骨文合集释文》第一册，122页，北京，中国社会科学出版社，1999。

④ 胡厚宣主编：《甲骨文合集释文》第一册，133页，北京，中国社会科学出版社，1999。

⑤ 胡厚宣：《释丝用丝御》指出，"丝用"意为"用此卜""从此卜""按照此卜而施行"。参见《中央研究院历史语言研究所集刊》第8本第4分册，473页，重庆，"中研院"历史语言研究所，1939。

⑥ 胡厚宣主编：《甲骨文合集释文》第三册，1354页，北京，中国社会科学出版社，1999。

⑦ 胡厚宣主编：《甲骨文合集释文》第三册，1575页，北京，中国社会科学出版社，1999。

　　[1]姬鸞彝，用烝用尝，用孝用享，用匄眉寿无疆，其万年、子子孙孙永宝用。（姬鼎，《集成》02681）①

　　[2]殳季良父作敔姒尊壶，用盛旨酒，用享孝于兄弟、婚觏、诸老，用旂匄眉寿，其万年，灵终难老，子子孙孙是永宝。（殳季良父壶，《集成》09713）②

带有"用"字结构的前半部分相当于"祝告曰"的述告内容，其中包含了仪式的完整信息：作器者、祭品、祭祀对象、祈求内容。在铭文中，"用作""用旂""用享"等语言表明它们对应祝祷过程中的不同环节，前置"用"字以彰明慎重的仪式感。"用"字的强调和重复，是祝告话语的一大重要特征，是将祝辞与一般叙事相区别的重要标志，具有极为严肃的仪式感。但这并不代表其中的每一环节都经过了占卜授意，此时的"用"已经脱离了占卜的实际，成为程式化的祝辞套语。

　　文字学家认为，两周时期，"用"字从表示占卜可行，转为语助词，是从实词向虚词过渡的一大转折，《易》经文中大量出现的"用"，功能也与之相似。③ 到了春秋以后，随着"用"字向虚词进一步演化，"吕"也就是"以"开始取代"用"。《说文》："吕，用也。"④铭文中的"以"字结构与"用"字结构可以通用，如"我吕享孝，乐我先祖，吕祈眉寿，世世子孙，永吕为宝"（吕繇钟，《集成》00235，春秋晚期）⑤。"以享""以孝""以""以宝"这类句式在西周早中期都有相对应的"用"型句式，足证祝告话语中的"以"字句是从"用"字句演化而来。

　　"用"字结构与"以"字结构虽脱胎于卜辞，但最终构成祝告话语中"述告"方式的一个重要特征。除了铭文之外，礼类文献和《诗》的部分

---

　　① 中国社会科学院考古研究所编：《殷周金文集成》（修订增补本）第二册，1367 页，北京，中华书局，2007。

　　② 中国社会科学院考古研究所编：《殷周金文集成》（修订增补本）第六册，5100 页，北京，中华书局，2007。

　　③ 周婵娟：《〈易经〉"用"字简析》，载《北方文学（下旬）》，2014(8)。

　　④ （汉）许慎撰，（清）段玉裁注：《说文解字注》，740 页，上海，上海古籍出版社，1981。

　　⑤ 中国社会科学院考古研究所编：《殷周金文集成》（修订增补本）第一册，279 页，北京，中华书局，2007。

篇章里，也大量出现了"用某""以某"的句式，这些内容也通常与祝告活动密不可分，是一个追寻仪式痕迹的重要线索。

我们在第五章讨论"诰"的仪式传统时，曾介绍过"告祭"在先秦仪式中的地位。"述告"作为一种脱胎于告祭的话语方式，对西周祭祖诗篇也产生了诸多影响。《周颂》中《清庙》《维天之命》《维清》三首合成祭祀文王的一组颂诗。其中，《清庙》为描写祭祀场面之序曲，《维天之命》对文王进行祝告，《维清》以乐舞作结。① 显然，在祭祀过程中，最核心的环节就是《维天之命》的祝告。其诗曰：

> 维天之命，于穆不已。于乎不显，文王之德之纯。假以溢我，我其收之。骏惠我文王，曾孙笃之。（《周颂·维天之命》）②

同样体现出祝告话语要素的还有《烈文》：

> 烈文辟公，锡兹祉福。惠我无疆，子孙保之。无封靡于尔邦，维王其崇之。念兹戎功，继序其皇之。无竞维人，四方其训之。不显维德，百辟其刑之。於乎，前王不忘！（《周颂·烈文》）③

在西周宗法制度中，告祭具有极为显著的地位，而向列祖列宗作告，一方面在于陈告当下之事，一方面也在于祈求先祖庇佑。颂诗用于宗庙祭祀，其称美先祖，祈求福祉的结构，构成了"述告"这种话语方式的主要形态。

三、嘏辞：叙事需求下的结构增补

"告"与"祷"在祝告话语中的存在是较为明显且界别清晰的。事实上，"告—祷"本身已包含了"述告""称名"与"祈愿"三大功能，是殷周祝告话语中一个较为稳定的核心结构。祝者向祭祀对象——述告祭品、

---

① 参见李山：《诗经析读》，436～429 页，海口，南海出版公司，2003。
② （清）阮元校刻：《十三经注疏（清嘉庆刊本）》，《毛诗正义》卷十九，1238～1259 页，北京，中华书局，2009。
③ （清）阮元校刻：《十三经注疏（清嘉庆刊本）》，《毛诗正义》卷十九，1261～1262 页，北京，中华书局，2009。

祭法，并祈祷所求之事，这在卜辞、铭文、传世文献中均有出现。殷商卜辞以述告祭祀仪节，征求占卜结果为主，并非实在的祝辞，因而通常只有"告"的结构，偶尔会带有"告—祷"的结构。而西周铭文中的祝告话语，在"告—祷"结构之外，较之卜辞又增添了"嘏"的结构。

《礼记·礼运》："祝以孝告，嘏以慈告"[1]，嘏与祝应当是祖先祭祀中不可分割的对称环节。殷商时期应当也存在嘏，但卜辞作为一种仪式前的占卜记录，并无记录仪式中所发表的嘏辞的动机。而铭文需藏于宗庙，就需要记录嘏辞，以为先祖赐福之存证。换言之，铭文记录祝嘏辞并非完全出于礼仪要求，而是具有建构"家族史"这一叙事目的的。

根据徐中舒《金文嘏辞释例》的研究[2]，可以依言说立场的差别，将铭文祝嘏用语分为三类，其一是作器者祈福于祖先之用语，谓"旂（祈）""匄""割""气""綦"；其二为"天或祖先以嘏与人者"，谓"锡""降""妥""俾""使"；其三表述作器者对嘏辞的接受，谓"受"。这三类动词共同构成了一个完整的祝嘏过程，建立起"祭祀者进行祝告并受到赐福"的叙事。从这个意义上而言，铭文引入嘏的话语，对传统"告—祷"结构进行增补，使"祝告"不再是人神之间的单向沟通，而是一种成功的交互和契约，这对于构筑历史叙事、强化宗族认同，是必不可少的结构要素。

但是，西周铭文中的祝告话语，仍存在一个显著的吊诡之处：大部分铭文中祝、嘏辞之间的分界线不清晰。铭文常常将两者合成一语，因此既有从祝者角度所说的"用祈眉寿"，又有从神尸角度所说的"用锡眉寿"。这并不符合《诗经》及礼类文献所描述的，"工祝致告—皇尸作嘏"这样有序、清晰的仪式环节。作为一种直接生成于仪式过程的话语，这种在程式上的含混之处是不容忽视的。以《仪礼·少牢馈食礼》的记录为例，一场祝嘏仪式中的对话通常如下：

---

① （清）阮元校刻：《十三经注疏（清嘉庆刊本）》，《礼记正义》卷二十一，3068 页，北京，中华书局，2009。

② 徐中舒：《金文嘏辞释例》，《古文字学讲义》，178～239 页，成都，巴蜀书社，2012。

祝告曰："孝孙某，来日丁亥，用荐岁事于皇祖伯某，以某妃配某氏。敢宿！"

尸执以命祝，卒命祝，祝受以东，北面于户西，以嘏于主人曰："皇尸命工祝，承致多福无疆于女孝孙。来女孝孙，使女受禄于天，宜稼于田，眉寿万年，勿替引之。"（《仪礼·少牢馈食礼》）①

再比较前引《姬龖彝》《夨季良父壶》铭文，显而易见，铭文中的祝辞与嘏辞之间并不存在明显的分界线，表示祝告的"用祈"之后直接就是嘏辞所答的"眉寿万年"，语义流畅连贯，似乎祝告者、作嘏者为同一主体，应当如何从仪式角度理解这一文本特征呢？

解决这一问题的，正是钱锺书在《管锥编》中所提出的"一身而二任"。"神保"近于《楚辞·九歌·东君》中的"灵保"，皆为巫祝以舞蹈致神，以为神祇凭依的指称。这一论点也见于朱熹《诗集传》与马瑞辰《毛诗传笺通释》，前者谓："神保，盖尸之嘉号。《楚词》所谓'灵保'，亦以巫降神之称也。"②在此基础上，钱锺书进一步指出："'神保'、'神'、'尸'一指而三名，一身而二任。"③在仪式中，巫祝既能代表后裔与祖先神交流，又能代表祖先神接受后裔的祭享并作出回应。钱锺书引用了正史、俗谚、稗说中的记述，形象地描述了"自做师婆自跳神"的民间祭祀传统，这也为我们揭示了，《楚茨》中的祝、后裔、尸、神灵可能并非截然不同的话语主体，因此不能依据发言者的身份立场对诗篇结构作出简单的分割。《仪礼》中的皇尸与祝从动作描写来看似为两人，但若理解为是祝者通过方位转换同时扮演两个角色，亦可成立。如此，之所以是由祝者称奉"皇尸命"而作嘏，而非由"皇尸扮演者"直接作嘏，即是可以理解的了。古今中西，降灵的神秘现象只能由通灵者自身领受，而不能假于他人，"自作师婆自跳神"的奥秘即在

① （清）阮元校刻：《十三经注疏（清嘉庆刊本）》，《仪礼注疏》卷四十七、四十八，2594～2607 页，北京，中华书局，2009。

② （宋）朱熹注，赵长征点校：《诗集传》，203 页，北京，中华书局，2011。

③ 钱锺书：《管锥编》第一册，258 页，北京，生活·读书·新知三联书店，2019。

于此。

钱锺书关于巫祝"一身而二任"的论断，揭示了祝辞与嘏辞皆由同一巫祝以不同的身份发表，这就解释了为何铭文中的祝辞与嘏辞之间不存在明显的分界线，而这一现象也可能存在于其他书面文本之中。据此，可以解决部分诗篇的性质及结构问题。

第三节 《诗》对祝告话语的吸纳

告、祷、嘏三者，在祝告仪式中被祝者顺序发布，在仪式中，祝者可以通过表演和语气的转换来达成角色的切换，但是当其出于叙事需求，被写定于铭文等书面文献时，语气和声音的信息尽数失落，而被集约、简化为连贯流畅的祝嘏合语。但是，祝告仪式本身所呈现的"告—祷—嘏"结构，却被广泛运用于歌诗等反映、赞美仪式现场的文本。

《诗经》之中，不少篇目曾被认为是祝辞或嘏辞。但是，"诗"是用于仪式歌唱的文本，"祝辞"则为祝者所执话语体系，两者绝不能相互取代。这一情况也适用于《楚辞》。较为谨慎的推断是，《诗经》之中一部分关于祝嘏场面的诗篇，受到祝告话语的影响。这些影响体现在几个方面：

其一，是"名"或"号"的借用。祝者口中的"牲号""币号""神号"具有鲜明的宗教神秘色彩，也具备明确的仪式指向性。因此，一些诗篇会借用这类名号，或追求语言的陌生化效果，或增强对宗教仪式的指代性。例如《楚辞》"灵修""灵保"，《楚茨》"神保"等。

其二，是诗歌对祝嘏仪式的反映。这类诗篇尤多见于《颂》，如《维天之命》感戴文王之纯德护佑子孙；《烈文》开篇即述前王赐福，在此基础上告诫诸侯当尊奉先王；《我将》描写了献祭牛羊并得到文王赐嘏的仪式场面；《执竞》铺写仪式威仪，以及神尸醉饱，赐降福禄的情景。《潜》谓"以享以祀，以介景福"，《雍》有"绥我眉寿，介以繁祉"，类似对祝嘏场面的描写，在多数颂诗中均有呈现。此外，部分《雅》诗也有类似的记述，如《行苇》《信南山》等。

其三，是"祝辞""嘏辞"入诗。诗篇与铭文相似，对于一些祝嘏场面，会记取主要的祝嘏内容，但并不一定如实呈现"告""祷""嘏"等仪式话语。例如《凫鹥》《时迈》呈现祝辞，《天保》《既醉》《假乐》引述嘏辞，《甫田》《楚茨》兼有祝、嘏。这部分诗篇与第二种诗篇的差异较为细微，之所以分列，在于本书试图辨别间接与直接的祝嘏记录，以期理解"祝辞"作为一种口头言辞或仪式文本的真实形态。

在理解了祝辞话语的口头性、仪式性特征之后，可以为第二、三两种文本定下判断标准。带有祝辞话语要素的诗篇，会有部分诗句以第一人称为抒情叙事主体，以第二人称指代祝祷对象。假如没有明确的人称，至少应当具有第一人称视角的特征。例如"以介景福"这样的用语，就偏于中性，而"报以介福"就暗示了"福"来自主视角的对立面，既有主宾之别，又有祷嘏之分。此外，像"来求""来止""来燕"也具有招祷的蕴义，可视为对祝祷之辞的引用。接下来我们将结合具体诗篇，讨论其中体现的种种祝告话语要素。

一、演绎祝辞以配合祝告

"告"与"祷"是祝告话语中最核心的两种言辞，也拥有最悠远的书写传统。卜辞与铭文中的"告"，得到书面载录的原因一者来自占卜需要，一者出于叙事目标，并非出于祝者保存并传播职业文献的诉求，因此并非对其口头形态的完全转录。直至礼类文献以"祝曰"等形式加以记载，才成为一种自觉的收录和纂集。

前文曾引《仪礼·士冠礼》之祷言，推测祝辞应当具有可唱诵的性质。祝告话语的碎片，广泛见于《诗经》《楚辞》等文献。以《诗》为例，除了对祝祷场面的描写之外[①]，既有对"述告"用语的直接引用：

---

① 如《诗·小雅·甫田》："琴瑟击鼓，以御田祖。以祈甘雨，以介我稷黍，以穀我士女。"见(清)阮元校刻：《十三经注疏(清嘉庆刊本)》，《毛诗正义》卷十四，1018 页，北京，中华书局，2009。

[1]於荐广牡，相予肆祀。(《诗·潜》)①

[2]以我齐明，与我牺羊，以社以方。(《诗·甫田》)②

也有借"我求""乃求"等谓语结构作出的间接引述：

[3]我求懿德，肆于时夏，允王保之。(《诗·时迈》)③

[4]乃求千斯仓，乃求万斯箱。(《诗·甫田》)④

诗篇中最接近祝辞本体的，应当是《凫鹥》，这首诗并非以祝辞入诗，相反全诗可能都脱胎于祝辞。其诗如下：

凫鹥在泾，公尸来燕来宁。尔酒既清，尔肴既馨。公尸燕饮，福禄来成。

凫鹥在沙，公尸来燕来宜。尔酒既多，尔肴既嘉。公尸燕饮，福禄来为。

凫鹥在渚，公尸来燕来处。尔酒既湑，尔肴伊脯。公尸燕饮，福禄来下。

凫鹥在潀，公尸来燕来宗，既燕于宗，福禄攸降。公尸燕饮，福禄来崇。

凫鹥在亹，公尸来止熏熏。旨酒欣欣，燔炙芬芬。公尸燕饮，无有后艰。⑤

此诗重章叠唱，其意甚明，是为呼唤神尸前来享用祭品。之所以认为这首诗符合"祝辞"的话语特征，首先在于它以主人语气向神尸发出邀

① (清)阮元校刻：《十三经注疏(清嘉庆刊本)》，《毛诗正义》卷十九，1284 页，北京，中华书局，2009。

② (清)阮元校刻：《十三经注疏(清嘉庆刊本)》，《毛诗正义》卷十四，1018 页，北京，中华书局，2009。

③ (清)阮元校刻：《十三经注疏(清嘉庆刊本)》，《毛诗正义》卷十九，1269～1270 页，北京，中华书局，2009。

④ (清)阮元校刻：《十三经注疏(清嘉庆刊本)》，《毛诗正义》卷十四，1021 页，北京，中华书局，2009。

⑤ (清)阮元校刻：《十三经注疏(清嘉庆刊本)》，《毛诗正义》卷十七，1157～1160 页，北京，中华书局，2009。

请，其次就在于列举祭品，并加以夸美。最后，祝者表达了邀请神尸享用祭品的用意所在，那就是祈求神祇赐降福禄。从称名、述告到祈愿，涵盖了"告—祷"的全部话语要素。

全诗以"尔"字直接沟通公尸，以"来"字陈明主宾之分，语气贯通。在主视角所作的"告"与"祷"外，诗篇既没有转换到"尸"的视角，也没有以第三方的语气对祭祀场景作出描述和记叙，全诗从头至尾都是"祝"对"尸"单方面发出的祝祷。比较同样描写祝告的《行苇》《信南山》，更多的是从参祭者视角对仪式进行观察，例如对献祭行为的旁观："或肆之筵，或授之几"①"祭以清酒，从以骍牡"②；或是对祝告行为的客观陈述："酌以大斗，以祈黄耇"③"祀事孔明，先祖是皇"④。如果说上述两首诗描绘了仪式的诸种细节，展现出某种"画面感"；那么《凫鹥》可以说有更强的"临场感"，更接近祝告的口头陈辞。以第一人称视角进行对话，且具备"告""祷"两个层面的内容，这表明《凫鹥》当取法于祝辞本身。再向下推论，《凫鹥》所呈现的另外一些修辞特征，既可能来自歌诗制作的需要，也有可能源于祝辞的本来面貌，例如复沓和排比等手法。

再比较《凫鹥》与铭文祝辞的差别，则主要在于"述告"的部分。诗篇中的祝告没有明确说明主人身份、祭祀对象，也没有以"嘉号"详细列举祭品。换言之，《凫鹥》宽泛地赞美着祭仪的盛况，因而有着较广的适用性，无论是祭品、场合，还是主宾的改换，都不影响其诗的祝告功能。因此，《凫鹥》必然是在祝辞形成固定套路之后才诞生的作品，它必须取得不同祝辞的最大公约数，才能适应各种场合的诵唱。

以上，我们可以得出结论，《凫鹥》告祷功能完备，有较强的口头

① （清）阮元校刻：《十三经注疏（清嘉庆刊本）》，《毛诗正义》卷十七，1150页，北京，中华书局，2009。

② （清）阮元校刻：《十三经注疏（清嘉庆刊本）》，《毛诗正义》卷十三，1011页，北京，中华书局，2009。

③ （清）阮元校刻：《十三经注疏（清嘉庆刊本）》，《毛诗正义》卷十七，1153页，北京，中华书局，2009。

④ （清）阮元校刻：《十三经注疏（清嘉庆刊本）》，《毛诗正义》卷十三，1005页，北京，中华书局，2009。

对话色彩，因而很有可能是最接近于祝辞形态的文本。但是从它宽泛的意象来看，应当并非仪式实际所用之祝辞，而是配合祝告仪式所演唱的诵歌。这也符合《诗》作为仪式演乐文本的属性。

二、总结嘏辞以褒美仪式

如前所述，"嘏"最初不见于卜辞，直至西周才进入铭文的书面传统，但在结构上的界限也比较模糊。在《诗》中，祝、嘏的界限也往往不甚分明，而研究者常以特定诗篇作为一个整体去定义其性质和功能，这也容易遮蔽祝告话语被写录为文本的复杂性。

以《既醉》一诗为例，其诗中有大段疑为嘏辞的诗句。录其全诗如下：

> 既醉以酒，既饱以德。君子万年，介尔景福。
> 既醉以酒，尔肴既将。君子万年，介尔昭明。
> 昭明有融，高朗令终，令终有俶。公尸嘉告。
> 其告维何？笾豆静嘉。朋友攸摄，摄以威仪。
> 威仪孔时，君子有孝子。孝子不匮，永锡尔类。
> 其类维何？室家之壶。君子万年，永锡祚胤。
> 其胤维何？天被尔禄。君子万年，景命有仆。
> 其仆维何？厘尔女士。厘尔女士，从以孙子。①

前三章从"既醉""既饱"开始，交代神尸作嘏的背景。神尸用"尔"称呼主人，夸赞主人用丰盛的祭品使自己餍足。从祭品与礼仪之中，神尸感受到了主人的美德，于是决定赐之以嘉言。周人语境中的美德，往往是一种秩序性的德行，因而对先祖的尊奉，对礼仪的谨守，都可视作道德的体现。"公尸嘉告"以后的第四章开始，具体陈述嘏告的内容。这段文辞以顶针和设问为主要修辞方式，首先赞赏了祭祀的威仪，再祝愿主人子孙众多，最后将福禄赐予主人及其子孙。方玉润、林义

① （清）阮元校刻：《十三经注疏（清嘉庆刊本）》，《毛诗正义》卷十七，1153~1156 页，北京，中华书局，2009。

光等依据上述内容，认为其诗为祭祀所用嘏辞，李山认为其诗是对祭祀仪式的歌唱，包含了嘏辞内容，诗歌本身却非嘏辞。[①]

考察文本语气结构，李山所说甚是。在嘏告之前，有"公尸嘉告"之陈述，诗歌全篇自然不能视作嘏辞本体。而"嘉告"以下内容，以顶针形式回环铺展。"其告维何""其类维何""其胤维何""其仆维何"四句，是唱诗者为铺陈内容所作设问及答语，可视作唱诗者对嘏辞所涉内容的分类与总结。根据四句设问的提纲挈领，可以推断"嘉告"的几方面内容：其一，是对祭品与礼仪的反馈，也就是对"祝辞"之中"告"的内容作出回复。从这个意义上说，篇首的"既醉""既饱"也可视作其二，是对告祝主体的认同，在本诗中，主要体现为两方面：一是对"君子"的反复提称，并以"尔类"和"室家"等用语强调其作为宗族代表的身份，以先祖身份认同当下的宗族序列。二是对祭祀者的称名，也当是对祝辞中称呼神号的回应。两者原理相似：明确赐福的对象，可增强话语的指向性，使话语产生魔力。其三，也是最重要的内容，即对降福内容的陈述。这部分也可视作对"祷"的回答。在铭文和文献中常见的"用祈眉寿""用祈景福"等祷言，在嘏辞中被答以具体的内容。总而言之，嘏辞作为对祝辞的应答，需要对告、祷都作出回应，作为沟通的对话，也应当对祭祀者加以指称。

《既醉》谓"天被尔禄"，神尸对祭祀者的祝福，实在是以陟降天庭的祖先神之身份，来转达"天"的意志。祝者所传达的嘏辞，之所以有固定的程式和套路，正因为嘏辞本由祖先所授，人在其中没有"创作"的余地，只能使用套语来表达先祖的庇佑之意。这一点，在《天保》中亦有体现。

> 天保定尔，亦孔之固。俾尔单厚，何福不除？俾尔多益，以莫不庶。
>
> 天保定尔，俾尔戬穀。罄无不宜，受天百禄。降尔遐福，维日不足。

---

① 参见李山：《诗经析读》，377 页，海口，南海出版公司，2011。

天保定尔，以莫不兴。如山如阜，如冈如陵，如川之方至，以莫不增。

吉蠲为饎，是用孝享。禴祠烝尝，于公先王。君曰卜尔，万寿无疆。

神之吊矣，诒尔多福。民之质矣，日用饮食。群黎百姓，遍为尔德。

如月之恒，如日之升。如南山之寿，不骞不崩。如松柏之茂，无不尔或承。①

《天保》一般被认为是臣子对周天子的赞颂之诗。然而诗篇代"天"发言，以"尔"称呼天子，至有"俾尔多益""降尔遐福""诒尔多福"这样的赞颂。这些话语，语气上并不似是臣子对天子所发。结合"君曰卜尔"一语，《天保》可能亦有着嘏辞或祝嘏仪式之背景。《毛传》谓"君"指代表先王的神尸，《通释》谓"卜尔"即"报尔"②。此句意为神尸发话，愿意给予周王福报。在此之前的"吉蠲为饎"一句，近于祝告语气，继而"卜尔"赐嘏，许以万年寿考。接下来的"神之吊矣"又明确写出祝福来自天神的赐降。

《天保》"九如"不见于其他典籍，其文藻斐然，确乎应当出自某位杰出的诗人手笔③，因此有可能是在某次仪式所获嘏辞的基础上，由公室贵族演绎而成的赞诗。从这一基点出发，再看《天保》的结构与语气，似为获得嘏辞后，贵族向天子表示祝贺。在祝贺中，诗人再三强调，福寿来源于"天"，而"天"之所以降福，是对君王敬重先祖、知礼守德的奖励，同时也包含着对周王朝家国未来的期许。《孔子诗论》也指出《天保》旨在阐发君王受禄与为政以德的关联："《天保》其得禄蔑疆

---

① （清）阮元校刻：《十三经注疏（清嘉庆刊本）》，《毛诗正义》卷九，880～881页，北京，中华书局，2009。

② （清）马瑞辰撰，陈全生点校：《毛诗传笺通释》卷十七，512～513页，北京，中华书局，1989。

③ 赵逵夫：《论西周末年杰出诗人召伯虎》，见中国诗经学会编：《诗经国际学术研讨会论文集》，保定，河北大学出版社，1994。

矣，馈寡，德故也。"①诗人借进献贺诗，既表达了对宣王的期待，又强调"天命"以弘扬周初以来的德政传统，暗有诫慎之意。

总而言之，嘏辞被记于书面，与西周以后叙事需求的兴起有关。铭文吸纳嘏辞记叙祭祖仪式，诗篇中对嘏辞的记述也往往具有褒美仪式的叙事功能。

三、"告—祷—嘏"叙事结构的装饰性应用

"告—祷—嘏"虽是一个可追溯至殷商的仪式结构，但成为一个稳定的文本结构，承担起叙事功能，却发生在西周铭文的制作过程中。到了西周中后期，这种文本结构被用于诗篇，从中进一步产生了表演、赞诵的功能。从周初的《时迈》到西周中期的《雍》，已能看出《诗》中祝祷语言的变化。《时迈》的祝祷更为清晰，三句话逐一说明作祝者谁，所求者何事，以及对祝告对象的要求。《雍》则使用了一种程式化的语言，模糊了祝与嘏的界线。这样的差别需要联系二诗的主旨与性质来看。《雍》的结构更为洗练，从描写祝祭仪容，到褒称先祖神号，再结以祝嘏之辞，是一篇对仪式全过程的赞颂。而《时迈》重在歌颂武王之德，祈祷能延续先王之德，仍为对武王祝颂的延伸。这不但也正是颂、雅之别，另外也展现出"祝"存在于各种功能的仪式之中，祝辞语言可能根据仪式内容的变化而存在不同的侧重。

《大田》《甫田》中的祝辞，也印证了上面的猜想。这两首诗应当与西周籍田礼有关，主要用于祈求丰收。其中，《大田》与伊耆蜡祭祝辞略有相通，其"去其螟螣，及其蟊贼，无害我田稚"②的表述，也较近于诅祝。两首诗同样列举了众多祭品，最后答以"报以介福，万寿无疆"③"以介景福"的嘏言，涵盖了"告""祷""嘏"三个方面，构成了对仪

---

① 马承源主编：《上海博物馆藏战国楚竹书》（一），137 页，上海，上海古籍出版社，2001。

② （清）阮元校刻：《十三经注疏（清嘉庆刊本）》，《毛诗正义》卷十四，1023 页，北京，中华书局，2009。

③ （清）阮元校刻：《十三经注疏（清嘉庆刊本）》，《毛诗正义》卷十四，1024 页，北京，中华书局，2009。

式的完整观察。

取法于"告—祷—嘏"叙事结构，又从这种叙事中生发出仪式性价值的，最典型的诗篇是《楚茨》，全诗描绘了一场隆重的祭祖仪式，其对燕享祝嘏的环节描写甚详，不但展示了"祝"的仪式形态，更呈现出多种祝告话语要素。诗篇与周代祭祖仪式具有显著的相关性，且兼有对祭祀内容的记叙与祭祀过程的描写，从而使其结构与性质成为一个较为复杂的议题。柯马丁在《作为表演文本的〈诗经〉：以〈小雅·楚茨〉为例》①一文中，提出《楚茨》既是对仪式本身的描述，又包含了祭祀中发表的真实讲话，认为这种对个别仪式的记述和赞美为后世的祭祀仪节提供了标准，并使这种标准在此后的祭祀活动中一次次自我实现，并据此对诗篇结构作出分析。而李山《凝铸传统的诗篇——论〈诗经·小雅·楚茨〉的仪式书写》则不同意将诗篇的述说等同于诗篇中人的发言，认为柯马丁对《楚茨》各章性质的判断有误，提出诗篇的叙述视角处于祭祀仪式的过程之外，是对仪式的歌唱，但也认同诗篇中存在仪式上实际发表的言辞。

可以看出，关于《楚茨》诗篇性质的争议，主要集中于对其篇章结构的不同理解。但是，当我们理解了"祝—嘏"行为的"一身而二任"性质之后，即可逐章分析《楚茨》要旨：

> 楚楚者茨，言抽其棘。自昔何为，我艺黍稷。我黍与与，我稷翼翼。我仓既盈，我庾维亿。以为酒食，以享以祀。以妥以侑，以介景福。②

这一段在言辞上的重要特征是，使用了大量的"以……以……"句

① 〔美〕柯马丁：《作为表演文本的〈诗经〉：以〈小雅·楚茨〉为例》["'Shi Jing' Songs as Performance Texts：A Case Study of 'Chu Ci'（Thorny Caltrop）"，*Early China*，2000，Vol. 25（2000），pp. 49-111]。另，柯马丁在近期论文中部分否定了此前论点："由此，我决定推翻我在八年前出版的研究中的观点，即把这首视为真正的表演文本。现在我认为它是东周时期纪念文化的一部分"，参见柯马丁：《从青铜器铭文、〈诗经〉及〈尚书〉看西周祖先祭祀的演变》注释 94，载《国际汉学》，2019(1)。

② （清）阮元校刻：《十三经注疏（清嘉庆刊本）》，《毛诗正义》卷十三，1003 页，北京，中华书局，2009。

式。前文讨论铭文祝辞中常出现的"用……用……"句式，认为它分割开了祝祷过程的不同环节，并彰显着被神灵所肯定的神圣性。《楚茨》中的"以享""以祀"等用法，在铭文中也作"用享""用祀"。到了春秋以后，随着"用"字向虚词演化，"𠨍"也就是"以"字开始代替"用"字的存在。如"我以享孝，乐我先祖，以旂眉寿，世世子孙，永以为宝"（《集成》00225，春秋晚期）①。"以享""以孝""以旂""以宝"在西周早中期都有相对应的"用"型句式，是为其前身。《楚茨》一气列举六个"以"，铺陈仪式的六个环节，极写其盛大场面。这段文辞类似于铭文中"用……用……"之"告"，描写收获之丰稔，祭祀场面之隆重。

清人凌廷堪认为此章言正祭之妥侑，二章言享报，三章言宾尸，四章言尸叚，五章言祭彻，六章言燕宴，是将《楚茨》六章视作一场祭礼的六个不同环节。但是笔者认为，《楚茨》并非对礼仪程序的机械展演，其诗入《小雅》，即使是为仪式上的表演，亦未必为诗中所述礼仪实际所用之诗。诗序谓《楚茨》"刺幽王也，政烦赋重，田莱多荒，饥馑降丧，民卒流亡，祭祀不飨，故君子思古焉"。抛除美刺之论，毛氏认为《楚茨》是对已逝的那个礼仪世界的追忆和向往。对祭祀礼仪的歌颂和描述，是否构成祭祀礼仪本身的一环，仅从文本中我们无法找出答案。然而，借由祝辞中"告"的传统，我们可以猜测，对仪式的夸赞可以达到取悦神灵的目的，也因此可以成为祭祀的一部分。但是，比较《大雅》中那些参祭贵族身在其中的自我叙述，《楚茨》的表述显然更为精练而系统化，具有更为宏观的第三方视角。而"自昔何为"更像是对历史上某一标准的追述。毛氏可能正是基于此点，认为《楚茨》来自后人对礼乐最盛时的情景模拟。

《楚茨》首章"以……以……"的句式，既是回应"自昔何为"的设问，又引出了第二章开始的仪式景象。从《楚茨》全篇来看，首章对"黍稷""酒食""享祀"的概述构成了一份简短的"告"，而末句"以介景福"就类似于一份简短的"祷"，对其的回复见于第四章"工祝致告"所作之

----

① 中国社会科学院考古研究所编：《殷周金文集成》（修订增补本）第一册，270 页，北京，中华书局，2007。

"啜"。但是，《楚茨》的结构是嵌套式的，在"告—祷—啜"的总结构中，又存在着"告—祷—啜"的子结构。第二、三两章，即是两个并行的子结构：

> 济济跄跄，絜尔牛羊，以往烝尝。或剥或亨，或肆或将，祝祭于祊。祀事孔明，先祖是皇，神保是飨。孝孙有庆，报以介福，万寿无疆。
>
> 执爨踖踖，为俎孔硕，或燔或炙。君妇莫莫，为豆孔庶，为宾为客。献酬交错，礼仪卒度，笑语卒获。神保是格，报以介福，万寿攸酢。①

这两章的句式互相呼应，也因此可以看出它们结构上的对称关系（表 8-1）：

表 8-1　《楚茨》第二、三章中的告、祷、啜

	第二章	第三章
告	絜尔牛羊，以往烝尝	
	或剥或亨 或肆或将	或燔或炙 为宾为客
	济济跄跄	执爨踖踖 君妇莫莫
	祀事孔明	为俎孔硕 为豆孔庶
	祝祭于祊	
		献酬交错，礼仪卒度，笑语卒获
祷	先祖是皇 神保是飨	神保是格
啜	孝孙有庆，报以介福，万寿无疆	报以介福，万寿攸酢

---

① （清）阮元校刻：《十三经注疏（清嘉庆刊本）》，《毛诗正义》卷十三，1005～1006 页，北京，中华书局，2009。

　　这两章的"告—祷—嘏"结构是各自完整、独立的。其中，"告"的部分，主要描写献祭的行为。第一章特别写到了祭品的准备，洗净用作牺牲的牛羊。接下来描写进一步的准备，从宰杀、烹煮到炙烤，均用"或……或……"描述。到了分盛、献上的环节，则谓"为宾为客"。按第三章的一至三句与二至六句互相对称，因此"或燔或炙"对应"为宾为客"。诗篇又以"济济""跄跄""踖踖""莫莫"等叠字形式描写参与者的仪容。"祀事孔明"亦见于《信南山》，笺："孔，甚也；明，犹备也。"①意为祭祀之事极完备。"为俎孔硕""为豆孔庶"语义相通，谓祭器隆重，祭品繁多。三句句式相通，用语类同，可相互呼应。接下来就是对祭典的客观陈说：第二章有"祝祭于祊"，因此被认为是"索祭"的描写；第三章强调主宾献酬，故有谓第三章乃述宾尸者，可与"祝祭于祊"对应。总而言之，对仪式场面的描写占据了这两章的主要篇幅，相对于"告—祷—祝"的固定次序而言，"告"辞内部对祭品、祭仪的叙述次序则并无一定。另外，与铭文所见告辞相比，诗篇中的"告"显然更具韵律感。实际在仪式中发生的祝告，更近于铭文还是此处的四字韵语，尚不能定论。但当《楚茨》作为仪式的范本反过来又用于仪式之后，诗篇中韵语式的"告"就成为仪式的真实。

　　接下来的"祷"与"嘏"，第三章文句甚简，至于合为一句；第二章则分开了"祷"与"嘏"。"先祖是皇""神保是飨""神保是格"句式相同，均为祝者代表主人向祖先神发出呼告。如钱锺书所论，"神保"即"灵保"，是对"尸"的嘉号。②"皇"，笺云"暀也"③，《释名·释亲属》："王，暀也，家中所归暀也。"④"飨"则为"享"，"格"则为"来"。用嘉号称呼神尸，复以"皇""飨""格"等专用的祝号，以代表主人的第一重身份呼唤先祖前来享用祭品，这些应当就是祝者所用的祭祀术语。铭文

---

　　①　(清)阮元校刻：《十三经注疏(清嘉庆刊本)》，《毛诗正义》卷十三，1012页，北京，中华书局，2009。

　　②　钱锺书：《管锥编》第一册，258页，北京，生活·读书·新知三联书店，2019。

　　③　(清)阮元校刻：《十三经注疏(清嘉庆刊本)》，《毛诗正义》卷十三，1005页，北京，中华书局，2009。

　　④　(汉)刘熙撰，愚若点校：《释名》卷三，41页，北京，中华书局，2020。

中并没有类似的用语，可见这类术语仅限于在仪式当场口头祝颂，在书面记述中只会留下"用享""以享"这类叙述性语言。

嘏辞中，"孝孙有庆"这一用法比较特别，在铭文中直至春秋时期才出现"有庆""有成庆"的提法。用作嘏辞，则见于春秋晚期《宋右师延敦》的"天其作祓于朕身，永永有庆"（《新收》1713）[①]。笺谓："庆，赐也。"[②]指代的是神灵向主人的赐福。至于"报以介福"之"介"，徐中舒认为即铭文常见之"匄"[③]，然而"匄"谓下祈福于上，"报"又为上赐福于下，二者合言，其义或近于"报介以福"，即响应下民的祈祷，赐以福祉。

第四章至第六章，《楚茨》回到"告—祷—嘏"的第一层主结构，并进入"嘏"的环节，出现了巫祝以"神尸"这第二重身份发布的嘏辞。不同于二、三两章的描述性书写，这其中一部分更接近于对仪式话语的直接转录：

> 我孔熯矣，式礼莫愆。工祝致告：徂赉孝孙，苾芬孝祀，神嗜饮食。卜尔百福，如几如式。既齐既稷，既匡既敕。永锡尔极，时万时亿。
>
> 礼仪既备，钟鼓既戒。孝孙徂位，工祝致告。神具醉止，皇尸载起。钟鼓送尸，神保聿归。诸宰君妇，废彻不迟。诸父兄弟，备言燕私。
>
> 乐具入奏，以绥后禄。尔肴既将，莫怨具庆。既醉既饱，小大稽首。神嗜饮食，使君寿考。孔惠孔时，维其尽之。子子孙孙，勿替引之。[④]

这三章中，"工祝致告"出现两次，其后语气俱为神尸对子孙后代

---

① 钟柏生等编：《新收殷周青铜器铭文暨器影汇编（二）》，1166 页，台北，艺文印书馆，2006。

② （清）阮元校刻：《十三经注疏（清嘉庆刊本）》，《毛诗正义》卷十三，1005 页，北京，中华书局，2009。

③ 徐中舒：《豳风说》，见《徐中舒历史论文选辑》，413 页，北京，中华书局，1998。

④ （清）阮元校刻：《十三经注疏（清嘉庆刊本）》，《毛诗正义》卷十三，1007～1009 页，北京，中华书局，2009。

所发。"卜尔百福"即"报尔百福"，以第二人称指代祭祀主人，降赐福祉。其后的"永锡尔极""尔肴既将"语气与之相同。最末的"孔惠孔时，维其尽之。子子孙孙，勿替引之"具有告诫的性质，指出仪式的传统需要后代保持，才能永远受到祖先的赐福。"工祝致告"的叙述本身来自第三人称视角，而第五章的"神具醉止，皇尸载起"则更是完全采取观者视角，详细描述神尸的状态，仪式的场面，乐工的行止。第六章将神尸的醉饱之态与其"使君寿考"的赐福相关联，从而发出"勿替引之"的教诲。

"自昔何为"的发问与"勿替引之"的回复，构成《楚茨》诗篇最底层的逻辑，也最接近于诗篇制作的核心动机，即宣示仪式传统的重要性，教诲后人不得更改，也因此，《楚茨》更近于一首从祝嘏仪式诗歌衍生而来的教诲诗，具有一定的二次创作或编制色彩。《楚茨》的第二、三两章拥有完整的"告—祷—嘏"结构，其对祝嘏辞的表述与铭文相类，两章从内容到遣词都具有平行对称的特征，可视为全诗中两个相对独立的子结构。相较以训示作结的全诗而言，这两章更接近于在燕私等环节中所使用的赞美仪式的乐歌。由此看来，二、三两章可能正是《楚茨》全诗结篇的灵感来源，并为之提供了可资模仿的"告—祷—嘏"文本结构。《楚茨》第一、四、五、六章将告、祷、嘏等话语活动的内容糅合入对礼仪的描写中，使"自昔何为"的设问落足于首章"我黍与与""以介景福"的告与祷，并于末三章结以"工祝致告"的嘏辞，以引出关于恪守传统礼仪规范的训示，全诗呈现出一个接近于"告—祷—嘏"的主结构，但相较于更接近铭文祝嘏话语的中间两章子结构，首尾四章存在更多修辞上的设计，如设问、记言、训诫等形式。因此可以确定，《楚茨》并非对祝嘏仪式的直接转写，作为一个完整的诗篇，它显然具有教诲功能，这种教诲适用于多种场合，因此其是否用于仪式仍难以遽作论断，既可能如李山所言，用于祭祀后的燕私环节；也可能如毛序所示，是一首脱落于仪式，怀恋仪式传统的"思古"之诗。

钱锺书关于祝者在仪式中"一身而二任"的论断，足以启发我们理解铭文、诗篇传统中祝嘏辞的书写形式。巫祝兼为祭祀双方代言人的双重身份，在文本层面促成了诗篇与铭文文本中"祝辞"与"嘏辞"的自然过渡。在《楚茨》中，"神保""皇尸""工祝"三位一体，祝者享用祭祀，发布嘏辞的姿态与话语都成为诗篇描写和记叙的对象，串联起子结构中作为集体文化记忆的"神保"，与主结构中在当下（或一般性规范中）扮演着"皇尸"，象征着"神保"的"工祝"，模糊了"往昔""应然"与"实然"的界限，也造就了《楚茨》诗篇的复杂性。

《诗》中之所以存在如此多与祝嘏有关的歌诗，一方面归功于祝嘏活动的无处不在，一方面又当是因为祝嘏活动作为一种话语实践，与诗歌的制作具有很强的联动性。传统诗论，常有"某诗'报'或'答'某诗"的提法，这种"报""答"，有可能表示一者为祝，一者为嘏。从相应诗篇的内容和语气来看，这样的猜测是可以成立的。如《天保》"报"《伐木》；《凫鹥》"答"《行苇》；《鸳鸯》"答"《桑扈》①等。这些诗之间是否存在特定的关联，尚不能考证；但论者以一者为主，一者为客，一者为问，一者为答，其实就是从诗歌宾主关系及语气所作的判断，有可取之处。这种"问—答"关系，很有可能就是一种"祝—嘏"的关系。由于祝嘏歌诗出现在各种祭祀仪式上，既有报祭烝尝，又有燕享助祭，也说明"祝—嘏"是一种非常广泛的仪式行为。不一定局限于宗庙享祭，宴饮、祈谷、藉田，凡有祈求福祉的场合，都可以用"祝—嘏"这样的主客问答来表现。《仪礼》中作祝作嘏者，既有专业的祝者，又有主客代行者，都证明至少到了春秋时期，祝嘏仪式的使用范围较广，形式也十分多样化。

《诗经》作为仪式演乐文本的性质，决定了诗篇无论多么接近祝告话语，也不可能代替祝辞、嘏辞的仪式功能。诗人并非祝者，他们写作文本的用意不在沟通神灵，而在于褒美仪式。诗篇是对仪式的描写和敷演，其艺术价值取决于诗人对现实的观察力与文辞的表现力。越是接近祝嘏辞的诗篇，离"诗"的艺术标准就更远。因此，我们不能简单地将诗篇中的祝、祷、告、嘏视作相应的书面记录，而应理解诗篇

① 《桑扈》："……君子乐胥，受天之祜……君子乐胥，万邦之屏。之屏之翰，百辟为宪。不戢不难，受福不那。兕觥其觩，旨酒思柔。彼交匪敖，万福来求。"似为祝诗。见（清）阮元校刻：《十三经注疏（清嘉庆刊本）》，《毛诗正义》卷十四，1030～1031页，北京，中华书局，2009。

是在祝告仪式中二次生成的，相对于祝辞、嘏辞的本来形态而言，应当具有更宽泛的适用性，更灵活的言说姿态。

第四节　"诅"与"盟"：祝告话语的另一面

如前所述，在祈福、求雨等吉祝之外，"祝"还包含了禳、诅等希望对祝告对象产生负面影响的仪式，因此当我们讨论"祝告话语"时，不能不考虑到攻、敓这类言辞。《周礼》以"小祝"掌侯、禳、祷、祠，以"丧祝"掌大丧劝防，以"诅祝"掌盟、诅、类、造、攻、说、襘、禜。"盟"与"诅"被列入祝官职守，表明这类仪式文献很可能带有"祝"的要素，或从祝类文献演变而来。

"诅"与"盟"的性质略有不同，前者直接脱胎于"攻""禜"等诅祝类文辞。前文中，我们对"攻""禜"等诅祝行为有所论及，作为六祈之术，它们主要用于禳除病患和灾厄。从话语要素来看，这类"诅"与"祝"相同，都需要念诵诅告对象之名，继而表达愿望。正如"祝"不依赖天神之意为媒介，直接向祝祷对象祈福那样，"攻""禜"也直接对话并作用于所欲禳除的恶灵，即郑玄所谓"以辞责之"。这类的"诅"可以被视为"祝"的反面。

另一种"诅"，并非直接对话于施术对象，而是借助更高层的神圣意志，以求达成负面的效果。通过第一章对"帝令""天命"的分析，可以得知，人们相信诅祝能干涉天神的意志，这样的思维必然较为后起。《尚书·无逸》疏云："以言告神明谓之祝，请神加殃谓之诅。"[①]"请神加殃"的概念，不同于"攻""禜"之处，一方面在于神意的参与，另一方面则是施术对象从"无生命的物"变成了"有生命的人"。春秋以后的"诅"以人为对象，应当与盟诅制度的产生有关。《穀梁传·隐公八

---

① （清）阮元校刻：《十三经注疏（清嘉庆刊本）》，《尚书正义》卷十六，473 页，北京，中华书局，2009。

年》谓"盟诅不及三王"①，说的就是早在三代之时，君主及上帝的权威并无被冒犯之虞，也因此不需要盟诅制度来保障诸侯大夫之间的契约关系。根据这一线索推断，第二种"诅"与盟誓有关，其产生不当早于春秋时期。

晁福林作《春秋时期的"诅"及其社会影响》，专文说讲了春秋时期"诅"的观念与社会思想的关联。② 文章指出，春秋时期的"诅"与盟誓制度密切相关，而春秋之"诅"所反映的社会信仰与鬼神观念，又显示出诅祝文化有着较为古老的起源。据此，我们不妨以春秋为界，将"诅"分为较早的"诅咒"之"诅"，以及较晚的"诅盟"之"诅"。后者在前者的基础上发展而来，产生于春秋时期特殊的社会需求。而战国楚简中"敓"与"攻解"的表述，则证明前一种"诅"直至战国时期仍在社会生活中广泛流行，其对疾厄的禳解功能，是后一种"诅"所无法取代的。从这层意义来说，"诅盟"之"诅"亦可被视为"诅辞"于春秋时产生的一个特殊分支。也因此，诅咒仪式与诅盟仪式，以及相对应的两种诅辞，存在可比较性。当诅咒仪式因时代过早而难以还原原貌，或因所求之事过于琐碎而少见于文献时，可以参照诅盟仪式的记载加以推理。

前文将祝辞的话语要素分解为"告""祷"两项，在诅辞中，也存在类似的要素，只不过所祈为负面愿望，故以"咒"代"祷"。而诅辞本身又常与盟辞、誓辞互相组合，《诅楚文》《侯马盟书》等文本兼有诅、盟、誓等辞令，就反映了这类文体构成的复杂性。有鉴于此，对先秦文献的研究恐怕应当在"文体"之外，寻找更小的构成单位。而结合这些文献作为仪式文本的属性，则可以凭借具体的仪式环节为依托，将文本进一步分解为对应的仪式话语要素。

关于"盟""誓"的研究，近年学界已有大量研究成果。由于西周史料厥如，研究主要集中在春秋时期的盟誓制度上。东周时期最早的盟

---

① （清）阮元校刻：《十三经注疏（清嘉庆刊本）》，《春秋穀梁传注疏》卷二，5144 页，北京，中华书局，2009。

② 参见晁福林：《春秋时期的"诅"及其社会影响》，载《史学月刊》，1995(5)。

辞，是周平王东迁之时与众卿士之盟，《左传·襄公十年》引述其部分盟辞谓："世世无失职。"①《左传》中的盟誓之辞，大部分呈现为"载书"这一物质形式，由盟主撰写、制作，由参盟各方祝读、埋藏。对春秋载书的格式，吕静在《春秋时期盟誓研究——神灵崇拜下的社会秩序再构建》中辟专章论及，根据侯马盟书、温县盟书及《左传》盟辞载书的范式，将之分为"序"文、"盟约内容"和"自我诅咒"三部分。其中，"序"包括了举行盟誓的时间、宣誓者之名，以及对神名的祝号之辞。② 根据是否举行"盟"的仪式，可以简单地将《左传》盟誓文辞分为有书面凭依的"盟"与口头的"誓"。下表将见于《左传》的盟誓文辞依据构成要件进行分列，以求归纳盟誓文辞的一般特征，并理解其与诅祝传统的关联（表 8-2）。

表 8-2 　《左传》中的盟誓文辞

出处	序文	祝辞	盟约内容	诅辞
盟				
鲁桓公与郑伯盟，《桓公元年》				渝盟无享国③
齐侯与诸侯盟，《僖公九年》			凡我同盟之人，既盟之后，言归于好④	

---

① （清）阮元校刻：《十三经注疏（清嘉庆刊本）》，《春秋左传正义》卷三十一，4239 页，北京，中华书局，2009。

② 参见吕静：《春秋时期盟誓研究——神灵崇拜下的社会秩序再构建》，213～219 页，上海，上海古籍出版社，2007。

③ （清）阮元校刻：《十三经注疏（清嘉庆刊本）》，《春秋左传正义》卷五，3777 页，北京，中华书局，2009。

④ （清）阮元校刻：《十三经注疏（清嘉庆刊本）》，《春秋左传正义》卷十三，3908 页，北京，中华书局，2009。

续表

出处	序文	祝辞	盟约内容	诅辞
楚子与郑伯盟，《僖公十八年》			无以铸兵①	
成王与周公盟，《僖公二十六年》			世世子孙，无相害也②	
宁武子与卫人盟，《僖公二十八年》	天祸卫国，君臣不协，以及此忧也。今天诱其衷，使皆降心，以相从也。不有居者，谁守社稷？不有行者，谁捍牧圉	不协之故，用昭乞盟于尔大神，以诱天衷	自今日以往，既盟之后，行者无保其力，居者无惧其罪	有渝此盟，以相及也。明神先君，是纠是殛③
王子虎与诸侯盟，《僖公二十八年》			皆奖王室，无相害也	有渝此盟，明神殛之。俾队其师，无克祚国，及其玄孙，无有老幼④
宋与楚盟，《宣公十五年》			我无尔诈，尔无我虞⑤	

① （清）阮元校刻：《十三经注疏（清嘉庆刊本）》，《春秋左传正义》卷十四，3927 页，北京，中华书局，2009。

② （清）阮元校刻：《十三经注疏（清嘉庆刊本）》，《春秋左传正义》卷十六，3954 页，北京，中华书局，2009。

③ （清）阮元校刻：《十三经注疏（清嘉庆刊本）》，《春秋左传正义》卷十六，3964 页，北京，中华书局，2009。

④ （清）阮元校刻：《十三经注疏（清嘉庆刊本）》，《春秋左传正义》卷十六，3963 页，北京，中华书局，2009。

⑤ （清）阮元校刻：《十三经注疏（清嘉庆刊本）》，《春秋左传正义》卷二十四，4097 页，北京，中华书局，2009。

续表

出处	序文	祝辞	盟约内容	诅辞
士燮与楚公子罢盟，《成公十二年》			凡晋楚无相加戎，好恶同之，同恤菑危，备救凶患。若有害楚，则晋伐之；在晋，楚亦如之。交贽往来，道路无壅，谋其不协，而讨不庭	有渝此盟，明神殛之，俾队其师，无克胙国①
秦与楚盟，《成公十三年》		昭告与昊天上帝、秦三公、楚三王曰	余虽与晋出入，余唯利是视②	
范宣子与诸侯盟，《襄公十一年》			凡我同盟，毋蕴年，毋壅利，毋保奸，毋留慝，救灾患，恤祸乱，同好恶，奖王室	或间兹命，司慎、司盟、名山、名川、群神群祀、先王、先公、七姓十二国之祖，明神殛之。俾失其民，队命亡氏，踣其国家③
晋诸大夫盟，《襄公十六年》			同讨不庭④	

---

① （清）阮元校刻：《十三经注疏（清嘉庆刊本）》，《春秋左传正义》卷二十七，4147 页，北京，中华书局，2009。

② （清）阮元校刻：《十三经注疏（清嘉庆刊本）》，《春秋左传正义》卷二十七，4152 页，北京，中华书局，2009。

③ （清）阮元校刻：《十三经注疏（清嘉庆刊本）》，《春秋左传正义》卷三十一，4233～4234 页，北京，中华书局，2009。

④ （清）阮元校刻：《十三经注疏（清嘉庆刊本）》，《春秋左传正义》卷三十三，4261 页，北京，中华书局，2009。

续表

出处	序文	祝辞	盟约内容	诅辞
晋平公与诸侯盟，《襄公十九年》			大毋侵小①	
崔杼、庆封与国人盟，《襄公二十五年》				所不与崔、庆者，……有如上帝②
臧昭伯与从者盟，《昭公二十四年》			戮力壹心，好恶同之。信罪之有无，缱绻从公，无通外内③	
晋文公与诸侯盟，《定公元年》			凡我同盟，各复旧职④	
志父与齐盟，《哀公二十年》			好恶同之⑤	
宋六卿盟，《哀公二十六年》			三族共政，无相害也⑥	

① （清）阮元校刻：《十三经注疏（清嘉庆刊本）》，《春秋左传正义》卷三十四，4272 页，北京，中华书局，2009。

② （清）阮元校刻：《十三经注疏（清嘉庆刊本）》，《春秋左传正义》卷三十六，4307 页，北京，中华书局，2009。

③ （清）阮元校刻：《十三经注疏（清嘉庆刊本）》，《春秋左传正义》卷五十一，4582 页，北京，中华书局，2009。

④ （清）阮元校刻：《十三经注疏（清嘉庆刊本）》，《春秋左传正义》卷五十四，4629 页，北京，中华书局，2009。

⑤ （清）阮元校刻：《十三经注疏（清嘉庆刊本）》，《春秋左传正义》卷六十，4735 页，北京，中华书局，2009。

⑥ （清）阮元校刻：《十三经注疏（清嘉庆刊本）》，《春秋左传正义》卷六十，4741 页，北京，中华书局，2009。

续表

出处	序文	祝辞	盟约内容	诅辞
誓				
重耳之誓，《僖公二十四年》				所不与舅氏同心者，有如白水①
秦伯之誓，《文公十三年》				若背其言，所不归尔帑者，有如河②
栾怀子之誓，《襄公十九年》				主苟终，所不嗣事于齐者，有如河③
宣子之誓，《襄公二十三年》				所不请于君焚丹书者，有如日④
昭公之誓，《昭公三十一年》				君惠顾先君之好，施及亡人，将使归粪除宗祧以事君，则不能见夫人。已所能见夫人者，有如河⑤

　　《左传》中的载书内容，服务于叙事需要，侧重对盟约内容的展现，因此往往并不完整。因此，上表所体现的盟辞，应当都有所缺略。其中，宁武子与卫人之盟，有完整的序文、祝辞、盟约内容及诅辞，可能是一篇较为完整的载书文本。如士燮与范宣子盟、范宣子与诸侯盟，

　　① （清）阮元校刻：《十三经注疏（清嘉庆刊本）》，《春秋左传正义》卷十五，3942 页，北京，中华书局，2009。
　　② （清）阮元校刻：《十三经注疏（清嘉庆刊本）》，《春秋左传正义》卷十九，4021 页，北京，中华书局，2009。
　　③ （清）阮元校刻：《十三经注疏（清嘉庆刊本）》，《春秋左传正义》卷三十四，4273 页，北京，中华书局，2009。
　　④ （清）阮元校刻：《十三经注疏（清嘉庆刊本）》，《春秋左传正义》卷三十五，4291 页，北京，中华书局，2009。
　　⑤ （清）阮元校刻：《十三经注疏（清嘉庆刊本）》，《春秋左传正义》卷五十三，4617 页，北京，中华书局，2009。

则既有盟约内容又有诅辞，其诅辞发于正面陈辞的盟约内容之后，故常以"有渝此盟"起领，以"明神殛之""无克祚国"等仪式套语为诅辞。在不少载书中，还存在着祝辞的成分。

从上表可以看出，誓辞与盟辞的共通点，在于"诅辞"的存在。盟辞往往以正面肯定的形式表述盟约的内容，在诅辞中对渝盟之举作出诅咒。而誓辞则通常略去序辞、祝辞，而以否定形式的"所不⋯⋯者"对誓言内容进行反向的表述，继以"有如⋯⋯"的诅辞。

盟誓虽重在盟约内容，但其真正生效，在于诅辞与祝辞的约束，以及祝诅在仪式环节中的重要地位。《释名》："盟，明也。告其事于神明也。"①"明神"在《左传》誓辞中尤为常见，除表中凭明神诅祝者外，还有《哀公十二年》"盟所以周信也⋯⋯言以结之，明神以要之"②，《襄公九年》"明神不蠲要盟，背之可也"③。对于"明神"的职能和位格，还难有定论。一种可能性是："明"即为"盟"，"明神"即为司盟之神。一种可能性是："明"作见证、昭明而言，"明神"取象自日月，是为盟誓的见证者。

"明神"行使惩罚的手段多为"殛"。《说文》："殛，诛也。"④"殛"具有以罪责诛杀的含义，其行为主体常常是"天命""明神"。《左传》诅辞中常见的"明神殛之"，在很多语境中指参盟者的宗族和国家而言，因此春秋时期的"殛"已不仅是将死亡作为背约的惩罚，而是泛指天降的一切责罚。

在盟誓中，人们通过祝告，以求沟通"明神""上帝"与先公，使其监督盟约的执行。陈梦家谓："盟誓时以明神先君为质证，故盟必告神

---

① （汉）刘熙撰，愚若点校：《释名》卷四，56 页，北京，中华书局，2020。
② （清）阮元校刻：《十三经注疏（清嘉庆刊本）》，《春秋左传正义》卷五十九，4714 页，北京，中华书局，2009。
③ （清）阮元校刻：《十三经注疏（清嘉庆刊本）》，《春秋左传正义》卷三十，4219 页，北京，中华书局，2009。
④ （汉）许慎撰，（清）段玉裁注：《说文解字注》，162 页，上海，上海古籍出版社，1981。

而呼号之。"《左传·襄公九年》："昭大神要言焉"①，是盟誓乃对大神而告，故称"尔"。《定公元年》："仲几曰：'纵子忘之（践土之盟），山川鬼神其忘诸乎？'"②《周礼·司盟》曰"北面诏明神"③，《说文》："诸侯再相与会，十二岁一盟，北面诏天之司慎司命"。④ 诅咒需要寻求在双方之上的超自然存在作为见证，因此类似吉祝中的"称名"也就屡见不鲜，甚至也有像范宣子与诸侯盟中，"名山、名川，群神、群祀，先王、先公，七姓十二国之祖"⑤的"穷举"。

另外，盟誓作为一种祝告话语，又是在什么情况下被直接书写，或间接载录的呢？与吉祝告祷载于卜辞相对应的，是类似于"载书"这种直接生成于仪式的文本。陈梦家在《东周盟誓与出土载书》一文中，总结春秋时期盟誓制度的大致程序如下⑥：

[1]"为载书"，书之于策，同辞数本。

[2]凿地为"坎"。

[3]"用牲"，牲用牛豕。

[4]盟主"执牛耳"，取其血。

[5]"歃"血。

[6]"昭大神"，祝号。

[7]"读书"。

[8]"加书"。

[9]"坎用牲埋书"。

[10]载书之副"藏于盟府"。

---

① （清）阮元校刻：《十三经注疏（清嘉庆刊本）》，《春秋左传正义》卷三十，4217 页，北京，中华书局，2009。

② （清）阮元校刻：《十三经注疏（清嘉庆刊本）》，《春秋左传正义》卷五十四，4629 页，北京，中华书局，2009。

③ （清）阮元校刻：《十三经注疏（清嘉庆刊本）》，《春秋左传正义》卷三十六，1904 页，北京，中华书局，2009。

④ （汉）许慎撰，（清）段玉裁注：《说文解字注》，314 页，上海，上海古籍出版社，1981。

⑤ （清）阮元校刻：《十三经注疏（清嘉庆刊本）》，《春秋左传正义》卷三十一，4234 页，北京，中华书局，2009。

⑥ 参见陈梦家：《东周盟誓与出土载书》，载《考古》，1966(5)。

在上述过程中，直接形成文献的环节是第一步的"为载书"。"载书"即《周礼·诅祝》所谓"为盟祝之载辞"①。然而，载书的格式，却必将受到"祝号""读书""加书""埋书""藏于盟府"等仪式行为的影响，或服务于这些环节。

以《礼记》《左传》等文献为依据，可以发现盟誓仪式的核心在于杀牲歃血这一步。"盟"字原来从"血"，《礼记·曲礼下》正义云："盟之为法，先凿地为方坎，杀牲于坎上。割牲左耳，盛以珠盘，又取血，盛以玉敦，用血为盟。书成，乃歃血而读书。"②歃血仪式是上古血祭仪式之一种，应当源于上古的用血巫术。杨华曾将先秦用血制度分为祭礼用血、衅礼用血和盟誓用血三大类③，而盟誓用血的仪式就以歃血为代表。《说文》："歃，歠也……凡盟者歃血。"④

荐血、衅血、歃血等一系列用血仪式，表明上古之时血液当具有联结天人的神圣性。"衅血"指将血涂抹于宗庙或宗庙器物之上，其仪式意义最初应当具有某种功能性，或即郑注所谓"杀牲以血涂主及军器，皆神之"，意指借用血的力量为器物赋予某种神性，借助神力增强器物的功用，也可能具有辟邪的含义。由于最初的衅礼作于器物完成以后，到了仪式广泛流行时，衅礼就具有了庆祝、告成的意味。

"歃血"的行为同样是涂抹鲜血，只是与衅礼不同，歃血仪式是以牲血涂抹于口唇。⑤ 在"歃血"之后，仪式参与者开始进行祝号、读书等一系列口头念诵行为，其所诵的内容，即为此前所作之"载辞"文本。

---

① 《周礼·诅祝》"作盟诅之载辞"，注云："载辞，为辞而载之于策，坎用牲，加书于其上也。"（清）阮元校刻：《十三经注疏（清嘉庆刊本）》，《周礼注疏》卷二十六，1761页，北京，中华书局，2009。《周礼·司盟》："掌盟载之法。"注云："载，盟辞也。盟者书其辞于策，杀牲取血，坎其牲，加书于上而埋之，谓之载书。"见（清）阮元校刻：《十三经注疏（清嘉庆刊本）》，《周礼注疏》卷三十六，1904页，北京，中华书局，2009。

② （清）阮元校刻：《十三经注疏（清嘉庆刊本）》，《礼记正义》卷五，2741页，北京，中华书局，2009。

③ 杨华：《先秦血祭礼仪研究》，见《古礼新研》，87～88页，北京，商务印书馆，2012。

④ （汉）许慎撰，（清）段玉裁注：《说文解字注》，413页，上海，上海古籍出版社，1981。

⑤ 亦有研究者认为歃血为饮用牲血，备一说。

从仪式的这一特征来看，口涂鲜血以行念诵，是为"言辞"施加神圣性，通过一种区别于日常的话语行为，以对言辞附以某种约束力。时人指责背盟常谓"口血未干"，即以鲜血为言辞之证。可以认为，"血"与"话语"是为盟誓活动中最重要的两个构成要素。与之形成对应的，就是仪式最后将"牲"与"书"共同埋于坎内。"牲"是"血"所遗留的尸体，"书"则为"话语"存在过的证明。可以说，"加书于牲"就是对"歃血读书"这一行为的物质证明。而最后一步的"载书之副，藏于盟府"，则是周人文献意识的体现。

《礼记·曲礼》："涖牲曰盟"①，从用血的习惯来看，盟誓行为应当有着极为古老的文化渊源。最初的盟誓仪式，有可能与殷商时期的其他血祭一样，以人血而非牲血为誓。事实上，以人血为祭的风俗，直至春秋时期仍有留存。《左传·僖公三十三年》中，孟明感激晋文公的宽宏时，说："君之惠，不以累臣衅鼓，使归就戮于秦。"②表明以俘虏为衅是当时所通行的现象。又，《公羊传·僖公十九年》："恶乎用之？用之社也。其用之社奈何？盖叩其鼻以血社也。"③取人鼻中之血以衅社，是所谓"衅社"，通过侮辱战俘，以扬本国威势。"歃血"最初也可能以人血为盟。《左传·庄公三十二年》："初，公筑台临党氏，见孟任，从之。闷，而以夫人言，许之，割臂盟公。生子般焉。"④鲁庄公与孟任订立婚约，割臂为盟，用人血而非牲血为誓，这可能出于这份盟誓内容及仪式的私人性质，也体现出人血之用在盟誓传统中的孑留。当然，与以战俘为牲的衅礼不同，盟誓之礼取用的应当是参誓诸方的鲜血，而后来的盟誓仪式以牛、豕等牲血代替参誓者的血液，当为周礼对殷礼之"损益"，体现出文明的进步，也更适应政治的需要。

---

① （清）阮元校刻：《十三经注疏（清嘉庆刊本）》，《礼记正义》卷五，2741 页，北京，中华书局，2009。

② （清）阮元校刻：《十三经注疏（清嘉庆刊本）》，《春秋左传正义》卷十七，3979 页，北京，中华书局，2009。

③ （清）阮元校刻：《十三经注疏（清嘉庆刊本）》，《春秋公羊传注疏》卷十一，4899 页，北京，中华书局，2009。

④ （清）阮元校刻：《十三经注疏（清嘉庆刊本）》，《春秋左传正义》卷十，3870 页，北京，中华书局，2009。

以春秋时"君子屡盟"的实际情况，亦难于必以参誓者之血为盟。

尽管周人对古老而野蛮的人殉、血祭传统有所革新，但仪式之所以为仪式，就在于对神圣性和形式感有着永无止境的追求。《左传·定公四年》中楚昭王"割子期之心以与随人盟"，杜注："当心前割取血以盟，示其至心"①，杨伯峻谓其为"更示诚意者"②。楚昭王割子期之心以示诚，表明人血在盟誓中的神圣性仍然高于牲血，而当西周盟誓仪式及相关的文献制度退化以后，民间血盟风俗反而更崇尚以人血为誓，"血"的重要性高过了"话语"，从此也便不再有"载书"这样的文献载体。诅、盟、誓作为礼仪仪式与文献制度的性质，仅见于两周之时，体现出周时礼仪文本特殊的生成背景。

厘清仪式的主要构成要素后，再来看仪式文本的要件。陈梦家所总结的一、六、七、十这几项程序，都将影响到载书文本的写作。从传世文献的记载中也可以看到，载书本身亦非盟誓言辞的全部。在仪式主持者诵读载书后，他人从旁附加言辞，会导致盟誓内容的变化。这一现象主要存在于春秋以后，以盟誓制度的变质为前提。一些大国以"执牛耳"的身份，掌握了载书的制作权，就借用盟誓话语来胁迫弱国，而弱国虽无更改载书的权力，却可以在"读书"这一环节在神前出言，为本国利益发声。《左传》记载了以下两则故事：

> [1]晋士庄子为载书，曰："自今日既盟之后，郑国而不唯晋命是听，而或有异志者，有如此盟。"公子趋进曰："天祸郑国，使介居二大国之闲。大国不加德音，而乱以要之，使其鬼神不获歆其禋祀，其民人不获享其土利，夫妇辛苦垫隘，无所厎告。自今日既盟之后，郑国而不唯有礼与彊可以庇民者是从，而敢有异志者，亦如之！"荀偃曰："改载书！"公孙舍之曰："昭大神要言焉，若可改也，大国亦可叛也。"知武子谓献子曰："我实不德，而要人以盟，岂礼也哉？非礼，何以主盟？姑盟而退……"乃盟而还。

---

① （清）阮元校刻：《十三经注疏（清嘉庆刊本）》，《春秋左传正义》卷五十四，4650 页，北京，中华书局，2009。

② 杨伯峻：《春秋左传注》（修订本）第四册，1547 页，北京，中华书局，2009。

（士庄子与郑六卿盟，《左传·襄公九年》)①

[2]将盟，齐人加于载书曰："齐师出竟，而不以甲车三百乘从我者，有如此盟！"孔丘使兹无还揖对曰："而不反我汶阳之田，吾以共命者，亦如之。"(齐侯与鲁公盟，《左传·定公十年》)②

大国在载书文本上书写了有损于小国利益的内容，小国的对应方式是：在盟誓仪式上，大国使者在神前"读书"已毕，小国使者立即"趋进""揖对"，以口头陈辞的方式，添加有利于本国的条款。前文论及，盟誓仪式的主体即为"歃血读书"这一环节，此时的口头陈辞具有被神灵监督的神圣性。小国虽无力通过外交手段或政治协商改变载书条款，但在"歃血读书"环节中的临机应变，却不受大国制约。这样的记载表明，载书虽为盟誓仪式的见证，但盟誓本身却以口头形式的祝、盟、诅发生作用。在《襄公九年》的记载中，对于小国口头添加盟辞的行为是否具有盟誓的约束力，各方势力仍存在争议，最后仍以"盟"的合礼性作为准则加以判断。据此，我们判断，盟誓的本质仍是呼告于神，《周礼》将制作盟诅载辞的职能归于"诅祝"，应当接近盟誓仪式的实际情况。

与春秋时期"诸侯自相与盟，则大国制其言"的情况不同，西周的盟誓最初多非同等地位者的盟约，而是伴随着分封制度诞生的，其主盟者自然就是周天子。《僖公二十六年》与《国语·鲁语上》记载的成王与诸侯"股肱周室""夹辅先王"的盟约，就是最典型的例证。后来的春秋盟誓中之所以设"执牛耳"的盟主之位，当出于盟誓制度自诞生以来的仪式要求。《僖公五年》孔疏谓："凡诸侯初封爵，必有盟誓之言。"③

---

① （清）阮元校刻：《十三经注疏(清嘉庆刊本)》，《春秋左传正义》卷三十，4217 页，北京，中华书局，2009。

② （清）阮元校刻：《十三经注疏(清嘉庆刊本)》，《春秋左传正义》卷五十六，4664～4665 页，北京，中华书局，2009。

③ （清）阮元校刻：《十三经注疏(清嘉庆刊本)》，《春秋左传正义》卷十二，3891 页，北京，中华书局，2009。

彝器铭文中常见"敬厥盟祀"(《王子午鼎》)①、"虔恭盟祀"(《晋公盆》)②、"用敬恤盟祀"(《邾公钲钟》)③一类的表述,有学者认为"盟祀"是"血祭祖先的一种祭祀名称"④,主要用于表达对先祖的称扬及感谢之情。而在西周的一些器物中,还可以看出当时的"盟"也已可用于指称盟誓仪式,如邢侯簋铭文"昭朕福盟"等。

西周还设立了"盟府",用于保管"盟"的文本。《左传·僖公五年》载:"虢仲、虢叔,王季之穆也,为文王卿士。勋在王室,藏于盟府。"⑤《僖公二十六年》:"昔周公大公,股肱周室,夹辅成王,成王劳之,而赐之盟曰:'世世子孙,无相害也。'载在盟府,大师职之。"⑥此外,《襄公十一年》《定公十三年》都有"藏在盟府"的记载,这说明"盟府"确实是周代重要的文献收藏之所,而且在西周初期就已经设立了。《周礼·春官》有司盟一职,其职"掌盟载之法。凡邦国有疑会同,则掌其盟约之载及其礼仪,北面诏明神。既盟,则贰之。盟万民之犯命者,诅其不信者亦如之。凡民之有约剂者,其贰在司盟。有狱讼者,则使之盟诅。凡盟诅,各以其地域之众庶共其牲而致焉。既盟,则为司盟共祈酒脯"⑦。根据这段载录,司盟不纯粹为文献官员,他也负责盟诅的过程,而盟和诅则是解决社会分歧的方法,并有约剂类文献留下来,正本应该瘗埋,交予神灵,副本(即"贰")则由司盟保存。又大司寇职

---

① 中国社会科学院考古研究所编:《殷周金文集成》(修订增补本)第二册,1480 页,北京,中华书局,2007。

② 中国社会科学院考古研究所编:《殷周金文集成》(修订增补本)第七册,5577 页,北京,中华书局,2007。

③ 中国社会科学院考古研究所编:《殷周金文集成》(修订增补本)第一册,95 页,北京,中华书局,2007。

④ 吕静:《春秋时期盟誓研究——神灵崇拜下的社会秩序再构建》,66 页,上海,上海古籍出版社,2007。

⑤ (清)阮元校刻:《十三经注疏(清嘉庆刊本)》,《春秋左传正义》卷十二,3896~3897 页,北京,中华书局,2009。

⑥ (清)阮元校刻:《十三经注疏(清嘉庆刊本)》,《春秋左传正义》卷十六,3954 页,北京,中华书局,2009。

⑦ (清)阮元校刻:《十三经注疏(清嘉庆刊本)》,《周礼注疏》卷三十六,1904~1905 页,北京,中华书局,2009。

云："凡邦国之大盟约，涖其盟书，而登之于天府。大史、内史、司会及六官皆受其贰而藏之。"①从《周礼》来看，盟府专载盟诅之辞，而《左传》云"勋在王室，藏于盟府"②，盟辞和记功看起来有所不同，但在西周时期，记功和赏赐是联系在一起的，赏赐是一种约定方式，也可能有盟誓过程，所以，盟誓和赏赐在当时可同等看待。当然，盟誓有解决纠纷之含义，而记功的目的主要是奖励和分封，正面含义较多。

对祝告话语的讨论，集中反映了上古文献研究中一个必须处理的难点，即语义的多义性。"祝"之一字，时为仪式名，时为官职名，或指称文体，或指称发言；"告""祷""詶""盟""誓"等字也同样兼有仪式指称与文体专名的两面。建筑在这种多义性上的传统文体论，就容易将行为、制度、文体、话语视为相互推导的等式。但是先秦文献的生成，并非仪式、制度在书面形式的直接映射，当我们引入功能主义的假设时，就能直观地看到从"口传"到"书写"之间，存在着根本动机的转换。

通过分析出土、传世文献的文本，我们得以拆解出"祝告话语"的基本要素，并从铭文、诗篇中寻找其演变的线索及内在功能的转向。西周宗族观念对历史叙事的需求，礼乐仪式对助祭歌诗的需求，使得"告—祷—詶"作为一个稳定的叙事单元进入种种篇章结构，其基本形式在诗篇中进一步被打碎、嵌套，以迎合仪式歌咏的需要。

这一过程显示了"书写"行为在先秦文献制作中具有一定的独立性、自发性，也揭示了先秦文献篇章结构的复杂性。当我们谈论"书写"时，隐然以"口头传统"作为对立的另一面。在人类学及神话学领域，"口头传统"作为问题被发现，也在西方早期的史诗、叙事诗传统中得到验证，口头传承在民间和无文字社会中承担重要的角色，同时也对书面文献存在一定的干涉，这一点也被众多学者接受。但是这种预设框架在解决部分问题的同时，也可能造成另一种武断的认知，即先秦文献

---

① （清）阮元校刻：《十三经注疏(清嘉庆刊本)》，《周礼注疏》卷三十四，1881 页，北京，中华书局，2009。

② （清）阮元校刻：《十三经注疏(清嘉庆刊本)》，《春秋左传正义》卷十二，3896～3897 页，北京，中华书局，2009。

的口头传承和书面写定之间存在一种先行后续的关系，先有口传再有写定。然而从功能上来看，这样的论断是可疑的。

中国上古较早就产生了书面记录的需求。所谓"有典有册"，从出土文献来看，甲骨卜辞、彝器铭文，都是必须以书面形式写定的。本质上，书写与口传拥有不同的功能，口传在于"传播"和"表演"，其场域是向外开放的；而书写多在于"记录""存证"，卜辞留存商王的占卜记录以作验证，彝器铭文记载册命、盟誓、约剂，都是非书面化不能完成的功能。"记录存证"的功能是向内的，面向利益相关的权力阶层、精英阶层，封闭保藏。"记录存证"这种功能对标的应当是协议、法典类的文献，而非以史诗代表的文学。从卜辞可以看出，中国先民对"记录存证"功能的需求可以一直追溯到殷商。文献是一种人造物，从存在主义的视角来看，人的需求在先，物的生产在后。"记录"功能是"书面文献"这种"物"存在的理由，无论是《诗》或者《书》，它们作为"物"是后于需求而生的。

在书写传统早已成型的前提下，即使是"诗"或"祝"这种口头色彩最强的文本，无论是在什么时候被书写，什么时候被编制，都会隐约受到这种传统的牵制，当我们看到周人赋诗，歌唱，或者简帛中表音文字的误记现象时，都必须意识到同时期的文化基底，即一个厚实、成熟的书写文化。简言之，在已经存在书写传统的前提下，我们很难确信口头传承的纯粹性，因此不可以套用无文字时代的一般规律，特别是不能以时间先后分割口头和书写两种传统，认为书写是对口传的总结；或者认为存在两条独立的线索，口传与书写互不干涉。

厘清这些理论的适用范围之后，才能更合理地分析书面传统中的口头话语。这就为我们带来两个最主要的议题，一是口头话语进入书面文本的途径，二是口传在哪些环节生效。

关于第一个问题，先秦口头话语之所以很早就向书写渗透，是由仪式传统决定的。殷商的宗教仪式、西周的礼仪活动，一般都以口头表达为主，例如占卜以口头设命，之后再被刻写，卜辞中"王占曰""巫曰"这样的表述，都是直接的记言。第一章提到，商王有时还会卜问自己是否应当在仪式中说某句话，这更是揭示了上古时期的书写不是单方向的记录口语，反过来口语有时候还要在书写中成立。西周祭祀活动口头话语的书面化现象更为常见。西周铭文文体齐备，册命、祝嘏、盟誓虽源于口语，但都形成了书写范式；其他文体也在铭文中可见雏形，比如小盂鼎铭文中就可见礼类文献的基本体例。一件事怎么被记录，怎么被书写，这种范式可能比我们想的更早被决定。这种范式，过去被称为文体，但是出土文献的不断发现需要我们改变这种旧文体观。作为后世"文体""文学"概念的起点，先秦文本的字、句、篇章有着更为悠远的源泉。

笔者以为，典型的文体是在有文体的典型之后才出现的。在文体被发现、总结之前，在"早期中国"这个前文体时代，存在的这些体式、范式，并非由文体观驱动，而是由功能来驱动的，这种体式可以称为一种广义上的文体，但确切地说更接近于"话语方式"，它不一定以一本书，一个篇章为单位，而可能以句、段为单位，渗透到各种书面形式中去。本书对甲骨刻辞的修辞考察、对彝器铭文纪日用语的研究、对"诰""命"及"祝告话语"的分解及探源，均是对超越"文体""文献"单元的尝试。"话语要素"的考察或为碎片式的观照，但从中却更能窥见殷商西周时期以多样化形式存在的，丰盈的话语资源。把视角拉远到上古书写文化的大背景，就可以发现，西周并非文法、文体的草创期，而是在一个雏形成形之后的新变期。以铭文为例，铭文最早由套语构件组成，在殷商晚期已有定式，形态成熟，其核心是"某日王赐某人某物作某器"。但是从西周到春秋战国可见，铭文文体发生了诸多新变和突破，礼、诗、祝嘏、册命、盟誓都可以成为铭文的构件，极大扩充了铭文的形式和内容，甚至改变了其"记名"的初始性质。这正是《文心雕龙》等传统文体论所难以涵盖的部分。

关于第二点，则是一个更为复杂的命题。王国维曾经分开诗家与乐家，提出诗重文本，乐重口头，二者分途于春秋。但从知识史的视角来看，西周乐工与大夫的职责即有别，不同职官传承的核心知识不同，书写方式也不同。对诗歌义理的重视是君子教育的一环，作为文本传播的可能性更大。因此，解决这一问题最佳的切入点，是借助"知识—制度—文献"这一模型，理解特定的话语方式之所以成立，其背后所依托的知识资源及观念传统；并进一步考察在西周礼乐建构的历史背景下，这些话语方式如何在职官制度下获得传播，并由此被编集为书面文献。对先于文献的知识线索的把握，能使我们更好地利用甲骨刻辞、彝器铭文等出土材料，赋予研究者一种"顺流而下"的历史感，而非借助战国秦汉的传世材料，逆向回溯。同时，从知识话语的生产、传播及实践的策略角度去思考，又足以使我们获得超越于文体、文献单元之上的，更开阔的学术视野，从而更深刻地把握先秦文献的性质与源流。

结　语

　　对早期中国的历史考察，并非现代学科所专有的议题，相反，它以古史写作、解经辨伪等形式，始终贯穿于我们的文明进程之中。今天我们所见的，以经典文献为代表的历史文本，并不是对历史的简单再现，甚至我们也很难断言文本承载历史真实的义务与理论上的可能性，但也大不必为此惶惑不安：千年间被不断丰富的古史文献及经传阐释，呈现的虽未必是历史之真实，但却必然构成文本的历史。

　　对古史的整理和编写兴于西周，成于秦汉，自始至终伴随着先人主体意识的觉醒，呼应着国族建构、伦理设计的现实需要。如此被筑就的经史传统，有如建造于流沙上的壮丽宫殿，自汉及清，无数个王朝如尘砾般消逝，唯有古史的坚硬骨骼豁免于风化。现实的地平线不断倾欹，而理论的大厦总是坚固挺拔，不断有新的解释增殖并附丽于经典之上，使之永远正确、积极而合理。在此意义上，20世纪的疑古思潮可以说是一场具有启蒙意义的史学革命，经典文献被重新发现和定义，我们因之得以正视文本与历史之间的种种罅隙与胶合——能确认的是，它们才是某种历史现场的真正遗迹。

　　我们相信能够根据文献活动的痕迹对当时的历史文化现象作出推论。但毫无疑问，这里并没有唯一与必然的真相，也远不能还原文本所指向的历史真实。然而这并不如一些人担心的那样指向某种虚无主义，也远不至于造成经典大厦的崩解。今天对古史的重构，实际上超越于信疑之辨，真正接续着先人历史理性和主体意识的觉醒，也是唯有经历过现代思想启蒙、科学思维训练的今人能向后世传递的薪火之光。

　　我们也愿意因之信赖先民的智慧和理性。抛却对"原始思维"的猎奇想象，赞赏先民认知客观世界的努力，认同他们组织社会生活的需要，相信存在着一种共通的文化逻辑与现实合理性，绾系起今日的我们对祖先的理解与共情。钱穆所言的，对本国历史之温情与敬意，最终落足于人，落足于每一个具体而丰富的事实细节，而不能淹没于有关"必然性"的宏大叙事。在此基础上，审慎地对待传世文献、口述传统与出土材料，不以一端偏废一端，即是对经典文献与历史传统的最大尊重。

对文献怀抱着这种开放和流动的心态，有助于我们建构出一种朴素的，符合文化逻辑的早期中国历史文化图景。而得益于理性的普遍性，这种对文明的解释与假设，又必然是一种既能与其他古代文明相互比较，又便于今人理解和共情的理论体系。

在远古至殷商这段时期，巫政合一是其文化的重要形态，关于宗教和祭祀的知识观念的制度仪式、文献载录最为丰富，而在殷商时期最具典型性的文献就是甲骨卜辞。到了西周时期，新的制度在文化革新的过程中悄然成形，政治文化形态从巫政合一转为政教合一。这一时期的文献，以《周易》《诗经》《尚书》及彝器铭文为主要载体，表现出不同的文化功能、形式特征，也对应着不同的生成方式、知识类型以及观念体系。总的来说，从远古至西周这段时期，人类所积累的天文、地理、历史知识，相较于个人色彩浓郁的诸子学派而言，更倾向于公共属性。作为上古公共知识载体的经典文献为后世更新的知识观念提供了话语资源，同时也为新生成的话语形式提供了合法性的依据，从而具备了被阐释的价值。

殷商西周这一时段的文学研究，并不处于传统文学史的叙述范围之内。一方面传世文献往往成书较晚，不能确切地反映这一时期的文献状况；而出土材料方面，卜辞、铭文的释读和理解仍需要大量的工作。作为文学研究的对象而言，卜辞、铭文虽然数量可观，但其话语方式却比较单一乃至枯燥；而由于其保藏方式的封闭性，即使是其中具有"文学性"的少量作品，也很难说对后世的文学写作存在影响。然而，这份芜杂和单调，却正是"文本"在历史截面中所呈现出的真实样貌。以"作家""作品"为基本叙事线索的传统文学史，所关注的"文学"，其实是一种文本的特殊性。即使在佳作迭出，群星闪耀的文学史的高光时刻，以更大基数存在着的，仍是平庸的作品，乃至非文学的文本。但是这份平庸，却可以说是"文学"这座崭露于海面的冰山，在水平线之下的庞大体量。任何应用性、功能性文本的写作，同样也可视作"一般性"的积累，是最终构成"文学"这种"特殊性"的基石。

从这个意义上而言，近世以来被大规模发现的卜辞、铭文，就如同"文本"在某一历史断面的天然标本——它们未经"历史"的鉴定与"文学史"的选择，尽管可能只是当时的一小部分，但却真实和完整地保留了特定时段和区域的文本存在状态。从中，我们可以尝试理解文本如何建立并维持一种稳定的范式，而这种范式又基于何种功能的需求被打破、重塑，并且新的话语资源又来自何种新的知识、观念。这些都应当可以成为先秦文学研究新的生长点。本书第二章、第三章的写作，即是一种不完全的尝试。

另外，研究卜辞、铭文这种非传统的文体样式，又可以促使我们对中古以来塑造的文体观念作出反思，尤其是这一时段的文论话语中，对先秦文学状况、文体形态的描述，很可能带有建构性。对先秦文本的研究，有必要，也有理由超越中古乃至现代文学史的文体观。而更进一步的是，面对"无法还原先秦文献的历史真实"这一终极的困局，跨越文体乃至文献单位，追寻拥有相同职事传统、知识资源的话语方式在不同文献中的呈现形态，可以为先秦文学研究提供足以依傍的确定性。本书第四章至第八章，即是尝试追寻各种"异位同构"的话语方式。以仪式传统为依托，以知识观念为线索，追溯特定话语方式的源流，应当是确实可行的一种研究方法，同时也是作为文学研究者，对"文本"这一本位立场的坚持。

本书动笔于 2014 年，至 2022 年方完全定稿，其间对卜辞、铭文的学习不断深入，在本书中难免也留下了反复思考的痕迹。以殷商西周时段的文献为研究对象，一方面是出于课题需要，一方面也在于博士答辩导师李山先生与徐正英先生曾指出笔者对于西周文献的了解多有不足，当于未来多加用心。2014 年起，我进入北京师范大学历史学院中国史博士后流动站，在晁福林先生的悉心指导下，开始了对先秦史及出土文献的学习。本书的部分章节正是在这一阶段完成的，为此也要深深感谢博士后答辩导师王和先生、罗新慧先生、罗卫东先生对出站报告提出的诸多建议，也希望能以此书回应李山先生、徐正英先生两位博士答辩导师的期待。在书稿完成的此刻，深切感受到对殷商西周文献的学习，能从根本上改变过去仅凭传世文献建构而成的，大而化之的上古历史观、文学观，使殷商西周的历史脉络、文明流向乃至文本的变化，都如同解剖视野中的血管一样清晰地浮现出来。在这"顺流而下"的视角下，对传世文献的处理，也从此可以别开生面。

本书的研究框架与基本理路，来自博士导师过常宝先生的社科基金重大项目"中国上古知识、观念与文献系统的生成与发展研究"。出于对先秦经典"话语方式"的关注，老师很早就将文本作者、职事方式和文献行为纳入研究视野，揭示出，先秦文献中的文体，本质上是特定职事或权威人群的话语方式，它从卜祭、训诫、传释到说理的发展过程，显示了从宗教文化到礼乐文化，再到理性文化的递进顺序。这一思路的意义首先在于拓展了先秦"文体"的概念范畴，将文体视作特定文化行为中的文本形态，在此基础上，对文本生成与功能的进一步探究成为可能；其次，"话语方式"的提法，将烦琐且难以穷尽的历史真实，抽象为具有概括力的权力关系，进而演绎为具有解释力的文化逻辑，最终引入文本研究的场域。在此基础上，得以勾连起文献文本与职事制度，并构筑出"知识观念—制度—文献"的文化模型，从而开辟了上古知识、观念和文献体系的生长规律及相互影响关系这一研究领域，突破了传统文学和文献研究的以思想观念为背景、以创作方式的继承和发展为主线的文本研究方式，使得先秦文献研究更加切合其特殊的历史和文化背景，也使得文献的各方面意义，尤其是其形式、存在方式等方面的文化意义，都能得到关注。

八年间，本书几易其稿，这也容易造成行文与文献版本的舛误，也望学界同仁不吝指正。此外，我的同门好友高建文、谭妥、康琳悦为文献的搜集、校核都提供了很多帮助，与师友之间的切磋与交流，也是我珍贵的动力源泉，在此一并致谢。

参考文献

一、图书

（一）古籍文献及相关研究：

1．（宋）洪兴祖撰，白化文等点校：《楚辞补注》，北京，中华书局，1983。

2．黄寿祺、梅桐生译注：《楚辞全译》，贵阳，贵州人民出版社，1984。

3．（汉）王逸注，（宋）洪兴祖补注：《楚辞章句补注》，长春，吉林人民出版社，2005。

4．陈伟等：《楚地出土战国简册［十四种］》，北京，经济科学出版社，2009。

5．刘尚慈译注：《春秋公羊传译注》上下，北京，中华书局，2010。

6．（清）王韬撰，曾次亮点校：《春秋历学三种》，北京，中华书局，1959。

7．（清）洪亮吉：《春秋左传诂》（全二册），北京，中华书局，1987。

8．杨伯峻：《春秋左传注》（修订本）（全四册），北京，中华书局，2009。

9．方向东：《大戴礼记汇校集解》，北京，中华书局，2008。

10．（清）王聘珍：《大戴礼记解诂》，北京，中华书局，1983。

11．（清）郝懿行：《尔雅义疏》（全三册），北京，中国书店，1982。

12．范祥雍编：《古本竹书纪年辑校订补》，上海，上海人民出版社，1956。

13. 王国维：《观堂集林》，北京，中华书局，1959。

14. 钱锺书：《管锥编》（全四册），北京，生活·读书·新知三联书店，2019。

15. 郭沫若：《管子集校》，见《郭沫若全集历史编》第五卷，北京，人民出版社，1984。

16. 黎翔凤：《管子校注》（全三册），北京，中华书局，2004。

17. 周瀚光、朱幼文、戴洪才：《管子直解》，上海，复旦大学出版社，2000。

18. 〔日〕小柳司气太校订：《管子纂诂 晏子春秋》，东京，冨山房出版社，1977。

19. （清）王念孙著，张其昀点校：《广雅疏证》（点校本）上下册，南京，江苏古籍出版社，1984。

20. 许富宏：《鬼谷子集校集注》，北京，中华书局，2010。

21. 徐元诰撰，王树民、沈长云点校：《国语集解》（修订本），北京，中华书局，2002。

22. （清）王先慎撰，钟哲点校：《韩非子集解》，北京，中华书局，1998。

23. （汉）班固撰，（唐）颜师古注：《汉书》（全十二册），北京，中华书局，1962。

24. 陈国庆：《汉书艺文志注释汇编》，北京，中华书局，1983。

25. （宋）范晔撰，（唐）李贤等注：《后汉书》（全十二册），北京，中华书局，1965。

26. 刘文典撰，冯逸点校：《淮南鸿烈集解》，北京，中华书局，2013。

27. 何宁：《淮南子集释》上下，北京，中华书局，1998。

28. 王葆玹：《今古文经学新论》（增订版），北京，中国社会科学出版社，1997。

29. （清）皮锡瑞：《今文尚书考证》，北京，中华书局，1988。

30. （清）王引之：《经传释词》，长沙，岳麓书社，1985。

31．（清）皮锡瑞：《经学通论》，北京，中华书局，1954。

32．（清）王引之：《经义述闻》上下，上海，上海书店出版社，2012。

33．朱谦之：《老子校释》，北京，中华书局，1984。

34．（清）孙希旦：《礼记集解》，北京，中华书局，1989。

35．杨伯峻：《列子集释》，北京，中华书局，1979。

36．（汉）王充：《论衡》，上海，上海人民出版社，1974。

37．黄晖：《论衡校释（附刘盼遂集解）》（全四册），北京，中华书局，1990。

38．（宋）朱熹：《朱子全书》第七册，上海，上海古籍出版社，合肥，安徽教育出版社，2002。

39．杨伯峻：《论语译注》，北京，中华书局，1980。

40．许维遹撰，梁运华整理：《吕氏春秋集释》，北京，中华书局，2009。

41．（清）马瑞辰撰，陈全生点校：《毛诗传笺通释》（全三册），北京，中华书局，1989。

42．（清）洪亮吉：《毛诗天文考》，《续修四库全书》第 65 册，上海，上海古籍出版社，1996。

43．（清）戴震：《戴震全书》第一册《毛郑诗考证》，合肥，黄山书社，1994。

44．（清）孙诒让撰，孙启治点校：《墨子间诂》上下，北京，中华书局，2001。

45．（汉）王符著，（清）汪继培笺：《潜夫论笺》，北京，中华书局，1979。

46．（明）顾炎武著，张京华校释：《日知录校释》上下，长沙，岳麓书社，2011。

47．钱玄：《三礼通论》，南京，南京师范大学出版社，1996。

48．袁珂校注：《山海经校注》，上海，上海古籍出版社，1980。

49．蒋礼鸿：《商君书锥指》，北京，中华书局，1986。

50．（清）皮锡瑞撰，吴仰湘点校：《尚书大传疏证》，北京，中华书局，2022。

51. （清）孙星衍：《尚书今古文注疏》，北京，中华书局，1986。

52. 陈梦家：《尚书通论》（增订本），北京，中华书局，1985。

53. 顾颉刚、刘起釪：《尚书校释译论》，北京，中华书局，2005。

54. （清）魏源：《魏源全集》第1册《诗古微》，长沙，岳麓书社，2004。

55. （宋）朱熹注，赵长征点校：《诗集传》，北京，中华书局，2011。

56. 高亨：《诗经今注》，上海，上海古籍出版社，1980。

57. 屈万里：《诗经诠释》，上海，上海辞书出版社，2016。

58. 李山：《诗经析读》，海口，南海出版公司，2003。

59. （清）方玉润撰，李先耕校：《诗经原始》上下，北京，中华书局，1986。

60. 程俊英、蒋见元注：《诗经注析》，北京，中华书局，1991。

61. （清）王先谦：《诗三家义集疏》，北京，中华书局，1987。

62. （清）阮元校刻：《十三经注疏（清嘉庆刊本）》（全五册），北京，中华书局，2009。

63. （汉）司马迁撰，（南朝宋）裴骃集解，（唐）司马贞索隐，（唐）张守节正义：《史记》（全十册），北京，中华书局，1982。

64. （汉）宋衷注，（清）秦嘉谟等辑：《世本八种》，北京，中华书局，2008。

65. （汉）刘熙撰，（清）毕沅疏证，（清）王先谦补：《释名疏证补》，北京，中华书局，2008。

66. （宋）蔡沈注：《书集传》，南京，凤凰出版社，2015。

67. （清）叶燮、沈德潜著，孙之梅、周芳批注：《原诗　说诗晬语》，南京，凤凰出版社，2010。

68. （汉）许慎撰，（清）段玉裁注：《说文解字注》，上海，上海古籍出版社，1981。

69. （汉）刘向撰，向宗鲁校证：《说苑校证》，北京，中华书局，1987。

70. 钮国平：《司马法笺证》，兰州，甘肃人民出版社，1998。

71．（清）纪昀总纂：《四库全书总目提要》，石家庄：河北人民出版社，2000。

72．（宋）苏轼著，李之亮笺注：《苏轼文集编年笺注（诗词附）十二》，成都，巴蜀书社，2011。

73．（宋）李昉等：《太平御览》，北京，中华书局，1960。

74．（清）毕沅：《丛书集成初编》第 1335 卷《夏小正考注》，北京，商务印书馆，1936。

75．（清）王先谦撰，沈啸寰、王星贤点校：《荀子集解》，北京，中华书局，1988。

76．王利器校注：《盐铁论校注》，北京，中华书局，1992。

77．张纯一撰，梁运华点校：《晏子春秋校注》，北京，中华书局，2014。

78．赵蔚芝注解：《晏子春秋注解》，济南，齐鲁书社，2009。

79．（清）胡培翚：《仪礼正义》，上海，商务印书馆，1924。

80．（唐）欧阳询撰，汪绍楹校：《艺文类聚》（全四册），上海，上海古籍出版社，1965。

81．黄怀信、张懋镕、田旭东：《逸周书汇校集注》（修订本），上海，上海古籍出版社，2007。

82．黄怀信：《逸周书校补注译》（修订本），西安，三秦出版社，2006。

83．（汉）刘向：《战国策》，上海，上海古籍出版社，1978。

84．何建章注释：《战国策注释》，北京，中华书局，1990。

85．林尹注译：《周礼今注今译》，北京，书目文献出版社，1985。

86．（清）孙诒让撰，王文锦、陈玉霞点校：《周礼正义》，北京，中华书局，1987。

87．高亨：《周易古经今注》（重订本），北京，中华书局，1984。

88．（魏）王弼著，（晋）韩康伯注，施伟青点校：《周易王韩注》，长沙，岳麓书社，1993。

89．闻一多：《周易义证类纂》，《闻一多全集》第 2 册，北京，生活·读书·新知三联书店，1982。

90. （清）郝懿行：《竹书纪年校证》，济南，齐鲁书社，2010。

91. （清）郭庆藩撰，王孝鱼点校：《庄子集释》，北京，中华书局，1954。

92. 刘师培：《刘申叔遗书》，南京，江苏古籍出版社，1997。

93. 〔日〕竹添光鸿：《左氏会笺》，成都，巴蜀书社，2008。

（二）出土材料及古文字学研究：

1. 李家浩著，黄德宽主编：《安徽大学汉语言文字研究丛书·李家浩卷》，合肥，安徽大学出版社，2013。

2. 冯时：《百年来甲骨文天文历法研究》，北京，中国社会科学出版社，2011。

3. 郭沫若：《卜辞通纂》，北京，科学出版社，1983。

4. 裘锡圭：《古文字论集》，北京，中华书局，1992。

5. 曾宪通：《古文字与出土文献丛考》，广州，中山大学出版社，2005。

6. 杨树达：《积微居甲文说》，上海，上海古籍出版社，1986。

7. 杨树达：《积微居金文说》，上海，上海古籍出版社，2007。

8. 杨树达：《积微居小学述林》，北京，中华书局，1983。

9. 陈年福：《甲骨文动词词汇研究》，成都，巴蜀书社，2001。

10. 陈年福：《殷墟甲骨文摹释全编》（全十册），北京，线装书局，2010。

11. 郭沫若主编：《甲骨文合集》，北京，中华书局，1999。

12. 彭邦炯、谢济、马季凡编著：《甲骨文合集补编》，北京，语文出版社，1999。

13. 胡厚宣主编：《甲骨文合集释文》，北京，中国社会科学出版社，2009。

14. 李圃：《甲骨文选注》，上海，上海古籍出版社，1989。

15. 张秉权：《甲骨文与甲骨学》，台北，"国立"编译馆，1988。

16. 张玉金：《甲骨文语法学》，上海，学林出版社，2001。

17. 徐中舒主编：《甲骨文字典》（第3版），成都，四川辞书出版社，2014。

18．于省吾主编：《甲骨文字诂林》（全四册），北京，中华书局，1996。

19．于省吾：《甲骨文字释林》，北京，中华书局，1979。

20．王宇信、杨升南主编：《甲骨学一百年》，北京，社会科学文献出版社，1999。

21．宋镇豪、刘源：《甲骨学殷商史研究》，福州，福建人民出版社，2006。

22．陈伟主编：《简帛》，上海，上海古籍出版社，2006。

23．李零：《简帛古书与学术源流》，北京，生活·读书·新知三联书店，2004。

24．晏昌贵：《简帛数术与历史地理论集》，北京，商务印书馆，2010。

25．李学勤：《简帛佚籍与学术史》，南昌，江西教育出版社，2001。

26．杜勇、周宝宏：《金文史话》，北京，社会科学文献出版社，2011。

27．周宝宏：《近出西周金文集释》，天津，天津古籍出版社，2005。

28．〔日〕林巳奈夫：《刻在石头上的世界》，唐利国译，北京，商务印书馆，2010。

29．（清）刘心源：《奇觚室吉金文述》，光绪二十八年石印本。

30．清华大学出土文献研究与保护中心编：《清华大学藏战国竹简（壹）—（玖）》，上海，中西书局，2010—2019。

31．罗振玉编：《三代吉金文存》（全三册），北京，中华书局，1983。

32．严志斌：《商代青铜器铭文分期断代研究》，北京，社会科学文献出版社，2014。

33．严志斌：《商代青铜器铭文研究》，上海，上海古籍出版社，2013。

34．朱凤瀚：《商周家族形态研究》，天津，天津古籍出版社，1990。

35. 吴镇烽编著：《商周青铜器铭文暨图像集成续编》（全四卷），上海，上海古籍出版社，2012。

36. 丁进：《商周青铜器铭文文学研究》，西安，西北大学出版社，2013。

37. 马承源主编：《商周青铜器铭文选》（全四册），北京，文物出版社，1988。

38. 雒有仓：《商周青铜器族徽文字综合研究》，合肥，黄山书社，2017。

39. 郭宝均：《商周铜器群综合研究》，北京，文物出版社，1981。

40. 晁福林：《上博简〈诗论〉研究》，北京，商务印书馆，2013。

41. 姚振武：《上古汉语语法史》，上海，上海古籍出版社，2015。

42. 马承源主编：《上海博物馆藏战国楚竹书》（全九册），上海，上海古籍出版社，2001—2008。

43. 〔日〕林巳奈夫：《神与兽的纹样学——中国古代诸神》，常晓华等译，北京，生活·读书·新知三联书店，2009。

44. 顾颉刚著，钱小柏编：《史迹俗辨》，上海，上海文艺出版社，1997。

45. 钱存训：《书于竹帛：中国古代的文字记录》，上海，上海书店，2004。

46. 〔日〕工藤元男：《睡虎地秦简所见秦代国家与社会》，曹峰译，上海，上海古籍出版社，2010。

47. 睡虎地秦墓竹简小组编：《睡虎地秦墓竹简》，北京，文物出版社，1990。

48. 王国维：《王国维考古学文辑》，南京，凤凰出版社，2008。

49. 姜亮夫：《文字朴识》，昆明，云南人民出版社，2002。

50. 张亚初、刘雨：《西周金文官制研究》，北京，中华书局，1986。

51. 唐兰：《唐兰全集》第七册，上海，上海古籍出版社，2015。

52. 中国社会科学院考古研究所编：《小屯南地甲骨》（全五册），北京，中华书局，1983。

53. 姚孝遂、肖丁：《小屯南地甲骨考释》，北京，中华书局，1985。

54. 钟柏生等编:《新收殷周青铜器铭文暨器影汇编(一)(二)》,台北,艺文印书馆,2006。

55. 郭沫若:《殷契粹编》,北京,科学出版社,1965。

56. 陈梦家:《殷虚卜辞综述》,北京,中华书局,1988。

57. 吴其昌:《殷虚书契解诂》,武汉,武汉大学出版社,2008。

58. 中国社会科学院考古研究所编著:《殷墟花园庄东地甲骨》,昆明,云南人民出版社,2003。

59. 孙亚冰:《殷墟花园庄东地甲骨文例研究》,上海,上海古籍出版社,2014。

60. 李学勤、彭裕商:《殷墟甲骨分期研究》,上海,上海古籍出版社,1996。

61. 姚孝遂:《殷墟甲骨刻辞类纂》,北京,中华书局,1989。

62. 中国社科院考古研究所编:《殷周金文集成》(修订增补本)(全八册),北京,中华书局,2007。

63. 中国社科院考古研究所编:《殷周金文集成释文》(全六册),香港,香港中文大学中国文化研究所,2001。

64. 李学勤等编:《英国所藏甲骨集》,北京,中华书局,1994。

65. 陈松长主编:《岳麓书院藏秦简(壹—叁)释文》,上海,上海辞书出版社,2018。

66. 饶宗颐、曾宪通:《云梦秦简〈日书〉研究》,香港,香港中文大学出版社,1982。

67. 裘锡圭主编:《长沙马王堆汉墓简帛集成》(全七册),北京,中华书局,2014。

68. 王宇信:《中国甲骨学》,上海,上海人民出版社,2009。

69. 徐锡台编著:《周原甲骨文综述》,西安,三秦出版社,1987。

70. 朱歧祥:《周原甲骨研究》,台北,台湾学生书局,1997。

71. 郑良树:《竹简帛书论文集》,北京,中华书局,1982。

72. 李零:《子弹库帛书》,北京,文物出版社,2017。

(三)历史、文化及文学研究:

1. 庞慧:《〈吕氏春秋〉对社会秩序的理解与构建》,北京,中国社会科学出版社，2009。

2. 〔日〕伊藤清司：《〈山海经〉中的鬼神世界》，刘晓原译，北京，中国民间文艺出版社，1989。

3. 邓可卉：《比较视野下的中国天文学史》，上海，上海人民出版社，2011。

4. 〔英〕卡尔·波普尔：《猜想与反驳——科学知识的增长》，傅季重等译，杭州，中国美术学院出版社，2006。

5. 萧兵：《楚辞的文化破译——中国文化的人类学破译》，武汉，湖北人民出版社，1991。

6. 吕静：《春秋时期盟誓研究——神灵崇拜下的社会秩序再构建》，上海，上海古籍出版社，2007。

7. 雷戈：《道术为天子合——后战国思想史论》，保定，河北大学出版社，2008。

8. 张富祥：《东夷文化通考》，上海，上海古籍出版社，2008。

9. 逄振镐：《东夷文化研究》，济南，齐鲁书社，2007。

10. 王迅：《东夷文化与淮夷文化研究》，北京，北京大学出版社，1994。

11. 张汝舟：《二毋室古代天文历法论丛》，杭州，浙江古籍出版社，1987。

12. 俞志慧：《古"语"有之——先秦思想的一种背景与资源》，上海，华东师范大学出版社，2010。

13. 丁山：《古代神话与民族》，南京，江苏文艺出版社，2011。

14. 陈来：《古代思想文化的世界》，北京，生活·读书·新知三联书店，2009。

15. 张闻玉：《古代天文历法讲座》，桂林，广西师范大学出版社，2008。

16. 〔英〕简·艾伦·哈里森：《古代艺术与仪式》，刘宗迪译，北京，生活·读书·新知三联书店，2008。

17. 顾颉刚：《古史辨》，上海，上海古籍出版社，1981。

18. 刘起釪：《古史续辨》，北京，中国社会科学出版社，1991。

19. 肖厚国：《古希腊神义论：政治与法律的序言》，上海，上海人民出版社，2012。

20. 武家璧：《观象授时：楚国的天文历法》，武汉，湖北教育出版社，2001。

21. 张秉楠辑注：《稷下钩沉》，上海，上海古籍出版社，1991。

22. 白奚：《稷下学研究：中国古代的思想自由与百家争鸣》，北京，生活·读书·新知三联书店，1998。

23. 〔英〕J.G.弗雷泽：《金枝》，汪培基、徐育新、张泽石译，北京，商务印书馆，2013。

24. 郜积意：《经典的批判——西汉文学思想研究》，北京，东方出版社，2000。

25. 李源澄：《经学通论》，上海，华东师范大学出版社，2010。

26. 李零：《兰台万卷》，北京，生活·读书·新知三联书店，2011。

27. 郭墨兰、吕世忠：《齐文化研究》，济南，齐鲁书社，2006。

28. 〔日〕田家康：《气候文明史——改变世界的攻防八万年》，欧凯宁译，台北，脸谱出版社，2012。

29. 顾颉刚：《秦汉的方士与儒生》，上海，上海古籍出版社，2005。

30. 郑慧生：《认星识历——古代天文历法初步》，郑州，河南大学出版社，2006。

31. 宋镇豪：《商代社会生活与礼俗》，北京，中国社会科学出版社，2010。

32. 常玉芝：《商代宗教祭祀》，北京，中国社会科学出版社，2010。

33. 王晖：《商周文化比较研究》，北京，人民出版社，2000。

34. 黄一农：《社会天文学史十讲》，上海，复旦大学出版社，2004。

35. 刘宗迪：《失落的天书》，北京，商务印书馆，2006。

36. 李山：《诗经的文化精神》，合肥，安徽教育出版社，2016。

37. 傅道彬：《诗可以观：礼乐文化与周代诗学精神》，北京，中华书局，2010。

38. （唐）刘知几撰，黄寿成校点：《史通》，沈阳，辽宁教育出版社，1997。

39. 余英时:《士与中国文化》,上海,上海人民出版社,1987。

40. 李世安:《世界文明史》,北京,中国发展出版社,2000。

41. 萧放:《岁时——传统中国民众的时间生活》,北京,中华书局,2002。

42. 晁福林:《天命与彝伦:先秦社会思想探研》,北京,北京师范大学出版社,2012。

43. 刘绪义:《天人视界:先秦诸子发生学研究》,北京,人民出版社,2009。

44. 江晓原:《天人之际——中国星占文化》,上海,上海古籍出版社,1994。

45. 陆思贤、李迪:《天文考古通论》,北京,紫禁城出版社,2000。

46. 江晓原:《天学真原》,沈阳,辽宁教育出版社,1991。

47. 王国维著,傅杰编校:《王国维论学集》,北京,中国社会科学出版社,1997。

48. 张峰屹:《西汉文学思想史》,天津,南开大学出版社,2001。

49. 李峰:《西周的政体》,北京,生活·读书·新知三联书店,2010。

50. 商艳涛:《西周军事铭文研究》,广州,华南理工大学出版社,2013。

51. 王健:《西周政治地理结构研究》,郑州,中州古籍出版社,2004。

52. 许倬云:《西周史》,北京,生活·读书·新知三联书店,1994。

53. 杨宽:《西周史》,上海,上海人民出版社,2016。

54. 〔日〕白川静:《西周史略》,袁林译,西安,三秦出版社,1992。

55. 宋镇豪:《夏商社会生活史》,北京,中国社会科学出版社,1994。

56. 晁福林:《夏商西周的社会变迁》,北京,中国人民大学出版社,2010。

57. 葛志毅：《先秦两汉的制度与文化》，哈尔滨，黑龙江教育出版社，1998。

58. 晁福林：《先秦民俗史》，上海，上海人民出版社，2001。

59. 晁福林：《先秦社会思想研究》，北京，商务印书馆，2007。

60. 徐中舒：《先秦史论稿》，成都，巴蜀书社，1992。

61. 刘泽华：《先秦士人与社会》，天津，天津人民出版社，2004。

62. 李山：《先秦文化史讲义》，北京，中华书局，2008。

63. 过常宝：《先秦文体与话语方式研究》，北京，中华书局，2016。

64. 罗家湘：《先秦文学制度研究》，上海，上海古籍出版社，2011。

65. 〔日〕井上聪：《先秦阴阳五行》，武汉，湖北教育出版社，1997。

66. 沈立岩：《先秦语言活动之形态观念及其文学意义》，北京，人民出版社，2005。

67. 钱穆：《先秦诸子系年》，北京，商务印书馆，2001。

68. 李向平：《信仰、革命与权力秩序——中国宗教社会学研究》，上海，上海人民出版社，2006。

69. 〔法〕兹维坦·托多罗夫：《叙述学研究·叙事作为话语》，朱毅译，北京，中国社会科学出版社，1989。

70. 卢央：《易学与天文学》，北京，中国书店，2003。

71. 常玉芝：《殷商历法研究》，长春，吉林文史出版社，1998。

72. 胡厚宣、胡振宇：《殷商史》，上海，上海人民出版社，2003。

73. 梅军：《殷商西周散文文体研究》，北京，科学出版社，2016。

74. 〔德〕恩斯特·卡西尔：《语言与神话》，于晓等译，北京，生活·读书·新知三联书店，1988。

75. 过常宝：《原史文化及文献研究》，北京，北京大学出版社，2008。

76. 〔法〕列维-布留尔：《原始思维》，丁由译，北京，商务印书馆，1981。

77. 吴澄：《月令七十二候集解》，济南，齐鲁书社，1997。

78. 向宗鲁：《月令章句疏证叙录》，重庆，商务印书馆，1945。

79. 李春青：《在文本与历史之间——中国古代诗学意义生成模式探微》，北京，北京大学出版社，2005。

80. 〔美〕艾兰：《早期中国历史思想与文化》（增订版），扬民等译，北京，商务印书馆，2011。

81. 江晓原：《占星学与传统文化》，桂林，广西师范大学出版社，2004。

82. 杨宽：《战国史》，上海，上海人民出版社，2003。

83. 〔法〕福柯：《知识考古学》，谢强、马月译，北京，生活·读书·新知三联书店，2007。

84. 过常宝：《制礼作乐与西周文献的生成》，北京，中国社会科学出版社，2015。

85. 李零：《中国方术考》（修订本），北京，东方出版社，2001。

86. 李零：《中国方术续考》，北京，东方出版社，2001。

87. 杨宽：《中国古代都城制度史》，上海，上海人民出版社，2006。

88. 张培瑜、陈美东、薄树人、胡铁珠：《中国古代历法》，北京，中国科学技术出版社，2013。

89. 斯维至：《中国古代社会文化论稿》，台北，允晨文化股份有限公司，1997。

90. 郭沫若：《中国古代社会研究》，北京，人民出版社，1964。

91. 程憬：《中国古代神话研究》，北京，北京大学出版社，2011。

92. 〔日〕伊藤道治：《中国古代王朝的形成——以出土资料为主的殷周史研究》，江蓝生译，北京，中华书局，2002。

93. 〔日〕白川静：《中国古代文化》，加地伸行、范月娇译，台北，文津出版社，1984。

94. 吴承学：《中国古代文体形态研究》，广州，中山大学出版社，1997。

95. 胡新生：《中国古代巫术》，济南，山东人民出版社，1998。

96. 卢央：《中国古代星占学》，北京，中国科学技术出版社，2007。

97. 王爱和：《中国古代宇宙观与政治文化》，上海，上海古籍出版社，2011。

98．李申：《中国古代哲学与自然科学》，北京，中国社会科学出版社，1989。

99．丁海斌、陈凡编著：《中国科技档案史》，沈阳，东北大学出版社，2007。

100．〔英〕李约瑟：《中国科学技术史》，《中国科学技术史》翻译小组译，北京，科学出版社，1975。

101．傅正谷：《中国梦文学史：先秦两汉部分》，北京，光明日报出版社，1993。

102．张光直：《中国青铜时代》，北京，生活·读书·新知三联书店，2013。

103．〔美〕班大为：《中国上古史实揭秘——天文考古学研究》，徐凤先译，上海，上海古籍出版社，2008。

104．顾颉刚：《中国上古史研究讲义》，北京，中华书局，2009。

105．葛兆光：《中国思想史》，上海，复旦大学出版，2009。

106．徐复观：《中国思想史论集续篇》，上海，上海书店出版社，2004。

107．冯时：《中国天文考古学》，北京，中国社会科学出版社，2007。

108．陈遵妫：《中国天文学简史》，上海，上海人民出版社，1955。

109．李山：《中国文化史》，北京，北京师范大学出版社，2007。

110．李镜池：《周易探源》，北京，中华书局，1978。

111．〔德〕马克斯·韦伯：《宗教社会学》，康乐等译，台北，远流出版社，1989。

112．〔法〕爱弥尔·涂尔干：《宗教生活的基本形式》，渠东、汲喆译，上海，上海人民出版社，2006。

113．沈文倬：《宗周礼乐文明考论》，杭州：浙江大学出版社，1999。

114．杨向奎：《宗周社会与礼乐文明》（修订本），北京，人民出版社，1997。

二、论文

1. 过常宝：《"春秋笔法"与古代史官的话语权力》，载《北京师范大学学报（社会科学版）》，2003(4)。

2. 沈文倬：《"对扬"补释》，载《考古》，1963(4)。

3. 陈桐生：《"风雅正变说"溯源》，载《学术研究》，2013(8)。

4. 曹晋：《"使令句"从上古汉语到中古汉语的变化》，载《语言科学》，2011(6)。

5. 李学勤：《"天亡"簋试释及有关推测》，载《中国史研究》，2009(4)。

6. 张闻玉：《"月相四分"不可信》，见南京大学中文系古典文学教研室《南京大学学报》编辑部编：《章太炎先生国学讲演录：附中国文化史参考资料辑要》。

7. 顾颉刚：《"周公制礼"的传说和〈周官〉一书的出现》，见中华书局编辑部编：《文史》第六辑，北京，中华书局，1979。

8. 林澐、张亚初：《〈对扬补释〉质疑》，载《考古》，1964(5)。

9. 吴泽：《〈洛诰〉史事年岁综释——读王国维〈洛诰解〉》，载《社会科学战线》，1980(3)。

10. 赵培：《〈书〉类文献的早期形态及〈书经〉成立之研究》，博士学位论文，北京大学，2017。

11. 李零：《〈管子〉三十时节与二十四节气——再谈〈玄宫〉和〈玄宫图〉》，载《管子学刊》，1988(2)。

12. 姚小鸥：《〈清华大学藏战国竹简·芮良夫毖·小序〉研究》，载《中州学刊》，2014(5)。

13. 赵平安：《〈芮良夫毖〉初读》，载《文物》，2012(8)。

14. 李山：《〈尚书〉"商周书"的编纂年代》，载《西北师大学报（社会科学版）》，2011(6)。

15. 李学勤：《〈尚书〉与〈逸周书〉中的月相》，载《中国文化研究》，1998(2)。

16. 杨升南：《〈尚书·甘誓〉"五行"说质疑》，载《中国史研究》，

1980(2)。

  17．关立言：《〈诗·小雅·十月之交〉日食考》，载《史学月刊》，1995(6)。

  18．李学勤：《小盂鼎与西周制度》，载《历史研究》，1987(5)。

  19．何幼琦：《〈十月之交〉的年代问题》，载《文博》，1986(3)。

  20．颜景常：《〈夏小正〉里的主谓倒句》，载《南京高师学报》，1997(3)。

  21．李学勤：《〈夏小正〉新证》，载《农史研究》，1989(8)。

  22．胡铁珠：《〈夏小正〉星象年代研究》，载《自然科学史研究》，2000(3)。

  23．周婵娟：《〈易经〉"用"字简析》，载《北方文学》，2014(8)。

  24．付林鹏：《〈周颂·有瞽〉与周初乐制改革》，载《古代文明(中英文)》，2013(1)。

  25．李炳海：《〈左传〉梦象与恐惧心理》，载《社会科学战线》，2007(5)。

  26．郑路：《〈左传〉中的年、月、时、日》，载《华北电力大学学报》，2009(6)。

  27．董作宾：《安阳侯家庄出土之甲骨文字》，见《董作宾先生全集·甲编》第二册，台北，艺文印书馆，1977。

  28．沈祖绵：《八风考略》，载《周易研究》，1995(1)。

  29．黄天树：《宾组卜辞的分类与断代》，见《黄天树古文字论集》，北京，学苑出版社，2006。

  30．徐中舒：《豳风说》，见《徐中舒历史论文选辑》，北京，中华书局，1998。

  31．张政烺：《帛书〈六十四卦〉跋》，载《文物》，1984(3)。

  32．沈建华：《卜辞所见商代的封疆与纳贡》，载《中国史研究》，2004(4)。

  33．萧良琼：《卜辞中的"立中"与商代的晷表测影》，见中国天文学史整理研究小组编《科技史文集 第 10 辑 天文学史专辑 3》，上海，上海科学技术出版社，1983。

34. 张秉权：《卜龟腹甲的序数》，见《中央研究院历史语言研究所集刊》第 28 本上册，台北，"中研院"历史语言研究所，1957。

35. 罗新慧：《楚简"敚"字与"敚"祭试析》，见西北师范大学文学院历史系、甘肃省文物考古研究所编：《简牍学研究》第四辑，兰州，甘肃人民出版社，2004。

36. 晁福林：《春秋时期的"诅"及其社会影响》，载《史学月刊》，1995(5)。

37. 赵小刚：《从〈说文解字〉看古羌族对华夏农业的贡献》，载《兰州大学学报(社会科学版)》，2001(1)。

38. 晁福林：《从方国联盟的发展看殷都屡迁原因》，载《北京师范大学学报(社会科学版)》，1985(1)。

39. 谢乃和：《从非王卜辞看殷商时期的家臣制》，载《古代文明(中英文)》，2016(1)。

40. 于省吾：《从甲骨文看商代社会性质》，载《东北人民大学人文科学学报》，1957(Z1)。

41. 韩炳华：《从晋侯苏钟的断代看西周金文月相词语》，载《山西大学学报(哲学社会科学版)》，2008(1)。

42. 〔美〕柯马丁：《从青铜器铭文、〈诗经〉及〈尚书〉看西周祖先祭祀的演变》，载《国际汉学》，2019(1)。

43. 马芳：《从清华简〈周公之琴舞〉、〈芮良夫毖〉看"毖"诗的两种范式及其演变轨迹》，载《学术研究》，2015(2)。

44. 晁福林：《从上博简〈诗论〉看文王"受命"及孔子的天道观》，载《北京师范大学学报(社会科学版)》，2006(2)。

45. 刘尧汉，陈久金，卢央：《从彝族十月太阳历看〈夏小正〉原貌》，载《云南社会科学》，1983(1)。

46. 陈梦家：《东周盟誓与出土载书》，载《考古》，1966(5)。

47. 王宁：《读清华简〈程寤〉偶记一则》，复旦大学出土文献与古文字研究中心网站论文：http://www.gwz.fudan.edu.cn/Web/Show/1389，2011 年 1 月 28 日。

48. 杨莉：《凤雏 H11 之 1、82、84、112 四版卜辞通释与周原卜辞的族属问题》，载《古代文明》(辑刊)2006(5)。

49. 于省吾：《伏羲氏与八卦的关系》，见尹达主编：《纪念顾颉刚学术论文集》上册，成都，巴蜀书社，1990。

50. 陕西周原考古队：《扶风刘家姜戎墓葬发掘简报》，载《文物》，1984(7)。

51. 郭沫若：《辅师嫠簋考释》，见《文史论集》，北京，人民出版社，1961。

52. 黄锡全：《告、吉辨——甲骨文中一告、二告、三告、小告与吉、大吉、引吉的比较研究》，见《古文字与古货币文集》，北京，文物出版社，2009。

53. 于省吾：《关于〈天亡簋〉铭文的几点论证》，载《考古》，1960(8)。

54. 黄天树：《关于非王卜辞的一些问题》，载《陕西师大学报(哲学社会科学版)》，1995(4)。

55. 裘锡圭：《关于殷墟卜辞的命辞是否问句的考察》，载《中国语文》，1988(1)。

56. 裘锡圭：《关于殷墟卜辞中的所谓“廿祀”和“廿司”》，见《裘锡圭学术文集》第1卷《甲骨文卷》，上海，复旦大学出版社，2012。

57. 晁福林：《观念史研究的一个标本——清华简〈保训〉补释》，载《文史哲》，2015(3)。

58. 韩胜伟：《甲骨卜辞占辞研究》，硕士学位论文，西南大学，2015。

59. 甘露：《甲骨文地支纪日补例》，载《殷都学刊》，2002(2)。

60. 胡厚宣：《甲骨文四方风名考证》，见《甲骨学商史论丛初集》，上海，上海书店，1989。

61. 赵诚：《甲骨文至战国金文“用”的演化》，载《语言研究》，1993(2)。

62. 李学勤：《甲骨文中的同版异组现象》，见洛阳文物二队编：《夏商文明研究》，郑州，中州古籍出版社，1995。

63. 张秉权：《甲骨文中所见的数》，见《中央研究院历史语言研究所集刊》第 46 本第 3 分册，"中研院"历史语言研究所，1975。

64. 杨树达：《甲骨文中之四方风名与神名》，见刘梦溪主编：《中国现代学术经典·余嘉锡 杨树达卷》，石家庄，河北教育出版社，1996。

65. 胡厚宣：《甲骨学绪论》，见《甲骨学商史论丛二集》下册，齐鲁大学国学研究所专刊，1945。

66. 郭锡良：《介词"于"的起源和发展》，见《汉语史论集》（增补本），北京，商务印书馆，2005。

67. 徐中舒：《金文嘏辞释例》，见《古文字学讲义》，成都，巴蜀书社，2012。

68. 张懋镕：《静方鼎小考》，载《文物》，1998(5)。

69. 刘源：《逨盘铭文考释》，载《中国史研究》，2003(4)。

70. 袁俊杰：《令鼎铭文通释补证》，载《华夏考古》，2014(3)。

71. 过常宝：《论〈尚书〉诰体的文化背景》，载《北京师范大学学报（社会科学版）》，2008(4)。

72. 赵平安：《论铭文中的一种特殊句型——"某作某器"句式的启示》，载《古汉语研究》，1991(4)。

73. 宋镇豪：《论商代的政治地理架构》，见《中国社会科学院历史研究所学刊》第一集，北京，社会科学文献出版社，2001。

74. 董作宾：《论商人以十日为名》，见刘梦溪主编：《中国现代学术经典·董作宾卷》，石家庄，河北教育出版社，1996。

75. 于文哲：《论西周策命制度与〈尚书〉文体的生成》，载《江西师范大学学报（哲学社会科学版）》，2012(3)。

76. 晁福林：《论殷代神权》，载《中国社会科学》，1990(1)。

77. 徐中舒：《论殷周的外服制——关于中国奴隶制和封建制分期的问题》，见《徐中舒历史论文选辑》，北京，中华书局，1998。

78. 袁莹：《清华简〈程寤〉校读》，复旦大学出土文献与古文字研究中心网站论文：http://www.fdgw2.org.cn/Web/Show/1376，2011年 1 月 11 日。

79. 王坤鹏：《清华简〈芮良夫毖〉篇笺释》，简帛网 http://www.

bsm. org. cn/？chujian/6013. html，2013 年 2 月。

80. 胡谦盈：《陕西长武碾子坡先周文化遗址发掘纪略》，见《胡谦盈周文化考古研究选集》，成都，四川大学出版社，2000。

81. 郑慧生：《商代卜辞四方神名、风名与后世春夏秋冬四时之关系》，载《史学月刊》，1984(6)。

82. 连邵名：《商代的拜祭与御祭》，载《考古学报》，2011(1)。

83. 杨升南：《商代的纪日法》，载《殷都学刊》，2012(2)。

84. 牛世山：《商代的羌方》，见中国社会科学考古研究所夏商周考古研究室编：《三代考古(二)》，北京，科学出版社，2006。

85. 李学勤：《商代的四风与四时》，载《中州学刊》，1985(4)。

86. 朱凤瀚：《商周时期的天神崇拜》，载《中国社会科学》，1993(4)。

87. (清)阮元：《商周铜器说 下》，见《揅经室集》下，北京，中华书局，1993。

88. 张懋镕：《商周之际女性地位的变迁》，见文化遗产研究与保护技术教育部重点实验室、西北大学文化遗产与考古学研究中心编著：《西部考古》第二辑，西安，三秦出版社，2007。

89. 过常宝：《试论西周瞽史的谏诫职责》，载《陕西师范大学(哲学社会科学版)》，2011(5)。

90. 晁福林：《试论殷代的王权与神权》，载《社会科学战线》，1984(4)。

91. 张政烺：《试释周初青铜器铭文中的易卦》，载《考古学报》，1980(4)。

92. 〔美〕吉德炜：《释贞——商代贞卜本质的新假设》，见美国加利福尼亚蒙特雷太平洋海岸亚洲学会讨论会论文，1972。

93. 胡厚宣：《释丝用丝御》，见《中央研究院历史语言研究所集刊》，第 8 本第 4 分册，重庆，"中研院"历史语言研究所，1939。

94. 〔美〕夏含夷：《说"杍"：清华简〈程寤〉篇与最早的中国梦》，载《出土文献》，2018(2)。

95. 刘师培：《文学出于巫祝之官说》，见《刘师培中古文学论集》，北京，中国社会科学出版社，1997。

96. 张景霓：《西周金文的连动式和兼语式》，载《广西民族学院学报(哲学社会科学版)》，1999(3)。

97. 江瑜：《西周金文里的"孝"及与东周孝观念之异》，见复旦大学文物与博物馆学系、复旦大学文化遗产研究中心编：《文化遗产研究集刊》第6辑，上海，复旦大学出版社，2013。

98. 冯时：《西周金文月相与宣王纪年》，见北京大学考古文博学院编：《考古学研究(六)：庆祝高明先生八十寿辰暨从事考古研究五十年论文集》，北京，科学出版社，2006。

99. 郭倩：《西周青铜铭文中的自述型铭文初探》，载《殷都学刊》，2015(2)。

100. 徐中舒：《西周史论述》，载《四川大学学报》，1979(3)。

101. 陈久金：《西周月名日名考》，载《自然科学史研究》，1985(2)。

102. 马银琴：《西周早期的仪式乐歌与周康王时代诗文本的第一次结集》，载《诗经研究丛刊》，2002(1)。

103. 郭沫若：《先秦天道观之进展》，见《郭沫若全集 历史编》第一卷，北京，人民出版社，1982。

104. 杨华：《先秦血祭礼仪研究》，见《古礼新研》，北京，商务印书馆，2012。

105. 耿超：《性别视角下的商周合祭》，见《中国社会历史评论》第十三卷，天津，天津古籍出版社，2012。

106. 李学勤：《续论西周甲骨》，载《人文杂志》，1986(1)。

107. 刘桓：《也谈伯唐父鼎铭文的释读——兼谈殷代祭祀的一个问题》，载《文博》，1996(6)。

108. 胡新生：《异姓史官与周代文化》，载《历史研究》，1994(3)。

109. 张政烺：《易辨——近几年根据考古材料探讨〈周易〉问题的综述》，见包遵信主编：《中国哲学》第十四辑，北京，人民出版社，1988。

110. 沈培：《殷卜辞中跟卜兆有关的"见"和"告"》，见中国古文字研究会、吉林大学古文字研究会：《古文字研究》第二十七辑，北京，中华书局，2008。

111. 石璋如：《殷代的豆》，见《中央研究院历史语言研究所集刊》第 39 本上册，"中研院"历史语言研究所，1969。

112. 胡厚宣：《殷人占梦考》，见《甲骨学商史论丛初集》，上海，上海书店，1989。

113. 曹兆兰：《殷墟龟甲占卜的某些步骤试探》，载《考古与文物》，2004(3)。

114. 柳东春：《殷墟甲骨文记事刻辞研究》，硕士学位论文，台湾大学，1989。

115. 方稚松：《殷墟甲骨文五种记事刻辞研究》，博士学位论文，首都师范大学，2007。

116. 曹定云：《殷墟四盘磨"易卦"卜骨研究》，载《考古》，1989(7)。

117. 江林昌：《由考古材料看〈诗经〉姜嫄神话的产生》，载《文史知识》，2009(11)。

118. 容肇祖：《月令的来源考》，载《燕京学报》，第 18 期，1935。

119. 杨宽：《月令考》，载《齐鲁学报》，1941(2)。

120. 庞壮城：《岳麓简〈占梦书〉零释兼论其成书机制》，见《学行堂语言文字论丛》，2014(1)。

121. 尹盛平：《再论先周文化与周族起源》，见《周文化考古研究论集》，北京，文物出版社，2012。

122. 李仲操：《再谈西周月相定点日期——与王占奎同志再商榷》，载《文博》，1998(2)。

123. 张素格：《再谈殷周金文中的"雪"》，载《中国历史文物》，2009(5)。

124. 陈梦家：《战国楚帛书考》，载《考古学报》，1984(2)。

125. 罗新慧：《战国竹简中的"敓"及其信仰观念》，载《北京师范大学学报(社会科学版)》，2011(2)。

126.〔美〕吉德炜：《贞人的笔记：作为二次来源的甲骨刻辞》，见

《巴黎：纪念甲骨文发现一百周年国际研讨会会议论文》，1999。

127．李雪山：《贞人为封国首领来朝职掌占卜祭祀之官》，见王宇信、宋镇豪、孟宪武主编：《2004年安阳殷商文明国际学术研讨会论文集》，北京，社会科学文献出版社，2004。

128．萧放：《中国上古岁时观念论考》，载《西北民族研究》，2002(2)。

129．〔美〕吉德炜：《中国正史之渊源：商王占卜是否一贯正确?》，见中国古文字研究会、陕西省考古研究所、中华书局编辑部编：《古文字研究》第十三辑，北京，中华书局，1986。

130．肖娅曼：《中华民族的"是"观念来源于"时"——上古汉语"是"与"时"的考察》，载《四川大学学报(哲学社会科学版)》，2003(1)。

131．江林昌：《周先祖古公亶父"至于岐下"与渭水流域先周考古学文化》，见《考古发现与文史新证》，北京，中华书局，2011。

132．〔美〕夏含夷：《周易"元亨利贞"新解——兼论周代习贞习惯与周易卦爻辞的形成》，载《周易研究》，2010(5)。

133．王晖：《周原甲骨属性与商周之际祭礼的变化》，载《历史研究》，1998(3)。

134．葛志毅：《周原甲骨与古代祭礼考辨》，载《史学集刊》，1989(4)。

135．李桂民：《周原庙祭甲骨与"文王受命"公案》，载《历史研究》，2013(2)。

图书在版编目(CIP)数据

早期中国知识观念与文献的生成·殷商西周卷 / 林甸甸著. —北京: 北京师范大学出版社, 2024.5
ISBN 978-7-303-29652-1

Ⅰ.①早… Ⅱ.①林… Ⅲ.①文献学－研究－中国－商代－西周时代 Ⅳ.①G256

中国国家版本馆 CIP 数据核字(2024)第 000622 号

早期中国知识观念与文献的生成·殷商西周卷
ZAOQI ZHONGGUO ZHISHI GUANNIAN YU WENXIAN DE SHENGCHENG YINSHANG XIZHOU JUAN

林甸甸 著

策划编辑: 禹明超　责任编辑: 李春生
美术编辑: 王齐云　装帧设计: 王齐云
责任校对: 陈　民　责任印制: 赵　龙

出版发行: 北京师范大学出版社	开本: 730mm×980mm 1/16	版次: 2024 年 5 月第 1 版
印刷: 北京盛通印刷股份有限公司	印张: 32.5	印次: 2024 年 5 月第 1 次印刷
经销: 全国新华书店	字数: 487 千字	定价: 139.00 元

北京师范大学出版社

http://www.bnup.com
北京市西城区新街口外大街 12-3 号
邮政编码: 100088
营销中心电话: 010-58805385
主题出版与重大项目策划部: 010-58805385